Große Werke der Literatur X..

Herausgegeben von Günter Butzer und Hubert Zapf

Große Werke der Literatur

BAND XII

Eine Ringvorlesung
an der Universität Augsburg
2010/2011

herausgegeben von
Günter Butzer und Hubert Zapf

francke
VERLAG

Titel: Schmuckbuchstabe aus Hans Sachs:
(Das vierdt poetisch Buch) mancherley neue Stücke schöner gebundener Reimen.
Nürnberg: Heußler, 1576; Oettingen-Wallersteinsche Sammlung der Universität Augsburg

Bibliografische Information der Deutschen Nationalbibliothek

Die Deutsche Nationalbibliothek verzeichnet diese Publikation in der Deutschen Nationalbibliografie; detaillierte bibliografische Daten sind im Internet über http://dnb.dnb.de abrufbar.

Dischingerweg 5 · D-72070 Tübingen

Gedruckt auf chlorfrei gebleichtem und säurefreiem Werkdruckpapier.

Internet: http://www.francke de
E-Mail: info@francke.de

Druck und Bindung: Laupp & Göbel, Nehren
Printed in Germany

ISBN 978-3-7720-8452-2

Inhaltsverzeichnis

Vorwort

Der vorliegende Band ist der zwölfte in der Reihe von Interpretationen großer Werke der Literatur, die aus einer Ringvorlesung an der Universität Augsburg hervorgegangen ist. Er versammelt Beiträge aus den Bereichen der deutschen, italienischen, französischen, portugiesischen, englischen und amerikanischen Literatur und umspannt einen Zeitraum vom Mittelalter über das 18. und 19. bis hin zum 20. Jahrhundert. Die Diversität, man könnte auch sagen, die Heterogenität der Autoren und Werke ist durchaus gewollt, ermöglicht sie doch den Dialog und den vergleichenden, oft Überraschendes zu Tage fördernden Blick der literarisch Interessierten über die gewohnten Grenzen von Epochen, Nationalliteraturen, Gattungen und Literaturformen hinweg.

Der Begriff „Große Werke der Literatur" mag in einer Zeit der Kanondebatten, der Ausweitung des Textbegriffs, der Einbeziehung anderer Medien, der Erweiterung der Literatur- auf Kulturwissenschaften fragwürdig erscheinen. Dazu sei hier zweierlei gesagt. Zum einen werden sowohl der Begriff der Literatur wie auch der Begriff des Werks in dieser Publikationsreihe recht weit gefasst – so wurden etwa Platons *Politeia*, Kants *Kritik der reinen Vernunft*, oder Heideggers *Sein und Zeit* in der bisherigen Reihe der *Großen Werke* besprochen. Darüber hinaus fanden und finden auch Texte der Populärliteratur Berücksichtigung, wie in diesem Band die Comics von Hugo Pratt. Ferner wird auffallen, dass immer wieder auch neueste Texte vertreten sind, für die ein kanonisierter Status derzeit nicht beansprucht werden kann oder soll, die aber gerade im Dialog mit der literarischen Tradition zur Lebendigkeit der Debatte um Grundfragen des menschlichen Lebens und der menschlichen Kultur beitragen können, um die es in der Literatur geht.

Zum andern führt, auch nach einer Zeit radikaler Kanonrevisionen, kein Weg daran vorbei, dass an irgendeinem Punkt dann doch wieder eine Wertung ins Spiel kommt, die Frage nach der ästhetischen, historischen oder gesellschaftlichen Bedeutung eines Werkes, d.h. die Frage danach, inwiefern es das in Sprache und kultureller Textualität vorhandene Erkenntnis- und Kreativitätspotential nutzt und in eine aussagekräftige, kulturell relevante, psychologisch überzeugende, kompositorisch gelungene Form bringt. Es gibt eben Texte, die über die Zeit hinweg gültig und wirksam bleiben, und auch wenn dies keinen ontologischen Eigenstatus großer Werke der Literatur begründet, so stellen sie doch ganz offensichtlich kulturprägende und kulturstiftende Instanzen dar, die der immer neuen Auslegung und Aneignung bedürfen.

Literarische Texte sind stets erneuerbare Quellen der Kreativität, die in je neuen historischen Epochen und individuellen Akten der Rezeption in immer neuer Weise aktivierbar sind. Sie stellen damit gewissermaßen eine Form nachhaltiger Textualität dar, die ihr Potential kultureller Repräsentation nicht allein aus den Bedingungen ihrer historisch-kulturellen Emergenz, sondern aus dem Umstand gewinnt, dass sie offenbar in besonderer Weise bestimmten Grunddispositionen und Funktionsweisen des menschlichen Geistes im Sinn einer *ecology of mind,* eines komplex vernetzten und vielfältig mit Lebensprozessen rückgekoppelten Denkens entspricht. Um sowohl dieses transhistorische Funktions- und Wirkungspotential als auch die Vielfalt der möglichen Rezeptionsweisen literarischer Werke zum Ausdruck zu bringen, ist die Reihe der Großen Werke so konzipiert, dass die behandelten Texte allein aus der subjektiven Präferenz der Beiträger ausgewählt wurden. Damit wird einerseits die Notwendigkeit einer Verständigung über ästhetische Modelle, Wertungskriterien und Kanonisierungsprozesse vorausgesetzt, andererseits aber auch die Unmöglichkeit anerkannt, eine autoritative Letztinstanz für die Begründung dieser Auswahl zu finden.

In allen behandelten Werken wird die literarische Imagination in ganz unterschiedlicher, aber doch emphatischer Weise für die Erkundung kultureller Grenzerfahrungen eingesetzt, die in ihrer Unverfügbarkeit gegenüber einem unmittelbar-pragmatischen Realitätszugriff erst in der ästhetisch-symbolischen Transformation der Literatur dem gesellschaftlichen Diskurs zugänglich werden. Und gerade darin mag eine wesentliche Funktion literarischer Texte für die Kraft zu beständiger Selbstkritik, Selbstreflexion und Selbsterneuerung liegen, die für das Überleben einer Kultur notwendig sind.

Der herzliche Dank der Herausgeber gilt den Beiträgerinnen und Beiträgern sowie dem Francke Verlag für die gewohnt zuverlässige Zusammenarbeit. Ihr besonderer Dank gilt Aleksandra Cierpinska und Teresa Herzgsell für die Einsatzbereitschaft und Sorgfalt, mit der sie das Manuskript für den Druck eingerichtet haben.

Augsburg, im April 2012 Günter Butzer und Hubert Zapf

Heinrich Wittenwiler

Der Ring

Freimut Löser

Wer den Titel *Der Ring* hört, assoziiert ihn mit Richard Wagner. Heinrich Wittenwiler dagegen ist in der Allgemeinheit eher unbekannt. Sein Werk führte schon in seiner eigenen Zeit ein Schattendasein, war offenbar schon in der Frühen Neuzeit vergessen, erlebte allerdings in der Forschung zuletzt eine Renaissance; dies sehr zu Recht, denn es ist ein einzigartiges Werk. Als einziges Werk seines Autors (wenigstens soweit dies bekannt ist), überliefert in einer einzigen Handschrift, steht es einzig da - in seiner Zeit und vielleicht überhaupt. Es ist kein Ring der Macht wie bei Wagner und kein Ring aus mythischer Vorzeit, der die Weltherrschaft sichern sollte („one ring to rule them all"), wie bei Tolkien; es ist ein Ring der Ohnmacht und der aus den Fugen geratenen Welt.

Heinrich Wittenwiler: Der Autor und seine Welt[1]

Der Autor des *Ring* nennt seinen Namen in Vers 52: *So mügt irs haben für ein mär,/Sprach Hainreich Wittenweilär.*[2] Dieser Heinrich Wittenwiler ist identisch mit einem adligen Advokaten (bezeugt in fünf urkundlichen Belegen), der am Bischofshof von Konstanz tätig war. *Heinrich von Wittenwile*, der dabei als *maister, magister* oder *her* bezeichnet wird, begegnet in Urkunden der Jahre 1387, 1389, 1390 und 1395. In einem nicht datierten Nekrolog wird er *hoffmeister* genannt. Der Name belegt: Wittenwiler kommt aus einer Familie von Amtleuten, Ministerialen und Klerikern, die im Toggenburg und im Gebiet um St. Gallen seit 1282 häufig nachgewiesen werden kann. Bei später bezeugten Konstanzer Wittenwilern könnte es sich um seine Nachkommen gehandelt haben.

---

1 Vgl. zum Folgenden Brunner, Wittenwiler, Sp. 1281.

2 Alle Textzitate und Übersetzungen nach der im Literaturverzeichnis genannten Ausgabe von Brunner.

Abb. 1

Was wissen wir damit über ihn? Von dem genannten *magister*-Titel her zu schließen, ist ein Studium nachzuweisen, für das ein Rechtskundiger den Gepflogenheiten der Zeit und des Raumes entsprechend nach Bologna gegangen sein wird. Ein Blick auf die Daten bestätigt Horst Brunners Beobachtung: Wittenwilers Leben spielte sich in einer Zeit ab, die - gerade auch im Bodenseeraum - als „krisenhaft“ zu bezeichnen ist. In Konstanz herrschte „ein spannungsvolles Mit- und Gegeneinander zwischen Patriziat und Zünften“, aber auch zwischen den verschiedenen Zünften.[3] Außerhalb der Stadt standen den Herzögen von Österreich und dem Adel (der städtischen Opposition) Bauernbünde gegenüber, die mit der Eidgenossenschaft verbündet waren. In den Jahren 1403, 1405 und 1408 kam es zu Schlachten. Zunftaufstände und Kriege mit Bauernbünden - das ist zu großen Teilen Heinrich Wittenwilers Welt in und um Konstanz vor dem Konzil (1414-1418). Besonders die Erfahrung der Zunftaufstände dürfte den Juristen Wittenwiler geprägt haben; Konstanz wurde im 14. Jahrhundert durch drei Zunftaufstände erschüttert, deren nähere Umstände und Unruhen Wittenwiler in den Jahren 1370 und 1389 selbst miterlebt haben wird.[4] Man hat hervorgehoben, dass Wittenwiler in spöttischer Absicht und polemisch/satirischer Weise einen Bezug zum innerstädtischen Parteienkonflikt herstellt. Das beruht auf einem Nachweis, den Eckart Lutz (1990)[5] erbracht hat. Denn die Namen *Haintzo mit der gäss, Gunterfai* und *Jächel Gumpost,* die sich in Wittenwilers Dichtung finden und dort teils Bauerntölpel meinen, die sich in einem Turnier unstandesgemäß verhalten und dabei den Kürzeren ziehen, machen Bezüge deutlich: Der Krämer Gumpost etwa war an den Zunftaufständen von 1370 und 1389 maßgeblich beteiligt.[6] Die Welt außerhalb der Stadt mag bedrohlich gewirkt haben: „Die Appenzeller Bauern-

3 Brunner, Wittenwiler, Sp. 1281.
4 Hagen, 118–119.
5 Lutz, 173–210.
6 Hagen, 119.

kriege wüteten [...] im gesamten Gebiet der Ostschweiz bis vor die Tore der Stadt Konstanz: Bereits 1386 hatte das nicht-adlige Heer der Freiheitskämpfer bei Sempach [...] dem Ritterheer [die berühmte] Niederlage beigebracht, an die mit zunehmend legendären Zügen in verschiedenen Chroniken erinnert wird. Höhepunkt der Auseinandersetzung war die Niederlage des österreichisch geführten Heeres der Städte - 1403 bei Vögelinsegg und 1405 in der Schlacht am Stoß - durch die Bauernbünde der Appenzeller und Schwyzer."[7] Diese kriegerischen Auseinandersetzungen prägen Wittenwilers Zeit und sie spiegeln sich im Text. Denn diesen Text hat Wittenwiler im Vergleich zu seiner nicht lokalisierten Vorlage, einem Schwank, in einem bestimmten Raum verortet: Sein Roman spielt in der Gegend um Konstanz herum mit dem Schwerpunkt im mittleren Toggenburg. Vorbilder der beiden feindlichen Dörfer Lappenhausen und Nissingen sind offenbar zwei reale Toggenburger Orte (Mogelsberg und Nassen). Auch weitere Ortsnamen zeigen, dass Wittenwiler genaue Kenntnisse in Schwaben und in der Schweiz besaß.[8]

In dieser Zeit also und in dieser Umgebung wirkt Heinrich Wittenwiler; er schreibt dabei nicht - wie andere in seiner Nähe - als Berufsautor. Er hat, wohl in Bologna, studiert und ist Jurist. Für einen Juristen mag doppelt merkwürdig wirken, was aus einem Eintrag im Konstanzer Ratsbuch für das Jahr 1390 hervorgeht: *Item maister Hainrich Wittenwile. hat ein messer gezuckt und wult hern Hansen den Zoller gestochen haben.* Eckart Lutz, der die bahnbrechende Monographie zu Wittenwiler geschrieben hat, verortet solche Verhaltensweisen als Eigenart „sozialer Randgruppen" und Horst Brunner findet es bemerkenswert, dass „der gelehrte Mann mit dem Messer auf einen Kontrahenten losging."[9] Die Selbstinszenierung Wittenwilers ist dagegen eine andere. Das zeigt das einzige - sehr stilisierte - Bild, das von ihm existiert (in der Initiale D seines Prologs zum *Ring*); dass damit tatsächlich er gemeint ist, zeigt auch das Bockswappen seiner Familie unter dem Autorbild:

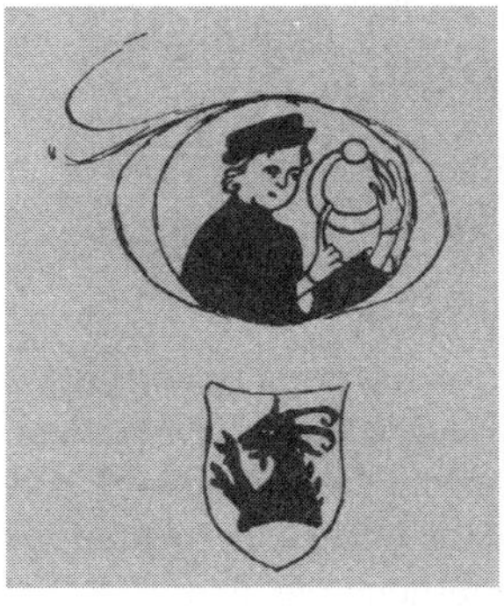

Abb. 2

7 Ebd., 121.
8 Vgl. Brunner, Reden, 17.
9 Ebd., 13.

Der Text dazu erklärt, was mit dem Ring, den der Autor zeigt, gemeint sei:

> Ein puoch, daz ist DER RING genant / (Mit einem edeln stain bechlait), / Wan es ze ring umb uns beschait / Der welte lauff und lert auch wol, / Was man tuon und lassen schol.[10]

Der Ring

Das Buch beschreibt den Kreislauf der Welt und ist selbst ein Ring (*vingerli*). Wittenwilers Buch, das eben macht der Prolog deutlich, ist die Welt und wir sind ihr Mittelpunkt. Thomas Cramer[11] hat eindrücklich darauf aufmerksam gemacht, dass die aus der Antike vererbte Vorstellung vom *Omphalos,* bzw. dem *umbiculus mundi,* und damit die „Anschauung, dass die Welt um einen Mittelpunkt, einen Nabel organisiert sei", zur Zeit Wittenwilers geläufig war, sich unter anderem in der Weltkartographie, im Städtebau und in stilisierten Stadtplänen manifestierte. Cramer zufolge ist es daher nicht erstaunlich, dass ein Autor dieser Zeit, der „nach eigenem Bekunden einen literarischen Weltentwurf" vorlegen will, „diese Welt um einen Mittelpunkt konstruiert". Sehr viel bemerkenswerter sei es, dass er diesen Mittelpunkt definiert, indem er den Autor und Schreiber „als Stellvertreterfigur für den Intellektuellen, den *poeta,* zum Nabel der Welt macht." Cramer konnte weiter zeigen, dass es in der Zeit Wittenwilers durchaus verbreitete ähnliche Darstellungen gab:

Abb. 3

Diese Darstellungen geben einen Hinweis darauf, wie Wittenwiler zu seinen Vorstellungen gelangt sein könnte und wie er sie verstanden wissen wollte: Der so Dargestellte ist Prometheus. Nach seiner Befreiung schmiedete er aus einem Glied seiner Kette einen Ring und besetzte ihn mit einem Stein von dem Felsen, an den er geschmiedet gewesen war. Prometheus gilt damit als Erfinder des von Wittenwiler in

---

10 „[…] ein Buch, das den Titel trägt DER RING. Mit einem Edelstein ist dieser Ring besetzt. Denn das Buch stellt den Weltlauf ringsum vor uns hin und lehrt genau, was man tun und lassen soll."

11 Die folgenden Thesen sind diejenigen Thomas Cramers. Ich schließe mich daran an (Cramer, 220–222).

Vers 9 zitierten Ringes *mit ainem edeln stain bechlait.* In einer zeitgenössischen Boccaccio-Übersetzung ist das so formuliert: *Er hat auch erstlich den geprauch des fingerleins an dem vierden finger zetragen erdacht.* Für die literarische Bedeutung der Prometheus-Figur im Spätmittelalter ist – so Thomas Cramer – Boccaccio die entscheidende Figur: „Im Prooemium zu seinem großen mythographischen Werk *Genealogia deorum* identifiziert Boccaccio die Rolle des Autors mit der eines *Prometheus alter.*"[12] Greift man den Anspruch des Autors Wittenwiler, indirekt vorgetragen durch die Darstellung mit dem Ring in der D-Initiale seines Bildes auf, könnte man versucht sein zu glauben, Wittenwiler nehme hier durch die Parallelisierung mit Prometheus eine Schöpferrolle für sich in Anspruch, in Analogie zum Schöpfungsakt des Prometheus, der die Menschen aus Lehm formte. Der Blick auf die mittelalterliche Deutungstradition der Prometheusgestalt zeigt freilich, dass die Tat des Prometheus in der Tradition, die von Petrus Comestor ausgeht und in der auch Boccaccio steht, anders zu werten ist: Das Formen des Menschen aus Lehm wird nicht primär als Schöpfungsakt gewertet, sondern allegorisch als Akt der Kultivierung oder Zivilisierung. Der Finger, der auf den edlen Stein im Ring hinweist, ist ein Hinweis auf die Veredelungsmöglichkeit des Menschengeschlechts. Prometheus' Formung des Menschen „wird als Erziehung, nicht als Schöpfung gedeutet. Er war [wie es in der Schedelschen Weltchronik heißt] *ein man scharpffer sinreichigkeit vnd grosser erfarung, der die vngeschickten vnd groben lewt zu zierlichern sytten schicket.*"[13] Was das Bild des Autors in der Initiale, folgt man Cramer, also sagen will: Der Autor des *Ring* ist - wie Prometheus - ein Erzieher des Menschengeschlechts, sein Buch will erziehen. Der Prolog (Vers 29f.) nennt die Ziele dieser Erziehung: *Also leit des ringes frucht / an hübschichait und mannes zucht / An tugend und an frümchät.*[14]

Das Werk: Überlieferung

Der Autor Wittenwiler hat nur dieses eine Werk hinterlassen. Seine erzieherische Wirkung war begrenzt. Das Werk ist nur in einer einzigen Handschrift erhalten.

---

[12] Ebd., 221.

[13] Ebd., 222.

[14] „Der Wert des RINGS liegt in der Vermittlung von höfischem Wesen, männlicher Erziehung, Tugend und Tüchtigkeit".

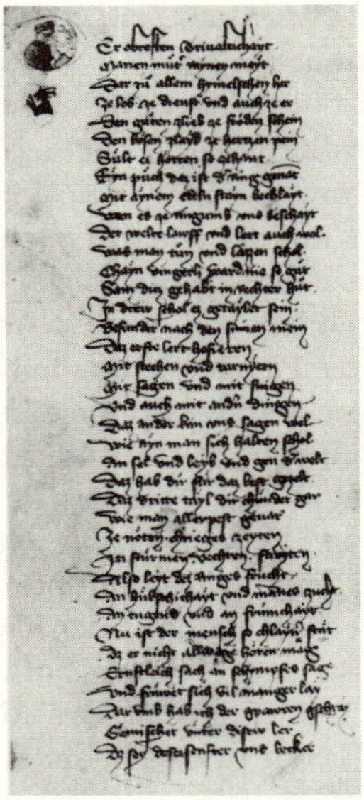

Abb. 4

Diese einzige Handschrift des im ausgehenden Mittelalter und in der Frühen Neuzeit offenbar nicht weiter bekannten Werkes ist die Pergamenthandschrift, die früher im Staatsarchiv Meiningen aufbewahrt wurde, bis sie durch einen spektakulären Ankauf in die Bayerische Staatsbibliothek nach München gelangte (Cgm 9300); sie wird datiert auf etwa 1410/20 und enthält auf 57 Blättern nur den *Ring* mit seinen 9699 Versen. In der Handschrift finden sich am Rand des in Versen abgesetzten Textes merkwürdige grüne und rote Linien, auf die noch einzugehen sein wird.

Das Werk: Wittenwilers Ziele im Prolog

Der Prolog gibt Aufschluss über die Ziele des Verfassers:

> DEr obresten trivaltichait,
> Marien, muoter, rainen mait,
> Dar zuo allem himelschen her
> Ze lob, ze dienst und auch ze er,
> Den guoten zlieb, ze fröden schein,
> Den bösen zlaid, ze hertzen pein
> Schült es hörren so zehant
> Ein puoch, daz ist DER RING genant
> (Mit einem edeln stain bechlait),
> Wan es ze ring umb uns beschait
> Der welte lauff und lert auch wol,
> Was man tuon und lassen schol.[15]

Das evoziert nach einer Anrufung Mariens und der himmlischen Heerscharen:

- Die Freude der Guten, das Leid der Bösen
- Den Nabel der Welt
- Die ganze Welt
- Den Lauf der Welt, der nicht zielgerichtet, heilsgeschichtlich ausgerichtet, sondern zyklisch ist
- Den enzyklopädischen Anspruch
- Den belehrenden Charakter des Unternehmens
- Die Tatsache, dass die Lehre gleichzeitig auf zwei unterschiedliche Arten daherkommt. Positiv: Man wird explizit belehrt, was man tun soll. Negativ: Man wird implizit ermahnt, was man unterlassen soll. Wittenwiler will also belehren, den Guten nutzen, die Bösen strafen, das Gute verbreiten, das Schlechte unterdrücken, die ganze Welt und den kreisförmigen Lauf ihrer Geschichte vorführen. Dabei führt er eine Welt vor, deren Nabel der *poeta* ist, der nicht 'inspiriert', sondern eher didaktisch vorgeht:

Chain vingerli ward nie so guot
Sam ditz, gehabt in rechter huot.
In dreu schol ez getailet sein
Besunder nach den sinnen mein.
Das erste lert hofieren
Mit stechen und turnieren,
Mit sagen und mit singen
Und auch mit andern dingen.[16]

Wittenwiler kündigt drei Teile an:

Der erste gilt der Werbung des Mannes um die Frau: Ein Turnier (wie wir es aus Erecs *Tulmein* oder dem Minneturnier Herzeloydes im *Parzival* kennen) wird vorgeführt werden, dazu Erzählung und *sang*, ganz so, wie es sich im höfischen Kosmos gebührt. Diesmal aber werden auch *andere dinge* hinzukommen (und darauf besonders darf man gespannt sein). Der zweite Teil führt denn auch rasch vom Höfischen weg:

Daz ander kan uns sagen wol,
Wie ein man sich halten schol

[15] Verse 1-12: „Der höchsten Dreifaltigkeit, Maria, der Mutter, der reinen Jungfrau, dazu allen himmlischen Heerscharen zu Preis, zu Dienst und zum Ruhm, den guten Menschen zu Liebe und Freude, den bösen zu Ungemach und Herzenspein hört ihr nun sogleich ein Buch, das den Titel trägt DER RING. Mit einem Edelstein ist dieser Ring besetzt. Denn das Buch stellt den Weltlauf ringsum vor uns hin und lehrt genau, was man tun und lassen soll."

[16] Verse 13-20: „Nie gab es einen Fingerring, der so vortrefflich war wie dieser, wenn man nur recht auf ihn achtet. Nach meinem Plan soll das Buch in drei Teile gegliedert sein. Das erste lehrt, wie man den Hof macht: mit Stechen und Turnieren, mit guten Reden und mit Gesang und mit anderem mehr."

An sel und leib und gen der welt:
Daz hab dir für daz best gezelt.[17]

Der zweite Teil - in den Augen des Autors / Erzählers / Ring-Poeten der wichtigste - wird sich also dem geistlichen Bereich zuwenden und die für das Seelenheil notwendigen Kenntnisse ebenso vermitteln, wie eine Lehre zur körperlichen Gesundheit und zum korrekten Verhalten in der Welt und gegenüber den Mitmenschen.

Daz dritte tail dir chündet gar,
Wie man allerpest gevar
Ze nöten, chrieges zeiten
In stürmen, vechten, streiten.[18]

Im dritten Teil soll eine Lehre vom Verhalten in Kriegszeiten gegeben werden; und wenn man an den vorhin beschriebenen Zeithintergrund Wittenwilers denkt, wird das nur zu verständlich.

Wittenwiler entwirft insgesamt also ein planmäßiges dreiteiliges Vorgehen. Tatsächlich hat er die Handlung des *Ring* dem Plan seiner Lehren entsprechend aufgebaut: Im ersten Teil wirbt der Held mit viel Aufwand, u.a. mit einem Turnier, um seine Angebetete. Nur sind beide nicht am Artushof zuhause, sondern im Dorf Lappenhausen; ihre Namen sind Bertschi Triefnas und Mätzli Rüerenzumph. Schon hier wird Wittenwilers Spiel deutlich; denn damals verstand diese sprechenden Namen jeder. Wer den Namen Mätzlis heute nicht versteht, wird in Wörterbüchern fündig (*zumph* = „das männliche Glied"). Der *hofierende* Mann verfolgt recht eindeutige Zwecke, und schon der Name der 'Helden' steht für bestimmte Männerphantasien und das *stechen* und *turnieren*, *sagen* und *singen*, das ahnt man schnell, wird wohl in Richtungen gehen, die der höfische Roman bestimmt nicht verfolgt hat.

Im zweiten Teil wird Horst Brunners Zusammenfassung zufolge „nach zahlreichen Belehrungen Hochzeit gefeiert, wobei das höchst unappetitliche Hochzeitsmahl in ein wildes Tanzvergnügen übergeht. Im dritten Teil artet der Tanz in eine Prügelei, schließlich in einen Krieg aus, in dem die feindlichen Dörfer Nissingen und Lappenhausen von Zwergen, Riesen, Hexen, Recken, Schweizern und Heiden unterstützt werden. Am Ende steht der durch Verrat herbeigeführte Untergang Lappenhausens und eine für die Sieger, die Nissinger, blamable und verlustreiche Belagerung Bertschis [des letzten überlebenden Lappenhausener Helden] auf einem Heuschober. Schließlich zieht der 'Held' sich als Einsiedler in den Schwarzwald zurück."[19]

Der Vergleich dieser Handlungslinien mit dem Plan des Prologs zeigt eine klare Übereinstimmung. Die tollen Charaktere und die wilde Handlung scheinen freilich

---

17 Verse 21-24: „Der zweite kann uns genau Auskunft geben, wie der Mann Leib und Seele pflegen und wie er sich der Welt gegenüber verhalten soll. Dies halte ich für das Wichtigste!", so Brunners Übersetzung, bzw. didaktisch/ deiktisch: das sollst Du für das beste halten.

18 Verse 25-28:„Der dritte Teil schließlich lehrt dich umfassend, wie man in Not- und Kriegszeiten, beim Stürmen, Kämpfen und Streiten am besten fährt."

19 Brunner, Wittenwiler, Sp. 1282 f.

der intendierten Lehre eher zuwider zu laufen. Man fragt sich, wie der Anspruch dann zu erfüllen sein soll, den Wittenwiler so klar formuliert:

> Also leit des ringes frucht
> An hübschichait und mannes zucht
> An tugend und an frümchät.[20]

Man ahnt: *hübschichait, zucht, tugend* und *frümchät* werden wohl eher *ex negativo* zu erkennen sein. Um sie überhaupt zu lehren und zu vermitteln, muss sich der Erzähler eines 'Tricks' bedienen:

> Nu ist der mensch so chlainer stät,
> Daz er nicht allweg hören mag
> Ernstleich sach an schimpfes sag,
> und fräwet sich vil manger lai.[21]

Das erklärt die wilde Handlung, die eben skizziert wurde; sie dient der Erleichterung, dem Scherz und der Unterhaltung, weil der unstete Mensch dem steten Ernst der Belehrung nicht standhalten könnte, Scherz und Unterhaltung braucht, die die Lehre angenehmer machen. So ist das 'Geschrei der Bauern' probates Mittel dafür, dass die Lehre uns auf angenehme Art verändere, verbessere, bekehre:

> Dar umb hab ich der gpauren gschrai
> Gemischet unter diseu ler,
> Daz sei dest senfter uns becher,[22]

Allerdings will der Didaktiker Wittenwiler die Dinge ganz klar rücken: Das 'Geschrei' der *gpawren* wird unter die Lehre gemischt, aber klar von ihr geschieden:

> Geschaiden doch mit varwen zwain:
> Die rot die ist dem ernst gemain,
> Die grüen ertzaigt uns törpelleben.[23]

Was nun freilich unter *törpelleben* (Leben der *dörper* wie der Tölpel) und unter *gpauren gschrai* zu verstehen ist, muss erst noch erläutert werden:

> Doch vernempt mich, welt ïr, eben!
> Er ist ein gpaur in meinem muot,
> Der unrecht lept und läppisch tuot,
> Nicht einer, der aus weisem gfert
> Sich mit trewer arbait nert;

---

[20] Verse 29-31: „Der Wert des Rings liegt in der Vermittlung von höfischem Wesen, männlicher Erziehung, Tugend und Tüchtigkeit."

[21] Verse 32-35: „Freilich besitzt aber der Mensch so wenig Ausdauer, dass er nicht ununterbrochen von ernsten Dingen hören kann. Er wünscht sich auch ein wenig Scherz und freut sich auch darüber."

[22] Verse: 36-38: „Aus diesem Grund habe ich das Geschrei der Bauern unter diese Belehrung gemischt, damit sie uns um so angenehmer überzeuge."

[23] Vers: 39-41: „Doch werden die beiden Bereiche mit Farben auseinandergehalten: Die rote Linie zeigt den Ernst an, die grüne das Leben der Tölpel."

Wan der ist mïr in den augen
Sälich vil, daz schült ïr glauben.[24]

Es geht also nicht um Ständeschelte, oder gar um die Verachtung des Städters für die 'Bauern'. Wittenwilers *gpaur* ist ein Narr und er steht stellvertretend für die Narren (auch unter den Städtern; Wittenwilers 'Bauern' tragen ja, wie gesehen, z.T. auch Namen von Konstanzer Stadtbürgern). Sein Bauer steht Sebastian Brants *Narrenschiff* näher als der Kritik an unbändigem Aufstiegswillen und gesellschaftlichem Umstürzlertum, das beispielsweise der Verfasser des *Helmbrecht* an seiner Titelfigur, dem jungen Bauernburschen Helmbrecht, übt. Wernher der Gartenære zeichnet im *Helmbrecht* junge Bauernburschen, die sich unstandesgemäß verhalten und dadurch die gesellschaftliche Ordnung ins Wanken bringen; Wittenwiler zeigt eine wankende Welt, die einzustürzen droht, weil wir alle uns wie Bauerntölpel verhalten. Wittenwiler will uns belehren, verpackt die Lehre in Unterhaltung (*prodesse et delectare*), gibt sich notfalls aber auch mit einer Erzählung als solcher zufrieden.

Secht es aver ichts hie inn,
Das weder nutz noch tagalt pring,
So mügt ïrs haben für ein mär,
Sprach Hainreich Wittenweilär.[25]

Das Werk: Handlung

Nachdem die Ziele dergestalt formuliert sind, führt Wittenwiler in die Handlung ein:

Derschallend in dem hertzen fro
Hebt die taiding an also:
In dem tal ze Grausen
Ein dorff, hiess Lappenhausen,
Was gelegen wunnechleich,
An holtz und wasser überreich,
Dar inn vil esler pauren
Sassen ane trauren,
Under den ein junger was,
Der hiess Bertschi Triefnas,
Ein degen säuberleich und stoltz
Sam er gedraiet wär aus holtz,
An dem feirtag gieng er umb.
Er wär schlecht oder chrumb,

---

24 Verse 42-48:„Doch sollt ihr mir, wenn es euch gefällt, genau zuhören. Meiner Meinung nach ist der ein Bauer, der unrichtig lebt und sich töricht aufführt, aber nicht, wer aus weiser Einsicht sich von redlicher Arbeit ernährt. Denn in meinen Augen, glaubt mir, ist dieser reich gesegnet."

25 Verse 49-52: „Schließlich: Wenn ihr dieses Buch nur als etwas anseht ohne Nutzen und Unterhaltungswert, dann könnt ihr es auch für eine Darstellung der Welt nehmen. So sprach Heinrich Wittenwiler." So Brunners Übersetzung; ich sehe hinter *mär* eher eine Erzählung, eine Geschichte, die um ihrer selbst willen erzählt wird.

Er wär nahent oder verr,
Der muost im sprechen junkherr.[26]

Die Mittel der Satire sind klar erkennbar. Aus *edel* wird *esel*, aus dem heldenepischen jungen Helden, dem *degen*, wird ein Bauer, der sich in falschem Standesstolz als *junckherr* titulieren lässt, der sich wie ein hölzerner Kreisel im Kreis dreht, ein Hagestolz und eingebildeter Liebling der Frauen, der nur eine begehrt:

Was schol man euch nu mer sagen?
Also wol chond er sich btragen,
Daz die alten und die jungen
Frawen sere nach im drungen.
Doch was eineu sunderbar
In sinem hertzen, daz ist war.[27]

Nachdem der 'Held' so eingeführt ist, widmet der Erzähler sich der 'Heldin':

Die hiez Mätzli Rüerenzumph.
Sei was von adel lam und krumpf,
Ir zen, ïr händel sam ein brand,
Ir mündel rot sam mersand.
Sam ein mäuszagel was ir zoph.
An ir chelen hieng ein chroph,
Der ir für den bauch gie.
Lieben gsellen, höret, wie
Ir der rugg was überschossen:
Man hiet ein gloggen drüber gossen!
Die füessli warend dik und brait,
Also daz ir chain wind laid
Getuon moht mit vellen,
wolt sei sich widerstellen.
Ir wängel rosenlecht sam äschen,
Ir prüstel chlein sam smirtäschen.
Die augen lauchten sam der nebel,
Der aten smacht ir als der swebel.
So stuond ir daz gwändel gstrichen,
Sam ir die sele wär enwichen.

---

26 Verse 53-68. „In frohem Herzen widerklingend, hebt die Erzählung an wie folgt: Im Grausental war das Dorf Lappenhausen höchst wunderbar gelegen. Mit Wasser und Wald war es überreich gesegnet. Es lebten darin mit Vergnügen viele Bauern, lauter Asinokraten. Einer von ihnen war der junge Bertschi Triefnas. Er war ein ansehnlicher, stolzer Held. Wie aus Holz gedrechselt, so stolzierte er am Feiertag herum. Ob die Leute krumm oder gerade waren, ob sie von nah oder von fern herkamen: sie mußten ihn ‚Junker' titulieren."

27 Verse 69-74: „Was weiter? Er wußte sich so gut aufzuführen, daß alte wie junge Frauen sich eifrig um ihn bemühten. Doch eine hatte er ganz besonders in sein Herz geschlossen, das ist die Wahrheit!"

Sei chond also schon geparen,
Sam sei wär von drien jaren.[28]

Die 'Schönheitsbeschreibung' Mätzlis folgt dem klassischen Ideal *de capite ad calcem*, beginnt jeweils mit dem höfischen Kennwort (z.B. *wängel rosenlecht*) und führt dieses durch den Vergleich (*sam*, *als*), der jeweils das Gegenteil aufruft, *ad absurdum*. In der Folge spielt Wittenwiler auf die Gattung Lied an, speziell auf Frauenpreislieder, die er in parodistischer Absicht herbeizitiert:

Welt i͛r ander tagweis,
Über all truog sei den preis,
Also daz der Triefnas
Mätzleins selten ie vergas
Und ward ir schlechtleich also holt,
Das er nach ir zerserten wolt.[29]

Bertschis *zerserten* aber mündet nicht in der Klage des Minnesängers, sondern in der Werbung des Turnierritters; er begibt sich in den 'Frauendienst':

Do huob sich ein hofieren
Mit stechen und turnieren.
An einem suntag daz geschach,
Daz man do Bertschin chomen sach
Mit zwelf gsellen wol getan
Ze Lappenhausen auf den plan.
Die ritten also unverdrossen,
Sam si der regen hiet begossen.
Der erst was unser Triefnas,
Ein held reht sam ein giesfas.[30]

---

[28] Verse 75-96: „Ihr Name war Mätzli Rührenschwanz. Sie war vollkommen – nämlich vollkommen lahm – und sie hinkte, ihre Zähne und Händchen waren kohlschwarz und ihr Mündlein war so rot wie der Sand am Meer. Ihr Zopf war wie ein Mausschwanz und an ihrer Kehle hing ein Kropf, der bis zum Bauch hinunterschlotterte. Hört nun, liebe Freunde, wie ihr Rücken herausgeschossen war: man hätte eine Glocke darüber gießen können! Ihre Füßlein waren dick und breit, so daß kein Wind ihr wehtun konnte, indem er sie etwa umwarf, wenn sie sich nur dagegen stemmen wollte. Ihre Wänglein waren rosenfarben wie Asche und ihre Brüstlein so klein wie Packtaschen. Ihre Augen leuchteten wie der Nebel und ihr Atem duftete wie Schwefel. Das Kleidchen hing an ihr, als sei ihr die Seele entflogen. Benehmen konnte sie sich so schön, als ob sie drei Jahre alt wäre!"

[29] Verse 97-102: „Wollt ihr ein neues Lied? Über allem trug sie den Preis davon, so daß dem Triefnas Mätzlein niemals aus dem Sinn kam und er ihr schlichtweg so gewogen wurde, dass er um ihretwillen verrecken wollte."

[30] Verse 103-112: „Da begann das Minnewerben mit Turnieren und Stechen. An einem Sonntag sah man Bertschi mit zwölf wackeren Gefährten auf den Turnierplatz von Lappenhausen kommen. Unverdrossen ritten sie daherwie vom Regen gepudelt. Unser Triefnas ritt an der Spitze, ein Held wie ein Waschkrug."

Die Handlung[31] beginnt mit dem Auftritt des Anführers Bertschi und zwölf seiner Kumpanen, die in Lappenhausen zu Ehren der 'Damen', allen voran der von Bertschi angebeteten Mätzli, ein Turnier abhalten wollen, ganz so als wären wir in Hartmanns von Aue *Erec* in *Tulmein* beim Sperberturnier, das der beste Ritter für die schönste Dame gewinnt (womit der Beste dann auch die Schönste gewinnt). Nur dass hier eben nicht Erec und Enite vor uns stehen, sondern Bertschi und Mätzli, in der Handschrift so gezeichnet:

Abb. 5

Die Beschreibung durch Wittenwiler beginnt, wie gesehen, mit Formulierungen im höfischen Kontext, die aber durch den folgenden Vergleich jeweils sofort komisch gebrochen und kontrastiert werden. Dieses Verfahren gilt für die 'schöne' Mätzli und es gilt für Bertschi und seine Gesellen (V. 105ff.): Die Helden reiten *unverdrossen* als ob sie der Regen begossen hätte. Bertschi Triefnas ist ein herrlicher Held - wie ein *giesfas*. Chuontz von Stadel ist ein Ritter so hart - wie Moos; der Junker Troll ist so tapfer - wie ein Butterbrot; Haintzo mit der Geiß ist ein *eselman* - als Variation von *edelman;* und als Variation von *rittermæzec* ist er *rittigmäss* (schüttelfröstig). Die Bauern wollen als Ritter agieren und wahrgenommen werden und sind doch nur verkleidete Tölpel, die sich Körbe als Helme aufsetzen, Getreideschwingen als Schilder hernehmen, Lodenzeug mit Heu ausgestopft zu Rüstungen umfunktionieren, Baumrinde als Beinschutz verwenden und Schürhaken als Speere. Da mag einem leicht ein berühmtes Bild in den Sinn kommen: Breughels Fastnachtsturnier.

31 Ich folge in der Darstellung der Handlung zu Beginn weitgehend der Beschreibung von Haug, S. 324–329.

Abb. 6

Und auch Wittenwilers *Ring* wirkt wie ein wildes Fastnachtstreiben, dessen Zeitstruktur genau zu einem solchen Bild passen würde: ein Treiben, das am Sonntag vor Fasching beginnt, einem irren Höhepunkt entgegen taumelt und am Aschermittwoch endet.

Es kommt zum chaotischen Turnier, bei dem ein Fremder alles 'aufmischt': Neidhart, eine literarische Figur, der Prototyp des Bauernfeindes, den Wittenwiler als einzige wirkliche ritterliche Gestalt als Gast in die Bauernschar eingereiht hat. Dass er im Sattel geblieben ist, reizt die anderen; sie beschließen alle miteinander, gegen ihn anzureiten. Bertschi stolpert mitsamt seinem Pferd, so dass es sich überschlägt:

Triefnas über und über viel,
Also hart auf seinen giel,
Daz er wainet und auch grain.
Er fluochet allen frawen rain:
'Ir gunken, kotzen, bösen breken,
Daz euch der übel tot müess streken
Um die marter, die ich duld
Nit anders dann umb ewer huld!
War zuo habt es mich nu pracht?'
Her wider umb er do gedacht
An frawn Mätzleins wirdichait;
Vil drat er swaig, ez was im lait.
Ein anders gsanch do huob er an:
'So sei ich nit ein bider man:
Frawen gnad will ich derwerben,
Scholt ich vierstund drüber sterben!'[32]

[32] Verse 556-571: „Triefnas flog in hohem Bogen herunter und so hart aufs Maul, daß er weinte und grunzte. All den edlen Damen fluchte er: „Ihr Schlampen, Huren, räudigen Hündinnen, verrecken sollt ihr wegen der Qualen, die ich bloß eurer Gunst wegen leiden muss! Wohin habt

Mit der höfischen Idee und ihrer Idealität konfrontiert sind diese Bauern Tölpel, die dabei jede Haltung verlieren und die vom Erzähler eingesetzt werden, um die höfische Minneidealität zu parodieren. Neidhart, der Ritter unter diesen Dörpern, fungiert dabei als literarhistorisches Signal für die Tradition der parodistisch gefärbten Perspektive. In der Tradition der Neidhard-Fuchs-Figur und der Neidhart-Schwänke signalisiert der Name einen bekannten ritterlichen Feind der Bauern; mit der Reminiszenz an das wilde Treiben, z.B. der Bauerntänze und Prügeleien in den Liedern Neidharts signalisiert er die Parodie höfischer Muster.

Für die Szene hier hat Walter Haug festgehalten: Das Turnier, Kernstück höfischer Inszenierung, „ist auf kunstvolle Beherrschtheit [*mâze*] angewiesen, und selbst dann ist keineswegs gesichert, dass es nicht für Einzelne tödlich endet. Wenn aber wie im *Ring* nicht einmal die Regeln gewahrt werden, bricht das hemmungslos durch, was von der Spielform [und ihren Spielregeln] ohnehin nur mühsam [in Zaum] gehalten werden kann: die rohe Gewalt. [...] So schwankt das Geschehen zwischen blamabler Komik und schmerzlicher Brutalität."[33] Die Komik verstärke sich dadurch, dass selbst im Zusammenbruch der angemaßten *hövischeit* Schablonen ritterlichen Verhaltens bruchstückhaft immer wieder auftauchen und den literarischen Horizont gegenwärtig halten. Mit Haug gesprochen: „Man wollte im *Ring* ständekritische Tendenzen sehen, d.h. ihn als Invektive gegen Bauern interpretieren, die sich ritterlich gebärden und damit ihre Standesgrenzen zu überschreiten trachten".[34] Dies mag sein; andererseits konstatiert Haug, höfische Verhaltensformen seien im *Ring* äußerlich geworden, sodass „darunter Leere, Anmaßung und Gewalt sichtbar werden. Der Bauer in seiner Rohheit ist die Figur für die nüchtern-brutale Wirklichkeit unter der abblätternden Form höfischer Traditionen."[35] Wittenwiler sagt explizit im Prolog (V. 43f.): *Er ist ein gpaur in meinem muot / Der unrecht lept und läppisch tuot*[36]. Wittenwiler zielt also nicht auf real existierende Bauern, sondern er bewegt sich im metaphorischen Sinn: Seine Bauern stehen für eine *tumbe* Gesellschaft, die dabei doch den Anspruch aufrechtzuerhalten sucht, die höchste höfisch stilisierte Form mit dem ihr eigenen Ethos zu erfüllen.

Bertschi wollte sich mit dem Turnier vor den 'Damen' bewähren und ihre Gunst erringen. Er stürzt vor seiner angebeteten Mätzli zu Boden. Und sein Fall ist gleichzeitig tiefer. Er stürzt auch metaphorisch, indem er die 'Damen' auf wüste und unflätige Weise beschimpft. Aber es ist wie bei den Rittern des höfischen Kontextes. Der *Junker* rappelt sich auf, und dies nicht nur beim Turnier: Dem kläglichen Auftakt zum Trotz folgt nun dem höfischen Modell entsprechend die Werbung. Hier geben die literarisch-höfischen Verhaltensformen die Handlungsmuster ab, die jedoch von

---

ihr mich jetzt gebracht!" Doch da dachte er an Mätzleins Herrlichkeit. Er schwieg schnell, er bedauerte, was er gesagt hatte. Sogleich stimmte er ein anderes Lied an: ‚Ich will kein Biedermann sein, wenn ich nicht der Damen Gunst erwerben will und ist's auch vierfach mein Tod!'"

33 Haug, S. 326.

34 Ebd.

35 Ebd.

36 Verse 43-44: „Meiner Meinung nach ist der ein Bauer, der in falscher Weise lebt und sich närrisch benimmt."

der krassen bäurischen Wirklichkeit wieder überrollt werden. Bertschi *dient frawn Mätzen nacht und tag* (V. 1283), er schleicht um ihr Haus und gibt nicht mehr den höfischen Turnierritter, sondern den klagenden Minner:

'Ich wil nach dir verderben,
Nach dir so will ich sterben.'[37]

Doch die hohe Minnedame lässt sich nicht blicken. In seiner Verzweiflung reißt Bertschi den Verputz von ihrer Hausmauer und beißt hinein. Die Angabe im klassischen Minnesang, der klagende Sänger sei von Sinnen, wird hier wörtlich genommen. Schließlich bringt der Minnesänger Bertschi der Dame ein Ständchen. Aber dazu holt er sich einen Spielmann zu Hilfe, der tief in der Nacht unter Mätzlis Fenster mit ganzer Lungenkraft auf dem Dudelsack zu blasen beginnt:

Über al daz bekk erschal,
Daz es erchnal in perg und tal.
Seu chomen hin zuo Mätzleins haus.[38]

Die Angebetete hat den Lärm gehört und reagiert in einer Art und Weise, die man so nun nicht erwartet hätte:

Die pot den ars zum fenster aus.
Do sprach Bertschi ieso zhant:
'So wol mir, daz ich ie derchant
Deinen amblik wol gestalt!
Halt her, liebes Mätzli, halt!'[39]

In der nächsten Szene überrascht Bertschi die begehrte Mätzli im Kuhstall; und man sieht, dass Wittenwiler in seinem parodistischen Eifer auch vor der Verkündigungsszene und dem Mariengruß nicht Halt macht, indem er diesem eine besonders denkwürdige Wendung gibt, wenn er den 'Engel' Bertschi sagen lässt:

Ich pins Bertschi: ghab dich wol!
Ich mach dich aller fröden vol.
Mätzli do so hart dercham,
Daz sei Bertschin nit vernam,
Und huob an zgreinen und auch grain.
'Naina, Mätzli, naina, nain!'
Bertschi sprach; er was nicht faul:
Die hand schluog er ir für daz maul.
Ein zabeln huob sich und ein bossen,
Daz die milch ward umb gestossen.
Daz gie der kuo ze hertzen:
Die hürner ward sie stertzen,

---

37 Vers 1294f.: „Um dich will ich verderben, um dich nur will ich sterben."

38 Verse 1378–1380: „Überall erscholl nun das Instrument, so daß Berg und Tal das Echo wiedergaben. Sie kamen zu Mätzleins Haus:"

39 Verse 1381-1385: „Die streckte ihren Arsch aus dem Fenster heraus. Bertschi sprach sogleich: ‚Wohl mir, daß ich dein herrliches Antlitz je kennengelernt habe! Reich's her, liebes Mätzli – reich es her!'"

Lüejen und auch rauschen
Emmitten durch den hauffen.
Sei cratzt, er rauft, die kuo die stach:
Daz wunder nie chain man gesach.[40]

Für Bertschi bleibt in diesem lärmenden Chaos nur die Flucht. Aber einer wie er, der will, was er will, gibt nicht auf. Also steigt er Mätzlis Eltern aufs Dach (wörtlich); er bricht freilich durch dieses Dach und fällt ins Herdfeuer des Hauses. Der Vater seiner Angebeteten zieht ihn heraus, Bertschi gibt ihm einen Faustschlag und entkommt. Zur Strafe wird Mätzli in den Speicher gesperrt. Bertschi leidet unter der Trennung sehr. Mätzli noch mehr:

Mätzli sas allaine,
Sei schawt ir weissen paine.
Do sach sei ir vil praunen mutzen:
Sölich zuchen, rupfen, smutzen
Huob sich auf den rauhen fleken,
Reissen, chlenken und ainzweken,
Dar zuo fluochen, trewen, schelten,
Das des jamers ghort man selten.
Mätzel zuo der futzen sprach:
'Got geb dir laid und ungemach
Und dar zuo allen smertzen,
Den ich an meinem hertzen
So pitterleichen dulde
Nür von deiner schulde!'
[...]
Do hiet Mätzel langes har
Und churtzen muot: ja, daz ist war!
Wie schier so ward die taiding chrumb!
Mätzli chert sich wider umb:
Hiet sei vor geschulten ser,
Zartend ward sei dreistund mer
Mit streichen und auch salben
Die mutzen allenthalben.
Hin wider sprach sei zuo dem pletz:
'Got dich alles laids dergetz
Und püess dir deinen smertzen:
Des bitt ich in von hertzen!
Dar zuo wil ich dich auch pitten:
Habist von mir ichtz gelitten,
Vergib mirs! Auf mein rechten aid:

40 Verse 1424-1439: „Ich bin's, Bertschi: dir geht's gut! Ich erfülle dich mit allen Freuden." Mätzli war so erschrocken, daß sie Bertschi nicht verstand, sondern zu heulen anfing und losplärrte. „Nein. Mätzli, nein, nein!" sprach Bertschi. Ungesäumt schlug er ihr die Hand vors Maul. Da begann ein Gezappel und Gestoße, daß die Milch umgeworfen wurde. Das ärgerte die Kuh: Sie richtete die Hörner hoch auf, brüllte und stürmte mitten durch den Haufen. Die kratzte, er raufte, die Kuh stach: solch einen Aufruhr hat sonst keiner je gesehen."

Es rewt mich ser und ist mir laid!
[…]
Sälich müess er werden,
Der nach dir wil verderben!'
Daz was auf Pertschin do gedacht,
Der ů̊r fröd und wunne pracht
Ieso schier in irem hertzen,
Also daz sei alles smertzen
Gar und gäntzleich do vergass.
Hietz im vor getragen hass,
Daz ward alles do verchert:
Der minne feur sich also mert,
Daz sei dem gsellen ward so hold
Und hölder dann dem liechten gold.
Erst do huob sich mätzigschäft,
Chlüngeln-chlangeln und ein gprächt
Zwüschen paiden seiten.
Die minn die ward seu reiten
Also ser, daz seu vergassen,
Was seu trunken oder assen.
Diz leben ward in gar ze sur;
Seu hietens paideu von natur:
Ie minr man lieb zuo liebe liess,
Ie mer sich hertz zuo hertzen stiess,
An essen seu ab namen
Und chürtzleich dar zuo chamen,
Daz seu die ärs nicht mohten wegen;
Dar umb so muosten seu sich legen
Nider auf die benke.[41]

---

[41] Vers 1564–1632: „Mätzli saß allein und betrachtete ihre weißen Glieder. Als sie ihre tiefbraune Mutze sah, da begann ein solches Ziehen, Rupfen, Schlagen, Reißen, Flechten und Zwicken unter Fluchen, Drohen, Schelten auf dem haarigen Flecken, daß man nie einen solchen Jammer gehört hatte. Mätzel sprach zu ihrer Fotze: ‚Gott geb dir Leid, Ungemach und alle Schmerzen, die ich in meinem Herzen nur durch deine Schuld so bitterlich erdulden muß!' […] Mätzel hatte fürwahr langes Haar und kurzen Verstand: wie bald verkehrte sich nämlich das Gerede ins Gegenteil! Mätzli besann sich anders: hatte sie vorher heftig gescholten, so wurde sie nun dreifach so zärtlich. Sie streichelte und salbte die Mutze überall und sprach nunmehr zu dem Plätzen so: ‚Gott vergelte dir alles Leid und heile deinen Schmerz: von Herzen bitte ich ihn darum! Dazu bitte ich auch dich: Ist dir Leid von mir widerfahren, vergib mir! Ich schwöre: es reut mich zutiefst und dauert mich!' […] Selig soll werden, wer um deinetwegen verderben will!' Das war auf Bertschi gemünzt, der in ihrem Herzen sogleich Freude und Wonne erregte, so daß sie allen Schmerz ganz und gar vergaß. Hatte sie ihn zuvor gehaßt, so wurde dies nun ins völlige Gegenteil verkehrt. Das Feuer der Minne flammte so hoch auf, daß sie dem Gesellen nun ebenso gewogen wurde wie dem glänzenden Gold, ja noch gewogener. Nun erst begann eine Poussiererei, ein Techtelmechtel, ein Getue auf beiden Seiten. Die Minne fing an, sie so gewaltig zu reiten, daß sie nicht wußten, was sie aßen oder tranken. Dieses Leben wurde ihnen gar zu sauer. Von Natur aus war ihnen beiden dies gegeben: je weniger man die Liebe zur Liebe ließ, desto mehr sehnte sich das Herz zum Herzen. Sie aßen immer weniger und ka-

Die Beschreibungen der Liebeskrankheit, die man aus den höfischen Romanen (etwa aus Heinrich von Veldekes *Aeneas*-Roman) kennt, werden hier ins Parodistische, Komische und Vulgäre getrieben (Veldekes Lavinia debattiert mit ihrer Mutter über die Liebe; Mätzli hat eine ganz andere 'Diskussionspartnerin'). Ähnliches geschieht mit der Kommunikation zwischen den Liebenden. Gerade so wie Aeneas und Lavinia sich Liebesbriefe in hohem Stil schicken, tun dies auch Bertschi und Mätzli: Bertschi will der Verschlossenen einen Liebesbrief schicken und bedient sich dabei dann auch des Dorfschreibers. Zunächst aber versucht er sich selbst als Liebeslyriker, dichtet ganz *comme il faut*, nur um dann sehr schnell zum eigentlichen Ziel seiner höfischen Werbung zu kommen:

‚Got grüess dich, lindentolde!
Lieb, ich pin dir holde.
Du bist mein morgensterne;
Pei dir so schlieff ich gerne.'[42]

Der Schreiber Nabelreiber setzt diese sehr deutliche Einladung in eine galantere, höfischere Version um. Der Brief wird mit einem Stein beschwert und durch das Speicherfenster zu der von der eigenen Familie gefangen gesetzten Mätzli geworfen. Er erreicht sein Ziel, trifft Mätzli dabei aber so am Kopf, dass sie bewusstlos zu Boden stürzt. Nach wilden Verwicklungen und einer umständlichen Debatte im Dorf, ob man heiraten solle oder nicht, erreichen die beiden Verliebten dann doch ihr Ziel: das Hochzeitsfest. Walter Haug hat das so beschrieben:

> Das Fest, zu Gast sind die Dorfnachbarn aus Nissingen (=Laushausen), beginnt mit einer wilden Fresserei und Sauferei. Es gibt Äpfel, Birnen, Nüsse, Käse, dann Eselbraten, Gersten- und Haferbrot, Kraut mit Speck und Grieben, Fisch und Eier. Und dazu werden Unmengen Apfelmost, saure Milch und Wasser gesoffen. Aber das ist alles noch nicht genug, man rafft unersättlich zusammen, was sich im Hause findet. Was die festliche Form betrifft, so wird gesagt, dass Frauen und Männer sich zum Tisch drängen wie die Schweine zum Trog. Der eine versucht dem andern den besten Bissen wegzureißen, man legt sich gegenseitig herein, man balgt und lacht, man beschmiert und bekleckert sich. Es ist ein wahrhaft säuisches Festfressen, und es endet entsprechend unflätig mit Gefurz, Gekotz und Gepisse. Dann spielt der Pfeifer zum Tanz auf, man dreht sich, bis man vor Erschöpfung umsinkt, um immer wieder aufs Neue zu beginnen, bald angetrieben von Liedern und bald von Musik: sie stampfen und trampeln wie die Wildschweine.[43]

Beim Tanz passiert es dann: Der Lappenhausener Eisengrein will der Gredel aus Nissingen seine Minne andeuten und kratzt sie zum Zeichen dafür in der Handfläche, freilich so fest, dass sie blutet. Das geht ihrem Onkel zu weit, er stellt Eisengrein zur Rede, es entsteht der Strudel einer Schlägerei, in den es alle Männer mit Macht hineinzieht, während die Frauen sich heillos in Sicherheit zu bringen versuchen.

---

men bald soweit, daß sie die Ärsche nicht mehr bewegen konnten. Deshalb mußten sie sich auf die Bänke legen."

42 Vers 1860–1863: „Gott grüß Dich, Lindenkrone! Ich bin Dir hold, Geliebte. Du bist mein Morgenstern; gern schliefe ich bei Dir."

43 Haug, S. 328.

Fäuste fliegen, dann die Spieße, die Dreschschlegel und Stangen. Bertschi läutet die Kirchenglocken, und das ganze Dorf strömt herbei, bewaffnet mit Armbrüsten, Bogen und Pfeilen; man schießt und schlägt auf die Nissinger ein, bis die fliehen, wobei sie ihre Mädchen zurücklassen müssen, über die nun die Lappenhausener herfallen. Der heftige Angriff auf die Nissinger, die Massenvergewaltigung der Frauen (man kann das nicht anders nennen) bedeuten Krieg. Und dieser Dorfkrieg wird zum Weltkrieg.

Der dritte Teil des Romans gilt - neben der retardierenden Schilderung der Hochzeitsnacht Bertschis und Mätzlis - der großen Bauernschlacht. Zunächst gibt es Beratungsszenen; die beiden Parteien suchen Bundesgenossen. 72 Städte in ganz Europa werden um Hilfe angegangen - Wittenwiler zählt sie alle auf, und richtig: man schickt auch nach Augsburg, was nicht ohne Wittenwilers Spott über die Konkurrenz zwischen Ulm und Augsburg bleibt. Niemand aus den Städten, regiert von vernünftigen Stadträten, folgt freilich dem Aufruf, nicht einmal die aus Augsburg. Man muss sich anderweitig umsehen, und so kommen schließlich Heere mit „z.T. irreal-bizarren Figuren zusammen: auf Seiten der Lappenhausener kämpfen 1100 Hexen, 7 Riesen, 1000 Heiden und 50 Narrenheimer. Auf Seiten der Nissinger 1098 Zwerge, 4 Recken, 79 Mätzendörfer und - 120 *Schwyzer*. Die Nissinger sind zahlenmäßig unterlegen, aber durch Verrat wird Lappenhausen schließlich eingenommen und alles, was lebt, niedergemacht.“[44] Aus dem wilden Spaß ist bitterer, sehr bitterer Ernst geworden. Übrig geblieben ist nur Bertschi, der sich in einem Heustadel verschanzt hat. Von den Nissingern belagert, hält er stand. Die Belagerung gipfelt in dem Versuch, ihn auszuhungern. Bertschi aber frisst Heu, so dass die Nissinger vor dieser Gestalt das Entsetzen packt und sie fliehen. Bertschi geht durch sein ausgeraubtes, ausgebranntes Dorf und sieht Leichen, wohin er schaut, tote Männer, Frauen und Kinder, darunter auch Mätzli:

Gen Lappenhausen cham er do
Und sach, wie da verderbet was
Haus und hoff, daz laub mit gras,
Man und weib mit sampt dem kind,
Er und guot also geswind
Und sein liebeu hausfrauw tod:
Das pracht im jamer, angst und not.
Das wasser im zum augen gie,
Ein stärkeu ammacht in gevie,
Das er wol ein halben tag
Sam ein andrer toter glag.
Des cham er zuo im selber do;
Ein sendes gschrai derhuob er so:
‘Owe, jämerleicher tag,
Das ich dich ie gelebet hab!
Des muoss ich iemer leiden pein
Mit chlagen an dem hertzen mein

[44] Ebd., S. 329.

Und mangen pittern jamer dulden
Nicht anders dann von meinen schulden,
Das ich so weisleich was gelert
Und mich so wenig dar an chert.
Wie chlaine wolt ich es gelauben –
Nu sich ich selber mit den augen:
Wer heut lebt, der stirbet morn!
Wie schier ein man auch hat verlorn
Alles, das er ie gewan!'
Da mit gedacht er auch dar an,
Wie sich älleu dinch vergend,
Die an unsern werchen stend,
Dann allaine gottes vorcht,
Gottes minne unverworcht.
Also fuor er hin so bald
Enmitten in den Swartzwald.
Da verdienet der vil gwär
In gantzer andacht an gevär
Nach disem laid das ewig leben.
Das well uns auch der selbig geben,
Der wasser aus dem stain beschert
Hat und auch ze wein bekert!

Amen.[45]

Quellen

Auch in diesem Zusammenhang hat die Forschung die Frage gestellt (oder darüber gestritten), ob Wittenwiler sich nach dem durchaus ernst gemeinten *memento mori* nicht über dieses Einsiedlerleben am Ende eher lustig macht und es als letzte Torheit Bertschis sehen will. Der Rückzug in die Einsiedelei oder ins Kloster lässt an den Simplicissimus, Bertschis Nachfahren, denken, oder an seine Vorgänger: an Markes Klostergang nach dem Tod Tristans und Isoldes, an Lancelot nach dem Tod der

---

45 Vers 9661-9699: „Dann kam er nach Lappenhausen und sah, daß da Haus und Hof, Laub und Gras, Mann, Frau und Kind, Ehre und Besitz zugrunde gegangen waren und daß seine liebe Ehefrau tot war: das schuf ihm Kummer, Angst und Not. Das Wasser stieg ihm in die Augen, tiefe Ohnmacht fiel ihn an, so daß er wohl einen halben Tag wie tot dalag. Darauf kam er zu sich und erhob ein jammervolles Geschrei: ‚O weh, Tag voller Jammer, daß ich dich jemals erlebt habe! Dafür muß ich in meinem Herzen stets Pein und Klage leiden und viel bitteren Jammer erdulden, allein durch meine eigene Schuld. Wie weise war ich doch belehrt und wie wenig habe ich mich darum gekümmert! Wie wenig wollte ich es annehmen – nun sehe ich es mit eigenen Augen: Wer heute lebt, der stirbt morgen! Wie rasch hat ein Mensch alles verloren, was er je gewonnen hat!‘ Dabei dachte er auch daran, daß alle Dinge vergehen, die von unseren Werken abhängen, ausgenommen Gottesfurcht und die unverwirkte Liebe Gottes. Und alsbald ging er hin mitten in den Schwarzwald. Dort verdiente der wahrhaft Aufrechte in tiefer Andacht ungefährdet nach dem irdischen Leid das ewige Leben. Das wolle auch uns der schenken, der Wasser aus dem Stein beschert und es außerdem in Wein verwandelt hat. Amen.“

geliebten Königin, an Willehalm und andere. Bertschis Einsiedelei ist also zuerst einmal eine literarische Variante. Aber was ist das für eine irre Geschichte und wie kommt sie zustande?

Sie speist sich zum Teil aus Wittenwilers unmittelbarer Realität: Bruno Boesch hat im Schweizerischen Archiv für Volkskunde die „Fragen rechtlicher Volkskunde in Wittenwilers *Ring*" erörtert und eine Fülle von Beziehungen - etwa im Bereich der Eheschließung - zu Bräuchen der Gegend und der Zeit gezeigt.

Die Geschichte speist sich natürlich - das wurde schon gezeigt - auch aus der Literatur. *Der Ring* bietet nicht nur den Lauf der Welt, er bietet fast so etwas wie eine kleine Enzyklopädie der Intertextualität. Für die Handlung und ihre Quellen kann man dabei festhalten:[46] Es lag eine Vorlage für das Gerüst der Bauernhandlung vor. Dabei handelt es sich um den Bauernhochzeitsschwank „die Bauernhochzeit", in einer Fassung, die man „*Metzenhochzit*" nennt. Wittenwiler hat dieses Gerüst aber deutlich ausgeweitet und um alle oben geschilderten Einzelheiten erweitert: So hat er die Geschichte von Bertschis Werbung mit Turnier und Ständchen, die Versuche, sich seiner Geliebten zu nähern, die Liebesbriefe und die damit verbundenen, zum Teil sehr heftigen Handlungsstränge und Gefühlsäußerungen (wie Mätzlis Debatte mit ihrer *mutzen*) hinzugefügt. Das alles kommt einerseits aus der höfischen Klassik und parodiert andererseits diese höfische Klassik. Auch andere Traditionslinien der Literatur hat Wittenwiler herangezogen und weitergeführt; diese Linien zeigen besonders deutlich, dass er mit der so genannten Neidhart-Literatur bestens vertraut war. Dies wird etwa beim Aufeinandertreffen des bekannten Bauernfeindes mit den Bauern aus Lappenhausen im Turnier des ersten Teils evident. Weiter verwendet Wittenwiler die höfische Lieddichtung, etwa in einem Rondeau-förmigen Hoflied (V. 1758-1765) oder in einem Tagelied (V. 7100-7107). Dazu kommen Tanzlieder. Zusätzlich setzt Wittenwiler die damals populäre Heldendichtung (z.B. das *Eckenlied*) ein; Dietrich von Bern, Hildebrand, Laurin mit seinen Zwergen und andere werden als handelnde Personen vorgeführt und spielen im Kriegsgeschehen des dritten Teils ihre Rollen. Auch bekannte Namen aus den höfischen Romanen fallen dort. Dazu kommen im dritten Teil Hexen. Diese entspringen freilich nicht dem Bereich der höfischen Literatur, der Heldenepik oder wilder Phantastik. Sie sind vielmehr, wobei wieder der Brauchtumshorizont sichtbar wird, dem Bereich der alemannischen Fastnacht entnommen, deren Einfluss sich auch sonst zeigt. Eine Entdeckung Bruno Boeschs - eben dieser Fastnachtsbezug - hat Kurt Ruh auch zur konsequenten Aufdeckung der Zeitstruktur der Handlung geführt:

> Die Handlung setzt ein mit der Herrenfastnacht am Sonntag *Estomihi*; das ist das Vergnügen der Nobilität, und es besteht in spaßhaften Turnieren. Am nächsten Sonntag, der *allermans fasnacht* (Fastnacht für alle) – dieser und der folgende Begriff stammen nicht aus dem *Ring*, sondern aus Sebastian Brants *Narrenschiff* – findet das Hochzeitsfest mit Beilager statt, am *geilen* (ausgelassenen) Montag die Kriegsvorbereitungen, die lappenhausenerseits als Gaudi bestritten werden, am Dienstag, dem *eritag*, die große Schlacht – als letzter

46 Vgl. zum Folgenden: Brunner, Wittenwiler, Sp. 1283-84.

überbordender Fastnachtsulk mit den Masken der Vorzeit - der Schluss mit dem Eremitenleben Bertschis signalisiert Aschermittwoch.[47]

Lehre(n)

Die Handlung folgt weitgehend dieser Struktur. Das alles ist aber nur ein Teil des Buches (der in der Handschrift in der Regel mit der genannten grünen Linie gekennzeichnet wird). Wittenwilers *Ring* trägt den Titel zu Recht und erfüllt gleichzeitig den Anspruch der enzyklopädischen Lehre. Diese Lehre wird - nicht immer ganz konsequent - durch die roten Linien am Rand gekennzeichnet; und man kann für den Bereich der Lehre generell feststellen:[48] Die Anordnung der zahlreichen Lehren folgt nicht ihrer eigenen Systematik, die sich aus der Sache ergeben würde und die sich an den einzelnen mitgeteilten Lehrgegenständen orientieren würde; sie ergibt sich vielmehr aus dem Verlauf der Handlung, mit der die Lehren verbunden und in die sie eingelassen sind. Generell kann man nicht von einer Sammlung theoretischer Kenntnisse sprechen, von der Orientierung an einem Lehrgebäude, sondern von einem „pragmatischen Ordnungswissen für Laien", wobei die Lehren auch auf sehr verschiedenen Ebenen vermittelt werden. Der Anspruch auf Vollständigkeit wird dabei weder erhoben noch eingelöst, wie Horst Brunner bemerkt hat: Schöpfungsgeschichte und Kosmologie fehlen ebenso wie die Darstellung der Heilsgeschichte. Stattdessen wird der Leser im ersten Teil ausführlich über das „weibliche Schönheitsideal, über die Ausrichtung eines Turniers, über Taufe und Bußsakrament" informiert; „er erhält eine Minnelehre und zwei vorzügliche Muster rhetorisch gestalteter Liebesbriefe; er gewinnt Einblick in die ärztliche Arbeitsmethode." Diese „ärztliche Arbeitsmethode" wird gleichzeitig wild persifliert, wenn der Arzt Chrippengrah (von Brunner mit „Grapschkräh" übertragen) die Heldin Mätzli Rüerenzumph mit seiner *wurzen* verarztet (V. 2096ff.). Die „zentrale didaktische Bedeutung" kommt nach Brunner dem zweiten Teil der Erzählung zu: Wir begegnen hier der Ehedebatte mit ihrer ausführlichen Diskussion der Frage, ob man überhaupt heiraten solle. Hier werden positive und negative Aspekte der Ehe zusammengetragen und (uns) allen vorgeführt. Gleichzeitig wird das Vorgehen bei der Brautwerbung ebenso thematisiert wie die nötigen Eigenschaften eines Ehemanns. Dazu kommt eine kurze praktisch orientierte christliche Laienlehre. Man hört von dem, was ein Laie der Zeit unbedingt von Glaubensdingen wissen muss. Das ist nicht viel: Der Wortlaut des Vater Unser, des Ave Maria, des Credo, des Confiteor. Die Lehren um den Haushalt (Gesundheit, Tugend, Haushaltung, Tischzucht) schließen diesen Bereich ab. Im dritten Teil geht es um die Thematik von Kampf und Krieg. Dabei werden politisches Handeln und Verhandlungen im Vorfeld eines Krieges vorgestellt, man lernt wie man einen Boten zu behandeln (oder eben auch nicht zu behandeln) hat, man hört von den Beratungen und diplomatischen Verhandlungen vor Kriegsbeginn, von

---

47 Ruh, Laiendoktrinal, S. 349f.

48 Im Folgenden nach Brunner, Wittenwiler, Sp. 1285–1287.

den Bündnis- und Vermittlungsfragen, vom korrekten Ablauf einer Kriegserklärung, vom detaillierten Ablauf einer Schlacht und einer Belagerung. Musterhaft eingewoben sind in diesen Teil eine Totenklage und ein ausführlicher Städtekatalog. Auch in formaler Hinsicht ist Wittenwilers Lehrgebäude vielfältig. Wittenwiler hat, wie Brunner festgestellt hat, eine Reihe unterschiedlicher Darstellungsformen aufgeboten: „Am häufigsten findet sich der frontale Lehrvortrag, die Rede; ferner gibt es Formen der Disputation mit Rede und Gegenrede und abschließendem Fazit, musterhafte Beschreibungen und Mustertexte, Sprichwörter; auch begegnen Teile der Handlung, die unmittelbar positive Lehren enthalten, ferner solche, die das richtige Verhalten oder die richtige Beurteilung am Negativbeispiel zeigen, *exempla e contrario* (vergleiche etwa die Beschreibung von Mätzlis Schönheit oder die [grobianische] Tischzucht)." Für diese didaktischen Teile hat Wittenwiler, dessen hoher Bildungsgrad hier hervorscheint, vor allem lateinische Vorlagen heran gezogen.[49]

Wittenwiler steht mit einer solchen Lehr-Summe in seiner Zeit nicht allein. Didaktische Summen sind beliebt; Christoph Huber[50] nennt eine ganze Reihe von „moraldidaktischen Großwerken mit der Tendenz zur Summe"; denn die deutsche Literatur hat von der mittelhochdeutschen höfischen Klassik bis circa 1500 eine Reihe repräsentativer Lehrdichtungen hervorgebracht, die teils als Originalwerke, teils als Übersetzungen und Bearbeitungen in ein europäisches literarisches Netzwerk (mit Ausläufern im Orient) verwoben sind. Dabei handelt es sich um das große moraldidaktische Lehrgedicht aus der Feder des Bamberger Schulrektors Hugo von Trimberg: dessen *Renner* (24611 Verse), das um 1300 abgeschlossen und mit Nachträgen bis 1313 erweitert worden war. Hinzu kommt das verzweigte Korpus der Schachallegorien (z.B. des Jacobus de Cessolis, urkundlich belegt 1288). Den Schwerpunkt auf die Ständedidaxe legt die anonyme Allegorie von *Des Teufels Netz*, die man - wie Wittenwiler - im Umfeld des Konstanzer Konzils 1414 vermutet. Drei Jahre zuvor (1411) hat der Südtiroler Adlige Hans von Vintler (nach einer italienischen Vorlage) seine *Blumen der Tugend* (10127 Verse) nach einem vorgegebenen Schema (von Tugend- und Lasterpaaren) abgeschlossen. Zur gleichen Zeit eben (etwa 1408-10) ist Heinrich Wittenwilers *Ring* entstanden. Die Reihe dieser Werke schließt Huber mit Sebastian Brants *Narrenschiff*, zuerst gedruckt in Basel 1494. Das *Narrenschiff* bietet zudem eine interessante Parallele zum *Ring*, nämlich den Fastnachts-Hintergrund, vor dem die „positive Lehre im Zerrbild der Narrheit" gebrochen wird. Auch Brants Gedicht erhebt, wie Wittenwiler, „den Anspruch umfassender moralischer Weltorientierung". Hier wird also das Umfeld sichtbar, in dem Wittenwiler schreibt.

---

49 Bislang hat man mindestens folgende Werke erkannt, von denen nur einige genannt werden können: Die deutsche *Minnelehre* des Johann von Konstanz, die Bibel, die *Legenda Aurea* des Jacobus a Voragine, den in die Ovid-Tradition gehörenden *Facetus moribus ac vita*, das *Didaskalion* Hugos von St. Viktor, verschiedene *regimina sanitatis*, Thomas von Aquin und das *Moralium dogma philosophorum*, die Pseudo-Bernhardische *Epistola de cura rei familiaris*, den Traktat des Bologneser Juristen Giovanni da Legnano *De Bello*.

50 Huber, S. 188.

Deutung(en)

Gerade vor den Werken aus diesem Feld tritt dann aber doch die Singularität des *Ring* hervor und es stellt sich die Frage, was Wittenwiler mit dieser riesigen, umspannenden Lehrsumme will. Was will er mit dieser tollen, irren Handlung? Was will er mit seinen aus Holz gedrechselten Masken-Menschen? Es bleibt das Problem der Deutung.

Drei große Deutungsversuche, die mir auch persönlich nahe sind, sind diejenigen Kurt Ruhs, Horst Brunners und einer Tagung der Oswald-von-Wolkenstein-Gesellschaft. Bei Ruh lernte ich in meinem ersten Hauptseminar, dass dies alles ein buntes Fastnachtstreiben sei und dass es sich um ein „Laiendoktrinal in Unterhaltung verpackt" handle. Für Ruh bestand kein Zweifel daran, welche Kreise der Verfasser angesprochen hat: die gebildeten Laien der städtischen Bevölkerung. Mit seinen Farblinien denke der Autor zudem an Leser, nicht an eine Hörergemeinschaft. Vor allem, so Ruh, sei es die Lehre selbst, die auf den gebildeten und bildungsbeflissenen Leser hinweise. Den Städter, nicht den Landmann interessieren Turnierregeln, brieflicher Verkehr *comme il faut* bei der Werbung, Kriegsstrategie [...]. Vollends könne die Schülerlehre, die unter anderem Auslandserfahrungen und Ausdauer im Lernprozess fordert, nicht für Bertschi und seinesgleichen bestimmt sein, einzig für den jungen Stadtbürger, der hohe Schulen als werdender Akademiker oder fremde Kontore als zukünftiger Großkaufmann aufsucht. Ruh weist[51] weiter darauf hin, dass die Lehre soweit sie als Rede, nicht als Exempel vorgetragen werde, den handelnden Personen in den Mund gelegt wird. Gerade dieser Umstand sei dazu angetan gewesen, Schwierigkeiten hervor zu rufen, seien doch die Verkünder dieser Lehren analphabetische Bauern, die erstens über solche Lehren nicht verfügten und zweitens ihnen als Narren stets und straks zuwider handelten. Besonders der letztere Umstand bewirke arge Verwirrung: „Man beurteilte Lehren von Toren vorgetragen, wenn nicht als Antilehre, so doch als unverbindlich. Aber gesunde und vernünftige oder gar kirchliche Lehre - und um solche handelt es sich - kann gar nicht plötzlich verkehrte oder unerhebliche Lehre sein".[52] Für Kurt Ruh behielten Lehren auch im Mund von Bertschi und seinen Narrengesellen ihre Gültigkeit: Entscheidend für das Verständnis des *Ring* sei vielmehr, dass „niemand die vorgetragenen Lehren anzuwenden versucht, ja auch nur bedenkt. Sinnlichkeit und Unvernunft herrschen uneingeschränkt in Lappenhausen, führen ja auch zur Katastrophe. Aber selbst diese Tatsache spricht nicht gegen die Vortrefflichkeit der Lehre, deren Richtigkeit grundsätzlich über allen Zweifel erhaben ist. Die Lappenhausener Katastrophe hat zu demonstrieren, wie es denen ergeht, die Lehre missachten. So gesehen ist die Ringhandlung als Ganze ein *exemplum contrarium*."[53] Dann wäre es nur besser zu machen und alles wird gut. Denn der Mensch, auch der Student, das war Ruhs tiefste Überzeugung, ist immer besserungsfähig.

---

51 Ruh, Laiendoktrinal, S. 353.

52 Ebd., S. 352.

53 Ebd., S. 353.

Im Würzburger Forschungsprojekt „Bild des Krieges“ war dagegen bei Horst Brunner zu erfahren, wie der letzte Herausgeber des *Ring* über diesen denkt. Ein erstes Kapitel in dem von uns gemeinsam herausgegebenem Band *Dulce bellum inexpertis* behandelt den *Ring* unter dem Titel „Reden, Blut, Trauer“; und dieser Titel ist charakteristisch für Brunners Interpretation. Schon in seinem Wittenwiler-Artikel im Verfasserlexikon hat Horst Brunner seine Ansicht, dass auch die Lehren ins Zwielicht rücken, klar begründet: „Die Notwendigkeit der meisten dieser Lehren ergibt sich aus einem Weltzustand, der durch ein Übermaß an menschlicher Unvollkommenheit, Unordnung, Verstörtheit, Aggressivität, körperlicher und geistiger Hinfälligkeit, Gefährdung, Ungesichertheit und Bedrohtheit zu charakterisieren ist. Der Ring zeigt auf geradezu beklemmende Weise die Negativität der irdischen Welt und ihrer sozialen Verhältnisse.“[54]

Wittenwilers Einstellung zur Welt und zu den Menschen, wie sie sich im *Ring* ausdrückt, könnte Brunners Ansicht nach „eng mit seiner Lebenserfahrung als gelehrter Jurist zusammenhängen. Aufgrund der Einsichten in die Lebensverhältnisse, in die 'wahre' Natur des Menschen, dürfte diesem Berufsstand auch im Mittelalter vielfach Zynismus nicht fremd gewesen sein, zumal in einer politisch-sozialen Umgebung, wie sie für Wittenwiler gilt. Der alles vernichtende Krieg, die völlige Auslöschung des Menschen, die wölfische Natur des Menschen selbst, scheint so etwas wie die letzte Konsequenz aus Wittenwilers Menschenbild zu sein“.[55]

Man sieht also, dass Gesamtdeutungen des *Ring* sich eher gegenseitig ausschließen. Jede Ring-Deutung, das hat Christoph Huber treffend bemerkt, laufe letztlich auf die Frage hinaus, wie sich die Textebenen von Schwank und Lehre einander zuordnen. Die Interpreten teilten sich, so Huber, in Lager und anhand des Wittenwiler-Symposiums der Oswald-von-Wolkenstein-Gesellschaft lasse sich diese 'Turnierteilung' eindrucksvoll beobachten: „Für die einen bietet der *Ring* letztendlich Lehrwahrheiten von höchster sozialer und religiöser Dignität [= Ruh]. Für die anderen dominiert die ins Extrem getriebene literarische Welt des Schwankes, die intellektuellen Experimenten ebenso wie wuchernder Fantastik Tür und Tor öffnet. Wittenwilers Dichtung wird als destruierender Umgang mit tradierten Normen, als Sinndekomposition verstanden“.[56] Man kann dabei noch weiter gehen: Walter Haug, der ja den *Ring* auch als Antiwelt des Höfischen beschrieben hat, hat sogar in den Lehren selbst ein dekonstruierendes Element ausgemacht:

> Wenn Wittenwiler sein Werk *Ring* nennt, dann deshalb weil er darin wie er sagt den Lauf der Welt einfangen will, und das heißt, es handelt sich weniger darum Einzelbeispiele für falsches Verhalten zu geben, als den Zusammenbruch einer ganzen Welt vorzuführen. Diese Perspektive dominiert; das Lehrgebäude aber schwebt weitgehend beziehungslos darüber. Man hat das Wissen um das richtige Verhalten auf allen Ebenen zwar zur Verfügung, aber man vermag es nicht anzuwenden, ja wenn man die Anwendung einmal versucht hat, dann zeigt es sich, dass sich gerade aufgrund der Wissensfülle jeder Position eine Gegenposition entgegenstellen lässt. Dies demonstriert zum Beispiel die Diskussion

---

54 Brunner, Wittenwiler, Sp. 1288.

55 Brunner, Reden., S. 39.

56 Huber, S. 209.

darüber, ob es besser sei zu heiraten oder ledig zu bleiben. Gründe und Gegengründe werden nach Art einer scholastischen Disputation in so langem Hin und Her vorgetragen, dass am Ende totale Ratlosigkeit herrscht. Das heißt, dass die autonom gewordene Moral - mit dem übrigen Wissensgut - in allen Aspekten zwar systematisch überschaubar geworden ist, dass man sich aber praktisch in der disparaten Fülle verliert. Der didaktische Überbau bietet also - mag auch alles richtig sein, was er ausbreitet - doch nicht die eigentliche Wahrheit.[57]

Diese Wahrheit liegt, Haug zufolge, vielmehr in der „hoffnungslosen Diskrepanz zwischen dem menschlichen Vermögen und der abgelösten universalen Lehre".[58]

Was aber bleibt dann? Das „Lachen, die Schrift und die Gewalt", wie Werner Röcke im Titel seines Beitrags im genannten Tagungsband der Oswald-von-Wolkenstein-Gesellschaft fragt, und die - so Röcke in einem anderen Beitrag - „Unvereinbarkeit von Triebstruktur und Didaxe"? Dazu käme, ebenfalls mit Röcke[59], die „Logik der Eskalation", die in eine Art „Gewalt des Erzählens" übergeht und zur Destruktion gar der Sprache selbst führt. Hans Jürgen Bachorski hatte solches schon 1988 hellsichtig erkannt: „Die vielfältigen Negationen paralysieren sich gegenseitig. [...] Im makkaronischen Sprachgemengsel geht das autoritäre Wort unter; in der synkretistischen Zitiererei aller lehrhaften und unterhaltsamen Gattungen des Mittelalters, die hier nur noch wechselseitig als Störungen wirken, verflüchtigt sich der eindeutige und sinnstiftende Gestus ihres Umgangs mit Welt, und in der vielfachen Negation der traditionellen Ideologien schwindet die vorgebliche Eindeutigkeit und Geschlossenheit des mittelalterlichen Weltbilds vollends."[60]

Bachorski hat das im genannten Tagungsband auf den Punkt gebracht: Wittenwiler erscheine „wie ein Kind, das mit großem Ernst höchst konzentriert aus vielen, vielen Bausteinen sorgfältig einen großen Turm baut - einzig aus dem Grunde, ihn dann mit ausgelassener Freude umzuhauen. Was ihn umtreibt, ist die Lust am Verbrauch allen greifbaren Materials zur Veranstaltung einer großen Zerstörung - oder nennen wir es literaturwissenschaftlich seriöser: einer radikalen Dekonstruktion."[61] Diese Forschungsansätze stammen aus den 90er Jahren des letzten Jahrhunderts, und da muss noch der Name Bachtin fallen. Er tut es bei Christine Stridde: „Dieses von Wittenwiler angewandte Verfahren, das von der Parodie der in der Text-Tradition vorgefundenen Motive startet, lässt sich mit Bachtin als ‚grotesker Realismus' beschreiben. Wesentlich für den ‚grotesken Realismus' ist die karnevaleske Schaulust."[62]

Der Weg führt von da konsequent in der zuletzt entstandenen Dissertation (Hagen) zum „Vexierbild" des *Ring*, zum Burlesken und Grotesken und zur „Karnevalisierung" - so ein Titel eines Kapitels. Das trifft alles zu. Der Text spielt ja sogar im Karneval. Aber die Fastnacht ist die Zeit vor dem Aschermittwoch. Am Ascher-

---

57 Haug, S. 179.
58 Ebd.
59 Röcke, Drohung, S. 138.
60 Bachorski, Negationen, S. 482.
61 Bachorski, Dialogisierung, S. 258.
62 Stridde, S. 308.

mittwoch macht man sich ein Kreuz mit Asche auf die Stirn und die Zeit der Buße beginnt, bis dann Ostern die Erlösung naht. Das heißt: *Der Ring* könnte so gelesen, auch eine andere, nicht ganz so dekonstruktivistisch poststrukturalistische Ordnungs-Ebene bieten.

Auch Horst Brunner folgt im *Verfasserlexikon* eher der dekonstruktivistischen Position Bachorski/Röcke/Stridde, gibt ihr jedenfalls das letzte Wort und setzt sich - vorsichtig - von Eckart Conrad Lutz ab: „Offen bleiben muss - was Lutz in der bisher bedeutendsten Werk-Monographie zum *Ring* nachzuweisen sucht -, ob man diese Sicht aus der allegorischen Tradition der lateinischen Literatur ableiten kann (die in vielen Details zweifellos von Einfluss war); der *Ring* wäre demnach als allegorisches Exempel für blinde Diesseits-Verhaftung zu lesen“.[63]

Brunner, wie gesagt, will dies eher offen halten. Ich möchte dagegen wieder an den Beobachtungen von Ruh und Lutz (1992) anschließen und zum Ende drei Gedanken kurz andeuten:

1. Walter Haug hat den höfischen Roman in vielen Details als vorausgehendes Modell des Anti-Modells *Ring* gedeutet: Man erkennt dies in Wittenwilers Umgang mit dem höfischen Turnier, mit dem höfischen Fest und dem höfischen Singen, mit den höfischen Verhaltensweisen. Wie wäre es aber, würde man den *Ring* als Ganzen auch als Anti-Modell zum höfischen Erzählen verstehen und lesen (was nicht heißen muss, dass Wittenwiler ihn bewusst als solches geschrieben hätte)? Der höfische Roman ist bekanntlich geprägt vom Modell des zweifachen Weges, dem ersten Weg des Helden, der ihn im Aufbruch vom Artus-Hof hinausführt in die feindliche Welt, wo er eine Reihe von *âventiuren* besteht, eine Frau und ein Reich erwirbt (oder festigt). Er stürzt in eine tiefe Krise und muss sich auf einem zweiten Weg erneut erheben und bewähren, auf dem er auch Mitmenschlichkeit erlernt, Nächstenliebe üben muss, sich im Bezug auf die Gesellschaft, nicht nur auf seine Ehre oder seine *minne,* zu definieren lernt. Dieser zweite Weg führt ihn weg vom Hof, sehr tief hinab in andere feindliche Welten, in Gegenwelten; er begegnet der Ander-Welt, bewährt sich und gelangt zu einem gesellschaftlich höheren Ansehen, zu einem höheren Sein, zur Einsicht in die göttliche Ordnung der Welt und zur moralischen Perfektion.
   Bertschi Triefnas dagegen bleibt daheim. Er muss nicht hinaus in die Welt. Er erwirbt sich seine Frau zuhause im kleinen Dorf Lappenhausen. Der Weg führt in die Ehe. Die Bewährung erfolgt nicht in der *âventiure.* Sie erfolgt überhaupt nicht. Die Ander-Welt muss nicht gesucht und im Weg des Helden nach dort draußen erfahren werden. Sie bricht in dessen Welt ein, oder besser: Sie ist immer schon da gewesen, Bestandteil seiner Welt. Am Ende steht nicht der Aufstieg zu höchsten Höhen, sondern der Untergang der gesamten Gesellschaft. Das Erzählmodell des höfischen Romans ist nicht mehr vorhanden. Es ist implodiert, vielfältig verändert und

[63] Brunner, Wittenwiler, Sp. 1288.

gebrochen, ins Gegenteil verkehrt. Die Welt der höfischen Ideale, aber auch ihre Struktur, ihr Erzählmodell existiert nicht mehr. Was aber existiert stattdessen? Das Neue sichtlich noch nicht. Aber nur das destruktiv-destruierende Chaos?

2. Mir scheint es interessanter, statt sich über die Gültigkeit der Lehren im *Ring* oder deren Dekonstruktion zu streiten, den *Ring* daraufhin zu betrachten, was er nicht ist. Wenn seine Lehren oder viele seiner Lehren als *exemplum contrarium* entwickelt werden, warum sollte man dann nicht den Entwurf als Ganzes auch so verstehen? Blicken wir auf die Lehren und fragen uns also, was nicht gelehrt wird. Der Ring bietet eine Enzyklopädie des Wissens und des Lehrhaften, die schon besprochen wurde. Was aber bietet er dabei nicht? Er bietet – anders eben als die großen Enzyklopädien seiner Zeit - keine Weltgeschichte. Das Weltbild des *Ring* ist zyklisch; das ist kaum überraschend bei dem Titel. *Der Ring* zeigt das menschliche Verhalten in steter Wiederkehr, aber woher es wiederkehrt, wird nicht gesagt. *Der Ring* ist letztlich ohne Geschichte, ein *mär*, eine Geschichte, die nur im Moment, nur im Jetzt existiert und die weder Vergangenheit noch Zukunft kennt. Die Geschichte ist so als hätte sie nicht stattgefunden. Die Erlösungstat Christi wird nicht erwähnt. Und die Zukunft ist jetzt; das letzte Gericht findet nicht irgendwann statt und es ist nicht in Gottes Hand, wenigstens nicht in der Hand irgendeines sichtbaren oder auch nur ahnbaren Gottes. Die Dorfgeschichte ist das Weltgericht. Nur ohne Geschichte. Eine geschichtslose Welt, die keine Transzendenz kennt, muss - als *exemplum contrarium* - ja nun geradezu auf diese Transzendenz verweisen, als letzte Lehre. Auffällig aber ist, dass diese letzte, eine Lehre fehlt, dass sie nie formuliert wird. Das heißt: Der *Ring* bietet nur Lehren, keine Lehre. Es ist dabei interessant, dass nicht einmal der Erzähler des Ganzen eine übergeordnet auktoriale Perspektive entwickelt, die einen gültigen Weg beschreiben könnte. Er ist vielmehr selbst Bestandteil einer zerbrochenen Welt, der die moralische Leitinstanz fehlt. Das aber ist nicht Zufall. Genau das soll, denke ich, gezeigt werden. Dem Ganzen fehlt zudem, blickt man vergleichend auf die mittelalterliche Welt der Lehren, der geistliche Horizont. Es fehlt eine *ars moriendi*, die in diesen Zeiten sonst überall verbreitet ist. Wie verhält man sich beim Sterben richtig, welche Gebetsübungen führen auf den Weg ins Heil, wie ist der Aufstieg der Seele vorstellbar, wie kann man *abegescheiden* leben? Wie erwirbt man *gelâzenheit*? Die großen zeitgenössischen und etwas älteren Texte der Mystik sind in diesem Werk nicht präsent; nicht die Lehren Meister Eckharts natürlich, nicht die Seuses, nicht die Taulers. In Wittenwilers Konstanz, in Wittenwilers Zeit dagegen liegen sie ‘in der Luft’. Sie liegen nicht einmal nur im Kloster. Sie liegen auf der Straße: Johannes Tauler wirkte persönlich in Basel, Heinrich Seuse wurde gegenüber von Konstanz geboren und lebte in Konstanz im Inselkloster. Nichts davon findet sich im *Ring*. Alle geistli-

chen Lehren der Zeit - nicht nur die der Mystik - sind geradezu verbannt. Das gilt auch für Schöpfung, Kosmologie, Heilsgeschichte, Sündenfall und Erlösung, Erlösungsgeschichte. Wittenwilers Welt ist eine Welt ohne Transzendenz. Selbst wenn der Tor Bertschi wie sein Kollege Parzival fragen würde: „*Awê muoter, waz ist got?*“, er erhielte in Wittenwilers Text noch weniger eine Antwort als Parzival. Wittenwilers Welt ist eine Welt ohne Transzendenz, die dem Verfall preisgegeben ist. Dieser Mangel aber wird sichtbar und soll, denke ich, sichtbar werden. In dem, was im *Ring* fehlt, wird gezeigt, was der Welt fehlt.

3. Die Lehren des *Ring* sind pragmatisch, sind reine Lehren des Utilitarismus ohne Zusammenhang und ohne Menschlichkeit. Sie sind rein an den Handlungen des Menschen orientiert, sie vermitteln rein pragmatisches Wissen. Einzellehren, die auf Nutzen reduziert sind und die am Wesen und am Kern des Menschlichen vorbei gehen, können keine Sinneinheit, keine zusammenhängende Welt stiften. Seiner Zeit weit voraus ist Wittenwiler nicht unbedingt, indem er die bachtinsche Karnevalisierung beschreibt, die in der Forschung (post-)modern ist, nein war, sondern indem er eine Welt der Konzentration auf die reine Nutzanwendung der Lehre im Blick hat, die unserer heutigen Welt - gerade im Land der Berge und Banken und im Land der Bayerischen Landesbank - entspricht. *Der Ring* ist damit nicht von gestern, der *Ring* ist ein Buch für heute.

Literaturverzeichnis:

Primärliteratur

Wittenwiler, Heinrich: *Der Ring.* Nach dem Text von Edmund Wießner ins Neuhochdeutsche übers. und hg. v. Horst Brunner. Stuttgart: Reclam, 1991.

Sekundärliteratur

Bachorski, Hans-Jürgen: „Per antiffrasin. Das System der Negationen in Heinrich Wittenwilers Ring.“ *Monatshefte* 80, Bd. 4. Madison: University of Wisconsin Press, 1988: 469-488.

Ders.: „*Der Ring.* Dialogisierung, Entdifferenzierung, Karnevalisierung.“ *Jahrbuch der Oswald von Wolkenstein Gesellschaft.* Bd. 8. Hgg. Sieglinde Hartmann und Ulrich Müller. Frankfurt am Main: Oswald von Wolkenstein Gesellschaft, 1994/95. 239-258.

Boesch, Bruno: „Fragen rechtlicher Volkskunde in Wittenwilers *Ring.*“ *Schweizerisches Archiv für Volkskunde.* Bd. 70. Hg. Robert Wildhaber. Basel: G. Krebs, 1974. 129-157.

Brunner, Horst: „Reden, Blut, Trauer: Der Krieg in Heinrich Wittenwilers *Der Ring.*“ *Dulce bellum inexpertis. Bilder des Krieges in der deutschen Literatur des 15. und 16. Jahrhunderts.* IMAGINES MEDII AEVI. Interdisziplinäre Beiträge zur Mittelalterforschung, Bd. 11. Hgg.

Horst Brunner, Joachim Hamm, Matthias Herzweg, Sonja Kerth, Freimut Löser und Johannes Kettelbach. Wiesbaden: Reichert, 2002. 13-26.

Ders.: „Wittenwiler, Heinrich". *Die deutsche Literatur des Mittelalters. Verfasserlexikon.* Bd. 10. Hg. Burghart Wachinger et. al. Berlin, New York: de Gruyter, 1999. Sp. 1281-1289.

Cramer, Thomas: „Nabelreibers Brief." *Gespräche – Boten – Briefe. Körpergedächtnis und Schriftgedächtnis im Mittelalter. Philologische Studien und Quellen*, Heft 143. Hg. Horst Wenzel. Berlin: Schmidt, 1997: 212-225.

Hagen, Stephanie: *Heinrich Wittenwilers* Ring - *ein ästhetisches Vexierbild.* Trier: WVT, 2008.

Haug, Walter: „Von der Idealität des arthurischen Festes zur apokalyptischen Orgie in Wittenwilers *Ring*." *Das Fest.* Hgg. Ders. und Rainer Warning. München: Wilhelm Fink, 1989. 157-179.

Huber, Christoph: „*der werlde ring und was man tuon und lassen schol.* Gattungskontinuität und Innovation in moraldidaktischen Summen: Thomasin von Zerklaere – Hugo von Trimberg – Heinrich Wittenwiler und andere." *Mittelalter und frühe Neuzeit. Übergänge, Umbrüche und Neuansätze.* Hg. Walter Haug. Tübingen: Niemeyer, 1999. 187-212.

Lutz, Eckart Conrad: *Spiritualis fornicatio. Heinrich Wittelwiler, seine Welt und sein* Ring. Konstanzer Geschichts- und Rechtsquellen XXXII. Sigmaringen: Thorbecke, 1990.

Röcke, Werner: „Der groteske Krieg. Die Mechanik der Gewalt in Heinrich Wittenwilers *Ring*." *Studia Germanica Posnaniensia*, Bd. 25. Poznan: Wydawnictwo Naukowe U.A.M., 1999: 13-27.

Ders.: „Drohung und Eskalation." *Blutige Worte.* Hg. Jutta Emig. Göttingen: V&R Unipress, 2008. 129-143.

Ruh, Kurt: „Ein Laiendoktrinal in Unterhaltung verpackt. Wittenwilers *Ring*." *Literatur und Laienbildung im Spätmittelalter und in der Reformationszeit. Symposion Wolfenbüttel 1981.* Hgg. Ludger Grenzmann und Karl Stackmann. Stuttgart: J.B. Metzlersche Verlagsbuchhandlung, 1984. 344-355.

Stridde, Christine: „Heinrich Wittenwiler, *Der Ring* (um 1410)." *Literarische Performativität. Lektüren vormoderner Texte.* Hgg. Cornelia Herberichs und Christian Kiening. Zürich: Chronos, 2008. 299-315.

Abbildungsnachweis:

Abbildung 1: Gabriel Walser: „Die zwey erste zugewandte Orte der Eidgnossenschaft nemlich: der fürstliche Abt von St. Gallen und die Stadt St. Gallen: samt dem Toggenburg und denen angraenzenden Orten Appenzell, Thurgeu und Rheinthal: c. p. s. c. p. m /" neu gezeichnet von Gabriel Walser reform: Pfarrer zu Berneck im Rheinthal. In: *Atlas novus reipublicae Helveticae.* Nürnberg: Homaennische Erben, 1768, Helvetia; Falz 27.

Abbildung 2: Cornelia Herberichs; Christian Kiening (Hgg.): *Literarische Performativität. Lektüren vormoderner Texte.* Zürich: Chronos, 2008, S. 298.

Abbildung 3: Cramer, Thomas: „Nabelreibers Brief." In: Horst Wenzel (Hg.): Gespräche – Boten – Briefe. Körpergedächtnis und Schriftgedächtnis im Mittelalter. Philologische Studien und Quellen, Heft 143. Berlin: Schmidt, 1997, S. 220.

Abbildung 4: Cornelia Herberichs; Christian Kiening (Hgg.): Literarische Performativität. Lektüren vormoderner Texte. Zürich: Chronos, 2008, S. 298.

Abbildung 5: Ebd.

Abbildung 6: Pieter Brueghel d. Ä.: *Kampf zwischen Fasching und Fasten.* Ausschnitt. Kunsthistorisches Museum Wien, Gemäldegalerie.

Friedrich Schiller

Resignation. Eine Phantasie

Joachim Jacob

Friedrich Schillers Gedicht *Resignation. Eine Phantasie* erscheint im zweiten Heft des ersten Bandes der von Schiller selbst gegründeten Literaturzeitschrift *Thalia* im Februar 1786:

Auch ich war in Arkadien geboren,
auch mir hat die Natur
an meiner Wiege Freude zugeschworen,
auch ich war in Arkadien geboren,
doch Tränen gab der kurze Lenz mir nur.

Des Lebens Mai blüht einmal und nicht wieder,
Mir hat er abgeblüht.
Der stille Gott – o weinet meine Brüder –
der stille Gott taucht meine Fackel nieder,
und die Erscheinung flieht.

Da steh ich schon auf deiner Schauerbrücke,
Ehrwürdge Geistermutter – Ewigkeit.
Empfange meinen Vollmachtbrief zum Glücke,
ich bring ihn unerbrochen dir zurücke,
mein Lauf ist aus. Ich weiß von keiner Seligkeit.

Vor deinem Thron erheb' ich meine Klage,
verhüllte Richterin.
Auf jenem Stern ging eine frohe Sage,
Du thronest hier mit des Gerichtes Waage
und nennest dich Vergelterin.

Hier – spricht man – warten Schrecken auf den Bösen,
und Freuden auf den Redlichen.
Des Herzens Krümmen werdest du entblößen,
Der Vorsicht Rätsel werdest du mir lösen,
und Rechnung halten mit dem Leidenden.

Hier öffne sich die Heimat dem Verbannten,
hier endige des Dulders Dornenbahn.
Ein Götterkind, das sie mir *Wahrheit* nannten,
Die meisten flohen, wenige nur kannten,
hielt meines Lebens raschen Zügel an.

„Ich zahle dir in einem andern Leben,
gib deine Jugend mir,
Nichts kann ich dir als diese Weisung geben."
Ich nahm die Weisung auf das andre Leben,
und meiner Jugend Freuden gab ich ihr.

„Gib mir das Weib, so teuer deinem Herzen,
gib deine Laura mir.
Jenseits der Gräber wuchern deine Schmerzen." –
Ich riß sie blutend aus dem wunden Herzen,
und weinte laut, und gab sie ihr.

„Du siehst die Zeit nach jenen Ufern fliegen,
die blühende Natur
bleibt hinter ihr – ein welker Leichnam – liegen.
Wenn Erd und Himmel trümmernd aus einander fliegen,
daran erkenne den erfüllten Schwur."

„Die Schuldverschreibung lautet an die Toten",
hohnlächelte die Welt,
„Die Lügnerin, gedungen von Despoten
hat für die Wahrheit Schatten dir geboten,
du bist nicht mehr, wenn dieser Schein verfällt."

Frech witzelte das Schlangenheer der Spötter:
„Vor einem Wahn, den nur Verjährung weiht,
erzitterst du? Was sollen deine Götter,
des kranken Weltplans schlau erdachte Retter,
die Menschenwitz des Menschen Notdurft leiht?"

Ein Gaukelspiel, ohnmächtigen Gewürmen
von mächtigem gegönnt,
Schreckfeuer angesteckt auf hohen Türmen,
Die Phantasie des Träumers zu bestürmen,
wo des Gesetzes Fackel dunkel brennt.

„Was heißt die Zukunft, die uns Gräber decken?
Die Ewigkeit, mit der du eitel prangst?
Ehrwürdig nur, weil schlaue Hüllen sie verstecken,
der Riesenschatten unsrer eignen Schrecken
im hohlen Spiegel der Gewissensangst";

„Ein Lügenbild lebendiger Gestalten,
die Mumie der Zeit
vom Balsamgeist der Hoffnung in den kalten
Behausungen des Grabes hingehalten,
das nennt dein Fieberwahn – Unsterblichkeit?"

„Für Hoffnungen – Verwesung straft sie Lügen –
gabst du *gewisse* Güter hin?
Sechstausend Jahre hat der Tod geschwiegen,
Kam je ein Leichnam aus der Gruft gestiegen
der Meldung tat von der Vergelterin?"

Ich sah die Zeit nach deinen Ufern fliegen,
die blühende Natur
blieb hinter ihr, ein welker Leichnam, liegen,
Kein Toter kam aus seiner Gruft gestiegen,
und fest vertraut' ich auf den Götterschwur.

All meine Freuden hab ich dir geschlachtet,
jetzt werf ich mich vor deinen Richterthron.
Der Menge Spott hab ich beherzt verachtet,
nur *deine* Güter hab ich groß geachtet,
Vergelterin, ich fodre meinen Lohn.

„Mit gleicher Liebe lieb ich meine Kinder,
rief unsichtbar ein Genius.
Zwei Blumen, rief er – hört es, Menschenkinder –
Zwei Blumen blühen für den weisen Finder,
sie heißen *Hoffnung* und *Genuß*.

Wer dieser Blumen Eine brach, begehre
die andre Schwester nicht.
Genieße wer nicht glauben kann. Die Lehre
ist ewig wie die Welt. Wer glauben kann, entbehre.
Die Weltgeschichte ist das Weltgericht.

Du hast *gehofft*, dein Lohn ist abgetragen,
dein *Glaube* war dein zugewognes Glück.
Du konntest deine Weisen fragen,
was man von der Minute ausgeschlagen,
gibt keine Ewigkeit zurück." (Schiller: 1992, 417-420)

Schillers genau einhundert Verse langes Gedicht, hier in seiner ersten Fassung von 1786 wiedergegeben, ist nicht leicht zugänglich. Auch die literaturwissenschaftliche Forschung hat nur sehr vereinzelt von ihm Notiz genommen (herausragend: Riedel: 1996). Das Gedicht befremdet mit seinem eigentümlichen Pathos, seiner – jedenfalls so wahrnehmbaren – sprachlichen Ungelenktheit und einer gedanklichen Abstraktionshöhe, die nachzuvollziehen einer nicht geringen Anstrengung seitens des Lesers bedarf.

I

Resignation. Eine Phantasie beginnt mit der knappen Rückerinnerung eines Ichs an seine Geburt, die unter guten Vorzeichen stand:

Auch ich war in Arkadien geboren
  auch mir hat die Natur
an meiner Wiege Freude zugeschworen [...] (1-3)

Doch die Erwartungen haben sich offenbar nicht erfüllt. Das Leben war kurz und tränenreich, und nun steht die Seele des Ichs nach dem Tod auf einer „Schauerbrücke" vor der „Ehrwürdge[n] Geistermutter – Ewigkeit" (12) und fordert Gericht. Sie klagt vor der „verhüllte[n] Richterin" (17) einen Lohn für die Entsagungen ein, die sie sich im Leben selbst auferlegt hat:

All meine Freuden hab ich dir geschlachtet,
[...]
Der Menge Spott hab ich beherzt verachtet,
[...]
  Vergelterin, ich fodre meinen Lohn." (81-85)

Es gibt einen Lohn. Doch die Seele muss erfahren, dass sie ihn bereits erhalten hat, wie ihr ein ‚unsichtbarer Genius' am Ende des Gedichts verkündet. Ihr Glaube und die Hoffnung, die sie auf Erden mit einem jenseitigen Gericht nach ihrem Tod verbunden hatte, so erfährt sie, waren bereits der ihr bestimmte Lohn:

Du hast *gehofft*, dein Lohn ist abgetragen,
  dein *Glaube* war dein zugewognes Glück. (96f.)

„Gemein", möchte man spontan rufen. Die unnachsichtige Schlusswendung, dass, wer auf eine Belohnung für erlittenes Unglück im Jenseits hofft, diese bereits als tröstende Hoffnung im Diesseits erhalten hat und es keine weitere Kompensation für ausgeschlagene Freuden geben wird, ist sicher die auffälligste Provokation, die Schillers Gedicht zu bieten hat. So kann man Schillers *Resignation* als die Darstellung einer Enttäuschung zusammenfassen. Eine ihren gerechten Lohn einfordernde Seele wird enttäuscht, wie auch Leserin und Leser („hört es Menschenkinder", 88) möglicherweise enttäuscht werden, wenn sie der Klage bis hierher gefolgt sind und wie die Seele mit einer höheren Gerechtigkeit rechnen. Das Gedicht beschreibt diese Enttäuschung nicht nur, spricht nicht nur von ihr, sondern vollzieht sie auch. Seine performative Kraft rührt daher, dass Erwartung und Enttäuschung in diesem Gedicht als ein Prozess von Rede und Gegenrede inszeniert werden. Oder noch einmal anders formuliert: Schiller erfindet für ein brennendes, bis heute aktuelles moralisches und ethisches Problem: ob man für sein Handeln gerechten Lohn erwarten darf, eine Darstellungsform, die es literarischen Darstellungsmitteln – um einen Ausdruck der zeitgenössischen Ästhetik zu verwenden – ‚bequem' macht. Er überführt das theoretische Problem in eine Gerichtsverhandlung mit Anklage und Urteil (vgl. dazu genauer Riedel: 1996), für deren Darstellung sich die Literatur besonders gut eignet. Die gewählte lyrische Form, auffallend die fünfzeilige Strophenform, verlangt dabei zugleich eine Verknappung und gewisse Artifizialität der Darstellung, die Schiller nicht kaschiert, sondern planvoll nutzt.

II

Eine genauere Beschäftigung mit dem Gedicht muss mit dem Titel beginnen. Er birgt mindestens drei, für eine Deutung allesamt zu berücksichtigende Bedeutungsnuancen.

1.) Im heutigen deutschen Sprachgebrauch bezeichnet ‚Resignation' zumeist eine Haltung des Verzichts und der Entsagung, der Ergebung in ein Schicksal, das man selbst, zumindest nach eigener Vorstellung, nicht ändern kann. Aus dieser Bedeutung leitet sich die kritische Färbung des Wortes im Deutschen ab, insofern mit ‚resignieren' häufig ein Aufgeben aus Schwäche bezeichnet wird. Einer solchen Bedeutung korrespondiert das passivische Moment des Begriffs – den man jedoch auch aktivisch denken kann. Kann man doch auch freiwillig und aus voller Überzeugung ‚resignieren', indem man sich in ein Schicksal fügt, es anerkennt und auf sich nimmt oder, in einer theologisch seit dem Mittelalter bis ins 18 Jahrhundert gebräuchlichen Wendung dieser Bedeutung, sich gänzlich einem göttlichen Willen hingibt (Laarmann: 1992, 909-912). In Schillers Gedicht scheint genau diese metaphysisch begründete asketische Haltung der Seele gemeint zu sein, die in ihrem irdischen Leben freiwillig der Wahrheit des Glaubens zuliebe auf alle irdischen Freuden Verzicht geübt hat: „All meine Freuden hab ich dir geschlachtet" (81).

2.) Im Wortsinne des lateinischen Ursprungsbegriffs ‚resignare' jedoch heißt ‚resignieren' so viel wie ‚öffnen', ‚eröffnen', und auch: ein Siegel brechen (Laarmann: 1992; Basler: 1977). Auf diese Bedeutung lässt sich das Gedicht ebenfalls beziehen, wenn man sich die Sprechsituation vergegenwärtigt, in der die Seele vor der ‚ehrwürdigen Mutter' ihren gerechten Lohn im Jenseits fordert. Die Situation nimmt nämlich in einer eigentümlicher Verkehrung, die man auch als eine *Kontrafaktur* bezeichnen kann, das Jüngste Gericht vorweg, das nach christlicher Vorstellung über die menschlichen Seelen am Ende der Zeit ergeht. Der christliche Urtext, auf den sich diese Vorstellung bezieht, ist die biblische *Johannes-Apokalypse*, zu Deutsch: die ‚Offenbarung', die dem Johannes auf Patmos zuteil wurde, dem sich in einer Vision das Ende der Heilsgeschichte ‚enthüllte'. Schillers ‚Resignation' ist vor diesem Hintergrund also auch als ein anderes Wort für ‚Apokalypse' zu lesen, der Enthüllung dessen, was der menschlichen Seele nach ihrem Tod widerfährt.

3.) Schließlich ist noch eine dritte Bedeutungsnuance des Begriffs ‚Resignation' geltend zu machen, die aus der Rechtssprache herrührt und u.a. ein ‚In Rechnung stellen', eine Gutschrift oder auch eine Rückerstattung meint. Damit ist das zentrale materielle Thema von Schillers Gedicht bezeichnet: Das Einfordern eines Lohnes, auf den man mit Recht Anspruch hat.

Das damit aufgerufene Bedeutungsspektrum des Begriffs ist nicht von außen, künstlich an Schillers Titel herangetragen. Sondern es bildet die Komplexität der in diesem Gedicht behandelten Materie ab, in der sich moralische, ethische, religiöse und ökonomische Ansprüche an das Leben und das Handeln verbinden. In der Frage nämlich, ob sich ein tugendhaftes, entsagungsvolles Leben lohnt und wie gegebenenfalls ein solcher Lohn vorzustellen sei. Seine besondere Signifikanz bekommt Schillers Gedicht dadurch, dass es dieses, vermutlich zu den Grundfragen des Menschen gehörende Problem in einem historischen Moment aufwirft, an dem die festen Koordinaten, innerhalb dessen es einige Jahrhunderte lang relativ sicher bearbeitet und beantwortet werden konnte, gehörig ins Wanken geraten sind.

Die traditionelle christliche Jenseitsvorstellung, nach der eine Seele im Himmel bzw. im Jüngsten Gericht eine zwar nicht unbedingt vorhersehbare, aber in jedem Fall gerechte, da auf göttlichen Ratschluss erfolgende Belohnung oder Bestrafung irdischen Verhaltens und Handelns erwartet, sei hier knapp mit drei Blättern aus Albrecht Dürers bekanntem vierzehnteiligen Zyklus *Apocalipsis cum figuris: Die Heimliche Offenbarung Johannes* von 1496-1498 veranschaulicht. Die vier Apokalyptischen Reiter bringen Tod und Verderben über die Welt (Abb. 1), aber sie tun es mit der Waage, dem Attribut der Gerechtigkeit, in der Hand.

Abb. 1: Albrecht Dürer: *Apocalipsis cum figuris: Die Heimliche Offenbarung Johannes* (1496-1498), Blatt 3: „Die vier apokalyptischen Reiter“

Während auf dem folgenden Blatt (Abb. 2) im unteren Teil die Sterne vom Himmel fallen und das Strafgericht der endzeitlichen Verwüstung auf der Erde seinen Lauf nimmt, werden zugleich im oberen Teil des Blattes auserwählte christliche Märtyrer am Thron Gottes mit weißen Gewändern geschmückt:

Abb. 2: Albrecht Dürer: *Apocalipsis cum figuris*, Blatt 4: „Die Eröffnung des sechsten Siegels"

Das zwölfte Blatt des Zyklus (Abb. 3) zeigt schließlich ungeteilt den Lobgesang der auserwählten, belohnten Seelen vor dem Thron des Lammes, der Allegorie Christi.

Abb. 3: Albrecht Dürer: *Apocalipsis cum figuris*, Blatt 12: „Der Lobgesang der Auserwählten"

Um 1800 ist diese christliche Gerichtslogik nicht mehr zweifellos überzeugend. Im Prozess der europäischen Aufklärung steht auch eine solche Glaubensgewissheit zur Diskussion, und Schillers *Resignation* ist, wie noch präziser zu zeigen sein wird, ein sehr eigensinniger Beitrag zu ihr. Die Erwartung der Klage führenden Seele: „Hier – spricht man – warten Schrecken auf den Bösen, / und Freuden auf den Redlichen" (21f.) appelliert zwar noch an solche von Dürer und anderen ins Bild gesetzten Vorstellungsbilder. Schillers Gedicht jedoch setzt diese traditionellen christlichen Jenseitsvorstellungen, Jenseitshoffnungen und Jenseitsängste in ein neues Licht.

Das zeigt sich bereits am Untertitel des Gedichts: „Eine Phantasie". Ohne noch einmal weiter auszugreifen, soll doch darauf hingewiesen werden, dass Schiller mit ihm ein sehr ernsthaftes, theologisch höchst bedeutsames Thema, die „Resignation", zu einem Gegenstand individueller dichterischer ‚Phantasie' erhebt, d.h. ästhetischer Einbildungs- und Erfindungskraft aussetzt. Von den Freiräumen, die eine solche poetische Phantasie erlaubt, macht Schiller denn auch eingehend Gebrauch. So vermischt er Antike (schon mit „Arkadien" gleich zu Beginn und dem „Genius" am Ende des Gedichts aufgerufen) und Christentum zu einer Privatmythologie, wenn die Seele in der eindeutig christlich ausgewiesenen postmortalen Gerichtssituation vor einer ‚Ehrwürdigen Geistermutter Ewigkeit' vorspricht, die weder die christliche Offenbarung noch der antike Mythos kennt. Auch dass die Seele selbst ihr Urteil gegenüber der Geistermutter einfordert, stellt die christliche Gerichtslogik auf den Kopf, wie auch, dass es ein antiker Schutzgeist ist, der am Ende des Gedichts als Genius das Urteil der höchstrichterlichen Instanz verkündet. Als Dichter einen solchen eigenen Standpunkt der Phantasie besonders gegenüber den ‚letzten Fragen' der Religion und Philosophie für sich zu reklamieren, ist noch um 1800 alles andere als selbstverständlich. So wird Schiller durch den Leipziger Zensor genötigt (Riedel: 1996, 57), dem Abdruck seines Gedicht in der *Thalia* zusammen mit dem ihm dort vorangehenden weiteren eigenen Gedicht *Freigeisterei der Leidenschaft* folgende Fußnote beizugeben:

> Ich habe um so weniger Anstand genommen, die zwei folgenden Gedichte, hier aufzunehmen, da ich von jedem Leser erwarten kann, er werde so billig sein, eine Aufwallung der Leidenschaft nicht für ein philosophisches Sistem und die Verzweiflung eines *erdichteten* Liebhabers nicht für das Glaubensbekenntnis des Dichters anzusehen. Widrigenfalls möchte es übel um den dramatischen Dichter aussehen, dessen Intrigue selten ohne einen Bösewicht fortgeführt werden kann: und Milton und Klopstock müßten um so schlechtere Menschen sein, je besser ihnen ihre Teufel glückten. (Schiller: 1992, 414)

Seine Gedichte, so Schiller, wollten also weder ein geschlossenes System bieten, noch dürften sie mit der moralischen Einstellung oder gar dem Glaubensbekenntnis ihres Autors verwechselt werden. Sondern *Resignation* solle als Ausdruck einer erdachten („erdichteten") Seele gelesen werden, die in der „Aufwallung der Leidenschaft" spreche. Ganz überzeugend sind diese Beschwichtigungsversuche Schillers nicht, wie Wolfgang Riedel zu Recht heraus gestellt hat (Riedel: 1996, 57). Denn erstens spricht in *Resignation* nicht nur eine erregte Seele, sondern am Ende ein offenkundig ganz und gar nicht erregter, sondern sehr bedachtsam seine Worte wählender Genius. Und zweitens hat, wie zu ergänzen wäre, das, was hier unter dem Schutzmantel der Phantasie vorgetragen wird, zwar wenig systembildendes, aber durchaus systemstürzendes philosophisches Potential.

III

Kann der Gang des ganzen Gedichts als Prozess einer Enttäuschung verstanden werden, nimmt das Gedicht diesen Prozess schon in seinen ersten beiden Strophen in Form einer *Mise en abyme* vorweg:

> Auch ich war in Arkadien geboren,
> auch mir hat die Natur

an meiner Wiege Freude zugeschworen,
auch ich war in Arkadien geboren,
doch Tränen gab der kurze Lenz mir nur.

Des Lebens Mai blüht einmal und nicht wieder,
Mir hat er abgeblüht.
Der stille Gott – o weinet meine Brüder –
der stille Gott taucht meine Fackel nieder,
und die Erscheinung flieht.

Im Kleinen ist damit in der enttäuschenden Diskrepanz zwischen der viel versprechenden Geburt am antiken Glücksort Arkadien und dem ihr folgenden tränenreichen Leben die Dynamik des ganzen Gangs des Gedichts umrissen. Ja sogar die abschließende Lehre des Genius', in der die Dramatik des Gedichts zu ihrem Höhepunkt gelangt, ist in der Sentenz des fünften Verses „Des Lebens Mai blüht einmal und nicht wieder" eigentlich schon vorweggenommen, wenn auch die volle Wucht dieser Einsicht an dieser Stelle gleichsam noch verkapselt ist. Klar dagegen ist, dass sich die glücklichen Vorzeichen, unter denen die Geburt stand, nicht erfüllen. Der ‚Freude-Schwur' der Natur geht fehl.

Die Fachkommentare zu *Resignation* machen an dieser Stelle darauf aufmerksam, dass bei dem Eröffnungsvers „Auch ich war in Arkadien geboren" die damals bekannte lateinische Formel *Et in Arcadia ego* mitzuhören ist (mit weiteren Literaturhinweisen Riedel: 1996, S. 52f.). Auch Johann Wolfgang Goethe wird sie bekanntlich als Motto seiner *Italienischen Reise* (1816) aufnehmen. Ursprünglich dem Tod in den Mund gelegt, sollte sie daran erinnern, dass man auch in der glücklichen Ideallandschaft Arkadien sterben muss. Zu Schillers Zeit hat sich die Deutung der Formel, durch zwei Gemälde Nicolas Poussins angeregt, jedoch verschoben. Sie ist nach Poussins Bildidee als Grabinschrift, gleichsam als Rede eines Gestorbenen zu lesen, dass auch er einst in Arkadien war, d.h. glücklich gelebt, Glück genossen hat. Goethes Motto schließt an diese Bedeutungskonvention an. Schillers *Resignation* aber, wie meist übersehen, färbt sie deutlich schwärzer. An ihrer Wiege war der Seele von der Natur zwar Glück versprochen worden, aber in ihrem Leben hat sich dies Versprechen nicht erfüllt: „doch Tränen gab der kurze Lenz mir nur" (5). Warum, bleibt ungesagt. Zu lernen aber ist, dass ein einfaches Vertrauen in die Natur, wie es im 18. Jahrhundert in der Verehrung und (vermeintlichen) Nachfolge Rousseaus große Verbreitung fand, naiv ist. Natur verbürgt nicht notwendig menschliches Glück und selbst der Frühling, ansonsten symbolischer Inbegriff der Lebensfreude tut es nicht: „Tränen gab der kurze Lenz mir nur."

Diese Enttäuschung konventioneller Erwartungen spiegelt sich auch in dem ungewöhnlichen fünfzeiligen Strophenbau des Gedichts wider. Das innerhalb dieser Form nicht unübliche Verfahren, jeweils die vorletzte, vierte Zeile als eine Erweiterung der dritten einzuführen, führt zu einer erwartungsvollen Stauung von Spannung, die sich schließlich in der letzten Zeile der Strophe jeweils mit besonderer Bedeutungsschwere entlädt – und zwar in Schillers Gedicht zumeist in einem Widerspruch, nicht in glücklicher Erfüllung. Gleich in den zitierten ersten beiden Strophen des Gedichts macht sich Schiller dieses Verfahren der Stauung von Erwartung und enttäuschender Entladung der Spannung planmäßig zu Nutze. Als Stauung fungiert der vierte Vers, der – sehr ungewöhnlich und klassischem Stilempfinden eher peinlich – wortwörtlich den ersten Vers: „auch ich war in Arkadien geboren“ wiederholt, um sodann effektvoll den Widerspruch im fünften Vers zu platzieren: „doch Tränen gab der kurze Lenz mir nur.“ In der zweiten Strophe verbinden sich dritter und vierter Vers durch die Wiederholung der unheimlichen drei Worte „der stille Gott“ zu einer allegorischen Darstellung des eigenen Todes: „der stille Gott taucht meine Fackel nieder“ (9). Der wiederum abgesetzte fünfte Vers „und die Erscheinung flieht“ inszeniert die Spannungsaufhebung als abrupten Perspektivwechsel und plötzliche räumliche Veränderung. Der Totengott, der „stille Gott“ entflieht (auch er ein Genius, vgl. Friedrich Schiller, *Die Götter Griechenlands*) und die Seele findet sich mit dem Beginn der folgenden Strophe auf die Schauerbrücke versetzt wieder.

IV

Mit der dritten Strophe ist die Gegenwart und damit die „Klage“ der Seele vor dem Thron der „verhüllte[n] Richterin“ (16f.) erreicht. Die Verhüllung und das Attribut der Waage (19) verweisen auf die römische Iustitia, die Göttin der Gerechtigkeit, die in Schillers Jenseits-Phantasie den Platz des christlichen Richtergotts eingenommen hat. ‚Vergelterin‘ (20), so die Seele, nenne diese sich selbst und mit diesem Namen ruft die Seele sie im Laufe des Gedichts noch zwei weitere Male an (75, 85). ‚Vergelterin‘ ist allerdings ein Name, der eher auf die griechische Göttin Nemesis anzuspielen scheint, die, so Benjamin Hederich in seinem *Gründlichen mythologischen Lexikon* von 1770, „die Menschen, wegen ihres Hochmuths, und der daher rührenden Frevelthaten, wie auch ihrer übermüthigen Bosheit halber, strafete [...] Dagegen [...] das Gute [belohnte; J.J.], und unterdrückte also bald die Stolzen und erhob die Frommen aus dem Staube.“ (Hederich: 1986, 1702) Schon aus Hederichs zeitgenössischer Erläuterung spricht eine Kontamination antiker und christlicher Moralvorstellungen („erhob die Frommen aus dem Staube“), die Schiller in seiner synkretistischen „Phantasie“ weiter ausbaut.

Phantastisch ist vor allem auch der Ort der „Schauerbrücke“, von dem aus die Seele nun zu ihrer Richterin spricht. Der symbolisch aufgeladene Übergangsort der Brücke (vgl. Redling: 2008) ist ein erhabener Ort, von dem aus die Seele, der räumlichen und zeitlichen Unermesslichkeit der Ewigkeit ausgesetzt, ihre Klage erhebt. Obwohl sich gerade diese Sprechsituation konkreter Anschaulichkeit zu entziehen scheint und ihren Schauer vielmehr aus der Unbestimmtheit des Ortes bezieht, hat Schillers sprachliche Neuschöpfung „Schauerbrücke“ ein materiales Fundament in der ‚Teufelsbrücke‘, die in der Landschaftswahrnehmung und -gestaltung in den im 18. Jahrhundert entstehenden Landschaftsgärten einen festen Platz hat. An Friedrich Schroeders Stich der Teufelsbrücke im Landschaftsgarten in Kassel-Wilhelmshöhe (errichtet von Heinrich Christoph Jussow 1792/93) kann man sehr gut nachvollziehen, wie der erhaben-schreckliche Blick in den Abgrund ästhetisch als ‚Schaurig-

Schönes' genießbar wird (Abb. 4). So streift Schillers „Schauerbrücke" auch noch die christlich-legendenhafte Zutat des Teuflischen ab und hebt allein auf das Gefühl ab, das sich an solchem Ort einstellt, den „Schauer".

Abb. 4: Friedrich Schroeder nach Johann August Nahl: *Die Teufelsbrücke* (um 1795)

In diesem halbwirklichen Ambiente also trägt die Seele ihre Klage vor der Geistermutter vor. Sie erwartet Vergeltung: „Hier – spricht man – warten Schrecken auf den Bösen, / und Freuden auf den Redlichen" (21f.), und beruft sich damit eben auf die ‚gerechte' Logik des christlichen Jüngsten Gerichts, wie sie Dürers Blätter ins Bild gesetzt hatten. Der Einschub „– spricht man –" und der in den folgenden Strophen streng eingehaltene Konjunktiv der indirekten Redewiedergabe deuten allerdings darauf hin, dass für die Seele selbst diese Logik des gerechten Gerichts nicht zweifellos gegeben ist. Die Seele beruft sich vielmehr auf eine tradierte Erwartung: „– spricht man –", nach der sich dem auf Erden „Verbannten" im Jenseits eine Heimat „öffnen", der Duldsame die „Dornenbahn" verlassen wird (26f.).

Unabhängig von den christlichen Anklängen an das dornenreiche Martyrium Jesu ist es nicht der Glaube an einen Gott, sondern an „[e]in Götterkind, das sie mir *Wahrheit* nannten" (28), der die Seele offenbar in ihrem irdischen Leben auf eine höhere Gerechtigkeit vertrauen ließ und zum Verzicht auf irdisches Lebensglück bewog. Der Synkretismus weitet die Problematik aus: Mitnichten ist es allein die Religion, die Opfer von ihren Gläubigen verlangen kann, eine Philosophie, eine Moral kann solches nicht minder (in dem im Abdruck der *Thalia* vorhergehenden Gedicht *Freigeisterei der Leidenschaft* thematisiert Schiller diesen Konflikt). Verzicht forderte die ‚Wahrheit', so die Seele, auf ihre Jugend, auf die „blühende Natur" (42), und vor allem auf die Geliebte Laura (36ff.) – den Leserinnen und Lesern Schillers eine vertraute Figur: Ein ganzer Zyklus von stürmischen Laura-Gedichten war 1782 in Schillers *Anthologie auf das Jahr 1782* erschienen und auch *Freigeisterei der Leidenschaft* ist ein rasendes Liebesgedicht um Laura „Als Laura vermählt war". Der Lohn für den schmerzvollen Verzicht auf Laura, an den die Seele in *Resignation* erinnert, sei ihr einst versprochen. Sie werde ihn, so zitiert die Seele wörtlich die Zusage der ‚Wahrheit', „in einem andern Leben" erhalten (31), und zwar:

> „[...]
> Wenn Erd und Himmel trümmernd aus einander fliegen,
> daran erkenne den erfüllten Schwur." (44f.)

Am Ende der Zeiten also, im Jüngsten Gericht, wenn nach christlicher Vorstellung, Offb. 21.1, Gott einen „neuen Himmel und eine neue Erde" schaffen wird. Schiller deutet diese Zerstörung auch graphisch an und sprengt das Wort „aus einander" auf (in einer späteren Überarbeitung des Gedichts wird Schiller diese Kühnheit tilgen, vgl. Schiller: 1992, 169).

Vom Schwur der Natur bereits enttäuscht, scheint auch der Schwur der Wahrheit für die Seele nicht mehr fraglos vertrauenswürdig. Nicht anders ist zu erklären, warum die Seele nun noch einmal in Erinnerung ruft, welchen Spott sie auf Erden für ihren Verzicht erleiden musste. Schiller spricht im Gewand der „Spötter" eine Religionskritik aus, die an Schärfe nichts zu wünschen übrig lässt. „Wahn" (52) und „Gaukelspiel" (56) sei solch ein Versprechen, die Drohung mit jenseitiger Ewigkeit ein „Schreckfeuer", das die „Gewissensangst" (65) der Gläubigen ausnutze, aber letztlich nur weltlicher Machtbefestigung diene. Das sind kühne Töne – Wolfgang Riedel hat sie auf David Humes zeitgenössische, psychologisch motivierte Religionskritik zurückgeführt (David Hume: *The Natural History of Religion*, 1757, dt. 1759; vgl. Riedel: 1996, 60-63). Die spätere marxistische oder auch psychoanalytische Religionskritik wird ihnen nicht sehr viel neue Argumente hinzufügen.

V

Die Szene kulminiert in den letzten fünf Strophen des Gedichts. Die erste Strophe dieses letzten Abschnitts wiederholt fast wortwörtlich die neunte (41ff.). Was dort jedoch auf die Zukunft gerichtete Weisung und Verheißung der Stimme der ‚Wahrheit' war, berichtet die Seele nun als vollzogen:

> Ich sah die Zeit nach deinen Ufern fliegen,
>   die blühende Natur
> blieb hinter ihr, ein welker Leichnam, liegen,

Kein Toter kam aus seiner Gruft gestiegen,
und fest vertraut' ich auf den Götterschwur. (76-80)

Auch an dieser Stelle hat die Wiederholung bis ins Vokabular hinein („Du siehst die Zeit“, „Ich sah die Zeit“; „die blühende Natur / bleibt hinter ihr“, „die blühende Natur / blieb hinter ihr“) einen Sinn. Sie lässt rein sprachlich evident werden, wie weit sich die Seele jene einst vernommene Lehre der ‚Wahrheit‘ zu Eigen gemacht hatte. Ebenso wird auch noch einmal das eingeführte Muster der fünfzeiligen Bauform effektvoll ausgenutzt. Der dritte und vierte Vers bilden wiederum eine erweiterte Einheit, spannungsvoll zusammengehalten durch die Entgegensetzung der metaphorischen Rede vom „welke[n] Leichnam“ der einst „blühende[n] Natur“ (78) und dem konkreten toten Körper, der noch nicht wieder lebendig geworden ist (79). Die Auflösung im fünften Vers imitiert das *credo quia absurdum* der christlichen Tradition. Das bisherige Ausbleiben der leiblichen Auferstehung, ein zentrales Argument der ‚Spötter‘ für das „Lügenbild“ der Religion im Vorangegangenen (66-75) und nach christlicher Vorstellung mit dem ‚Aus einander Fliegen‘ von Himmel und Erde am Ende der Zeiten direkt verbunden, konnte die Seele von ihrem Vertrauen in den „Götterschwur“ nicht abbringen. Die Probe auf dieses Vertrauen steht nun unmittelbar bevor.

Das Urteil fällt knapp aus. Der endlich verlangte „Lohn“ (85) besteht in einer „Lehre“ (93), die die Erwartung der Seele, die auf eine höhere, kontrafaktische Gerechtigkeit vertraut hatte, bitter enttäuschen muss. Überraschend ist jedoch zunächst, dass nicht die Geistermutter, vor der die Seele ihre Klage erhoben hatte, sondern „unsichtbar ein Genius“ (87) an ihrer Stelle spricht. Die unheimliche Sprechsituation auf der Schauerbrücke wird damit noch einmal gesteigert oder anders gesagt: phantastischer. Es ist nämlich mit einem Mal nicht mehr klar, ob die Seele überhaupt am Thron der ehrwürdigen Geistermutter gesprochen hat oder ob ihre Anrede nicht vielmehr nur eine Vermutung, wiederum nur eine Erwartung war, an wen im Übergang zum Jenseits zu appellieren wäre. Das Verhülltsein der Geistermutter (17), das sich dem Leser zunächst als Accessoire der Iustitia zu deuten anbietet, als Anspielung auf die Binde nämlich, die die Gerechtigkeit vor den Augen zu tragen pflegt, bekommt einen weitergehenden Sinn. Verhüllt, unzugänglich ist die Instanz selbst, an die die Seele appellieren will. Die Geistermutter ist nicht zu sehen, vielleicht ist sie gar nicht am vermuteten Ort, vielleicht gibt es sie gar nicht und ist nur eine Ausgeburt der Phantasie. Auf diese Unsicherheit, dass die Geistermutter möglicherweise nur Legende ist, deuteten bereits die frühen Verse „Auf jenem Stern [der Erde; J.J.] ging eine frohe Sage, / Du thronest hier mit des Gerichtes Waage / und nennest dich Vergelterin.“ (18ff.) Aber diese Verunsicherung bleibt – wie es dem Modus des Phantastischen im modernen Verständnis entspricht – in der Schwebe und wird im Gedicht nicht aufgelöst (Titzmanns entschiedene, durch den Text nicht gedeckte Behauptung, dass es die Muttergöttin nicht gäbe, nivelliert diese Verunsicherung, vgl. Titzmann: 2008, 339).

Mit dem Einsetzen der Rede des Genius': „Mit gleicher Liebe lieb ich meine Kinder, / rief unsichtbar ein Genius“ (86f.), bringt Schiller jedoch noch eine weitere, kaum merkliche, aber gleichwohl noch gravierendere Verunsicherung ins Spiel, auf die Michael Titzmann in seiner Interpretation von *Resignation* aufmerksam gemacht hat (Titzmann: 2008, 339). Denn wem bzw. welcher Sprechinstanz ist die Aussage „rief unsichtbar ein Genius" (87) im Gedicht zuzuschreiben? Stellte sich das ganze Gedicht bis jetzt als gegenwärtige Rede einer Seele dar, die ihre Anklage vortrug und dabei Reden anderer zitierte, muss man sich fragen, wer diesen Einschub „rief unsichtbar ein Genius", im folgenden Vers heißt es noch einmal bekräftigend „rief er" (88), spricht? Dafür gibt es, so scheint es, zwei Möglichkeiten. Erstens könnte es die Seele selbst sein, die an dieser Stelle ins Präteritum fällt. Verhielte es sich so, würde die Seele entweder nach dem Urteilsspruch des Genius' sprechen. Das ganze Gedicht wäre dann eine Rede der Erinnerung und sein anfängliches Präsens nur die Form einer rhetorischen wirkungsvollen Vergegenwärtigung. Eine andere Möglichkeit wäre, dass die Seele nicht nach ihrem Tod, sondern noch auf Erden, d.h. vor ihrem tatsächlichen Tod sprechen würde – und sie sich die gesamte dargestellte Szene nur ausgedacht, phantasiert hätte (das ist, mit erheblichen Folgen für die Gesamtinterpretation, ebd. die rationalisierende Lesart Titzmanns, auch sie stellt aber m.E. eine unzulässige Vereindeutigung her). Zweitens sind die letzten drei Strophen jedoch genau so gut nicht der Seele, sondern einem ebenso wie der Genius unsichtbar bleibenden Erzähler zuschreibbar, der sich als Dichter dieser *Phantasie* an dieser einzigen Stelle einbringt, um den Wechsel von der Stimme des Ichs zum Genius zu moderieren.

Die so unauffällig an dieser Stelle platzierte, vielleicht nicht einmal einkalkulierte Mehrdeutigkeit unterstreicht jedoch die Verunsicherung, die dem Übergangsort in eine selige oder unselige, erfüllte oder gänzlich leere Ewigkeit zukommt. Aber wenn auch unklar ist, wer die Stimme des Genius' imaginiert – was sie zu sagen hat, ist klar. An ihrer Wahrheit lässt das Gedicht am Ende, im Gegensatz zu allem anderen hier im Ungewissen und Hörensagen bleibenden, keinen Zweifel: „hört es, Menschenkinder" (88).

Die Botschaft des Genius' beginnt mit einer Liebeszusage, die apokalyptische Schreckensvisionen und endzeitliche „Gewissensangst" (65) im Geist aufgeklärter Toleranz konterkariert. Noch einmal werden dabei Antike und Christentum überblendet, denn im „unsichtbaren Genius" verschmelzen der gute Dämon und der gute Hirte Jesus Christus: „Mit gleicher Liebe lieb ich meine Kinder" (86). Ähnlich liebenswert klingt das folgende Blumen-Gleichnis:

> Zwei Blumen blühen für den weisen Finder,
> sie heißen *Hoffnung* und *Genuß*. (89f.)

Doch was man zunächst als liebliches Nebeneinander zu hören geneigt ist, erweist sich mit der folgenden Strophe als Alternative! Man muss sich zwischen den Schwestern „Hoffnung" *oder* „Genuß" entscheiden:

> Wer dieser Blumen Eine brach, begehre
> die andre Schwester nicht.
> Genieße wer nicht glauben kann. Die Lehre
> ist ewig wie die Welt. Wer glauben kann, entbehre.
> Die Weltgeschichte ist das Weltgericht.

„Genieße wer nicht glauben kann" ist dabei eine, wie so vieles in diesem Gedicht, zweideutige Maxime. Vor allem mit einer offenen Bewertung der beiden Optionen. Denn ob der Genuss die moralisch schlechtere von beiden Möglichkeiten ist, die demjenigen übrig bleibt, dem die Kraft des Glaubens versagt ist, oder ob im Gegenteil gemeint ist, dem, der nicht glauben kann, das schlechte Gewissen zu nehmen und ihn aufzufordern, das Leben zu genießen – beide Möglichkeiten hält die Weisung des Genius' offen. Zeitgenössisch skandalös ist allerdings bereits die Unentschiedenheit, einem Genuss ohne Glauben auf diese Weise Wort und Recht zu verschaffen. Was die Lehre des Genius' bei aller Offenheit jedoch versperrt, ist die *Vermittlung* zwischen Genuss und Hoffnung, Genuss und Glauben. Die beiden Blumen wachsen nebeneinander und sie symbolisieren eine Zwei-Reiche-Lehre neuer Art. Im Reich des Glaubens und Hoffens darf auf Genuss und einen Ausgleich für erlittene Entbehrungen kein Anspruch gemacht werden. Der Genuss dagegen liegt in der Gegenwart, ihm ist die Hoffnung verwehrt.

Für eine solche strengere Lesart der Maxime (Riedel deutet sie dagegen als eine „Toleranzformel: ‚Hoffnung *und* Genuß'", Riedel: 1996, 56), die Genuss und Hoffnung oder wie man allgemeiner auch sagen könnte, Immanenz und Transzendenz, trennt, spricht auch der fünfte Vers der Strophe, der nach der nun gut eingeführten Struktur noch einmal eine besondere Pointe parat hält, die zu einer solchen strikteren Scheidung der Reiche passt: „Die Weltgeschichte ist das Weltgericht" (95). Der Vers, herausgelöst aus Schillers Gedicht, hat Furore gemacht. Hegel hat ihn in seine Geschichtsphilosophie eingebaut (Hegel 1986, 503ff.), Oswald Spengler, der Apokalyptiker des Bürgertums im frühen 20. Jahrhundert, hat ihn in einem sehr anderen, von Schiller sehr weit entfernten, sozialdarwinistischen Verständnis ans Ende seines *Untergang des Abendlandes* (1918-1922) gerückt: „*Die Weltgeschichte ist das Weltgericht:* sie hat immer dem stärkeren, volleren, seiner selbst gewisseren Leben Recht gegeben [...] und die Menschen und Völker zum Tode verurteilt, denen die Wahrheit wichtiger war als Taten, und Gerechtigkeit wesentlicher als Macht." (Spengler: 1969, 1194) Die Deutungsgeschichte dieses Verses wäre ein eigenes Thema (siehe dazu Koselleck 2003; Vondung: 1988, 132ff.) und er ist dabei, um die Germanistin Käte Hamburger zu zitieren, „eine harte Interpretationsnuß" geblieben (Hamburger: 1986, 223). Im Kontext des Gedichts und des zeitgenössischen Denkens scheint vor allem die radikale Diesseitigkeit der Formulierung heraushebenswert: „Die *Weltgeschichte* ist das Weltgericht". Aus dem göttlichen, unvordenklichen Gericht, das nach christlicher Vorstellung am Ende der Zeit über die Welt ergeht, wird in diesem Vers eines, das sich in der Geschichte dieser Welt selbst vollzieht. Damit gibt es auch keine höhere, der Welt einmal enthobene Gerechtigkeit, sondern nur die eine einzige, die in der historischen Wirklichkeit Gestalt gewinnt – oder auch nicht. Weitgehender kann man eine ‚Enttäuschung' 1786 kaum formulieren. Reinhart Koselleck hat mit Blick auf diesen Vers Schillers m.E. zu Recht von der „Gnadenlosigkeit" dieser Vorstellung gesprochen, im Wortsinn wie im übertragenen Verständnis (Koselleck: 2003, 346; ‚verhaltenen Optimismus' erkennt dagegen, schwer nachvollziehbar, Olaf Briese in ihr, vgl. Briese: 2008, 73). Sie weist dem Menschen die restlose Verantwortung für das zu, was er tut. Mehr noch: das Urteil über Handeln und Verhalten liegt einzig in dem, was in der Geschichte daraus geworden ist.

Als ob es damit noch nicht genug sei, halten die letzen drei Verse des Gedichts der Seele noch einmal unnachgiebig die Konsequenz vor Augen, die aus dieser Lehre des Genius' resultiert:

> Du konntest deine Weisen fragen,
> was man von der Minute ausgeschlagen,
> gibt keine Ewigkeit zurück." (98-100)

Aus der Vorstellung einer strikten Immanenz der Geschichte – zu der im übrigen auch die Leitmetaphorik des ‚Blühens' und ‚Verblühens' passt (6f., 42, 77, 89) – folgt die Einmaligkeit und Unwiederholbarkeit jedes Augenblicks: „Das Weltgericht wird als anderer Pol dem Ewigkeitsgericht entgegengesetzt." (Hamburger: 1986, 225) Nachzuholen oder auszugleichen ist nichts. Ohne Erbarmen muss die Seele darum hören, dass sie ihre Chance zur Einsicht hatte, aber verpasst hat. Die nachgeholte Einsicht ist nur noch Reflexion. Am gelebten Leben ändert sie nichts mehr.

VI

Vielleicht verdient diese Seele auf der Schauerbrücke mehr Mitleid als die fachwissenschaftliche Forschung ihr zumeist zuteil werden lässt. Nicht zuletzt durch eine eigene Deutung Schillers angeregt: „Um des Lohnes willen, der ihm in der Ewigkeit versprochen wurde, hat er auf Genuß in dieser Welt resigniert. Zu seinem Schrecken findet er, daß er sich in seiner Rechnung betrogen hat" (so eine Bemerkung Schillers 1794, zitiert nach Riedel: 1996, 59), hat man der Seele allein egoistische Motive für ihren Glauben unterstellt (Bartl: 2009, 6; Riedel: 1996, 60) und in Schillers Gedicht ein Loblied bzw. eine kühne Vorwegnahme des ethischen Rigorismus Immanuel Kants gesehen (den Schiller allerdings genauer erst nach 1786 studiert hat), demzufolge es verächtlich ist, moralisch in Erwartung irgendeiner Belohnung zu handeln. Gewiss, die Seele spricht ein bisschen selbstgerecht, und sie hat, insbesondere das hat man ihr verübelt, „Laura", das „Weib, so teuer deinem Herzen" (36f.), dem, was es für die Lehre der ‚Wahrheit' hielt, geopfert. Doch ist so klar, dass dies aus höherem Egoismus geschah? und welches Motiv hatte die Stimme der Wahrheit dazu, eine solche Entsagung zu fordern? oder war auch diese Stimme Einbildung der Seele? Das Gedicht schweigt zu allen diesen Details. Unzweideutig ist allein, dass alles Handeln und auch jedes Opfer seinen Sinn nur in dieser Welt finden kann. Diese Erkenntnis äußerster Aufklärung zu ertragen, scheint eine Aufgabe für ‚starke Geister' zu sein (anderen, als sie Spengler hundert Jahre später beschwört), an der zu scheitern auch unser Mitgefühl verdient.

Pathos, das Schillers Gedicht *Resignation. Eine Phantasie* reichlich mobilisiert, und Komik liegen bekanntlich eng beieinander. Um nach der schweren Kost mit etwas Verdaulicherem zu schließen, sei ans Ende *Ein Weltgericht* des Schiller-Lesers August Heinrich Hoffmann von Fallersleben aus seinen *Unpolitischen Liedern* von 1840 gesetzt:

Ein Weltgericht.

Die Weltgeschichte ist das Weltgericht,
Doch kein Gericht für jeden Magen,
Denn solche derbe Speise würde nicht
Ein jeder Herr und Knecht vertragen.

Drum hat man viele Männer angestellt,
Die müssen's klopfen, kochen, braten,
Daß dies Gericht der ganzen Welt gefällt,
Zumal den hohen Potentaten.

Zu haben ist es dann an jedem Ort,
Für Geld bekommt es leicht ein Jeder;
Mit einer Brühe giebt man's *gratis* fort
Sogar auch wohl noch vom Katheder.

Es ist bereitet dann so excellent,
Daß man die Finger danach lecket;
Gesättigt rufen wir: potz Element!
Wie gut doch die Geschichte schmecket! (63)

Literaturverzeichnis:

Primärliteratur:

Hegel, Georg Friedrich Wilhelm: „Grundlinien der Philosophie des Rechts oder Naturrecht und Staatswissenschaft im Grundrisse (1821)". *Werke.* Hgg. Eva Moldenhauer und Karl Markus Michel. Bd. 7. Frankfurt a.M: Suhrkamp, 1986.

Hoffmann von Fallersleben, August Heinrich: *Unpolitische Lieder.* 1. Theil. Hamburg: Hoffmann und Campe, 1840.

Schiller, Friedrich: *Sämtliche Gedichte.* Hg. Georg Kurscheidt. Frankfurt a.M.: Deutscher Klassiker Verlag, 1992.

Spengler, Oswald: *Der Untergang des Abendlandes. Umrisse einer Morphologie der Weltgeschichte.* Sonderausgabe. München: Beck, 1969.

Forschungsliteratur:

Bartl, Andrea: „Schiller und die lyrische Tradition" (1998). *Goethezeitportal.* 2009. http://www.goethezeitportal.de/db/wiss/schiller/bartl_lyrik.pdf [eingesehen am 10.8.2011]

Basler, Otto: „Resignation". *Deutsches Fremdwörterbuch.* Hgg. Hans Schulz und Otto Basler. Bd. III. Berlin: de Gruyter, 1977. 363f.

Briese, Olaf: „Vom Gottesgericht zum Weltgericht. Apokalyptische Motive in Aufklärung und Vormärz". *Der nahe Spiegel. Vormärz und Aufklärung.* Hg. Wolfgang Bunzel u.a. Bielefeld: Aisthesis-Verlag, 2008. 51-78.

Hamburger, Käte: „Die Weltgeschichte ist das Weltgericht"" (1960). *Kleine Schriften zur Literatur und Geistesgeschichte.* 2. Auflage. Stuttgart: Heinz, 1986. 223-225.

Hederich, Benjamin: „Nemesis." *Gründliches mythologisches Lexikon.* Nachdruck der Ausgabe Leipzig 1770. Darmstadt: Wissenschaftliche Buchgesellschaft, 1986. Sp. 1701-1707.

Koselleck, Reinhart: „Geschichte, Recht und Gerechtigkeit" (1987). *Zeitschichten. Studien zur Historik.* Frankfurt a.M.: Suhrkamp, 2003. 336-358.

Laarmann, Matthias: „Resignation, resignieren." *Historisches Wörterbuch der Philosophie.* Hg. Joachim Ritter u.a. Bd. 8. Basel: 1992. 909-916.

Redling, Erik: „Brücke." *Metzler Lexikon Literarischer Symbole.* Hgg. Günter Butzer und Joachim Jacob. Stuttgart u. Weimar: Metzler 2008. 56f.

Riedel, Wolfgang: „Abschied von der Ewigkeit." *Interpretationen. Gedichte von Schiller.* Hg. Norbert Oellers. Stuttgart: Reclam, 1996. 51-63.

Titzmann, Michael: „Schillers Lyrik und die Philosophie der Spätaufklärung: *Freigeisterei der Leidenschaft* und *Resignation.*" *Literatur als Lust. Begegnungen zwischen Poesie und Wissenschaft.* Hg. Lutz Hagestedt. München: Belleville, 2008. 317-341.

Vondung, Klaus: *Die Apokalypse in Deutschland.* München: Deutscher Taschenbuch Verlag, 1988.

Honoré de Balzac

La comédie humaine / Die menschliche Komödie

Hans Vilmar Geppert

Dies ist nun zweifellos ein „Großes Werk der Literatur": 91 Romane und Novellen, eine ganze kleine Bibliothek, machen seinen Umfang aus; geplant waren sogar 137 Erzählungen, sorgfältig geplant, denn es sind alle Titel und viele Skizzen dazu erhalten. Und Balzac hat diese Folge, diesen Zyklus, diese Architektur von Erzählungen, geschrieben im Wesentlichen zwischen 1829 (*Les Chouans)* und 1847 (der wichtige Schluss von *Splendeurs et misères des courtisanes / Glanz und Elend der Kurtisanen),*[1] schon früh, spätestens ab 1833 (als Projekt unter dem Titel: *Études de moeurs au XIXe siècle / Studien zu den Sitten im XIX. Jahrhundert)* und von da an immer als eine Einheit, als *ein* kontinuierliches „großes Werk" verstanden. Auch wenn der seitherige Titel erst 1841 festgelegt wurde.[2]

Was ist die *Comédie humaine*? Erlauben sie, dass ich meinen Versuch, dieses Werk vorzustellen, an ein paar Schlüsselszenen orientiere: zuerst an den beiden „Anfängen", dann an einer Situation der „Grenzüberschreitung", die recht genau in der Mitte der *Comédie humaine* steht, und zwar sowohl ihrem Aufbau als auch ihrer Entstehung nach, und zuletzt an einer Szene, die vielleicht so etwas wie einen interessanten, wenn auch vorläufigen Schluss dieses langen „Erzählweges" markieren könnte, auf alle Fälle eine für das Ganze sprechende und einen letzten Ausblick formulierende Wende.

Die beiden Anfänge

Die erste dieser Szenen hat etwas von der Konzentration und dem kalkulierten Abbrechen einer Kurzgeschichte, etwa einer von Chechov oder Hemingway: Ein junger Mann betritt frühmorgens, gleich nach dem Öffnen, ein Spielcasino, setzt dort sein letztes Goldstück – daher der ursprüngliche Titel *Le dernier Napoléon* (1830, vgl.

---

1 Das bezieht sich auf Balzacs Schreibarbeit, die im Wesentlichen im Herbst 1847 abbricht. Die letzte Erstveröffentlichung eines Werks der *Comédie humaine* erfolgte allerdings noch später und ist bezeichnend für Balzacs Arbeitsweise: Der Roman *Les Paysans / Die Bauern* taucht in Plänen bereits 1833 auf, von 1839 an werden Teile in Zeitschriften veröffentlicht, der ganze Roman aber erscheint erst posthum, nach Balzacs Tod, von Mme. Hanska fertig redigiert im Jahr 1855 (vgl. 9.1237-1249, zur Zitierweise vgl. unten Anm. 3).

2 Zur Biographie Balzacs vgl. z.B. die Einführungen in die Gesamtausgaben: Roger Pierrot, *Chronologie de la vie et de l'oeuvre de Balzac*, 1.LXXVII-CXVII, oder: Honoré de Balzac, *La Comédie humaine.* Hrsg. von Pierre Citron, 7 Bde., Paris, 1965/1966, Bd. 1, S. 11-17; ausführlich: Roger Pierrot, *Honoré de Balzac*. Paris, 1994.

10.1232) –, verliert es, geht ein paar Straßen weiter und will sich von einer Brücke in die Seine stürzen; da bricht die Kurzgeschichte ab (vgl. 10.58-65). Und mit diesem „suicide [...] retardé /verzögerten Selbstmord" (10.88)[3] - das steht seit langem für die Forschung fest -[4] beginnt die eigentliche, kontinuierliche Arbeit an der *Comédie humaine*, auf alle Fälle an ihrem wichtigsten Erzähl- und Bedeutungsweg.

Hier ist vieles interessant und weist weit auf das Gesamtwerk voraus: die Kunst verdichteter Indizien, wenn etwa das „Spielcasino am Morgen" auf einen süchtigen, gar verzweifelten Spieler schließen lässt, oder z.B. die Bedeutung von Recht und Gesetz, sofern der Staat diese für ihn einträglichen Orte reguliert und schützt, oder die durchgehende Krisen-Metapher des Glücksspiels und so fort.[5] Und besonders interessant scheint mir die sehr klar eben strukturierende Bedeutung dieser Szene: Das Werk als solches, die Kontinuität der Arbeit an der *Comédie humaine,* dieses Erzählexperiment im Ganzen tritt an die Stelle des abgebrochenen oder doch suspendierten Lebensexperiments des Romanhelden - darin sind ja auch Teile von Balzacs eigener Biographie enthalten –, der Werk-Entwurf nimmt den Lebens-Entwurf auf, führt ihn, immer neu und verschieden ansetzend fort und arbeitet seinen möglichen Sinn heraus.

Auch die zweite „Anfangs-Szene", die ich skizzieren möchte, ist exemplarisch bedeutsam und weist weit in das Gesamtwerk voraus. Auch hier tritt das Erzählen als solches, und auch hier ein spezifisch „realistisches" Erzählen ein in eine „Leerstelle", die die Handlung und das Verhalten der Personen offen lassen. Mit dem kurzen Roman *La maison du Chat-qui-pelote / Das Haus zur spielenden Katze* (1829) beginnt die *Comédie humaine,* wenn man sie ihrem Aufbau, ihrer Gliederung bzw. „Architektur" nach betrachtet. Dies ist der erste Roman des ersten Bandes der ganzen kleinen Bibliothek. Er gilt übrigens vielen auch als „le premier roman ‚réaliste' [...] de la littérature française" (der erste „realistische" Roman der französischen Literatur).[6] Und dies ist die erste Schlüsselszene dieses ersten Romans: Ein talentierter junger Maler geht am „Haus zur spielenden Katze" vorbei und sieht durch das Fenster hindurch ein schönes Mädchen, das vom Fensterrahmen als schon gewissermaßen „fertiges Bild" ganz wörtlich „eingerahmt" wird (1.52/53). Er verliebt sich in dieses Bild, geht immer wieder an dem Haus vorbei und kann ein vielfach bewundertes, sogar preisgekröntes Gemälde malen. Aber dies ist auch der Beginn eines tragischen Liebes- und Eheromans, wie er für die erste Unter-Abteilung der *Comédie hu-*

---

3 Im Text zitiert wird die Ausgabe: Honoré de Balzac, *La comédie humaine.* Édition de la Pléiade, Hrsg. von P.G. Castex, 12 Bde., Paris 1967-1981, nach Band und Seitenzahl. Alle Übersetzungen stammen, sofern nichts anderes vermerkt ist, von mir.

4 „*La Peau de Chagrin* est le porche [de] cette cathédrale qu'est *La Comédie humaine*/ die Eingangshalle zu dieser Kathedrale, welche die *Comédie humaine* ist", Pierre Citron, *Introduction / Einführung* zu: *La peau de chagrin,* 10.45.

5 Vgl. genauer Verf., „ *Morgens im Spielcasino*". *Theorie eines literarischen Realismus im 19. Jahrhundert.* In: Günter Butzer / Hubert Zapf (Hrsg.), *Theorien der Literatur.* Bd. 5, Tübingen und Basel 2011, S. 117-139.

6 Pierre Citron, *Introduction /Einführung* zu : *La maison du Chat-qui- pelote.* In : Balzac, *La comédie humaine.* Hrsg. von Pierre Citron, 7 Bde., Paris 1965/1966, Bd. 1, S. 59.

maine: *Scènes de la vie privée / Szenen aus dem Privatleben*, bezeichnend ist. Der Maler sieht nur das Bild und die Schönheit. Das Mädchen sieht nur die Liebe. Ihre gut bürgerlichen Eltern stimmen der Ehe mit einem „Künstler“ nur zu, weil das ererbte Vermögen des Malers sie überzeugt. Aber die Personen leben in ganz verschiedenen Traditionen und Wert-Welten. Sie können, so wie sie jeweils ihre Welt „sprechen“, wie sie sie „codieren“ und „decodieren“,[7] einander nicht verstehen. Natürlich entfremden sie sich einander. Der Maler verschenkt später geradezu das Bild, das für ihn eben zu allererst ein anerkanntes, begehrtes Kunstwerk ist,[8] er gibt es noch dazu einer „femme fatale“ der großen Gesellschaft – einer typischen Balzac-Gestalt -; doch wie diese ihrerseits, fies berechnend, das Bild der jungen Frau zurückgibt, zerstört der Maler es. Und die junge Frau stirbt an gebrochenem Herzen (vgl. 1.38-94). Was nun ist an dieser, hier freilich nur sehr grob skizzierten Geschichte überhaupt so interessant? Der Gedanke, dass die Kunst dem Leben gefährlich werden, dass sie es geradezu zerstören kann, wurde im 19. Jahrhundert immer wieder dargestellt: mehrmals z.B. von E.T.A. Hoffmann, mindestens noch einmal von Balzac selbst (*Le chef-d'oevre inconnu / Das unbekannte Meisterwerk,* 1831), parabelhaft dicht von Edgar Allen Poe (*The Oval Portrait,* 1840), breit und deutlich in der Nachfolge Balzacs von Émile Zola (*L'Oeuvre / Das Werk,* 1886), um nur die vielleicht wichtigsten Beispiele zu nennen. Aber von Balzac wird dieses böse „Märchen vom bedingten Leben“ eben ganz „realistisch“ erzählt, z.B. sorgfältig eingebettet im Alltag und den streng konservativen Gewohnheiten einer Familie von Tuchhändlern, mit genauen lokalen und kulturellen Details, etwa zur Kleidung oder den Essgewohnheiten, langsam fortschreitend mit sorgfältiger psychologischer und moralischer Motivation und vielem mehr. Auch das eigentümliche „Bildnisverbot“, die Warnung vor der verführerischen Beliebigkeit von Bildern, hat bei Balzac, wie auch sonst im literarischen Realismus,[9] eine erkenntnisbezogene, aufklärerische, auf den genauen Kontext der Indizien, Spuren und Wege verweisende Bedeutung: Das „Bild“ bedeutet für jede(n) der Beteiligten etwas jeweils genau motiviert Verschiedenes -, während etwa E.A. Poe lediglich seinen Erzähler fern von jedem weiteren Kontext in einem abgelegenen Schloss ein Bild, eine vergilbte Handschrift und ein phantastisches Verhängnis finden lässt. Denn Balzac geht es weniger um eine allgemein menschliche als vielmehr um eine spezifisch bürgerliche Parabel, und deren Bedeutung ist, so möchte ich behaupten, nichts weniger als die *Comédie humaine* als solche. Was den Personen fehlt, was die „Leerstelle“ in ihrem Verhalten ausmacht, ist genau das, was Balzac im wichtigsten Teil seines

---

7 Roland Barthes' Erzähltheorie wurde bezeichnenderweise am Beispiel Balzacs entwickelt. Vgl. Roland Barthes, *S/Z*. Dt. von Jürgen Hoch, Frankfurt 1987. Eine solche „semiotische“ (zeichen- und sprachtheoretisch angeregte) Balzac-Lektüre ist inzwischen v.a. in Frankreich breit akzeptiert; vgl. z.B. Nicole Ramognino (Hrsg.), *Lecture actuelles de l'Oeuvre de Balzac. Livre réel, livres possibles, monde commun.*Paris 2006.

8 Der ursprüngliche Titel lautete bezeichnenderweise *Gloire et Malheur / Ruhm und Unglück*, vgl. 1. 1176 ff.

9 Vgl. Verf., *Der realistische Weg. Formen pragmatischen Erzählens bei Balzac, Dickens, Hardy, Keller, Raabe und anderen Autoren des 19. Jahrhunderts.* Tübingen 1994, v.a. S. 143 ff., sowie Verf., „*Morgens im Spielcasino*“, S. 130/131 (These 14: Die Krise der Bilder – Bilder der Krise).

Erzählwerks sich zu leisten vorgenommen und auch als programmatische Überschrift der ersten Abteilung der *Comédie humaine* gewählt hat:

„Études de moeurs" – Kritische Moralistik

Was ist die *Comédie humaine*? Das wird natürlich erst nach und nach zu klären sein. Diese ersten beiden Schlüsselszenen aber geben bereits wichtige Hinweise. Zunächst einmal zeigen sie, was dieses große Erzählexperiment nicht ist: Es ist keine Chronik der französischen Geschichte ihrer Zeit, kein großer historischer oder zeithistorischer Roman, obwohl immer wieder historische Daten, Personen und Ereignisse genannt werden,[10] insbesondere solche aus der Vorgeschichte, die bei allen wichtigen Personen bis zur Revolution und der Napoleonischen Zeit zurück verfolgt wird. Man kann vielmehr von einer Art historisch „gebrochener Perspektive" sprechen. Der Zeitrahmen, in dem die meisten Erzählungen der *Comédie humaine* spielen, ist, grob gesagt, der der Restaurationszeit, zwischen 1815, insbesondere von etwa 1819 an, und 1830. Aber die Personen verhalten sich wie die in der bourgeois, liberal und kapitalistisch dominierten Zeit nach 1830. „Enrichessez vous! / Bereichert Euch!": So lautete das viel zitierte Motto dieser Zeit. „Eine allgemeine Jagd nach Besitz und Reichtum"[11] ist ihr Lebens-Prinzip. Und der Titel der größten, ersten Abteilung der *Comédie humaine*: *Études de moeurs*, zu übersetzen etwa als *Studien zu den Sitten und Gebräuchen unserer Zeit*, dieser programmatische Titel bezeichnet nicht einen chronikalischen oder nacherzählenden Zugriff, sondern einen exemplarisch-systematischen, besser „panoramatischen" Blick: Wie verhalten sich Menschen, wie verhält sich die französische Gesellschaft, in der Balzac und seine Zeitgenossen, seine Leser leben, bzw. gelebt haben?

Die *Comédie humaine* ist eine kritisch-moralistische Studie, ein großes Panorama der französischen Gesellschaft: von den Familien und den Provinzstädten bis zu den Zentren von Paris, von den Bauern und dem Kleinbürgertum über die so wichtige Schicht der kleinen und großen Kaufleute bis zur Geld- und Adels-Aristokratie, nicht zu vergessen die Welt der Künstler, Schriftsteller und der Wissenschaft, aber auch die der Bürokratie, des Militärs, schließlich und sehr farbig die des Verbrechens. Da all dies in jeweils individualisierten Geschichten erschlossen wird, ist die *Comédie humaine*, und diese direkte und nahe Sicht prägt meistens ja überhaupt den ersten Eindruck, wenn man eben irgendwo in ihr zu lesen beginnt, Balzacs „großes Werk" ist eine immer neu einsetzende, kritische, d.h. differenzierende Untersuchung menschlicher Charaktere: ihrer Physiologie – man erfährt immer genau, wie die Personen körperlich gebaut und veranlagt sind, wie gesund oder wie und woran krank, wie sie aussehen und wie sie sich kleiden, oder wo und wie sie wohnen -, ihrer psy-

---

10 Das Register der *Personnages réels / Realen Personen* im Anhang der *Édition Intégrale,* Hrsg. von Pierre Citron, Paris 1966, Bd. 7, S. 652-687 dürfte, auch wenn man „biblische und mythologische" Figuren abzieht, immer noch ca 1000 historische Namen umfassen.

11 Jürgen Grimm (Hrsg.), *Französische Literaturgeschichte.* Stuttgart, 2. Aufl., 1991, S. 253; auf das „Drama des Geldes" bei Balzac gehe ich am Schluss dieses Vortrags ein.

chischen Disposition, ihres familiären und sozialen Werdegangs und ihrer intellektuellen und moralischen Bildung. Dass sie diese ihre jeweilige „moralistische Physiognomie" untereinander nicht kennen, dass sie ihre Verhaltensmuster wechselseitig nicht verstehen, machte ja eben die Tragik der Personen aus in der vorhin skizzierten Anfangserzählung *La maison du Chat-qui-pelote / Das Haus zur spielenden Katze.* Und diese Leerstelle ihres Anfangsromans auszufüllen, ist genau die Intention, die von da an den Erzählraum der *Comédie humaine* öffnet.

Wie ist dieser Erzählraum, dieses immer neu individualisierte Panorama der französischen Gesellschaft in der ersten Hälfte des 19. Jahrhunderts geordnet, welche Strukturierungen bietet er an, welche „Wege" führen durch ihn hindurch und vor allem, wie und mit welchem „Sinn" führen sie über ihn hinaus? Erlauben Sie, dass ich mich diesen Fragen von einer dritten Schlüsselszene her nähere! Sie ist recht genau in der Mitte der *Comédie humaine* situiert und bedeutet in ihr

Eine zentrale Grenzüberschreitung:

> A Paris, les masses s'emparent tout d'abord de l'attention: [...] la hauteur des maisons, l'affluence des voitures, les constantes oppositions que présentent un extrême luxe et une extrême misère saisissent avant tout. Surpris de cette foule à laquelle il était étranger, cet homme d'imagination éprouva une immense diminution de lui-même [...] une perte totale et subite de [sa] valeur [...]. Paris allait être un affreux désert. (5.264)

> In Paris drängt sich von Anfang an die Masse von Eindrücken auf: Die Höhe der Häuser, der Strom der Fahrzeuge, der ständige Gegensatz von äußerstem Luxus und äußerstem Elend, all das ergreift einen zuallererst. Überrascht von dieser Menge, der er ganz fremd gegenüber stand, erfuhr dieser phantasiebegabte junge Mann so etwas wie eine unermessliche Verkleinerung seiner selbst; er schien plötzlich überhaupt nichts mehr wert zu sein. Paris würde für ihn zu einer fürchterlichen Wüste werden.

Diese Sätze stehen im letzten Kapitel des ersten Bandes von *Illusions perdues / Verlorene Illusionen* (1937); dort stehen sie in allen Ausgaben auch heute. Aber als 1839 der zweite Band dieser Romantrilogie erschien (*Un grand homme de province à Paris / Ein großer Mann aus der Provinz in Paris)*, da begann diese Fortsetzung mit der Wiederholung dieses Schlusskapitels des ersten Bandes. Es ging Balzac offensichtlich um einen Schluss und einen Anfang zugleich, um eine Grenzüberschreitung als Dreh- und Angelpunkt seines Romans. Und diese Schwelle ist bedeutsam für die *Comédie humaine* schlechthin, und zwar sowohl ihrem Aufbau als auch ihrer Entstehung nach.

Denn genau hier beginnt der eigentliche Paris-Roman des vielleicht komplexesten und schillerndsten Romanhelden Balzacs, eines immer negativer sich entwickelnden Romanhelden, dessen Charakter, einer Mischung aus „Ehrgeiz und Passivität" („ambition et passivité")[12] sein Autor offensichtlich mit entschiedener Kritik, aber zugleich auch mit großer Nähe gegenüber steht – als solle der seit der Anfangszene

---

[12] Aude Déruelle / Francoise Rullier-Theuret, *„Illusions Perdues" de Balzac.* Paris 2003, S. 152, vgl. ebd. ff.

„Morgens im Spielcasino" angekündigte „Selbstmord" („le suicide retardé") jetzt empathisch-fiktional vollzogen werden: Lucien Chardon heißt eigentlich „Distel", aber er hat widerrechtlich den altadligen Namen seiner Mutter „de Rubempré" – darin steckt ein ganzer eigener kleiner Roman - angenommen, weil er überzeugt ist, dass dieser besser zu ihm passt. Er ist vielfältig begabt und hält sich selbst für einen genialen Dichter. Vor allem ist er auf eine fast mädchenhafte Weise schön. Eine „große Dame der Provinz", erheblich älter als er, und Lucien haben sich in der Provinz in einen romantischen Liebesroman hinein gelebt, haben ihn weitestgehend einander vorgespielt; es gab einen Provinz-Skandal, Mme. de Bargeton flieht nach Paris, und Lucien reist mit ihr, um in der Metropole dichterischen Ruhm und zugleich gesellschaftlichen Erfolg und ebenso, für ihn unlösbar damit verbunden, Reichtum zu erringen; denn von alledem meint er, dass es ihm zusteht. Man kann an dem oben zitierten Textabschnitt herauslesen – „Höhe der Häuser, Strom der Fahrzeuge, extremer Luxus dicht neben äußerstem Elend": Mich erinnert das an meinen ersten Eindruck von New York - wie Lucien sich sofort in seinem Urteil den Quantifizierungen um ihn herum unterwirft, und wie jede Authentizität seines Selbstwerts sofort lediglich zu einer Erinnerung wird. In der Tat, in wenigen Tagen wird sein falscher Adelstitel grausam entlarvt, der weitaus größte Teil seines geborgten Startkapitels wird weg sein, ausgegeben für großspurige Trinkgelder und v.a. für ungeschickt gewählte, modisch feine Kleidung. Seine mütterliche Geliebte fährt nach drei Tagen in Paris auf der Straße in der Kutsche grußlos an ihm vorbei („il n'existait même pas / er existierte nicht einmal", 5.287). Am Ende dieses letzten und zugleich ersten Romankapitels muss er in einem winzigen, kalten Dachzimmer als Student und freier, will sagen, auf lange Zeit erfolg- und mittelloser Schriftsteller ganz neu beginnen. Auf nichts als seinen schieren, zähen Willen zum Weg nach oben ist er reduziert. Aber dieser Wille ist für Balzac nicht wenig, er ist sehr viel. Lucien wird über mehrere hundert Romanseiten hinweg – seine Schicksale werden ja noch zehn Jahre lang forterzählt – erstaunlich hoch gesellschaftlich aufsteigen, dann sehr tief fallen („un zéro social / eine soziale Null", 5.686) und als „Kreatur" und „Kurtisane" des Großverbrechers Vautrin sich zuletzt im Gefängnis aufhängen – so als sei nur noch ein leerer Anzug von ihm übrig geblieben (der Schluss von *Splendeurs et misères des courtisanes / Glanz und Elend der Kurtisanen*, 1847, vgl. 6.697 ff.).

Man versteht vielleicht, so kurz hier die Handlung zusammengefasst werden musste, warum Balzac diese Grenzüberschreitung von der Provinz nach Paris mit Dantes Abstieg in die Hölle verglichen sehen wollte. Aber das sind nur zwei der hier möglichen Orientierungen. Wie verhalten sich also, wenn wir von *Illusions perdues* ausgehen, die verschiedenen Strukturierungen der *Comédie humaine* zueinander? „Struktur" allerdings ist hier, wie eigentlich immer in der Erzähltheorie, als Prozess zu verstehen.[13] Gerade in der *Comédie humaine* muss jede bedeutsame Relation, Diffe-

13 Vgl. Verf., *Dreistellig-semiotische Erzähltheorie. Entwurf einer Orientierung.* In: Günter Butzer und Hubert Zapf (Hrsg.), *Theorien der Literatur. Grundlagen und Perspektiven.* Bd. 4, Tübingen und Basel 2009, S. 306-337, v.a. S. 314 ff.

renzierung, Äquivalenz, Codierung usw. immer verstanden werden als eingebunden in eine

Vielfältige Dynamik.

Im ersten Band der *Illusions perdues* (erstmals erschienen 1837, der spätere und seitherige Titel dieses ersten Bandes der Trilogie lautet: *Les deux poètes / Die zwei Dichter*) geht es um die gesellschaftliche Hierarchie in Angoulême, einer Provinzstadt, es geht um Provinzehrgeiz und Provinzintrigen, in denen zwei romantisch „breiter" und tiefer als ihre, ihnen „unangemessene" Umwelt angelegte „Seelen",[14] zwei „Dichter" eben, sich aufreiben. Da der dritte Band zu diesem Schauplatz zurückkehren wird, ist es plausibel, dass Balzac den Gesamtroman in die *Scènes de la vie de province / Szenen aus dem Leben in der Provinz* platziert hat, die zweite Unterabteilung der *Études de moeurs*. Aber der zweite Band der Illusions perdues für sich: *Un grand homme de province à Paris / Ein großer Mann der Provinz in Paris* (1839) – diese „Größe" wird freilich bereits vom Titel „in Paris" ironisch interpretiert – gehört mit seinen schnellen Handlungsfolgen, dem jähen Wechsel der Schicksale, dem harten Gegeneinander der Interessen, schrankenlosem Ehrgeiz, Knäuel von Intrigen, einer einem Glücksspiel gleichenden Werte-Welt und der allgemeinen Maxime: „de l'or à tout prix / Gold um jeden Preis" (5.287), bereits klar in die *Scènes de la vie parisienne / Szenen des Pariser Lebens*, die dritte Unterabteilung der *Études de moeurs*, so dass auch die Position des ganzen Romans am Ende der *Scènes de la vie de province* genau motiviert ist.

Der dritte Band: *Les souffrances de l'inventeur / Die Leiden des Erfinders* (1843), in dem der „Erfinder", ein nahezu genialer Chemiker und Ingenieur, zwar von einer Meute von konkurrierenden Unternehmern und Advokaten ausgebeutet wird, seine Erfindung selbst aber sich durchsetzt, dieser Kampf einer Idee, zugleich eines starken und unbeugsamen Willens gegen eine feindliche Realität, Roman einer Idee, die ihren Träger aufreibt und so fort, all das erinnert doch recht klar bereits an die *Études philosophiques / Philosophische Studien*,[15] die nach dem Plan der *Comédie humaine* auf die *Études de moeurs* folgen und zu ihnen eine Art Gegengewicht bilden sollen: Die „Sitten" verändern sich, die Personen mögen scheitern, die „Ideen", die Beweggründe ihres Handelns, behaupten ihre Wahrheit, so wie in *Louis Lambert* (1832, aber dann immer wieder erweitert und ergänzt), dem wichtigsten „philosophischen" Roman Balzacs, der geniale Romanheld im Wahnsinn endet, seine Maximen und Aphorismen aber ihre philosophisch allgemeine Wahrheit behaupten sollen.

Und wenn man bedenkt, dass am Anfang von *Illusions perdues* durchaus familiäre Probleme und Konflikte stehen - ein Vater betrügt seinen Sohn um dessen mütterliches Erbe und beutet seinen Familiensinn aus, Mutter, Schwester und Freund ver-

---

14 Georg Lukács, *Die Theorie des Romans. Ein geschichtsphilosophischer Versuch über die Formen der großen Epik*. Neuwied und Berlin 1963, S. 114, vgl. ebd. ff.

15 Es gab auch einmal (1836; während der Arbeit am ersten Band) einen Plan, diesen Romanteil eng mit *La recherche de l'Absolu / Die Suche nach dem Absoluten* (1835) zu verbinden und tatsächlich in die *Études philosophiques* einzuordnen (vgl. 5.87).

wöhnen einen armen, begabten, vaterlosen Jungen und erziehen ihn zum Egoisten, eine junge Frau muss standesgemäß einen viel älteren, schon ziemlich, wie es heißt, „beschädigten“ Mann heiraten, eine für Balzac und den Roman des 19. Jahrhunderts typische Konflikt-Konstellation -, dann kann man zumindest in Spuren, aber in deutlichen Spuren, auch charakteristische Handlungskerne der ersten Abteilung der *Comédie humaine*: *Scènes de la vie privée / Szenen aus dem Privatleben* erkennen. Kurz, der Roman *Illusions perdues* steht nicht nur an einer zentralen Schwelle der *Comédie humaine*, er ist durchaus auch so etwas wie ihr Modell. Er vollzieht im kleineren Maßstab die wichtigsten Schritte ihres Aufbaus im Ganzen nach.

In den *Préfaces / Vorworten* zu den einzelnen Abteilungen seines „großen Werks der Literatur“[16] reklamiert Balzac für dessen Aufbau aber z.B. auch das Modell eines Entwicklungs- und Bildungs-Romans, in dem die Zirkel der Erfahrungen und Konflikte sich immer mehr erweitern und vertiefen, bis hin zur Abgeklärtheit des Alters („le soir après une journée bien remplie / der Abend nach einem arbeitsreichen Tag“, 1.1148), oder er entwirft das Modell einer Reise, oder das einer wissenschaftlichen Versuchsanordnung oder das einer Serie von Gerichtsprozessen des Autors gegen die Gesellschaft vor dem Urteil der Leser. Und strukturierende Bedeutung hat sicher auch das Anspielen des, allerdings erst 1841 gefundenen Titels *Die menschliche Komödie* auf Dante Allighieris berühmte *La divina commedia / Die göttliche Komödie* (1309-1321): In der Tat kann man so etwas wie den Abstieg des Autors und der Leser in immer tiefere „Kreise“ der „Hölle“ erkennen, in dessen Fortgang uns immer neue Personen begegnen und vor einer zwar Anteil nehmenden, aber doch kritischen Instanz ihre Geschichten preisgeben. In der Mitte, am tiefsten Punkt dieses Weges, stünde dann das symbolische „Paris [...] un enfer / eine Hölle“.[17] Auf

---

16 V.a. das *Avant-Propos / Vorwort* (1842) zur *Comédie humaine* als solcher (vgl. 1. 5-20), sowie die zusammen mit Félix Davin verfassten *Préfaces / Vorworte* zu den *Études Philosophiques* (1834, vgl. 10. 1200-1218) und zu den *Études de moeurs au XIXe siècle* (1835, vgl. 1. 1145-1172). Aber auch jeder einzelne Roman erschien bei seiner ersten Publikation mit einem programmatischen Vorwort.

17 So im Vorwort zu *La fille aux yeux d'or / Das Mädchen mit den Goldaugen* (1834), das entsprechend - man denke an Gedichte von Baudelaire, Heym oder Lichtenstein, an Gemälde von Dix usw. - schon auffallend modern, aus deutscher Sicht geradezu expressionistisch beginnt; daher sei im komparatistischen Interesse etwas ausführlicher daraus zitiert: „Un des spectacles où se rencontre le plus d'épouvantement est certes l'aspect général de la population parisienne, peuple horrible à voir, hâve, jaune, tanné. Paris n'est-il pas un vaste champ incessament remué par une tempête d'interêts sous laquelle tourbillonne une moisson d'hommes que la mort fauche plus souvent qu'ailleurs et qui renaissent toujours aussi serrés, dont les visages contournés, tordus, rendent par tous les pores l'esprit, les désirs, les poisons dont sont engrossés leurs cerveaux ; non pas des visages, mais bien des masques: masques de faiblesse, masques de force, masques de misère, masques de joie, masques d'hypocrisie; tous exténués, tous empreints des signes ineffaçables d'une haletante avidité ? Que veulent-ils ? De l'or, ou du plaisir? / Ein schreckliches Schauspiel hat man vor Augen, wenn man die Bevölkerung von Paris als ganze betrachtet, Menschen, die entsetzlich aussehen, hager und gelb gegerbt. Ist Paris nicht ein weiter, unaufhörlich vom Sturm selbstsüchtiger Interessen aufgewühlter Acker, eine wild hin und her wogende Menschenmenge, die da zur Ernte heran steht, die der Tod schneller niedermäht als anderswo, und die genauso dicht gedrängt immer wieder nachwächst: schiefe verrenkte

den „Teufel", der diese Welt, aber auch eine „Wende" in ihr in sich verkörpert, komme ich noch zurück. So gesehen käme dann den auf die Welt von Paris folgenden *Scènes de la vie de campagne* / *Szenen aus dem Leben auf dem Land*, in denen sich beispielsweise zwei ländlich-konservative Utopien finden – abgelegene, kulturell und moralisch verkommene Täler werden musterhaft saniert –,[18] ihnen käme auf diesem „menschlichen Heilsweg" die Position der „Läuterung" zu. Und in den *Études philosophiques* würde sich das Erzählen schließlich über die Realität hinaus zu den Wahrheiten selbst erheben, zum „centre lumineux / der Mitte von Licht" (1.1149), dem alles zu strebt, zur Wahrheit der christlichen Religion, der Monarchie, der Moral, zur Überzeugung, dass der Mensch sich immer weiter verbessern kann, zur „règle éternelle du vrai, du beau / zum ewigen Gesetz des Wahren und des Schönen" (1.11/12)[19] und so fort.

Gewiss: „[Pour Balzac] l'absolu n'est pas menacé par le réalisme et le réalisme implique l'absolu / das Absolute wird für Balzac durch den Realismus nicht bedroht, und der Realismus führt zum Absoluten."[20] Aber wie überzeugend können diese Selbstdeutungen Balzacs, die wir freilich nur äußerst verkürzt zitieren konnten, allenfalls sein? Wenn man beispielsweise bedenkt, dass die wichtigsten Teile der *Études philosophiques* entschieden früher als die zugespitzt zeitkritischen Romane, etwa die der *Scènes de la vie parisienne* entstanden sind, insbesondere z.B. die späten, bitteren, ja „vergifteten" Romane *La cousine Bette* und *Le cousin Pons* (1846/1847), auch wenn man nicht so weit gehen will, „die fiktive Totalität für Balzac eine notwendige Illusion" zu nennen,[21] können diese „Wahrheiten" der „Philosophie", verstanden als Aussagen zum „Sinnganzen" der *Comédie humaine,* können sie mehr Geltung beanspruchen als die einer transzendenten Idee, oder die einer Forderung oder die einer Hypothese? Muss man nicht zumindest, will man die *Comédie humaine* verstehen, immer mehrere Bedeutungs-Wege gleichzeitig verfolgen, auch und gerade wenn sie in gegensätzliche Richtung weisen?

Auf alle Fälle muss man sich schon die Texte Balzacs als in ständiger Bewegung begriffen vorstellen: ein immerfort sich veränderndes, progressives „oeuvre toujours

---

Gesichter, denen aus allen Poren die vergifteten Gedanken und Wünsche entströmen, von denen die Gehirne aufgebläht sind; nein, keine Gesichter, eher Masken: Masken der Schwäche und Masken der Stärke, Masken des Elends und Masken der Freude, Masken der Heuchelei; alle entkräftet, alle mit dem unauslöschlichen Brandmal keuchender Gier gezeichnet? Was wollen sie? Gold oder Vergnügen?" (5.1039, vgl. 5.1528 ff.).

18 *Le médecin de campagne* / *Der Landarzt* (1833) und *Le curé de village* / *Der Dorfpfarrer* (1839-1841).

19 Im großen *Avant-Propos* / *Vorwort* zur Gesamtausgabe von 1842, das jetzt in der Regel am Anfang aller Ausgaben der *Comédie humaine* steht (1. 7-20), nimmt Balzac sich vor, „[de] voir en quoi les Sociétés s'écartent ou se rapprochent de la règle éternelle, du vrai, du beau? / inwieweit sich die Gesellschaften von der ewigen Regel des Schönen und Guten entfernen oder sich an sie annähern?" (1. 11/12). Wird so dieses „Ewige" nicht zu einer Frage, ja zu einer offenen Perspektive?

20 Pierre Barbéris, *Balzac. Une mythologie réaliste.* Paris 1971, S.229 (genauer: „Der Realismus ist hinreichende Bedingung des Absoluten").

21 Hans-Ulrich Gumbrecht, Karlheinz Stierle, Rainer Warning (Hrsg.), *Honoré de Balzac.* München 1980, S.227.

recommencé / ein immer wieder neu begonnenes Werk“[22]. Da Balzac seine Erzählungen immer wieder aufnahm, fortsetzte, wieder neu herausgab, zuerst als Fortsetzungsromane in Zeitschriften, dann als einzelne Bücher, dann in Bänden der *Comédie humaine,* indem er sie dabei immer wieder neu gruppierte und so fort, hat er auch ständig an ihnen Veränderungen vorgenommen, immer neue „relectures et modifications [dont] le texte final garde les traces / Lesarten und Modifikationen, deren Spuren noch der letzte Text bewahrt“.[23] Seine Entdeckung, sein „Geniestreich“ wiederkehrender Personen führte dazu, dass er auch das Personal früher entstandener Romane immer wieder veränderte und so immer wieder und manchmal tief in die Handlung eingriff. Ebenso schob er einzelne Werke immer wieder zwischen verschiedenen Abteilungen des Gesamtplans hin und her. Und alle diese immer neuen Kontexte eröffnen immer neue Deutungsperspektiven. Um nur ein Beispiel zu nennen: Als der zweite Band von *Illusions perdues* 1839 erschien, dessen erstes Kapitel mit dem letzten des ersten Bandes (1837) identisch ist – wir haben oben daraus zitiert -, da war schon vorher die Kurzgeschichte *La Torpille* (1838), also der Anfang von *Splendeurs et misères des courtisanes* ertschienen (vgl. 6.1309 ff., v.a. 1310), der Fortsetzung von *Illusions perdues*; ja der Titel und das Projekt *La Torpille* tauchen schon 1835 im Zusammenhang mit *Le père Goriot* (1835) auf. Man sieht, wie früh schon Lucien als der unglückliche „Doppelgänger“ Rastignacs entworfen wurde; und wenn er dann in die fiktive Welt der *Comédie humaine* eingeführt wird, wie um ihn herum sogleich drei Zeiten, ja drei „Welten“ einander überlagern: Luciens Eintritt in die Welt von Paris trägt immer schon die Vorzeichen seines Scheiterns und seiner Wiederkehr in einem neuerlichen, destruktiven Glücksspiel („la bouillotte“, 5.702, „la roulette“, 6.431) in sich; in Paris begegnet er sofort, wenn auch noch verborgen, dem Großverbrecher Vautrin, „le type de toute une nation dégénerée, d'un peuple sauvage et logique, brutal et souple / Typus einer ganzen verkommenen Nation, eines wilden und logischen, brutalen und gerissenen Volkes“ (3.219), wie man ihn schon vom Ende von *Le père Goriot* (1835) her kennt. Die Zukunft ist immer schon anders, als man sie überhaupt erwarten kann.

Und diese Dynamik setzt sich bis in die kleinsten Gliederungen der Werke hinein fort. Eine für Balzac eigentümliche Form der Arbeit am Text, seine speziell für ihn charakteristische Weise des „work in progress“ bzw. des „oeuvre toujours recommencé“ ist, was sich ein ehemaliger professioneller Buchdrucker eigentlich kaum erlauben sollte, die ausufernde Korrektur auf den Probeabzügen der Druckfahnen.[24] Der Charakter des Romanhelden der *Illusions perdues* beispielsweise verschlechtert sich so nach und nach immer weiter auf den Druckfahnen, die einander oft in mehreren Schichten überlagern und ablösen. Es gibt zu *Illusions perdues* bis zu 33 Abzü-

---

22 Nicole Mozet, *Balzac au pluriel.* Paris 1990, S. 32.

23 Nicole Ramognino (Hrsg.), *Lectures actuelles de l'oeuvre de Balzac. Livre réel, livres possibles, monde commun.* Paris 2006, S. 43.

24 Minutiös exemplarisch untersucht von Suzanne Jean Bérard, *La genèse d'un roman de Balzac „Illusions perdues“ 1837.* 2 Bde., Paris 1961, die geradezu zusammenfasst: „Balzac crée son roman sur ses épreuves / Balzac erschafft seinen Roman auf seinen Probeabzügen“ (Bd. 2, S. 302).

ge.[25] Genannt sei nur der solcherart auf dem 11. Korrekturabzug[26] nachgetragene fiese Zug, dass Lucien die Liebe zwischen seinem Freund und seiner Schwester nicht recht ist, weil sie ihn gesellschaftlich, genauer, in seinen snobistischen Ambitionen, vielleicht hinabziehen könnte (vgl. 5.223 und 5.1195). Es ist, als „verlöre" der Autor selbst nach und nach seine „Illusionen" über seinen Helden, der, und das scheint mir sehr wichtig, in vielem ja auch sein eigenes „anderes Ich" ist, eine schillernde und dunkle Möglichkeit in ihm selbst. Und besonders viele korrigierte Druckfahnen gibt es dann zum zweiten, noch wichtigeren Band dieses Romans.[27] So könnte man, und müsste eigentlich, bei Balzac immer auch in die Tiefe der Texte und in die Schichten der Veränderungen dieses „work in progress" hinein lesen.

Lebensläufe und Galerien:

Geradezu ein Markenzeichen des Erzählers Balzac, und seit ihm weltweit vielfach nachgeahmt, ist der Kunstgriff der „wiederkehrenden Personen". Und mit diesem eng verbunden ist das Prinzip variierender Typisierung. Man kann, und wird wohl oft auch, die *Comédie humaine* auch so lesen - dazu gibt es Lese-Führer -[28] dass man den Lebenslauf einer wichtigen oder auch nur interessanten wiederkehrenden Person durch verschiedene Abteilungen des Gesamtwerkes hindurch verfolgt. Und je weiter man sich umsieht, umso deutlicher rücken diese Personenentwürfe dann auch ein in eine imaginäre Galerie von Doppelgängern, Familienähnlichkeiten, Kontrastgestalten und so fort:

Rastignac beispielsweise, der wohl wichtigste wiederkehrende Romanheld Balzacs,[29] tritt erstmals auf als ein Mann von Welt, der in Paris problemlos zu Hause ist, im wichtigen phantastisch-philosophischen Roman *La peau de chagrin / Die Eselshaut* (*Der Talisman, Die tödlichen Wünsche*), der früh, 1831 entstanden ist, aber spät, nämlich erst in den *Études philosophiques* präsentiert wird. Der Entstehung der *Comédie humaine* nach verkörpert Rastignac hier gegenüber dem verzweifelten Romanhelden einen vitalen „cynisme total / vollendeten Zynismus",[30] der eine Antwort auf die „tödlichen Wünsche"[31] gewesen wäre. Aber folgt man dem Aufbau der *Comédie hu-*

---

25 Vgl. ebd. Bd. 2, S. 120 ff.

26 Untersucht ebd., Bd. 2, S. 237 ff.

27 Die ideale „Gegenwelt" zur Welt von Paris, das „Cénacle", auf das wir unten eingehen werden, kommt wesentlich erst in den Korrekturen auf den Druckfahnen hinzu, wie ein erwünschte Antwort auf diese fragliche Welt (vgl. 5.1239 ff).

28 Vgl. z.B. das Register der *Personnages fictifs* im Anhang der *Édition Intégrale*, hrsg. von Pierre Citron, Bd. 7, S. 619-651, oder etwa Fernand Lotte, *Dictionnaire des personnes fictives de la Comédie humaine*. Paris 1952.

29 Vgl. ebd., S. 497-502 (der Lebenslauf wird kontinuierlich erzählt) mit dem Register der *Édition Intégrale*, S. 645, das dem Aufbau der einzelnen Abteilungen folgt; aber man müsste auch ein Register erstellen, das sich an der Entstehung der *Comédie humaine* orientiert.

30 Pierre Barbéris, *Balzac et le mal du siècle*. Paris 1970, S.1448.

31 Der Talisman, erworben aus verzweifelter Sehnsucht nach dem Unbedingten, erfüllt jeden Wunsch, verkürzt aber dabei jedes Mal das Leben.

maine, dann wird Rastignac, zugespitzt argumentiert, zu einem Teil für die Gründe, die den Romanhelden Raphael in die Verzweiflung getrieben haben. Und es wirkt dann geradezu wie eine Antwort auf diesen konzeptionellen Widerspruch, wenn im Verlauf der Entstehung der *Comédie humaine* die erste „Wiederkehr" Rastignacs, zugleich die erste Einführung dieses erzählerischen Kunstgriffs überhaupt, wenn also im Roman *Le père Goriot* / *Vater Goriot* (1834) eine frühere Phase in Rastignacs Leben nachgetragen wird. Man erfährt, wie er zu dem wurde, was er ist, und was er nicht ist. Jetzt ist Rastignac durchaus ein jugendlich edler und – was sein späterer, kontrastierender „Doppelgänger" Lucien nie sein wird – ein charakterstarker Romanheld: Er ist (noch) arm, aber auch (noch) ehrlich; er widersteht den Avancen des „Versuchers" Vautrin (Lucien wird ihnen später verfallen), er ist der Freund des Medizinstudenten und späteren großen Arztes Bianchon, einer Lichtgestalt der *Comédie humaine* – Balzac, todkrank, soll gesagt haben: „Holt Bianchon!"[32] -, und er pflegt mit diesem zusammen selbstlos und aufopfernd den alten, früher sehr reichen, jetzt völlig verarmten „Vater Goriot", der selbst wiederum die Variation eines Typs ist und in seine eigene „Galerie" von Portraits gehört. Goriot ist deutlich ein Gegenentwurf zum Urbild aller Wucherer Grandet (aus *Eugénie Grandet,* 1833), oder auch zum späteren alten Séchard (aus *Illusions perdues*, 1837): Während diese gerade auch ihre Familie ausbeuten und betrügen, teilt Goriot seinen ganzen Reichtum zwischen seinen Töchtern auf – dies ist ja auch eine *King-Lear*-Adaption -, die ihn zuletzt, nachdem sie seinen ganzen Besitz verbraucht und noch geradezu „seinen Tod", sprich, seine Leibrente, verpfändet haben („escompté […] la mort de [leur] père", 3.299), in einem Dachverschlag verhungern lassen.

Und wie geht es mit Rastignac, einem für die *Comédie humaine* schlechthin zentralen Romanhelden, weiter? Um das zu erfahren muss man im Aufbau des Werkes sozusagen herumspringen. *Le père Goriot* schließt mit der berühmten Szene, in der Rastignac nach der Beerdigung Goriots von den Höhen des Friedhofs herab auf das nächtlich erleuchtete, wie eine vielköpfige Hydra sich windende Paris hinab schaut, die Faust reckt und ausruft: „À nous deux maintenant / Jetzt zu uns beiden!" (3.290). Aber ein Heros, ein Ritter, der selbst die Hölle nicht fürchtet – „je suis en enfer et il faut que j'y reste / ich bin in der Hölle, und da muss ich bleiben"(3.268) hatte er schon früher gesagt, als hätte ihn sein Autor in den großen Plan des Werkes eingeweiht, in dem er steht –, ein solcher Kämpfer für eine bessere Welt ist Rastignac nur diesen einen Augenblick lang. Wenn er in zwei 1836 und 1838 erschienenen kürzeren Erzählungen wieder auftritt, hat er sich mit bedenklichen Personen verbündet: Er hilft z.B. dem Baron de Nucingen mit der Fassade seines alten, Vertrauen erweckenden Namens bei dessen Anlage-Betrügereien und wird selbst dabei wohlhabend (*La maison Nucingen* /*Das Haus Nucingen*, 1838, wobei „Haus" ironisch für „Bank" steht)[33]. Und noch später in seinem Leben – aber die Erzählung selbst wurde

[32] Ich habe das irgendwo gelesen, kann es aber nicht verifizieren.

[33] Der Roman ist sowohl der Entstehung als auch der Ordnung der *Comédie humaine* nach eng mit dem Roman *Histoire de la grandeur et de la décadence de César Birotteau* / *Geschichte der Größe und des Niedergangs des César Birotteau* (1837) verbunden (6.37-312), auf den ich am Ende dieses Vortrags eingehen werde.

wohlgemerkt *vor* der eben erwähnten veröffentlicht, wodurch der Sprung vom armen Studenten zu „l'un des hommes les plus élégants de Paris, le baron de Rastignac/ einem der elegantesten Männer von Paris, dem Baron de Rastignac" (3 421) noch plötzlicher wird –, jetzt verbündet Rastignac sich beispielsweise mit der Marquise d'Espard, einer zynischen Intrigantin („[une] femme comme [...] une vipère / eine Frau wie eine Schlange", 3.459), bei deren Versuch, ihren Mann, einen aufgeklärt denkenden und handelnden „wahren Edelmann" gerichtlich für unmündig erklären zu lassen, was aber dank des weisen und unbestechlichen Richters Popinot, einer weiteren Lichtgestalt der *Comédie humaine*, fehlschlägt (*L'Interdiction / Die Entmündigung*, 1836)[34]. Man sieht, wie Rastignac gesellschaftlich emporkommt und moralisch absteigt. Er kämpft nicht gegen die Gesellschaft, sondern um einen Platz in ihr. Er kämpft, indem er sich anpasst. So wird er dann auch als der erfolgreichere Doppelgänger des Romanhelden in *Illusions perdues* erneut wieder auftreten – der Entstehung nach später, seinem Lebenslauf nach aber früher als der korrupte Charakter, der er in *La maison de Nucingen* für die Handlung erst noch sein wird, für das Urteil der Leser aber bereits gewesen sein konnte. Wie eine Einblendung in einem Film kann man ihn mehrfach und in sich selbst gespalten, sich selbst gegenüber verfremdet wahrnehmen: nah vor den Augen der Vorstellung in der aktuellen Szene und zugleich in der verurteilenden Distanz kritischer Moralistik.

Im zweiten Band der *Illusions perdues*, der in Paris spielt, kehrt nicht nur Rastignac wieder, es strömen überhaupt Gestalten aus vielen Teilen der *Comédie humaine* zusammen. So wie dieser Roman-Teil ja auch auffallend viel und dicht in den Korrekturabzügen überarbeitet wurde. Lucien, der „große Mann der Provinz in Paris", steht so gewissermaßen im Schnittpunkt mehrerer „Galerien" und Typen-Reihen: Er ist ehrgeizig wie Rastignac, aber ohne dessen Härte und Aufstiegschancen; er ist schön, mädchenhaft schön („une jeune fille déguisée", 5.143) wie de Marsais („une beauté de jeune fille", 5.277) – eine Art Traum-Ich Balzacs, das vielleicht, allerdings jeweils kürzer als Rastignac, noch öfter in der *Comédie humaine* wiederkehrt –,[35] aber ohne dessen Raubtierqualitäten („un tigre", ebd.), die diesen zuerst zum Don Juan (*La fille aux yeux d'or,* 1834) und später zum hohen Politiker und Diplomaten befähigen (z.B. *Une ténébreuse affaire / Eine dunkle Begebenheit,* 1841). Er ist empfindsam, ja kindlich in seinen Gefühlen, wie der Romantiker de Vandenesse, eine Gestalt der *Werther*-Nachfolge (aus *Le lys dans la vallée / Die Lilie im Tal,* 1836)[36], aber ohne dessen Ehrlichkeit gegenüber sich selbst. Am fatalen Abend in der Oper setzt Rastignac sich in

---

34 Es ist bezeichnend, dass Balzac diese Erzählung zunächst in die *Études philosophiques* einordnen wollte, denn es geht um Gerechtigkeit, Wissenschaft, ja um naturnahe Reformpädagogik (des Marquis für seine Kinder), dann in die *Scènes de la vie parisienne*, denn Intrigen und Bereicherung motivieren die Handlung, zuletzt in die *Scènes de la vie privée*, denn im Mittelpunkt steht ein Konflikt zwischen Eheleuten (vgl. 3.1380/1381).

35 Vgl. das *Register fiktiver Personen* der *Édition Intégrale*, S. 639.

36 Vgl. Gérard Gengembre, *Honoré de Balzac „Le lys dans la vallée".* Paris 1994, S. 29, wobei allerdings noch prägender Jean-Jacques Rousseaus *Julie ou la Nouvelle Héloise* (1761) war (vgl. ebd., S. 26 ff.), die ja auch schon für den *Werther* ein wesentliches Vorbild abgab; de Vandenesse und Werther wären also sozusagen „Vettern".

Szene, indem er – beide kommen aus derselben Stadt – zur allgemeinen Erheiterung die kleinbürgerliche Herkunft Luciens enthüllt; de Vandenesse schenkt Lucien einen mitleidigen Blick; de Marsais betrachtet ihn ironisch durch sein Monokel, das er dann signifikant fallen lässt – wie das Beil einer Guillotine. Aber in dieser Konfrontation kehrt sich zugleich, kennt man die Romane, die jede dieser Personen mit sich trägt, die Perspektive um: Die Gegenüber in dieser „Galerie" von Doppelgängern sind bereits menschlich ausgehöhlt, sie haben ihre Romane bereits hinter sich und stellen „erledigte" moralistische Experimente dar; sie wirken wie Schauspieler ihrer selbst; und Lucien wird, zumindest in dieser Szene, zum menschlich überlegenen, gedemütigten Opfer einer Welt, die selbst nur eine Welt des Scheins ist.

Doch mit dieser „Hinrichtung" seiner „Größe" ist Luciens Paris-Roman ja noch keineswegs zu Ende. Wenn er im folgenden Kapitel arm aber fleißig zu studieren und literarisch zu arbeiten beginnt, schließt er Freundschaft mit jungen Künstlern, Literaten und Gelehrten, von denen viele ihren eigenen Roman haben oder noch erhalten werden. Und viele von ihnen sind wirklich begabt, leisten etwas und werden sich durchsetzen: Ein veritabler Bildungsroman erschließt sich nach und nach, zumindest in Perspektiven; könnte man ihn zusammenhängend, also quer durch die Abteilungen der *Comédie humaine* hindurch lesen, er wäre durchaus mit dem *Wilhelm Meister* vergleichbar, auch und gerade darin, dass Lucien an ihm eben vor allem desillusionierend teilnimmt.

Ein weiterer Typen-Kreis tut sich auf, wenn Lucien in der Welt des Journalismus und der des Theaters – beide sind hier eng verzahnt – seinen gesellschaftlichen Wiederaufstieg beginnt. Die Liaison eines Journalisten/Schriftstellers mit einer Schauspielerin – um nur eine, für Lucien „vielleicht lebensentscheidende" (5.415) Szene zu nennen: Neben seiner neuen Geliebten, der wunderschönen Schauspielerin Coralie, er selbst modisch elegant wieder hergestellt, in der prächtigen Kutsche von Coralies Gönner, dem reichen Großhändler Camusot, fährt er triumphierend an der ältlichen, schon etwas „vertrockneten" Mme. de Bargeton vorbei, für die er vor kurzem „nicht existiert" hatte, und schaut sie „mit Verachtung" an; und im Klatsch-Teil seiner Zeitung wird er sich erst recht an ihr rächen – sowohl dieser Handlungs-Kern: Journalist und Schauspielerin, als auch die kontrastierende Kombination: Schriftsteller und große Dame – eine Obsession aus Balzacs eigener Biographie -, kehren im Gesamtwerk immer wieder. Insbesondere in einer Reihe von Erzählungen, die in großer zeitlicher und thematischer Nähe zu *Illusions perdues* entstanden sind, deren Personal teilen und ihre Handlung spiegeln, kann man geradezu von geprüften und „korrigierten Illusionen" reden (*Une fille d'Eve / Eine Tochter Evas,* 1839, der Literat, eine „Genie-Darsteller", wird von der „Dame" durchschaut), oder von „Illusionen, die zu Wahrheiten werden" (*Une princesse parisienne / Eine Pariser Prinzessin*, später: *Les secrets de la princesse de Cadignan / Die Geheimnisse der Prinzessin von Cadignan*, 1839, das wahre Genie kann alle Vorurteile hinter sich lassen), oder auch etwa von „Illusion und Selbstbewusstsein" (*La muse du département / Die Muse des Regierungsbezirks,* 1843/1844, eine Art weiblicher Bildungsroman, die „Dame" wächst intellektuell und menschlich über den berühmten Journalisten, einen „Blender" hinaus) und so fort. Es ist, als wollte Balzac durch dieses Öffnen seiner „erzählten Galerie" zeigen, wie viele mögliche Wendungen die Konfliktstruktur seines zentralen Romans hätte nehmen können – „Struktur“, wir erinnern uns, heißt hier immer „Prozess“ -; und, um nur einen Punkt in diesem Netz von Querverweisen anzusprechen, die zentralen Stichwörter, die jeweils das Lebensmotto der Romanhelden formulieren: „mais / aber“ (*Une princesse parisienne*, 6.1003) und „parce que / weil“ (*La muse du département*, 4.788), diese Maximen des Denkens und Lebens korrespondieren einander nicht nur ganz offensichtlich, sie geben auch recht konzise ein Erzählprinzip der ganzen *Comédie humaine* an: die folgerichtige Konsequenz („weil“) und zugleich die Offenheit („aber“) dieses moralistischen Experiments.

Die verfremdete Autobiographie

Das Besondere im Zirkel all dieser Variationen, der noch viel weiter ausgreift, als hier skizziert werden konnte, das, was *Illusions perdues* gleichwohl heraushebt, erst recht wenn man diesen Roman mit seiner Fortsetzung *Splendeurs et misères des courtisanes / Glanz und Elend der Kurtisanen* (1838-1847) zusammen sieht, ist die Radikalität des Experiments: Es führt vom kalten Dachboden zum Luxus der Salons, von allgemeiner Verachtung zur Liebe der schönsten Frauen, vom Paria auf der Straße in die höchsten Gesellschaftskreise hinauf, ja nahezu hinein in die Familie eines Herzogs, von authentischer Poesie zu allen Formen geistigen Betrugs, von der Idee – auch für Balzac wie für Hegel eine Idee der Humanität – zum alles beherrschenden Geld, „der einzigen Macht, vor der diese Welt niederkniet“ („la seule puissance devant laquelle ce monde s'agenouille“, 5.287), von der ethischen und intellektuellen Integrität des Cénacle – dazu gleich – zum „schlauen und brutalen“ Verbrechen in der Welt Vautrins. Wohl nirgends sonst in der *Comédie humaine*, wenn nicht überhaupt im Roman des 19.Jahrhunderts, wird die Auseinandersetzung zwischen einer Idee von Humanität und den „Sitten“, den bürgerlichen Verhaltensmöglichkeiten der Zeit, so extrem ausgetragen wie hier.

Zu diesem „realistischen Ernst“ im Sinne der Aristotelischen „Mimesis“ passt es, dass Balzac hier seine eigene Biographie, und zwar zugleich entschieden verdichtet und noch entschiedener verfremdet in sein Erzählexperiment eingebracht hat. Verfremdend wirkt es ja bereits, dass es in *Illusions perdues* zwei ganz alternative Helden gibt, und beide tragen deutlich autobiographische Züge: David Séchard, der „Erfinder“ – ist nicht auch ein Romancier ein „Erfinder“, ein „inventeur“? -, hat deutlich Balzacs eigene Physiognomie und, was vielleicht noch wichtiger ist, charakterliche Energie. Er betreibt, wie sein Autor es zeitweilig und vergleichbar verlustreich versucht hat, eine Druckerei; und er verfolgt als Wissenschaftler ein Projekt, das auch Balzac immer wieder, allerdings nur theoretisch beschäftigte: die Herstellung eines preiswerten Papiers aus pflanzlichen Rohstoffen. Aber es ist nicht die Chemie und die Technik, deren Probleme er ja durchaus zu lösen vermag, es ist auch nicht der Markt, also das Missverhältnis von Investition, Liquidität und zu spät einsetzender Rendite, auch wenn dieser Hintergrund durchaus bewusst bleibt, woran David scheitert, sondern – und hier zeigt sich eben der Moralist – es ist eine Meute von falsch spielenden Konkurrenten, überhöht verzinsenden Bankiers, korrupten Anwälten, die seinen Vorteil verraten, bestochenen Angestellten der Verwaltung, nicht zuletzt sein eigener Vater und sein bester Freund, der seine Unterschrift auf Wechseln fälscht, es ist mannigfacher Betrug, der David um den materiellen Erfolg seiner Erfindung bringt. Und wohlgemerkt, wissenschaftlich und technisch führen seine „Leiden" ja zum Erfolg.

Und Lucien, das traumhaft[37] schöne Gegenüber Davids – dass Balzac selbst von solchen „séduisant[s] hommes-filles" (6.330, „verführerischen Männer-Mädchen") geträumt hat, hat nicht zuletzt Marcel Proust, bzw. sein Baron de Charlus bemerkt –, schreibt und publiziert wie Balzac selbst einen Romanerstling in der Walter-Scott-Nachfolge, ihm werden eigene Gedichte seines Autors anvertraut, er arbeitet und hungert eine Zeit lang in einer Studentenmansarde, versucht sich, allerdings mit viel mehr Erfolg, als Journalist, lebt zugleich im Theater und in den Salons, und er hat Balzac vergleichbare, allerdings erfindungsreich vergrößerte Amouren. Aber er ist in alledem allenfalls Balzacs „katastrophales Möglichkeits-Ich": eine mit illusionsloser, kritischer Distanz verfolgte Experimentalfigur, die sein Autor wie eine Art Sonde in die verschiedenen gesellschaftlichen Sphären von Paris einführt.

Lucien, von Anfang an ein Talent, das sich für ein Genie hält, ein Streber, der sich überredet hat und überreden lässt, ein Dichter zu sein, wird dem Sog von Paris, wie Balzac es sieht, völlig erliegen. Er wird im Verlauf des zweiten Bandes der *Illusions perdues* immer charakter- und willenloser: So mutiert er vom Dichter zum total käuflichen Journalisten, er verfasst z.B. Rezensionen und Kritiken, noch dazu virtuos, so gut wie im Auftrag der Theater und Verlage; er kann je nach persönlichem Vorteil seine politischen Überzeugungen beliebig wechseln, bis hin zu seinem, durch Versprechungen erkauften Übergang vom liberalen ins konservative Lager – wobei freilich nie jemand in der Regierung ernsthaft vorhatte, diese Versprechen einzuhalten. Auch die treuen und edlen Freunde, die er findet, den „philosophischen Romancier" d'Arthez beispielsweise – ein weiteres idealisiertes Selbstportrait Balzacs – wird er verraten. Das Glücksspiel wird für ihn zur Sucht. In diese Phase seines Lebens fällt ja auch sein Wechselbetrug. Die Prostitution begrüßt ihn schon früh als gleichwertig. In freundlicher Form ist sie an seinem Aufstieg beteiligt: Die ihn aufrichtig liebende schöne Coralie ist die Mätresse des reichen Camusot; in brutaler Form „verdient" Coralies Dienerin am Ende des zweiten Bandes „auf der Straße" das Geld für Luciens Abreise aus Paris. Und da das Fragment *La Torpille*, also der Anfang von *Splendeurs et misères des courtisanes*, schon vor diesem zweiten Band der *Illusions perdues* erschienen war, ist auch Luciens nächste Rolle als „Kurtisane" des Großverbrechers Vautrin, ja mittelbar auch die des Zuhälters der „edlen Hure" Esther, schon früh seinem Charakter eingeschrieben.

[37] Un Balzac non tel qu'il était, mais tel qu'il aurait rêvé d'être", Suzanne Bérard, *La genèse d'un roman*, Bd. 1, S. 28.

Balzacs „Zweck-Idee"

Wie geht das alles zusammen? Worauf könnte das hinauslaufen? Was ist der verstehbare „Sinn" dieses extremen Erzählexperiments? Wenn Lucien im letzten, 1847 veröffentlichten Romanabschnitt im Gefängnis Selbstmord begeht, kommt ja auch eine lange Serie immer neu variierter, zumindest in Teilen, aber doch auf sprechende Weise erkennbar, autobiographischer Entwicklungsromane an ihr Ende, die die ganze *Comédie humaine* durchzieht.[38] Auch in dieser Kontinuität hat *Illusions perdues* eine besondere Bedeutung. In vergrößertem Maßstab wiederholt sich, was schon die beiden oben skizzierten „Anfänge" so interessant gemacht hatte, und was ich Ihnen heute zumindest als These anbieten möchte: Erneut tut sich eine „Leerstelle" auf, die auf die *Comédie humaine* als ganze und damit auf ihren experimentellen, „moralistischen" Realismus verweist. Die Art und Weise, wie Balzac erzählt, das Werk, das so entstanden ist, der „Diskurs" der *Comédie humaine*, die Praxis literarischer Arbeit als solche, all das wird selbst zum Argument in diesem rücksichtslosen „Verlustspiel der Illusionen" und gegen es. Und das Ziel dieses fiktionalen Erfahrungsexperiments, zumindest sehe ich dies als eines seiner wesentlichen Ziele, ist ein Konsens des Wissens, Denkens und letztendlich auch Entscheidens.

Denn die *Illusions perdues* sind neben vielem anderem ein umfassender Medien-Roman, ein Roman der Wort- und Printmedien, der so gut wie vollständig die Arbeitsfelder vorstellt, in denen Balzac selbst tätig war. Das beginnt, vom Aufbau, vom Paradigma des Mediums selbst her betrachtet, schon ganz materiell mit den vielen technischen und wirtschaftlichen Aspekten der Papierproduktion, die ausgebreitet werden. Umfassend untersucht der Roman sodann vor allem eben die vielfältigen Formen professionellen Schreibens, also ganz nah und anschaulich die teils einsamen, teils geselligen Mühen und Freuden von Autoren: Lyrik, Roman, Theaterstücke, überhaupt Bücher, Zeitungsartikel der verschiedensten Sorte. Vorgestellt werden, und nicht gerade freundlich, verschiedene Typen von Verlegern, deren Strategien beim Erwerb von Manuskripten, aber durchaus auch ihr Marketing – es treten ja beispielsweise auch Handelsvertreter auf. Genauso gibt es sehr farbige Szenen zu anderen Formen der Publikation: Theaterarbeit, Erfolge und Flops der Inszenierung bis hin zu professionellen Claqueuren, nicht zuletzt auch zu den vielerlei Intrigen hinter den Kulissen. Wie wird, blicken wir weiter, eine Zeitung vorbereitet, gemacht und verkauft? Wie helfen, befehden und verraten die Journalisten einander? Wer setzt wen und wie jeweils unter Druck? Vor allem: Was kann man jeweils bei alledem, in den vielfältigen Funktionen dieses Mediums, verdienen? Und wohlgemerkt, ein beträchtlicher Teil des Romans kreist schließlich ja um das technische, betriebliche, geschäftliche und kulturelle Leben einer Druckerei. Balzac kannte das alles aus eigener Erfahrung. Neben so vielem anderem hat er sich ja etwa auch als Verleger versucht, interessanterweise als Verleger kompakter, preiswerter Klassiker-

[38] Vgl. dazu und zum Folgenden ausführlicher Verf., *Der realistische Weg. Formen pragmatischen Erzählens bei Balzac, Dickens, Hardy, Keller, Raabe und anderen Autoren des 19. Jahrhunderts.* Tübingen 1994, v.a. S. 481 ff.,: *Ein realistischer Weg durch die „Comédie humaine".*

Ausgaben – es fehlte ihm allerdings das Vertriebssystem -, als habe er das spätere Schicksal seines eigenen Oeuvre vorhergesehen.

Diese in der Tat so gut wie vollständige Welt der Wort- und Printmedien, die in *Illusions perdues* einen so zentralen Platz einnimmt, ist Balzacs eigene Welt. Aber er gehört dieser Welt nicht an. Nicht nur dass er sie, so wie sie im Roman aussieht, ausdrücklich als etwas bei dessen Erscheinen, also zwischen 1837-1847, völlig Überholtes darstellt.[39] Die wichtigen damaligen und auch seitdem weiter bestehenden Zeitungen etwa werden gar nicht genannt; die Theater, in denen der Roman spielt, waren eher unbedeutend, und es gibt sie zehn Jahre später nicht mehr. Auch die „Residenz“ des Großverlegers wurde inzwischen abgerissen. Selbst die Druckmaschinen, die der zweite Romanheld David Séchard ruinös betreibt (das „Stanhop-Modell“), waren schon zur Zeit der Handlung des Romans überholt; und als er dann erschien, gab es für Zeitungen bereits die Rotationspresse, und so fort. Es geht nicht um Fakten, es geht um menschliches und gesellschaftliches Verhalten, „les moeurs“, um es noch einmal zu sagen: um kritische Moralistik. Umso bemerkenswerter ist es dann aber, dass unter den vielen Literaten, die der Roman vorstellt, gerade der Platz eines energischen, kreativen und erfolgreichen Romanciers leer bleibt. Balzac spiegelt keinesfalls, so wie es z.B. später Émile Zola getan hat,[40] sein vergleichbar groß angelegtes eigenes Projekt in einem seiner „Dichter-Romane“. Es wäre ja leicht vorstellbar, dass am Ende der Handlung d’Arthez oder Canalis oder Blondet oder Camille Maupin sich in ein mit Papieren vollgestopftes Arbeitszimmer oder in ein Landhaus oder in eine elegante, an den Salon angrenzende Bibliothek oder einen Pavillon irgendwo im Garten zurückziehen und anfangen diese Geschichte aufzuschreiben von Lucien Chardon, der sich de Rubempré nannte, der beinahe ein berühmter Dichter geworden wäre, beinahe ein einflussreicher Journalist, beinahe ein Marquis, und der sich im Gefängnis erhängt hat. Aber halt, muss man sogleich rufen: Ist nicht gerade diese Leerstelle viel wirksamer? Sagt sie nicht noch viel eindrücklicher als jedes Selbstportrait: Diese Welt braucht einen Balzac, damit sie sichtbar und begreifbar wird, damit wir sie beurteilen und an ihr lernen können?

Und ganz leer ist diese Stelle in den vielfältigen Dynamiken der *Comédie humaine* dann ja nun doch nicht. Nicht nur ist der Dichter-Philosoph d’Arthez sicher ein idealisiertes Selbstportrait seines Autors, noch sprechender ist die Welt, in der er lebt, dessen Ideal. Denn sie ist der Welt des Journalismus, der Theater, der mondänen und politischen Intrigen diametral entgegengesetzt. Rastignac hätte keinen Zugang zu ihr. Lousteau, der Lucien zum Journalismus geradezu „verführt“, ist dem Aufbau der Handlung nach d’Arthez sorgfältig, geradezu spiegelbildlich kontrastiert. Dagegen nimmt d’Arthez dann folgerichtig die Stelle Davids, des aufrichtigen Freundes aus dem ersten Band ein, nicht zuletzt z.B. darin, dass er und seine Freunde Lucien finanziell unterstützen, und leider auch darin, dass Lucien – er schreibt

39 Vgl. zum Folgenden, also zum „effacement progressif du référent externe“ (5.1279) die erläuternden Kommentare der *Édition de la Pléiade,* v.a. 5.1278 ff.

40 Vor allem in der Gestalt und der Arbeit des Romanciers Sandoz in *L'Oeuvre* (1886) sowie in den Projekten zur „Geschichte einer Familie“ des Romanhelden in *Le docteur Pascal* (1893).

eine vernichtende Rezension von d'Arthez' erstem Roman – auch diesen verraten wird. Und sehr wichtig scheint mir, dass die Textpassagen zu d'Arthez und seiner Bildungswelt wesentlich erst über die Korrekturfahnen der Drucklegung in den Roman hineingekommen sind (vgl. 5.1242 ff.). Sie stellen den Entwurf eines idealen Bildungsziels dar, das der Romanheld verfehlt, mit dem sich aber der Diskurs der *Illusions perdues*, ja der der ganzen *Comédie humaine* verbündet. Wenn, folgt man der Entstehung des Romans, das Ideal die Realität, das authentische Denken dessen Korruption, den Journalismus korrigieren, dann lediglich, aber dies dann doch klar, im Sinne eines bloßen Entwurfs, genauer: einer Zweck-Idee.

Was der „Cénacle", der Kreis hochbegabter junger Wissenschaftler, Künstler und Philosophen, die sich um d'Arthez versammeln, und zu denen Lucien eine Zeit lang gehört, was diese innere Gegenwelt zur Welt von Paris verkörpert, ist vor allem eine Kultur der Kommunikation:

> Tous discutaient sans disputer [...]; l'opposant quittait son opinion pour entrer dans les idées de son ami [...]. Ils pouvaient tout penser et se tout dire sur le terrain de la science et de l'intelligence. [...] L'estime et l'amitié faisaient régner la paix entre les idées et les doctrines les plus opposées. / Alle diskutierten miteinander, aber sie lieferten sich keine Wortgefechte [...]; ein Gegner konnte seine Meinung aufgeben und in die Vorstellungen seines Freundes hinein finden [...]. Sie vermochten alles zu denken und sich alles mitzuteilen, was Wissenschaft und Verstand zugänglich war. [...] Hochachtung und Freundschaft ließen die gegensätzlichsten Ideen und Lehren friedlich aufeinander treffen. (5. 318)

Diese Kultur der Kommunikation, in der es um die Wahrheit geht, nicht darum, Recht zu behalten, in der alle Wahrheiten kritisch geprüft sowie jederzeit aufgekündigt werden können und nur dann gelten, wenn sie vor der Wissenschaft und dem Verstand sich behaupten können, in der es keinen Zwang gibt und keine fraglose Autorität und so fort, ist das nicht in der Tat so etwas wie ein ideales Ziel kritischer Moralistik? Und wenn es von d'Arthez beispielsweise heißt: „Il étudiait le monde écrit et le monde vivant, la pensée et le fait / er untersuchte die Welt des Geschriebenen und die des Lebens, die Gedanken und die Fakten" (5.314), spiegelt sich hier nicht genau jenes moralistische Programm einer „étude de moeurs" wieder, das der Diskurs der *Comédie humaine* als solcher, die literarische Arbeit *in actu*, also als Praxis des Erzählens sein will? So wie der Romanheld aus ihr ausgeschlossen wird, so sucht der Autor seinen Platz in dieser idealen Bildungswelt des „Cénacle".

Balzac und die Moderne – Balzac aktuell

Aber es ist nicht diese Zweckidee ihres Diskurses, die die große Wirkung von Balzacs *Comédie humaine* geprägt hat. Viel faszinierender als die Welt des „Cénacle" war die Welt der Geldleute, der familiären, gesellschaftlichen und politischen Intrigen, auch die Welt Vautrins, das zerstörerische Prinzip eines Kampfes aller gegen alle, war der schonungslos desillusionierende Aspekt dieser erzählten Moralistik – „montrer ses plaies / seine Wunden zeigen", wie es etwa Nietzsche an Balzac rühmte -,[41] waren auf jeden Fall die pluralen und zentrifugalen, widersprüchlichen und negativen Perspektiven der *Comédie humaine*: „Nombreuses sont les tensions, les polyphonies, complexes sont les paradoxes / zahlreich sind die Spannungen, die Polyphonien, komplex sind die Paradoxien“,[42] und so fort. Aber auch Vautrin wird ja bei Balzac ganz zuletzt eine ideal-zweckmäßige Wende in seinem Leben vollziehen. Bevor ich darauf, also auf die ganz am Anfang dieses Vortrags angekündigte „letzte Szene“ der *Comédie humaine* eingehe, erlauben Sie einen Ausblick auf „Balzac und die Moderne“ und insbesondere, wenn auch nur punktuell zur „literarischen Aktualität Balzacs“ anhand eines Romans der 2009 (Copyright) bzw. 2010 (als Taschenbuch) erschienen ist, und auf den ich während der Arbeit an diesem Vortrag aufmerksam wurde.[43]

Der große realistisch-naturalistische französische Roman des 19. Jahrhunderts wäre ohne Balzac nicht vorstellbar und hat dessen Wirkung gewissermaßen potenziert. Henry, der eine der beiden Helden in Flauberts so genannter *Première Éducation Sentimentale* (1843-1845), der Verführer, Streber und Blender ist eine forterzählte Balzac-Figur; noch deutlicher erinnert an Balzac etwa der Provinzwucherer L'Heureux in *Madame Bovary* (1857); und die „Schuldentragödie“, an der diese Romanheldin zerbricht - sie selbst meint allerdings, „nur an ihrer Liebe zu leiden“ -, steht ebenso in der Nachfolge Balzacs, wie der Untertitel des Romans *Moeurs de province / Sitten der Provinz* diesen geradezu in die zweite Abteilung der *Études de moeurs* der *Comédie humaine* einzuordnen scheint. Auch Flauberts „Lebensroman“ *L'Éducation sentimentale* (1870) – wie *Illusions perdues* ein Roman zweier Helden, von denen der eine Balzacs Rastignac geradezu zum Vorbild erhebt -,[44] und vielleicht noch klarer Guy de Maupassants *Bel Ami* (1885) – man denke hier etwa nur an die Verbindung von Zeitung, Börsenspekulation, politischer und familiärer Intrige, in deren Mitte der angepasste Aufstieg eines „Lieblings der Frauen“ steht –, diese Romane, die selbst und zu Recht zur Weltliteratur gehören, zeigen bei aller Originalität deutlich den Einfluss Balzacs, nicht zuletzt den der *Illusions perdues*. Henry James beruft sich wiederholt auf Balzac. Viele Linien führen zu Dostojewski. Émile Zolas zwanzig Romane: *Les Rougon-Macquart. Histoire naturelle et sociale d'une famille sous le second Empire / Die Rougon-Macquart. Natürliche und soziale Geschichte einer Familie im Zweiten Kaiserreich* (1871-1893) erzählen eine naturalistische (eine „systematisch-experimentelle“)[45] *Comédie humaine*. Marcel Proust und seine Personen sind in der *Comédie humaine* geradezu zu Hause.[46] Joyce und auf alle Fälle Faulkner haben von Balzac letztlich das

---

41 Friedrich Nietzsche, *Werke in drei Bänden*. Hrsg. von Karl Schlechta, Bd. 2, München 1966, S. 663.

42 Florence Terrasse-Riou, *Balzac. Le roman de la communication*. Paris 2000, S. 148.

43 Den eigentlichen Hinweis verdanke ich Carol-Mary Geppert.

44 “Rappelle-toi Rastignac dans *la Comédie humaine*!” (Gustave Flaubert, *Oeuvres*. Hrsg. von A. Thibaudet und R. Dumesnil, Bd. 2, Paris 1952, S.49).

45 Vgl. dazu Verf., *„Menschliche Bestien“? Émile Zolas Theorie des experimentellen Romans und der europäische Naturalismus*. In: *Theorien der Literatur VI* (in Vorbereitung).

46 Zur lebenslangen Beschäftigung Prousts mit Balzac vgl. z.B. Joëlle Gleize, *Honoré de Balzac. Bilan critique*. Paris 2005, S. 19 ff.

Prinzip der wiederkehrenden Personen übernommen. So könnte und müsste man fast unendlich weiter ausführen.

Wenn der „polyhistorische Roman“,[47] der „galileische […][48] Roman“, der einen Erzählraum vieler Geschichten, vieler Perspektiven und Erzählformen entwirft, oft handelt es sich ja auch um einen Großstadtroman, wenn dies die prägende Romanform des Zwanzigsten Jahrhunderts geworden ist, dann ist sie im großen „Panorama“ der *Comédie humaine* entschieden voraus entworfen. Der europäische und amerikanische Roman der Moderne wäre ohne Balzac ein anderer, oder er wäre nicht. Und in dieser „polyhistorischen“ Tradition steht auch der Roman, mit dem ich diesen kurzen Ausblick abschließen möchte, bevor ich noch einmal zu Balzac selbst zurückkehre.

Ich zitiere ein Gespräch zweier Personen, die gerade dabei sind, sich ineinander zu verlieben. Und sie reden – über Balzac:

> "You like reading, don't you?"
> "Yeah, I do."
> "Why?"
> "Dunno. I s'pose it's an escape from the real world."
> "But surely it's just the opposite," said Gabriel. "Books explain the real world. They bring you close to it in a way you could never manage in the course of the day."
> "How do you mean?"
> "People never explain to you exactly what they think and feel and how their thoughts and feelings work, do they? […] But that's what books do. […] Good books anyway. Of my total understanding of human beings, which is perhaps not very great … I'd say […] ninety per cent has come from reading books. Less than ten per cent from reality – from watching and talking and listening – from living."
> "You're funny."[49]

Diese Unterhaltung, dieses „Bildungsgespräch ästhetischer Erziehung“ zwischen Jenny und Gabriel im 2009 erschienenen Roman *A Week in December* von Sebastian Faulks, enthält eine richtig gute Definition von „literarischem Realismus“: „A better understanding of what people think and feel [and how they are prepared to act] to explain the real world“, moralistische Erkenntnis als Zweck des Erzählens – das könnte geradewegs von mir stammen. Und zu den „good books“, die Gabriel hier meint, gehört ausdrücklich Balzac. Dass mehrere Bände Balzac in seinem Büro im Regal stehen, war Jenny an Gabriel aufgefallen[50] – vielleicht die roten, großen, preiswerten Leinen-Bände der *Édition Integrale*, die arme, fleißige Studenten der 70er Jahre sich leisten konnten? Und auch Gabriel selbst hat etwas von einer Balzac-Figur: ein nahezu arbeitsloser junger Rechtsanwalt (ein „Barrister“, der Fälle vor Gericht ver-

---

47 Herrmann Broch, *Dichten und Erkennen. Essays*. Bd. 1, hrsg. und eingeleitet von Hannah Arendt, Zürich 1955, S. 236.

48 Michail Bachtin, *Die Ästhetik des Wortes*. Dt. von Rainer Grübel und Sabine Reese, hg. und eingeleitet von R. Grübel, Frankfurt 1979, S. 252.

49 Sebastian Faulks, *A Week in December*. London (Vintage) 2010, S. 197.

50 Vgl. ebd., S. 84.

tritt), Jenny ist eine seiner wenigen Klienten; und so hat er eben, mangels Arbeit, viel Zeit zum Lesen, nicht zuletzt zum Lesen von Balzac.

„This is a Balzacian enterprise,“[51] bemerkte ein Rezensent zu Recht zum Perspektiven-Reichtum, zur Vielfalt sich überkreuzender Handlungs-Stränge, zur Dramatik der Entscheidungs-Situationen und vor allem eben zur Dynamik des großstädtischen Lebens in diesem Roman. Und nicht nur der junge Anwalt, auch etwa der professionelle Literaturkritiker, der unter mehreren Pseudonymen in verschiedenen Zeitungen einander widersprechende Rezensionen verfasst, erinnern an Balzac. Genau das hat beispielsweise Lucien Chardon in *Illusions perdues* dem Rat seiner Freunde folgend virtuos vorexerziert.[52] Und was den oben zitierten Rezensenten wohl am meisten an Balzac erinnert haben mag, was ja auch in der Tat ein klassisches Balzac-Thema bildet, ist die Dramatik der Geld-Bewegungen in *A Week in December*. Da ich das bisher bei Balzac immer nur im Vorbeigehen angesprochen habe, kann ich es jetzt nachtragen. Sebastian Faulks, der ja auch in seinen anderen Romanen immer wieder sehr an Frankreich interessiert ist,[53] hat vermutlich seinen Balzac sorgfältig gelesen. Ich bin mir ziemlich sicher, er kannte Balzacs Roman *Histoire de la grandeur et de la décadence de César Birotteau / Geschichte der Größe und des Niedergangs des Caesar Birotteau* (1837). Und ich würde sogar vermuten, er kannte auch Roland Barthes' Anmerkung, bei Balzac stelle das Geld ein „metonymische Störung“ dar.[54] Eine „metonymische Störung“ - ist doch klar, oder?

Exkurs: Die Rhetorik des Gelds

Erlauben Sie einem alten Semiotiker hierzu einen Exkurs! Was ist das, eine „Metonymie“?[55] Das klassische Beispiel wäre eine Aussage wie: „Ich fahre einen alten Ford“. Der Name des Firmengründers steht hier für ein Auto, das viele Jahre später von dieser Firma hergestellt wurde; allgemein gesagt: Eine Teilmenge möglicher Aussagen, der Name des Firmengründers, steht im umgreifenden Kontext der Firmengeschichte für eine andere Teilmenge möglicher Aussagen, ein ganz bestimmtes Auto. Die Metonymie ist eine Figur (ein „Tropus“) *pars pro parte*, ein „Teil“ vertritt einen anderen „Teil“, was eben (*per contiguitatem*) ein umgreifendes, gemeinsames „Ganzes“, einen Kontext, einen größeren Zusammenhang voraussetzt. Natürlich dürfte auch ein „alter Ford“ anfällig sein für „metonymische Störungen“. Aber anschaulicher wäre etwa ein Beispiel aus der Werbesprache, in dem die „Störungen“ des Produkts seinen Erfolg ausmachen aber bewusst verdeckt werden – ganz so wie

---

51 Ein Ausschnitt aus einer Besprechung des Romans in *Prospect*, zitiert ebd., S. III.

52 Er schreibt zuerst unter einem Pseudonym einen Verriss, dann unter seinem eigenen Namen ein Lob und danach unter neuem Pseudonym ein abwägendes Urteil (vgl. 5. 442 ff.).

53 Insbesondere in der "Trilogie" *The Girl at the Lion d'Or* (1990), *Birdsong* (1993) und *Charlotte Gray* (1998).

54 Roland Barthes, *S/Z*. Dt. Von Jürgen Hoch, Frankfurt 1987, S. 44.

55 Vgl. z.B. Jacque Dubois u.a., *Allgemeine Rhetorik*. Übers. und hrsg. von Armin Schütz, München 1974, S. 152 ff. und 194 ff.; Heinrich F. Plett, *Systematische Rhetorik. Konzepte und Analysen*. München 2000, S. 191 ff.

bestimmte Geld-Operationen bei Balzac und heute. Wenn etwa ein mit Crème gefüllter Doppelkeks mit dem Slogan beworben wird: „So erhalten Ihre Kinder immer eine Extraportion Milch“ – aus dem Gedächtnis zitiert, also „ohne Gewähr“ -, so ist diese „Menge Milch“ sicher eine Teilmenge im Gesamt-Keks. Die Werbung verspricht eine Synekdoche, bei der ein Teil für das Ganze steht, *pars pro toto:* „Die Milchschnitte ist eine Schnitte Milch“. Erfüllt werden kann aber bestenfalls eine Metonymie, sofern der gefüllte Keks unter anderem „auch Milchbestandteile“ enthält. Sie ahnen jetzt sicher die weitere Analyse: Die „metonymische Störung“ in alledem besteht eben darin, dass die Kinder zwar irgendwie auch etwas aus Milch bekommen, aber zusätzlich und viel massiver „eine Extraportion Zucker“, dazu noch eine Extraportion Fett, eine Extraportion Farb- und Aromastoffe, ja eventuell auch, wie man hört, eine kleine „Extraportion Alkohol“. „Milchschnitte“ heißt, sieht man die „Störung“, *pars pro parte*: „Fette Zuckerschnitte“.

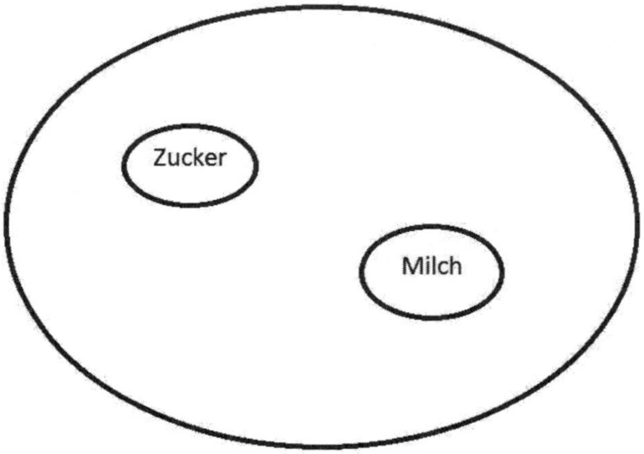

Wenn das schon ein gutes Geschäft ist, dann ist die entsprechende „Rhetorik des Geldes“ für die, die wissen, wie das geht, damals wie heute, ein noch viel besseres. Und hier erzählen Balzac 1837 und Sebastian Faulks 2009 strukturell genau vergleichbare Geschichten, die sich Schritt für Schritt parallel setzen lassen:

1.) Der Bankier de Tillet betreibt seine Bank vor allem als Fassade für Geschäfte auf eigene Rechnung und für persönliche Spekulationen. / Der Manager eines „Hedge-Fonds“ John Veals verwaltet und mehrt vor allem sein eigenes Vermögen.

2.) De Tillet unternimmt es, den größten Teil des Vermögens seines ehemaligen Arbeitgebers Birotteau an sich zu bringen. / Veals spekuliert gegen die Londoner Großbank, bei der er selbst seine Laufbahn begonnen hat.

3.) De Tillet überredet mithilfe eines korrupten Notars und einer scheinbar unabhängigen, aber von ihm kontrollierten anderen Bank Birotteau zu einer Immobilienspekulation, in die Birotteau sein gesamtes Vermögen einbringt, sowie das von Verwandten und Freunden. Birotteau hat im Hinblick auf den zu erwartenden Gewinn auch weitere Schulden gemacht, von denen de Tillet weiß. Der Notar flieht in die Schweiz. Er und de Tillet teilen sich die Anzahlungen Birotteaus und seiner Freunde. / Veals geht, abgesehen von einer illegalen Beschaffung von Informationen und ein paar ausgestreuten Gerüchten ganz legal vor. Er zahlt ja auch seit Jahren keine Steuer, auch dies ganz legal. Die Bank hat sich, so wie Birotteau seinerzeit noch weitere Schulden hatte, mit amerikanischen Immobilienwerten verspekuliert.[56] Aber bis dahin könnten beide „Opfer" sich noch behaupten.

4.) Doch genau jetzt setzt der „Angriff", also die lukrative „metonymische Störung" ein: De Tillet, bzw. sein Mittelsmann, haben Birotteau für den Einstieg in den „geschlossenen Immobilienfonds" gegen einen Wechsel, den Birotteau unterschrieben hat, eine große Summe geliehen – die freilich nie jemand zu sehen bekommt -, und sich verpflichtet, die Hälfte der noch verfügbaren Fondsanteile beizubringen – was sie natürlich nicht tun. Da der Notar verschwunden ist, kommt nie ans Licht, dass alle diese Gelder nie geflossen sind. / John Veals tätigt in großem Stil über Mittelsmänner, die international operieren, „Leerverkäufe" von Aktien der Bank,[57] die er angreifen will. Man sieht, wie in beiden Fällen, dem „Zucker" in der „Milchschnitte" vergleichbar, eine „Störmenge" in das Geldpaket eingeführt wird, auf das es die Angreifer abgesehen haben.

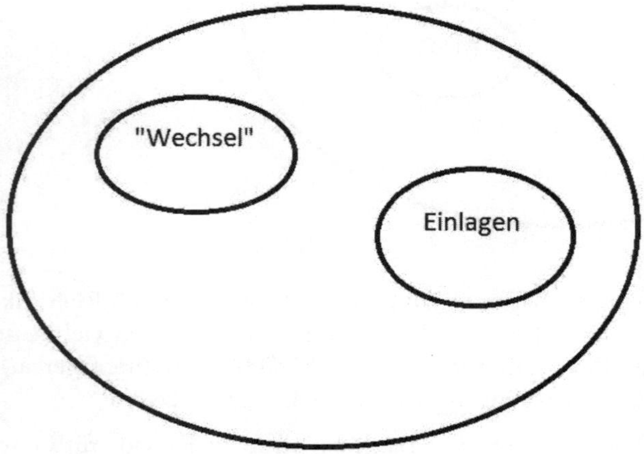

[56] Was selbst bereits eine „metonymische Störung" bedeutet. Was bei der „Milchschnitte" die „Milch" ist, ist jetzt eine zu erwartende und gut bewertete Verzinsung; dem „toxischen" Zucker entsprechen die in die Wertpapiere hinein „gemischten" unsicheren, teilweise wertlosen Hypotheken. (Und entsprechen die „Rating"-Agenturen dann dem Notar bei Balzac?)

[57] Er verkauft geliehene Aktienpakete, um sie zu einem vereinbarten späteren Zeitpunkt und vor allem nach dem zu erwartenden Kursverfall wieder zurück zu geben. Die Wert-Differenz ist sein Gewinn.

5.) In beiden Fällen hat die „metonymische Störung" einen fatalen „Überredungseffekt": Da Birotteau in Schwierigkeiten ist, hat de Tillets Mittelsmann die „Wechsel", also Schuldverschreibungen weiterverkauft, „um die anderen Fond-Eigentümer zu schützen", die er zu vertreten behauptet, die es aber gar nicht gibt. Jetzt kann Birotteau erst recht sich weder refinanzieren noch sonst Kredit finden. Bei seinem Bankrott zieht de Tillet günstig das gesamte geplante Immobiliengeschäft an sich und erwirbt als ein Haupt-Gläubiger aus der Konkursmasse weiteren Grundbesitz Birotteaus. Da all dies bald sehr stark im Wert steigt, gewinnt de Tillet große Summen, ohne genau genommen eigenes Geld eingesetzt zu haben. / Veals verdeckte Leerverkäufe zusammen mit der jetzt bekannt werdenden Schieflage der Bank lassen deren Aktienkurs abstürzen. Veals „Leerverkäufe" verwandeln sich in Gewinn. Da es sich um eine sehr große Bank handelt, wird die Regierung mit Garantien usw. einschreiten; und an dem dann wieder steigenden Wert der Bank-Aktien wird Veals erneut verdienen. Auch er wird letztlich kein eigenes Geld eingesetzt haben, so wie er ja auch keine Steuern zahlt. Und was wird aus den anderen „Teilmengen" an Geld, etwa der Bank-Aktionäre, dem Geld von Bank-Kunden (z.B. Privat-Rentnern), schließlich auch dem der Steuerzahler? „It's gone into John Veals's back pocket, [let alone] millions of people in the real economy losing their jobs".[58]

Wir müssen hier abbrechen, obwohl alles natürlich noch viel detaillierter und spannender erzählt wird. Nicht nur ist Balzacs Dramatik und Rhetorik des Geldes offensichtlich ganz aktuell. Sebastian Faulks Hommage an Balzac hat noch weiter reichende Bedeutung. Auch er erzählt seine „Geld-Geschichte" klar aus moralistischer Perspektive: Die Leser werden wie bei Balzac über die Geld-Manipulationen aufgeklärt. Und hier wie dort ist nicht nur der Diskurs ein moralistischer, es gibt hier wie dort auch Personen, die alles durchschauen und zur Sprache bringen, jedes Mal allerdings ohne dass jemand auf sie hört.

Auch Faulks multiperspektivischer Großstadt-Roman enthält schließlich wie Balzacs *Comédie humaine* Fragmente von Bildungs-Romanen: Jenny kommt durch Gabriels, des Balzac-Lesers „ästhetische Erziehung" los von ihrer Sucht nach dem Internet-Spiel „Paralax" und dessen Scheinwelt. Der Literaturkritiker wendet sich ehrlicher Arbeit wie der Literatur-Geschichte und der Orthographie-Kritik zu. Und die dramatischste Wendung nimmt sicher das Leben des jungen islamistischen Fanatikers, der im letzten Augenblick die Zünder weg wirft zu den Rucksack-Bomben, mit denen eine Nervenklinik gesprengt werden sollte, eine Klinik, in die der durch Drogen-Konsum schwer kranke Sohn des Geld-Manipulators John Veals gerade eingeliefert wurde.

Eine mindestens ebenso dramatische, moralistisch-aufklärerische Entscheidung prägt die Schluss-Szene von *Splendeurs et misères des courtisanes* (1847), die ich für eine sozusagen abschließende Szene in der Entstehung der *Comédie humaine* überhaupt halte. Und damit käme ich dann auch zum Schluss meines Vortrags: Vautrin, der

58 Sebastian Faulks, *A Week in December,* S. 375 und 377 – so wie die „Milchschnitte" dem Hersteller Geld bringt und den Kindern Karies.

Großverbrecher, nach dem Tod seines geliebten Lucien, den er wie ein Dichter sein Geschöpf stellvertretend in die Welt geschickt hatte – auch das hat mittelbar aber deutlich etwas von einer spielerisch verfremdeten Erzähler-Autobiographie -,[59] dieses zerstörerische Prinzip in der *Comédie humaine*, das mit seiner bürgerlichen Gegenwelt letztlich tief identisch ist, entschließt sich zu einer „dernière incarnation / letzten Inkarnation" (6.872). Es ist, denkt man an Dantes *Divina Commedia*, als wenn der Teufel selbst im tiefsten Punkt der Hölle sich umdrehte um hinauf in den Läuterungs-Berg zu klettern. Wenn Vautrin auf die Seite der Polizei wechselt – wofür es ein historisches Vorbild gab -, dann will er sich ausdrücklich nicht mit der Gesellschaft, auch nicht mit der Regierung identifizieren, sondern mit der Justiz, mit dem Recht als solchem: „Je veux me nommer la Justice / ich will im Namen des Rechts handeln" (6.921). Das ist nicht nur – zumindest aus der Sicht des Autors - eine völlig moralistische Entscheidung im Namen des aufgeklärten Rechtsstaats. Es kann dabei letztlich auch gar nicht um das Recht gehen, wie es ist, sondern darum wie es sein könnte und sollte, um eine auf die Zukunft bezogene Zweck-Idee. Erst in ihr wäre der Rechtsstaat verwirklicht, oder mit Vautrins – und Balzacs – Schlusswort, sozusagen bevor der Vorhang fällt: „La réalité c'est l'idée! ajouta-t-il en se frappant le front / ‚Wirklich ist die Idee!' Und dabei schlug er sich an die Stirn" (6.912).

Literaturverzeichnis:

Primärliteratur:

Balzac, Honoré de: *La comédie humaine.* Édition de la Pléiade. Hg. P.G. Castex. 12 Bde. Paris: Gallimard, 1967-1981.
- *La comédie humaine.* Édition l'Intégrale. Hg. Pierre Citron. 7 Bde. Paris: Edition du Seuil, 1965.

Faulks, Sebastian: *A Week in December.* London: Vintage, 2010.
- *Birdsong.* London: Hutchinson, 1993.
- *Charlotte Gray.* London: Hutchinson, 1998.
- *The Girl at the Lion d'Or.* London 1990.

Flaubert, Gustave: *Oeuvres.* Hgg. A. Thibaudet und R. Dumesnil. 2 Bde. Paris:1952.

Forschungsliteratur:

Bachtin, Michail: *Die Ästhetik des Wortes.* Übers. Rainer Grübel und Sabine Reese. Hg. und Einleitung Rainer Grübel. Frankfurt: 1979.

Barbéris, Pierre: *Balzac et le mal du siècle.* Paris: 1970.

Ders.: *Balzac. Une mythologie réaliste.* Paris: 1971.

Barthes, Roland: *S/Z.* Übers. Jürgen Hoch. Frankfurt: 1987.

Bérard, Suzanne Jean: *La genèse d'un roman de Balzac „Illusions Perdues" 1837.* 2 Bde. Paris: 1961.

---

59 „In Vautrin ist nicht nur der Empörer Balzac, sondern auch der Schöpfer und der in seinen Geschöpfen lebende Balzac", Ernst Robert Curtius, *Balzac* (1923). Frankfurt 1985, S. 158.

Broch, Herrmann: *Dichten und Erkennen. Essays.* Bd. 1. Hg. und Einleitung Hannah Arendt. Zürich: 1955.

Curtius, Ernst Robert: *Balzac (1923).* Frankfurt: 1985.

Déruelle, Aude / Rullier-Theuret, Francoise (Hrsg.): *„Illusions Perdues" de Balzac.* Paris: 2003.

Dubois, Jacques u.a.: *Allgemeine Rhetorik.* Übers. und Hg. Armin Schütz. München: 1974.

Gengembre, Gérard: *Honoré de Balzac „Le lys dans la vallée".* Paris: 1994.

Geppert, Hans Vilmar: *Der realistische Weg. Formen pragmatischen Erzählens bei Balzac, Dickens, Hardy, Raabe und anderen Autoren des 19. Jahrhunderts.* Tübingen: 1994.

Ders.: „Dreistellig-semiotische Erzähltheorie. Entwurf einer Orientierung." *Theorien der Literatur: Grundlagen und Perspektiven.* Bd. 4. Hg. Günter Butzer und Hubert Zapf. Tübingen und Basel: 2009. 306-337.

Ders.: „"Morgens im Spielcasino". Theorie eines literarischen Realismus im 19.Jahrhundert." *Theorien der Literatur: Grundlagen und Perspektiven.* Bd. 5. Hg. Günter Butzer und Hubert Zapf. Tübingen und Basel: 2011. 117-139.

Gleize, Joelle: *Honoré de Balzac. Bilan critique.* Paris: 2005.

Grimm, Jürgen Hg.: *Französische Literaturgeschichte.* 2. Aufl. Stuttgart: 1991.

Gumbrecht, Hans Ulrich, Karlheinz Stierle und Rainer Warning Hg.: *Honoré de Balzac.* München: 1980.

Lotte, Fernand: *Dictionnaire des personnes fictives des la Comédie humaine.* Paris: 1952.

Lukács, Georg: *Die Theorie des Romans. Ein geschichtsphilosophischer Versuch über die Formen der großen Epik.* Neuwied und Berlin: 1963.

Mozet, Nicole: *Balzac au pluriel.* Paris: 1990.

Nietzsche, Friedrich: *Werke in drei Bänden.* Hg. Karl Schlechta. München: 1966.

Pierrot, Roger: *Honoré de Balzac.* Paris: 1994.

Plett, Heinrich F.: *Systematische Rhetorik. Konzepte und Analysen.* München: 2000.

Ramognino, Nicole (Hrsg.): *Lectures actuelles de l'oeuvre de Balzac. Livre reel, livres possibles, monde commun.* Paris: 2006.

Terrasse-Riou, Florence: *Balzac. Le roman de la communication.* Paris: 2000.

Friedrich Nietzsche

Also sprach Zarathustra. Ein Buch für Alle und Keinen

Günter Butzer

Für Manuela Günter, die Entdeckerin des anderen Zarathustra

Auf jedem Gleichniss reitest du hier zu jeder Wahrheit.
Nietzsche, Also sprach Zarathustra III: Die Heimkehr

Nach Missrathenem sehnt sich alle ewige Lust.
Nietzsche, Also sprach Zarathustra IV: Das Nachtwandler-Lied

I.

Der vierte Satz von Gustav Mahlers 1895/96 entstandener und 1902 uraufgeführter Dritter Symphonie mit der Satzbezeichnung „Sehr langsam, misterioso" stellt ein frühes Rezeptionszeugnis von Nietzsches *Also sprach Zarathustra* dar. Er steht beispielhaft für die Art, wie Nietzsches Werk in dieser Zeit verstanden wurde (ein anderes, bekannteres Beispiel ist Richard Straußens symphonische Dichtung *Also sprach Zarathustra*). Der motivische Minimalismus, verfremdet durch archaisierende Modalharmonik (vgl. Steinbeck 2010: 249), und die eigenwillige, tiefe Harfen, hohe Posaunen und Flageoletts mit Horn- und Oboenklängen kombinierende Instrumentierung präsentieren „Das Nachtwandler-Lied" aus dem vierten und letzten Teil des *Zarathustra* (mit dem übrigens Strauß endet) als Verkündigung: Die sonore, wenig modulierte Stimme der Sängerin artikuliert wie in Trance – als ob etwas durch sie hindurch spräche, was nicht aus ihr selbst kommt. Wie die antike Orakelpriesterin, fungiert sie als Medium göttlicher Weissagung: einer Weisheit der Nacht, die aus dem Traum geboren wurde und die Tiefe der Welt verkündet: die Offenbarung eines Geheimnisses von Lust und Weh – „misterioso". Ein solches Verständnis des *Zarathustra* als Prophezeiung entspricht durchaus der Auffassung, die Nietzsche selbst von seinem Werk verbreitet wissen wollte und für die die Stichworte ‚Rätsel' und ‚Geheimnis' zentral sind. In seinem späten autobiografischen Text *Ecce homo* beschreibt er die Entstehung des Werks wie folgt:

> Den darauf folgenden Winter [1882/83, G.B.] lebte ich in jener anmuthig stillen Bucht von Rapallo unweit Genua, die sich zwischen Chiavari und dem Vorgebirge Porto fino einschneidet. Meine Gesundheit war nicht die beste; der Winter kalt und über die Maassen regnerisch; ein kleines Albergo, unmittelbar am Meer gelegen, so dass die hohe See nachts den Schlaf unmöglich machte, bot ungefähr in Allem das Gegentheil vom Wünschenswerthen. Trotzdem und beinahe zum Beweis meines Satzes, dass alles Entscheidende „trotzdem" entsteht, war es dieser Winter und diese Ungunst der Verhältnisse, unter denen mein Zarathustra entstand. – Den Vormittag stieg ich in südlicher Richtung auf der herrlichen Strasse nach Zoagli hin in die Höhe, an Pinien vorbei und weitaus das Meer überschauend; des Nachmittags, so oft es nur die Gesundheit erlaubte, umgieng ich die ganze Bucht von Santa Margherita bis hinter nach Porto fino. [...] Auf diesen beiden Wegen fiel mir der ganze erste Zarathustra ein, vor Allem Zarathustra selber, als Typus: richtiger, er *überfiel mich*... (EH: 336f.)

Von dieser Darstellung sind authentisch vor allem die Krankheit und das schlechte Wetter. In hohem Maße stilisiert erscheint hingegen der Einfall des *Zarathustra*, der keinem einmaligen Ereignis, sondern einem anhaltenden Zustand der Eingebung entsprungen sein soll. Auf den täglichen Wanderungen hinauf in die Höhe (vormittags) und entlang am Meer (nachmittags) fiel ihm der *Zarathustra* ein – aber nicht wie eine Idee en passant, sondern wie ein anhaltender Überfall, falls es so etwas gibt. Ich zitiere noch einmal eine berühmte Passage aus *Ecce homo*, die sich auf *Also sprach Zarathustra* bezieht:

> Hat Jemand, Ende des neunzehnten Jahrhunderts, einen deutlichen Begriff davon, was Dichter starker Zeitalter *Inspiration* nannten? Im andren Falle will ich's beschreiben. – Mit dem geringsten Rest von Aberglauben in sich würde man in der That die Vorstellung, bloss Incarnation, bloss Mundstück, bloss medium übermächtiger Gewalten zu sein, kaum abzuweisen wissen.[1] [...] Eine Entzückung, deren ungeheure Spannung sich mitunter in einen Thränenstrom auslöst, bei der der Schritt unwillkürlich bald stürmt, bald langsam wird; ein vollkommnes Außer-sich-sein mit dem distinktesten Bewusstsein einer Unzahl feiner Schauder und Überrieselungen bis in die Fusszehen; eine Glückstiefe, in der das Schmerzlichste und Düsterste nicht als Gegensatz wirkt, sondern als bedingt, als herausgefordert, sondern als eine *nothwendige* Farbe innerhalb eines solchen Lichtüberflusses; ein Instinkt rhythmischer Verhältnisse, der weite Räume von Formen überspannt [...]. Alles geschieht im höchsten Grade unfreiwillig, aber wie in einem Sturme von Freiheits-Gefühl, von Unbedingtsein, von Macht, von Göttlichkeit [...]. Dies ist *meine* Erfahrung von Inspiration; ich zweifle nicht, dass man Jahrtausende zurückgehn muss, um Jemanden zu finden, der mir sagen darf „es ist auch die meine". – (EH: 339f.)

Und tatsächlich ging Nietzsche Jahrtausende zurück und wählte sich den persischen Religionsstifter Zoroaster[2] als Sprachrohr einer Verkündigung, die selbst religiösen Charakter annehmen sollte – in der Eingebung wie im daraus entstandenen Text. Zwar kann man mutmaßen, dass in die zitierte Beschreibung des Inspirationserlebnisses Rauscherfahrungen eingegangen sind, die durchaus profan und selbstin-

1 Gustav Mahler hat, Ende des 19. Jahrhunderts, einen Begriff von solcherart Inspiration, wenn er über die Entstehung der Dritten Symphonie äußert: „[...] man ist, sozusagen, selbst nur ein Instrument, auf dem das Universum spielt" (zit. nach Fischer 2003: 340).

2 Zur Wahl des Protagonisten für *Also sprach Zarathustra* vgl. zuletzt Aiken 2006.

duziert waren. So fühlt sich der Nietzsche-Biograf Werner Ross bei der Beschreibung des weiten Glücksgefühls, der Auflösung der Gegensätze in einer Art musikalischer Harmonie, des Lichtüberflusses, des neuen Raumbewusstseins und der Verbindung von Unfreiwilligkeit und Allmachtserlebnis an die „Wirkung bestimmter Drogen, etwa des Meskalins" (Ross 1997/98: 660) erinnert, und Nietzsche selbst schreibt im Dezember 1882 – also unmittelbar vor der Niederschrift des ersten Teils des *Zarathustra* – von einer „ungeheure[n] Dosis Opium" (Nietzsche 1981: 307), die er eingenommen habe. Was aber vor allem auffällt, ist ein in der Tat Jahrtausende überspringendes Zitat. Denn Nietzsche konzipiert sein Inspirationserlebnis ganz analog zu orgiastischen Zuständen der Ekstase, wie sie als Höhepunkt der dionysischen Katharsis etwa bei Aristoteles (1989: 1342a) beschrieben werden: Tränen, Schauder, Zittern und Schweißausbruch sind Symptome eines solchen ‚manischen' Zustands, in den man sich etwa durch orgiastischen Tanz, aber auch durch Autosuggestion mittels Sprache und Fantasie willkürlich versetzen kann; sie bilden die physiologischen Begleiterscheinungen der Leidenschaften, die wir aus der Tragödie als Jammer und Schaudern (*eleos* und *phobos*) kennen. Noch in Platons *Ion* werden die Symptome, wenn auch ironisch, als Anzeichen einer Inspiration durch die Musen interpretiert:

> Wie die Korybantentänzer [in den Riten zu Ehren der Kybele, G.B.] nicht bei Sinnen sind, wenn sie tanzen, so dichten auch die Liederdichter nicht bei Sinnen diese schönen Lieder, sondern sobald sie eintreten in den Strom von Harmonie und Rhythmus, schwärmen sie, und zwar in Besessenheit, wie die Bacchantinnen [im Dionysos-Ritus, G.B.] [...]. Denn ein leichtes Ding ist der Dichter, beschwingt und heilig, und nicht eher in der Lage zu dichten, bevor er in göttliche Begeisterung geraten und von Sinnen ist und der Verstand nicht mehr in ihm wohnt. Solange er diesen Besitz noch festhält, ist jeder Mensch unfähig zu dichten und Orakel zu künden. (Platon 1988: 533e-534b)

Die Dichter sind mithin für Platon zugleich „Mittler der Götter" und „Besessene" (ebd: 534e), die sich wie die rituellen Tänzer in einen Rausch hineinsteigern, in dem sie in Ekstase ihre Lieder verkünden wie die Orakelpriesterinnen ihre Weissagungen. Der Gott, so Platon, „raubt [...] ihnen den Verstand und benutzt sie als seine Diener, sie und die Orakelkünder und die Seher, die göttlichen", die demnach nicht in eigener Person sprechen, vielmehr ist es „der Gott selbst [...], der spricht, durch sie hindurch" (ebd.: 534d). Es ist dies ein durchaus ambivalenter Zustand zwischen Begeisterung (*enthousiasmos*) und Besessenheit (*kakodaimonia*), der sowohl religiös als auch physiologisch interpretiert werden kann und sich in den erwähnten Anzeichen von Weinen und Schaudern (*eleinon* und *phoberon*) artikuliert, die auch Nietzsche für sein Inspirationserlebnis in Anspruch nimmt. Wenn Nietzsche von einem Zustand der Entzückung und einem vollkommenen Außer-sich-Sein spricht, deren Spannung sich in feinen Schaudern äußert und in einen Tränenstrom auflöst, verwendet er eben jene Kategorien einer dionysischen Reinigung, die bei den Griechen als Folge von *mania* und *enthusiasmos* beschrieben wurde und zitiert gewissermaßen – über die Jahrtausende hinweg – diesen Zustand inspirierter Entrückung, der ihm spätestens seit seinen Forschungen zur antiken Tragödie bestens vertraut war – nicht in der Erfahrung, sondern in der Lektüre.

Hierzu – auch zur Beziehung von Lektüre und Enthusiasmus[3] – wäre noch mehr zu sagen. Ich will aber einhalten mit der Feststellung, dass Nietzsches *Zarathustra* – anders als er selbst und die frühe Rezeption es wahrhaben wollten – bereits in den Umständen seiner Entstehung kein originales, sondern ein intertextuelles und damit durch und durch literarisches Produkt gewesen ist[4] – und dies ist ein Grundzug, der das gesamte Werk auszeichnet, wie ich im Folgenden anhand von drei Komplexen zeigen möchte: 1.) dem Charakter des *Zarathustra* als parodistischem Hypertext der Evangelien; 2.) seinem Status als artistisches Sprachsimulakrum; 3.) seinem durchgängigen karnevalistischen Zug, der den Text vor allem im vierten Teil regelrecht zum ‚Karneval der Tiere' werden lässt.

II.

Die Nähe des Werks zu religiösen Erweckungs- und Verkündigungstexten, und hier insbesondere zu den Evangelien des Neuen Testaments, ist unverkennbar.[5] Tatsächlich hat Nietzsche in Briefen den *Zarathustra* „eine wunderliche Art von ‚Moral-Predigten'", aber auch „ein neues ‚heiliges Buch'" genannt und von einem „fünfte[n] ‚Evangelium'" (Bennholdt-Thomsen 1974: 6) gesprochen. Zarathustra erscheint als ein Wanderprediger, der eine Lehre verkündet, für die nicht nur sein Publikum und seine Jünger, sondern auch er selbst nur zum Teil reif ist – weshalb er sich immer wieder in die Einsamkeit zurück ziehen muss und verschiedene Krisen und Anfechtungen erfährt, die einen Entwicklungsprozess bei ihm bedingen. Doch wie schon

---

3 Dass der *enthusiasmos* durch die intensive Beschäftigung mit vorbildlichen Autoren hervorgerufen werden kann, postuliert bereits der pseudo-longinsche Traktat über das Erhabene (vgl. Longin 1988: 13,2). Dazu Butzer 2007: 53f.

4 Der literarisch-narrative Charakter von Nietzsches *Zarathustra* wurde und wird z.T. immer noch von der Suche nach einer Lehre verdeckt, die man in aus dem Zusammenhang herausgelösten Sinnsprüchen und Zitaten bzw. in einer systematischen Theorie finden will. Vor allem die philosophische Nietzsche-Rezeption, die in der Nachfolge Heideggers (1961) Nietzsches Metaphysik zu destillieren suchte, hat dem zugearbeitet. Eine Ausnahme bildet hier Karl Löwith (1978), der schon früh (und in Konkurrenz zu Heidegger) den Prozesscharakter des *Zarathustra* betont. Die französische Nietzsche-Rezeption – Bataille, Blanchot, Klossowski, Foucault, Derrida u.a. (vgl. den Auswahlband von Hamacher 1986) – hat den antisystematischen Charakter von Nietzsches Werk weiter verfolgt. Den Stand der philosophischen *Zarathustra*-Forschung dokumentiert der Sammelband von Gerhardt (2000). Zur Lektüre des *Zarathustra* als literarischem Text vgl. die frühe Studie von Bennholdt-Thomsen (1974) und in neuerer Zeit besonders die Arbeiten von Peter Gasser (1993) und Claus Zittel (gesammelt in Zittel 2011).

5 Laut Jörg Salaquarda sind bisher ca. 150 Zitate aus der Bibel bzw. Anspielungen auf biblische Texte in *Also sprach Zarathustra* nachgewiesen, etwa zwei Drittel aus dem Neuen und ein Drittel aus dem Alten Testament; von den neutestamentlichen Zitaten findet sich die Mehrzahl in den synoptischen Evangelien, der Rest v.a. im Johannes-Evangelium, dem ersten Korinther-Brief und in der Apokalypse. Wie Salaquarda betont, zog Nietzsche „überwiegend bekannte, in Luthers Übersetzung sprichwörtlich gewordene biblische Motive und Wendungen heran" (2000: 328). Dabei habe er „nicht einfach zitiert, sondern ein komplexes intertextuelles Gefüge erstellt" (ebd.: 329).

bemerkt, wird dies nicht einsinnig gestaltet, sondern durchweg in intertextuellem Bezug auf die Evangelien, die als Hypotext des *Zarathustra* fungieren. Das gilt sowohl für die Handlungsstruktur mit ihrer Mischung aus Reden und Krisen als auch für die Sprache, die den Stil der Evangelien alludiert und imitiert, als auch für die rhetorische Gestaltung, die sich an den Gleichnisreden Jesu einerseits, an den Diatriben des Neuen Testaments andererseits orientiert (vgl. Salamon 2009). So ist *Also sprach Zarathustra* eine Parodie der Evangelien im genauen Wortsinn: ein Gegengesang, der die textuelle Vorlage mit den Mitteln der Ironie, der Inversion und der Übertreibung ad absurdum führt.

Dabei gilt es jedoch zu bedenken, dass bereits der zu Grunde liegende biblische Text ganz wesentlich auf der Figur der Umkehrung beruht: Auch Jesus propagiert ja eine Umwertung der Werte, die Torheit als Weisheit, Armut als Reichtum und Erniedrigung als Erhöhung deklariert – eine Umwertung der Werte, an die Zarathustra nahtlos anzuschließen vermag. So wird noch sein „Untergang" aus dem Gebirge zu den Menschen, der in der Vorrede als Absicht deklariert wird, „wieder Mensch [zu] werden" (Z: 12), mit der Menschwerdung Jesu parallelisiert. Da nun der Hypotext selbst einen Gegentext – zum Alten Testament, dessen Erfüllung er zugleich sein will – bildet, ist die parodistische Beziehung des *Zarathustra* nicht immer so eindeutig wie etwa im Kapitel „Von der Nächstenliebe" im ersten Teil, in dem das Gebot Jesu zur Nächstenliebe, das als Gegenentwurf zur *lex talionis* auftritt, durch das Gebot zur „Fernsten-Liebe" invertiert wird. Denn, so Zarathustra: „Höher als die Liebe zum Nächsten ist die Liebe zum Fernsten und Künftigen" (Z: 77). Die Liebe zum Nächsten hält auf und zurück, die Liebe zum Fernsten aber ist die Liebe zum Übermenschen, zu dem der Mensch werden soll. Wie hier, präsentiert sich der *Zarathustra* an vielen Stellen als Überbietung und Umkehrung des christlichen Prätexts. In der Rede „Vom freien Tode" setzt sich Zarathustra dann explizit mit der Person Jesu auseinander. Dieser wird als Verneiner des Lebens vorgeführt, „den die Prediger des langsamen Todes" (Z: 95), also der asketischen Abtötung des Leibes, verehren. ‚Der Hebräer', wie Zarathustra Jesus nennt, kannte nur Tränen und Schwermut, und so überfiel ihn die „Sehnsucht zum Tode". „Wäre er doch", ruft Zarathustra aus, „in der Wüste geblieben und ferne von den Guten und Gerechten! Vielleicht hätte er leben gelernt und die Erde lieben gelernt — und das Lachen dazu!" (ebd.). Jesus starb zu früh, so die Diagnose Zarathustras. Hätte er länger gelebt, er hätte selbst seine Lehre widerrufen, denn: „Edel genug war er zum Widerrufen!" (ebd.). Dieser einfühlsame Umgang mit Jesus macht deutlich, dass die Beziehung Zarathustras zu ihm wesentlich komplizierter ist, als es die im Spätwerk stets wiederholte Formel „Dionysos gegen den Gekreuzigten" vermuten lässt (vgl. Figl 2002). Denn so, wie die Berichte vom Leben Jesu selbst als Gegentexte – Parodien – zum Alten Testament zu verstehen sind, so erscheint deren Held Jesus als Erneuerer und Religionsstifter, der in einem kühnen Akt neue Werte setzt. Diese Werte verneint Zarathustra, den Akt aber erkennt er an und sieht dadurch Jesus als einen seinesgleichen, der, hätte ihn die „Sehnsucht zum Tode" nicht befallen, womöglich er, also Zarathustra, selbst geworden wäre.

Doch diese polyphone Lesart der Evangelien und ihres Helden beschränkt sich nicht auf den biblischen Hypotext von *Also sprach Zarathustra*, sondern greift auch auf Nietzsches Hypertext über. Denn Zarathustra ist nicht jene Identifikationsinstanz, die immer weiß was sie will und will was sie weiß; sie ist selbst eine gebrochene Figur, eine Figur des Übergangs, die den Übermenschen verkündet, ohne er schon zu sein. Das tangiert auch die Faktur von Nietzsches Werk, das durchaus ironisch mit seinem Protagonisten verfährt und ihn in „verwirrend komplexe Erzählsituationen" (Zittel 2003: 229) einfügt, die eine eindeutige Lesart verunmöglichen. So entsteht eine Mischung von Tragisch-Ernstem und Parodistisch-Heiterem, die das gesamte Werk charakterisiert – freilich mit einer klaren Tendenz: Tritt Zarathustra im ersten Teil nahezu ausschließlich als Prediger seiner Lehre auf, der eine gewisse Ähnlichkeit mit jenem „Moral-Trompeter von Säckingen" (GD: 111), als den Nietzsche Schiller denunziert hat, nicht verleugnen kann, so wird er im zweiten und dritten Teil aus einer deutlichen narrativen Distanz als Figur einer Krisis vorgestellt, die selbst noch zu schwach ist, ihre eigentliche Lehre von der ewigen Wiederkunft des Gleichen zu ertragen; doch statt im vierten und letzten Teil zur immer wieder angekündigten „Erlösung" (Z: 177) und zum ersehnten „grossen Mittag" (Z: 102, 217, 225, 240 u. passim) zu gelangen, entsteht eine regelrechte Groteske (über die noch Genaueres zu sagen sein wird), und das Ziel wird ein weiteres Mal bloß angekündigt und damit zugleich aufgeschoben: Am Schluss stehen nicht Präsenz und Erfüllung, sondern, wie das letzten Kapitel überschrieben ist, „Das Zeichen", mithin die Erwartung von etwas Abwesendem, was den Text offen ausklingen lässt. So könnte das Werk problemlos in einem fünften Teil wieder ansetzen und fortgeführt werden – und tatsächlich hat Nietzsche eine Fortsetzung des *Zarathustra* geplant (vgl. Villwock 2001: 27).

Von der Paränese über die Passion zur Groteske: so könnte der Weg des Textes beschrieben werden. Dieser erweist sich dadurch nicht nur als Parodie fremder Texte – unter denen neben den Evangelien auch Goethes *Faust II* und die *Metamorphosen* des Apuleius zu nennen sind, Letzterer wiederum ein parodistischer Text auf den idealistischen griechischen Abenteuerroman –, sondern als Parodie seiner selbst.[6] Das zeigt sich bereits zu Beginn, wenn Zarathustra zu den Menschen auf dem Marktplatz vom Übermenschen predigt und vom Volk ausgelacht und für den Seiltänzer gehalten wird, dessen Auftritt man erwartet. Der Ausruf eines Zuhörers: „Wir hörten nun genug von dem Seiltänzer; nun lasst uns ihn auch sehen!" (Z: 16), kann als Verspottung Zarathustras verstanden werden, der zwar viel vom Übermenschen spricht und den Menschen als „Seil, geknüpft zwischen Thier und Übermensch" (ebd.), bezeichnet, der es aber nicht versteht, auf diesem Seil zu tanzen, sondern lieber auf der Erde bleibt und statt dessen, wie in der Folge erzählt wird, den toten Seiltänzer beerdigt, der immerhin auf dem Seil Richtung Übermensch unterwegs war – bevor er abstürzte. Zarathustra als pietätvoller Totengräber, der nicht einmal, wie

---

6 Zu parodistischen Verfahren im *Zarathustra* vgl. den frühen Vortrag von Pierre Klossowski aus dem Jahr 1957 (Klossowski 1986) sowie die neueren Arbeiten von Geneviève Finke-Lecaudey (1988), Peter Gasser (1993: 188ff.) und Claus Zittel (2003). Zur Beziehung zwischen *Also sprach Zarathustra* und Apuleius' Roman vgl. Higgins 1988.

Jesus, „die Toten ihre Toten begraben" (Mt 8,22; Lk 9,60) lässt, um sich seinem Auftrag zuzuwenden: Das ist nicht der selbstgewisse Verkünder einer neuen Weltanschauung, sondern ein durchaus komischer Heiliger, der sich einer Rhetorik „ausgeleierte[r] Formeln" und „abgeschmackte[r] Bilder" bedient und „in einen typischen Prediger-Ton mit hohlem und übertriebenem Pathos verfällt" (Zittel 2003: 234), das entweder als unwillkürliche Selbstdiskreditierung oder als absichtsvolle Selbstverspottung verstanden werden muss. Plausibel wird diese Interpretation angesichts der von Claus Zittel konstatierten „Ausgangsparadoxie" des *Zarathustra*, die er in der Frage zuspitzt: „Wie kann man nach dem Tode Gottes noch ein ‚heiliges Buch' schreiben wollen?" Seine Antwort lautet: „Nur als Parodie auf heilige Bücher und somit aber auch auf den eigenen Versuch, ein solches zu schreiben", um schließlich zu folgern: „Der Anspruch, ein ‚Zarathustra-Evangelium' zu dichten, kann von Nietzsche nicht ernsthaft erhoben worden sein" (ebd.: 235). Die von Nietzsche vorgestellte Tragik des Zarathustra wäre demnach keine ungebrochene, sie bestünde vielmehr gerade darin, seine Lehre wie seine Existenz nurmehr als Parodie und Selbstparodie vortragen zu können – gerade, wenn sie ihren Anspruch nicht völlig aufgeben will.

Damit ist viel von Zarathustras Ambivalenz erklärt, die ihn immer wieder zur Wiederholung – und Parodie ist ja zunächst und in erster Linie Wiederholung von schon Dagewesenem – von Diskursformen und Narrativen zwingt, die er eigentlich hinter sich lassen wollte. Das prominenteste dieser Narrative ist sicherlich das der Passion Jesu, als die Zarathustras Ringen mit dem Gedanken der ewigen Wiederkunft des Gleichen erzählt wird. Am Ende des zweiten Teils wird dies vorbereitet, wenn Zarathustra in seiner ‚stillsten Stunde' (so der Titel des Kapitels) in einer Art Selbstgespräch wie Jesus am Ölberg mit sich selbst um die Akzeptanz seiner Mission, die ewige Wiederkunft zu verkünden, kämpft, einer Mission, die sich für ihn im dritten Teil tatsächlich als regelrechte Passion darstellt. Er fürchtet sich, wie er selbst sagt, „vor meinen eigenen Gedanken und Hintergedanken" (Z: 200f.), die er entsprechend nur in einer mehrfach gebrochenen Erzählung vorträgt: als Rätsel, das in einem Traum erscheint, der wiederum Teil einer Vision ist, die Zarathustra den Schiffsleuten auf der Heimreise von den glückseligen Inseln als Seemannsgarn erzählt (vgl. Zittel 2002: 293f.). Sein Vorbehalt gegenüber der ewigen Wiederkunft: dass dadurch nicht nur das Große, sondern auch das Kleine und Hässliche wiederkehre, treibt ihn in einen Widerstreit mit sich selbst, aus dem er erst nach langem Kampf als Sieger hervorgeht (vgl. Bennholdt-Thomsen 1974: 54f.). Indessen ist die Wiederkehr auch des Kleinsten nur der explizite Einwand gegen die ewige Wiederkunft (Nietzsche selbst hat brieflich als seinen größten Vorbehalt formuliert, dass dann auch seine Mutter und seine Schwester wiederkehren würden); der zweite, implizite Einwand liegt in dem Gedanken, dass bei dessen Akzeptanz alles Leben nurmehr Zitat von bereits Gelebtem und so alles Geschehen von einem unheimlichen *déjà vu* bestimmt wäre. Denn die ewige Wiederkunft ist nicht nur ein Lebens-, sie ist auch ein Textmodell: ein Modell des permanenten Zitats (wie ja auch die ewige Wiederkunft ein Zitat antiker Philosophie darstellt), das alles Geschriebene als Post-

Scriptum in seiner Autorität untergräbt, seine Rede aufspaltet und sich in einer Vielzahl von Verweisen verzweigen lässt.[7]

III.

Zum ambivalenten Status von *Also sprach Zarathustra* gehört auch, dass der Text gezielt in der Schwebe zwischen Historie und Erfindung gehalten wird. Von einem seiner Jünger auf seine frühere, topische Aussage, dass die Dichter zu viel lügen, angesprochen, antwortet Zarathustra im entsprechenden Kapitel „Von den Dichtern" im zweiten Teil:

> „[...] Doch was sagte dir einst Zarathustra? Dass die Dichter zuviel lügen? — Aber auch Zarathustra ist ein Dichter.
> Glaubst du nun, dass er hier die Wahrheit redete? Warum glaubst du das?"
> Der Jünger antwortete: „ich glaube an Zarathustra." Aber Zarathustra schüttelte den Kopf und lächelte. (Z: 163)

Dem gemäß wird in der Folge, nach einer *Faust*-Parodie, die in das Wortspiel „Dichter-Gleichniss, Dichter Erschleichniss!" (Z: 164) mündet, zu diesen Dichter-Erschleichnissen neben den Göttern auch – der Übermensch gerechnet. Das verweist auf eine weitere Paradoxie des Werks: etwas bezeichnen zu müssen, das mit Worten nicht zu bezeichnen ist. Das, was Zarathustra lehrt, ist, auch wenn seine apodiktischen Aussagen dies immer wieder suggerieren, kein fixes Wissen – um den Übermenschen, den Willen zur Macht und die ewige Wiederkunft –, das man haben und weitergeben kann; vielmehr ist es, wie Zarathustra selbst, etwas Transitorisches, das im ständigen Übergang und Wandel begriffen ist und dessen man nicht habhaft werden kann. Daher rührt der Zwang, die ‚Lehre' in immer neuen Wiederholungen und Variationen, mit immer neuen Worten und Gleichnissen formulieren zu müssen, die allesamt unangemessen sind. Streng genommen ist alles Lüge, weil es (noch?) keine Wahrheit in diesen Dingen gibt.

Nietzsche hat dieses Problem schon frühzeitig behandelt: in seinem unpublizierten Essay *Ueber Wahrheit und Lüge im aussermoralischen Sinne*, der zu einem der meistbesprochenen Texte der neueren Nietzsche-Forschung geworden ist (im Unterschied übrigens zum *Zarathustra*). In dieser genuin rhetorischen Abhandlung stellt Nietzsche die Frage, ob „die Sprache der adäquate Ausdruck aller Realitäten" (ÜWL: 878) und damit zur Formulierung der Wahrheit tauglich sei, und gibt die folgende Antwort:

> Was ist ein Wort? Die Abbildung eines Nervenreizes in Lauten. Von dem Nervenreiz aber weiterzuschliessen auf eine Ursache ausser uns, ist bereits das Resultat einer falschen und unberechtigten Anwendung des Satzes vom Grunde. Wie dürften wir, wenn die Wahrheit bei der Genesis der Sprache, der Gesichtspunkt der Gewissheit bei den Bezeichnungen allein entscheidend gewesen wäre, wie dürften wir doch sagen: der Stein ist

---

[7] Vgl. Gasser zur intratextuellen Dimension der ewigen Wiederkunft: „Die ewige Wiederkehr des Gleichen realisiert sich [...] als Wiederkehr des ewig gleichen (oder ähnlichen) Textes. Sie lässt sich begrifflich nicht beschreiben, auch nicht umschreiben, sondern nur umschreibend immer wiederschreiben" (Gasser 1993: 119).

> hart: als ob uns „hart" noch sonst bekannt wäre und nicht nur als eine ganz subjektive Reizung! Wir theilen die Dinge nach Geschlechtern ein, wir bezeichnen den Baum als männlich, die Pflanze als weiblich: welche willkürlichen Übertragungen! (ebd.)

Der letzte Begriff ist der entscheidende: denn ‚Übertragung' ist selbst wieder eine Übertragung – nämlich des griechischen Wortes ‚metaphora' ins Deutsche. Der Übergang vom Sinnesreiz zur Sprache gerät Nietzsche damit zu einer Folge metaphorischer Operationen: „Ein Nervenreiz zuerst übertragen in ein Bild! erste Metapher. Das Bild wieder nachgeformt in einem Laut! Zweite Metapher. Und jedesmal vollständiges Ueberspringen der Sphäre, mitten hinein in eine ganz andere und neue" (ÜWL: 879). Nietzsche durchläuft hier, 40 Jahre vor Saussure, die semiotische Relation von Signifikant, Signifikat und Referent in der entgegengesetzten Richtung: Wo diese von der gegebenen Signifikantenkette über das evozierte Bild des Signifikats zum Referenten fortschreitet, geht Nietzsche vom vermeintlichen Referenten, dem bloßen Sinnesreiz aus, um deutlich zu machen, dass von hier aus kein kausaler Weg zur mentalen Repräsentation des Signifikats führt; dieses muss vielmehr, wie es zum Gemeinplatz jeder konstruktivistischen Erkenntnistheorie geworden ist, von unserem Gehirn nach dessen eigenen Regeln konstituiert und nicht nach den Kategorien von ‚wahr' und ‚falsch', sondern nach denen von ‚passend' und ‚unpassend' gebildet werden. Die Beziehung von Signifikat und Signifikant schließlich ist eine ebenso kontingente – Saussure wird sagen: arbiträre –, die wiederum zwei ‚Sphären' (so Nietzsches Begriff) zusammenbringt, die nichts miteinander gemein haben.

Metaphernbildung ist für Nietzsche also keine innersprachliche, sondern eine sprach- und gegenstandskonstitutive Operation. Er nimmt damit einen transsemiologischen Standpunkt ein, der die Sprache nicht als abgeschlossenes, selbstgenügsames System versteht, sondern als Organ eines rhetorischen Begehrens, das er im *Zarathustra* als Willen zur Macht beschreibt:[8] Etwas zu erkennen und zu benennen heißt, sich seiner zu bemächtigen und es den eigenen Zwecken dienstbar machen zu wollen – oder, wie es in einer berühmten Passage des Essays heißt:

> Was ist also Wahrheit? Ein bewegliches Heer von Metaphern, Metonymien, Anthropomorphismen kurz eine Summe von menschlichen Relationen, die, poetisch und rhetorisch gesteigert, übertragen, geschmückt wurden, und die nach langem Gebrauche einem Volke fest, canonisch und verbindlich dünken: die Wahrheiten sind Illusionen, von denen man vergessen hat, dass sie welche sind, Metaphern, die abgenutzt und sinnlich kraftlos geworden sind, Münzen, die ihr Bild verloren haben und nun als Metall, nicht mehr als Münzen in Betracht kommen. (ÜWL: 880f.)

Den Begriff ‚Heer' sollte man ernst nehmen: Wahrheit ist ein Kampf um die Benennung der Welt, oder, etwas weniger drastisch formuliert, eine Auseinandersetzung

---

8 Sarah Kofman erläutert dies so: „[...] le monde conscient est un langage figuré d'un texte originaire écrit par l'activité insconsciente et que la conscience connaît seulement masqué et transposé. La transposition s'effectue par un transport du ‚connu' sur l'inconnu. Elle suppose une activité assimilatrice, digestive, réductrice des différences, qui est une volonté de domination, fondamentalement ‚injuste' (Nietzsche l'appelle plus tard ‚volonté de puissance')" (Kofman 1983: 53).

um die kulturelle Hegemonie, die, wenn nicht mit körperlicher und militärischer, so doch mit diskursiver Gewalt ausgetragen wird. Metaphern, wie alle rhetorischen Tropen, sind, so Paul de Man über die zitierte Passage, „weder wahr noch falsch und sind beides zugleich. Aber sie als Heer zu bezeichnen, impliziert, daß ihre Wirkung und ihre Wirksamkeit nicht Sache eines Urteils, sondern eine Sache der Gewalt ist. Denn was ein gutes Heer im Unterschied zum Beispiel von einem guten Grund auszeichnet, ist, daß sein Erfolg wenig mit Recht und um so mehr mit dem ökonomisch richtigen Gebrauch seiner Stärke zu tun hat" (de Man 1988: 182).

Interessanterweise lautet der Titel von Nietzsches fragmentarischer kleiner Schrift aber nicht ‚Über Wahrheit und Falschheit', sondern ‚Über Wahrheit und Lüge im aussermoralischen Sinne'. Er stellt seinen Text damit, auch in der Negation, in einen moralischen, und nicht in einen epistemologischen Kontext. Denn die Lüge ist ein Sprechakt und nicht einfach eine falsche Aussage, d.h. sie setzt eine Absicht des Sprechers voraus und kann misslingen oder gelingen, aber nicht eigentlich falsch sein. Die Lüge beinhaltet also eine falsche Aussage, versucht diese aber einem Adressaten als wahr glaubhaft zu machen – mit Augustins berühmter Definition aus *De mendacio*: „mendacium est enuntiatio cum voluntate falsum enuntiandi" – die Lüge ist eine unwahre mit dem Willen zur Täuschung vorgebrachte Aussage (vgl. Rott 2003). Genau so versteht es auch Zarathustra, wenn er im obigen Zitat über den lügenden Dichter auf das bekannte Lügner-Paradox anspielt: Dass alle Kreter Lügner sind, wird erst dann zur paradoxen Aussage, wenn sie von einem Kreter getroffen wird. Ebenso verhält es sich mit Zarathustras Äußerung über die lügenden Dichter: Auch diese gerät in einen Status der Unentscheidbarkeit erst dann, als sich Zarathustra selbst als Dichter bezeichnet. Erst im Sprechakt erscheint also die Paradoxie und bringt die Aussage in einen Schwebezustand der Uneigentlichkeit jenseits von Wahrheit und Lüge.[9] Durch die paradoxale Redeform stellt Zarathustra seine Äußerungen und letztlich sich selbst in Frage: „Nur Narr! Nur Dichter!", wie es im gleichnamigen Dionysos-Dithyrambus heißt, der in den vierten Teil von *Also sprach Zarathustra* eingeschaltet ist.

Will er eine neue Weltsicht im Sinne von Nietzsches ‚Artisten-Metaphysik' schaffen, muss Zarathustra also eine neue, machtvolle Sprache (er)finden. Denn die Macht, die den Metaphern eignet, ist eine zugleich ontologische und performative. Ihre ontologische Qualität liegt, worauf Paul Ricœur nachdrücklich hingewiesen hat, in einer jeder Metapher impliziten Aussagestruktur der Form: ‚a ist b', die zwar im implizierten Vergleich negiert – ‚a ist nicht b, sondern wie b' –, aber eben nicht explizit zurückgenommen wird, so dass eine „metaphorische Referenz" (Ricœur 1986: VII) entsteht, die eine neue Dimension der Wirklichkeit aufdeckt.[10] Verstärkt wird

---

9 Auch hier ließe sich eine Parallele zu Mahlers Symphonik ziehen, über die Adorno schreibt: „Feind aller Illusion, betont Mahlers Musik seine Uneigentlichkeit, unterstreicht die Fiktion, um von der Unwahrheit selber zu heilen, zu welcher Kunst zu werden beginnt", und daraus schließt, dass „gerade im Moment des Uneigentlichen, das die Lüge der Eigentlichkeit demaskiert, Mahler seine Wahrheit hat" (Adorno 1986: 179, 181).

10 Ricœur spricht vom „Paradox der Kopula [...], demzufolge Sein-wie zugleich sein und nicht sein heißt" (Ricœur 1986: 303) und stellt den Bezug zu Verstellung und Lüge her (ebd.: 246f.).

diese Fähigkeit durch die von Paul de Man betonte performative, wirklichkeitserzeugende Kraft der Metapher, die die Existenz des Bezeichneten gewissermaßen herbei zwingt.[11] Umso erstaunlicher ist die Feststellung, dass *Also sprach Zarathustra* von dieser wirklichkeitssetzenden rhetorischen Gewalt kaum Gebrauch macht. An die Stelle der schöpferischen Metapher tritt dort vielmehr das Wortspiel. Dieses entspringt unmittelbar dem parodistischen Verfahren, das eben nicht, wie *Ueber Wahrheit und Lüge* suggeriert, aus dem Nichts qua Rede Realität schafft (wie der Gott des ersten biblischen Schöpfungsberichts), sondern das Neue aus der Alteration des Vorhandenen gewinnt. Wortspiele sind, wie der Name schon sagt, keine neuen Wörter, wie sie die Metapher durch die assertorische Gleichsetzung bislang getrennter Entitäten hervorbringt, sondern Abwandlungen bereits vorhandener. Claus Zittel hat gezeigt, dass in der Tat nahezu sämtliche sprachliche Kreativität Zarathustras ins Wortspiel fließt und dass diese Verfahrensweise an dessen Programmatik geknüpft ist: Der neue Ausdruck entsteht „stets als Parodie auf einen alten, den er ab- oder umzuwerten trachtet" (Zittel 2003: 240), und bleibt insofern unselbstständig, da abhängig von diesem. Man muss das nicht so negativ sehen wie Zittel, der unterstellt, „dass Nietzsche mit Kalkül den lautstark behaupteten Schöpferreichtum seines Helden Zarathustra durch dessen armselige Wortschöpfungen lächerlich aussehen läßt", und eine „Reflexionsfigur des Nihilismus" (ebd.: 241f.) am Werk sieht. Richtig ist aber in jedem Fall, dass Nietzsche in *Also sprach Zarathustra* die Sprache von innen heraus aushöhlt – bis hin zur Implosion in der Selbstparodie. Es ist ein durchaus destruktiver Gestus, der hier, ganz entgegen der programmatischen Verkündigungsrhetorik des Helden, zum Ausdruck kommt, der jedoch in einen metamorphotischen Prozess überführt und dadurch konstruktiv bzw. dekonstruktiv gewendet wird.

IV.

Nietzsche setzt also im *Zarathustra* statt auf Schöpfung auf Transformation, statt auf metaphorische Assertion auf wortspielerische Verflüssigung, statt auf Neugestaltung auf Umgestaltung, d.h. Metamorphose der Wirklichkeit. Das wird am eindrücklichsten deutlich im vierten Teil, der schon auf Grund seiner nur privaten Verbreitung in wenigen Exemplaren einen quasi klandestinen Charakter als Geheimschrift innehat. Umso bemerkenswerter ist die Tatsache, dass gerade dieser vierte Teil keine für die große Masse der Leserinnen und Leser verborgenen Offenbarungen bereithält, sondern eher ein Satyrspiel zur für sich schon, wie zu sehen war, recht ambivalenten Tragödie des Zarathustra darstellt. Nichtsdestotrotz entbehrt der letzte Teil nicht einer gewissen Logik, sofern man den parodistischen Charakter des Werks ernst nimmt. Denn was in den ersten drei Teilen noch als Mischung von parodierter Tragik und tragischer, weil unentrinnbarer Parodie daherkommt, steigert sich hier zur Groteske, und deren Prinzip ist, wie schon erwähnt, die Metamorphose. Erniedri-

---

11 ‚Performative force' kann sowohl als realitätssetzende Kraft der Rede wie auch als deren Gewalt oder Zwang verstanden werden – mit den Worten von Fiona Jenkins: „[...] language is a *power* and a *performance*" (Jenkins 1998: 230).

gung, Verleiblichung, ja Vertierung des Geistig-Idealen stellen genuine Verfahren der Groteske dar, deren Ziel, wie dasjenige Zarathustras, ein befreiendes Gelächter bildet (vgl. Bachtin 1995: 345ff.). Ich kann das zum Schluss nur anhand einiger ausgewählter Beispiele aus dem reichhaltigen Bestiarium des *Zarathustra* vorführen – getreu dem Wort des alten Einsiedlers, der Zarathustra zu Beginn seines ‚Untergangs' zu den Menschen empfiehlt: „Gehe nicht zu den Menschen und bleibe im Walde! Gehe lieber noch zu den Thieren!" (Z: 13).

Die Tiere Zarathustras, bisweilen klüger als er selbst – so sind es Adler und Schlange, die dem erschöpften Helden den Gedanken der ewigen Wiederkunft als Befreiung nahe bringen (vgl. Z: 275f.) –, spielen eine kaum zu überschätzende Rolle in Nietzsches Werk, und das sowohl in der fiktiven Realität als auch auf der sprachlichen Ebene (wenn *Also sprach Zarathustra* metaphorisches Potenzial besitzt, dann im Bereich der Tier-Bilder). Wie eine Biene den Honig will Zarathustra zu Beginn des Texts seine Weisheit an die Menschen verschwenden, und als Biene bringt er im vierten Teil sein Honig-Opfer dar, an dem die höheren Menschen kleben bleiben. Wie Jesus wirft er seine Netze aus, in denen sich seine Anhänger als Fische verfangen sollen. Dabei werden die Raubtiere, insbesondere Löwe und Adler, aber auch Tiger, Bär und Wolf, positiv im Sinne des Willens zur Macht dargestellt, während etwa Amphibien (Kröten, Frösche, Unken), die übrigen Insekten außer der Biene (Erdflöhe, Käfer, Flügelwürmer, Fliegen, Mücken, Nachtfalter) und die Spinnen- und Krebstiere (Spinne, Tarantel, Skorpion, Krebs) über weite Strecken negativ erscheinen: z.B. als letzte Menschen (Erdflöhe), Prediger der Gleichheit (Taranteln), Gelehrte (Frösche) oder Fromme (Nachtfalter).

Hält sich diese Verwendung der Tiersymbolik und -metaphorik weitgehend in den Grenzen der Tradition, zeigen einige Tiere gerade wegen ihrer veränderten Konnotationen im Textverlauf markante Bedeutungsverschiebungen des Gesamtwerks an. So wandelt sich die zunächst negativ eingeführte Spinne im Kontext der ewigen Wiederkunft ins Positive, wenn sie im zentralen Kapitel „Vom Gesicht und Räthsel" zu Beginn des dritten Teils im wörtlichen Sinn in der Nähe der Frage auftaucht, ob nicht alle Dinge derart fest miteinander verknotet seien, „dass dieser Augenblick *alle* kommenden Dinge nach sich zieht?" (Z: 200) und somit alles Geschehen sich selbst immer neu gebiert: wie die Spinne ihr Netz aus sich selbst hervorbringt (vgl. Z: 343, 398). Oder die Kuh, die zu Beginn im Kapitel „Von den Lehrstühlen der Tugend" als Wiederkäuer das Verhaftetsein in der überlieferten Moral repräsentiert, transformiert sich am Schluss zur Inkarnation der ewigen Wiederkunft, wenn der freiwillige Bettler (einer der höheren Menschen) als „Berg-Prediger" inmitten einer Kuhherde steht und Zarathustra zuruft: „So wir nicht umkehren und werden wie die Kühe, so kommen wir nicht in das Himmelreich. Wir sollten ihnen nämlich Eins ablernen: das Wiederkäuen" (Z: 334).[12] Die Tiere dienen hier offenbar der Verleiblichung von Zarathustras Lehre: Die im ersten Teil geprie-

---

12 Das „Nachwandler-Lied" macht den Zusammenhang von Wieder- bzw. ‚Zurückkäuen' und ewiger Wiederkunft explizit: Die Mitternacht „käut zurück [...] ihr Weh käut sie zurück, im Traume, die alte tiefe Mitternacht, und mehr noch ihre Lust" (Z: 401).

sene „grosse Vernunft" (Z: 39) des Leibes wird damit zur Vernunft der Tiere, von denen der Mensch zum Beispiel, wie von den Kühen, „das Wiederkäuen und In-der-Sonne-Liegen" (Z: 337) lernen kann. Denn nur die Tiere, das wissen die Nietzsche-Leser seit der zweiten *Unzeitgemäßen Betrachtung*, sind, zusammen mit den Kindern, als unhistorische Wesen in der Lage, das Glück ewiger Gegenwart zu empfinden (vgl. UB II: 248-250) und verweisen damit auf jene transhistorische Position, die schließlich die ewige Wiederkunft als „heiliges Ja-sagen" (Z: 31) zu affirmieren vermag.

Auf prominente Weise geschieht diese Umdeutung mit dem Esel (einem ohnehin höchst ambivalenten Tier der europäischen Kulturgeschichte, vgl. Haaser 2008). Im ersten Teil noch, ähnlich wie das Kamel, als Lasttier präsentiert, das die Erdhaftung und damit das Gegengewicht zum Übermenschen verkörpert, und im zweiten Teil als „Zugthier[]" vor „des *Volkes* Karren" (Z: 133) den freien Löwen der Wüste gegenüber gestellt, wird der Esel noch im Kapitel „Vom Geist der Schwere" des dritten Teils als I-a-Sager verspottet (vgl. Z: 243f.), um im letzten Teil mit eben diesem I-A das große JA zur ewigen Wiederkunft zu verkörpern und von den höheren Menschen angebetet zu werden. So lautet der Anfang ihrer Esels-„Litanei":

> Amen! Und Lob und Ehre und Weisheit und Dank und Preis und Stärke sei unserm Gott, von Ewigkeit zu Ewigkeit!
> — Der Esel aber schrie dazu I-A.
> Er trägt unsre Last, er nahm Knechtsgestalt an, er ist geduldsam von Herzen und redet niemals Nein; und wer seinen Gott liebt, der züchtigt ihn.
> — Der Esel aber schrie dazu I-A.
> Er redet nicht: es sei denn, dass er zur Welt, die er schuf, immer Ja sagt: also preist er seine Welt. Seine Schlauheit ist es, die nicht redet: so bekömmt er selten Unrecht.
> — Der Esel aber schrie dazu I-A. (Z: 389)

Zarathustra aber, der sich zunächst darüber wunderte, dass die höheren Menschen wieder fromm geworden sind, kann nach dieser Litanei nicht mehr länger an sich halten: Er „schrie selber I-A, lauter noch als der Esel, und sprang mitten unter seine tollgewordenen Gäste" (Z: 390). Schließlich setzt er das „Eselsfest" als Feier der höheren Menschen zu seinem Gedächtnis – und damit als Ersatz und Parodie des Abendmahls – ein. Auf diese Weise wird die zentrale Lehre des *Zarathustra*: die Lehre von der ewigen Wiederkunft, in die totale Ambivalenz der Groteske verzerrt, so dass man zuletzt zwischen Ernst und Unernst nicht mehr unterscheiden kann, denn, so Zarathustra zu den höheren Menschen: „wer am gründlichsten tödten will, der *lacht*" (Z: 392) – am Ende auch über sich selbst (vgl. Reschke 2000). Das tut denn auch der Erzähler, der im vorletzten Kapitel die höheren Menschen mitsamt Zarathustra vor dessen Höhle zeigt und dies mit den Worten kommentiert: „lauter alte Leute" (Z: 395). Lauter alte Leute, die nun im „Nachtwandler-Lied" die ewige Wiederkunft mit den Worten besingen: „War *Das* – das Leben? [...] Wohlan! Noch Ein Mal!" (Z: 396).[13] Der – wie sich herausstellt, wenig zuverlässige – Erzähler aber beschreibt die

13 Es wurde verschiedentlich bemerkt, dass auch Mahlers Vertonung des „Nachwandler-Lieds" in der Dritten Symphonie trotz allen Tiefsinns nicht frei von Skurrilität ist: Das Violin-Unisono erinnere an den schon damals populären Schlager *La Paloma* (vgl. Fischer 2003: 344). Also auch

sich anschließende Szenerie, indem er sich an seine Leser wendet, wie folgt (vgl. Zittel 2002: 295f.):

> [...] es war aber nicht lange vor Mitternacht. Und was glaubt ihr wohl, dass damals sich zutrug? [...] da sprangen sie [sc. die höheren Menschen, G.B.] auf Zarathustra zu, dankend, verehrend, liebkosend, ihm die Hände küssend, so wie es der Art eines Jeden eigen war: also dass Einige lachten, Einige weinten. Der alte Wahrsager aber tanzte vor Vergnügen; und wenn er auch, wie manche Erzähler meinen, damals voll süssen Weines war, so war er gewisslich noch voller des süssen Lebens und hatte aller Müdigkeit abgesagt. Es giebt sogar Solche, die erzählen, dass damals der Esel getanzt habe: nicht umsonst nämlich habe ihm der hässlichste Mensch vorher Wein zu trinken gegeben. Diess mag sich nun so verhalten oder auch anders; und wenn in Wahrheit an jenem Abende der Esel nicht getanzt hat, so geschahen doch damals grössere und seltsamere Wunderdinge als es das Tanzen eines Esels wäre. Kurz, wie das Sprichtwort Zarathustra's lautet: „was liegt daran!" [...]
>
> Zarathustra aber, als sich diess mit dem hässlichsten Menschen zutrug, stand da, wie ein Trunkener: sein Blick erlosch, seine Zunge lallte, seine Füsse schwankten. (Z: 396)

„Was liegt daran!" – Mit diesen despektierlichen Worten Zarathustras steuert ein Text seinem willkürlichen Ende zu, dessen ‚Botschaft' nurmehr im polyphonen Modus der Parodie zu lesen ist: als großes Gelächter. „Man hat mich oft tanzen sehn können" (EH: 341), schreibt Nietzsche in *Ecce homo* über die Entstehung von *Also sprach Zarathustra* (vgl. Crawford 1998): Das ist die korybantische Ekstase der dionysischen Katharsis – selbstinduziert.

Literaturverzeichnis:

Primärliteratur:

Nietzsche, Friedrich: *Kritische Studienausgabe.* Hgg. Giorgio Colli und Mazzino Montinari. 15 Bde. 2., durchges. Aufl. München [u.a.]: DTV, 1988.

UB II: *Unzeitgemässe Betrachtungen. Zweites Stück: Vom Nutzen und Nachtheil der Historie für das Leben.* Bd. 1. 243–334.

ÜWL: *Ueber Wahrheit und Lüge im aussermoralischen Sinne.* Bd. 1. 873–890.

Z: *Also sprach Zarathustra. Ein Buch für Alle und Keinen.* Bd. 4. 9–408.

GD: *Götzen-Dämmerung.* Bd. 6. 55–161.

EH: *Ecce homo. Wie man wird, was man ist.* Bd. 6. 255–374.

Ders.: *Briefwechsel. Kritische Gesamtausgabe.* Hgg. Giorgio Colli u. Mazzino Montinari. Bd. III.1 (Januar 1880–Dezember 1884). Berlin, New York: de Gruyter, 1981.

hier eine, für Mahler insgesamt typische, Mischung aus Erhabenheit und Trivialität, aus Pathos und Parodie – mit dessen eigenen Worten: „ein ungeheures Lachen über die ganze Welt" (zit. nach Handstein 2002: 105).

Forschungsliteratur:

Adorno, Theodor W.: „Mahler. Eine musikalische Physiognomik." *Die musikalischen Mongraphien.* Von Theodor W. Adorno. 1. Aufl. 1960. Frankfurt/Main: Suhrkamp, 1986. 149–319.

Aiken, David Wyatt: „Nietzsche's Zarathustra. The Misreading of a Hero." *Nietzsche-Studien* 35 (2006): 70–103.

Aristoteles: *Politik. Schriften zur Staatstheorie.* Übers. u. Hg. Franz F. Schwarz. Stuttgart: Reclam, 1989.

Bachtin, Michail: *Rabelais und seine Welt. Volkskultur als Gegenkultur.* Übers. Gabriele Leupold. Hg. Renate Lachmann. Frankfurt/Main: Suhrkamp, 1995.

Bennholdt-Thomsen, Anke: *Nietzsches ‚Also sprach Zarathustra' als literarisches Phänomen. Eine Revision.* Frankfurt/Main: Athenäum, 1974.

Butzer, Günter: „Physiologie der Imitation. Zur Vorgeschichte der Genieästhetik." *Übung und Affekt. Formen des Körpergedächtnisses.* Hgg. Bettina Bannasch und Günter Butzer. Berlin, New York: de Gruyter, 2007. 43–69.

Crawford, Claudia: „Nietzsche's Dionysian arts: dance, song, and silence." *Nietzsche, Philosophy and the Arts.* Hgg. Salim Kemal, Ivan Gaskell und Daniel W. Conway. Cambridge: Cambrige UP, 1998. 310–341.

De Man, Paul: „Anthropomorphismus und Trope in der Lyrik." *Allegorien des Lesens.* Von Paul de Man. Übers. Werner Hamacher und Peter Krumme. Frankfurt/Main: Suhrkamp, 1988. 179–204.

Figl, Johann: „‚Dionysos und der Gekreuzigte'. Nietzsches Identifikation und Konfrontation mit zentralen religiösen ‚Figuren'." *Nietzscheforschung* 9 (2002): 147–161.

Finke-Lecaudey, Geneviève: „Untersuchung einiger parodistischer Verfahren in Nietzsches *Also sprach Zarathustra.*" *Cahiers d'études germaniques* 14 (1988): 123–134.

Fischer, Jens Malte: *Gustav Mahler. Der fremde Vertraute. Biographie.* Wien: Zsolnay, 2003.

Gasser, Peter: *Rhetorische Philosophie. Leseversuche zum metaphorischen Diskurs in Nietzsches „Also sprach Zarathustra."* Bern [u.a.]: Lang, 1993.

Gerhardt, Volker (Hg.): *Friedrich Nietzsche: Also sprach Zarathustra.* Berlin: Akademie, 2000.

Hamacher, Werner (Hg.): *Nietzsche aus Frankreich. Essays von Maurice Blanchot, Jacques Derrida, Pierre Klossowski, Philippe Lacoue-Labarthe, Jean-Luc Nancy und Bernard Pautrat.* Frankfurt/Main, Berlin: Ullstein, 1986.

Handstein, Jörg: „III. Symphonie in d-moll." *Gustav Mahlers Symphonien. Entstehung – Deutung – Wirkung.* Hg. Renate Ulm. 2. Aufl.. München [u.a.]: Bärenreiter, 2002. 103–115.

Haaser, Rolf: „Esel." *Metzler Lexikon literarischer Symbole.* Hgg. Günter Butzer und Joachim Jacob. Stuttgart, Weimar: Metzler, 2008. 88–89.

Heidegger, Martin: *Nietzsche.* 2 Bde. Pfullingen: Neske, 1961.

Higgins, Kathleen M.: „Zarathustra IV and Apuleius: Who is Zarathustra's ass? " *International Studies in Philosophy* 20/3 (1988): 29–53.

Jenkins, Fiona: „Performative identity: Nietzsche on the force of art and language." *Nietzsche, Philosophy and the Arts.* Hgg. Salim Kemal, Ivan Gaskell und Daniel W. Conway. Cambridge: Cambridge UP, 1998. 212–238.

Klossowski, Pierre: „Nietzsche, Polytheismus und Parodie." *Nietzsche aus Frankreich.* Hg. Werner Hamacher. Frankfurt/Main, Berlin: Ullstein, 1986. 15–45.

Kofman, Sarah: *Nietzsche et la métaphore.* 2., durchges. u. korr. Aufl. Paris: Galiée, 1983.

Löwith, Karl: *Nietzsches Philosophie der ewigen Wiederkehr des Gleichen.* 3., durchges. Aufl. Hamburg: Meiner, 1978.

Longinus: *Vom Erhabenen, griech./dt.* Übers. u. Hg. Otto Schönberger. Stuttgart: Reclam, 1988.

Platon: *Ion, griech./dt.* Übers. u. Hg. Hellmut Flashar. Stuttgart: Reclam, 1988.

Reschke, Renate: „Die andere Perspektive: Ein Gott, der zu tanzen verstünde. Eine Skizze der Ästhetik des Dionysischen im Zarathustra." *Friedrich Nietzsche. Also sprach Zarathustra.* Hg. Volker Gerhardt. Berlin: Akademie, 2000. 257–284.

Ricœur, Paul: *Die lebendige Metapher.* Übers. Rainer Rochlitz. München: Fink, 1986.

Ross, Werner: *Der ängstliche Adler. Friedrich Nietzsches Leben.* 1. Aufl. 1979. München: Kastell, 1997/98.

Rott, Hans: „Der Wert der Wahrheit." *Kulturen der Lüge.* Hg. Mathias Mayer. Köln [u.a.]: Böhlau, 2003. 7–34.

Salamon, Dariusz: „Biblische Rhetorik in ‚Also sprach Zarathustra' von Friedrich Wilhelm Nietzsche." *Der Heiligen Schrift auf der Spur. Beiträge zur biblischen Intertextualität in der Literatur.* Hgg. Maria Kłanska, Jadwiga Kita-Huber und Paweł Zarychta. Dresden, Wrocław: Neisse, 2009. 216–224.

Salaquarda, Jörg: „Friedrich Nietzsche und die Bibel unter besonderer Berücksichtigung von Also sprach Zarathustra." *Nietzscheforschung* 7 (2000): 323–333.

Steinbeck, Wolfram: „Dritte Symphonie: Resultat." *Mahler Handbuch.* Hgg. Bernd Sponheuer und Wolfram Steinbeck. Stuttgart: Metzler, 2010. 240–251.

Villwock, Peter: „Zarathustra. Anfang und Ende einer Werk-Gestalt Nietzsches." *Nietzsches „Also sprach Zarathustra". 20. Silser Nietzsche-Kolloquium 2000.* Hg. Peter Villwock. Basel: Schwabe, 2001. 1–34.

Zittel, Claus: „Sprüche, Brüche, Widersprüche. Irritationen und Deutungsprobleme beobachtet am Erzählverhalten und an der Erzählperspektive in Nietzsches Also sprach Zarathustra." *Nietzscheforschung* 9 (2002): 289–300.

Ders.: „‚Incipit tragoedia, incipit parodia'. Tragische Heiterkeit und ernste Parodie in Nietzsches ‚Also sprach Zarathustra'." *Acta Neophilologica* 5 (2003): 227–242.

Ders.: *Das ästhetische Kalkül von Friedrich Nietzsches ‚Also sprach Zarathustra'.* 2., durchges. Aufl. Würzburg: Königshausen & Neumann, 2011.

Mark Twain

The Adventures of Huckleberry Finn

Hubert Zapf

Mark Twains *The Adventures of Huckleberry Finn* gehört zu jenen Beispielen großer Werke der Literatur, die sowohl bei einem breiten Publikum erfolgreich sind als auch grundlegende Texte einer nationalen Kultur und Literatur darstellen. Es gab lange Zeit und gibt teilweise immer noch das durch entsprechend verharmlosende Filmversionen verstärkte Missverständnis, dass es sich bei dem Roman um eine wenig tiefgehende, humoristisch-unterhaltsame Form von Kinder- und Jugendliteratur handelt. Mag dies für den komplementären Roman *The Adventures of Tom Sawyer* bis zu einem gewissen Grad zutreffen, so ist *The Adventures of Huckleberry Finn* ein zentrales Werk der klassischen amerikanischen Literatur, dessen herausgehobene Stellung im literarischen Kanon allerdings immer wieder auch heftige Kontroversen ausgelöst hat und das aus unterschiedlichen Gründen immer wieder einmal aus Leselisten und Bücherbeständen von Schulen und Colleges entfernt wurde.

Es war nicht zuletzt Ernest Hemingway gewesen, der *Huckleberry Finn* zu seiner herausragenden Stellung verholfen hatte, als er das Buch zum eigentlichen Beginn der modernen amerikanischen Literatur erklärte: „Modern American literature begins with one book by Mark Twain, *Huckleberry Finn*." Das Moderne und spezifisch Amerikanische an diesem Roman sah Hemingway in Eigenschaften, die auch sein eigenes, von Mark Twain völlig verschiedenes Schreiben kennzeichneten – die Abkehr von bürgerlichem Bildungsdünkel, von Illusion und falscher Sentimentalität, von Künstlichkeit und formelhafter Literatursprache hin zur Sprache und Erfahrung konkreter Menschen, die Hinwendung also von den ästhetischen Normen der europäischen Hochkultur, wie sie in der dominierenden Kultur der Ostküste noch vorherrschend waren, zur literarischen Erforschung der Wirklichkeit und lebendigen Vielgestaltigkeit der Neuen Welt. Um die Mitte des 20. Jahrhunderts war *Huckleberry Finn* zum Inbegriff eines typisch amerikanischen Romans und Schreibstils und damit selbst zum Klassiker geworden, der allerdings niemals problemlos in die Standards passte, die man auf ihn anzuwenden versuchte. So herrschte in den 50er und 60er Jahren des 20. Jahrhunderts in der Literaturwissenschaft die Richtung des so genannten *New Criticism* vor, für die das entscheidende Kriterium der literarischen Qualität die innere Einheit und Geschlossenheit des sprachlichen Kunstwerks als eines organischen Ganzen war – eine innere Einheit und Geschlossenheit, die *Huckleberry Finn* aber gerade nicht aufweist. Vielmehr ist der Roman durch eine episodisch-offene Struktur und durch Brüche in der Erzählabfolge gekennzeichnet, die wohl nicht zuletzt auf die mehrfache Überarbeitung und insbesondere eine lange Unterbrechung von sieben Jahren in der Abfassung des Romans in den 80er Jahren des 19. Jahrhunderts zurückzuführen sind. Wie der Berliner Amerikanist Winfried Fluck in seiner einflussreichen Studie über *Huckleberry Finn* als Testfall für die Methodendiskussion der *American Studies* gezeigt hat, haben sich neben dem *New Criticism* auch andere literaturwissenschaftliche Methoden an dem Roman abgearbeitet und sind an ihm an ihre Grenzen gestoßen (Fluck 1975). Ging es hierbei hauptsächlich um die Unvereinbarkeit zwischen dem „ästhetischen Vorverständnis" der Kritiker, wie Fluck dies nennt, und der literarischen Eigensinnigkeit des Textes, so ging es in der späteren, politisch motivierten Kritik an Twains Roman um bestimmte Inhalte und ideologische Implikationen des Textes, die vor allem mit dem Aspekt des Rassismus bzw. der Rassismuskritik zu tun haben. Die Autorin Jane Smiley hat mit einem Aufsatz in den 1990er Jahren, „Say It Ain't so, Huck", diese Kritik polemisch zugespitzt, indem sie dem Roman vorwarf, in der komisch-herablassenden Charakterisierung des schwarzen Sklaven Jim und in dessen subalterner Beziehung zu Huck Finn, in der die Beziehung von Kind und Erwachsenem entsprechend der rassistischen Ideologie der Zeit umgekehrt werde, sowie in der Sprache des Romans selbst, etwa in der gehäuften Verwendung des Ausdrucks *nigger*, einen rassistischen Diskurs zu reproduzieren, der *Huckleberry Finn* als kulturellen Leittext disqualifiziere und ihn für die Lektüre insbesondere eines jungen Publikums ungeeignet mache.

Es geht also auch in meinem heutigen Vortrag wieder, wie in allen Vorträgen der Reihe, implizit um die wohl nie endgültig zu beantwortende, aber doch auch immer wieder zu stellende Frage, was ein großes Werk der Literatur ausmacht. Dazu sei hier vorab angemerkt, dass eine Lesart, die heutige Moralansprüche unhistorisch auf eine vergangene Epoche projiziert und zudem den Text auf isolierte Inhaltsaspekte verkürzt, diese Frage gar nicht angemessen in den Blick zu rücken vermag. In der Tat wirken die Rassenbeziehungen, die Vorurteile, Wertsysteme und sprachlichen Ausprägungen und Varietäten des amerikanischen Englisch der Zeit um die Mitte des 19. Jahrhunderts, in der der Roman spielt, in den Text hinein, handelt es sich doch um einen realistischen Roman, der bewusst die gesellschaftliche und historisch-kulturelle Wirklichkeit und Mentalität seiner Epoche in sich aufnimmt und verarbeitet. Doch wie diejenigen, die den Roman näher kennen, wissen, und wie die nachfolgenden Ausführungen hoffentlich zeigen werden, greift die genannte Kritik in einem fundamentalen Sinn zu kurz, weil sie den Text in seiner literarischen Komplexität und Eigendynamik zugunsten einer moralisierenden und vereindeutigenden Form der Literaturbetrachtung aus dem Blick verliert.

Ohne ästhetisch-theoretisches Vorverständnis kommt natürlich auch die Interpretation von *Huckleberry Finn* nicht aus, die ich Ihnen hier heute vortrage, und dieses Vorverständnis und das daraus folgende methodische Vorgehen beruht auf einer Sicht der Literatur als kultureller Ökologie, d.h. kurz gesagt auf der Annahme einer funktionalen, dynamischen Wechselbeziehung zwischen Text und kulturellem System, die unter den je gegebenen historischen Bedingungen die für jedes System grundlegende Beziehung zwischen Kultur und Natur als Prinzip literarischer Kreativität aktiviert. Literatur ist in dieser Sicht ein wichtiges Medium kultureller Selbstkritik und Selbsterneuerung, indem sie die im gesellschaftlichen System ausgegrenzten Bereiche menschlicher und außermenschlicher Realität thematisiert und in immer neuer Weise in die Diskurse einer Gesellschaft einbezieht. Diese Funktion und dynamische Wechselbeziehung scheint mir in Twains Roman in besonderer Weise für eine Gesamtinterpretation des Textes relevant zu sein, da sie ein ganz anderes, differenzierteres Bild ergibt als rein inhaltlich-moralische Lesarten, was den kreativen Prozess und das ethische Potential des Romans betrifft.

1. Historisch-biographischer Hintergrund

Bevor ich auf den Roman selbst näher eingehe, seien einige Bemerkungen vorausgeschickt zum historischen und literaturgeschichtlichen Hintergrund sowie zur Biographie und zu anderen Werken des Autors. Mark Twain, der von 1835-1910 lebte, gilt, wie schon angesprochen, als einer der Hauptvertreter des amerikanischen Realismus. Der amerikanische Realismus setzte, später als in Europa, erst mit dem Ende des Bürgerkriegs 1865 ein, der eine kollektive Schockerfahrung und die Infragestellung bis dahin geltender Ideale in einer Neuen Welt bedeutete, die sich bis dahin gerade als demokratische, auf den friedlichen Konsens der Bürger gegründete Alternative zur Alten Welt verstanden hatte. Neben Henry James, der eine eher psychologische Richtung des Realismus vertrat und William Dean Howells, der als Vorreiter eines *urban realism* den Weg für den modernen Stadtroman bereitete, steht Mark Twain als Vertreter eines *regional realism*, eines regionalen Realismus. Er ist eine der ganz markanten und unverwechselbaren Gestalten der amerikanischen Literatur in einer Phase, in der diese sich im Zug der Westexpansion von der bis dahin dominierenden und noch stark an Europa ausgerichteten Ostküstenkultur ab- und den neu besiedelten Regionen Amerikas zuwendet. Bei Twain ist dies insbesondere der Raum des Südens und Südwestens um den Mississippi, den er auf der Basis eigener Erfahrungen literarisch erschließt. In gewisser Hinsicht gehört er damit zur so genannten *local-color*-Literatur, in der die natürlichen und kulturellen Besonderheiten dieser verschiedenen Regionen literarisch erkundet werden, wie etwa in der Kurzgeschichte, mit der er als Autor schlagartig berühmt wurde, „The Celebrated Jumping Frog of Calaveras County“ (1865), in der er Folkloretraditionen mündlichen Erzählens aufgreift und Dialektsprache, Ironie und Lokalkolorit auf kritisch-humorvolle Weise miteinander verbindet.

Twain gilt vielen als der archetypische amerikanische Schriftsteller, liebenswert, exzentrisch und provokativ, voll rhetorischer und satirischer Schärfe, mit pointiertem Humor und oft radikaler Sozialkritik, ebensosehr ein Repräsentant seiner Zeit und Gesellschaft wie deren schonungsloser Kritiker. Neben dem Schreiben betätigte er sich im Laufe seines äußerst bewegten und durch viele Reisen gekennzeichneten Lebens in den unterschiedlichsten Bereichen als Drucker, Flusslotse, Goldsucher, Lokalreporter, Journalist und Vortragsreisender. Er genoss Berühmtheit und Erfolg, erlebte aber auch Scheitern und Verlust, die Kehrseite des amerikanischen Traums. In seinem späteren Leben wurde er, insbesondere nach dem Tod seiner Frau und von drei seiner vier Kinder, vom Humoristen der Nation zu einem pessimistischen, desillusionierten Menschen, was sich in Ton und Thematik seiner Spätwerke deutlich niederschlägt, etwa in der Erzählung „The Mysterious Stranger“, in der ein Fremder, eine satanische Figur, spielende Kinder mit seiner nihilistischen Weltsicht konfrontiert.

Mark Twain, der eigentlich Samuel Langhorne Clemens hieß, leitete seinen Künstlernamen vom Ruf der Mississippi-Lotsen ab, „mark twain“ – „zwei Faden Wassertiefe“ – was ungefähr 3,70 m bedeutet. Twain positionierte sich als literarischer Realist in scharfer Polemik gegenüber dem vorangegangenen Zeitalter der Romantik und insbesondere der Gattung der *romance* als einer die Wirklichkeit idealisierenden, klischeehaften und dem gesunden Menschenverstand widersprechenden Form der Literatur. Als deren Hauptvertreter in Amerika sah er James Fenimore Cooper, dessen von Sir Walter Scott beeinflussten historischen Frontier-Romanzen, allen voran die berühmten *Leatherstocking Tales*, den geballten Spott Twains auf sich zogen, etwa in der Schrift „James Fenimore Cooper's Literary Offences“, in der er Cooper nicht weniger als 112 Verstöße gegen literarische Regeln vorwirft, die er in der schematischen Figurenzeichnung, dem falschen aristokratisch-ritterlichen Wertekodex und vor allem in der Verletzung der Gesetze der Wahrscheinlichkeit und des *common sense* sieht. Gerade diese Richtung der historischen Romance, die Cooper von Sir Walter Scott übernahm, sei mit ihrer Idealisierung von Tradition und gesellschaftlichen Feudalstrukturen bestimmend geworden vor allem für das Selbstverständnis der amerikanischen Südstaaten, in denen sich nicht weniger als 13 Städte nach Sir Walter Scotts *Waverley* benannten, was Twain in typisch sarkastischer Zuspitzung auf die Formel brachte: „Sir Walter Scott was responsible for the American Civil War.“ Viele von Twains Werken entstanden aus eigenen biographischen Erfahrungen, etwa *Innocents Abroad* (1869) über einen Europaaufenthalt oder *Life on the Mississippi* (1883) über seine Erfahrungen als Flusslotse, aber auch aus der Kritik gesellschaftlicher Entwicklungen wie in dem mit Charles Dudley Warner zusammen verfassten Roman *The Gilded Age* (1973), *Das vergoldete Zeitalter*, der einer ganzen Epoche den Namen gab und den äußeren Glanz des Aufstiegs des Nach-Bürgerkriegsamerikas von der postkolonialen Provinz zur modernen dynamischen Industrienation beschrieb und diesen Aufstieg zugleich mit den gesellschaftlichen Konflikten, der Korruption und dem Triumph eines sozialdarwinistischen Kapitalismus konfrontierte, die mit ihm einhergingen.

Als Konsequenz der realistischen Wende in der amerikanischen Literatur, die Twain propagierte, vollzog sich eine Änderung im literarischen System, dessen Koordinaten sich von der Poesie zur Prosa verschoben, von der Sondersprache der Dichtung zur Alltagssprache realer Menschen, vom Helden zum *common man,* von fernen und exotischen Räumen und Zeiten zum Hier und Jetzt der gegenwärtigen Wirklichkeit. „No castles, no Middle Ages“, war die Losung, die Mark Twain selbst dazu ausgab. Und doch war er, wie in seinem Leben, auch in dieser Hinsicht nicht konsequent, sondern schrieb selbst einen Roman eben über diese *castles and middle ages, A Connecticut Yankee in King Arthur's Court* (1887). In diesem Roman schickt Twain einen amerikanischen Ingenieur mit dem aufgeklärten Bewusstsein und dem technologischen Wissen des 19. Jahrhunderts auf eine Zeitreise an den Hof des Königs Artus, um im Wettstreit mit dem Magier Merlin die Überlegenheit der modernen Zivilisation gegenüber dem Aberglauben und der reaktionären mittelalterlichen Feudalkultur zu demonstrieren. Doch der Roman, der zunächst als Satire auf die mittelalterliche Romanzentradition angelegt ist, läuft zunehmend der ursprünglichen Absicht entgegen und schlägt am Ende in die Kritik der modernen Zivilisation und ihres Fortschritts- und Überlegenheitsanspruchs um, insbesondere als im finalen Entscheidungskampf tausende Ritter des König Artus wie in einem Holocaust an einem Elektrozaun verschmoren, den der moderne Zeitreisende gegen sie errichtet hat. Mark Twains Texte sind, wie auch dieses Beispiel zeigt, widersprüchlicher und abgründiger als es das gängige Bild des Autors vermuten lässt.

2. Handlungsskizze von *Huckleberry Finn*

Ich werde zunächst die Handlung des Romans in einigen ihrer wichtigsten Stationen zusammenfassen, ohne dass ich hier auf alle der vielen Episoden eingehen kann. Der Roman knüpft zu Beginn unmittelbar an das Ende von *The Adventures of Tom Sawyer* an: „You don't know about me, without you have read a book by the name of the Adventures of Tom Sawyer, but that ain't no matter. That book was made by Mr Mark Twain, and he told the truth, mainly." Das Geschehen wird hier nicht mehr wie in *Tom Sawyer* aus einer auktorialen Erzählerstimme und dem Fokus auf den der *middle class* angehörenden Tom, sondern aus der Ichperspektive von Toms Freund, dem etwa 14jährigen Huckleberry Finn erzählt. Huck entstammt, anders als Tom, dem so genannten *white trash,* der weißen Unterschicht, womit sich die Aufmerksamkeit noch weit stärker als im Vorgängerroman von der domestizierten Welt der bürgerlichen Zivilisation weg zur vorzivilisatorischen Welt der Natur und in die Erfahrungswelt, den Blickwinkel und die Sprache eines gesellschaftlichen Außenseiters verlagert. Hauptsächlicher Handlungsraum – manche Kritiker sagen auch, der eigentliche Protagonist – des Romans ist der Mississippi-Fluss. An ihm liegt das Städtchen St. Petersburg in Missouri, in dem das Geschehen seinen Ausgangspunkt nimmt, und auf ihm findet die Reise Hucks und seines schwarzen Freundes Jim nach Süden statt, deren vielfältige Episoden sich im ständigen Wechsel zwischen dem Fluss und den Siedlungen am Ufer abspielen. Huck Finn hat von dem mit Tom Sawyer in der Räuberhöhle gefundenen Geld eine größere Summe abbekommen, die nun, da seine Mutter tot und sein Vater schon seit zwei Jahren verschwunden ist, von der Witwe Douglas, die ihn adoptiert hat, und dem Dorfrichter Judge Thatcher für ihn verwaltet wird. Im Haushalt der Witwe Douglas, einer frommen aber wohlmeinenden Frau, ist Huck vor allem den ständigen Ermahnungen und Erziehungsabsichten von deren Schwester, Miss Watson, ausgesetzt. Er findet sich einigermaßen mit diesem Leben ab, solange er in nächtlichen Ausflügen mit Tom Sawyer in die Phantasiewelt jugendlicher Abenteuerliteratur ausbrechen kann, gewöhnt sich bis zu einem gewissen Grad an die zivilisatorische Welt von Haus, Schule und Kirche und lernt immerhin Lesen und Schreiben. Da taucht eines Tages sein Vater wieder auf, ein heruntergekommener und gewalttätiger Nichtsnutz und Säufer, der Huck lange Zeit im Stich ließ, sich nun aber das von Judge Thatcher verwaltete Geld Hucks holen will. Nachdem der Versuch eines neu im Ort angekommenen Richters, Hucks Vater zu reformieren, gescheitert ist, entführt dieser Huck auf eine Hütte auf der anderen Seite des Flusses, in der er mit ihm zwar ein naturnahes Leben führt, ihn aber auch gefangenhält und bei seinen regelmäßigen Alkoholexzessen brutal zusammenschlägt. Nachdem er Huck dabei einmal fast umbringt, beschließt dieser zu fliehen, und als der Vater unterwegs ist, um Essens- und Alkoholnachschub zu holen, täuscht Huck seinen eigenen Tod bei einem Raubüberfall vor, indem er das Blut eines von ihm geschossenen Wildschweins in der Hütte verschüttet und mit einem Kanu flussabwärts flüchtet. Huck landet auf der Insel Jackson's Island, wo er zu seiner Überraschung den entlaufenen Sklaven von Miss Watson trifft, Jim, der sich dort vor seinen Verfolgern versteckt. Jim war seinerseits geflohen, als er von Miss Watsons Absicht gehört hatte, ihn von Frau und Kind zu trennen und in den tiefen Süden zu verkaufen. Huck und Jim tun sich zusammen und versuchen gemeinsam, abseits der für sie in unterschiedlicher Weise bedrohlichen Zivilisation auf der Insel zu überleben. Bei einer Sturmflut wird ein im Fluss treibendes Haus angespült, in dem sie die Leiche eines erschossenen Mannes finden, doch Jim verhindert, dass Huck das Gesicht des Toten sieht. Nachdem Huck bei einem Erkundungsgang an Land, bei dem er sich als Mädchen verkleidet, erfährt, dass Jims Versteck entdeckt ist und die Verfolger schon auf seiner Spur sind, machen sich die beiden auf einem Floß flussabwärts auf den Weg. Sie erleben verschiedene Abenteuer, verpassen aber im dichten Nebel die Mündung des Ohio-Flusses, auf dem sie eigentlich nach Norden ins sklavenfreie Gebiet entkommen wollten. Im Prinzip herrscht eine wie selbstverständliche Freundschaft und Vertrauensbeziehung zwischen den beiden, doch gerät Huck in Zweifel über sein Tun, weil er nach den Normen der Gesellschaft zur Herausgabe von Jim verpflichtet wäre, der ja schließlich das rechtmäßige Eigentum von Miss Watson ist und dem er gegen Gesetz und Moral bei der Flucht hilft. Als Huck zwischendurch an Land geht, trifft er gerade in diesem Augenblick auf eine Gruppe von Männern, die nach entlaufenen Sklaven suchen. Doch die spontane Hilfsbereitschaft und Solidarität von Huck setzt sich auch hier gegen den Gewissensdruck durch, den eine rassistische Gesellschaftsmoral auf ihn ausübt, und er rettet Jim vor den Sklavenjägern, indem er ihnen weismacht, sie hätten die Pocken an Bord des Floßes. Er hält also weiter zu Jim, besorgt vom Land Lebensmittel, und sie treiben weiter flussabwärts nach Süden, bis ihr Floß von einem Dampfschiff gerammt wird und die beiden getrennt werden. Huck verschlägt es zur reichen, aristokratischen Familie der Grangerfords, die äußerst hilfsbereit, gastfreundlich und religiös sind, aber mit den ebenso reichen und aristokratischen Sheperdsons in einer tödlichen Dauerfehde leben, die während Hucks Anwesenheit zu einem blutigen Desaster eskaliert, dem er gerade noch entkommt. Er findet Jim mit dem inzwischen reparierten Floß wieder, und Huck genießt nach dem Schock der brutalen Familien-Vendetta die Freiheit der gemeinsamen Flussreise. Kurze Zeit später treffen sie zwei Männer, die vor einer Meute Menschen und Hunden fliehen und denen sie auf dem Floß Zuflucht gewähren. Die beiden geben sich als Duke und King aus, als vertriebener englischer Herzog und verschollener Thronerbe Frankreichs. Die Hochstapler schließen sich Huck und Jim an, lassen sich von diesen hofieren und bedienen, und verüben kleinere und größere Betrügereien in den Orten, an denen sie an Land gehen. Schließlich verkaufen sie Jim an einen Farmer namens Phelps, dem sie glauben machen, auf Jims Rückgabe sei eine hohe Geldsumme ausgesetzt. Huck gerät in seine bis dahin schwerste moralische Krise, weil er nicht nur nun schon längere Zeit einem entlaufenen Sklaven zur Flucht verhalf, sondern diesen noch immer seiner rechtmäßigen Eigentümerin Miss Watson vorenthält. Er beschließt einen Brief an Miss Watson zu schreiben und den Aufenthaltsort von Jim preiszugeben. Als der Brief geschrieben ist, fühlt er sich kurzzeitig von seinem schlechten Gewissen entlastet. Doch dann kommen ihm die Freundschaft und die gemeinsamen Erfahrungen mit Jim vor Augen, und er zerreißt den Brief und beschließt stattdessen, Jim zu finden und noch einmal aus der Sklaverei zu befreien.

Von nun an nimmt die Handlung einen eher wieder humorvollen, teilweise fast burlesken Verlauf. Die Maskeraden, Verwechslungsspiele, das ständige Neuerfinden von Geschichten, die durchgängig im Roman vorkommen, spitzen sich hier noch einmal bis ins Farcenhafte zu. Es stellt sich heraus, dass es sich bei den Phelps, die Jim von den beiden Hochstaplern kauften, ausgerechnet um die Familie von Tom Sawyers Onkel und Tante handelt, die Tom gerade zu Besuch erwarten. Als Huck sich ihrem Haus nähert, wird er für Tom Sawyer gehalten und freudig als solcher aufgenommen, während der kurz danach eintreffende reale Tom, den Huck rechtzeitig vorwarnt, sich als Toms jüngerer Bruder Sid ausgibt. Tom entwirft einen komplizierten Plan zur Befreiung des in einer Hütte festgehaltenen Jim, ein Plan, der, für Toms Phantasie charakteristisch, ganz den Vorgaben der gängigen Romanzen- und Abenteuerliteratur entspricht und der Jim einer mühsamen, teilweise peinigenden Fluchtprozedur unterwirft, die sich zudem nachträglich als unnötig erweist, da Tom schon weiß, dass Jim ohnehin durch den letzten Willen der kürzlich verstorbenen Miss Watson ein freier Mann ist. Als auch noch Tom Sawyers Tante Polly auftaucht, wird Hucks und Toms wahre Identität enthüllt und Jim wird endlich aus seiner Gefangenschaft befreit. Hucks Befürchtung, sein verschollener Vater könnte auf der Suche nach ihm sein und ihn eines Tages finden, wird von Jim zerstreut, der ihm erzählt, die Leiche des erschossenen Mannes, die sie einst in dem an Jackson's Island angespülten Haus entdeckt und deren Gesicht er Huck nicht hatte sehen lassen, sei die seines Vaters gewesen. Als am Ende alle Verwicklungen gelöst sind und Sally Phelps im Überschwang der Emotionen Huck Finn adoptieren will, lehnt dieser die neuerliche Absicht, ihn zu zivilisieren ab und macht sich stattdessen auf in die unerschlossene Weite des Westens.

Wie diese Zusammenfassung zeigt, ist die Handlung durch viele verschiedene Episoden gekennzeichnet, die nicht unbedingt logisch miteinander zusammenhängen. Sie wirkt teilweise inkohärent, teilweise überkonstruiert, aber sie wird doch durch eine gemeinsame Grundproblematik und durch den übergreifenden Handlungsraum des Flusses zusammengehalten. Ich werde den Roman im folgenden nun etwas näher von verschiedenen Aspekten aus betrachten, die, wie eingangs schon angekündigt, auf eine kulturökologische Deutung des Romans hinauslaufen.

3. Erneuerung der Schriftkultur durch mündliches story-telling

In *Huckleberry Finn* sind ganz unterschiedliche Stil- und Gattungskonventionen verarbeitet, die *Tall tale*-Tradition des amerikanischen Südwestens, also die Tradition humoristisch übertriebener Phantasiegeschichten, Abenteuerroman, Reisebericht, pikaresker Roman und Bildungsroman, Satire und Burleske, der illusionszerstörende Impuls des amerikanischen Realismus, aber auch die selbst wieder illusionsbildende Kunst spontanen improvisatorischen Geschichtenerzählens – all diese Elemente und Einflüsse sind in Twains Roman in unterschiedlicher und wechselnder Gewichtung präsent[1] und tragen gerade aufgrund ihrer variablen, nie ganz ineinander aufgehenden Verbindung zum offenen und ‚lebendigen' Charakter des Romans bei. Eine wesentliche Neuerung gegenüber seinen Vorläufern in der amerikanischen Literatur besteht nicht nur im humoristisch-satirischen Grundton, in dem das Widersprüchliche, Ungereimte und Unvollkommene zu einer zentralen Stil- und Erfahrungsform wird. Sie besteht vor allem in der Wahl einer neuen, ungewöhnlichen Erzählerstimme, die aus der Perspektive eines Dialekt sprechenden Jugendlichen das mündliche *story-telling* zum Prinzip der schriftlichen Repräsentation kultureller Wirklichkeiten macht. Die etablierte Schriftkultur, wie sie von der *genteel culture,* der etablierten Kultur der Ostküste bestimmt wurde, wird hier mit der von ihr marginalisierten lebendigen Sprache der wirklichen Menschen konfrontiert. Huck als Erzähler schreibt zwar – so ist die fiktionale Rahmensituation – selbst seine Erfahrungen nieder, aber er tut dies auf die spontan-unmittelbare Weise einer simulierten mündlichen Erzählsituation gegenüber dem Leser, den er von Anfang an wie einen direkten Ansprechpartner, einen Zuhörer in einer persönlichen Dialogbeziehung, behandelt. Die etablierte Erzählsituation tritt also von Anfang an in ein Differenzverhältnis zur Schriftkultur, die in der Erwähnung des Buchs *Tom Sawyer* aufgerufen wird und von der sich Hucks persönliche Stimme abhebt, indem sie unübersehbar vom Sprachduktus eines ungebildeten, der Schriftsprache nur unbeholfen mächtigen, dadurch aber auch „un*ver*bildeten" Sprechers geprägt ist.[2] Die Paradoxie einer Sprechsituation, die das zivilisationstragende Medium der Schrift dazu nutzt, gerade das Spontane, Vor-Schriftliche und Vor-Zivilisatorische zur Sprache zu bringen, wird zum Ausgangspunkt eines Romanprozesses, in dem auf verschiedensten Ebenen und in verschiedensten Bereichen ähnliche Paradoxien durchgespielt werden. Sie dienen einerseits zur Kritik zentraler Annahmen des gesellschaftlichen Realitätssystems, mit dem der Roman sich auseinandersetzt, andererseits werden sie zum Entfaltungsraum eines kulturell Ausgegrenzten, das sich als Quelle der Imagination und der Erneuerung kultureller Kreativität darstellt.

---

1 Vgl. Winfried Fluck, *Das kulturelle Imaginäre. Eine Funktionsgeschichte des amerikanischen Romans 1790-1900* (Frankfurt: Suhrkamp, 1997): v.a. 291ff.

2 Winfried Fluck, „Realismus, Naturalismus, Vormoderne", in *Amerikanische Literaturgeschichte*, Hg. Hubert Zapf (Stuttgart & Weimar: Metzler, 1997): 154-217, 187.

4. Kritik des zivilisatorischen Realitätssystems

Solche Paradoxien sind neben dem textbestimmenden Verhältnis von Schriftkultur und Mündlichkeit vor allem die epistemologische Paradoxie von Wahrheit und Illusion, die moralische Paradoxie von Gut und Böse, und die soziale Paradoxie von modernem Demokratieanspruch und feudalistisch-sklavenhaltendem Gesellschaftssystem. Im offiziellen Selbstverständnis der amerikanischen Kultur der Zeit werden solche Paradoxien verdrängt oder stellen sich als einfache Dichotomien dar – Zivilisation, Wahrheit, Moral, Geist, Christentum, Bildung und eigene Kultur stehen auf der Seite des Guten, die vorzivilisatorische Natur, das Heidnische, Ungebildete, Körperliche, Fremdkulturelle stehen dem als das Falsche und Böse gegenüber. In Twains Roman jedoch werden diese ausgrenzenden Mechanismen des kulturellen Selbstbilds aufgebrochen, gewohnte Denkmuster ironisch auf den Kopf gestellt und gerade dadurch die Wahrheit einer verkehrten Welt zum Vorschein gebracht.

Das Verhältnis von Schriftkultur und mündlicher Erzählsituation gibt hierfür gewissermaßen den diskursiven Rahmen ab, innerhalb dessen sich die Auseinandersetzung mit dem ideologisch-institutionellen Komplex der Gesamtkultur vollzieht. Als deren wesentliches Defizit, auf das der Roman reagiert, erscheint zu Beginn nicht nur ein moralisches Defizit, sondern insbesondere ein Mangel an *Vitalität*, eine Paralyse spontaner Lebensenergien durch die ‚domestizierte' Welt artifizieller Normen und rigider Ordnungen, wie sie exemplarisch im Haushalt der Widow Douglas herrscht und vor allem von deren Schwester Miss Watson personifiziert wird, die Huck mit dem „spelling-book"(50), der Rechtschreibfibel, traktiert und ihn auf ein normenkonformes Verhalten zu dressieren versucht, das Huck als Auslöschung seines spontanen Ichs empfindet,[3] und es ist in einem hohen Maß diese künstliche, blutleere Welt viktorianischer Konventionen, vor der er in die Gegenwelt des Flusses und der Natur flieht.

Zum anderen freilich ist es auch der Mangel an Zugehörigkeit, Emotion und persönlicher Bindung, der Huck aus der hochgradig fremdbestimmten Welt von St. Petersburg forttreibt. Ist nämlich das Leben in der matriarchalen Ersatzfamilie der Widow Douglas durch übersteigerte Künstlichkeit und Überzivilisiertheit gekennzeichnet, so sind andererseits seine realen Familienverhältnisse – bzw. was von diesen übrigblieb – durch Verwahrlosung und Verwilderung patriarchaler Autorität geprägt. Sein Vater, die einzige familiäre Bezugsperson für Huck, ist ein heruntergekommener Vertreter des *white trash*, ein Alkoholiker und Herumtreiber, der seinen Sohn tyrannisiert, ihn als Geldquelle missbraucht und jede eigenständige Entwicklung Hucks zu unterbinden sucht. Er nimmt ihn schließlich von der Schule und entführt ihn in seine Hütte, wo er ihn wie einen persönlichen Sklaven gefangen hält. Umgekehrt zur karikaturhaften Überzeichnung der Zivilisationswelt in der *domestic*

---

3 Kurt Müller, „Wider die Macht der (Vor-)Schriften: Spielformen intertextueller Enthierarchisierung in Mark Twains *Huckleberry Finn*", in: *Poetica* 28, 1-2 (1996): 181-99. Müller bezieht sich zunächst auf literarische Intertextualität in *Huck Finn*, aber auch allgemeiner auf die Rolle von kulturellen Konventionen und Stereotypen.

sphere der Widow Douglas stellt der Vater seinerseits das Zerrbild einer menschlichen Verwilderung dar, die als pervertierte Kehrseite der viktorianischen Gesellschaft erscheint, indem sie die Mentalität des Sklavereisystems im privaten Familienbereich reproduziert und so zur emotionalen Traumatisierung Hucks beiträgt. Im Zustand des *delirium tremens* bringt sein Vater Huck beinahe um, ehe dieser schließlich die Flucht ergreift. Und in den Hasstiraden des Vaters gegen Regierung und emanzipatorische Gesetze – die es beispielsweise erlauben, dass Schwarze in den Nordstaaten College-Professor werden und sogar wählen können (78) – kommt ein populistisches Ressentiment zum Ausdruck, das jede ungebrochene Hoffnung darauf dementiert, dass die moralische Erneuerung der Gesellschaft etwa von dem ‚gesunden Volksempfinden' des *common man* zu erwarten sei. Das populistische Ressentiment von Hucks Vater spiegelt vielmehr die kollektiven Ideologien, Vorurteile und kulturellen Klischees der Gesellschaft wider – es ist eine geballte Mischung eben jenes Rassismus und egozentrischen Individualismus, wie er im weiteren Verlauf des Romans kritisch hinterfragt und, in der Beziehung zwischen Huck und Jim, symbolisch überwunden wird.

Die Stimme des ungebildeten ‚einfachen Mannes' erweist sich hier nicht als ‚unverbildet', sondern als zutiefst deformiert. In seiner anti-intellektuellen und antisozialen Mentalität stellt Pap Finn keine tragfähige Alternative zur künstlichen Zivilisationswelt bereit; und die Hoffnung auf einen *New American Adam,* eines Neubeginns der menschlichen Geschichte in der Neuen Welt durch die Begegnung mit der wilden, unberührten Natur wird in seiner Figur parodiert, wenn er nach seinen im Straßengraben endenden Sauftouren aussieht wie „Adam, he was just all mud."(77) Von Anfang an werden also geläufige Gegensätze wie die zwischen Zivilisation und Wildnis, zwischen der Ideologie der bürgerlichen Mittelklasse und der Mentalität der sozialen *underclass*, oder zwischen institutionalisierter ‚Hochkultur' und anarchischer ‚Populärkultur' zwar deutlich im Text markiert, aber gleichzeitig als eindeutige Oppositionen infrage gestellt. Und die Alternative, die Huck zusammen mit Jim im Lauf des Romans entwickelt, wird gerade an den Rändern solcher Grenzziehungen und in deren zeitweiser Überschreitung verortet.

Die Gegenhandlung, die sich um die beiden herum entwickelt, ergibt sich aus der Reaktion auf die bedrohlich-paralysierende Übermacht eines Realitätssystems, von dem Hucks Vater nur eine weitere, alptraumhafte Ausprägung darstellt und auf das die Ansätze einer Rückgewinnung selbstbestimmten und menschengerechten Lebens, die Hucks und Jims gemeinsame Flucht mit sich bringt, stets bezogen bleiben. Dies gilt auch und erst recht für Jim, der vor der Gefahr flieht, an einen Sklavenhändler in den tiefen Süden verkauft zu werden. Die Situation ist ähnlich wie in Harriet Beecher Stowes *Uncle Tom's Cabin* – dem Bestseller der amerikanischen Literatur im 19. Jahrhundert. Wie Uncle Tom erfährt Jim heimlich von dem Plan, ihn für einen hohen Preis zu verkaufen und damit seine Familie auseinanderzureißen; doch anders als Uncle Tom, der sich in sein Schicksal fügt, entscheidet Jim sich für die Flucht. Als *fugitive slave* personifiziert er für Huck Finn die zentrale Paradoxie der amerikanischen Gesellschaft des 19. Jahrhunderts, die zugleich die zentrale Paradoxie des Buchs ist, dass nämlich Hucks ‚uramerikanischer' Drang zu Freiheit und persönlicher Selbstbestimmung ihn zum Komplizen einer Illegalität macht, in die Jim durch denselben Impuls geraten ist, während zugleich die Rückkehr in die Legalität – für beide in unterschiedlicher Weise – die Rückkehr in die Gefangenschaft bedeuten würde. In der Gegenwelt der Wildnis, in die sie auf Jackson's Island gemeinsam eintreten, bleibt also das kulturelle Realitätssystem als wesentlicher Hintergrund präsent, der die Beziehung der beiden Flüchtigen zueinander und zu ihrer Umwelt entscheidend mitbestimmt.

5. Gesellschaftliche Todeskultur und symbolische Wiedergeburt in der Natur

Gleichwohl entfaltet diese Gegenwelt, die aus den Ausgrenzungen und verdrängten Widersprüchen der Kultur hervorgeht, eine zunehmend eigene Dynamik aus der imaginativen Aufwertung jener Bereiche, die in der zivilisatorischen Ordnung unterdrückt oder ideologisch entwertet werden – Natur, Gefühle, Körperlichkeit, persönliches Gewissen, Spontaneität, Phantasie. Aufgewertet wird dabei nicht zuletzt auch eine andere, prärationale Form des Wissens über die Welt, nämlich ein Wissen über den unauflöslichen Bedingungszusammenhang zwischen Mensch und Natur, Geist und Materie, Sprache und Realität, wie es in Hucks, vor allem aber auch Jims ‚abergläubischer' Haltung zum Ausdruck kommt, die zwar immer wieder ironisch überzeichnet, aber doch in ihrer magischen Weltauffassung und ihrer Nähe zu vorchristlichen „Naturriten"[4] spielerisch einbezogen wird. Gegenüber abstrakten Deutungsmustern der Realität, aus denen der konkrete Mensch in seiner kreatürlichen Bedürfnishaftigkeit herausfällt, wird hier die Vielgestaltigkeit des Lebens in seinen vitalen Wechselwirkungen mit Natur, mit anderen Lebewesen, mit den eigenen Instinkten, aber auch mit dem persönlichen und kulturellen Anderen wiederhergestellt und mit den Mitteln des *oral story-telling*, zu dem auch Jims Rede immer wieder beiträgt, sprachlich zur Geltung gebracht. Es ist in diesem Zusammenhang in der Kritik mit durchaus plausiblen Argumenten behauptet worden, dass Hucks Erzählstil seinerseits vieles gemeinsam hat mit afro-amerikanischen mündlichen Erzähltraditionen, ja sich möglicherweise in wichtigen Punkten sogar von diesen herleitet. Hier sieht man sozusagen den extremen Gegenpol zur eingangs erwähnten Auffassung, Twains Roman sei selbst rassistisch. Und wenn auch Shelley Fisher Fishkins Behauptung vielleicht etwas überpointiert ist, die Stimme Huck Finns sei „in large measure a voice that is ‚black'",[5] so ist doch das Ineinanderwirken der verschiedenen Erzählformen unbestritten und, gerade in einer Zeit des sich verschärfenden Rassismus der Epoche der sogenannten Reconstruction, in der der Roman entstand, bemerkenswert.

---

4 Michael Egan, „The Religion of Violence", in: *Mark Twain's Huckleberry Finn: Race, Class & Society*, ed. M. Egan (London, 1977): 103-34.

5 Shelley Fisher Fishkin, „Break Dancing in the Drawing Room: Mark Twain and African-American Voices", in: *Literary Influence and African-American Writers. Collected Essays*, ed. Tracy Mishkin (New York & London, 1996): 65-96, 66.

Es wird also im Großentwurf des Romans handlungsmäßig, thematisch und sprachlich zusammengeführt und zur komplexen, spannungsvollen Interaktion gebracht, was in der offiziellen Kultur voneinander abgespalten und in scharf demarkierte und hierarchisch gegliederte Bereiche getrennt ist. Und dies betrifft nicht nur die zentrale Spaltung der amerikanischen Gesellschaft der Zeit, nämlich die zwischen schwarzer und weißer Kultur, sondern damit zusammenhängend auch die Spaltung von Geist und Körper, Ideal und Wirklichkeit, Kultur und Natur, die im Roman einerseits satirisch herausgestellt, andererseits symbolisch rückgängig gemacht wird.

Das erneuerte Verhältnis des Menschen zur Natur spielt dabei, wie schon gesehen, eine fundamentale Rolle. Natur kommt in *Huck Finn* schon von Anfang an vor, allerdings zunächst primär als therapeutischer Fluchtraum vor dem Gefühl der Lähmung, der Gefangenschaft und Einsamkeit, die Huck in der Zivilisationswelt befällt: „I felt so lonesome I most wished I was dead."(51) Diesem Zustand eines ‚Tod-im-Leben' entflieht er sporadisch des Nachts, wenn er die Stimmen der Natur hört und sich besonders empfänglich für deren vielfältige Eindrücke zeigt: „the stars over us was sparkling ever so fine; and down by the village was the river, a whole mile broad, and awful still and grand."(55) Erst nach Hucks Ausbruch aus der Zivilisation und seiner gemeinsamen Flucht mit Jim aber rückt die Natur als ein mit Leben und Überleben assoziierter Gegenraum in den Vordergrund, während die Gesellschaft als eine mit Tod assoziierte Welt des Gegebenen in den Hintergrund rückt, der freilich als stete Gefahrenzone präsent bleibt. Der Eintritt in eine andere Dimension wird motivisch unterstrichen durch die Bildlichkeit von Tod und Wiedergeburt, die diese Flucht begleitet. Huck täuscht seine Ermordung vor, um dem Terror des Vaters zu entfliehen, und wird von Jim prompt zuerst als ‚Geist' wahrgenommen, der allerdings rasch wieder zum Leben zurückkehrt; während Jim als flüchtiger Schwarzer von der Gesellschaft dieses ‚Mordes' verdächtigt wird und gerade noch der Lynchjustiz der Weißen entkommt. Wieder wird die Paradoxie von Twain aufs äußerste zugespitzt: Der ‚wiederauferstandene' Huck und sein vermeintlicher Mörder bilden in der Gegenwelt der Natur eine Freundschaft aus, die entgegen den destruktiven Projektionsmechanismen der Gesellschaft erst eine eigentlich zwischenmenschliche Wertsphäre aufbaut.

6. Huck, Jim und der Mississippi: Ökologischer Gegendiskurs als Überwindung kultureller Trennungen

Gegenüber der skeptischen Distanz, die Twains Haltung zur sozialen Realität kennzeichnet, wird mit der Episode auf Jackson's Island, wie Michael Boughn gezeigt hat, ein immer affirmativerer Ton, ja eine zunehmend „intime" Wechselbeziehung zwischen Mensch und Umwelt erkennbar. Abstrakte Lebensverneinung wandelt sich zu einer lebensbejahenden Sicht, denn, so noch einmal Boughn, „what's at stake is what we call the world, literally its life or death."[6] Dieses aus Intimität gewonnene Wissen

6 Boughn, „Rethinking Mark Twain's Skepticism", 32.

ist zunächst eine ganz konkrete Fähigkeit zum Überleben in und mit der Natur, das sich in der genauen Kenntnis des Flusses, der Beherrschung der Tätigkeiten des Jagens und Fischens, der Respektierung der elementaren Lebensvorgänge niederschlägt, auf die die beiden zurückgeworfen sind. Diese fast archaische Welt bietet Schutz, ist ein Ort der Freiheit und unbegrenzten Weite, ist aber gleichzeitig ein Versteck und ein geheimzuhaltender Asylraum, der stets von der Unfreiheit und Enge der Zivilisation bedroht wird und in dem das Überleben des Menschen gegenüber den Zumutungen der Gesellschaft ganz unmittelbar von seiner Anpassungsfähigkeit an die Natur abhängt, womit der Roman „often reads precisely like a survivor's manual“[7], wie Hoffman es formuliert. Geht dabei die Initiative zum Handeln oft eher von Huck aus, so zeigt doch Jim eine spezifische Fähigkeit, „to read the signs of nature“, „a shamanistic power to interpret things“[8], womit er umgekehrt zu einem Mentor Hucks wird.

Als das Versteck auf Jackson's Island von den Verfolgern Jims entdeckt zu werden droht, erfolgt im letzten Moment die Flucht der beiden auf das Floß, das von nun an zum Symbol der Freiheit ihres Lebens am und mit dem Fluss wird. Gerade im dauernden Kontrast mit der gefahrvollen, brutalen, durch artifizielle Sinnkonstrukte beherrschten und für die beiden Außenseiter nur durch ständiges Versteck- und Maskenspiel zugänglichen Welt der Gesellschaft werden Floß und Fluss als symbolische Alternative markiert, in der das Fluide, Amorphe und Chaotische gegenüber den rigiden, sich selbst repetierenden Ordnungsmustern der Zivilisation dominiert, also wie ein anderer Kritiker es im Anschluss an Nietzsche formuliert, das „Dionysische“ als ständiges Werden dem „Apollinischen“ als erstarrter Form künstlich fixierten Seins gegenübersteht.[9] Der Fluss sowohl als Ort konkreter Erfahrungen wie als symbolischer Bedeutungsraum entspricht hierin dem Prinzip des narrativen Prozesses selbst, der ja ebenfalls von dem rigide Ordnungsmuster und artifizielle Sprachnormen aufbrechenden ‚Fluss‘ der spontanen Assoziationen Hucks getragen ist.

Dieser Kontrast wird besonders deutlich in der Grangerford-Episode, als Huck, nachdem das Floß von einem Dampfschiff gerammt und er von Jim getrennt wurde, beim Clan der Grangerfords aufgenommen wird. Die spontane, erfahrungsoffene Erzählhaltung Hucks trifft hier auf eine geschlossene, in konditionierten Sprach-, Denk- und Verhaltensmustern festgefahrene Welt, in der das konkrete Leben der Menschen an den undurchschauten Widersprüchen ihrer fremdbestimmten Ideale zugrundegeht – ein Mikrokosmos, der in satirisch-parodistischer Übersteigerung charakteristische Widersprüche der Südstaatengesellschaft widerspiegelt. Als Huck nachts dort Zuflucht sucht, wird er wie in einer Festung von Bewaffneten kontrolliert, ehe er eingelassen wird; obwohl jedes Mitglied der Familie einen persönlichen

---

7 Daniel G. Hoffman, „Black Magic – and White – in *Huckleberry Finn.*“ *Mark Twain. A Collection of Critical Essays*, ed. Henry Nash Smith. Englewood Cliffs: Prentice Hall 1963, 101-112.

8 Hoffman, 103.

9 Vgl. z.B. George C. Carrington, Jr., *The Dramatic Unity of Huckleberry Finn* (Columbus, Ohio UP, 1976): 34.

Leibsklaven hat, sind die Wände mit Insignien der amerikanischen Demokratie wie dem „Signing of the Declaration", dem Unterzeichnen der Unabhängigkeitserklärung, behängt; und während alle beim Gottesdienst in der Kirche von der Predigt über „brotherly love"(169) beeindruckt sind, führt kurz darauf die verbotene Liebe einer Grangerford-Tochter zu einem Sheperdson zu einem blutigen Gemetzel, in dessen Verlauf auch der mit Huck gleichaltrige Buck, den er eben erst als Freund gewonnen hat, auf grausame Weise zu Tode kommt.

Der aus Ritter- und Romanzentraditionen ererbte Mechanismus der Fehde, deren Herkunft niemand der Beteiligten mehr kennt, verselbstständigt sich zum makabren Totentanz, in dem die Menschen als Marionetten falscher Ehrbegriffe eine Katastrophe anrichten, die für Huck erneut eine schockartige, traumatisierende Erfahrung bedeutet: „ I ain't going to tell *all* that happened – it would make me sick again if I was to do that. I wished I hadn't ever come to shore that night, to see such things. I ain't ever going to get shut of them – lots of times I dream about them."(175) Der Alptraum dieser Erfahrung einer ‚Zivilisationswelt', die sich als zutiefst lebensfeindlich erweist, ja aus der der natürliche Instinkt des Überlebens als Wert zugunsten anderer Werte ausgelöscht scheint, bleibt also unterschwellig präsent, wenn Huck anschließend sich mit Jim zusammen auf dem Floß wiederfindet und dieses als ihre eigentliche Heimat, als einen Ort der Freiheit und Zugehörigkeit empfindet: „We said there warn't no home like a raft, after all. Other places do seem so cramped up and smothery, but a raft don't. You feel mighty free and easy and comfortable on a raft."(176)

Der Wert des Lebens und Überlebens jenseits fremdbestimmender Zwecke rückt hier als wichtiges Anliegen des Romans in den Blick, das sowohl die erzählte Welt wie die Form ihrer Erzählung betrifft, die die abstrakten Ideologeme der Kultur auf konkrete Wahrnehmungs- und Erfahrungsprozesse und deren narrative Vermittlung zurückholt. Die vitale Freiheitsdimension, die der in Floß und Fluss konnotierte Gegendiskurs des Romans in der Stimme Huck Finns entfaltet, die immer wieder dialogisch mit derjenigen Jims verwoben ist, hängt zutiefst von dieser Bereitschaft zur Erfahrungsoffenheit, zum Sich-Einlassen auf das Andere und zum ‚Eintauchen' in einen größeren Sinnzusammenhang des Lebens ab, wie er unmittelbar im Anschluß an die traumatische Grangerford-Episode in der Beschreibung des gemeinsam erlebten Sonnenaufgangs am Fluss zur eindrucksvollen Epiphanie kommt.

> Two or three days and nights went by; I reckon I might say they swum by, they slid along so quiet and smooth and lovely...we slid off into the river and had a swim, so as to freshen up and cool off; then we set down on the sandy bottom where the water was just about knee deep, and watched the daylight come. Not a sound anywheres – perfectly still – just like the whole world was asleep, only sometimes the bull-frogs a-cluttering, maybe. The first thing to see, looking way over the water, was a kind of dull line – that was the woods on t'other side – you could't make nothing else out; then a pale place in the sky; then more paleness spreading around; then the river softened up away off, and warn't black any more, but gray; you could see little dark spots drifting along, ever so far away – trading scows, and such things; and long black streaks – rafts; sometimes you could hear a sweep screaking; or jumbled up voices, it was so still, and sounds come so far; ...and you see the mist curl up off the water, and the east reddens up, and the river, ...then the nice

> breeze springs up, and comes fanning you from over there, so cool and fresh, and sweet to smell, on account of the wood and flowers; but sometimes not that way, because they have left dead fish laying around, gars, and such, and they do get pretty rank; and next you've got the full day, and everything smiling in the sun, and the song-birds just going it! (177-8)

Zunächst ist interessant, wie die Zeiterfahrung sich hier gegenüber dem fieberhaft übersteigerten Tempo des vorausgehenden Geschehens verändert und selbst den Charakter des Fließens, des Eintauchens in den Strom eines überindividuellen Naturgeschehens annimmt, von dem die beiden getragen sind und der ihrem tieferen Selbst auf sinnstiftende Weise korrespondiert. Das Bad im Fluss und die Wahrnehmung des anbrechenden Tags vom Wasser aus, in dem sie sitzen, d.h. von *dem* Symbol des elementaren Lebensstroms aus, führt diese Bildlichkeit auf der Handlungsebene fort und läßt in der Wahrnehmung der beiden Freunde gleichsam die Welt neu entstehen. „...Huck figures the world as waking up, coming to life as if reanimated."[10] Es handelt sich um eine Szene symbolischer Wiedergeburt der Protagonisten wie auch der Welt selbst im Akt der ganzheitlichen, alle Sinne öffnenden Umweltwahrnehmung. Diese Erneuerung von Selbst, Welt und Sprache vollzieht sich durch die Konkretheit der Sinneswahrnehmungen – das Spüren, Riechen, Hören und Sehen der je verschiedenen und doch einen Zusammenhang bildenden Umwelteindrücke, und sie ist zugleich in dem gleichsam endlosen Satz und dem parataktisch fließenden Rhythmus der Sprache syntaktisch umgesetzt und dem enthierarchisierten Erlebnisstrom der beiden Figuren anverwandelt. Dieser ist aber inhaltlich gerade nicht wieder in umgekehrter Weise ‚exklusiv', d.h. auf die Reinheit einer pastoralen Idylle zurückgenommen; er umfaßt vielmehr in seiner unvoreingenommen ‚inklusiven' Wahrnehmung auch die zivilisatorischen Erscheinungsformen des Lebens einschließlich seiner negativen Aspekte – etwa den Gestank der faulenden Fische als Zeichen kultureller Naturverwertung und -vergeudung.

7. Performative Ästhetik: Story-telling als Überlebenskunst

Dieser revitalisierende Impuls wirkt auch in die nachfolgenden Teile fort, in denen mit dem Auftauchen der Hochstapler des King und Duke die Zivilisation und ihre Widersprüche wieder stärker in den Vordergrund rücken. Der affirmative Bezug zum Leben ergibt sich dabei, über die Rückbindung an zyklische Naturprozesse hinaus, aus einem Überlebenswillen und einer Überlebenskunst innerhalb der Gesellschaft, die sich in der Fähigkeit zu improvisatorischer Situationsanpassung, im spontan wechselnden Rollenspiel und vor allem in der Erfindung immer neuer Geschichten zeigt, durch die drohende Gefahren abgewendet und neue Handlungsmöglichkeiten erschlossen werden. In dieser Kunst der Verkleidung und des ständig neuen Geschichtenerfindens erscheint Huck als eine Art Trickster-Figur, die in beträchtlichem Maß das Selbst und die Welt miterschafft, über die sie berichtet. Darin ähnelt

10 Boughn, „Rethinking Mark Twain's Skepticism": 32.

er bis zu einem gewissen Grad dem King und Duke, die als *con-men* ja ebenfalls in stets neuen Masken auftreten, Illusionen erzeugen, andere zu ihrem Nachteil zum Narren halten. Herman Melville hatte im gleichnamigen Roman diesen Typus des *Confidence-Man*, der unter Vortäuschung ernsthafter Absichten andere für eigene materielle Interessen ausnützt, als neu entstehenden Charaktertyp innerhalb eines sich nach ökonomischen Strukturen ausrichtenden Psychogramms der Zeit erstmals zentral thematisiert.[11] Der Unterschied zwischen Melvilles *confidence-man* bzw. dem King und Duke einerseits und Huck andererseits ist freilich, dass sie dies quasi professionell und in der Absicht der Ausbeutung anderer tun, während Hucks Maskenspiel und narrative Improvisationskunst der Abwehr einer realen Bedrohung seiner – und vor allem Jims – Freiheit dient.

Die „performative Ästhetik"[12] Twains, wie Winfried Fluck sie nennt, und der performative Begriff von Realität und Selbst, der sich in Hucks Trickster-Rolle ausdrückt, ist Ausdruck eines Lebens- und Überlebensantriebs, der sich vital aus jener vorgängigen ‚Intimität' von Mensch und Umwelt ergibt, die im Roman in den Vordergrund tritt. In seiner Trickster-Rolle setzt sich das Fluide, Offene und Vielgestaltige der Realität in die charakteristische Form der Selbstbehauptung Hucks gegenüber den fixierten Welt- und Selbstbildern der Gesellschaft um. ‚Realität' im ökologischen Sinn erscheint nicht als objektiv Gegebenes, das authentisch den Fiktionen des Bewusstseins und der Gesellschaft entgegengesetzt werden könnte; sie erscheint hingegen als Feld einer Vielfalt individueller Lebensenergien, die sich in ständiger Selbstbehauptung und Interaktion befinden und gerade nicht, wie es das rassistisch-viktorianische Gesellschaftssystem will, auf eindeutige, gleichbleibende Realitäts- und Identitätsmuster festlegbar sind.

Analog lässt sich von einer „Epistemologie der Spontaneität" (Fluck) sprechen, die die unberechenbare, aus thematischen, gattungsmäßigen und strukturellen Konsistenzerwartungen ausbrechende Kompositionsweise des Romans kennzeichnet,[13] und die dem Versuch entspringt, die ‚Lebendigkeit' der Stimme Hucks auch auf der Ebene der etablierten literarischen Verfahrensweisen zur Geltung zu bringen. Sie setzt eine Lust des Erzählers – und des Lesers – am narrativen Spiel mit der Wirklichkeit um, in dem alle scheinbar gültigen, festen Weltbilder aufgelöst und in einen Prozeß ständiger Konstruktion und Dekonstruktion einbezogen werden, und in dem es keine letzte, objektivierbare Realitätsebene mehr gibt. Dieser Prozeß ist illusionszerstörend, insofern er scheinbar gesicherte kulturtragende Vorstellungen über die Welt – vor allem die einer göttlich sanktionierten Ordnung der Gesellschaft und der Hierarchie der Menschen – als kollektive Fiktionen durchschaubar macht; er ist aber auf der anderen Seite gleichzeitig auch selbst immer wieder illusionsbildend, insofern die narrative Erfindung möglicher Welten gerade einen kreativen Gegenimpuls zur Erstarrung des Denkens und zur falschen Gläubigkeit gegenüber kulturellen Ideologemen darstellt.

---

11 Herman Melville, *The Confidence-Man: His Masquerade*, 1857.

12 Fluck, *Das kulturelle Imaginäre*: 307.

13 Fluck, *Das kulturelle Imaginäre*: 295.

Die nicht nur spielerische, sondern auch ethische Dimension dieses Erzählverfahrens wird vor allem deutlich in der Szene der zentralen Gewissenskrise Hucks, einer psychodramatischen Schlüssel- und Höhepunktsszene des Romans. Nachdem Jim von den beiden Betrügern gegen Lösegeld als *runaway slave* verraten und auf der Phelps-Farm gefangengesetzt wurde, steigert Huck sich, in der Erinnerung an die moralischen Drohpredigten der Sunday School, in eine Selbstanklage hinein, die ihm aufgrund seiner mit dem Bannstrahl der Religion belegten Hilfe für einen entlaufenen Sklaven sein innerstes Ich als verworfen erscheinen läßt. „It was because my heart warn't right"(282), stellt er verzweifelt fest, und sucht sich aus dem krisenhaften Anfall von Schuldbewusstsein und Höllenangst durch einen Brief zu befreien, den er an Miss Watson schreibt, um ihr den Aufenthaltsort Jims zu verraten. Die Kategorien von Himmel und Hölle, gut und böse, wahr und falsch werden hier auf den Kopf gestellt, indem das System der Sklaverei als moralische Norm, die Hilfe für den *fugitive slave* dagegen als „biggest [sin] of all"(282) erscheint, durch die Huck sich aus der Gemeinschaft der Guten verstoßen und zum Bösen verdammt fühlt. Doch der Terror von Hucks Über-Ich erweist sich als schwächer als sein spontanes Selbst, das sich freilich nur mit Mühe und bei gleichzeitiger Beibehaltung der andressierten Denkmuster aus dem sozialen Konformitätsdruck lösen kann: Er beschließt, den Brief an Miss Watson zu zerreißen und dafür die schlimmste aller Strafen auf sich zu nehmen: „All right, then, I'll *go* to hell"(283).

Die Verkehrung der Kategorien ist hier ins Extrem getrieben: Hucks spontanes, auf konkret-menschliche Wahrnehmung der Realität und des Andern aufgebautes Selbst, das zugleich die entscheidende narrativ-explorative Energie des Romans darstellt, wird aus der von ihm verinnerlichten Systemperspektive als ‚böse' entwertet, während es hingegen in der Sicht des Lesers zur zentralen wert- und erkenntnisbildenden Instanz aufgewertet wird. Damit wird der Konflikt zwischen kultureller Systemperspektive und konkretem Selbst- und Welterleben, wie es sich in Hucks Perspektive äußert, in den narrativen Prozess selbst hereingeholt. Die Sympathien des Lesers werden gegen den Geltungsanspruch des kulturellen Systems mobilisiert und auf die Seite des vermeintlich ‚Bösen' gezogen, das seit Beginn des Romans die Antriebskraft von Hucks Verhalten war und das sich nach seiner Entscheidung für seine naturgegebene ‚Verworfenheit' sofort in dem Entschluss äußert, eine weitere ‚Todsünde' zu begehen und Jim aus der Gefangenschaft bei den Phelps zu befreien.

Aufschlussreich ist in unserem Zusammenhang vor allem das Motiv, das Huck zu seiner Entscheidung gegen den durchaus machtvollen Drang der Versöhnung mit dem moralischen Über-Ich der Gellschaft bringt: Es sind die Erinnerungen an die Erlebnisse mit Jim, an seine Hilfsbereitschaft, an die starke gegenseitige Gefühlsbindung, alles eingebunden in die Erinnerung an die gemeinsame Flussreise: „And got to thinking over our trip down the river; and I see Jim before me, all the time, in the day, and in the night-time, sometimes moonlight, sometimes storms, and we floating along, talking, and singing, and laughing."(283) Mit anderen Worten, es ist genau die in den Naturkreislauf eingebettete, enthierarchisierte, dionysisch-lebensbejahende Existenzform, die er mit dem anderen gesellschaftlichen Außenseiter Jim teilt, die sich als Quelle von Hucks Widerstandskraft und seines zwischenmenschlichen Verhaltensethos erweist. Dialogisches Erzählen, Lebenslust, Humor, spontane Kommunikation sind die Merkmale dieser ursprünglichen Lebensform, die zugleich die Merkmale des Romans sind. In dem „floating along" wird hier noch einmal das Fluide, Offene, die ständige Bewegung selbst als eigentliches Prinzip des Realen benannt, das der Erstarrung des Lebens in den verselbständigten Fiktionswelten am Ufer entgegengerichtet ist und aus dem der Roman seine narrative Energie bezieht.

Nun ist wahr, dass in der Phelps-Episode im Schlußteil des Romans, in der Huck zusammen mit dem wie ein *deus ex machina* wiederaufgetauchten Tom Sawyer in abenteuerlich konstruierten Handlungsverwicklungen die Befreiung Jims aus seiner Gefangenschaft anstrebt, sich die performative, improvisatorische Seite des Erzählens zu verselbstständigen droht. Daraus wurde dem Roman der Vorwurf gemacht, die zuvor in der Kritik des Sklavereisystems und in der Freundschaft zwischen Huck und Jim gewonnene ethisch-kulturkritische Substanz durch den Rückfall ins rein unterhaltende Abenteuergenre wieder zu verlieren. Die Befreiungsaktion gerät zur Farce, die nach von Tom Sawyer aufgestellten, aus der Romanzenliteratur abgeleiteten Regeln ausgeführt und zum burlesken Selbstzweck wird, zumal sich nachträglich herausstellt, dass Tom bereits weiß, dass Jim von Miss Watson vor ihrem Tod freigelassen wurde. Es liegt hier sicherlich ein Bruch vor, der dem Schlussteil einen ganz anderen Charakter als dem unmittelbar vorausgehenden Teil, in dem Huck seine schwere Gewissenskrise erlebt, verleiht.

Doch scheint mir der Bruch nicht so fundamental zu sein, wie oft behauptet. Denn zum einen besteht auch zuvor schon ein deutlicher Kontrast zwischen den Szenen am Mississippi einerseits und denen am Land andererseits, in denen verschiedene soziale Mikrokosmen in oft satirischer und durchaus auch farcenhafter Weise präsentiert werden, um so die Konformitätszwänge und Illusionswelten der Gesellschaft in grotesker Zuspitzung und karnevalesker Verkehrung aufzubrechen – etwa in der Sherburn-Episode über Lynchmob und Selbstjustiz, den Shakespeare-Travestien des King und Duke, oder in ihrer Rolle als Erbschleicher in der Wilks-Episode. Zum anderen ist der Unterschied zwischen Huck und Tom in der Art, wie sie die Phelps-Episode erleben, beträchtlich. Tom inszeniert die Befreiung Jims im Wissen um dessen bereits gewonnene Freiheit als reines, aus Bücherwissen abgeleitetes Unterhaltungsspiel, das durchaus auch kritisch eingefärbt ist, weil es eine Rückkehr in jene Welt der „Vor-Schriften" (Müller) bedeutet, die schon zu Beginn des Romans dominierte, und weil die elaborierten Strategien, die angeblich die Befreiung Jims bringen sollen, für Huck – und den Leser – durchaus unangemessen, ja teilweise grausam wirken. Kurt Müller formuliert dies so: „Der Leser, der z.B. Tom Sawyer im ersten Teil noch für einen harmlos-sympathischen Lausbuben gehalten hat, wird nun eher angewidert die ritualistische Zwanghaftigkeit registrieren, mit der er auf Kosten anderer seine Abenteuerphantasien zu befriedigen sucht."[14] Hingegen bleibt

---

14 Kurt Müller, „Wider die Macht der (Vor-)Schriften: Spielformen intertextueller Enthierarchisierung in Mark Twains Huckleberry Finn", in: *Poetica: Zeitschrift für Sprach- und Literaturwissenschaft*, 1996: 195.

die Befreiung Jims für Huck das entscheidende Anliegen des Unternehmens, auch wenn er sich widerstrebend den Plänen des von ihm bewunderten Tom anpasst.

Der wesentliche Unterschied in der Haltung der beiden wird von Tom selbst auf den Punkt gebracht: „Huck, you don't ever seem to want to do anything that's regular; you want to be starting something fresh all the time."(312) „Regular" ist, was autoritativ von der von Tom Sawyer nachgeahmten Schriftkultur vorgegeben wird und was letztlich mit den *master narratives*, dem allgemeineren, das System der Sklaverei einschließenden Normensystem der Gesellschaft zusammenhängt; „to be starting something fresh", etwas immer wieder neu zu beginnen, entspricht hingegen der spontan-erfahrungsoffenen Haltung und Erzählerstimme Hucks, die mit einer besonderen Sensibilität für das gesellschaftlich Ausgegrenzte einhergeht und die nicht nur der außermenschlichen Natur, sondern auch der kommunikativen Beziehung zum Anderen ein größeres Gewicht gibt als der regelkonformen Beziehung zu textuellen Autoritäten. Genau in dieser Haltung und Erzählerstimme, die sich trotz ihrer sprach- und tonbestimmenden Rolle immer wieder mit anderen Stimmen, vor allem der von Jim, aber auch zahlloser anderen Figuren zu einer Vielstimmigkeit menschlichen Selbstartikulation erweitert, liegt die Kraft der Revision und Revitalisierung etablierter Welt- und Selbstbilder, aus der dem Roman seine sprach- und kulturerneuernde Funktion erwächst.

8. Jenseits des Individualismus: individuality-in-context

Wenn man *Huckleberry Finn* in der hier vorgeschlagenen kulturökologischen Weise interpretiert, ist auch die Frage des dem Roman und der Figur Hucks immer wieder zugeschriebenen „Individualismus" modifizierter zu beantworten. Zwar ist Hucks Individualität zweifellos eine wichtige Triebkraft der erzählerischen Energie und kulturkritischen Aussage des Romans. Doch ist dies eben nicht eine isolierte, rein selbstbezogene und sich selbst genügende Individualität im Sinn des amerikanischen *self-made man*, sondern stets eine in größeren Zusammenhängen definierte und durch diese mitbedingte *individuality-in-context*. Nach Myra Jehlen ist *Huck Finns* Rolle als amerikanischer Klassiker darin begründet, dass der Roman den Kernwiderspruch der amerikanischen Kultur, nämlich den zwischen Individualismus und moralischer Verantwortung innerhalb der Gemeinschaft zum eigentlichen Thema habe, denn: „Classics typically mediate a culture's founding contradictions."[15] Die Art von Individualität, die sich in Hucks Erfahrungsprozeß herausbildet, ist gerade keine bloß individualistische, sondern von Grund auf durch ihre sowohl konfliktorische wie kooperative Wechselbeziehung mit Anderen bestimmt. Sie ist im mehrfachen Sinn eine *individuality-in-context*: im Kontext der physischen Umweltbedingungen, d.h. all der Faktoren der konkreten Biosphäre, in der sich menschliches Leben immer schon vollzieht und die im Roman durch das zur Wildnis wie zur Zivilisation offene Öko-

---

15 Myra Jehlen, „Banned in Concord: *Adventures of Huck Finn* and Classic American Literature", in: *The Cambridge Companion to Mark Twain*, ed. F.G. Robinson (Cambridge UP 1995): 93-115,113.

system des Flusses repräsentiert ist; im Kontext der instinkthaften Antriebskräfte, der Emotionen und persönlichen Bindungen, die sich erst in dieser lebensaffirmierenden Erfahrungsoffenheit entgegen ihren zivilisatorischen Negationsformen ausprägen können; aber auch im Kontext der sozialen Bedingtheiten, der Ideologien, der Sprache, die unaufhebbar auch in der vermeintlichen pastoralen Gegenwelt präsent bleiben. All diese Kontexte tragen in ihrem widersprüchlichen Aufeinander- und Gegeneinanderwirken innerhalb der Gesamtpersönlichkeit Hucks erst zu dessen ‚unverwechselbarer' Individualität bei und geben seiner außergewöhnlichen Wahrnehmungs-, Beobachtungs-, und Artikulationsfähigkeit Entfaltungsraum.

Individualität in diesem Sinn ist kein Gegensatz zu kommunaler und kommunikativer Ethik, sondern erst deren Voraussetzung. Die binäre Entgegensetzung von Individualismus und gesellschaftlicher Verantwortung wird im Roman selbst als tiefgreifendes Missverständnis gezeigt, denn beides, Ausbildung der individuellen Eigenart *und* zwischenmenschliche Beziehungsfähigkeit, gehören in Hucks Entwicklung zusammen. Seine spezifische Autonomie hat zugleich eine „essential communal dimension“[16], eine wesentlich kommunale Dimension, die einmal auf der Ebene des *story-telling* verortet werden kann, an dessen gemeinschaftsbildendem, kulturelle Grenzen überschreitenden Spiel interpretativer Selbstdeutung und Selbstermächtigung auch Huck teilhat, die sich aber auch, wie gesehen, aus der symbolischen Wiederherstellung der lebendigen Wechselbeziehung des Menschen mit der äußeren und inneren Natur und mit anderen Individuen ergibt, die der Roman inszeniert. Der Mangel an ethischem Bewusstsein liegt hier nicht beim einzelnen Individuum, sondern bei einer Gesellschaftsordnung, die kein menschenwürdiges Verhältnis zu ihren einzelnen Mitgliedern und zur natürlichen Umwelt herzustellen vermag, denen gegenüber ihre Verantwortung bestünde. *Huckleberry Finn* erscheint von hier aus als Text, der diesen Mangel sowohl deutlich macht als auch die kulturellen Voraussetzungen, die ihn bedingen, imaginativ übersteigt.[17]

---

16 Henry B. Wonham, „The Disembodied Yarnspinner and the Reader of *Adventures of Huckleberry Finn*", in: *American Literary Realism* 24,1 (Fall 1991): 2-22, 4.

17 Hierin liegt eine gewisse Ähnlichkeit zum Konzept der Individualität bei H.D. Thoreau, mit dem *Huck Finn* in Bezug auf die Idee der *civil disobedience* verglichen wurde: Frederik L. Rusch, „Res Privata versus Res Publica: Huck Finn As Unconscious Henry Thoreau“, in: *Journal of Evolutionary Psychology* 9, 1-2 (1988): 154-63. Auch bei Thoreau liegt die Stimme des persönlichen Gewissens, die die „higher laws“ einer übergesellschaftlichen Moral artikuliert, in einer Individualität begründet, die sich dieser „higher laws“ im konkreten Erleben, Beobachten und Reflektieren der Natur gewärtig wird. Bei Twain allerdings ist diese Individualität einerseits weniger bewusst und intellektuell, andererseits ist sie stärker als bei Thoreau eine dialogische, auf die Beziehungen zu konkreten Anderen hin angelegte Individualität – auch wenn diese Beziehungen durchaus oft problematisch sind.

Literaturverzeichnis:

Primärliteratur:

Twain, Mark: *The Adventures of Huckleberry Finn.* Hg. Peter Coveney. Harmondsworth: Penguin 1974.

- *Huckleberry Finns Abenteuer.* Übers. Lore Krüger. München: DTV, 2. Aufl. 2010.

Forschungsliteratur:

Arac, Jonathan: *Huckleberry Finn as Idol and Target: The Functions of Criticism in Our Time.* Madison: University of Wisconsin Press, 1997.

Bloom, Harold (Hg.): *Huck Finn.* New York: Chelsea House, 1990.

Boughn, Michael: "Rethinking Mark Twain's Skepticism: Ways of Knowing and Forms of Freedom in The Adventures of Huckleberry Finn." *Arizona Quarterly* 52,4 (1996): 31-48.

Camfield, Gregg (Hg.): The Oxford Companion to Mark Twain. New York: Oxford University Press, 2003.

Chadwick, Joshua: *The Jim Dilemma: Reading Race in Huckleberry Finn.* Jackson: University of Mississippi Press, 1998.

Fishkin, Shelley Fisher: *Was Huck Black? Mark Twain and African American Voices.* New York: Oxford University Press, 1993.

Fluck, Winfried: *Ästhetische Theorie und literaturwissenschaftliche Methode. Eine Untersuchung ihres Zusammenhangs am Beispiel der amerikanischen Huck Finn-Kritik.* Stuttgart: Metzler, 1975.

Graff, Gerald and James Phelan (Hgg.): *The Adventures of Huckleberry Finn: A Case Study in Critical Controversy.* Boston: Bedford; St. Martin's, 1995.

Hoffman, Daniel G.: „Black Magic – and White – in Huckleberry Finn." *Mark Twain. A Collection of Critical Essays.* Hg. Henry Nash Smith. Englewood Cliffs: Prentice Hall 1963. 101-112.

Jehlen, Myra: „Banned in Concord: Adventures of Huck Finn and Classic American Literature." *The Cambridge Companion to Mark Twain.* Hg. F.G. Robinson. Cambridge: Cambridge University Press, 1995. 93-115.

Müller, Kurt: „Wider die Macht der (Vor-)Schriften: Spielformen intertextueller Enthierarchisierung in Mark Twains Huckleberry Finn." *Poetica: Zeitschrift für Sprach- und Literaturwissenschaft* 28:1-2 (1996). 181-99.

Quirk, Tom: „Is Huckleberry Finn Politically Correct?" *American Realism and the Canon.* Hgg. Quirk, Tom und Gary Scharnhorst. Newark: University of Delaware Press, 1994. 190-200.

Smiley, Jane: „Say It Ain't So, Huck; Second Thoughts on Mark Twain's ‚Masterpiece'." *Harper's Magazine*, January (1996), 292, 61.

Zapf, Hubert: *Literatur als kulturelle Ökologie. Zur kulturellen Funktion imaginativer Texte an Beispielen des amerikanischen Romans.* Tübingen: Niemeyer, 2002.

Thomas Mann

Der Tod in Venedig

Helmut Koopmann

Goethe hatte einen schlechten Tag. Er hatte in Marienbad, wo er zur Kur weilte, ein junges, sechzehnjähriges Mädchen kennengelernt, und mehr als das: er hatte sich, ein fast Fünfundsiebzigjähriger, in dieses Mädchen unsterblich verliebt und wollte es um jeden Preis zu seiner Frau machen. Er war wie von Sinnen, und einmal kam es zu einer grotesken Szene: er spielte Fangen mit dem Mädchen, das hurtig und sicher einen Hügel hinauflief – Goethe lief hinterher, aber er stolperte, fiel hin und konnte sich nicht ohne fremde Hilfe wieder auf die Beine bringen. Ein hilfloser Greis – kein Welteroberer mehr, der da vor den kleinen Füßen eines Kindes lag und dem sein Unvermögen, hinter ihr her den Berg hinaufzulaufen, Tränen in die Augen trieb. Wir wissen, wer das junge Mädchen war: Ulrike von Levetzow, und was sich da an dem Hügel ereignet hatte, war eine grotesk-erniedrigende Szene – es war die „Entwürdigung eines hochgestiegenen Geistes durch die Leidenschaft für ein reizendes, unschuldiges Stück Leben", oder, mit anderen Worten: „der verwüstende Einbruch der Leidenschaft, die Zerstörung eines geformten, scheinbar endgültig gemeisterten Lebens".

Ulrike von Levetzow: sie war ihm „die lieblichste der lieblichen Gestalten", und das Bild der Geliebten hatte sich „mit Flammenschrift" in sein Herz geschrieben. Es müssen zeitlos schöne Augenblicke gewesen sein, die Goethe an ihrer Seite verlebte. Aber bald begleitete ihn die Furcht vor der Trennung, und dann, nach dem Abschied, die bittere Erkenntnis: „Die Leidenschaft bringt Leiden! – Wer beschwichtigt / Beklommnes Herz, das allzuviel verloren? / Wo sind die Stunden, überschnell verflüchtigt? Vergebens war das Schönste dir erkoren! / Trüb' ist der Geist, verworren das Beginnen; / Die hehre Welt, wie schwindet sie den Sinnen!"[1] Goethe war offenbar in eine schwere Krise geraten, und die Elegie, die er damals geschrieben hatte, war ein „Aufschrei aus tiefstem Verstört- und Hingerissensein, das für ihn fast zum Untergang geworden wäre und jedenfalls ein Tod vor dem Tode gewesen ist". Dass die Trennung, etwas prosaischer gesprochen, Goethe sehr schwergefallen sein muß, davon berichtet auch sein Adlatus Eckermann, der diesmal zwar nicht dabei war, wohl aber von der Sache gehört hatte: Goethe habe in Marienbad „die Bekanntschaft einer an Körper und Geist gleich liebenswürdigen jungen Dame gemacht und zu ihr eine leidenschaftliche Neigung gefaßt. Wenn er in der Brunnenallee ihre Stimme gehört, habe er immer rasch seinen Hut genommen und sei zu ihr hinunter

---

1 Goethes Werke. Hamburger Ausgabe in vierzehn Bänden. Bd. 1, hg. von Erich Trunz, Hamburg 1956, S. 385.

geeilt. Er habe keine Stunde versäumt, bei ihr zu sein, er habe glückliche Tage gelebt; sodann die Trennung sei ihm sehr schwer geworden".[2] Der alte Mann und eine ihn betörende Jugendlichkeit: gut ausgehen konnte das nicht. Die Trennung von der Geliebten war für Goethe, glauben wir seiner Elegie, nichts Geringeres als die Vertreibung aus dem Paradies, sie endete in Gefühlen der Vernichtung, Zerstörung, Einsamkeit. Es hat denn auch manche Interpreten dazu gebracht, diese Liebesgeschichte zur Katastrophengeschichte zu erklären: man sprach von der „zerrüttenden Liebesleidenschaft schlechthin", vom „letzten, tragischen Liebeserlebnis des alten Goethe" und davon, daß Goethe von Ulrike von Levetzow „unentrinnbar besessen" gewesen sei, da also eine Leidenschaft gewesen sei, mit der Goethe nicht mehr fertiggeworden sei.[3]

Aber an dieser Geschichte scheint so ziemlich alles falsch zu sein. In Wirklichkeit war es nicht Ulrike von Levetzow, sondern ein Fräulein Lade. Goethe war mit diesem bekannt geworden, aber was sich da an jenem Hügel ereignet hatte, war keine Liebesjagd mit einem unglücklichen Ende, sondern sehr viel Harmloseres. Fräulein Lade pflegte zu zeichnen, wie das in der guten Gesellschaft gang und gäbe war, und Goethe hatte Kritisches an ihren Bildern auszusetzen – was Fräulein Lade sich nicht gefallen ließ. Sie rief ihm zu: „Aber eins kann ich, was Sie nicht können!" und damit lief sie rasch einen steilen Weinberg hinan – Goethe ihr nach. Auf der Höhe aber stolperte er und fiel an dem steilen Abhang zu Boden. Mit beiden Händen klammerte er sich an, bis auf des jungen Mädchens Geschrei einige Herren von der Gesellschaft herbeieilten und ihn aus seiner gefährlichen Lage befreiten. Fräulein Lade zerfloß in Tränen, Goethe aber lachte und suchte sie zu beruhigen".[4] So hat die absonderliche Begebenheit also wirklich ausgesehen. Die Marienbader Wirklichkeit war ohnehin weniger dramatisch, als Goethes Gedicht uns wissen läßt. Goethes Tagebuch berichtet Erfreuliches über die Gesellschaften in Marienbad – von einer Liebeskatastrophe konnte keine Rede sein. Keine Spuren einer lebensgefährlichen, lebenszerrüttenden Leidenschaft, und dieser Tenor ist auch anderen Äußerungen zu entnehmen: „Soviel also zuerst: dass ich die kurzvergangene Zeit in Marienbad ohne Unbilden, ja heiter und wie in's Leben zurückkehrend zugebracht habe, auch mich jetzt so wohl befinde, als ich mich lange Zeit nicht gefühlt [...]"; er habe sich „auf sechs Wochen einem sehr hübschen Kinde in Dienst gegeben, da ich denn vor allen äußern Unbilden völlig gesichert war".[5] Minnedienst also eher als Liebesleidenschaft, wie man gesagt hat, und Humboldt hat noch angemerkt, Goethe sei mehr mit der Poesie, mit der er immer die Marienbader Stimmung umsponnen habe, beschäftigt gewesen als mit seinem Gegenstand selbst: „Was man also vom Heiraten und selbst

---

2 Eintrag vom 27. Oktober 1823, in: Johann Peter Eckermann: Gespräche mit Goethe in den letzten Jahren seines Lebens 1823-1832, Leipzig o. J., Bd. 1, S. 56.

3 Dazu das Goethe-Handbuch in vier Bänden. Hg. von Bernd Witte u. a., Bd. 1: Gedichte. Hg. von Regine Otto und Bernd Witte, Stuttgart 1996, S. 487.

4 Goethes Gespräche. Gesamtausgabe. Neu hg. von Flodoard Frhr. von Biedermann. Bd. 2, Leipzig 1909, S. 271f.

5 An Zelter, 24. 8. 1823; Goethes Werke. Weimarer Ausgabe. IV. Abteilung, 37. Band, Weimar 1906, S. 188 bzw. 191.

von Verliebtheit sagt, ist teils ganz falsch, teils auf die rechte Weise zu verstehen".[6] Aber durchsetzen konnte sich diese Version nicht: in den Augen der Welt war es eben doch Ulrike von Levetzow, nicht Fräulein Lade, und die Liebesverfolgung einen steilen Hügel hinauf, die mit dem kläglichen Sturz Goethes endete, wurde als Geschichte einer tiefen Selbsterniedrigung verstanden.

*

Wozu das alles? Nun, die Geschichte der angeblich unglücklichen Liebe Goethes steht im Hintergrund von Thomas Manns Novelle *Der Tod in Venedig*, und die Worte von der „Entwürdigung eines hochgestiegenen Geistes durch die Leidenschaft für ein reizendes, unschuldiges Stück Leben", vom „Aufschrei aus tiefstem Verstört- und Hingerissensein" und vom „verwüstenden Einbruch der Leidenschaft, der Zerstörung eines geformten, scheinbar endgültig gemeisterten Lebens" stammen von Thomas Mann,[7] der von dieser sonderbaren Liebe eines über Siebzigjährigen zu einer Sechzehnjährigen, wie er meinte (in Wirklichkeit war sie achtzehn Jahre alt), wußte, und er kannte auch die Geschichte, wie Goethe hinter Ulrike herlief, stolperte und sich ohne Hilfe nicht wieder auf die eigenen Füße stellen konnte, hatte von der „Unmacht" gelesen, die ihm die Tränen in die Augen getrieben habe. Wir wissen freilich, dass das alles nicht so ganz genau stimmt, dass es also nicht Ulrike war, sondern eben jenes Fräulein Lade, dass Goethe nicht seiner „Unmacht" wegen weinte, sondern dass das Fräulein Lade in Tränen zerflossen war, Goethe aber gelacht hatte, vor allem aber, dass Goethe das Zusammensein mit Ulrike von Levetzow ganz anders erlebt hatte, nämlich als eine geradezu heitere Zeit und nicht als „tragischen Liebesroman", und so stimmt denn seine Elegie mit den autobiographischen Äußerungen auf keinen Fall überein. Aber wie dem auch sei: Thomas Mann hat offenbar Eckermanns Bericht gekannt – was er wohl nicht kannte, war die entsprechende Passage aus *Goethes Gesprächen* von Biedermann, denn sonst hätte er nicht Ulrike von Levetzow mit Fräulein Lade verwechselt und auch davon gelesen, dass Goethe durchaus nicht in Tränen ausbrach, sondern gelacht habe – zumal die ganze Geschichte sich gar nicht in Marienbad, sondern im Rheinhessischen ereignet hatte. Aber Thomas Mann schrieb noch 1947: „Ich bin tatsächlich bei der Konzeption des *Tod in Venedig* von Goethe und Ulrike ausgegangen und habe nur damals nicht gewagt, Goethe mit der Perspektive seiner Werke über meine kleine epische Bühne zu führen".[8] Aber da war natürlich noch mehr: was im *Tod in Venedig* geschieht, ist ebenfalls in Parallele zu sehen zu dem, was Thomas Mann selbst erlebt hatte – und was er daraus machte, nachdem er am Lido von Venedig auch jemand begegnet war, der ihn fesselte, den er beobachtete und, wenn nicht realiter, so doch mit den Augen

---

6 Wilhelm von Humboldt an seine Frau am 19.11.1823; vgl. Goethe-Handbuch (wie Anm. 3), S. 488.

7 Thomas Mann: Gesammelte Werke in dreizehn Bänden, Frankfurt am Main 1974, Bd. XIII, S. 148 bzw. 149. Die erste Äußerung bezieht sich auf Goethes Marienbader Erlebnis, die zweite auf den *Tod in Venedig*.

8 Dichter über ihre Dichtungen. Thomas Mann. Hg. von Hans Wysling und Marianne Fischer, 3 Bde, Zürich 1975f. [Dichter über ihre Dichtungen. Hg. von Rudolf Hirsch u. Werner Vordtriede], Bd. I, S. 444. Im Folgenden als DüD.

verfolgte, wo immer es ging: den schönen polnischen Jungen, Tadzio, den er beschrieb und den wir heute vermutlich so sehen, wie ihn uns Viscontis Film über den *Tod in Venedig* gezeigt hat – und der den ‚Helden', Gustav von Aschenbach, in eine schwere Krise und in den Tod führte. War auch Thomas Mann in eine ähnliche Krise geraten? Mit anderen Worten: was also war damals geschehen – nicht in Marienbad, sondern in Venedig?

Katia Mann hat darüber in ihren *Ungeschriebenen Memoiren* berichtet: über den Ferienaufenthalt auf dem Lido, über das Hotel, das sie bewohnten, über dessen Gäste und eben auch über „diese polnische Familie, die genau so aussah, wie mein Mann sie geschildert hat: mit den etwas steif und streng gekleideten Mädchen und dem sehr reizenden, bildhübschen, etwa dreizehnjährigen Knaben, der mit einem Matrosenanzug, einem offenen Kragen und einer netten Masche gekleidet war, und meinem Mann sehr in die Augen stach. Er hatte sofort ein Faible für diesen Jungen, er gefiel ihm über die Maßen, und er hat ihn auch immer am Strand mit seinen Kameraden beobachtet. Er ist ihm nicht durch ganz Venedig nachgestiegen, das nicht, aber der Junge hat ihn fasziniert, und er dachte öfters an ihn. [...] In seinen Einzelheiten ist also alles erlebt [...]. Mein Mann hat das Wohlgefallen, das er tatsächlich an diesem sehr reizvollen Jungen empfand, auf Aschenbach übertragen und zu äußerster Leidenschaft stilisiert. Und ich weiß noch, dass mein Onkel, Geheimrat Friedberg, ein sehr berühmter Kirchenrechtslehrer in Leipzig, ganz empört gesagt hat: Na, so eine Geschichte! Und ein verheirateter Mann! Schließlich ist er Familienvater!"[9]

Dieser junge Gott oder Halbgott: es war der junge Baron Wladislaw Moes, der erst sehr spät, nach Jahrzehnten, von der Novelle Thomas Manns Kenntnis bekam. Der Vorname stimmt nicht ganz, aber jener junge Baron wurde in der Familie Adzio bzw. Adziu gerufen, und Thomas Mann hat also am Strand in Venedig doch einigermaßen richtig zugehört. Tadzio war damals allerdings nicht dreizehn, sondern elf Jahre alt, aber er hat sich nach Jahrzehnten noch daran erinnert, dass er Gegenstand des Interesses eines Herrn gewesen sei.[10] Berichtet hat er darüber 1965 anonym in einem Artikel mit der Überschrift *Ich war Thomas Manns Tadzio*, der in der Zeitschrift *Twen* (7, 1965) erschien.

Das also steht im Hintergrund. Katia Mann hat übrigens von der Goethe-Geschichte nichts erzählt, und so stellt sich jetzt allerdings noch einmal die Frage, was diese Geschichte von Goethes später Liebe zu Ulrike von Levetzow wirklich mit dem *Tod in Venedig* zu tun hat.

In der Forschung wird zuweilen die Meinung vertreten, dass der Goethe-Plan bei der Entstehung der Novelle eigentlich keine Rolle gespielt habe: „Der endgültige Text kann nicht plausiblerweise als ‚aus' dem Goethe-Plan hervorgegangen verstanden werden. Dazu sind die Berührungspunkte zwischen den beiden zu geringfügig,

9 Katia Mann: Meine ungeschriebenen Memoiren. Frankfurt am Main 1974, S. 71ff.

10 Thomas Mann: Frühe Erzählungen 1893-1912. Kommentar von Terence J. Reed [...]. Frankfurt am Main 2004 [Thomas Mann: Große kommentierte Frankfurter Ausgabe: Werke – Briefe – Tagebücher Bd. 2.2], S. 363. Im folgenden als GKFA mit Band- und Seitenzahl.

die Umstände der eigentlichen Entstehung zu zwingend: *Der Tod in Venedig* war ungeplant, nicht umgeplant. So ist auch die Behauptung Thomas Manns im Brief an Elisabeth Zimmer wenig plausibel, ‚Goethe in Marienbad' könne über die ganz andersartige Novelle ‚das Richtigste' aussagen. Gemeinsam hätten beide höchstens das Motiv der Entwürdigung eines hoch stehenden Schriftstellers, dort aber skurril-grotesk, hier tragisch gedeutet. [...] Erst 1940 in *On myself* erwähnt er überhaupt die ‚herrliche Karlsbader [sic!] Elegie' (GW XIII, 148). Daraus ergibt sich die zweite Frage, wie Thomas Manns wiederholtes Insistieren auf einer Goethe-Konzeption zu erklären sei?"[11]

Ja, das ist wirklich erklärungsbedürftig. Daß Thomas Mann die Marienbader Elegie meinte, wenn er von der herrlichen Karlsbader Elegie sprach, ist ein Lapsus, von der Sorte begegnen uns bei ihm ja viele. Aber Thomas Manns endgültiger Text kann durchaus und plausiblerweise als aus dem Goetheplan hervorgegangen verstanden werden. Denn die Berührungspunkte zwischen den beiden Geschichten sind nicht etwa geringfügig, sondern außerordentlich eng, und der *Tod in Venedig* war durchaus umgeplant, nicht etwa ungeplant. „Goethe in Marienbad" kann für die ganz andersartige Venedig-Novelle durchaus „das Richtigste" aussagen, nämlich zum Thema der „grottesken *Entwürdigung*", auf das Thomas Mann in einem Brief an Julius Bab vom März 1913 selbst aufmerksam gemacht hat: „Ich sehe, wie der Alte das Kind, einen Hügel hinan, haschen will und *hinfällt*. Sie lacht und *weint* dann. Und immerfort will er sie heiraten. Schaurig".[12] Und dass Thomas Mann erst 1940 in *On myself* die Marienbader Elegie erwähnt, muß nicht heißen, dass er gar nicht an Goethes poetischen Niederschlag seines Ulrike-Erlebnisses gedacht hat, sondern kann umgekehrt auch bedeuten: er hat die Ulrike-Geschichte über Jahrzehnte hin nicht vergessen. Wir folgern daraus: Thomas Manns wiederholtes Insistieren auf einer Goethe-Konzeption ist ernst zu nehmen, und so wollen wir ihm denn auch folgen in dem, was er zum *Tod in Venedig* so spät noch zu sagen hatte. Es heißt in *On myself* über den „modernen Helden", der an die Stelle Goethes getreten war, dass er ein Held des „zarten Typs" sei, den er in früheren Werken schon sympathievoll gestaltet habe: einen Bruder Thomas Buddenbrooks, einen „*Helden der Schwäche* also, der am Rande der Erschöpfung arbeitet und sich das Äußerste abgewinnt, kurz: einen Helden vom Schlage des von mir selbst so getauften ‚Leistungsethikers'".[13] Thema sei, wie dieser Held durch Eros-Dionysos entwürdigt und ins Absurde gestoßen werde.

Also auch hier, wie bei Goethes Ulrike-Geschichte, *Entwürdigung* als Thema, die Entwürdigung eines „Leistungsethikers", der immer mit geschlossener Faust gelebt hat, nicht mit geöffneter Hand. Wir erfahren, dass er Müßiggang nie gekannt habe, niemals die „sorglose Fahrlässigkeit der Jugend"[14]. Aschenbach war mehr als nur ein Münchner Schriftsteller, er war quasi ein Nationaldichter, „hatte gelernt, von seinem

---

11 Ebd., S. 381.

12 Thomas Mann: Briefe I. 1889-1913. Ausgewählt und hg. von Thomas Sprecher [...], Frankfurt am Main 2002. GKFA 21, S. 514.

13 Thomas Mann, Gesammelte Werke (wie Anm. 7), Bd. XIII, S. 148f.

14 Thomas Mann, Gesammelte Werke (wie Anm. 7), Bd. VIII, S. 451. Im Folgenden Seitenzahlen im Text.

Schreibtische aus zu repräsentieren" (450) – und, in einem Nebensatz zu bemerken: auch Thomas Mann war lebenslang um nichts mehr bemüht als um Repräsentanz, vor allem vom Schreibtisch aus. Aber das war kein selbstherrliches Dasein, es war „Heroismus [...] der Schwäche" (453), zeitgemäßes Heldentum also, wie ihn gab es viele dieser „Moralisten der Leistung", „schmächtig von Wuchs und spröde von Mitteln". Aber er war nicht nur um Repräsentanz bemüht, sondern auch um etwas anderes: um „Größe" (454). In jenem eigentümlichen Zwischenraum zwischen Erzählerbericht und Selbstanalyse, der für den *Tod in Venedig* charakteristisch ist, erfahren wir zudem, dass er gegen den „unanständigen Psychologismus der Zeit" ebenso war wie gegen das „ewige Zigeunertum" gewisser Pseudokünstler, er verachtete die Kunst des „geborenen Betrügers" (453) und verachtete „ein Leben voll ausschweifender Leidenschaften und Genüsse" (457). Ihm schwebte mehr denn je Meisterliches vor, Glut und Strenge, „adelige Reinheit, Einfachheit und Ebenmäßigkeit der Formgebung", das sich aber durchaus mit einem „fast übermäßigen Erstarken seines Schönheitssinnes vertrug" (455). Da war vor allen Dingen aber Aschenbachs Stil: der hatte sich „ins Mustergültig-Feststehende, Geschliffen-Herkömmliche, Erhaltende, Formelle, selbst Formelhafte" (456) gewandelt, ja gesteigert, und so war er denn ein strenger Konservativer, verkündete überall „die Abkehr von allem moralischen Zweifelsinn, von jeder Sympathie mit dem Abgrund", und er hielt es auch nicht mit denen, die voller Mitleid glauben, „daß alles verstehen alles verzeihen heiße". Also neue Würde und Strenge, Leben und Schreiben Ausdruck der „Zucht" – damit geriet er sogar in die „vorgeschriebenen Schul-Lesebücher" hinein: im wilhelminischen Zeitalter eine staatliche Auszeichnung sondergleichen.

Und dann begegnen wir ihm – Thomas Mann ist ein Meister der Portraitkunst – in der Novelle selbst, seiner zierlichen Gestalt: „Sein rückwärts gebürstetes Haar, am Scheitel gelichtet, an den Schläfen sehr voll und stark ergraut, umrahmte eine hohe, zerklüftete und gleichsam narbige Stirn. Der Bügel einer Goldbrille mit randlosen Gläsern schnitt in die Wurzel der gedrungenen, edel gebogenen Nase ein. Der Mund war groß, oft schlaff, oft plötzlich schmal und gespannt; die Wangenpartie mager und gefurcht, das wohlausgebildete Kinn weich gespalten. Bedeutende Schicksale schienen über dies meist leidend seitwärts geneigte Haupt hinweggegangen zu sein, und doch war die Kunst es gewesen, die hier jene physiognomische Durchbildung übernommen hatte, welche sonst das Werk eines schweren, bewegten Lebens ist" (456f.) – unzweifelhaft ein Gustav-Mahler-Portrait, über dessen Sterben und Tod die Zeitungen im Mai 1911 ausführlich berichteten. Und dann hören wir noch von der „Überfeinerung, Müdigkeit und Neugier der Nerven" (457). Ein Leben also in Würde, diese allerdings mühsam gewahrt – und damit waren alle Voraussetzungen, war die Fallhöhe vorgegeben für das Kommende, für einen Absturz sondergleichen, für eine „Entwürdigung", für den Weg ins Nichts, oder vielmehr: in den Tod.

Und der Tod kündigt sich schon früh, zu Beginn der Novelle an. Aschenbach sieht einen Wanderer, einen Weithergekommenen, an einer Münchner Trambahnstation in der Nähe des Nordfriedhofs, der dort mit bleckenden Zähnen, bei gekreuzten Füßen, steht, und eben bei seinem Anblick überfällt Aschenbach ein „jugendlich durstiges Verlangen in die Ferne". Eine Hermesfiguration, an den gekreuzten Füßen kenntlich, und Hermes ist es, der ihn, in anderer Gestalt, nämlich der des Eros Dionysos, am Ende ins „Verheißungsvoll-Ungeheure" (525) winken wird. Aschenbachs Phantasie führt ihn aber jetzt schon weit über den Münchner Nordfriedhof hinaus: in ein tropisches Sumpfgebiet, „eine Art Urweltwildnis aus Inseln, Morästen und Schlamm führenden Wasserarmen" (447), und sein Herz pocht „vor Entsetzen und rätselhaftem Verlangen". Offenbar Asien, Indien, das Land, woher die Cholera kommt, der er am Ende erliegen wird. Und dann verlässt er sein geordnetes Münchner Dasein, reist über Triest auf eine Adria-Insel; aber es gefällt ihm dort nicht, und so fährt er mit dem Dampfer weiter nach Venedig. Auf dem Dampfer begegnet ihm erneut Unheimliches; er sieht jenen greisen Geck, der sich zum Jüngling geschminkt hat: auch der zeigt lachend sein Gebiß. Totenköpfe, die ihn auf seiner Fahrt begleiten. Dann kommt er in die unwahrscheinlichste aller Städte, in die Serenissima, zur Stadt, in der Wagner ein Vierteljahrhundert zuvor gestorben war, und er schätzt sich glücklich, dass er jetzt dort ist, wohin er eigentlich insgeheim gewollt hatte. Aber die Welt bleibt sonderbar und verfratzt; der Gondolier ist ein falscher Fährmann ohne Konzession, und auch der entblößt beim Rudern „seine weißen Zähne" (465). Und dann begegnet er im Hotel seinem eigentlichen Todesboten: jenem vollkommen schönen Knaben „von vielleicht vierzehn Jahren", der von der Natur so aristokratisch bevorzugt worden ist, und Aschenbach kann seine Augen nicht abwenden von der polnischen Familie, der der Schöne angehört. Als die Familie nach jener ersten Begegnung den Saal verlässt, folgt der Knabe zuletzt; aus irgendeinem Grunde wendet er sich um, und seine Augen begegnen denjenigen Aschenbachs, der der Gruppe nachblickte. Wer die Geschichte kennt, der weiß, dass Tadzio, jener polnische Knabe, sich auch am Ende zu Aschenbach umwenden wird, dass seine eigentümlich dämmergrauen Augen denen Aschenbachs noch einmal, ein letztes Mal, begegnen werden.

Aber wir greifen vor. Was jener ersten Begegnung folgt, ist Verführung, der Aschenbach nicht widerstehen kann: Aschenbach, der eigentlich des fauligen Wetters wegen abreisen wollte, bleibt, und er verfällt jenem Schönen, der „wie ein zarter Gott" aus den „Tiefen von Himmel und Meer kommend, dem Element entsteigt": sein Anblick gibt ihm „mythische Vorstellungen" ein, Vorstellungen vom Ursprung der Form und von der Geburt der Götter, und nur eines stört ihn, was er irgendwann bemerkt: Tadzios Zähne sind nicht recht erfreulich, sie sind ohne den „Schmelz der Gesundheit und von eigentümlich spröder Durchsichtigkeit" (479), und Aschenbach weiß: er wird nicht sehr alt werden. Als er in den Gassen Venedigs von der „widerlichen Schwüle" des Wetters gepeinigt wird, will er erneut, zum zweiten Male fort – aber er kann gar nicht mehr weg; vordergründig bestimmt ihn fehlgeleitetes Gepäck zum Bleiben, aber eigentlich bleibt er, weil er von Tadzio gefesselt ist, weil er in etwas hineingeraten ist, dessen er nicht mehr Herr werden kann. Eine „abenteuerliche Freude, eine unglaubliche Heiterkeit" überfällt den ins Hotel Zurückgekehrten – er kann seine Augen nicht abwenden von dem göttlichen Bildwerk, das sich ihm immer wieder darbietet. Der Schöne hat gemerkt, dass ihn da jemand verfolgt: „Irgendeine Beziehung und Bekanntschaft musste sich notwendig ausbilden zwischen Aschenbach und dem jungen Tadzio, und mit durchdringender Freude konnte der Ältere feststellen, dass Teilnahme und Aufmerksamkeit nicht völlig unerwidert blieben“ (497). Und eines Abends begegnet er nicht mehr nur dem schweigend zu Boden blickenden Tadzio, sondern der lächelt ihn an, „liebreizend und unverhohlen, mit Lippen, die sich im Lächeln erst langsam öffneten. Es war das Lächeln des Narziß, der sich über das spiegelnde Wasser neigt, jenes tiefe, bezauberte, hingezogene Lächeln, mit dem er nach dem Widerscheine der eigenen Schönheit die Arme streckt, – ein ganz wenig verzerrtes Lächeln, verzerrt von der Aussichtslosigkeit seines Trachtens, die holden Lippen seines Schattens zu küssen, kokett, neugierig und leise gequält, betört und betörend“ (498). Da wird auch Aschenbach endgültig zum Betörten, und nicht einmal der Ausbruch der indischen Cholera kann ihn aus der Märchenstadt vertreiben, auch nicht jener Traum, in dem ihm „der fremde Gott“ erscheint und mit ihm eine tobende Rotte, ein Bacchanal unterweltlicher Art feiernd, und in dem Aschenbach begehrt, sich dem Reigen des Gottes anzuschließen: „Das obszöne Symbol, riesig, aus Holz, ward enthüllt und erhöht: da heulten sie zügelloser die Losung. [...] grenzenlose Vermischung begann, dem Gotte zum Opfer. Und seine Seele kostete Unzucht und Raserei des Unterganges“ (517). Eine grandiose Schilderung enthemmter Gelüste. Das war freilich nicht Thomas Manns Erfindung; man hat auf Erwin Rhodes *Psyche* als Quelle hingewiesen,[15] aber wahrscheinlicher ist wohl, dass Thomas Mann eine ähnliche Szene aus Heines *Die Götter im Exil* nutzte; die Übereinstimmungen sind dort ungleich größer. Aber wie dem auch sei: Der Traum verdeutlicht wie kaum etwas anderes Aschenbachs vom Narrenseil geleitete Passion. Er möchte dem Schönen gefallen; aber als er sich im Spiegel sieht, da ekelt ihn der Anblick seines grauen Haares und seiner scharfen Gesichtszüge. So besucht er denn den Coiffeur des Hauses und lässt sich mit Hilfe dessen, was die Kosmetik dafür bereithält, verjüngen, verjüngen zu einem „blühenden Jüngling“ (519), und schleicht der polnischen Familie in den Gassen Venedigs nach. Der würdig gewordene Künstler, der so vorbildlich dem Zigeunertum und der trüben Tiefe abgesagt hatte (521), bekennt in seinem imaginären Gespräch mit Platons Phaidros, dass er seine Würde verloren hat, dass er in Rausch und Begierde gefallen ist, „zu grauenhaftem Gefühlsfrevel“ sich erniedrigt habe. Dann hört er von der Abreise der polnischen Familie, sieht Tadzio noch einmal im Kampf mit einem stämmigen Flegel, der eigentlich sein Freund sein wollte, sieht Tadzio danach ins Meer schreiten, und als der ihm winkt, macht er sich auf, dem Schönen ins „Verheißungsvoll-Ungeheure“ zu folgen – und sinkt sterbend seitlich im Stuhl hinab. Am Strande steht auf einem dreibeinigen Stativ ein verlassener fotografischer Apparat, und ein schwarzes Tuch, darübergebreitet, „flatterte klatschend im kälteren Winde“ (523). Es könnte ein verborgener Hinweis auf den Dreifuß Apollos sein, darauf, dass jetzt nicht mehr jener, sondern dass Dionysos herrscht, der Gott des Rausches. Aber das schwarze Tuch gehört vor allem in die Reihe der Todessignale, die Aschenbach die ganze Zeit hindurch begleitet haben: von jener schwarzen Gondel an, die ihn zum Lido trägt, über das schwarze Kissen der Barke, in der seine Passion ihn Tadzio verfolgen lässt, und über den sargschwarz lackierten, mattschwarz gepolsterten Arm-

---

15 Reed (wie Anm. 10), S. 451.

stuhl (464) bis zu den ersten schwärzlichen Leichnamen, als die indische Cholera ausgebrochen war. Der Kampf Tadzios mit seinem Freund, den Aschenbach an seinem letzten Tag mit ansehen muß, ist der Kampf mit dem „Schwarzen" – so wird der polnische Grobian, der sein schwarzes Haar pomadisiert hat, schließlich genannt. Schon die Tracht der Schwestern Tadzios war schwarz gewesen, „schieferfarben" (470), und schwarz waren Tadzios Lackschuhe (470), als Aschenbach ihn das erste Mal sah. Todeszeichen, die nun immer näher kommen – aber Aschenbach weiß sie nicht zu deuten.

Die Geschichte einer Entwürdigung, der „Entwürdigung eines hochgestiegenen Geistes durch die Leidenschaft für ein reizendes, unschuldiges Stück Leben",[16] so hatte Thomas Mann zu Goethes Marienbader Passion gesagt – nichts anderes war es bei Aschenbach, auch bei dem der „verwüstende Einbruch der Leidenschaft", die Zerstörung eines geformten, scheinbar endgültig gemeisterten Lebens. Rausch und Begierde waren an die Stelle der kühlen Intellektualität getreten, die Aschenbach bis dahin bestimmt hatte, Gefühlsfrevel, der Hochgestiegene herabgestürzt. Und während Aschenbach den kleinen polnischen Adeligen zu einem Gott erhöht, Eros und nur noch Eros sein Leben bestimmt, sinkt er in seiner Selbstachtung zu einem willenlos Verführten, dem Abwehr oder Flucht nicht mehr gelingen. Und seine Seele, so heißt es, „kostete Unzucht und Raserei des Unterganges" (517); er erliegt seiner Begehrlichkeit und folgt dem Schönen bei sinkendem Tag durch Gassen, unwürdig, aber das „Ungeheuerliche" schien ihm „aussichtsreich und hinfällig das Sittengesetz". Und so geht er unter.

Es ist das alte Verfallsthema, die Vorliebe für die Dekadenz, den Untergang, für das „Abwärts", wie die *Buddenbrooks* eigentlich zuerst heißen sollten, Thomas Manns ureigenste erzählerische Domäne also, die hier ins Grandiose gesteigert noch einmal Thema seiner Erzählung ist; das hochgezüchtete Künstlertum eine einzige Farce, das Leben zu einem irrwitzigen Taumel geworden, und nichts unterscheidet den Aschenbach, der sich der Verjüngungskur unterzieht, von jenem greisen Geck, der auf dem Schiff der Trunkenheit anheimfiel und der verblödeten Blicks hin und herschwankte, vom Rausche vorwärts und rückwärts gezogen (462). Es war dahin mit allem Leistungsmoralismus, mit den Durchhalte-Parolen, mit eleganter Selbstbeherrschung und dem strengen Dienste der Form (453), es war das grausige Ende eines bislang bewährten Lebens, es war das Versinken in schändliches Begehren. Aschenbach war sich selbst zum Narren geworden, so wie er vorher dem närrischen Volk auf dem Schiff begegnet war. Was Thomas Mann in seiner Goethe-Erzählung vorgehabt hatte, war hier zur Schilderung eines Untergangs geworden, der seinesgleichen suchte. Tiefstes Verstört- und Hingerissensein: bei Goethe in seiner Marienbader Elegie, bei Aschenbach als Verlust aller Würde. Aschenbach stieg einem schönen polnischen Knaben nach wie Goethe jener Ulrike von Levetzow in der Legende vom Sturz des Welteroberers, und seine Leidenschaft machte auch ihn zum Narren.

*

16 Thomas Mann, Gesammelte Werke (wie Anm. 7), Bd. XIII, S. 148.

Was steckt hinter der Geschichte? Alles war ja wirklich geschehen, was Katia mitgeteilt hatte, einschließlich der Cholera-Epidemie von 1911 – war es die Tragödie eines Homosexuellen? So hat man in letzter Zeit die Novelle nicht selten gelesen, hat bemerkt, dass Thomas Mann hier „ein extrem leidbesetztes, existentielles Thema gestaltet" habe; Thomas Mann habe sich also, wie man heute zu sagen pflegt, geoutet, und man hat sogar gesagt, dass der Hinweis auf den ursprünglichen Goetheplan als Tarnung habe herhalten müssen, um im Schutze dieser Maske gleichsam einen homosexuellen „Hymnus" zu schreiben; die Goethegeschichte sei ein Ablenkungsmanöver, Teil der „Informationspolitik" eines Autors, der sich nicht direkt zur Schau stellen wollte, sich aber um so nachdrücklicher bloßgestellt habe. Nun kann es natürlich keine Frage sein, dass Homosexualität (auch) ein Thema dieser Novelle ist, und ebenso wenig ist zu leugnen, dass Homosexualität damals ein brisantes Thema war; doch während Alfred Kerr, der mit Thomas Mann in tiefer Feindschaft eindringlich verbundene Kritiker, damals gespottet hatte, dass Thomas Mann mit seiner Novelle „die Päderastie annehmbar für den gebildeten Mittelstand gemacht habe",[17] sahen andere die Diskretion, mit der Thomas Mann dieses Thema behandelt habe, als für die öffentliche Diskussion viel wirkungsvoller und letztlich auch mutiger an als etwa Leben und Schreiben eines Oscar Wilde, der die bürgerliche Gesellschaft damals wirklich vor den Kopf gestoßen hatte.

Die mehr oder weniger direkte Identifikation des Autors Thomas Mann mit seinem erdichteten Gustav Aschenbach wurde vor allem zu Anfang der neunziger Jahre ein vieldiskutiertes Thema; es war die Veröffentlichung der Tagebücher, die eine Schlüssellochphilologie, wenn man das einmal so nennen darf, in Fahrt gebracht hatte – obwohl ja für die Zeit der Entstehung des *Tod in Venedig* keine Tagebücher überliefert sind. Ein 1991 erschienenes Buch von Karl Werner Böhm machte dennoch vor nichts Halt und sah überall nur Eindeutiges; es trug den verräterischen Titel *Zwischen Selbstzucht und Verlangen. Thomas Mann und das Stigma Homosexualität.*[18] Und damals kam auch anderswo die These auf, dass Thomas Mann vor allem aus Leidensdruck geschrieben habe – diese und andere Geschichten. Aber die Zeiten haben sich geändert; auch Interpretationsmoden kommen und gehen, ebenso wie gewisse *turns* in der Literaturwissenschaft – *the biographical turn*, *the linguistic turn*, *the spacial turn* – und wie sie alle heißen. Das Gehen ist auch für den *sexual turn* zu erhoffen. Ein Buch wie das eben genannte ist vor allem der Einseitigkeit der Perspektive wegen zu kritisieren; diese macht den *Tod in Venedig* zum nur wenig verhüllten autobiographischen Bekenntnisbuch. Wer den *Tod in Venedig* auf einen derart autobiographischen, dokumentarischen Kern reduziert, dem sind wohl auch nicht mehr die Augen zu öffnen für alles andere.

---

17 Vgl. Ehrhard Bahr: Der Tod in Venedig. Erläuterungen und Dokumente, Stuttgart 1991, S. 141.

18 Karl Werner Böhm: Zwischen Selbstzucht und Verlangen. Thomas Mann und das Stigma Homosexualität. Untersuchungen zu Frühwerk und Jugend, Würzburg 1991, S. 321f. Dort auch die obigen Zitate.

Was wissen wir denn nun vom Autor selbst, was die homoerotische Komponente seiner Novelle angeht? Erhalten haben sich nur Arbeitsnotizen, die aber keine persönlichen Einblicke geben. Das Konvolut dieser Arbeitsnotizen enthält vor allem Äußerungen zur Mythologie, zu den medizinischen und epidemiologischen Hintergründen der Cholera und philosophisch-kulturgeschichtliche Zeugnisse aus der Antike über Potential und Gefahren der homosexuellen Liebe.[19] Für eine persönliche Beteiligung des Autors an seiner Novelle geben sie also so gut wie nichts her. Stattdessen ist mythologisches Handbuchwissen ausgeschrieben – etwa über Dionysos, der nicht nur ein Gott des Weines und des Rausches sei, sondern „ein Fremder, von draußen gewaltsam Eindringender",[20] der auch „Wahnsinn u. tödliche Krankheiten sendet".[21] Zur „Raserei der Liebe" findet sich folgende Bemerkung: „Wenn diese einen Menschen ergriffen, dann ist keine Muse, kein besänftigender Gesang, keine Veränderung des Ortes imstande, sie zu stillen. Ein solcher liebt den Gegenstand, der ihn entzündet, wenn er zugegen ist, und sehnt sich nach ihm, wenn er abwesend ist. *Bei Tage verfolgt er ihn ohne Unterlaß, des Nachts wacht er vor dessen Tür.* Man pflegt wohl sonst zu sagen, die Einbildungen der Dichter wären Träume der Wachenden, ihrer Lebhaftigkeit wegen aber weit mehr gilt dies von den Einbildungen der Liebenden, die ihre Geliebten, als wenn sie zugegen wären, anreden, umarmen u. *bei Namen rufen* [...] – ein Zitat aus Plutarchs *Erotikos oder „Über die Liebe"*, in einer Übersetzung, die 1911 in München erschienen war.[22] Diesem Text wird man guten Gewissens jede Leidenschaftlichkeit absprechen können.

Thomas Manns eigene Äußerungen zu seiner Novelle, oder genauer: zu seinem persönlichen Betroffensein sind ebenso ungenau wie widerspruchsvoll. 1920 hat er einmal in einem Brief geschrieben: „es wäre mir höchst unerwünscht, wenn Ihnen [dem Empfänger] und anderen der Eindruck bliebe, dass ich eine Gefühlsart, die ich ehre, weil sie fast notwendig – mit viel mehr Notwendigkeit jedenfalls, als die ‚normale' – *Geist* hat, hätte verneinen oder sie, soweit sie mir zugänglich ist – und ich darf sagen sie ist es mir kaum bedingter Weise – hätte verleugnen wollen".[23] Ein höchst verklausulierter Brief, der etwas enthüllt und zugleich auch wieder verhüllt. Er lässt einiges von den Schwierigkeiten erkennen, die der Autor mit seiner Erzählung und deren homoerotischer Komponente hatte. Frühe briefliche Äußerungen zeigen, dass es hier aber nicht um die Geschichte eines alternden Homosexuellen gehen sollte; am 18. Juli 1911 schrieb er an Philipp Witkop, die in Angriff genommene Novelle sei „ernst und rein im Ton", sie behandle „einen Fall von Knabenliebe [...], aber es ist sehr anständig".[24] Und nicht so sehr die Knabenliebe ist am Ende wichtig, sondern vor allem Aschenbachs Verlangen nach „einer *erneuernden* Begeisterung und Verwirrung":[25] eine schöpferische Wiedergeburt also wird ersehnt, eine Art

---

19 Abgedruckt in GKFA 2.2, S. 457ff.
20 Ebd., S. 472.
21 Ebd., S. 473.
22 Zitiert ebd., S. 474.
23 GKFA 22, S. 348; vgl. GKFA 2.2, S. 387.
24 GKFA 21, S. 477.
25 Zitiert GFKA 2.2, S. 370.

Revitalisierung seiner Dichtungsfähigkeit, neue Kreativität; als Aschenbach noch auf dem Dampfer vor Venedig war, da prüfte er schon „sein ernstes und müdes Herz, ob eine neue Begeisterung und Verwirrung, ein spätes Abenteuer des Gefühles dem fahrenden Müßiggänger vielleicht noch vorbehalten sein könne“ (462). So gesehen wäre dann auch die Verjüngungsszene beim Coiffeur nur als Travestie einer wirklich ersehnten, quasi geistigen Verjüngung, als Zerrbild einer Erneuerung seiner geistigen Kräfte zu deuten, als groteske Inszenierung dessen, was er eigentlich wollte. Aschenbach wollte eine Schreibhemmung beenden, wollte dagegen angehen und der Abnutzung seiner schöpferischen Kräfte entgegenwirken – und geriet dabei in einen Irrgarten, aus dem er nicht mehr herausfand.

Es gab Zeiten, wo man Thomas Manns Selbstkommentaren unbedingt traute, danach kamen Jahrzehnte, in denen man ihnen misstraute und der Interpret alles besser wissen wollte als der Autor. Aber was den *Tod in Venedig* angeht, so sollte man Thomas Manns Selbstaussagen doch wieder ernst nehmen. Es gibt ein höchst aufschlussreiches Interview, das er am 14. September 1913 in Budapest gegeben hat, und das ist ein ausführlicher und unmittelbarer Kommentar zu der Geschichte, an der er ungefähr ein Jahr lang gearbeitet hatte. In diesem Interview heißt es, nachdem er darüber berichtet hat, dass im *Tod in Venedig* eine gewisse Skepsis zum Ausdruck komme gegenüber der Kunst, „eine Skepsis, die ich tatsächlich empfinde und nicht jetzt zum erstenmal dargelegt habe“ – danach also heißt es: „Man macht mir außerdem Vorwürfe wegen des Themas meiner neuen Erzählung, das ich nach Ansicht meiner strengen Kritiker aus den nicht eben erhabenen Quellen der pathologischen Liebe geschöpft habe... Nun denn, dieser Kritik liegt ein Irrtum zugrunde! Erstens gibt es kein Thema, das grundsätzlich zu beanstanden wäre, wenn seine Verarbeitung künstlerisch geschieht. Zweitens ist die vielumstrittene Liebesgeschichte bei weitem nicht das wesentliche meines Buches. Im *Tod in Venedig* wollte ich einen Mann vorstellen, der auf dem Gipfel des Ruhmes, der Ehrung, der Berühmtheit und des Glücks keine Zuflucht in der Kunst findet, sondern an einer unüberwindlichen Leidenschaft körperlich und seelisch zugrunde geht... Nur um den Sturz vom Gipfel in die Tiefe möglichst verhängnisvoll erscheinen zu lassen, wählte ich für meinen Helden die homosexuelle Liebe. – Den Einfall zu dieser Erzählung gab mir übrigens eine Episode aus Goethes Leben [...]“. Und dann folgt der Bericht über die Levetzow-Geschichte und den gestürzten Welteroberer mit dem Zusatz: „So stellte ich denn einfach einen großen Schriftsteller in die Mitte der Geschehnisse, einen Schriftsteller, wie ich einer sein möchte, wie ich einer sein könnte und vielleicht einmal noch werde. Das ist die ‚persönliche Note‘, die man mir ebenfalls zum Vorwurf macht“.[26]

Goethe als Tarnung, wie man vermutet hat, als Ausrede für ein Selbstbekenntnis, als Antwort auf ein inneres Leiden an der eigenen erotischen Konstitution? Vor vierzig Jahren hätte niemand daran gedacht, Thomas Manns Erzählung als Offenbarungsgeschichte eines Homosexuellen zu lesen. Aber Thomas Mann ist zeit seines

[26] In: Frage und Antwort. Interviews mit Thomas Mann 1909-1955. Hg. von Volkmar Hansen und Gert Heine, Hamburg 1983, S. 35ff.

Lebens selbst nicht davor bewahrt geblieben, moralisch zur Rechenschaft gezogen zu werden,[27] und noch 1954, fast genau ein Jahr vor seinem Tode, hat er sich noch einmal gewehrt gegen jemand, der ihm Perversität vorgeworfen hatte, und er antwortet, sich rechtfertigend, damit, dass er vom Einbruch des fremden Gottes geschrieben habe, von Schönheit als gefährlich sinnlichem Weg zum Geiste. Das kann man natürlich lesen als platte Wiederholung alter Erläuterungen, man kann darin aber auch ein erneuertes Bekenntnis zum eigentlichen Kern der Geschichte sehen. In diesem Brief hat er aber auch etwas gesagt über das eigentliche Thema der Novelle, nämlich über die Entwürdigung. Es hieß dort: „wenn die Würde der Kunst und des Künstlers darin preisgegeben ist, so mögen Sie erwägen, ob es nicht diese gewissenhafte Preisgabe ist, durch die der Künstler seine Würde zurückgewinnt".[28] Also in dieser Novelle auch ein regressiver Prozeß zur allmählichen Entwürdigung, nämlich ein Zurückgewinnen der Würde: indem Aschenbach ja immer wieder selbst zu Worte kommt, wenn der Erzähler ihn durch Venedig oder auch am Strand begleitet, indem der Starrsinnige zu wissen beginnt, in welches Abenteuer er sich eingelassen hat, indem er die Reihe jener seltsamen Wanderergestalten erkennt, „die dem Alternden schweifende Jünglingssehnsucht ins Weite und Fremde erweckt hatte" (515) – und inmitten „der heimgesuchten und verwahrlosten Stadt", in der Kunst und Tugend gegenüber den Vorteilen des Chaos nicht zu gelten scheinen, gewinnt der Künstler wohl tatsächlich seine Würde zurück. Es ist das Gespräch mit Phaidros, das Aschenbach in seltsamer Traumlogik in seinem halbschlummernden Hirn führt, in dem nicht zufällig auch von Würde die Rede ist (522), die zu gewinnen ist (und wir könnten sagen: die wiederzugewinnen ist), trotz aller „Sympathie mit dem Abgrund". Sein Trachten, so Aschenbach in jenem imaginären Gespräch, gelte fortan „einzig der Schönheit, das will sagen der Einfachheit, Größe und neuen Strenge, der zweiten Unbefangenheit und der Form", auch wenn sie, so fügt er hinzu, „zum Rausch und zur Begierde" führen, vielleicht zu grauenhaftem Gefühlsfrevel, den seine eigene schöne Strenge als infam verwirft". Das Gespräch endet mit den Worten: „Und nun gehe ich, Phaidros, bleibe du hier; und erst, wenn du mich nicht mehr siehst, so gehe auch du" (522).

„Zum Bleiben ich, zum Scheiden du erkoren", so heißt es in Goethes *Trilogie der Leidenschaft* zu Werther und seinem Schatten, und was wir hier, in diesem letzten Satz des Gesprächs mit Phaidros, vor uns haben, ist eines jener vielen indirekten und doch sehr deutlichen Goethe-Zitate, wie sie immer wieder auf das Urthema dieser Novelle, die Goethe-Geschichte mit Ulrike von Levetzow und Goethes „Entwürdigung", verweisen – wie dicht die Erzählung mit derartigen Zitaten durchsetzt ist, zeigt im übrigen ja auch der ausgezeichnete Kommentar in der neuen Frankfurter Ausgabe – aber dieser kleine Hinweis auf Werther, Werthers Leiden und die *Trilogie der Leidenschaft*, der zugleich ein Hinweis auf Distanz und Nähe des Autors zu dem von ihm Beschriebenen ist, ist ihm leider entgangen.

---

27 Vgl. Reed in GKFA 2.2, S. 389.

28 Brief an Jürgen Ernestus, 17. 6. 1954, DüD I (wie Anm. 8), S. 448f.; vgl. GKFA 2.2, S. 389f.

*

Ihnen aber ist hoffentlich noch nicht entgangen oder entfallen, was Ihnen zu Anfang über die Marienbader Geschichte Goethes gesagt wurde. Wir wollen ernstnehmen, dass Thomas Mann immer wieder selbst darauf zu sprechen kam. Und wollen hinzufügen: offenbar ist Goethe viel stärker präsent im *Tod in Venedig*, als Thomas Mann das selbst gesagt hat, von seinen zahlreichen Interpreten ganz zu schweigen. Auch darüber noch einige Worte. Sie könnten verdeutlichen, dass Literatur nicht oder jedenfalls nicht nur vom Leben her zu verstehen ist, sondern wesentlich auch von Literatur lebt.

Goethe hat im Frühwerk Thomas Manns eine kaum zu überschätzende Bedeutung gehabt, und mehr noch: Goethe war, als Persönlichkeit, ein Lebens-Vorbild, Goethe war es, der den Lebenskurs des unsicheren Thomas Mann eigentlich erst stabilisierte. Als er 1897 Eckermanns Gespräche mit Goethe gelesen hatte, schrieb er an einen Freund: „Augenblicklich bewundere ich Eckermanns ‚Gespräch[e] mit Goethe' – welch ein beschämender Genuß, diesen großen, königlichen, sicheren und klaren Menschen beständig vor sich zu haben, ihn sprechen zu hören, seine Bewegungen zu sehen! Ich werde garnicht satt davon, und ich werde traurig sein, wenn ich zu Ende bin".[29] Das war schon fast so etwas wie Heiligenverehrung, Goethe ein Führer durch den Lebensdschungel, ein Vorbild, das Sicherheit gab. Fast das gesamte Frühwerk enthält Goethe-Anspielungen, Goethe-Parallelen, Goethe-Zitate. *Der Bajazzo* orientiert sich in vielem an Goethes *Werther*, in *Enttäuschung* und in den *Buddenbrooks* gibt es ebenfalls Anspielungen auf Goethe, *Gefallen* lässt sich deuten als Parallele zur Mariane-Geschichte aus Goethes *Wilhelm Meister*. Er selbst hat *Faust I* wohl schon in der Zeit vom September bis November 1894 kennengelernt, 1894 notiert er sich aus *Faust* einiges in sein erstes Notizbuch; *Faust II* hat er Anfang Mai 1895 im Theater gesehen, die *Wahlverwandtschaften* waren ihm ein Vorbild im strengen Stil, Inbegriff einer Klassizität, auf die Thomas Mann selbst aus war. Fünfmal habe er die *Wahlverwandtschaften* gelesen, hat er 1920 gesagt, und er nennt auch den Grund: „Ein Gleichgewicht von Sinnlichkeit und Sittlichkeit wurde angestrebt".[30] Das lässt sich auch in mythische Begriffe übersetzen: das Dionysische und das Apollinische sollten zu einem Ausgleich kommen. Und in einem Brief Goethes an Zelter aus dem Jahr 1823, in dem von der Macht der Musik die Rede ist, findet sich ein Bild, das sich bei Thomas Mann im *Tod in Venedig* wiederfindet: „wie man eine geballte Faust freundlich flach lässt".[31] Auch Aschenbach hat immer mit geballter Faust gelebt und nicht mit gelöster Hand; und jetzt wollte auch er sie „freundlich flach lassen". Auch aus Goethes *Faust* finden sich Details. Aber Goethes *Faust* hat offenbar noch mehr geliefert, nämlich gleichsam die Substruktur des *Tod in Venedig*. Deutlicher gesagt: die Reise Aschenbachs nach Venedig und in den Tod gleicht auffallend dem Lebensweg Fausts, und wir wollen hier nur andeuten, wie das zu verstehen ist, und wollen noch

---

[29] Briefe an Otto Grautoff 1894-1901 und Ida Boy-Ed 1903-1928. Hg. von Peter de Mendelssohn, Frankfurt am Main 1975, S. 96.

[30] DüD I (wie Anm. 8), S. 414.

[31] Goethes Werke (wie Anm. 5), Bd. 37, S. 191.

voranschicken, dass Thomas Mann 1904 schon den alten Faust-Stoff in eigenwilliger Variation und Neuformulierung zu übernehmen gedachte. Es sollte damals eine Novelle werden, und Thema war die „Figur des syphilitischen Künstlers: als Dr. Faust und dem Teufel Verschriebener. Das Gift wirkt als Rausch, Stimulans, Inspiration; er darf in entzückter Begeisterung geniale, wunderbare Werke schaffen, der Teufel führt ihm die Hand. Schließlich aber *holt ihn der Teufel*: Paralyse".[32] Faust also als der geniale Künstler, der aber der Intoxikation bedarf, um wunderbare Werke zu schaffen – ähnliches erhofft sich Aschenbach ja auch von seiner Reise, von seiner Begegnung mit dem Schönen, die etwas von einer Intoxikation an sich hat und die ihn aus dem Tief herausführen soll, in das er geraten ist.

Kein Zweifel, die Goethe-Nähe des noch jungen Thomas Mann ist offenkundig, auch die Dauer der Goethe-Nähe: aus dem Novellenplan des Jahres 1904 wurde nach vierzig Jahren Thomas Manns Roman vom *Doktor Faustus*. 1911 aber wurde aus der Goethe-Nähe etwas anderes: die Geschichte vom Tod in Venedig, die überraschende Parallelen, in einigem jedenfalls, zu Goethes *Faust* zeigt. Da ist einmal die Reise: nicht nur Aschenbach, auch Faust ist am Ende, als das Drama beginnt, ihm ist „alle Freud' entrissen"; doch Reiselust überfällt ihn, er möchte „auf Berges-Höhn" im Licht des Mondes gehen, „um Bergeshöhle mit Geistern schweben, auf Wiesen" im Tau sich gesund baden. Und so fordert er sich denn selbst auf: „Flieh! auf! hinaus ins weite Land!". So zieht er los, zu neuen Ufern lockt ihn ein neuer Tag, er ist bereit, „auf neuer Bahn den Äther zu durchdringen". Das Leben als Reise, das neue Leben als ein lustvoller Weg ins Ferne. Im *Faust* wird ununterbrochen gereist, und Mephistopheles unterstützt ihn mit seinem „Wir gehen eben fort". Ein Zaubermantel trägt ihn und Mephistopheles durch die Lüfte, eine *vita nuova* lockt. „Ich gratuliere dir zum neuen Lebenslauf!", sagt Mephistopheles. Und die Walpurgisnacht – sie gleicht dem wüsten Traum Aschenbachs von der Sumpfwelt in einem Lande, wo es Tiger gibt, und mehr noch dem Bacchanal im Getümmel wilder und lärmender Korybanten. Am Ende der Reise: Faust, der sich gerade sein „Verweile doch, du bist so schön" gesagt hat, höchstes Glück genießend, sinkt zurück, liegt „im Sand".

Gustav Aschenbach: im Alter Faust gleichend, beide jenseits der Fünfzig. Von seiner Reiselust haben wir gehört, die als Anfall auftrat, „ins Leidenschaftliche, ja bis zur Sinnestäuschung gesteigert" (446f.). Sinnestäuschungen erliegt auch Aschenbach, wenn er das tropische Sumpfgebiet unter dunstigem Himmel sieht. Ein trüber Schein, aufsteigende Dämpfe, ziehende Schwaden, ein Sumpf, aus dem Irrlichter kommen in der Goetheschen Walpurgisnacht, bei Thomas Mann „Moräste und Schlamm": es sind verwandte Landschaften, verwandte Sumpfgelände. Von den Sümpfen bei Eleusis ist im *Faust* ja auch ausdrücklich die Rede. Doch nicht nur die Morastlandschaft zeigt die Nähe; beiden Reisenden ist das Visionäre gemeinsam, das Verlocktwerden ins Urtümlich-Zwielichtige hinein. Bei Aschenbach als diesem Faust des 20. Jahrhunderts gibt es freilich keinen Mephisto – aber sollten die diversen mitreisenden Gestalten nicht dessen Funktion übernehmen? Der groteske Alte auf

32 Thomas Mann: Notizbücher 7-14. Hg. von Hans Wysling und Yvonne Schmidlin, Frankfurt am Main 1992, S. 121f.

dem Schiff, der Gondolier, die etwas Mephistophelisches an sich haben – und am Ende beider Reisen der Tod. Faust stirbt in Verblendung, wenn er glaubt, dass seine Vision von der Urbarmachung der Sümpfe sich zu erfüllen scheint. Mit einer Vision stirbt auch Aschenbach: ihm ist, als ob der bleiche und liebliche Psychagog ihm lächle, winke, als ob er, die Hand aus der Hüfte lösend, hinausdeute – Aschenbach gleitet am Strand in seinem Stuhl seitlich hinab. Faust liegt im Sand. Der Tod als höchstes Glück und höchster Augenblick: er zeigt beiden ein fast liebliches Gesicht.

Und dann ist da noch die Verjüngung. Als Faust auf dem Liebespfad ist, als ihm „des Lebens Pulse schlagen frisch lebendig", als er Mephistopheles gefolgt ist, „mit warmen Jugendtrieben, nach einem Plan, sich zu verlieben", da geht er in die Hexenküche. Es gibt zwar ein alternatives Mittel, sich zu verjüngen, ein „natürlich Mittel", wie Mephistopheles wohl weiß: Tätigkeit, Feldarbeit, ungemischte Speise, das Beste, „auf achtzig Jahr dich zu verjüngen". Aber Faust mag nicht, und so nimmt er denn ein gutes Glas von dem bekannten Saft, einen Verjüngungstrank, und es erfüllt sich, was Mephistopheles ihm prophezeit hatte: „Und bald empfindest du mit innigem Ergetzen, / Wie sich Cupido regt und hin und wider springt". Das ist von eindeutiger Zweideutigkeit. Und so kann er sich denn auf den Liebespfad begeben – kein graues Haar wird Margarete zurückschaudern lassen. Sie sagt ihm, dass er jetzt recht wacker aussieht: die Stirn dürfte glatt geworden sein. Aber Mephistopheles weiß nur zu gut, was der Verjüngungszauber eigentlich bewirken wird: „Irrtum statt Wahrheit zu verbreiten".

Und Aschenbach? Dem geht es ähnlich. „Es trieb ihn, sich körperlich zu erquicken und wiederherzustellen" (518) – seine scharfen Gesichtszüge, sein alternder Leib, seine grauen Haare, sie ekeln ihn, sie stürzen ihn in Scham und Hoffnungslosigkeit. So lässt er denn nachhelfen, korrigiert die kleine Vernachlässigung der Natur durch eine kosmetische Behandlung, und nicht nur das Haar, sondern auch anderes wird aufgefrischt, und so wird aus dem gealterten scharfzügigen Aschenbach wieder ein junger Mann, und der Kosmetiker zeigt ihm den Weg, den Mephistopheles auch Faust zeigt: „Nun kann der Herr sich unbedenklich verlieben" (519). Aschenbach hat sich freilich schon längst verliebt, aber jetzt wird er endgültig zu einem puer senex wie jener Greis auf dem Schiff von Pola nach Venedig: er wählt eine rote Krawatte, umwindet seinen Hut mit einem mehrfarbigen Band. Aber tief im Inneren weiß er: das ist Betrug, Selbstbetrug. Der so jugendlich Aufgeputzte sieht seinen Geliebten, doch der entfernt sich, „sehr bleich". Ein Hauch von Todesfarbigkeit in dieser bunten Pseudojugendlichkeit.

Schließlich: die Täuschung. Dass die Welt eine alte Metze sei, die getäuscht werden wolle, das steht schon früh in Thomas Manns Notizbuch, auch das *mundus vult decipi*. Beide, Faust und Aschenbach, folgen einer Phantasmagorie, sie betrügen, nicht so sehr die Geliebte, den Geliebten, sondern vor allem sich selbst. Fausts ganzes Reiseleben war Täuschung, und er, der auch andere getäuscht, die Schüler an der Nase herumgeführt hat, der selbst sich der Magie ergeben hat, lebt von Täuschungen wie schon sein Vater, jener dunkle Ehrenmann, und vergebens hofft Faust, aus diesem „Meer des Irrtums aufzutauchen". Mephistopheles weiß: „Laß nur in Blend- und Zauberwerken / Dich von dem Lügengeist bestärken, / So hab' ich dich schon unbedingt". Täuschungen den ganzen zweiten Teil des *Faust* hindurch, Mummenschanz, Teufelstänze und Fratzen, Kasten voll Geld als Maskenspaß, im Lustgarten ein Flammen-Gaukelspiel, die Welt zuweilen eine Geistererscheinung, nicht mehr.

Aschenbach geht es eigentlich genau so. Schon zu Beginn narrt ihn das Wetter, falscher Hochsommer ist eingefallen, der Englische Garten ist an einem Frühlingstag „dumpfig wie im August". Der Wanderer am Nordfriedhof: eine unwirkliche Erscheinung mit dem „Gepräge des Fremdländischen und Weitherkommenden" (445), eine Gestalt aus einer anderen Welt. Dann die täuschende Vision vom tropischen Sumpfgebiet mit Bambusdickicht und Vögeln von fremder Art: das ist „Welt und Leben als Illusion". Aschenbach hat nicht nur Schopenhauer gelesen, er lebt mit Schopenhauer, denn was er in seiner indischen Träumerei vor sich sieht, ist reinste Maja-Welt, ist Täuschung. Die Welt, so hieß es bei Schopenhauer, „sie gleicht dem Traume, gleicht dem Sonnenglanz auf dem Sande, welchen der Wanderer von ferne für ein Wasser hält, oder auch dem hingeworfenen Strick, den er für eine Schlange ansieht" [33] – ein uraltes Bild aus der indischen Mythologie. Hier ist der *Maja*-Roman, den Thomas Mann auch schreiben wollte, zu einem Teil Wirklichkeit geworden, und für Aschenbach gilt nicht nur die Formel vom *mundus vult decipi*, er willigt geradezu darin ein, dass auch er betrogen und getäuscht werde. Blendwerk und Täuschung bieten ihm die Reisestationen, und zum Blendwerk gehören auch die antikischen Bilder, die ihn am Strand überfallen, gehört, dass er die Mauern Athens sieht, den heiligen Ort, Sokrates und Phaidros im Gespräch, und Venedig ist ihm am Ende „halb Märchen und halb Fremdenfalle". Da sind Komödianten mit ihren Eulenspiegeleien, und sie machen die Welt vollends zum Theater. Aschenbach gerät immer tiefer in dieses Dasein hinein, in dem schließlich Wirkliches und Unwirkliches ineinander verschwimmen, und am Schluß erkennt er, dass er notwendig in die Irre gehen musste. Sein „jugendlich durstiges Verlangen in die Ferne", das ihn am Anfang seiner Reise begleitete, das ihn überhaupt zum Reisen brachte, hat sich erfüllt, diese „Sehnsucht ins Ferne und Neue, diese Begierde nach Befreiung, Entbürdung und Vergessen", die Aschenbach am Münchner Nordfriedhof überfallen hat – sie ist befriedigt. In diesem Textgewebe gibt es unendlich zarte Fäden vom Anfang der Geschichte bis zu ihrem Ende, und einen haben wir hier wohl fassen können.

Der Tod in Venedig: unverkennbare Goethe-Nähe, wie unterschiedlich man die Einzelheiten auch gewichten mag. So ist der Hinweis darauf, daß hier eigentlich eine Goethe-Geschichte erzählt werden sollte, die Geschichte von jener Liebe in Marienbad, nicht ein solcher, der ins Abseits führt, sondern der zur Sache gehört. Aber zum literarischen (oder wir könnten auch sagen: literarisch-existentiellen) Hintergrund gehört noch mehr, und damit entfernen wir uns noch weiter von jener Interpretationsmode, die der Meinung war, dass hier nichts anderes als die Geschichte eines verkappten Homosexuellen geschrieben worden sei, der sich nur so zu äußern wagte.

33 Arthur Schopenhauer: Die Welt als Wille und Vorstellung, Erster Band, Zürich 1988 [Werke in fünf Bänden. Nach den Ausgaben letzter Hand hg. von Ludger Lütkehaus], S. 37.

Um 1910 intensivierte sich Thomas Manns Verhältnis zur Klassik.[34] Er kaufte sich damals Klassiker-Ausgaben, besuchte 1910 zum ersten Mal Weimar, aber da war auch der Wunsch nach neuer Klassizität, nach „erlesener Prosa", wie sie Aschenbach vorschwebt, einer Prosa, „deren Lauterkeit, Adel und schwingende Gefühlsspannung binnen kurzem die Bewunderung vieler erregen sollte" (493). Aschenbachs Wunsch nach erlesener Prosa – das ist auch der Wunsch seines Autors, und er kam auf in Thomas Manns Auseinandersetzung mit Richard Wagner, wie sie sich in seinem Aufsatz *Über die Kunst Richard Wagners* abzeichnet. Der kurze Aufsatz entstand 1911 – ein Abschied von Wagner, jedenfalls ein temporärer, sicher nicht ein vollständiger, aber doch ein entschiedener. Da ist einerseits das Bekenntnis, dass Wagners Werke „so stimulierend wie sonst nichts in der Welt" auf seinen jugendlichen Kunsttrieb gewirkt hätten,[35] ihn immer wieder mit der neidisch-verliebten Sehnsucht erfüllt hätten, wenigstens im Kleinen und Leisen auch dergleichen zu machen. Aber andererseits ist da auch Wagner-Kritik: als Charakter sei er ihm suspekt gewesen, als Künstler tief fragwürdig in Bezug auf seine Wirkungen. Und er meinte zu wissen, „dass Wagners Stern am Himmel deutschen Geistes im Sinken begriffen ist". Heute gebe es, so Thomas Mann damals, „viel Wagnerkritik, viel instinktives, wenn auch stummes Misstrauen", und mehr noch: „viel Gleichgültigkeit gegen Wagner".[36] Wagner sei 19. Jahrhundert durch und durch, und wenn er an ein Meisterwerk des 20. Jahrhunderts denke, dann schwebe ihm vor, dass sich das von dem Wagnerschen Werk vorteilhaft unterscheide, und dann die Prophezeiung: „irgend etwas ausnehmend Logisches, Formvolles und Klares, etwas zugleich Strenges und Heiteres, von nicht geringerer Willensspannung als jenes, aber von kühlerer, vornehmerer und selbst gesunderer Geistigkeit, etwas, das seine Größe nicht im Barock-Kolossalischen und seine Schönheit nicht im Rausche sucht, – eine neue Klassizität, dünkt mich, muß kommen".[37] Und um eben sie bemüht sich Thomas Manns *Tod in Venedig*. „Neue Klassizität" war also das neue schriftstellerische Programm. So ganz neu war die Idee allerdings nicht: Samuel Lublinski, ein Kritiker, der seinerzeit die *Buddenbrooks* außerordentlich lobend besprochen hatte (was Thomas Mann ihm nie vergaß), hatte schon „neue Klassizität" als ein Zeichen der Moderne genannt; diese neue Klassizität, von ihm bereits proklamiert in seinem Aufsatz *Klassische Kunst* von 1904, war damals gegen den Naturalismus gerichtet, der sich überlebt habe; aber vor allem wollte Lublinski eine neue „synthetische Kunst", schrieb damals: „In ihr lebt ein Streben nach Präzision, Einfachheit und geschlossener Einheit"[38] – und dieser Satz spiegelt sich geradezu in Thomas Manns Forderung, dass die „neue Klassizität" „etwas ausnehmend Logisches, Formvolles und Klares, etwas zugleich Strenges und Heiteres" sein solle. Neuklassizismus um und kurz nach 1900, neben der Neorenaissance, der Neuromantik, einem neuen Biedermeier. Klassizismus bedeutet damals

[34] Dazu Hinrich Siefken: Thomas Mann. Goethe – „Ideal der Deutschheit". Wiederholte Spiegelungen 1893-1949, München 1981, S. 72f.

[35] Thomas Mann: Gesammelte Werke (wie Anm. 7), Bd. X, S. 840.

[36] Ebd., S. 842.

[37] Ebd.

[38] Samuel Lublinski: Der Ausgang der Moderne, Dresden 1909, S. 77.

auch einen weitgehenden Verzicht auf Ironie, Verzicht auf jegliche psychologisierende Darstellung, Einsatz aller sprachlichen Mittel, die eine distanzierte Erzählhaltung zulassen; der Einbezug mythischer Themen und Figuren sowie antiker Literatur erfüllte zudem die Konzeption einer neuen synthetischen Kunst und sicherte diese Klassizität auch vom Stofflichen her. Ein kluges Gespinst aus Andeutungen und Zeichen, das den Helden der Erzählung umschlossen hält, der Verzicht auf naturalistische Skizzen und Detailanhäufungen, Bedeutungsdichte, das hat offenbar auch Thomas Mann als „neue Klassizität" vorgeschwebt, und mit dieser kühlen Erzählhaltung im *Tod in Venedig* hat er sein eigenes Programm erfüllt, zumal neue Klassizität sich nicht nur auf die klassische Antike bezog, sondern eben auch auf die Klassik Goethes: im übrigen half diese neue Klassizität aus der eigenen Lebens- und Schreibkrise von 1910 heraus. Der Leistungsethiker Aschenbach stellt das in Frage, was er eigentlich ist – und diese Kritik war auch Selbstkritik des Autors, Thomas Mann, wie er das einmal genannt hat, an einer Zeitenwende. Später, 1940 in *On myself*, hat er den *Tod in Venedig* sogar als einen Abschluß gesehen, als „ein Letztes und Äußerstes", und hat gesagt: „Auf dem persönlichen Wege, der zum *Tod in Venedig* geführt hatte, gab es kein Weiter, kein Darüber-Hinaus, und ich verstand es vollkommen, wenn Freunde meiner Arbeit damals ihre Sorge zu erkennen gaben darüber, wie ich es nun überhaupt noch weiter treiben wollte".[39] Das war für die Zeit nach dem *Tod in Venedig* gesagt, aber die Novelle selbst gibt mit Aschenbachs Untergang die Frage auf, „ob man einen kritischen Punkt, einen Punkt relativer und bedingter Vollendung, wie ich sie erreicht hatte, überwindet oder nicht".[40] Ein Höhepunkt als Ende, das Ende als Krise: neue Klassizität als mögliches Stilideal hier erreicht, aber kein Weg in die Zukunft. Wie hätte eine neue Klassizität nach dem *Tod in Venedig* auch aussehen können? Es ging so nicht weiter. Der *Zauberberg* sollte dann ja auch eine Antwort auf den *Tod in Venedig* werden, sollte ursprünglich ein humoristisches Gegenstück zur tragischen Novelle über das Ende Aschenbachs sein. Es war aber auch insofern eine Krisensituation, als Thomas Mann hier noch einmal das alte Dekadenzthema ausgestaltet und damit zugleich das Künstlerproblem, also die prekäre und zweifelhafte Situation des modernen Künstlers angesprochen hatte. Das war freilich mehr als nur ein persönliches Problem: die Novelle sei, so hat er nachträglich 1940 gesagt, in voller Entsprechung zu der „Ausgeformtheit und Abgeschlossenheit der individualistischen Gesamt-Problematik des in die Katastrophe mündenden bürgerlichen Zeitalters" zu sehen.[41]

Da war vielleicht also noch mehr. *Der Tod in Venedig* war die Geschichte eines grandiosen Untergangs; das kann man auf der einen Seite mit der Dekadenz-Thematik der Jahrhundertwende in Verbindung bringen; und wenn man die Novelle so las, dann konnte man ein geschminktes Gesicht und sexuelle Perversion zum typischen „Motiv- und Themenbestand der europäischen Dekadenzliteratur" rech-

---

39 Thomas Mann: Gesammelte Werke (wie Anm. 7), Bd. XIII, S. 151.

40 Ebd.

41 Ebd.

nen.[42] Bruno Frank hatte schon 1913 in einer Besprechung der Geschichte in der *Neuen Rundschau* darauf hingewiesen, dass Aschenbachs Knabenliebe im Sinne von Schopenhauers *Metaphysik der Geschlechtsliebe* als Folge des Übergangs vom „Mannesalter" in eine „minder taugliche Periode" zu verstehen sei.[43] *Der Tod in Venedig* also ein Höhepunkt der und zugleich ein Abschied von der Dekadenzliteratur. Aber wenn man die Novelle als zukunftsgerichtet liest, dann kommt mit ihr wohl auch etwas von den „Gefahren der Unvernunft" herauf,[44] und Georg Lukács hat gar gemeint, dass der *Tod in Venedig* und Heinrich Manns *Der Untertan* „große Vorläufer jener Tendenz" seien, „die die Gefahr einer barbarischen Unterwelt innerhalb der modernen deutschen Zivilisation, als ihr notwendiges Komplementärprodukt, signalisiert" hätten. Diese Passage hat Thomas Mann in seinem Rechenschaftsbericht über die *Entstehung des Doktor Faustus* lobend zitiert,[45] sah sich in der Meinung bestätigt, dass der Dichter und der Philosoph, als „Melde-Instrument, Seismograph, Medium der Empfindlichkeit, ohne klares Wissen von dieser seiner organischen Funktion und darum verkehrter Urteile nebenher durchaus fähig", hier die einzig „richtige Perspektive" eröffne. Und er hat gemeint, dass damit sogar auf die Beziehung zwischen der venezianischen Novelle und dem *Faustus* schon im voraus hingewiesen worden sei. Der Untergang der alten Welt. Als der gleiche Lukács die Aschenbach-Geschichte mit dem preußischen Militarismus in Verbindung gesetzt hatte, hat Thomas Mann ihm allerdings widersprochen: es sei zwar „soldatischer Geist" in dieser Novelle, wie er einmal auch an Samuel Fischer schrieb,[46] aber das preußische Ethos war für ihn durch „Disziplin" charakterisiert, nicht durch deren Zusammenbruch. Doch Aschenbachs Irrationalismus hat Thomas Mann mit der faschistischen Politik in Verbindung gebracht, und er hat seiner amerikanischen Gönnerin Agnes E. Meyer sogar gestanden, dass selbst er deren Keime in sich getragen habe, und hat ihr, die sich über diese Aussage entsetzte, auch erklärt, wie das zu verstehen sei: Aschenbach sei „ein Künstler-Geist, den aus dem Psychologismus und Relativismus der Jahrhundert-Wende nach einer neuen Schönheit, einer Vereinfachung der Seele, einer neuen Entschlossenheit, nach der Absage an den Abgrund und nach einer neuen menschlichen Würde jenseits der Analyse und selbst der Erkenntnis" verlange: „Das waren Tendenzen der Zeit, die in der Luft lagen, lange bevor es das Wort ‚Faszismus' gab, und die in der politischen Erscheinung, die man so nennt, kaum wiederzuerkennen sind. Doch haben sie geistig gewissermassen damit zu tun und haben zu seiner moralischen Vorbereitung gedient. Ich hatte sie so gut wie irgend einer in mir, habe sie darstellend hier und da in mein Werk aufgenommen, zum Bei-

---

42 Erwin Koppen: Dekadenter Wagnerismus. Studien zur europäischen Literatur des Fin de siècle, Berlin 1973, S. 232.

43 Bruno Frank: Eine Betrachtung nach dem *Tod in Venedig*, in: Neue Rundschau 24, 1913, S. 665. Vgl. auch Böhm (wie Anm. 18), S. 327.

44 Reed in GKFA 2.2, S. 391.

45 Thomas Mann: Gesammelte Werke (wie Anm. 7), Bd. XI, S. 239f.

46 Brief vom 22. 8. 1914; DüD I (wie Anm. 8), S. 404.

spiel auch in der Fiorenza-Formel von der ‚wiedergeborenen Unbefangenheit' […]".[47]

*

Das alles mag richtig sein, aber erschöpfend analysiert ist die Erzählung damit nicht: und es macht ihre Modernität aus, dass sie in vielfacher Optik gelesen werden kann. Wir wollen abschließend noch einen ganz anderen Blick wagen: den auf seinen Bruder Heinrich. An dem hatte Thomas Mann sich bislang immer wieder orientiert, nicht selten im Widerspruch zu ihm. Gab es diesmal ähnliches?

Vor Jahren hatte es einen großen brieflichen Streit gegeben, Thomas Mann hatte seinem Bruder Kitsch und Kolportage vorgeworfen, Sexualismus als „das Nackte, das Unvergeistigte";[48] da sei „diese schlaffe Brunst in Permanenz, dieser fortwährende Fleischgeruch", und er, Thomas Mann, habe diese „gellenden Geschmacklosigkeiten" nur angewidert zu Kenntnis nehmen können – dabei sei Heinrich es gewesen, der früher einmal „etwas Besseres, Höheres, Reineres" gewollt habe,[49] aber nun im Sumpf einer neuzeitlichen Unterhaltungslektüre gelandet sei. Das war am 5. Dezember 1903 geschrieben worden. Wie konnte er dem Bruder, mit dem er sich in diesen Jahren in inniger Feindschaft verbunden fühlte, etwas anderes zu bedenken geben?

Der Tod in Venedig war mit den Charakteristika einer neuen Klassizität auch eine bewusste Abkehr vom Stil seines Bruders, Heinrich hatte mit einer solchen neuen Klassizität nicht das Geringste zu schaffen. Zu seinen *Göttinnen* hatte er selbst geschrieben: „Die brünstige Natur Neapels steigert ihre Erotik bis zum körperlichen Wahnsinn. Physiologisch betrachtet, ist ‚*Venus*' der Roman des Climacteriums. Und das Krankhafte, das dem Lebensalter der Heldin angehört, trägt einen bitteren Geschmack in ihre überhitzten Lüste".[50] „Orgien, die starkes antikes Leben in die raffinirtesten modernen Verhältnisse übertragen und von einer kaum zu überbietenden Fleischlichkeit strotzen", wurden von Heinrich Mann in seinem Roman angeboten, und: „Überall in diesem merkwürdigen Liebesroman strömen Landschaft und Menschen eine erstaunlich sinnliche Hitze aus".[51] Der Roman hielt, was der Autor auf seinem Waschzettel seiner Leserschaft versprochen hatte – Thomas Mann hat sich abgewandt, und in seinem *Tod in Venedig* hat er wohl auch seinem Bruder zeigen wollen, wie Liebe auch anders geschildert werden könnte. Ein kurzer Textvergleich kann zeigen, wie das zu verstehen war. In einer Liebes-Szene von Heinrich Manns *Göttinnen* heißt es:

---

47 Thomas Mann – Agnes E. Meyer. Briefwechsel 1937-1955. Hg. von Hans Rudolf Vaget, Frankfurt am Main 1992, S. 124.

48 Thomas Mann: Briefe I. GKFA 21, S. 248.

49 Ebd., S. 247.

50 Heinrich Mann: Die Göttinnen. Die drei Romane der Herzogin von Assy. III: Venus. Mit einem Nachwort von André Banuls und einem Materialienanhang, zusammengestellt von Peter-Paul Schneider [Heinrich Mann. Studienausgabe in Einzelbänden. Hg. von Peter-Paul Schneider], Frankfurt am Main 1987, S. 310.

51 Ebd.

> Sie warfen die Kleider ab. Ein Strom schwerer Sonne ging auf einmal aus Wolken hernieder und am Abhang über die Oliven hin. Die Bäume schlugen im Nu lauter silberne Augen auf und schlossen sie wieder. Nino und seine Geliebte erhoben sich, indes über ihnen zwei große Zypressen zu sausen begannen. Ihre Sinne beugte derselbe schwere Wind. Sie sahen sich an, mit Blicken, dunkel und zuckend wie der Himmel. Und wie sie einander an sich rissen, brach der Sturm los.
> Sie stürzten sich, Brust an Brust, in die erzenen Wellen. In jeder von ihnen verzitterte einer ihrer Seufzer. Jeder schwere Windstoß peitschte eine ihrer Umarmungen. Ihre hellen Glieder bebten auf den Spitzen der schwarzen Wogen, zusammen mit den Schaumkronen. Als sie wieder ans Land stiegen, perlten sie von Meerschaum und keuchten noch von der Lust, deren Gipfel sich überschlagen hatten. Wie Algen, lang und naß, klatschte das dunkle Haar der Herzogin im Sturm ihrem Geliebten um den Leib. Rote Blüten flogen ihnen im Sturm, sie wußten nicht woher, an die Stirnen. Andere hafteten rot auf ihren Scheiteln. Und dabei krümmte sich der ganze Himmel feurig rot.[52]

Die Sprache am äußersten Rande ihrer Möglichkeiten, etwas, wie es im Wagner-Aufsatz hieß, „Barock-Kolossalisches", die „Schönheit im Rausch" gesucht. Erotischer Kitsch der Jahrhundertwende. Thomas Mann beschreibt die sich anbahnende Liebe Aschenbachs zu dem schönen polnischen Jungen – der Gegensatz könnte kaum größer sein – mit äußerster Zurückhaltung: Tadzio

> kam durch die Glastür und ging in der Stille schräg durch den Raum zum Tisch seiner Schwestern. Sein Gehen war sowohl in der Haltung des Oberkörpers wie in der Bewegung der Knie, dem Aufsetzen des weiß beschuhten Fußes von außerordentlicher Anmut, sehr leicht, zugleich zart und stolz und verschönt noch durch die kindliche Verschämtheit, in welcher er zweimal unterwegs, mit einer Kopfwendung in den Saal, die Augen aufschlug und senkte. Lächelnd, mit einem halblauten Wort in seiner weich verschwommenen Sprache, nahm er seinen Platz ein, und jetzt zumal, da er dem Schauenden sein genaues Profil zuwandte, erstaunte dieser aufs neue, ja erschrak über die wahrhaft gottähnliche Schönheit des Menschenkindes. Der Knabe trug heute einen leichten Blusenanzug aus blau und weiß gestreiftem Waschstoff mit rotseidener Masche auf der Brust und am Halse von einem einfachen weißen Stehkragen abgeschlossen. Auf diesem Kragen aber, der nicht einmal sonderlich elegant zum Charakter des Anzugs passen wollte, ruhte die Blüte des Hauptes in unvergleichlichem Liebreiz, – das Haupt des Eros, vom gelblichen Schmelze parischen Marmors, mit feinen und ernsten Brauen, Schläfen und Ohr vom rechtwinklig einspringenden Geringel des Haares dunkel und weich bedeckt. – Gut, gut! dachte Aschenbach mit jener fachmännisch kühlen Billigung, in welche Künstler zuweilen einem Meisterwerk gegenüber ihr Entzücken, ihre Hingerissenheit kleiden (473f.).

Keine großen Worte, keine Überschwänglichkeiten, Klassizität als Frage des Stils behandelt. Kein Sprachrausch, sondern das Beobachtete kühl notiert in Form zustimmenden Einverständnisses. Das war nicht mehr die hysterische Renaissance des Bruders, sondern hier waren auch Liebe und Leidenschaft der neuen Klassizität unterworfen.

Schließlich Aschenbachs Tod am Meer: er ist ein Gegenbild zum Ende der Herzogin im dritten Roman der *Göttinnen*: die träumt ihren letzten Traum, sie kehrt von einer Reise zurück, fährt über den feuchten Strand am Rande des Meeres, „das weite,

---

52 Heinrich Mann, Die Göttinnen (wie Anm. 50), III, S. 156.

flache Wellen rollte",[53] sie hat mythische Visionen, sieht noch einmal die drei Göttinnen, aber am Schluß gilt ihr letzter Blick einem Jüngling, der in der Dunkelheit erscheint: „Er lehnte sich gegen eine Säule und hielt die Hände hinter dem Kopf gekreuzt. Sein Fuß trat lässig auf eine ausgelöschte Fackel. Er war nackt. Er deuchte ihr sehr schön".[54] Eros als Thanatos, Thanatos als Eros – wie bei Thomas Mann. Aber das war bei Heinrich eine recht plakative Mythologie, und Tadzio, wenn er ein letztes Mal am Meer erscheint, muß nicht auf eine ausgelöschte Fackel treten, um anzudeuten, dass der Tod kommt. Er ist nur „der bleiche und liebliche Psychagog" (525) dort draußen, und der Leser weiß Bescheid.

Wissen wir jetzt auch Bescheid? Wohl nicht mehr als nur „ein wenig". Die Erzählung ist nicht auslotbar, es öffnen sich immer wieder neue Blicke in neue Zusammenhänge und Hintergründe, und es geht dem Leser wohl immer ein wenig wie dem Wanderer im Vorspiel zu den Josephsromanen: jenem „Küstengänger", „der des Wanderns kein Ende findet, weil hinter jeder lehmigen Dünenkulisse die er erstrebte, neue Weiten zu neuen Vorgebirgen vorwärtslocken".[55] Ein Jahr lang hat Thomas Mann an seiner Novelle geschrieben, hundert Jahre germanistischer Interpretationsbemühungen haben ihr ihren Reiz nicht nehmen können.

Literaturverzeichnis:

Primärliteratur:

Biedermann, Flodoard Freiherr von (Hg.): *Goethes Gespräche. Gesamtausgabe.* Band 2, Leipzig: Biedermann, 1909.

Eckermann, Johann Peter: *Gespräche mit Goethe in den letzten Jahren seines Lebens 1823-1832.* Leipzig: Brockhaus, 1883.

Frank, Bruno: Eine Betrachtung nach dem *Tod in Venedig.* In: *Neue Rundschau* 24 (1913): 656ff.

Goethe, Johann Wolfgang von: *Goethes Werke. Weimarer Ausgabe.* IV. Abteilung, 37. Band. Weimar: Böhlaus Nachfolger, 1906.

Hansen, Volkmar und Gert Heine (Hg.): *Frage und Antwort. Interviews mit Thomas Mann 1909-1955.* Hamburg: Knaus, 1983.

Lublinski, Samuel: *Der Ausgang der Moderne.* Dresden: Reissner, 1909.

Mann, Heinrich: *Die Göttinnen. Die drei Romane der Herzogin von Assy. III: Venus.* Heinrich Mann. Studienausgabe in Einzelbänden. Hg. von Peter-Paul Schneider. Frankfurt am Main: Fischer, 1987.

Mann, Katia: *Meine ungeschriebenen Memoiren.* Frankfurt am Main: Fischer, 1974.

Mann, Thomas: *Gesammelte Werke in dreizehn Bänden.* Frankfurt am Main: Fischer, 1974.

Mann, Thomas: *Frühe Erzählungen 1893-1912.* Kommentar von Terence J. Reed. Frankfurt am Main: Fischer, 2004 [Thomas Mann: Große kommentierte Frankfurter Ausgabe: Werke – Briefe – Tagebücher Bd. 2.2].

---

[53] Ebd, S. 259.

[54] Ebd., S. 261.

[55] Thomas Mann: Gesammelte Werke (wie Anm. 7), Bd. IV, S. 9.

Mann, Thomas: *Briefe I. 1889-1913*. Ausgewählt und hg. von Thomas Sprecher [...]. Frankfurt am Main: Fischer, 2002.

Mendelssohn, Peter de (Hg.): *Briefe an Otto Grautoff 1894-1901 und Ida Boy-Ed 1903-1928*. Frankfurt am Main: Fischer, 1975.

Schopenhauer, Arthur: *Die Welt als Wille und Vorstellung*. Erster Band. Zürich: Haffmanns, 1988 [Werke in fünf Bänden. Nach den Ausgaben letzter Hand hg. von Ludger Lütkehaus].

Trunz, Erich (Hg.): *Goethes Werke. Hamburger Ausgabe in vierzehn Bänden*. Bd. 1. Hamburg: Wegner, 1956.

Vaget, Hans Rudolf (Hg.): *Thomas Mann – Agnes E. Meyer. Briefwechsel 1937-1955*. Frankfurt am Main: Fischer, 1992.

Wysling, Hans und Yvonne Schmidlin (Hg.):*Thomas Mann: Notizbücher 7-14*. Frankfurt am Main: Fischer, 1992.

Wysling, Hans und Marianne Fischer (Hg.): *Dichter über ihre Dichtungen. Thomas Mann*. Bd. I. Zürich: Heimeran, 1975.

Forschungsliteratur:

Bahr, Ehrhard: *Der Tod in Venedig. Erläuterungen und Dokumente*. Stuttgart: Reclam, 1991.

Böhm, Karl Werner: *Zwischen Selbstzucht und Verlangen. Thomas Mann und das Stigma Homosexualität*. Würzburg: Königshausen und Neumann, 1991.

Koppen, Erwin: *Dekadenter Wagnerismus. Studien zur europäischen Literatur des Fin de siècle*. Berlin: de Gruyter, 1973.

Otto, Regine und Bernd Witte (Hg.): *Goethe-Handbuch in vier Bänden*. Bd. 1: Gedichte. Stuttgart: Metzler, 1996.

Siefken, Hinrich: *Thomas Mann. Goethe – „Ideal der Deutschheit". Wiederholte Spiegelungen 1893-1949*. München: Fink, 1981.

Friedrich Dürrenmatt

Der Besuch der alten Dame

Kaspar H. Spinner

Der Besuch der alten Dame ist eines der international erfolgreichsten Bühnenstücke; entstanden ist es vor etwas mehr als 50 Jahren – und es erscheint heute aktueller denn je. Es handelt von Menschen, die auf Kredit leben, es zeigt, wie die Gier nach einer Milliarde zu einem Zusammenbruch moralischer Maßstäbe führt und wie die Moral zugleich zum Schein aufrechterhalten wird; es führt vor, wie Verantwortung und Schuld delegiert werden, z.T. bewusst und gezielt, z.T. auch so, dass den Menschen gar nicht klar ist, was sie eigentlich tun.

Der Plot des Stückes lässt sich folgendermaßen zusammenfassen: Eine Milliardärin, Claire Zachanassian, geborene Klara Wäscher, besucht nach vier Jahrzehnten Abwesenheit ihre wirtschaftlich völlig heruntergekommene Heimatstadt mit dem sprechenden Namen Güllen und bietet der Stadt eine Milliarde, wenn die Einwohner ihr den ehemaligen Geliebten, der sie, als sie schwanger wurde, verlassen und verleugnet hatte, getötet ausliefern. Claire Zachanassian will, wie sie sagt, „Gerechtigkeit" für das, was man ihr angetan hat. Das Stück zeigt, wie die Güllener das Angebot zunächst empört ablehnen, wie sie aber anfangen, auf Pump zu leben, und sich dann zusehends mit dem unmoralischen Angebot abfinden und zum Schluss den Tausch Mord gegen eine Milliarde vollziehen.

Man ist versucht zu sagen: Hier beschreibt Dürrenmatt überaus treffend die Welt des Kapitalismus, in der moralische Werte, ohne dass dies den Handelnden so richtig bewusst ist, ausgehöhlt werden, weil das Geld alles regiert; ursprünglich plante Dürrenmatt als Untertitel „Komödie der Hochkonjunktur". Der Frage nach Recht und Gerechtigkeit in der von der Ökonomie beherrschten Welt hat sich Dürrenmatt in vielen seiner Werke gewidmet. Unsere moderne Welt war für ihn ein undurchdringliches Chaos ohne Sinn. In seinen autobiographischen Aufzeichnungen „Stoffe" wird das z.B. deutlich, wenn er von den Erwachsenen spricht, unter denen er aufgewachsen ist:

> Sie waren stark im Glauben [...] und ahnten nicht, wie ohnmächtig sie waren, verwurstelt in eine verlotterte Weltwirtschaft, Spielbälle von politischen Glücksrittern und Hasardeuren der Hochfinanz, Opfer gigantischer Schiebungen und Fehlplanungen. (Dürrenmatt 1981, 204)

Im *Besuch der alten Dame* wird diese „verlotterte" Welt in aller Drastik gezeigt.

Aber bei solcher Interpretation ist Vorsicht geboten. Den *Besuch der alten Dame* als Darstellung der ökonomischen Wirklichkeit unserer Gesellschaft aufzufassen, wäre nicht im Sinne Dürrenmatts. Er will nicht unsere Welt beschreiben oder abbilden, er ist kein realistischer Autor. Und er will auch nicht die Welt deuten. „Ich deute die Welt nicht. Als Bühnenschriftsteller ist dies nicht meine Aufgabe", hat Dürrenmatt mit Nachdruck betont (Dürrenmatt 1966, 186). Und in der Tat ist vieles ja reichlich unrealistisch, was in dem Stück geschieht: Wo kommt es denn vor, dass eine Dame einer ganzen Stadt eine Milliarde für einen Mord bietet? Grotesk ist es, wenn die alte Dame nach Güllen mit ihrem siebten Gatten kommt, sich während des Aufenthalts in der Stadt von ihm trennt, Gatte VIII heiratet, von dem sie sich gleich wieder trennt, um Gatte IX zu heiraten. Und was sollen wir davon halten, dass bei einer Szene im Wald die Bäume von Zweige haltenden Bürgern dargestellt werden? Solche grotesken und surrealen Elemente im Stück entsprechen dem, was Dürrenmatt grundsätzlich in einem Gespräch mit Horst Bienek zum Theater gesagt hat: „Das Ziel jedes Theaterstückes ist es, mit der Welt zu spielen" (Dürrenmatt 1996, 115).

Keine Abbildung der Welt, keine Deutung, keine Belehrung des Zuschauers: Handelt es sich also nur um ein unverbindliches Spiel? Das wäre nicht die zutreffende Schlussfolgerung. Aber wie ist das Stück aufzufassen, wie sollen wir es als Leser und Zuschauer verstehen? Dieser Frage gehe im Folgenden in 4 Schritten nach:

- Dürrenmatts Dramaturgie des Einfalls
- Dürrenmatts Komödienbegriff
- das Verhalten der Figuren im Stück
- doppelbödige Sprache

Die Abfolge dieser vier Punkte führt von der Poetologie über die Gattungsfrage und die Figuren zur sprachlichen Gestaltung.

1. Dramaturgie des Einfalls

Der Einfall ist ein zentraler Begriff in Dürrenmatts Theatertheorie, der entsprechend auch in der Forschung häufig thematisiert wird.[1] Anhand des *Besuchs der alten Dame* kann man das Prinzip des Einfalls besonders gut zeigen und es weist den Weg zu einem angemessenen Verständnis des Werks. Aufschlussreich ist in diesem Zusammenhang ein Blick auf die Entstehung des Stücks, über die Dürrenmatt selbst Auskunft gegeben hat; die Dramaturgie des Einfalls wird da auf anschauliche Weise greifbar: Am Anfang der Entstehungsgeschichte stand der Einfall zu einer Erzählung, die Dürrenmatt dann erst mehr als 20 Jahre später unter dem Titel *Mondfinsternis* ausarbeitete: Ein in Amerika (in der Erzählung dann Kanada[2]) reich gewordener Schweizer kommt in sein Heimatdorf zurück und bietet der Gemeinde eine Million pro Familie, wenn sein einstiger Nebenbuhler, der ihm 40 Jahre zuvor die Freundin ausgespannt hatte, getötet wird. Man erkennt hier den grundlegenden Einfall wieder, der dann in anderer Ausstattung im *Besuch der alten Dame* wiederzufinden ist: Es kommt nach vielen Jahren jemand in seinen Heimatort zurück und verspricht Geld,

1 Vgl. dazu besonders Dick 1990.
2 Vgl. Weber 2000, 180.

viel Geld, wenn die Einwohner jemand ermorden – den Hintergrund bildet dabei eine frühere Liebesgeschichte. Für den *Besuch der alten Dame* hat Dürrenmatt einen Geschlechterwechsel vorgenommen, aus dem Heimkehrer ist eine Frau geworden, die als Mädchen ein Verhältnis zu einem Jungen hatte und schwanger wurde. Schauplatz ist nun eine kleine Stadt und nicht mehr ein Dorf.

Ein Einfall beinhaltet bei Dürrenmatt ein außerordentliches Ereignis, das zum Auslöser für die Handlung im literarischen Text wird. Der Einfall muss nicht realistisch sein; seine Funktion besteht darin, ein Gedankenexperiment zu ermöglichen: Was ist die Folge, wenn ein solches außergewöhnliches Ereignis geschieht? Dies wird, einem Experiment vergleichbar, im Theaterstück durchgespielt.[3] Bezogen auf den *Besuch der alten Dame* könnte man sagen, dass Claire Zachanassian in die Stadt einfällt und eine radikale Veränderung der Verhältnisse auslöst. Durch den Einfall überschreitet das literarische Werk die Wirklichkeit, er bildet die Grenze zwischen wirklicher Welt und Fiktion, wie in folgender Notiz Dürrenmatts zum Stück deutlich wird: „genau dort, wo die Welt in Kunst gleichsam überspringt, steht der Einfall" (Dürrenmatt 1998, 138).

Für den Produktionsprozess bedeutet die Dramaturgie des Einfalls, dass das Schreiben nicht einer zuvor zurechtgelegten Botschaft und einem dazu ausgedachten Handlungsplan folgt, sondern ergebnisoffen ist, in Dürrenmatts Worten: „Das Schreiben ist eine ewige Überraschung […]. Sie wissen vorher nie, was kommt" (Dürrenmatt 1976, 37). Entsprechend hat sich Dürrenmatt als „Drauflosschreiber" charakterisiert[4]; das Schreiben hat so einen spielerischen und zugleich analytischen Charakter:

> Diese Analyse ist von der Einbildungskraft bestimmt, vom Gedankenexperiment, von der Spielfreude, sie ist darum nicht streng wissenschaftlich, sie ist in vielem leichtfertig, doch gerade darum nützlich. (Dürrenmatt 1988b, 608)

Warum, so mag man bei einer solchen Äußerung fragen, kann ein „Gedankenexperiment", das „in vielem leichtfertig" ist, denn zugleich nützlich sein? Die Antwort auf diese Frage ist in der Rolle zu suchen, die Dürrenmatt dem Lesers bzw. Zuschauer zuschreibt: Er soll mitdenken und dabei auch Bezüge zur Wirklichkeit herstellen. Der Autor „stellt den Stoff zur Interpretation her, nicht die Interpretation selbst" (Dürrenmatt 1966, 151), diese ist Angelegenheit des Rezipienten. Wenn er zur Auffassung gelangt, dass *Der Besuch der alten Dame* die gegenwärtige Wirklichkeit darstelle, ist das seine Interpretation – er kann auch zum Schluss kommen, dass die Wirklichkeit nicht so sei. Dürrenmatt als Autor gibt keine Schlussfolgerung vor, er will nicht belehren und nicht eine Einsicht aufdrängen, aber er will den Leser und Zuschauer durch Provokation zum Nachdenken bringen.

Worauf soll sich dieses Nachdenken in einem Stück wie dem *Besuch der alten Dame* beziehen? Dürrenmatt interessiert sich bei der Entwicklung seiner Gedankenexperimente vor allem für die Verhaltensweisen seiner Figuren: Wie würden sich Men-

---

3 Vgl. dazu bes. Descourvières 2006, 122.

4 Vgl. Weber 1998, 186.

schen verhalten, wenn das eintrifft, was der Einfall vorgibt? Extremsituationen zeigen dabei am ehesten, wie Menschen eigentlich sind. Man kann in diesem Zusammenhang auf eine Stelle in Dürrenmatts Roman *Justiz* verweisen, wo es von Dr. h. c. Kohler heißt: „er hatte getötet, um zu beobachten, gemordet, um die Gesetze zu untersuchen, die der menschlichen Gesellschaft zugrunde liegen“ (Dürrenmatt 1985, 126). In vergleichbarer Weise inszeniert Dürrenmatt in seinem *Besuch der alten Dame* das Angebot einer Milliarde für einen Mord, um anhand dieser unwahrscheinlichen Konstellation den verborgenen Verhaltensmustern der Menschen nachzuspüren.

Neben dem dargelegten grundlegenden Einfall als inhaltlichem Auslöser ist für Dürrenmatt auch ein Einfall für die Bühnenidee wichtig, ein szenischer Mikroeinfall, wie man dies nennen könnte. Beim *Besuch der alten Dame* ist dies die Idee zur Bahnhofszene; Dürrenmatt hat die Entstehung dieser Bühnenidee genau beschrieben:

> Ich hätte die *Alte Dame* nie geschrieben, wäre mir die Bühnenidee dazu nicht eingefallen. Diese bestand [...] im Umstand, daß auch die Schnellzüge Bern-Neuchâtel in Ins und Kerzers anhalten, wodurch man gezwungen ist, die beiden kleinen trostlosen Bahnhöfe zu betrachten, ungeduldig über den Unterbruch, wenn er auch nur ein, zwei Minuten dauert; Minuten, die sich für mich lohnten, kam ich doch durch sie wie von selbst auf die erste Szene. [...] ein Bahnhof setzt auch die Erwartung voraus, daß jemand ankommt. Je größer die Erwartung ist [...], desto mehr Möglichkeit bietet die Erwartungsszene [...]. (Dürrenmatt 1981, 248f.)[5]

So beginnt denn das Stück mit einer Gruppe von Güllenern am Bahnhof, die die reiche ehemalige Dorfbewohnerin erwarten. Deren angekündigter Besuch weckt Hoffnungen materieller Art, denn um Güllen steht es schlecht, alles ist heruntergekommen. So bereiten die Güllener einen großen Empfang für die Heimkehrerin vor. Ill, Claires ehemaliger Geliebter, von dem man entsprechende Fürsprache für eine große Spende erhofft, sagt: „Schon ein mißglückter Empfang am Bahnhof kann alles verteufeln“ (20). Gleich danach (das ist der weitere, überaus bühnenwirksame Einfall der Eingangsszene) missglückt der Empfang gründlich – Ills Wort „verteufeln“ erweist sich durch den weiteren Verlauf als prophetisch, denn es ist, als wenn der Teufel die Stadt heimsuche; „Und ich bin die Hölle geworden“, sagt die alte Dame später selbst (38). Der Empfang missglückt, weil Claire Zachanassian, statt im nächsten Ort umzusteigen, den Schnellzug einfach mit einer Notbremsung in Güllen zum Halten bringt. Damit schafft Dürrenmatt eine geradezu klassische komische Situation: Der Bürgermeister, der vor der Ankunft Claire Zachanassians noch sagte: „Ich werde natürlich nicht hemdärmlig dastehen wie jetzt, sondern in feierlichem Schwarz mit Zylinder“ (20), muss ohne angemessene Aufmachung seine vorbereitete Rede halten, die allerdings im Lärm des wieder abfahrenden Zuges untergeht. So ergibt sich ein typisch komödiantisches Spiel um Schein und Sein; dazu passt, dass sich die alte Dame „für die schöne Rede“, die sie gar nicht hat verstehen können, bedankt (25).

Wie ersichtlich, haben die Einfälle bei Dürrenmatt auf der Makro- wie auf der Mikroebene mit der Herstellung von Erwartung zu tun. Im Großen ist es die Erwar-

---

5 Vgl. auch Gespräch mit Bienek, Gespräche Bd. 1, S.124f.)

tung, wie die Menschen mit dem unmoralischen Angebot umgehen, im Kleinen ist es in der Bahnhofszene die Erwartung der angekündigten alten Dame.

2. Komödie

Die Schaffung einer Erwartung, die dann überraschend durchkreuzt wird, ist ein komödiantisches Prinzip. Dürrenmatt hat alle seine Theaterstücke als Komödien bezeichnet, den *Besuch der alten Dame* im Untertitel als „tragische Komödie"; mit dem Zusatz „tragische" bringt er allerdings zum Ausdruck, dass die Komödie nicht einfach der Belustigung dient. Ihre Leistung wird aus der folgenden Äußerung von Dürrenmatt deutlich: „Wer verzweifelt, verliert den Kopf; wer Komödien schreibt, braucht ihn." (Weber/Dürrenmatt 1961, 29) Diese Bemerkung mag verwunderlich klingen: Hat Komik mit Verstand zu tun? Das Verbindende von beidem sieht Dürrenmatt darin, dass Komik Distanz schafft: „das Komische wirkt auf uns, weil wir von ihm Abstand nehmen, [...]" (Dürrenmatt 1980a, 132). Eine solche Auffassung erinnert an Brechts Verfremdungstechnik, mit der Brecht eine identifikatorische Rezeption verhindern will; Dürrenmatt verwendet den Begriff des Verfremdungseffektes selbst im Zusammenhang mit Darlegungen zum Begriff der Komödie (ebd. 131). Anders als bei Brecht ist bei Dürrenmatt jedoch das Groteske das Hauptmittel der distanzschaffenden Verfremdung. Ein typisches Beispiel im *Besuch der alten Dame* ist die Szene im Konradsweiler Wald, in dem sich Claire – damals noch Klara – und Alfred Ill früher einmal geliebt hatten:

> ILL [...] Ich liebe dich doch! *Er küßt ihre rechte Hand.* Dieselbe kühle weiße Hand.
> CLAIRE ZACHANASSIAN Irrtum. Auch eine Prothese. Elfenbein. (39)

Die romantische Liebesszene ist von vornherein unglaubwürdig, denn der Zuschauer weiß, dass Ill eine Spende locker machen soll; durch die Bemerkung von Claire Zachanassian wird Ills nostalgische Äußerung auch gleich entzaubert: Ill hat eine künstliche Hand geküsst.

Für Dürrenmatt ist die Komödie ganz grundsätzlich die einzig mögliche dramatische Form, die unserer modernen Welt gerecht werden kann:

> In der Wurstelei unseres Jahrhunderts [...] gibt es keine Schuldigen [wie in der Tragödie K.S.] und auch keine Verantwortlichen mehr. Alle können nichts dafür und haben es nicht gewollt. [...] Uns kommt nur noch die Komödie bei. (Dürrenmatt 1966, 122)

Für heutige Ohren klingt das wie ein Motto für die Finanzkrise in der Wirtschaftswelt.

Ein komödiantisches Prinzip wird auch sichtbar, wenn man den *Besuch der alten Dame* in Bezug zur Stoffgeschichte stellt, nämlich in die Tradition der Dramen zum „gefallenen", verführten, im Stich gelassenen und von der Gesellschaft ausgestoßenen Mädchen. Zu dieser Tradition gehören u.a. die Gretchentragödie in Goethes *Faust*, Gerhart Hauptmanns *Rose Bernd* und Friedrich Hebbels *Maria Magdalene.* In letzterem Drama heißt die Hauptfigur Klara wie in Dürrenmatts Stück[6]. Bei Dürrenmatt endet das Stück jedoch nicht wie in den traditionellen Dramen mit dem Tod der Hauptfigur, vielmehr wird das Opfer zur Rächerin. Das verführte Mädchen tritt in neuer Rolle auf und bewirkt, dass nun sein ehemaliger Geliebter zum Sündenbock gemacht, von der Gemeinschaft ausgegrenzt und dem Tod ausgeliefert wird. Diese Umkehrung des traditionellen Plots wird in mehrfacher Hinsicht von Dürrenmatt durchgespielt, z.B. wenn vor dem traditionellen Hintergrund, dass das gefallene Mädchen als Hure beschimpft wird, Claire Zachanassian erklärt: „Die Welt machte mich zu einer Hure, nun mache ich sie zu einem Bordell" (91). Das Opfer wird zu derjenigen, die nun der Gemeinschaft unmoralisches Verhalten aufzwingt.

3. Figuren

Die Bedeutung, die dem Verhalten der Figuren in Dürrenmatts Stück zukommt, hat mit dem dramaturgischen Prinzip des Einfalls zu tun: Das Interesse des Autors richtet sich auf die Frage, wie sich Menschen verhalten, wenn ein unerwartetes Ereignis eintritt. Der Blick ist also vor allem auf die Güllener gerichtet, auf die Änderungen in ihrem Verhalten, die während des Stückes eintritt. Claire Zachanassian als Auslöserin des unterwarteten Ereignisses bleibt sich dagegen im Verlauf des Stückes gleich; das unterscheidet sie von den meisten anderen Titelfiguren der Dramenliteratur. Claire Zachanassian ist charakterisiert durch eine extreme „Selbstbehauptung" (Dürrenmatt 1976, 26), was sich in mehrfacher Hinsicht zeigt: Sie ist von den Güllenern als Dirne bezeichnet worden, deshalb ist sie eine Dirne geworden; ihr ist Unrecht geschehen, deshalb verschafft sie sich Gerechtigkeit; ihr Liebster hat sie verlassen, deshalb holt sie ihn sich wieder, und zwar als Toten, so kann er sie nicht mehr verlassen – am Ende des Stückes zieht sie mit dem Sarg weg nach Capri, wo sie ein Mausoleum für Ill gebaut hat. „Dort wirst du bleiben. Bei mir" (118) ist der letzte Satz, den sie im Abschiedsgespräch zu Ill sagt. Besonders charakteristisch ist auch ihre Äußerung „bin nicht umzubringen" (40), die von den beiden Blinden, die sie begleiten, zweimal wiederholt wird. Dass ihr Körper zu einem guten Teil aus Prothesen besteht, bringt dies schon rein äußerlich zum Ausdruck.

Bei den anderen wichtigen Figuren im Stück ist die Veränderung im Verhalten interessant; sie kontrastiert mit der starren Unnachgiebigkeit der alten Dame. Der Bürgermeister, der Pfarrer, der Lehrer und Ill seien hier etwas näher betrachtet.

Der *Bürgermeister* lehnt am Ende des 1. Aktes als Sprecher der Stadt das Angebot der alten Dame in aller Entschiedenheit ab:

> Frau Zachanassian: Noch sind wir in Europa, noch sind wir keine Heiden. Ich lehne im Namen der Stadt Güllen das Angebot ab. Im Namen der Menschlichkeit. Lieber bleiben wir arm denn blutbefleckt. (50)

Im 2. Akt verhält er sich schon sehr anders. Als Ill sich an ihn wendet und Schutz verlangt, weicht er aus:

---

[6] Vgl. Sevin 1997.

> BÜRGERMEISTER: Es ist besser, wir schweigen über das Ganze. [...]
> ILL [...] Schweigen ist mir zu gefährlich.
> DER BÜRGERMEISTER: Aber wieso denn, lieber Ill? Sie sollten dankbar sein, daß wir über die üble Affäre den Mantel des Vergessens breiten. (71)

Der Bürgermeister gibt sich mit der „wir"-Formulierung und der Anrede „lieber Ill" zunächst scheinbar fürsorglich, aber gleich folgt in einem Nebensatz der Hinweis auf „die üble Affäre", mit dem der Bürgermeister Ill als Übeltäter abstempelt; Abwiegelung und – halb verdeckte – Schuldzuweisung sind seine Strategien. Als Ill dann von der Bedrohung spricht, der er sich ausgesetzt sieht, erhält er als Antwort: „Gegen diese Verleumdung protestiere ich im Namen der Stadt feierlich" (71).

Im 3. Akt, vor der Abstimmung in der Gemeindeversammlung, sucht der Bürgermeister Ill auf und bringt ihm ein geladenes Gewehr. Weil Ill auf die damit zum Ausdruck gebrachte implizite Aufforderung nicht eingeht, wird der Bürgermeister deutlicher: „Es wäre doch nun eigentlich Ihre Pflicht, mit Ihrem Leben Schluss zu machen, als Ehrenmann die Konsequenzen zu ziehen" (108). Ill lehnt daraufhin ausdrücklich den Vorschlag zur Selbsttötung ab, was der Bürgermeister in herabsetzender Weise kommentiert: „Schade. Sie verpassen die Chance, sich reinzuwaschen, ein halbwegs anständiger Mensch zu werden. Doch das kann man von Ihnen ja nicht verlangen" (109). Für den Zuschauer erscheint in dieser Dialogsituation nicht Ill als moralisch fragwürdig, vielmehr wird die berechnende Korruptheit im Verhalten des Bürgermeisters offenbar. Ihren Höhepunkt erreicht die Strategie des Bürgermeisters in der Rede, die er nach der Abstimmung über das Angebot der alten Dame hält:

> BÜRGERMEISTER: Die Stiftung der Claire Zachanassian ist angenommen. Einstimmig. Nicht des Geldes, sondern der Gerechtigkeit wegen und aus Gewissensnot. Denn wir können nicht leben, wenn wir ein Verbrechen unter uns dulden, welches wir ausrotten müssen, damit unsere Seelen nicht Schaden erleiden und unsere heiligsten Güter. (124 f.)

Hier macht der Bürgermeister Ill endgültig zum Verbrecher, verbrämt mit überhöhtem und umso unglaubwürdigerem moralischem Pathos, das mit dem Verb „ausrotten" sogar an die Sprache des Nationalsozialismus erinnert. Von der Gemeinde werden die einzelnen Schlüsselworte dieser Rede jeweils wiederholt, was die „Alibisierung" (Labroisse 1981) und „Ideologisierung" (ebd. 217) verdeutlicht, die hier stattfindet.

Bei alledem verhält sich der Bürgermeister in gewisser Weise durchaus demokratisch; er fragt vor der Abstimmung ausdrücklich, ob jemand noch eine Bemerkung zu machen habe, und er wendet sich sogar an die „politische Opposition" (124) – aber niemand sagt etwas und alle stimmen dann dem Antrag zu. Hier trifft zu, was Dürrenmatt einmal in einem Gespräch mit Ernst Schumacher als Kennzeichen des Gewissens in der gegenwärtigen Gesellschaft charakterisiert hat: „Das heutige Gewissen ist pervertiert. Es lautet nicht: Ich bin gut. Es lautet: Die anderen sind ja auch schlecht" (Dürrenmatt 1996, 106).

Gewiss kann man das Verhalten von Ill, als seine Geliebte schwanger wurde, als schäbig und als Liebesverrat bezeichnen – als es vor Gericht um die Vaterschaft ging, hatte Ill sogar zwei Kameraden bestochen, sie sollten aussagen, sie hätten mit

Klara geschlafen. Die nicht unberechtigte Kritik dient, wie das Stück zeigt, nun allerdings den Güllenern dazu, ihre viel größere Schuld, die sie sich als scheinbar Unschuldige aufladen, zu rechtfertigen – man kann dafür Dürrenmatts Begriff der „schändliche[n[Unschuld“ verwenden.[7]

Ebenso beklemmend und entlarvend wie Ills Gespräche mit dem Bürgermeister ist dasjenige mit dem *Pfarrer.* Ill sucht bei ihm Unterstützung, aber wie beim Bürgermeister läuft sein Bemühen ins Leere und man weiß nicht, ob es Perfidie ist, die sich in den Reaktionen des Pfarrers zeigt, oder ob er glaubt, was er sagt. Wie Dürrenmatt mit knapp gehaltenen Dialogen die Strategie des Pfarrers entlarvend zur Darstellung bringt, zeigt die folgende Stelle besonders treffend:

> ILL Es geht um mein Leben.
> DER PFARRER Um Ihr ewiges Leben.
> ILL Der Wohlstand steht auf.
> DER PFARRER Das Gespenst Ihres Gewissens. (74)

Jeder Satz von Ill wird vom Pfarrer umgehend uminterpretiert und zu einer Schuldzuweisung an Ill verdreht, z.B. alleine schon dadurch, dass er das Adjektiv „ewiges“ in die Formulierung „um mein Leben“ einfügt und damit Ills Todesangst zu einer religiösen Schuldfrage macht.

Am Ende des Gesprächs erfolgt allerdings eine überraschende Wende, als der Pfarrer plötzlich Ill anfleht: „Flieh! Wir sind schwach, Christen und Heiden. Flieh, die Glocke dröhnt in Güllen, die Glocke des Verrats. Flieh, führe uns nicht in Versuchung, indem du bleibst“ (75 f.). Das ist ein Durchbruch der Wahrheit – aber schon am Schluss dieser Äußerung erfolgt wieder der Gegenschlag, verbrämt als Formulierung aus dem Vaterunser: „führe uns nicht in Versuchung“: Wenn Ill bleibt, ist er es, der die Menschen (wie es das Geschäft des Teufels ist) in Versuchung führt, und ist, so die Logik der Äußerung, schuld daran, dass die Güllener zu Mördern werden. Der Vertreter der Kirche pervertiert so die christliche Botschaft.

Der *Lehrer* ist vielleicht die interessanteste Figur im Stück; er ist der Vertreter der pervertierten Humanität, so wie der Bürgermeister der Vertreter der pervertierten Demokratie und der Pfarrer derjenige der pervertierten christlichen Gesinnung ist. Am Anfang des dritten Aktes versucht der Lehrer Claire Zachanasssian umzustimmen und bittet sie, statt die Milliarde zu spenden in Güllen zu investieren, damit es er Stadt wirtschaftlich wieder besser gehe; „Wir bitten um kein Almosen, wir bieten ein Geschäft“ (89), sagt er zu ihr. Das Angebot ist jedoch sinnlos, denn Claire Zachanasssian hat schon alles aufgekauft, um es verlottern zu lassen. Der Lehrer, der die Hoffnungslosigkeit der Lage erkennt, beginnt zu trinken. Zu Ill sagt er: „Auch ich werde mitmachen. Ich fühle, wie ich langsam zu einem Mörder werde. Mein Glaube an die Humanität ist machtlos. Und weil ich es weiß, bin ich ein Säufer geworden.“ (103) Der Lehrer ist derjenige, der als einziger wirklich durchschaut, was abläuft, und sich die Konfliktsituation bewusst macht; aber er betäubt sein Bewusstsein und Gewissen mit dem Alkohol. Betrunken versucht er die Presseleute, die

---

7 Vgl. dazu Spedicato 2004.

wegen der angekündigten „Stiftung" (107), wie es nun heißt, in die Stadt gekommen sind, aufzuklären, wird aber von den Güllenern daran gehindert. Und in der Gemeindeversammlung, wo abgestimmt wird, ist er es dann, der vor der Presse eine große Rechtfertigungsrede für die Annahme des Angebots hält:

> Es geht nicht um Geld, [...] es geht darum, ob wir Gerechtigkeit verwirklichen wollen, und nicht nur sie, sondern auch all die Ideale, für die unsere Altvordern gelebt und gestritten hatten und für die sie gestorben sind, die den Wert unseres Abendlandes ausmachen! [...] Mit unseren Idealen müssen wir nun eben in Gottes Namen Ernst machen, blutigen Ernst. (121)

Auf die Formulierung „blutigen Ernst" folgt ein "Riesenbeifall" des Publikums. Bei der Presse verfehlt die Rede ebenfalls nicht ihre Wirkung, der Radioreporter kommentiert: „Die Rede des Rektors bewies eine sittliche Größe, wie wir sie heute – leider – nicht mehr allzuoft finden." (122) Mit der hier beschworenen „sittlichen Größe" ist die Perversion des humanistischen Denkens, für das der Lehrer steht, der länger und mehr als alle anderen das Spiel durchschaute und sich dagegen wehrte, auf die Spitze getrieben.

Ill, der Täter, der zum Opfer wird, ist ein „Krämer" (102), der sich in seiner Jugend für die materielle Sicherheit statt für die Liebe entschieden hatte: Seine Frau hatte er geheiratet, weil sie einen Verkaufsladen besaß, und verleugnete dafür seine Beziehung zu Klara. Vergeltung und Rache übt die zur Claire Zachanassian gewordene Klara nun mit gleichem, ins monströse gesteigertem Mittel aus, mit dem Versprechen materiellen Wohlstands. Im ersten Akt vertraut Ill geradezu naiv darauf, dass er seine ehemalige Geliebte dazu bewegen könne, der Stadt zu spenden, bis er dann im zweiten Akt immer mehr merkt, dass alles auf seine Ermordung hinausläuft. Im dritten Akt akzeptiert er sein Schicksal und erkennt seine Schuld. Zum Lehrer sagt er: „Was soll ich tun, Lehrer von Güllen? Den Unschuldigen spielen? Alles ist meine Tat [...] Ich kann mir nicht mehr helfen und auch euch nicht mehr." (102 f.) So akzeptiert Ill dann auch die Abstimmung der Gemeindeversammlung und klärt die Presse nicht über den wahren Sachverhalt auf. Ills Schicksal zeigt, wie ein Mensch, der in kleinerem Maße Schuld auf sich geladen hat, sich nicht mehr berechtigt sieht, gegen größeres Unrecht zu protestieren und sich zu wehren; für seine Umwelt hat er die Glaubwürdigkeit verspielt.

In der Forschung zum *Besuch der alten Dame* gibt es unterschiedliche Interpretationen zur Figur Ill; vorherrschend ist die Deutung, dass Ill sich „zur Rolle des tragischen Helden durchringt, der seine Schuld [...] mutig annimmt." (Dick 1990, 402)[8] Das Stück zeigt, wenn man dieser Interpretation folgt, eine gegenläufige Entwicklung: Die Güllener werden, ohne dass sie dies wahrhaben wollen, zu Schuldigen, Ill dagegen erkennt seine Schuld und findet zu einer moralischen Haltung. Die Interpretation von Ill als tragischem Helden kann gestützt werden durch den Untertitel „Tragische Komödie", den Dürrenmatt seinem Stück gegeben hat, und durch eine oft zitierte Formulierung in der *Anmerkung zum „Besuch der alten Dame"*, die Dürrenmatt für die Erstausgabe des Stückes geschrieben hatte: Ill sei ein Held, der „groß

---

8 Zur Diskussion dieser Deutung vgl. Frizen 1998, 42 f.

[wird] „durch sein Sterben [...]. Sein Tod ist sinnvoll und sinnlos zugleich." (143) In der Forschung wird Ill als Held z.T. geradezu überhöht, so von Braungart: „Dennoch wird mit Ills Annahme von Schuld und Tod für das *Individuum* bekräftigt, was das *Kollektiv* verrät. Ills Handeln allein rettet die moralische Autonomie des Subjekts im Sinne des ‚Idealismus', den das Stück als bloße Ideologie des *Kollektivs* der Güllener entlarvt. [...] Dürrenmatt steht ganz in der Tradition christlicher Individual-Ethik [...]." (Braungart 2005, 116) Ähnlich argumentiert Knapp: „...gewinnt der dürftige Krämer Ill Züge, die ihn weit hinauswachsen lassen über die gegebene Lage in der gegebenen Kleinstadt Güllen. Durch seine Stellvertreterfunktion, aber auch durch sein Akzeptieren einer objektiven Schuld wird sein Verhalten den Güllenern zum kategorischen Imperativ einer Moralität, die sie sich in ihrer ökonomischen Verfilzung nicht mehr leisten können." (Knapp 1977, 61) Und Profitlich schreibt, Ill sei am Schluss eine „Vorbildgestalt". (Profitlich 1977, 339) Solche Deutungen lassen sich stützen durch die vielen religiösen Anspielungen im Stück, vor allem durch die Anspielungen auf die Passion Christi[9], so das Plakat zu den Oberammergauer Passionsspielen, das laut Szenenanweisung am Güllener Bahnhof aufgehängt worden ist (80), oder Bachs Matthäus-Passion, aus der der gemischte Güllener Chor bei Claire Zachanassians Hochzeit ein Stück singt (87). Auch Ills Gewissheit, dass ihn einer töten wird, erinnert an Jesus, der voraussah, dass man ihn töten werde, ebenso Ills Schrei bei der Abstimmung „Mein Gott!" (125), der an Jesu Ausruf am Kreuz erinnert: „Mein Gott, mein Gott, warum hast du mich verlassen." Kann man also sagen, dass Ill die Schuld auf sich nimmt und den Opfertod stirbt? Dies wäre zu kurz geschlossen; auf das christliche Geschehen wird im Stück zwar angespielt, zugleich unterliegt es jedoch einer Pervertierung: Christus erlöst die Menschen, verhilft ihnen zum Seelenheil; die Güllener werden zwar von der Armut erlöst, aber nicht von Schuld, vielmehr werden sie durch den Tod Ills gerade schuldig. Ill ist nicht der Erlöser, gerade dadurch dass er sich dem Urteil stellt und sich nicht selbst umbringt, überlässt er die Güllener ihrem Schuldigwerden.

In diesem Zusammenhang lohnt sich ein Blick auf ein Drama, auf das sich der *Besuch der alten Dame* mehrfach bezieht, auf den *König Ödipus* von Sophokles. In diesem Drama hat eine Seuche die Stadt im Griff; die Bewohner hoffen, dass Ödipus, ihr König, sie rettet – aber er ist selbst die Ursache des Niedergangs, denn er hat (unwissend) Schuld auf ich geladen. Die Tragödie zeigt, wie Ödipus seine Schuld herausfindet; durch seine Einsicht und Selbstbestrafung wird die Stadt gerettet, die Ordnung wieder hergestellt. Ill erkennt wie Ödipus, dass er schuldig ist[10]; indem er sich am Schluss des Dramas nicht mehr wehrt, unterstützt er aber letztlich das Vorgehen der alten Dame und der Güllener. Seine Größe erweist sich so als durchaus zweideutig. Solche Zweideutigkeit ist kennzeichnend für Dürrenmatt[11], sie ist für ihn in der modernen Lebenswelt begründet:

---

9 Vgl. Weber 2000, 192f.

10 Dürrenmatt hat selbst einen Vergleich zwischen Sophokles und dem *Besuch der alten Dame* hergestellt, vgl. Dürrenmatt 1980b, 149.

11 Vgl. Weber 2000, 189: „Die Dramaturgie des Stückes ist durch radikale Zweideutigkeit charakterisiert [...]"

> Das Theater ist nicht eindeutig, sondern mehrdeutig, weil die Menschheit ihrer politischen Struktur nach und in ihrer wirtschaftlichen Verflochtenheit nur mehrdeutig und nicht eindeutig darzustellen ist. (Dürrenmatt 1988a, 664)

4. Doppelbödige Sprache

Die Zweideutigkeit als ein Charakteristikum von Dürrenmatts Dramatik wirkt sich bis in einzelne sprachliche Formulierungen hinein aus; was die Figuren äußern, erweist sich immer wieder als doppelbödig. Das erzeugt komische Effekte und ist darüber hinaus Ausdruck einer Korrumpierung von Sprache und Kommunikation und vermittelt einen Blick in Abgründe menschlicher Verhaltensweisen. Wie Dürrenmatt dies gestaltet, gehört zu den besonderen Stärken des Stückes. Deshalb gehe ich darauf etwas ausführlicher ein. Ich unterscheide verschiedene Funktionsweisen der sprachlichen Doppelbödigkeit.

Insbesondere komische Effekte entstehen durch *Überhöhende Verbrämung*, wie schon in einigen der angeführten Zitate sichtbar wurde. Eine weitere Szene sei hier als Beispiel vorgestellt: Nach der Ankunft der alten Dame findet ein Festessen statt; in seiner Rede spricht der Bürgermeister von Claires Vater, der „beim Bahnhof ein von Fachkreisen und Laien stark besuchtes [...] stark beachtetes Gebäude errichtete“ (43) – der Zuschauer weiß, dass es sich dabei um die Bahnhofstoilette handelt, wodurch der Ausdruck „stark besuchtes“ seine genauere, nicht mehr besonders rühmliche Bedeutung erhält. Doppelbödig ist dann auch der Dank Claire Zachanassians nach der Rede des Bürgermeisters: Sie sagt, dass sie sich über die „selbstlose Freude“ der Güllener über ihren Besuch freue (44) – der Zuschauer weiß aber, dass die Freude der Güllener in keiner Weise selbstlos ist, und Claire Zachanassian weiß das natürlich auch.

Doppeldeutige Redeweise dient ferner der *Vorausdeutung*. Als im ersten Akt der Arzt Claire Zachanassian vorgestellt wird, fragt sie ihn:

> CLAIRE ZACHANASSIAN [...] verfertigen Sie die Totenscheine? [...] Stellen Sie in Zukunft Herzschlag fest.
> ILL *lachend* Wildkätzchen! Was du doch für ausgelassene Witze machst! (30)

Die falsch auszustellenden Totenscheine deuten auf den kaschierten Mord voraus und in Ills „Wildkätzchen“, das als Kosewort erscheint, versteckt sich die wilde Katze, die ihre Beute sucht.

Den Polizisten fragt Claire Zachanassian in der gleichen Szene: „Drücken Sie hin und wieder ein Auge zu? [...] Schließen Sie lieber beide.“ (28) und den Pfarrer „Pflegen Sie Sterbende zu trösten?“ (29) Der Turner vom Turnverein, der zum Empfang der alten Dame eine Pyramide macht, wird von Claire Zachanassian mit folgendem Lob bedacht, an das sich eine vorausdeutende Frage anschließt: „Wundervoll, diese Muskeln! Haben Sie schon jemanden erwürgt mit Ihren Kräften?“ (41) Ill reagiert darauf mit Lachen und sagt: „Einen goldenen Humor besitzt die Klara! Zum Totlachen, diese Bonmots!“ (41) Die harmlose metaphorische Redewendung „zum Totlachen“ wird sich als mörderischer Ernst erweisen, ganz im Sinne des Untertitels des Stückes, „Tragische Komödie“.[12]

Eine andere Stelle, bei der mit dem Wort „tot“ gespielt wird, findet sich im zweiten Akt beim Gespräch in Ills Laden; es sprechen die Kunden:

> DER ZWEITE Du bist schließlich die beliebteste Persönlichkeit.
> DER ERSTE Die wichtigste.
> DER ERSTE Wirst im Frühling zum Bürgermeister gewählt.
> DER ERSTE Todsicher.
> DIE FRAUEN *Schokolade essend* Todsicher, Herr Ill, todsicher.
> DER ZWEITE Schnaps. (57)

Doppelbödig ist nicht nur das Adjektiv „todsicher“, sondern die Formulierung „Die wichtigste“, denn Ill ist in Wirklichkeit nicht deshalb die wichtigste Persönlichkeit, weil er zum Bürgermeister gewählt werden soll (woran freilich zu diesem Zeitpunkt niemand mehr glaubt), sondern weil er der Preis dafür ist, dass Güllen finanziell gerettet werden kann. Mit dem abschließenden „Schnaps“ wird die ganze Gesprächsequenz in fragwürdiges Licht gerückt – sozusagen als Äußerung von Schnapsideen.

Ein mehr als einmal auftauchendes doppeldeutiges Adjektiv ist „anständig“. Der Bürgermeister verwendet es im zweiten Akt, als Ill ihn aufsucht und sieht, dass der Bürgermeister eine teure Zigarre raucht:

> ILL Ziemlich teuer.
> DER BÜRGERMEISTER Dafür anständig. (68)

Zunächst bedeutet das Adjektiv „anständig“ hier ‚gut schmeckend, nicht billiges Zeug'; so hat Claire Zachanassian kurz vorher das Wort beim Rauchen einer Zigarre verwendet: „Schmeckt anständig.“ (56) Im Munde des Bürgermeisters hat das Adjektiv eine zweite Bedeutung im Sinne von ‚nicht unanständig, nicht unmoralisch', worin eine Anspielung auf Ills unmoralisches Verhalten gegenüber Klara steckt. Zugleich wird das „anständig“ durch Ills vorangehende Feststellung „Ziemlich teuer“ unglaubwürdig. Denn das Rauchen teurer Zigarren, die sich die Güllener eigentlich nicht leisten können, ist Ausdruck davon, dass das unmoralische Angebot der alten Dame angenommen werden muss.

Etwas versteckter ist die Doppelbödigkeit in der folgenden Äußerung des Bürgermeisters am Ende des ersten Aktes. Er lehnt das Angebot der alten Dame mit folgender Begründung ab: „Noch sind wir in Europa, noch sind wir keine Heiden.“ (50) Das Wörtchen „noch“ hat vordergründig hier die Funktion einer Partikel; sie wird in Sätzen wie „das hat mir noch gefehlt“ verwendet. Das „noch“ im Satz des Bürgermeisters kann aber auch als Adverb verstanden werden; es erhält dann die ursprüngliche temporale Bedeutung im Sinne von ‚jetzt, aber bald nicht mehr'. Damit wird der Satz zur Vorausdeutung, dass die Güllener bald zu „Heiden“ werden, also die christliche Moral hinter sich lassen. Wenn Claire Zachanassian dann einfach

---

12 ausführlich zur Komik im *Besuch der alten Dame* Hutchinson 2006.

sagt „Ich warte“, bezieht sie sich auf die adverbiale Bedeutung des „noch“. Diese Stelle ist im Übrigen ein typisches Beispiel für die knappe Ausdrucksweise Claire Zachanassians, die im Gegensatz zum Gerede der Güllener steht, das immer wieder in Wortschwulst ausartet.

Doppeldeutigkeit entsteht im Stück auch durch die *Diskrepanz zwischen verbaler und nonverbaler Ausdrucksweise*, wie das vor allem im zweiten Akt zu beobachten ist. Die Güllener kaufen in Ills Laden auf Kredit ein, verhalten sich also im Hinblick auf die zu erwartende Milliarde, und sie erscheinen mit neuen Schuhen, rauchen teure Zigaretten, aber reden so, als wenn das alles ganz harmlos sei. Das macht Ill hilflos, zumal ihm dann, wenn er etwas von der Bedrohung, der er ausgesetzt wird, sagt, die Worte im Mund umgedreht werden. Ob den Güllenern bewusst ist, dass sie sich mit der Ermordung Ills arrangiert haben, oder ob ihr Bewusstsein dem Handeln hinterherhinkt, bleibt dabei offen. Für den Zuschauer jedenfalls wird ihr Reden durch die Sprache ihrer Kleider und durch ihr Kaufverhalten ins Zwielicht gerückt.

Ihren Höhepunkt erreicht die *korrumpierte Sprache* im 3. Akt. Hier kommt die Presse und recherchiert, z. B. in Ills Laden. Anwesend sind Ills Frau und einige Güllener:

> PRESSEMANN II Claire Zachanassian und der Besitzer dieses Ladens hätten sich vor mehr als vierzig Jahren beinahe geheiratet. Stimmt's?
> *Schweigen*
> FRAU ILL Stimmt.
> [...]
> PRESSEMANN I Wir können uns die Romanze vorstellen: Herr Ill und Claire Zachanassian wachsen zusammen auf, sind vielleicht Nachbarskinder, gehen gemeinsam in die Schule, Spaziergänge in den Wald, die ersten Küsse und so weiter, bis Herr Ill Sie kennenlernt, gute Frau, als das Neue, das Ungewohnte, als die Leidenschaft.
> FRAU ILL Es ist genau so passiert, wie Sie es erzählen.
> PRESSEMANN I Claire Zachanassian begreift, verzichtet auf ihre stille, edle Art, und Sie heiraten –
> FRAU ILL Aus Liebe.
> DIE ANDEREN GÜLLENER *erleichtert* Aus Liebe.
> PRESSEMANN I Aus Liebe. (96f.)

Der Zuschauer weiß, dass Ill seine Frau nicht in erster Linie aus Liebe, sondern wegen des Ladens geheiratet hat. Die Formulierung des Pressemanns „auf ihr stille, edle Art“ erinnert an Winckelmanns berühmte Formel von der „edlen Einfalt und stillen Größe“, die er in der griechischen Kunst verwirklicht fand und die zu einem Leitbegriff der deutschen Klassik wurde.

Wie moralische Begriffe in pathetischem Ton manipuliert werden können, wird in besonders drastischer Weise in der Rede des Lehrers vor der Versammlung deutlich:

> DER LEHRER [...] Nur wenn ihr das Böse nicht aushaltet, nur wenn ihr unter keinen Umständen in einer Welt der Ungerechtigkeit mehr leben könnt, dürft ihr die Milliarde der Frau Zachanassian annehmen und die Bedingung erfüllen, die mit dieser Stiftung verbunden ist. (122)

Das Böse, so ist die Argumentation des Lehrers zu verstehen, ist das, was Ill getan hat. Dabei ist eigentlich das Ja der Bürger, also die Zustimmung zum Angebot der alten Dame, ein Ja zum Bösen. Mit ihm beweisen die Güllener, dass sie bereit sind, das Böse, nämlich einen Mord für eine Milliarde, auszuhalten. Mit ähnlicher moralischer Verbrämung eines unmoralischen Vorgehens formuliert dann der Bürgermeister die Aufforderung zur Abstimmung: „Wer reinen Herzens die Gerechtigkeit verwirklichen will, erhebe die Hand." (124)

Die Ermordung Ills erfolgt auf der Bühne, die Güllener bilden eine Gasse, durch die Ill geht; hinten steht der Turner, die Gasse schließt sich. So wie Verhandlung und Abstimmung zwar öffentlich stattfinden und doch das, worum es eigentlich geht, ungesagt bleibt, wird Ill in aller Öffentlichkeit, aber so, dass man das tatsächliche Geschehen nicht sieht, umgebracht. So kann denn die Tötung vom Bürgermeister als „Tod aus Freude" (130) ausgegeben werden, was die Presseleute sofort aufgreifen; mit der Bemerkung „Das Leben schreibt die schönsten Geschichten" (130) verlassen sie den Schauplatz, um ihre Artikel zu schreiben.

Und was tut Claire Zachanassian? Sie blickt auf den toten Ill und sagt: „Er ist wieder so, wie er war, vor langer Zeit, der schwarze Panther." (131); schwarzen Panther hatte sie Ill in der Zeit ihrer Liebschaft genannt. Ein Panther ist Inbegriff von Vitalität, von Kraft und von Schönheit. Ein Geliebter als Panther verkörpert Triebhaftigkeit und Natur. Das alles gilt für einen toten Panther nicht mehr, er ist erstarrte Vitalität. So ist auch Claire Zachanassians wohl durchaus ernst gemeinte Aussage „Er ist wieder so, wie er war" eine unhaltbare Aussage, die das Vorgehen von Claire Zachanassian in ein tragisch-absurdes Licht rückt.

Schluss

Zum Schluss sei ein kurzer Vergleich mit Brechts Dramatik vorgenommen, veranschaulicht an dessen Stück *Der gute Mensch von Sezuan*. Brecht und Dürrenmatt üben mit ihren Stücken Kritik an gesellschaftlichen Verhältnissen und beide arbeiten mit Verfremdungstechniken. Im *Guten Menschen von Sezuan* kommen Götter auf die Erde, um zu erkunden, ob es noch gute Menschen gibt. Sie treffen auf die gute Shen Te, die aber nur gut sein kann, wenn sie sich immer wieder in den wirtschaftlich denkenden und deshalb unfreundlichen, mitleidlosen Shui Ta verwandelt. Die Götter sind ratlos, irgendwie klappt es auf der irdischen Welt mit dem Gutsein nicht so richtig, sie entschwinden und dann tritt ein Spieler vor den Vorhang:

> Verehrtes Publikum, jetzt kein Verdruß:
> Wir wissen wohl, das ist kein rechter Schluß.
> Vorschwebte uns: die goldene Legende.
> Unter der Hand nahm sie ein bitteres Ende.
> […]

Seine Ansprache an das Publikum endet dann mit den bekannten Versen:

> Verehrtes Publikum, los, such dir selbst den Schluß!

> Es muß ein guter da sein, muß, muß, muß! (Brecht 1989, 278 f.)

Dieser Schluss des Stückes ist mit dem Vorgehen Dürrenmatts verwandt, der mit seinen Stücken auch das Publikum zum Nachdenken bringen will. Und doch ist der Publikumsbezug bei Brecht ganz anders als bei Dürrenmatt. Brecht schwebt eine Lösung vor, auf die die nachdenkenden Zuschauer kommen sollen: Die gesellschaftlichen Verhältnisse müssen geändert werden, und dass dies möglich sei, glaubt der Marxist Brecht. Die Menschen können, wenn sie wollen, die Welt in Ordnung bringen. Dürrenmatt hat keine Lösung zu bieten, für ihn ist der Welt und den Menschen nicht zu helfen. So ist es verständlich, dass er sich folgendermaßen zu Brecht geäußert hat: „ich habe mit Brecht wenig zu tun. [...] ich denke radikal anders als er ...“ (Dürrenmatt 1977, 1)

Der Unterschied zwischen Dürrenmatt und Brecht wird besonders deutlich, wenn man deren Äußerungen über die erwünschte Nachwirkung einander gegenüberstellt. Von Brecht stammen die bekannten Zeilen:

> Ich benötige keinen Grabstein, aber
> Wenn ihr einen für mich benötigt
> Wünschte ich, es stünde darauf:
> Er hat Vorschläge gemacht. [...] (Brecht 1993, 191)

Dürrenmatt dagegen hat geschrieben:

> [...] ich hoffe, daß man von mir sagen wird, ich sei ein unbequemer Schriftsteller gewesen. (Dürrenmatt 1966, 44)

„Vorschläge“ hat Dürrenmatt keine gemacht, er wusste nicht, ob unserer Gesellschaft überhaupt noch zu helfen sei.

Literaturverzeichnis:

Primärliteratur:

Brecht, Bertolt: *Gedichte 4*. Frankfurt am Main: Suhrkamp, 1993 (Berliner und Frankfurter Ausgabe, Band 14).

- *Stücke 6*. Frankfurt am Main: Suhrkamp, 1989 (Berliner und Frankfurter Ausgabe, Band 6).

Dürrenmatt, Friedrich: *Der Besuch der alten Dame: Eine tragische Komödie*. Neufassung 1980. Zürich: Diogenes, 1998 (Werkausgabe in siebenunddreißig Bänden, Band 5).

- *Theater-Schriften und Reden*. Zürich: Arche, 1966.
- *Gespräch mit Heinz Ludwig Arnold*. Zürich: Arche, 1976.
- „Dramaturgie des Labyrinths.“ *Text + Kritik* 56 (1997): 1-7.
- *Die Wiedertäufer. Komödie*. Zürich: Diogenes, 1980a (Werkausgabe in dreißig Bänden, Band 10).
- *Kritik. Kritiken und Zeichnungen*. Zürich: Diogenes, 1980b (Werkausgabe in dreißig Bänden, Band 25).
- *Stoffe I-III*. Zürich: Diogenes, 1981.
- *Justiz*. Roman. Zürich: Diogenes, 1985.

- *Gesammelte Werke.* Band 6. Stoffe I-III, Zusammenhänge, Essays und Gedichte. Zürich: Diogenes, 1988a.
- *Gesammelte Werke.* Band 7. Essays und Gedichte. Zürich: Diogenes, 1988b.
- *Der Klassiker auf der Bühne. Gespräche.* 1961-1970. Zürich: Diogenes, 1996.

Weber, Werner und Friedrich Dürrenmatt: *‚Der Rest ist Dank'. Zwei Reden.* Zürich: Arche, 1961.

Forschungsliteratur:

Braungart, Wolfgang: „Warum es die Tragödie gibt und was sie mit Recht und Gerechtigkeit zu tun hat. (Aristoteles, die ‚Orestie' des Aischylos und Dürrenmatts ‚Besuch der alten Dame')." *Fiktionen der Gerechtigkeit. Literatur – Film – Philosophie – Recht.* Hgg. Susanne Kaul und Rüdiger Bittner. Baden-Baden: Nomos 2005. 93-116.

Descourvières, Benedikt: „Die Welt als Rätsel und die Bühne als Welt: Friedrich Dürrenmatts Komödien *Der Besuch der alten Dame* und *Achterloo*". *Mein Drama findet nicht mehr statt. Deutschsprachige Theater-Texte im 20. Jahrhundert.* Hgg. Benedikt Descourvières, Peter W. Marx und Ralf Rättig. Frankfurt am Main: Lang 2006. 119-137.

Dick, Ernst S.: „Dürrenmatts Dramaturgie des Einfalls. *Der Besuch der alten Dame* und *Der Meteor*". *Europäische Komödie.* Hg. Herbert Mainusch. Darmstadt: Wissenschaftliche Buchgesellschaft 1990. 389-435.

Frizen, Werner: *Friedrich Dürrenmatt. Der Besuch der alten Dame.* München: Oldenbourg 1998 (Oldenbourg Interpretationen 7).

Haberkamm, Klaus: „Die alte Dame in Andorra. Zwei Schweizer Parabeln des nationalsozialistischen Antisemitismus." *Gegenwartsliteratur und Drittes Reich.* Hg. Hans Wagener. Stuttgart: Reclam 1977. 95-110.

Huntermann, Willi: *Friedrich Dürrenmatt. Der Besuch der alten Dame.* Stuttgart: Reclam 2010 (Erläuterungen und Dokumente).

Hutchinson, Peter: „Dürrenmatt, *Der Besuch der alten Dame.*" *Landmarks in German Comedy.* Hg. Peter Hutchinson. Frankfurt am Main: Lang 2006. 195-210.

Knapp, Mona: „Die Verjüngung der alten Dame. Zur Initialrezeption Dürrenmatts in den Vereinigten Staaten." *Text + Kritik* 56 (1977): 58-66.

Knopf, Jan: *Friedrich Dürrenmatt.* München: Beck, 1988.

Labroisse, Gerd: „Die Alibisierung des Handelns in Dürrenmatts *Der Besuch der alten Dame.*" *Facetten. Studien zum 60. Geburtstag Friedrich Dürrenmatts.* Hgg. Gerhard P. Knapp und Gerd Labroisse. Bern, Frankfurt am Main und Las Vegas: Lang 1981. 207-223.

Mayer, Sigrid: *Friedrich Dürrenmatt: Der Besuch der alten Dame.* Frankfurt am Main: Diesterweg 1981.

Möller, Hans M.: *Friedrich Dürrenmatt: Der Besuch der alten Dame. Inhalt – Hintergrund – Interpretation.* München: Mentor 1985

Park, Gun-Yong: *Intertextuelle Analyse zweier Werke von Friedrich Dürrenmatt: Mondfinsternis und Der Besuch der alten Dame.* Bochum: Bochumer Universitätsverlag 2000.

Profitlich, Ulrich: „Dürrenmatt. Der Besuch der alten Dame." *Die deutsche Komödie. Vom Mittelalter bis zur Gegenwart.* Hg. Walter Hinck. Düsseldorf: Bagel 1977. 324-341.

Sevin, Dieter: „Friedrich Dürrenmatts Der Besuch der alten Dame als Höhepunkt der Entwicklung eines Sujets im deutschsprachigen Drama." *Neue Perspektiven zur deutschsprachigen Literatur der Schweiz.* Hg. Romey Sabalius. Amsterdam: Rodopi 1997. 143-152.

Spedicato, Eugenio: „L"innocenza infame'. Esegesi di un concetto tra Berna, Güllen e il nostro mondo." *Friederich Dürrenmatt e l'esperienza della paradossilità.* Hg. Eugenio Spedicato. Pisa: ETS 2004. 75-98.

Weber, Ulrich: „Friedrich Dürrenmatt: Mondfinsternis und Der Besuch der alten Dame". *Der literarische Einfall. Über das Entstehen von Texten.* Hgg. Bernhard Fetz und Klaus Kastberger. Wien: Zsolnay 1998. 184-195.

Ders.: „Erinnerung und Variation. Mondfinsternis und Der Besuch der alten Dame in textgenetischer Sicht". *Die Verwandlung der „Stoffe" als Stoff der Verwandlung. Friedrich Dürrenmatts Spätwerk.* Hgg. Peter Rusterholz und Irmgard Wirtz. Berlin: Schmidt 2000. 179-195.

Leslie Marmon Silko

Ceremony

Konflikt, Kultur und die Macht des Erzählens

Katja Sarkowsky

„I'm telling you the story she is thinking": Anfänge

Literatur erzählt Geschichten. Dabei ist das Erzählen oft nicht nur Unterhaltung; vielmehr ist es eine existentielle Form der Sinnstiftung, der individuellen wie auch der kollektiven Selbstverständigung. Während dies für alle Erzählkulturen gelten mag, so ist es jedoch in besonderem Maße als ein zentraler Aspekt indigener Literaturen zu sehen, für die die Herleitung aus oralen Traditionen zum einen genealogisch ist, zum anderen aber auch als kultureller Bezugs- und Identifikationspunkt dient. Leslie Marmon Silko spricht in einem Essay von einer „boundless capacity of language" (1996, 59), von der die Pueblo-Kulturen des amerikanischen Südwestens ausgehen, und diese Grenzenlosigkeit ist die des unbegrenzeten kreativen Potentials von Sprache und Erzählung.

Diese Ehrfurcht gegenüber der Sprache, der gesprochenen Sprache insbesondere, ist entsprechend auch zentral für Silko eigenes literarisches Werk. So beginnt ihr Roman *Ceremony* (1977) mit einer Geschichte:

Ts'ist'tsi'nako, Thought-Woman,
is sitting in her room
and whatever she thinks about
appears.
[…]
Thought-Woman, the spider,
named things and
as she named them
they appeared.

She is sitting in her room
Thinking of a story now
I'm telling you the story
She is thinking (*Ceremony* 1)

Unabhängig vom kulturellen Vorwissen der Leserin oder des Lesers macht diese metafiktionale Passage einen zentralen Aspekt des Textes deutlich: die Bedeutung des Geschichtenerzählens, die buchstäblich kreative Macht des Wortes und eine Wichtigkeit der Sprache, die sich immer wieder in der indigenen Gegenwartsliteratur findet.[1]

Silko gilt als eine der Schlüsselfiguren der sog. *Native American Renaissance*, der literarischen Phase vom Ende der 1960er bis zur Mitte der 1980er Jahre, die als Neubeginn der indigenen Literatur in den USA, und als Beginn der ‚indianischen' Gegenwartsliteratur gilt.[2] Kenneth Lincoln, der den Begriff mit der Publikation des gleichnamigen Buches 1983 prägte, definiert die *Native American Renaissance* als „a written renewal of oral traditions translated into Western literary forms. Contemporary Indian literature is not so much new, then, as regenerate: transitional continuities emerging from the old" (1983, 8). Gab es bereits im 18. und 19. Jahrhundert indigene Schriftsteller und auch Schriftstellerinnen (Peyer 1997, 2007), so war nach den Romanen des Salish Autors D'Arcy McNickle in den 1930er Jahren die autochthone Literatur lange Zeit nicht mehr als solche sichtbar – es gab zwar vereinzelt Schriftsteller indigener Abstammung, aber ihre Literatur wurde nicht als Teil eines als solchem identifizierbaren Literaturkorpus wahrgenommen und rezipiert.

Diese Situation änderte sich beinahe schlagartig mit der Publikation des Romans *House Made of Dawn* des Kiowa-Autors Scott Momaday, der 1969 mit dem renommierten Pulitzer-Preis ausgezeichnet wurde. Der Text gilt als Beginn der ‚Wiedergeburt', und neben Momaday zählen James Welsch (Blackfoot), Simon Ortiz (Acoma Pueblo), Gerald Vizenor (Chippewa) und Leslie Marmon Silko (Laguna Pueblo) zur ersten Generation dieses Neubeginns, bzw. dieses Beginns einer selbstbewussten und selbstreflexiven indigenen Literatur in den USA. Weitere, und zum Teil jüngere Vertreterinnen dieser Entwicklung sind die auch hierzulande durch Übersetzungen bekannt gewordene Louise Erdrich (Chippewa) sowie Paula Gunn Allen (Laguna) und die Lyrikerin Joy Harjo (Creek).

Der Zeitpunkt dieser ‚Renaissance' ist kein Zufall. Die Autorinnen und Autoren, die in den späten 1960er und 1970er Jahren zu publizieren begannen, gehörten der ersten Generation indigener Schriftsteller an, die eine substantielle Ausbildung in Englisch auch an Universitäten erhalten hatte. Zudem fand im Kontext der durch die Bürgerrechtsbewegungen ethnischer Minoritäten (z.B. des *American Indian Movement*) gesteigerten Interesses an indigenen Kulturen eine auch über indigene Kontexte hinaus reichende Uminterpretation des Kolonisierungsprozesses und gegenwärtiger Bedingungen statt – die Kolonisierung wurde nun nicht mehr als ein ‚Zivilisierungsprojekt' mit unglücklichen Fehlentwicklungen, sondern als historisches

---

1 Silko selbst hat immer wieder in Interviews und Essays sowie in ihren fiktionalen Texten auf die Zentralität der Sprache und auf den Zusammenhang von Sprache und Land(schaft) hingewiesen. Siehe z.B. Arnold 2000; Silko 1996. In der Sekundärliteratur ist dieser Aspekt ebenfalls mit viel Aufmerksamkeit bedacht worden; wie Mariani richtig hervorhebt, wird die Wichtigkeit des Geschichtenerzählens in so gut wie jedem Essay zu *Ceremony* diskutiert (Mariani 1996, 85n5). Für eine gute Übersicht und Verweise zur Rezeption von *Ceremony* siehe Nelson 2008.

2 Die (Fehl-)Bezeichnung ‚Indianer' und ‚indianisch' dominiert im deutschen Sprachgebrauch, ist aber politisch problematisch. Ich werde daher, wo möglich und stilistisch vertretbar, weitgehend die Begriffe ‚indigen' oder ‚autochthon' verwenden.

Unrecht gesehen, und die oft erbärmlichen Bedingungen in den Reservaten als eine von vielen Folgen dieses Unrechts. Nicht zufällig ist daher diese literarische Phase gekennzeichnet von der Frage nach Identität, Kulturkonflikt und gesellschaftlichen und kulturellen Transformationsprozessen. Die Prozesse werden in den Texten thematisiert, die Texte selbst jedoch sind gleichzeitig auch Teil kultureller Transformationen: so sind Momadays *House Made of Dawn* und stärker noch Silkos *Ceremony* mittlerweile fester Bestandteil des Literaturkanons, der an amerikanischen Schulen und Colleges gelehrt wird (Nelson 2008), eine nicht zu unterschätzende Entwicklung nicht nur für die Sichtbarkeit indigenen Kulturschaffens, sondern auch für das kulturelle und gesellschaftliche Selbstverständnis, das sich in der Kanonformation ausdrückt.

Ceremony ist ein Roman, der nicht nur mit Hilfe von Geschichten, sondern auch durch die Reflexion der kulturellen Rolle des Erzählens Kulturkonflikte thematisiert, inszeniert und mit Einschränkung transformiert. Im Folgenden möchte ich mich anhand der Struktur von *Ceremony* zwei eng miteinander zusammenhängenden zentralen Aspekten zuwenden: dem Verhältnis der mythologischen und realistischen Erzählstränge zueinander und dem Zusammenhang von Krankheit, Kulturkonflikt und Identitätskonstituierung, wie er im Roman hergestellt wird. Mein Interesse gilt dabei vor allem der Art und Weise, wie der zentrale Konflikt des Protagonisten als Konflikt zwischen Kulturen inszeniert, aber dann auch teilweise wieder aufgelöst wird zugunsten einer Interpretation des Konfliktes, die ihn als einen ‚universalen' präsentiert, als einer Frage nach dem ‚guten' Leben.

„You don't have anything if you don't have the stories": *Ceremony* als Verbindung modernistischer Schreibweise und oraler Traditionen

In *Ceremony* kehrt Tayo, ein junger Pueblo-Indianer, nach dem 2. Weltkrieg und einem Aufenthalt im Veteranenkrankenhaus in Los Angeles, nach Neu-Mexiko zu seiner Familie zurück. Schwer traumatisiert von seinen Erlebnissen im Pazifik, wird Tayo vor allem von seinen Erinnerungen an den Tod seines Cousins Rocky gequält, der in der Kriegsgefangenschaft vor seinen Augen von den Japanern erschlagen wurde. Die psychiatrische Behandlung im Krankenhaus konnte ihm offensichtlich nicht helfen; nach wie vor leidet er unter Symptomen dessen, was heute als *post-traumatic stress syndrom* bezeichnet werden würde. Als er einen anderen Veteranen scheinbar grundlos schwer verletzt, schickt ihn seine Familie nach dem Gefängnisaufenthalt zu einem traditionellen Medizinmann, Ku'oosh, der allerdings erkennt, dass er Tayo mit der Skalp Zeremonie, dem Reinigungsritual für diejenigen, die getötet haben, nicht helfen kann: "There are some things we can't cure like we used to," [Ku'oosh] said, "not since the white people came. The others who had the Scalp Ceremony, some of them are not better either. […] I'm afraid of what will happen to all of us if you and the others don't get well" (*Ceremony*, 38).

Das Zitat verweist auf einen zentralen Aspekt des Romans: Tayos Leiden ist nicht ausschließlich als ein individuelles zu verstehen, sondern hat eine kulturelle und kollektive Komponente. Dies wird zum einen deutlich durch den Hinweis auf den Wirksamkeitsverlust von Ritualen, der nicht nur Tayo betrifft, sondern auch die anderen Veteranen, und den der Medizinmann auf Veränderung seit dem Kontakt mit den europäischen Eroberern zurückführt – die indigenen Veteranen, so ist impliziert, leiden nicht ausschließlich an den unmittelbaren Kriegsfolgen, sondern auch an einer tiefgehenden kulturellen Erschütterung mit weitreichenden Folgen nicht nur für sie. Denn, so hebt Ku'oosh zum anderen hervor, dieses Leiden wird, wenn sich kein konstruktiver Umgang damit findet, nicht nur negative Auswirkungen für die betroffenen Individuen, sondern für die gesamte Pueblo-Gemeinschaft, wenn nicht gar die Menschheit haben. Nachdem Ku'oosh Tayo nicht helfen kann, empfiehlt er ihn an einen unkonventionellen Kollegen, Betonie: "This Betonie didn't talk the way Tayo expected a medicine man to talk. He didn't act like a medicine man at all" (*Ceremony* 118). Betonie unterwirft den Protagonisten zwar auch der in anderen Fällen wirkungslosen Skalp Zeremonie, aber er lässt ihn vor allem erst einmal erzählen – von seinen Kriegserlebnissen und Rockys Tod, aber auch von seiner Kindheit als aufgrund seiner Herkunft stigmatisierter Junge im Pueblo-Dorf, vom Tod seiner als Prostituierte ausgestoßenen Mutter und von den Drangsalierungen seiner Tante, die ihn zwar aufzieht, aber die ihn auch bei jeder Gelegenheit spüren lässt, dass sie ihn als eine Schande für die Familie betrachtet.

Was Betonie Tayo mitgibt ist eine Art persönlicher Prophezeiung, die es ihm erlaubt sich eine Aufgabe zu setzen und diese auch zu erfüllen: Tayo möchte die Rinderherde, die sein geliebter Onkel Josiah kurz vor Tayos Rekrutierung gekauft hatte und die gestohlen wurde, wiederfinden. Josiah ist zum Zeitpunkt von Tayos Rückkehr aus dem Krieg schon nicht mehr am Leben, diese vermeintlich hoffungslose Suche nach der Herde hat somit etwas von einem Vermächtnis. Betonies Prophezeiung besteht aus einer Reihe von Zeichen – einer Sternenkonstellation, einer Frau, einem Berg und den verlorenen Rindern – die auf einen größeren Handlungszusammenhang verweisen: Mit der Suche nach den Rindern, die Tayo tatsächlich gegen jede Wahrscheinlichkeit findet, beginnt seine eigene Heilungszeremonie, die ihn nicht nur zurück in ein inneres Gleichgewicht und ins Leben führen wird, sondern die gleichzeitig Teil eines Rituals ist, das ein zerstörerisches Prinzip kosmischen Ausmaßes ausbalancieren soll. Zentrale Helferin ist ihm dabei Ts'eh, die von Betonie in seiner Vision gesehene Frau, der Tayo auf der Suche nach der Herde begegnet und mit der er den Sommer verbringt, bevor er am Ende des Romans seine eigene Heilungs- und Rückkehrzeremonie vollenden muss.

Hier ist es wichtig, sich die komplexe Struktur des Romans vor Augen zu führen. Der Gegenwartshandlungsstrang, in dem es um Tayos Rückkehr und Heilung geht, ist nicht chronologisch erzählt, vielmehr ist die Zeitstruktur des Romans fragmentiert, die Handlung wird immer wieder von Rückblenden unterbrochen, z.B. den Erinnerungen an den Krieg, an Tayos Kindheit und Jugend, an frühere Episoden nach der Rückkehr, an das Krankenhaus etc. Erzählt werden diese Passagen vor allem aus Tayos Perspektive und oft in einem an *stream-of-consciousness* erinnernden Stil.

Aber der Roman bedient sich nicht nur dieser modernistischen Elemente; vielmehr wird die Gegenwartserzählung kontinuierlich durch andere Textpassagen unterbrochen, durch an mündliches Erzählen angelehnte Prosagedichte, die meist mythologische Geschichten der Pueblos erzählen. Diese Geschichten ergeben auf den ersten Blick kein einheitliches Bild; es wird nicht eine mythologische Geschichte durchgängig erzählt, die somit parallel zum realistischen Handlungsstrang laufen könnte, sondern mehrere. Der eingangs bereits zitierte Romanbeginn ist ein Beispiel für eine solche Textpassage, die als metatextuelles Element verstanden werden kann, als Hinweis auf die eigene Verfasstheit des Textes; andere Passagen beziehen sich beispielsweise auf den Streit zwischen der hart arbeitenden *Corn Woman* und ihrer Schwester *Reed Woman*, der damit endet, dass *Reed Woman* sich zurückzieht und damit eine andauernde Dürre herbeiführt.

It was summertime
And Iktoa'ak'o'ya-Reed Woman
Was always taking a bath.
She spent all day long
Sitting in the river
Splashing down
The summer rain.

But her sister
Corn Woman
Worked hard all day
Sweating in the sun
Getting sore hands
In the corn field.
Corn Woman got tired of that
She got angry
She scolded
Her sister
For bathing all day long.
Iktoa'ak'o'ya-Reed Woman
Went away then
She went back
To the original place
Down below.
And there was no more rain then.
Everything dried up
All the plants
The corn
The beans
They all dried up
And started blowing away
In the winds.

The people and the animals
Were thirsty.
They were starving (13-14)

Wie unzusammenhängend diese Geschichten auch erst einmal aussehen mögen, so eng sind sie jedoch alle mit der Geschichte und der Suche des Protagonisten verknüpft. Die zitierte Passage beispielsweise steht im direkten Zusammenhang mit Tayos Befürchtung, seine Gebete im pazifischen Dschungel, der Regen möge endlich aufhören, hätten zur anhaltenden Dürre in seiner Heimat beigetragen; und die in einem der Einschübe erzählte Geschichte des kleinen Jungen, der verloren geht, von Bären aufgenommen wird und langsam wieder in die Welt der Menschen zurück geholt werden muss, damit ihn diese Rückkehr nicht zerbricht (*Ceremony* 128-130), stellt eine klare Parallele zu Tayo dar, dessen Reintegration in die Gemeinschaft ein konstant gefährdetes Unterfangen ist.

Diese Unterbrechungen des sowieso bereits fragmentierten Texts durch mythologische Prosagedichte führen, so möchte ich gleich noch im Detail zeigen, einen buchstäblichen Einbruch des Mythologischen in das vermeintlich Reale optisch, strukturell und inhaltlich vor.

Gleichzeitig stellen sie in ihren unterschiedlichen Ausprägungen nicht nur eine Zeremonie dar, sondern machen den Text selbst zu einer Zeremonie, zu einer Transformation nicht nur des Protagonisten, sondern auch des Lesers. Bell hooks hebt mit Bezug auf einen von Toni Morrisons Romanen hervor: "Readers must learn to 'see' the world differently if they want to understand this work. This is the fundamental challenge of critical fiction" (qt. in Bird 1993, 3). Das Gleiche, so argumentiert Bird, ließe sich mit Bezug auf *Ceremony* sagen: auch dieser Roman verlangt von seinen Lesern einen fundamentalen Perspektivenwechsel, und er führt das Publikum durch einen Transformationsprozess, nämlich Tayos, der idealerweise genau diesen Perspektivenwechsel der Lesenden herbeiführt. In diesem Anspruch des Romans als ‚(Heilungs-)Zeremonie' verbinden sich die beiden Schwerpunkte meiner Silko-Lektüre: der Verknüpfung des realistischen Erzählstranges mit mythologischen Elementen, und dem Zusammenhang von Krankheit, Kulturkonflikt und Identitätskonstituierung, wie ich im Folgenden zeigen möchte.

"Their evil is mighty, but it can't stand up to our stories": Mythologischer und realistischer Erzählstrang

Die verkürzte Darstellung der lyrischen Einschübe legt deren Deutung als mythologische Parallelerzählung zu Tayos Geschichte nahe; als solche fungieren sie teilweise auch, aber die Rolle dieser Textpassagen und andere Elemente ist wesentlich komplexer. Es lässt sich vielmehr eine dreifache Einlassung des Mythologischen in den Gegenwartserzählstrang ausmachen: ein visueller, ein kommentierender, und ein handlungsstrukturierender.

Visuell scheint diese Einlassung klar und offensichtlich: die Lyrikpassagen unterbrechen den Erzählfluss, fragmentieren ihn zusätzlich und fallen optisch sofort auf. Wie einige Kommentatoren jedoch überzeugend gezeigt haben, geht die Unterbrechung, die hier durch die *mis-en-page* vorgenommen wird, noch weiter: "It is possible," so Hailey, "to demonstrate that in all the story-poems the texts are concrete; they act as skeletons for a series of illustrations that provide the final ingredient necessary before Ceremony can become a ceremony; the spirit-helpers" (Hailey 1990, 3). Er illustriert dies, indem er die Form der Gedichte nachzeichnet und deren Darstellung von mythologischen Figuren – Thought Woman oder Itoa'ak'o'ya – herausarbeitet. Dadurch wird deutlich, dass es sich hier eben nicht nur um die Unterbrechung der Prosapassage durch einen lyrischen Einschub handelt; vielmehr sind hier die sogenannten Kat'sinas, die Ahnen und spirituellen Helfer der Pueblos, optisch präsent, sie stehen buchstäblich im Text und sind eng mit diesem verknüpft, auch über diese visuelle Präsenz:

aus: Hailey 1990, 4.

Die Verbindung von Textanordnung, Ritual und Handlung findet sich auch mit Blick auf andere Aspekte. Als Tayo sich bei Betonie der Reinigungszeremonie unterzieht, sitzt er in der Mitte eines aus Sand gestreuten zeremoniellen Bildes; David Moore deutet die *mis-en-page* der Lyrikeinschübe im Kontext dieses *sandpaintings*, und damit als rituell: "Echoing the sandpainting technique on the page, Silko inscribes Tayo's mythic positionality typographically in the novel, as well as through images and narrative, by her strategies of verse structure woven into the prose" (Moore 1993, 376). Was Moore hier "Tayos mythische Positionierung" nennt, bringt mich zum zweiten Aspekt in Bezug auf den Zusammenhang des Gegenwartserzählstranges mit der Mythologie: die Funktion der Lyrikpassagen als kommentierend und als sinnbildlich für Tayos Verortung in einem Sinnzusammenhang, der weit über sein individuelles Leiden an sich und seiner Geschichte hinausgeht.

Auf die mögliche Lesart einiger der mythologischen Geschichten als Kommentar zu Tayos Situation wurde bereits verwiesen. Schon bei seinem Besuch des Medizinmannes Ku'oosh deutet dieser an, dass Tayos Leiden in seiner Bedeutung weit über seine Person hinausgehen könnte; zu dieser Zeit ist der Hinweis für Tayo jedoch nur eine zusätzliche Belastung, noch nicht als die Befreiung, die er später darstellen wird:

> He cried, trying to release the great pressure that was swelling inside his chest, but he got no relief from crying any more. The pain was solid and constant as the beating of his own heart. The old man only made him certain of something he had feared all along, something in the old stories. It took only one person to tear away the delicate strands of the web, spilling the rays of sun into the sand, and the fragile world would be injured (*Ceremony* 38).

An diesem Punkt kämpft Tayo mit der bereits erwähnten Wahnvorstellung, sein Gebet im philippinischen Dschungel während des Krieges für ein Ende des Regens habe zur andauernden Dürre in seiner Heimat beigetragen. Direkt an die bereits zitiert Geschichte von *Reed Woman* und *Corn Woman* schließt sich die folgende Passage an, die dieser Vorstellung aus Tayos Sicht Ausdruck verleiht: "So he had prayed the rain away, and for the sixth year it was dry; the grass turned yellow and it did not grow. Wherever he looked, Tayo could see the consequences of his praying" (*Ceremony* 14). Tayo versteht an dieser Stelle die Macht des Wortes, wie sie ihm von den Pueblo zugeschrieben wird, als kreativ; er deutet sie jedoch falsch, nämlich in einer fast kindlich anmutenden Allmachtsphantasie. Erst sein Besuch bei Betonie gibt ihm eine andere Deutungsmöglichkeit seiner Position als Individuum in einem größeren, von Geschichten getragenen Sinngefüge. Betonie ordnet Tayo mit seinem Leiden in einen Bedeutungszusammenhang ein, der eine lange Zeitspanne umfasst wenn er erklärt: "I'm beginning to see something," he said with his eyes closed, "yes. Something very important. [...] This has been going on for a long time. They will try to stop you from completing the ceremony. [...] We all have been waiting for help for a long time. But it never has been easy. The people must do it. You must do it" (*Ceremony* 125). In Betonies Erklärung entfaltet sich nach und nach ein Szenario der vergangenen 500 Jahre, das einer grundsätzlichen Uminterpretation des Kolonisierungsprozesses Nordamerikas gleich kommt. Die meisten Charaktere im Text leiden auf die eine oder andere Art an ihrer Ohnmacht angesichts ihrer marginalisierten

Position in der amerikanischen Gesellschaft, am Verlust des Landes und ihrer Kultur, und sie begegnen diesem Verlust mit einer Mischung aus Hass auf ‚die Weißen' und mit Selbstverachtung, also mit Ablehnung aber auch dem gleichzeitigem Wunsch, ein Teil der Überflussgesellschaft zu sein. Kolonisierungsgeschichte ist hier nicht nur eine Eroberungsgeschichte mit desaströsen politischen, sozialen, kulturellen und psychologischen Folgen, sondern mehr noch die Geschichte eines reifizierten ‚Opferstatus'.

Betonie hingegen bietet Tayo nun eine andere Erklärung an. Genau in der Mitte des Buches findet sich ein längerer lyrischer Einschub, der zentral für das Verständnis dieses Gegenentwurfes ist: die viel diskutierte Verserzählung eines Hexereiwettbewerbes, dessen Ergebnis die Erschaffung der Weißen durch das Erzählen einer Geschichte ist, markiert einen Wendepunkt, der erst später als solcher erkennbar wird.

Finally there was only one
Who hadn't shown off charms or powers.
[…]
This one just told them to listen:
„What I have is a story."
At first they all laughed
But this witch said
Okay
Go ahead
Laugh if you want to
But as I tell the story
It will begin to happen.
(*Ceremony* 134-135)

Die Geschichte entwirft dann nicht nur ein Bild von europäischer Eroberung, Gewalt, Krieg und Umweltdesaster, sondern ein grundlegendes Prinzip der Angst und Zerstörung, eine Zerstörung, die immer mehr will, eine unersättliche Gier angesichts existentieller Leere. *They fear/ they fear the world./ They destroy what they fear./ They fear themselves*" (*Ceremony* 135). Sogar den anderen Hexen wird dieses Szenario unheimlich – sie gestehen dem letzten Wettbewerbsteilnehmer unumwunden den Sieg zu, wollen ein Ende des Spiels: „Take it back./ Call the story back" – der Prozess ist jedoch nicht mehr aufzuhalten:

But the witch just shook its head
At the others in their stinking animal skins, fur and feathers.
It's already turned loose.
It's already coming.
It can't be called back.
(*Ceremony* 136)

Auch hier findet sich also wieder der Verweis auf die Macht des Geschichtenerzählens, die Macht des Wortes: das Wort wird Materie, und die Geschichte dient hier zur Einordnung des Protagonisten in eine größere Sinnerzählung, individuell und kollektiv.[3]

Betonie entwirft keine Idealwelt ohne etwas, was man ‚das Böse' nennen könnte; vielmehr ist ‚das Böse', verkörpert durch die Hexerei und das Prinzip der Zerstörung, ein fester Bestandteil der Balance der Welt. Entsprechend sind die Zerstörer, bzw. ist das Prinzip der Zerstörung, immer noch am Werk: in Form von Krieg, aber auch in Form von Gier, Ausbeutung und Umweltzerstörung.[4]

Zentral für die Verbindung von Tayos individueller Suche nach Balance, einer umfassenderen Wiederherstellung von Ordnung – oder wenigstens dem Versuch der Wiederherstellung – und der mythologischen Erzählung von den Zerstörern ist hier die Entwicklung, der Test und der erste Einsatz der Atombombe: Tayos eigener ‚Showdown', das erfolgreiche Ende seiner Zeremonie, findet am Eingang einer mittlerweile stillgelegten Uranmine statt, die im Rahmen des Manhattan Projects ausgebeutet worden war.[5] Diese Szene, in der Tayo unter Beweis stellen muss, dass er nicht der Logik der blinden Gewalt und Zerstörung folgt, ist eine höchst verstörende und stellt für die Interpretation eine Herausforderung dar.

Gewarnt von seiner Geliebten Ts'eh flieht Tayo gegen Ende des Romans vor seinem Gegenspieler Emo, der ihn töten will. Am Eingang der alten Uranmine wird er Zeuge, wie Emo seinen Freund Harley zu Tode foltert, ein Schicksal, das Emo eigentlich für Tayo vorgesehen hatte – Emo vermutet ganz richtig, dass Tayo ein versteckter Zeuge seiner Grausamkeit ist und setzt darauf, dass dieser seinem Freund zu Hilfe kommt. "Scream!' Emo said. ‚Scream loud so he can hear you" (*Ceremony* 251).

Mit der Frage, ob er in das Geschehen eingreifen soll, befindet sich Tayo nun in einem doppelten Konflikt: unabhängig von seiner tatsächlichen Entscheidung ist auf einer pragmatischen Handlungsebene ungewiss, ob er überhaupt helfen könnte; Emo ist nicht allein, Harleys Peiniger sind also in der Überzahl, und ein Eingreifen hieße das eigene Leben aufs Spiel zu setzen. Auf einer symbolischen Ebene ist Tayos Konflikt jedoch noch gravierender: Einzugreifen hieße mit Sicherheit, Emo zu töten und sich damit in den Kreislauf der Zerstörung einzureihen. Ts'eh hat ihn bereits gewarnt: "They would end this story right here, with you fighting to your death alone

---

3 Silko hat insbesondere diesen Aspekt in ihrem nächsten Roman *Almanac of the Dead* (1991) aufgegriffen; die enge Verzahnung zwischen den beiden Texten ist immer wieder hervorgehoben worden. So nennt die Creek Lyrikerin Joy Harjo *Almanac* eine weitergehende Version von Ceremony, "an exploded version of the same text, only now the terrain encompasses all of America" (zit. in Moore, "Blood" 149). Für Nelson ist *Almanac* "a natural extension of *Ceremony*" (2008, 37). Siehe außerdem Sarkowsky 2007.

4 Die Aspekte der Zerstörung, die *Ceremony* in den Vordergrund stellt, macht ihn zu einem überzeugenden Text für eine kulturökologische Analyse: nicht nur thematisiert er Umweltzerstörung, sondern er präsentiert ‚Kultur' als Teil eine ökologischen Systems. S. zum Beispiel Zapf 2008.

5 Der Trinity-Test am 16. Juli 1945 wird im Text auch von einigen Charakteren erwähnt, die sich an das blendende Licht erinnern; Trinity Site und Los Alamos sind nicht weit entfernt von den Schauplätzen des Romans.

in these hills. […] this is the only ending they understand" (*Ceremony* 232), und sie stellt auch die Verbindung zu den mythologischen Zerstörern her, wenn sie sagt:

> "Death isn't much. […]. There are much worse things, you know. The destroyers: they work to see how much can be lost, how much can be forgotten. They destroy the feeling people have for each other […]. Their highest ambition is to gut human beings while they are still breathing, to hold the heart still beating so the victim will never feel anything again. When they finish, you watch yourself from a distance, and you can't even cry – not even for yourself" (*Ceremony* 229).

Dies ist das Wissen, mit dem Tayo ringt, als er zum Zeugen der Folter und des anschließenden Streits unter denen wird, die hier als Zerstörer auftreten. Sein Nicht-Eingreifen ist als eine Absage an das für die christliche Tradition so wichtigen Konzepts der Selbstaufopferung, des Martyriums gelesen worden (Cousineau 1990, 30). Mit Blick auf die entscheidende Szene bieten sich aber auch andere Lesarten an:

> "Emo was laughing loudly, pointing at [Harley's] body hanging stiffly, swaying a little in the gusts of wind, then pointing at Leroy kneeling on Pinkie's throat.
>
> The moon was lost in a cloud bank. [Tayo] moved back into the boulders. It had been a close call. The witchery had almost ended the story according to its plan; Tayo had almost jammed the screwdriver into Emo's skull the way the witchery had wanted […]. Their deadly ritual for the autumn solstice would have been completed by him. He would have been another victim, a drunk Indian war veteran settling an old feud" (*Ceremony* 253).

Wichtig ist hier nicht nur der Inhalt der Passage sondern, wie so oft im Roman, die *mis-en-page*. Die Leerzeile zwischen den beiden Absätzen markiert keinen neuen Abschnitt; vielmehr stellt sie einen typographisch umgesetzten Moment der Stille dar, in dem Tayo sich sowohl in der dringlichen unmittelbaren Situation, als auch im Kontext der Laguna-Mythologie gegen ein Prinzip destruktiver Oppositionalitäten entscheidet. Moore nennt dies "an ineffable gap of action, which is reflected in a silence of narration, as well as in a typographical gap on the page" (1993, 390). Tayo wird hier klar positioniert als Teil zweier Geschichten: seiner eigenen, individuellen, in der er konfrontiert ist mit Veteranen, die ihre Grausamkeit und ihre Frustration in Gewalt ausleben; und der mythologischen, in der er den Kreislauf von Gewalt durchbricht. In beiden beendet er die Zeremonie, die mit seinem Besuch bei Betonie begonnen hat.

Dies bringt mich zum dritten Aspekt der engen Verzahnung von realistischer und mythologischer Ebene: die handlungsstrukturierende Funktion der Mythologie in Tayos individueller Geschichte. Diese wird vor allem deutlich in der Rolle der beiden Medizinmänner. Wie bereits erwähnt, sieht Betonie für Tayo vier Zeichen – die Sternenkonstellation, einen Berg, die Rinder und eine Frau. Und tatsächlich trifft Tayo zur richtigen Sternenkonstellation am Fuße des Berges, auf dessen Höhen er die Rinder finden wird, eine Frau, die über den Sommer hinweg seine Geliebte und seine Lehrerin sein wird sowie, wie schnell deutlich wird, damit sein ‚spirit helper'. Benediktsson sieht hier den Mythos mit Ts'eh direkt in den Text eindringen (Benediktsson 1992, 125). Ein Indikator für ihre Rolle als *spirit helper* ist ihr Name: "You can call me Ts'eh. That's my nickname, because my Indian name is so long" (223). Es kann davon ausgegangen werden, dass ihr 'Indian name' Ts'ist'tsi'nako ist, also die bereits eingangs eingeführte *Thought Woman*, deren Geschichte der Roman erzählt.[6]

Wie real oder surreal Ts'eh und Tayos Zeit mit ihr, ist, wird immer wieder debattiert (z.B. Truesdale 1991), erscheint aber letztendlich für ihre Funktion unwichtig. Sie ist in meiner Lesart gleichzeitig in einer materiellen Gegenwart und in der Mythologie verankert, ein wenig wie Tayo selbst, denn mit ihrer Hilfe wird er zu *Arrowboy*, dem mythologischen Krieger gegen die Zerstörer, dessen Geschichte ebenfalls in einem der Verseinschübe erzählt wird. Mit Ts'eh wird die Verzahnung von mythologischer und realistischer Erzählung aber eben nicht nur kommentierend und parallelisierend, sondern sehr unmittelbar und körperlich umgesetzt.[7]

Diese enge Verbindung der Erzählstränge sind immer wieder mit unterschiedlichen Schwerpunkten untersucht worden. Was auffällig ist, wenn man sich die Rezeptionsgeschichte des Romans ansieht, ist, dass sie meist dafür benutzt wird, die kulturelle Spezifik von *Ceremony* festzuschreiben: die Mündlichkeit, die den Verseinschüben eigen ist, bzw. die Imitation von Oralität, wird nicht nur als ein in indianischen Texten häufig verwendetes Element, sondern als eine Festlegung auf einen spezifischen kulturellen Kontext gelesen. Insgesamt wurde der Roman allzu oft im Kontext einer Gegenüberstellung von indigenen Kulturen und der Majoritätsgesellschaft verstanden.[8] Zweifelsohne weist *Ceremony* Aspekte auf, die legitim in diese Richtungen gelesen werden können; das sollte deutlich geworden sein. Und die meisten dieser Ansätze wurden in den 1980er und 1990er Jahren formuliert, also auf dem Höhepunkt erst der Kanondebatten der 1980er und dann der Identitätspolitik der 1990er Jahre; in beiden Kontexten ist dieser Fokus politisch und auch ästhetisch wichtig. Jedoch wurde dadurch oft ein – meiner Ansicht nach zentraler – Aspekt des Romans hintenangestellt: der der kulturellen Transformation und Hybridität.

Dies betrifft zum einen die bereits erwähnten formalen Aspekte, die Mischung einer geradezu modernistischen Schreibweise – *stream-of-consciousness*, Aufbrechen der linearen Zeitstruktur etc. – mit ‚indigenen' Elementen. Zum anderen bezieht sich dies auf die intensive Beschäftigung des Romans mit kultureller Hybridisierung, und dies wird den Schwerpunkt meines letzten Teils bilden, in dem ich mich abschließend mit der Frage nach Kulturkonflikt und Identitätskonstitution beschäftigen

---

6 Ein anderer Name für die gleiche Figur, die vor allem bei den den Pueblo benachbarten Navajo gebräuchlich ist, ist *Spider Woman*, die Weberin, eben auch die Weberin von Geschichten. Die Deutung des Namens ist allerdings nicht ganz klar; Kenneth Lincoln liest Ts'eh hier als das Pueblo Wort für ‚Wasser' und verbindet die Figur daher mit „*Tsi'ty'icots'a* or Salt Woman, the pan-Pueblo spirit of pure water" (Lincoln 1983, 246). Siehe auch Gohrisch 2006, 236-237.

7 Für eine detaillierte Untersuchung der mythologischen Referenzen in *Ceremony* siehe Nelson 2008.

8 Der Titel der deutschen Ausgabe, *Gestohlenes Land wird ihre Herzen fressen,* ist in dieser Hinsicht bezeichnend. Zwar ist dies ein direktes Zitat aus dem Text (aus der zentralen Passage des Hexereiwettbewerbs), die Übersetzung verschiebt jedoch die Schwerpunktsetzung signifikant von dem Fokus auf die (Heilungs-) Zeremonie, die der Originaltitel ausdrückt, hin zur Kritik am Kolonisierungsprozess.

möchte, die im Roman ihre Verdichtung findet im Bild der ‚Krankheit' und der Heilung.

"The only cure is a good ceremony": Krankheit, Kulturkonflikt und Identitätskonstitution

Ceremony ist ein Roman der Heilung; die ‚Krankheit', die es zu heilen gilt, ist jedoch nicht ausschließlich Tayos *post-traumatic stress syndrom*, wie ich bereits gezeigt habe, sondern wird als in einem größeren kulturellen und mythologischen Zusammenhang verortet durch die Doppelstruktur von mythologischer und realistischer Handlung: Tayo leidet – aufgrund seines Hintergrunds noch stärker als die anderen Veteranen – maßgeblich an einem Konflikt zwischen unterschiedlichen Kultur- und Wertesystemen, zwischen der angloamerikanischen und der Pueblo-Kultur. Benedickson hat diesen Kulturkonflikt als eine Form der Krankheit bezeichnet (1990, 123); diese Lesart scheint mir eine Spezifizierung zu erfordern: so äußert sich im Roman Kulturkonflikt dann als Krankheit, wenn Kulturen als unveränderliche Gebilde begriffen werden, die Individuen wie Tayo starre Rollenmuster vorgeben. Dabei wird deutlich, dass das, was im Roman selbst als Krankheit verstanden wird, kulturspezifisch interpretiert wird. Das heißt, der Zusammenhang von Kulturkonflikt und Krankheit ist auf zwei Ebenen angesiedelt: Krankheit fungiert als zentrale Metapher für eine bestimmte Art von Kulturkonflikt einerseits; andererseits ist das Ringen um Deutungshoheit in der Definition von Krankheit selbst Teil des Kulturkonflikt. Auf der einen Ebene bedeutet Heilung eine Flexibilisierung kultureller Grenzen und eine Privilegierung von Hybridität; auf der anderen bedeutet sie einen Perspektivenwechsel von einer kulturellen Sichtweise zu einer anderen.

Tayos Erzählstrang des Romans beginnt mit den traumatischen Auswirkungen seiner Kriegserlebnisse, mit den Erinnerungen an die Erschießung japanischer Soldaten, in deren Gesichtern er plötzlich seinen Onkel sieht, und an den Gewaltmarsch durch den philippinischen Dschungel in japanischer Gefangenschaft, bei dem sein Cousin Rocky von japanischen Soldaten erschlagen wird. Tayos Selbstwahrnehmung direkt nach dem Krieg, im Krankenhaus, ist die eines Menschen, der eigentlich nicht, oder nicht mehr existiert:

> For a long time he had been white smoke. He did not realize that until he left the hospital, because white smoke had no consciousness of itself. It faded into the white world of their bed sheets and walls; it was sucked away by the words of doctors who tried to talk to the invisible scattered smoke. (*Ceremony,* 14)

Für die Militärarzte ist Tayo ein traumatisierter Veteran, sein Leiden wird eingeordnet und behandelt als ein psychisches Leiden; und obgleich sie zwar nicht heilen, gelingt es ihnen jedoch, den ‚weißen Rauch' soweit aufzulösen, dass er das Krankenhaus verlassen kann. Dabei ist der ‚weiße Rauch' hier bereits als ein Hinweis auf den Kulturkonflikt, in dem sich Tayo befindet, zu verstehen – sein ‚Verschwinden', seine Auflösung in einer ‚weißen' Welt ist auch als ein misslungener Assimilationsversuch zu sehen: die indianischen Veteranen im Roman werden immer wieder in ihrer enttäuschten Illusion gezeigt, ihre Kriegsteilnahme führe automatisch auch zu Anerkennung und Teilhabe am Wohlstand der angloamerikanischen Gesellschaft.[9]

Im Vergleich zu den anderen Veteranen ist Tayo in einer zusätzlich erschwerten Situation: er ist ein sog. *halfbreed*, der Sohn einer Pueblo und eines Weißen. Als solcher wird er in der Pueblo-Gemeinschaft als Außenseiter stigmatisiert, gleichzeitig von der angloamerikanischen Gesellschaft als Indianer diskriminiert – eine Zwischenposition des Protagonisten, die sehr typisch für die Literatur der *Native American Renaissance* ist. Die Traumatisierung, unter der Tayo leidet, ist somit zwar unmittelbar die des Krieges, aber sie ist eigentlich eine ältere, die mit dieser kulturellen *inbetweenness* und der Unmöglichkeit einer eigenständigen, positiven kulturellen Verortung zu tun hat.

Dabei greift der Roman jedoch nicht auf das Bild einer vermeintlich heilen Welt vor dem Kontakt mit den europäischen Eroberern zurück; wie Truesdale hervorhebt, ist der Roman "in no sense a nostalgic celebration of the ‚old ways' [...] it questions not only the modern world but the old ways themselves" (1991, 205). Die Zeremonie, die Tayo im Verlauf des Romans durchläuft hat somit die beiden bereits erwähnten Aspekte: der erste betont die Flexibilisierung kultureller Grenzen, der zweite die Notwendigkeit des kulturellen Perspektivenwechsel. Tayos eigentliche Zeremonie beginnt mit seinem Besuch bei Betonie; dieser wurde bereits als ‚unkonventioneller' Medizinmann charakterisiert – so sind seine zeremoniellen Gegenstände nicht nur die üblichen Rasseln, Masken oder Kräuter, sondern alte Telefonbücher, Kalender, Zeitungen und vermeintlicher Müll der angloamerikanischen Gesellschaft. Wichtiger aber noch ist, dass sich Tayo in Betonie erkennt: "Then Tayo looked at his eyes. They were hazel like his own. The medicine man nodded. ‚My grandmother was a remarkable Mexican with green eyes,' he said" (*Ceremony* 119). Wie er selbst ist Betonie kein *full-blood*. Während für Tayo bis dahin die kulturelle Zwischenposition vor allem ein Problem war, so wird sie nun mit Betonie zu einer privilegierten Position: er greift auf unterschiedliche kulturelle Traditionen in seiner Herangehensweise an Heilung zurück, er verändert Zeremonien und passt sie neuen gesellschaftlichen und kulturellen Bedingungen an: "I have made changes in the rituals. The people mistrust this greatly, but only this growth keeps the ceremonies strong. [My grandmother] taught me this above all else: things which don't shift and grow are dead things" (*Ceremony,* 126). Dieser Aspekt des Romans wurde zwar in der Kritik immer wieder aufgegriffen, allerdings mit großer Vorsicht, erscheint doch die Zentralität des Kulturerhalts unangefochten (z.B. Mariani 1996, 83).[10] Der Text

9 Ein ähnliches Bild findet sich etwas später: „He wanted to get back to the hospital. Right away. He had to get back where he could merge with the walls and the ceiling, shimmering white, remote from everything" (32). Truesdale liest diese 'whiteness' als "the great white cloud of unknowing described by some of the medieval mystics. It is also the light of the first atomic bomb exploded at White Sands. For Tayo, it is certainly the Great Nothingness of Non-Being" (1991, 214). Während mir Truesdales Verweis auf die Explosion der Atombombe schlüssig erscheint, da diese im weiteren Text durchaus von Bedeutung ist, ist jedoch der Bezug auf die Mystik weniger überzeugend.

10 Für eine produktive Analyse im Kontext kultureller Erinnerung siehe Ganser 2004.

kann in dieser Hinsicht jedoch als sehr weitgehend gelesen werden, als eine furchtlose Analyse von Kultur als ständig in Veränderung begriffen, und mit Blick auf z.B. die veränderten Zeremonien als Teil notwendiger transkultureller Transformationen. Wie Frank Schulze-Engler hervorhebt, steht der Begriff ‚transkulturell'

> vor allem für ein dynamisches Verständnis von Kultur und für die Einsicht, dass sich das kritische Potential von Literatur nicht nur im Hinblick auf das Außenverhätnis zwischen verschiedenen Kulturen entfaltet, sondern auch in der Auseinandersetzung mit dem Innenleben kultureller Gemeinschaften. Die Akzentuierung interner Differenzen und die kritische Auseinandersetzung mit kulturspezifischen Normen, Werten und sozialen Hierarchien ist in diesem Zusammenhang ebenso wichtig wie die Bewahrung oder Verteidigung der eigenen Kultur (Schulze-Engler 2006, 48)

Tayos Zeremonie ist keine 'traditionelle', sondern eine, die seiner und der veränderten gesellschaftlichen Situation angepasst werden muss; dies verweist somit nicht nur auf kulturelle Gegensätze zwischen der Mehrheitsgesellschaft und indigenen Kontexten, sondern auch auf kulturinterne Differenzen und Auseinandersetzungen. Diese stellen nicht so sehr eine Bedrohung für überlieferte Sinnstiftung und Praktiken dar, auch wenn dies von vielen Mitgliedern der Gemeinschaft so wahrgenommen wird und diese mit Aggression und Ausschlussversuchen auf Veränderungen reagieren; vielmehr bieten diese Differenzen Entwicklungschancen für die Gesellschaft, aber auch für das Individuum – insbesondere Individuen wie Tayo, deren Zwischenposition nun von einer marginalisierten zu einer symbolisch privilegierten wird. Nur die Betonung von Veränderung und Hybridisierung erlaubt es ihm, sich am Ende des Romans eigenständig zu positionieren.

Gleichzeitig, und dies ist der andere Aspekt, ist zentral für seine Heilung, dass er den Blick auf seine Krankheit und deren Kontext verändert – und diese Perspektivenverschiebung geht sehr wohl von zwei sich gegenüberstehenden, großteils inkompatiblen Kultur- und Wertesystemen, sowie unterschiedlichen Prozessen der Identitätskonstruktion aus, eine unauflösliche Spannung in der Anlage des Romans.

Tayo schwankt bis zuletzt zwischen zwei Sichtweisen auf sein Leiden und seine Position als Individuum: "It was difficult then to call up the feeling the stories had, the feeling of Ts'eh and old Betonie. It was easier to feel and believe the rumors. Crazy. Crazy Indian. Seeing things. Imagining things" (*Ceremony*, 242). Die eine ist die individualistischen Sichtweise, die ihm durch die Schule, die Armee, das Krankhaus als einzig richtige nahegelegt wurde: "that he had to think only of himself, and not about the others, that he would never get well as long as he used words like ‚we' and ‚us'" (*Ceremony* 125); die andere ist eine Sichtweise, in der er sich als Individuum als Teil eines kollektiven kulturellen Zusammenhangs begreift.

Von dieser Gegenüberstellung hängt die Interpretation der entscheidenden, vorangehend analysierten Szene ab: sind hier betrunkenen Veteranen am Werk oder sind Folter und Gewalt Ausdruck eines größeren Sinnzusammenhangs, der dann auch nicht mehr zu trennen ist z.B. von Umweltzerstörung und Atombombe? Und, direkt auf Tayos eigene Situation bezogen: Ist Krankheit individuell oder ist sie Ausdruck von und Sinnbild für Prozesse, die über die individuelle Erfahrung hinausgehen? Der Text legt nahe, dass beides hier nicht voneinander zu trennen ist, und entsprechend entscheidet sich Tayo für eine Sichtweise seiner selbst, seines Leidens und seiner Umwelt als einer der *interconnectedness*, der engen Verknüpfung aller Elemente miteinander: "He cried the relief he felt at finally seeing the pattern, the way all the stories fit together – the old stories, the war stories, their stories – to become the story that was still being told. He was not crazy; he had never been crazy. He had only seen and heard the world as it always was: no boundaries, only transitions through all distances and time" (*Ceremony* 246).

Mir scheint es allerdings hier nicht so sehr um eine Gegenüberstellung von individueller und kollektiver Sichtweise an und für sich zu gehen; auch wenn Silko das Stereotyp des ‚indigenen Kollektivs' gegen die ‚weiße Vereinzelung' gelegentlich bedient, stehen doch unterschiedliche, kulturell kodierte Formen der Identitätskonstruktion im Vordergrund. Der Roman sieht individuelle Identität als einen dialogischen Prozess, nicht nur im Dialog mit anderen Menschen, sondern auch mit ‚Kultur' und kollektiver Sinnstiftung. Das Individuum verschwindet nicht und ist auch nicht, wie der Roman betont, diesen Zusammenhängen hilflos ausgeliefert, aber es muss sich konstant in Bezug zu diesem Zusammenhang setzen. So gesehen lässt sich dann abschließend auch eine Gegenüberstellung von Kulturen und Wertesystemen – Materialismus gegen Idealismus, individualistisch gegen kollektiv, vereinzelt gegen eingebunden – nur bedingt aufrecht erhalten, auch wenn der Roman, gerade in seiner Kritik an der hochindustrialisierten Gesellschaft und ihrer Wirtschaftslogik, auf diese Gegenüberstellungen gelegentlich zurückgreift. Die aber eben auch vorhandenen Auflösungen der Binaritäten machen *Ceremony* zu einem Text, der letztendlich sehr universalistische Fragen stellt: nach einem Konzept des guten Lebens, der Art und Weise, wie sich Menschen aufeinander und auf ihre Umwelt beziehen, nach individueller und kollektiver Sinnstiftung, nach der kulturellen Kodierung von Konflikten und deren Lösung. Es ist dieser Aspekt, der den Roman selbst zu einer Art der Zeremonie macht – auch für sein Publikum.

Literaturverzeichnis:

Primärliteratur:

Silko, Leslie Marmon. *Yellow Woman and the Beauty of the Spirit.* New York: Simon&Schuster, 1996.

- *Almanac of the Dead.* New York: Penguin, 1992.
- *Ceremony*. Penguin 1977.
- (dt.) *Gestohlenes Land wird ihre Herzen fressen.* Unionsverlag 1996 [1981].

Forschungsliteratur:

Arnold, Ellen (Hg.): *Conversations with Leslie Marmon Silko.* Jackson: University of Mississippi Press, 2000.

Barnett, Louise K., James L. Thorson (Hgg.): *Leslie Marmon Silko. A Collection of Critical Essays.* Albuquerque: University of New Mexico Press, 1999.

Bird, Gloria: "Towards a Decolonization of the Mind and Text 1: Leslie Marmon Silko's Ceremony." *Wicazo Sa Review* 9.2 (1993): 1-8.

Cousineau, Diane: "Leslie Silko's *Ceremony*: the Spiderweb as Text." *Revue Française d'Études Américaines* 43 (1990): 19-31.

Ganser, Alexandra: "Violence, Trauma, and Cultural Memory in Leslie Silko's *Ceremony*," *Atenea* 24.1 (2004): 145-59.

Gohrisch, Jana: "Cultural Exchange and the Representation of History in Postcolonial Literature." *European Journal of English Studies* 10.3 (2006): 231 – 247.

Hailey, David: "The Visual Elegance of Silko's *Ceremony*." *Wicazo Sa Review* 6.1 (1990): 1-6.

Lincoln, Kenneth: *Native American Renaissance*. Berkeley: University of California Press, 1983.

Mariani, Giorgio: *Post-Tribal Ethics: The Native American Novel between Tradition and Modernity*. Lewiston/Queenston: The Edwin Mellen Press, 1996.

Moore, David: "Myth, History, and Identity in Silko and Young Bear." *New Voices in Native American Literary Criticism*. Hg. A. Krupat. Washington: Smithsonian Institution Press, 1993. 370-395.

Nelson, Robert: *Leslie Marmon Silko's* Ceremony. *The Recovery of Tradition*. New York et al.: Peter Lang, 2008.

Ders.: *Place and Vision. The Function of Landscape in Native American Fiction*. New York et al.: Peter Lang, 1993.

Peyer, Bernd (Hg.): *American Indian Non-Fiction. An Anthology of Writings, 1760s-1930s*. Norman: University of Oklahoma Press, 2007.

Ders.: *The Tutor'd Mind. Indian Missionary Writers in Antebellum America*. Amherst: U of Mass. P, 1997.

Sarkowsky, Katja: *AlterNative Spaces: Constructions of Space in Native American and First Nations' Literatures*. Heidelberg: Winter, 2007.

Schulze-Engler, Frank: "Von 'Inter' zu 'Trans': Gesellschaftliche, kulturelle und literarische Übergänge." *Inter- und Transkulturelle Studien. Theoretische Grundlagen und interdisziplinäre Praxis*. Hg. Heinz Antor. Heidelberg: Winter, 2006. 41-53.

Truesdale, C.W.: "Tradition and Ceremony: Leslie Marmon Silko As an American Novelist." *North Dakota Quarterly* 59.4 (1991): 200-227.

Zapf, Hubert: "Kulturökologie und Literatur. Ein transdisziplinäres Paradigma der Literaturwissenschaft." *Kulturökologie und Literatur. Beiträge zu einem transdisziplinären paradigma der Literaturwissenschaft*. Heidelberg: Winter, 2008. 15-44.

Hugo Pratt *Una ballata del mare salato / La ballade de la mer salée /* Corto Maltese *Die Südseeballade*

Till R. Kuhnle

I. Die Südseeballade

Abb. 1

Die *Südseeballade*[1] beginnt 1913 an Allerheiligen, nach der Legende der Fidschi-Inseln der „Tag der Überraschungen"[2]. Gemeint ist der Tag, an dem sich im Kontingenten

1 Angesichts der vielfältigen Ausgaben in unterschiedlichen Ausstattungsvarianten werden im Text – gegen den wissenschaftlichen Brauch – in der Regel nur die Titel der jeweiligen Alben als Referenz genannt. Eine ausführliche Bibliographie zu den Corto-Maltese-Ausgaben in Italien und Frankreich findet sich auf der Internetseite der *Fondazione Franco Fossati (FFF), Museo del fumetto e della comunicazione. Centro studi e documentazione internazionale sul fumetto, la comunicazione e l'immagine – Fumetto, Corto Maltese*: www.lfb.it/fff/fumetto/pers/c/corto_01.htm (Stand: 30.10.2011). Die Übersetzungen aus den Fremdsprachen stammen, sofern keine weiteren Angaben vorliegen, von Till Kuhnle.
Die wohl beste Ausgabe von *La Ballade de la Mer salée* ist die mit vielen Materialien und einem Vorwort von Umberto Eco versehene Castermann-Edition (Brüssel) von 1989. Allerdings liegt auch diese – zitiert im Text und in der Bibliographie mit der Abkürzung *Ballade* – Ausgabe in

die Macht der Providenz offenbart – wie in der *aventure* des mittelalterlichen Ritters. Allerheiligen wird somit in der *Südseeballade* zum Tag des Abenteuers.

An diesem Tag wird auch ein im Meer treibender Mann gesichtet, mit ausgebreiteten Armen an ein Kreuz aus Planken gefesselt: Corto Maltese. Nur widerwillig lässt der Kapitän Raspoutine, der zuvor zwei junge englische Schiffbrüchige, Pandora und ihren Vetter Caïn, aufgenommen hat, den Mann an Bord holen. Mit diesem verbindet den wahnsinnigen Russen eine eigentümliche Mischung von Todfeindschaft und Männerfreundschaft. Sie arbeiten beide für den „Mönch", den geheimnisvollen Chef eines Piraten-Syndikats, das aus dem sich abzeichnenden Krieg Profit zu schlagen sucht. Raspoutine lässt einen holländischen Frachter mit Kohle kapern und die Mannschaft kaltblütig erschießen, worauf es zum Konflikt mit Corto kommt. Dieser sucht das Vertrauen von Caïn und Pandora zu gewinnen, für die Raspoutine Lösegeld erpressen will. Während Raspoutine mit deutschen Offizieren um die erbeutete Kohlefracht verhandelt, segelt der Piratenkatamaran unter dem Kommando von Corto und dem Eingeborenen Cranio und den Geiseln weiter. Als Caïns Fluchtversuch an dem gegen Pandoras Charme immunen Corto scheitert, schwört diese Rache. Von einer Monsterwelle erfasst strandet die Gruppe auf einer Insel, wo sie von Kannibalen gefangen weid. Dank einer List von Cranio können alle gerettet werden, auch Corto, den Pandora zuvor mit einem Schuss verletzt hat. Nach einer dramatischen Verfolgungsjagd gelingt ihnen schließlich die Flucht. Kurz darauf werden sie von einem deutschen U-Boot aufgenommen, das von einem Kanonenboot des Mönchs in eine Bucht der Piraten-Insel Escondida geleitet wird. Auf dem Weg zum Hauptquartier wird der Wagen von Corto und Pandora beschossen. Der Verdacht fällt zu Unrecht auf Raspoutine. Während der Verhandlungen mit den deutschen Offizieren hält der gesichtslose Mönch Corto vor, die Autorität über seine Mannschaft und damit über sein Schiff verloren zu haben. Der Angegriffene antwortet lapidar, dass man über Autorität nur bis zu dem Zeitpunkt verfüge, an dem man gezwungen sei, sie auszuüben. Als der des Piratendaseins längst überdrüssige Corto ins Grübeln verfällt, beginnen sich die Ereignisse zu überschlagen. Von Corto gereizt, stößt der Mönch diesen in einem Anfall von Wahnsinn von den Klippen – und

unterschiedlichen Gestaltungen des Umschlags vor. Die 2007 bei Lizard erschienene italienische Neuauflage – *Corto Maltese. Una ballata del mare salato* – entspricht in der Gestaltung dieses Bandes. Die deutsche Übersetzung, besorgt von Hedda Siebel, erschien zuletzt 2005 unter dem Titel *Corto Maltese. Die Südseeballade* – zitiert im Text mit der Abkürzung *Südseeballade* – mit einem lesenswerten Vorwort von Andreas Platthaus als Band 11 der von der *Frankfurter Allgemeinen Zeitung* herausgegebenen Reihe *Klassiker der Comic-Literatur*.

2 Übersetzung des Textes in Abb. 1: „Ich bin der stille Ozean, und ich bin der größte Ozean. Man nennt mich schon sehr lange den Stillen Ozean, aber es stimmt nicht, dass ich immer still und friedfertig bin. Heute zum Beispiel habe ich mich gerade beruhigt. Aber gestern, da habe ich auf drei oder vier Inseln alles niedergeschlagen und genauso viele Nussschalen, die die Menschen Schiffe nennen, versenkt... Nur dieses hier... Ja, dieses Schiff, das ihr hier seht, das ist seltsamerweise durchgekommen. Vielleicht, weil Kapitän Rasputin sein Handwerk versteht und weil seine Matrosen von den Fidschi-Inseln kommen. Oder weil sie mit dem Teufel einen Pakt geschlossen haben. Aber das ist auch nicht wichtig. Heute ist „Tarowean". Ein Tag der Überraschungen, Allerheiligen, der 1. November 1913" (*Südseeballade,* 23).

bedauert sogleich, seinen wohl einzigen Freund getötet zu haben. Er überträgt daraufhin Cranio das Kommando über Escondida und verlässt die Insel an Bord des deutschen U-Bootes. Auf den Weiten der Südsee braut sich mittlerweile etwas zusammen. Mitglieder der Besatzung einer neuseeländischen Fregatte unter dem Kommando des Onkels von Pandora und Caïn finden eine Flaschenpost, in der sie von der Existenz des U-Boots und der Kohlefracht erfahren. Als ein japanisches Kriegsschiff Escondida erreicht, wo der Machtkampf inzwischen eskaliert, lässt Raspoutine dieses versenken und die überlebenden Besatzungsmitglieder niedermetzen. Bald befällt den wahnsinnigen Russen eine Ahnung: „Corto Maltese lebt". Caïn, der den Raspoutine angelasteten Anschlag auf Corto begangen hat, will nun an dessen Seite ausharren: der Beginn einer wunderbaren Freundschaft. Der Eingeborne Tararo bringt unterdessen Pandora mit einem Boot in Sicherheit – eine wahrhaft poetische Reise, die schließlich zu einem neuseeländischen Posten führt. Inzwischen nähert sich das deutsche U-Boot mit dem Mönch an Bord wieder der Insel Escondida. Die Spannung auf dem Pirateneiland steigt unterdessen; dabei kommt es zu einer freundschaftlichen Annäherung zwischen Corto und dem romantisch veranlagten U-Boot-Kommandanten Slütter. Als der Mönch sich anschickt, das U-Boot zu entern und die Besatzung töten, kann Corto nur noch den hinterrücks niedergeschossenen Slütter retten. Da die Eingeborenen auf der Seite der Briten stehen, ist er auf sich allein gestellt, zumal noch ein neuseeländisches Kriegsschiff unter dem Kommando von Rinald, dem Onkel der jungen Engländer, vor Escondida anlegt – wo Raspoutine die Gunst der Stunde nutzend sich zum König proklamiert hat. Kurz darauf wird das Kriegsschiff durch einen Anschlag versenkt. Unter den geretteten Besatzungsmitgliedern befindet sich allerdings auch Slütter in britischer Uniform – der Attentäter. Pandora, Caïn und Corto müssen schließlich der Exekution eines Freundes beiwohnen. Unter seiner Hinterlassenschaft befindet sich – zwischen den Werken Rilkes und der Shelleys versteckt – ein Brief an Corto mit einer unglaublichen Enthüllung: Der Mönch ist der Vater von Pandora und damit ein Bruder des neuseeländischen Offiziers. Nach einem mit Fäusten ausgetragenen Gespräch unter Männern macht Corto dem eitlen Offizier klar, dass er mit Raspoutine, der als Kriegsverbrecher angeklagt werden soll, die Insel verlassen werde – ansonsten würde die britische Öffentlichkeit die Wahrheit erfahren. Der Abschied Cortos von Pandora und Caïn wird zu einem Fest der Freundschaft, mit dem die Südseeballade endet. Doch die Freunde werden noch an so manchem Abenteuer des Corto Maltese teilhaben.

Abb. 2

Das komplexe Handlungsgefüge und die Zeichnungen der *Südseeballade* schaffen zusammen mit den in der Grauzone von Offiziersehre, Seeräuberei, Rache und Wahn agierenden Akteuren eine Atmosphäre des Geheimnisvollen und der moralischen Ambivalenz, die in ihrer Dichte an die Romane eines Joseph Conrad erinnert (Marchese: 2006, 19ff). Wo keine Moral, herrscht doch das unerschütterliche Ethos einer alle weltanschaulichen Fronten überschreitenden Freundschaft, die sich an der Peripherie der Weltgeschichte zu bewähren hat. Die Freibeuter, zu denen Corto Maltese zählt, umgibt in der neuzeitlichen Kulturgeschichte eine eigentümliche Aura, die der umstrittene Staatsrechtler Carl Schmitt in seiner Studie zur Entstehung des modernen Völkerrechts, *Nomos*, wie folgt begründet: „Das Wort *Pirat* kommt vom griechischen *peiran,* das heißt von Erproben, Versuchen, Wagen. Keiner der Helden Homers hätte sich geschämt, der Sohn eines solchen wagemutigen, sein Glück erprobenden Piraten zu sein. Denn auf dem offenen Meer gab es keine Hegungen und keine Grenzen, keine geweihten Stätten, keine sakrale Ortung, kein Recht und kein Eigentum" (Schmitt: 1970/1950, 14). Hugo Pratt hat Corto Maltese den Beinamen *gentilhomme de fortune* / *gentiluomo di fortuna* verliehen – eine Wendung, die den französischen und italienischen Übersetzungen von Robert Louis Stevenson und Edward John Trelawney entleht ist, wo *gentleman of fortune* für eine gegenüber dem Adel – und damit der militärischen Führung – selbstbewusst auftretende Piratenkaste steht (Requemora / Linon-Chipon: 2002, 370 n. 2); bei Pratt erhält sie die Konnotierung „edler Glückritter" und „Abenteurer". Insbesondere in der französischen Comic-Szene soll *le gentilhomme de fortune* zum Patronym für Corto Maltese werden.

Um die Abenteuer des Corto Maltese hat Hugo Pratt ein eigenes Universum entworfen, das sich geographisch über mehrere Erdteile erstreckt, eine Welt, in der sich die Schicksalslinien der Figuren immerzu kreuzen und auch Persönlichkeiten aus der Geschichte die Hand reichen. So hilft Corto Maltese etwa dem jungen Jack London (*La jeunesse de Corto Maltese*) ebenso aus der Klemme wie dem späteren Gründer

der amerikanische KP John Reed; er setzt sich mit dem Baron Corvo und d'Annunzio (*Fable de Venise*) auseinander, trifft Ernest Hemingway (*Les Celtiques*) oder ist gar Gast in der Schweizer Villa von Hermann Hesse (*Les Helvétiques*). Er wird Zeuge des Todes von Manfred von Richthofen, dem Roten Baron, begegnet dem noch jungen Hermann Göring, diskutiert mit dem der „Verrückte Baron" genannten von Ungern-Sternberg (*En Sibérie*) oder ist in eine Geschichte um Enver Pascha verwickelt (*La Maison dorée de Samarkand*).

Viele seiner Weggefährten und Kontrahenten sind äußerst belesen – selbst Raspoutine wird zu Beginn der *Südseeballade* bei der Lektüre von Bougainville gestört. An erster Stelle aber stehen der jüdische Gelehrte Jeremiah Steiner, den Corto mit seinen Abenteuern immer wieder dem Suff entreißt, und der nicht ganz koschere Händler von Antiquitäten und alten Büchern Levi Colombia. Unübertroffen bleibt dennoch die Weisheit der karibischen Wahrsagerin Bouche dorée (Goldmund).

Lässig, mit der Zigarette im Mundwinkel, erinnert Corto Maltese an eine große Ikone des amerikanischen Kinos: Humphrey Bogart. Ist doch sein Name eine Hommage an den Film *The Maltese Falcon* (John Huston, 1941) nach dem gleichnamigen Roman von Dashiell Hammet. Und wie die von Bogey verkörperten Typen ist er ein Mann, dessen Vergangenheit allenfalls bruchstückhaft aufscheint. So manche Corto-Skizze von Hugo Pratt erinnert auch an Howard Hawks' meisterhaften Abenteuerfilm *To Have and to Have Not* (1944).

Fast beiläufig erschließt sich dem Leser anderer Alben wie *La Jeunesse de Corto Maltese*, der Interviews mit Hugo Pratt (v.a. in Pratt / Petitfaux: 1936) und schließlich des ersten Corto-Maltese-Romans (Pratt: 2002) das Leben dieses Seemanns, der zunächst ohne Biographie die Bühne betritt. Corto kam 1887 auf Malta als Sohn einer andalusischen Zigeunerin, wohl einer Prostituierten, und eines aus Cornwall stammenden Seemanns zur Welt. Einen Teil seiner Kindheit verbrachte er in Hongkong sowie im jüdischen Viertel von Cordoba. Um die Erziehung des kleinen Corto sorgte sich ein Rabbiner, der ihn offensichtlich auch in *Thora*, *Talmud* und den Schriften der Kabbala unterwies. Doch schon bald sollte sich sein Lebensweg in zahllose Abenteuer verzweigen. Die in den Alben erzählten Geschichten lassen sich auf die Jahre 1905 bis 1924 datieren; die von seinem Schöpfer gelegten Spuren des Gentleman-Piraten und Abenteurers indes verlieren sich endgültig 1936 im spanischen Bürgerkrieg. Kein wahrhaft biographischer Bogen spannt sich also über sein Leben, der seinem Charakter ein fassbares Profil zu geben und daraus sein Handeln zu motivieren oder gar zu legitimieren vermöchte: Der souverän auf der Bühne des Abenteuers agierende Corto Maltese, der *gentilhomme de fortune* mit seiner unverwechselbaren Kapitänsuniform und dem Ring im Ohr, ist eine charismatische Gestalt. Eine solche schlage – so Max Weber – allein durch ihr Auftreten und ihre Taten die Menschen in ihren Bann (Weber: 1980, 654; cf. Kuhnle: 2005, 41-45); sie ist Ausdruck höchster Individualität.

II. Hugo Pratt und Corto Maltese – eine Erfolgsgeschichte

Der 1927 in Rimini geborene Comic-Zeichner und Comic-Szenarist Hugo Pratt stammte aus einer Familie mit multinationalen Wurzeln. Nachdem sich seine Familie im damals italienischen Äthiopien für die Faschisten engagiert hatte, gelangte er nach dem frühen Tod des Vaters wohl über die *Resistenza* zur amerikanischen Armee, bei der er sich als Dolmetscher verdingte. Schon kurz nach Beginn des Studiums an der Kunstakademie von Venedig machte sich Pratt als Comiczeichner einen Namen. Seine Karriere führte ihn 1949 zunächst nach Buenos Aires, wo er mit *Junglemen* und *Sergente Kirk* zu seinem Stil finden sollte. Auf Buenos Aires folgte ein dreijähriger Aufenthalt in London. Danach kehrte er nach Italien zurück, wo er an zahlreichen Projekten arbeitete und ihm schließlich mit *Una ballata del mare salato* (1967-1969 als Serie in der italienischen Comic-Zeitschrift *Il Sergente Kirk*) der große Wurf gelingen sollte. Obwohl er an vielen Magazinen mitarbeitete und auch Werke der Literatur in das Medium Comic übertrug, sollte er bis an sein Lebensende an Geschichten rund um seinen Kapitän ohne Schiff weiterarbeiten. Der in Frankreich zum *Chevalier des Arts et des Lettres* geschlagene Nichtfranzose Hugo Pratt verstarb 1995 in Lausanne; 1996 erhielt er postum den *Max-und-Moritz-Preis* (Erlangen) für die deutsche Fassung seines Albums zu *Vol de nuit* von Antoine de Saint-Exupéry; 2005 fand er Aufnahme – zusammen mit Albert Uderzo und René Goscinny, den Schöpfern von Astérix – in die *Will Eisner Award Hall of Fame*.[3]

Hugo Pratts zugegebenermaßen nicht gerade langweilig zu nennendes Leben wurde zum Gegenstand vieler biographischer Essays – nicht zuletzt in Comic-Form (z.B. Cossi: 2010 u. 2011). Die von mythomanen Zügen nicht ganz freie Inszenierung der Biographie Pratts – mitunter ein regelrechtes Quidproquo von Corto Maltese und der Person seines Schöpfers – mag den deutschen Leser an Karl May erinnern, der eins werden wollte mit seiner Figur Old Shatterhand bzw. Kara Ben Nemsi. *La Ballade de la mer salée* – zunächst ab 1973 als Serie in der französischen Tageszeitung *France soir*, 1975 dann als Album beim Brüssler Verlag Castermann – sorgte für den Durchbruch von Hugo Pratt in der französischsprachigen Comic-Szene. Und die *graphic novel* genannte Untergattung des Comic konnte sich nun auch diesseits des Atlantiks etablieren (Rothschild: 1995, 5) – in Frankreich und Italien als *roman graphique* bzw. *romanzo disegnato* (cf. Guerrera: 2007). Der Begriff *graphic novel* hatte sich in den USA für Comic-Geschichten eingebürgert, deren Länge weit über die für Alben des Genres üblichen 50 Seiten hinausgeht und sich an ein überwiegend erwachsenes Publikum richtet. Ebenfalls in den 60er Jahren übrigens entstand mit *Barbarella* (1962) von Jean-Claude Forest und *Poema a fumetti* von Dino Buzzati (1969) in Frankreich bzw. Italien eine neue Form des anspruchsvollen erotischen Comic – an deren Fortführung auch Pratt und insbesondere sein Schüler, der aus Bozen stammende Milo Manara mitwirken sollten.

---

3 Das Werk Hugo Pratts ist ein vieldiskutierter Gegenstand literatur- und medienwissenschaftlicher Forschung. Eine repräsentative Auswahlbiographie findet sich im Anhang von Paolo Cossis *Un gentiluomo di Fortuna. Biografia a fumetti di Hugo Pratt* (Cossi: 2010 u. 2011).

In den 70er Jahren erschienen kürzere Episoden um den Gentleman-Piraten Corto Maltese in der von der französischen KP finanzierten und an ein jugendliches Publikum gerichteten Comic-Zeitschrift *Pif gadget* (deutsch: *Yps*); die meisten dieser Episoden wurden ungefähr vier Jahre später in dem in dem belgischen Magazin *Le Journal Tintin* (deutsch: *Tim und Struppi*) erneut abgedruckt; die Veröffentlichung der italienischen Fassungen dieser Episoden folgte in der Regel erst einige Jahre später in Periodika. Die Zeitschriften-Episoden zeichnen sich durch eine außergewöhnliche Dichte aus und folgen im Aufbau der Tradition der amerikanischen *short story*, so dass man hier durchaus von *graphic short stories* sprechen kann. Ab der zweiten Hälfte der 70er Jahre erschienen in Belgien die *romans graphiques* sowie Sammelalben mit *graphic short stories* um den *gentilhomme de fortune.* Hugo Pratt gehört zu den wenigen europäischen Autoren, die einen Zyklus von *romans graphiques* und episodischen Comic-Erzählungen zu einem Universum von fast Balzacscher Qualität verdichtet haben. Indes dominiert der Einfluss amerikanischer Erzähler; weitere literarische Vorbilder erkannte Pratt in Dichtern wie Coledrige, Rimbaud – dessen *Lettres d'Afrique* er übrigens illustrierte –, Verlaine oder Yeats (Coma: 1980/2006, 274).

Die französische Redaktion der Zeitschrift *GEO* brachte im November 2001 ein Sonderheft (*Hors série tome 06*) über *Le monde extraordinaire de Corto Maltese* heraus. Die Projektionsfläche, die diese Welt des Corto Maltese bietet, hatte den Abenteurer im frankophonen Sprachraum längst zu einer herausragenden Gestalt, ja zu einem Markenprodukt der Populärkultur werden lassen.

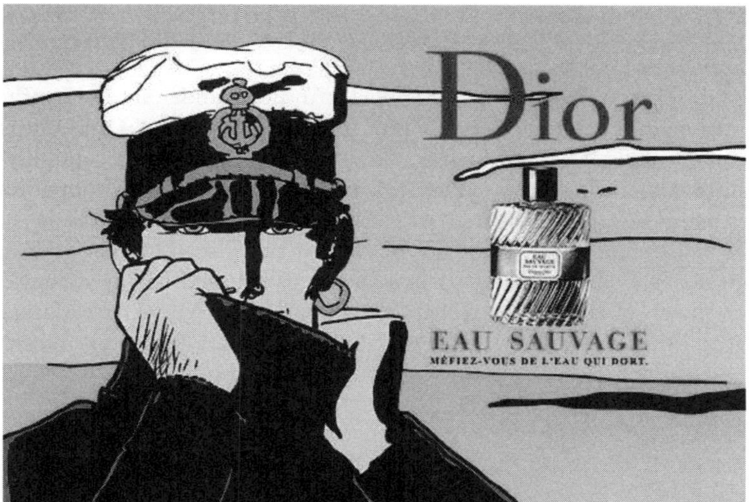

Abb. 3

Das Charisma des Abenteurers, die Nähe zu Bogey und nicht zuletzt Hugo Pratts unerschütterliches Ringen um einen eigenen Stil – von der ersten Skizze bis zur fertigen Geschichte – haben Corto Maltese schließlich auch zur Ikone der Modebranche gemacht. Die Frauenzeitschrift *Marie-Claire* (17.01.2010) empfiehlt der Damenwelt lässige Corto-Accessoires mit einem Hauch von SM. Das Pendant für den Herrn findet sich etwa auf den Modeseiten des Politmagazins *Le Point* (24.01.2008).

Wie bei vielen Arbeiten Pratts bestand die erste Ausführung der *Südseeballade* nur aus Schwarz-Weiß-Zeichnungen und wurde nachträglich koloriert. Übrigens kamen auch die weiteren Abenteuer des Corto Maltese zuerst in einer Schwarz-Weiß-Version heraus – und die Kolorierungen erfolgten oft nicht durch die Hand des Künstlers selbst, obzwar dieser ein begnadeter Aquarellist war. Lediglich die drei letzten *romans graphiques* (*Tango*, *Les Hélvétiques* und *Mû*) erschienen von Anfang an auch in einer von Patrizia Zanotti kolorierten Version – und heben sich in ihrem weniger skizzenhaften Stil und den großflächiger ausfallenden Kolorierungen deutlich von den früheren Alben ab. Obwohl Pratt im *Journal de Tintin* veröffentlichte, machte er keine stilistischen Zugeständnisse an die von der Ecole de Bruxelles um Hergé, dem Schöpfer von Tintin, propagierte *ligne claire*. Kennzeichen für den Stil dieser „Schule der klaren Linie" sind die schwarzen Umrisslinien und großflächigen Kolorierungen sowie das Agieren von weitgehend typisierten Gestalten vor einem oft detailliert ausgeführten Hintergrund.

Hugo Pratt dagegen beschritt einen ganz eigenen Weg: den eines eigentümlichen Realismus, der verschiedene Stilrichtungen des ausgehenden 19. und beginnenden 20. Jahrhunderts in sich aufnimmt. Diese Vorbilder treten besonders deutlich an den Zeichnungen und Aquarellen Pratts hervor (Zanotti / Thomas: 2005) – meist Vorstudien zu seinen Comic-Geschichten, denen zuletzt die Pinacothèque de Paris 2011 die Ausstellung *Le Voyage imaginaire d'Hugo Pratt* (17. März – 21. August) widmete, gefolgt von der Werkschau: *I luoghi dell'avventura* (17. September – 16. Oktober) im Palazzo Scimone zu Venedig.

In den erotischen Aquarellen Pratts mag man unter anderem den Einfluss Egon Schieles erkennen. Diesen, wie auch Paul Cézanne, Paul Gauguin und Gustav Klimt erwähnte der Comic-Zeichner häufiger in Interviews. Besonders rühmte er jedoch den Realismus der *Machiaioli* genannten italienischen Künstlergruppe mit ihrem Hauptvertreter Giovanni Fattori. Der Realismus des 19. Jahrhunderts sowie Elemente des *Fin de siècle* und *Art deco* prägen die Panels zu Corto Maltese – dies gilt nicht zuletzt für einige Frauengestalten, denen allerdings oft die lasziv geschürzte Bardot-Lippe der späten 60er und der frühen 70er hinzugefügt wurde, ein Markenzeichen ewa für Jean Forests Barbarella. Bei Pratts Schüler Manara finden gar Jugendstil und Pop Art zueinander.

Abb. 4

Den Einfluss des Jugendstils zeigt an manchen Stellen auch das von Manara gezeichnete Albums *Été indien*. Das Szenario zu diesem vor allem in Frankreich erfolgreichen – nicht unbedingt jugendfreien – Album stammt aus der Feder Pratts. Unter den amerikanischen Comic-Zeichnern zählen zu Pratts Vorbildern Gould, bekannt durch die Reihe *Red Barry*, und Milton Caniff, Schöpfer der Piratengeschichten um *Terry* und *Dragon Lady*.

Hugo Pratts Stil bleibt trotz seines Variantenreichtums unverwechselbar. Und das Prinzip, dem er folgt, ist einfach erklärt. Eine detailreiche Venedig-Skizze Raspoutines erregt in Paolo Cossis Pratt-Biographie den Ärger des Zeichners: „Schau, all diese Schnörkel kosten unnötig Zeit und lenken von der Erzählung ab ... unnützes Zeugs, hast Du kapiert?" / „Regarde: toutes ces fioritures, ca bouffe du temps et ça détourne du récit... c'est des trucs inutiles, t'as pigé?" (Cossi: 2010, 11). Erbost greift der Zeichner selbst zum Stift, zieht eine schwarze Linie über eine weiße Fläche und fragt, was gewünscht werde – das Meer, die Wüste oder Sibirien? Das Meer: Zuerst deuten ein paar Striche über der Linie ein Segelboot und zwei Möwen an, die gleich anschließend darunter hingeworfenen unregelmäßig breiten Streifen Wellen. „Zwei Striche hier, zwei weitere dort ... und da hätten wir's... das Meer!" / „Deux traits ici, deux autres là... et voilà... la mer!" (Cossi: 2010,12). Die nächste Zeichnung beginnt unterhalb der Linie mit wenigen diagonal angeordneten Strichen und Tupfern. Bald nimmt eine Wüstenlandschaft Gestalt an: „Die Linie ist wichtig, mein lieber Rasp', der Horizont! Du weißt, was hinter dem Horizont kommt – Nein, keine Ahnung... Die Träume und die Abenteuer... und dorthin muss man gehen." / „C'est important la ligne, mon cher Rasp', l'horizon ! Tu sais ce qu'il y a derrière l'horizon – Non, j'ai pas idée... Y a les rêves et les aventures... et c'est là qu'on doit aller ! " (Cossi: 2010, 14). Mit diesen Worten verlieren sich die Silhouetten der beiden

Männerfreunde am Horizont einer mit wenigen Strichen und Tupfern entworfenen Wüstenlandschaft – und es fällt schwer, nicht an das Ende eines Hollywood-Klassikers zu denken, als im Nebel des Flugplatzes von Casablanca eine wunderbare Freundschaft beginnt.

III. Exkurs: der Comic im Kanon der Künste

Die einzelnen Bilder – Panels, auf Französisch *cases* oder *vignettes* genannt – werden wie auf einem Storyboard zunächst nach Sequenzen angeordnet – dem *comic strip* oder der *bande dessinée*, was soviel wie „gezeichneter Streifen" bedeutet. Dabei wird strikt auf die Leserichtung von links nach rechts geachtet. Mehrere solcher *bandes* – in der Regel 3 bis 6 – bilden die definitive Seite – *la planche*. Viele Panels übernehmen vom Film die unterschiedlichen Kameraeinstellungen – so gibt es die Totale, die Halbtotale etc… (cf. Lacassin: 1971, 23), und der Wechsel von einem Panel zu anderen gleicht mitunter einem *cut*. Stimmen aus dem *off* werden als vom Rand des Panels her in die Szene hineinragende Sprechblasen, als Bildunterschriften oder als ein in das Bild hineingeschriebener Text – so etwa zu Beginn der *Südseeballade* – graphisch umgesetzt. Es sollte hier nicht unerwähnt bleiben, dass der bereits genannte Milo Manara das Drehbuch eines unvollendet gebliebenen Films des Comic-Fans Fellini graphisch umgesetzt hat (*Viaggio a Tulum: desegni die Milo Manara da un doggetto di Federico Fellini per un film da fare*, 1991).

Nach der herrschenden Auffassung gilt die Sprechblase in Bildergeschichten als das herausragende, aber nicht ausschließliche Kriterium für die Bestimmung jenes Genres, das auf Italienisch etwa *fumetto* heißt – was eben mit „Sprechblase" zu übersetzen ist. Will Eisners berühmte Definition des Genres als *sequential art* (Eisner: 1985) geht zunächst von der Entwicklung einer Narration durch das Aneinanderreihen von Bildern aus. Beispiele hierfür lassen sich bereits in Steinzeit und Altertum belegen. Die großen Vorläufer des Comic werden allerdings im Mittelalter ausgemacht. Die Darstellung der Eroberung Englands auf der Tapisserie von Bayeux ist eine *bande dessinée* – ein gezeichnetes Band – im nachgerade wortwörtlichen Sinne; ebenfalls aus dem Mittelalter stammen die ersten Belege für die graphische Zuordnung eines geschriebenen Textes zu einem Sprecher über das „Phylakterium" genannte Spruchband: das *Evangeliar Heinrichs des Löwen* bietet hierfür das eindrucksvollste Beispiel. In der französischsprachigen Fachliteratur zum Comic wird übrigens gelegentlich auch der Terminus *phylactère* statt dem geläufigeren *bulle* für Sprechblase verwendet.

Letztlich mag auch die für das frühneuzeitliche Emblem charakteristische Verknüpfung von Text und Bild die Entwicklung zum Comic mit beeinflusst haben. Weitere Beispiele zunächst für Spruchbänder, dann für Sprechblasen in engeren Sinne finden sich in Gemälden des 17. Jahrhunderts sowie in Karikaturen des 18. und 19. Jahrhunderts. Mit anderen Worten: Der Comic hat seinen festen Sitz in der abendländischen Textkultur. Die anfängliche Verbreitung von Bildfolgen und Sprechblasen in Karikaturen und Bildergeschichten für Kinder hat auch zu der englischen Bezeichnung *comic strip* geführt – gegen die sich der präzisere Terminus *sequential art* nicht durchsetzen konnte. In Frankreich hatte dagegen *comic* nie eine Chance gegen *bande dessinée* bzw. das noch geläufigere Akronym *bédé.* Und die Italiener beharren auf ihren *fumetti.* Besondere Beachtung verdient der Umstand, dass sich der Sprechblasen-Comic zur Zeit des aufkommenden Tonfilms in den Printmedien durchzusetzen begann.

Eisners Bestimmung des Comic als sequenzielle Kunst verweist sowohl auf den Film als auch auf den Roman. Indes eignet dem Comic eine eigene Form der Ausgestaltung von Zeitlichkeit, die ihn grundlegend von den beiden anderen Genres unterscheidet. Die Zeit im Film ist für den Zuschauer *hic et nunc* in ihrer Ausgestaltung streng an die irreversible – lineare – Abfolge der Bilder gebunden. Auch dem Roman ist zunächst eine lineare Zeitlichkeit eingeschrieben, deren endgültige Realisierung jedoch liegt beim Leser. Dies verbindet den Comic mit dem Roman. Der Comic aber kombiniert narrative und graphische Codes, um Zeit und Raum zu strukturieren. Das Ineinandergreifen dieser an sich heterogenen Codes erlaubt es, im Comic Vorausschau, Flashback und Parallelhandlungen fast synchron zu gestalten.

Dass Hugo Pratt und sein Geschöpf Corto Maltese in Italien weniger bekannt sind als in Frankreich, liegt wohl an dem herausragenden Stellenwert, den der Comic im französischen Sprachraum einnimmt. *Corto Maltese* – wie auch *Tintin* – wird weiterhin unter dem Label des belgischen Verlags Castermann vertrieben, der seit 1999 zur französischen Dargaud-Gruppe gehört. Belgien kann mit den Verlagsstandorten Tournai, Charleroi und Brüssel übrigens für sich beanspruchen, über gleich drei der einflussreichsten Zentren des französischsprachigen – wenn nicht gar des europäischen – Comic zu verfügen; als wichtigste Fachmesse der Comic-Branche und Fangemeinde gilt dagegen das alljährlich im südwestfranzösischen Angoulême abgehaltene *Festival de la bande dessinée.* Zu Beginn der 60er Jahre hatte man in Frankreich dem Comic als eine Form der *littérature d'expression graphique* – „graphisch umgesetzten Literatur" – zu Anerkennung verholfen (Lacassin : 1971, 23). Bald darauf fand im frankophonen Raum der Comic unter der Bezeichnung *le neuvième art* Aufnahme in den Kanon der Kulturgüter (cf. Lacassin: 1971 und Sadoul: 1976).

Vereinzelt wird noch immer angenommen, die Bezeichnung „neunte Kunst" sei im Anschluss an die *septem artes liberales* entstanden (Screech: 2005, 1). Indessen zählt die Rede von *le neuvième art,* wie der schon zuvor geprägte Terminus *le septième art,* für die Filmkunst, zu den zahlreichen Blüten einer an produktiven Missverständnissen reichen Hegel-Rezeption in Frankreich.

Hegels geschichtsphilosophische Ästhetik unterscheidet die Künste nach dem Grad ihrer Loslösung von den Gesetzen des zu gestaltenden Materials. So stehe am Anfang aller Kunst die Architektur, deren Material „das an sich Ungeistige und [die] nur nach den Gesetzen der Schwere gestaltbare Materie" sei; auf sie folge – zweitens – die Skulptur, die gleichfalls „noch die schwere Materie in ihrer räumlichen Totalität" ergreife, „ohne dieselbe jedoch bloß in Rücksicht auf ihre Schwere und deren Naturbedingungen nach den Formen des Organischen oder Anorganischen regelmäßig zu formieren"; drittens heiße es „die Künste, welche die Innerlichkeit des Subjektiven zu gestalten berufen sind, zu einer letzen Totalität zusammenfassen"

(Hegel: Werke 14, 258). Zu diesen rechnet Hegel (1.) die das Material verinnerlichende Malerei, (2.) die Musik: „das Innere als solches, die für sich gestaltlose Empfindung"; das „dritte endlich zu Malerei und Musik" sei „die Kunst der Rede, die Poesie überhaupt, die absolute, wahrhafte Kunst des Geistes und seiner Äußerung als Geist" (Hegel: Werke 14, 260sq.).

Die nach ihrer Stellung zwischen den Polen Materie und Geist getroffene Unterscheidung der Künste nach Hegel findet im 19. Jahrhundert ihre Fortführung in der deutschsprachigen Philosophie und Ästhetik, die vor allem um eine Bestimmung des Tanzes und des Dramas ringt; zu Beginn des 20. Jahrhunderts definiert Rudolf Steiner die Eurythmie, die „als Notwendigkeit eintreten muss in die menschliche Evolution" – nämlich als die sechste Kunst (cf. Steiner: 1980, 43-47 u. 52-54). 1923 veröffentlicht der franko-italienische Film-Kritiker Ricciotto Canudo sein *Manifeste du septième art*.[4] Von nun an ist im frankophonen Sprachraum die Rede von den sieben Künsten: Architektur, Bildhauerei, Malerei, Musik, Dichtung, Tanz und Film.

Jedoch schreitet die Entwicklung der technischen Möglichkeiten von Repräsentation – und damit der Formen künstlerischen Ausdrucks – unaufhaltsam fort. Das Radio tritt seinen Siegeszug an, gefolgt von der Erfindung und Verbreitung des Fernsehens, das nunmehr als *huitième art* (unter diesem Motto fand 1961 das erste *Festival de la Télévision* in Monaco) um Anerkennung ringt. Je nach Quelle werden auch die Photographie und die dramatischen Künste dem *huitième art* – der achten unter den Künsten – zugeschlagen. Wie dem auch sei: Der ursprüngliche geschichtsphilosophische Begründungszusammenhang des hegelianischen Kanons ist ohnehin längst aus dem Blick geraten. Von 1964 bis 1967 erscheint schließlich in den Heften der legendären belgischen Comic-Zeitschrift *Spirou* die Kolumne *Neuvième Art* mit dem Untertitel *Musée de la bande dessinée*. Die Autoren sind Pierre Vankeer und Morris (Pseudonym von Maurice de Bévère), der Schöpfer des unerschrockenen, ebenfalls zur Comic-Ikone avancierten Cowboys Lucky Luke. Die Studie *Pour un 9e art* des Literaturwissenschaftlers Francis Lacassin besiegelt den neuen Sprachgebrauch (Lacassin: 1971). Nur der Vollständigkeit halber sei noch erwähnt, dass in der französischsprachigen Medienwissenschaft und Publizistik mittlerweile von elf Künsten die Rede ist – den Status eines *dixième art* begleitet die Video-Kunst, den eines *onzième art* nehmen die neuen digitalen Medien ein. Auch in Italien ist diese Klassifikation der Künste, mit Abweichungen in der Bestimmung der achten und der zehnten, zu finden: *settima arte* und *nona arte* stehen dagegen ebenfalls für Film und Comic. Doch wenden wir uns wieder Corto Maltese zu.

IV. Der letzte Romantiker: Abenteurer und Moralist

Das Charisma, das von der Gestalt des Corto Maltese ausgeht, gründet in einer vom Geist der Freiheit durchdrungenen Individualität. Der in der *Südseeballade* entstande-

[4] Bereits 1911 brachte Canudo ein erstes Manifest heraus, *La Naissance d'un sixième art - essai sur le cinématographe*, mit dem er bereits die Eigenständigkeit des Kinos als Kunst untermauert (Frescourt: 1980, 221).

ne Eindruck eines die junge Pandora fortwährend zurechtweisenden Machos wird dagegen in den späteren Alben durch die starken Frauengestalten korrigiert, an denen Corto nicht selten emotionalen Schiffbruch erleidet.

Abb. 5

Eine nachgerade existentialistisch zu nennende Gestimmtheit bekommt der Leser bereits in der *Südseeballade* zu spüren, als Corto dem melancholischen deutschen Offizier, der seiner verlorenen Jugend nachtrauert, lapidar entgegnet: „Die Vergangenheit! Da kann man genausogut einen Friedhof bewachen“ (*Südseeballade*).

Abb. 6

Die Biographie wird hier als Fessel der Freiheit definiert. Übrigens entdeckte André Gide, Apologet der totalen Freiheit, eben zu jener Zeit, in der Corto seine großen Abenteuer erlebt, die *bâtardise* für sich (Gide: 1958). Gemeint ist mit dieser „Bastardexistenz“ die fixe Idee, durch eine illegitime Abstammung den Zwängen der bürgerlichen Ordnung entrinnen und sich als freies Individuum konstituieren zu können.

Wie bereits hervorgehoben, treten historische Gestalten in den Abenteuern Cortos auf; und dennoch bestreitet Hugo Pratt vehement, dass es sich hierbei um historische Romane in der Tradition eines Alexandre Dumas handle. Der historische Roman rücke das Faktum in den Vordergrund und raube somit den Protagonisten jegliche Freiheit (Pratt / Petitfaux: 1996, 26). Daher agiert Corto Maltese zumeist an der Peripherie der Geschichte, in fernen Gefilden oder im Geflecht von geheimen Gruppierungen, deren Spuren sich in der Geschichtsschreibung verlieren; nur dort finden Begegnungen mit historischen Personen statt, nur dort sind sie noch nicht durch die Geschichte endgültig in ihrer Persönlichkeit gezeichnet. Nicht von ungefähr verschwindet Corto in den Wirren des spanischen Bürgerkriegs, für Pratt das „letzte romantische Abenteuer" / „la dernière aventure romantique" (Pratt / Petitfaux: 1996, 30): ein Augenzwinkern in Richtung Hegel, der die Kreuzzüge als das „Gesamtabentheuer des Mittalters" (Hegel 14, 213) bezeichnet hatte?

Pratt jedenfalls bestand darauf, dass die moderne Welt nichts mehr sei für einen Mann wie Corto Maltese (Pratt / Petitfaux: 1996, 26) – einen Mann, der im Augenblick höchster Gefahr Verse von Arthur Rimbaud rezitiert.

Corto Maltese ist ein Romantiker – und zwar nicht nur im Sinne der gängigen Besetzung des Begriffs durch die Kulturgeschichte, sondern auch in der weiter ausgreifenden durch Hegel. Es ist als habe Hugo Pratt bei der Ausgestaltung seiner Figur die Zeilen aus Hegels Ästhetik vor Augen gehabt, die das mittelalterliche Rittertum als Inbegriff des Romantischen schildern, das von „*drei* Empfindungen" regiert werde: „die subjektive *Ehre*, die *Liebe* und die *Treue*" (Hegel 14,171). Immerhin wird Corto mitunter in der Tradition der Artusritter verortet (Gorgievski: 2002, 88; cf. Pratt / Petitfaux: 2001, 201).

Aus diesen drei Empfindungen speise sich die Freiheit des Subjekts – gemeint ist also nicht das Individuum als das mit dem Allgemeinen der bürgerlichen Ordnung dialektisch verbundene Besondere. Der Ritter dagegen, so Hegel, habe ausschließlich „für die Anerkennung und die abstrakte Unverletzlichkeit des einzelnen Subjekts" (Hegel: Werke 14, 171) gestritten.

In der *Südseeballade* kommt es unter den englischen Offizieren zu einem Streit darüber, ob man den Bericht über das Attentat und die Hinrichtung des Attentäters nicht so gestalten sollte, dass der erschossene Offizier als ehrenhaft Gefallener dastehe. Zynisch obsiegen indes die Gedanken an die eigene Karriere: „Kehre Deine romantischen Skrupel unter den Tisch, und lass ihm die Anklagepunkte Verrat und Mord... Schließlich ist er tot, und er hatte schon sich damit abgefunden. Es ist wirklich sehr eitel, wenn man in unserer Position ritterlich und romantisch sein möchte. Wir haben uns mit viel ernsthafteren Dingen zu beschäftigen" (*Südseeballade*). Derselbe Offizier soll bald eine ganz und gar unritterliche Abreibung von Corto bekommen, dem es ernst ist mit der Ritterlichkeit und der Romantik.

Caïn liest in der *Südseeballade* Coleridge (cf. Pratt / Petitfaux: 2001, 200). Der Anführer eines antibolschewistischen Abtrünnigen-Heeres und zukünftige Diktator der Mongolei Rudolf von Ungern-Sternberg – in die Geschichte eingegangen als der „schwarze" oder auch „verrückte Baron" – eröffnet mit Versen von Coleridge das Gespräch mit Corto. Der Seemann stimmt ein und es entsteht ein Augenblick der Nähe zwischen dem Romantiker Corto und dem wahnsinnigen Massenmörder, wenn dieser erklärt: „Die Poesie und das Schwert können ein Stück Weges gemeinsam gehen ... Die großen Kanonen wohl weniger" (*En Sibérie*). Der verrückte Baron weiß um die charismatische Wirkung des Abenteurers, doch Corto schlägt sein Angebot aus, an der Herrschaft eines neu zu gründenden Reiches teilzuhaben. Er habe immer dann interessante Offerten ausgeschlagen, wenn seine diesbezüglichen Bedürfnisse am größten gewesen seien. Der romantische Abenteurer erkennt also selbst im zukünftigen Diktator jene Züge an, die sein eigenes Wesen ausmachen.

Mit Josef Dschughaschwili, dem späteren Stalin, verbindet ihn ein gemeinsam durchstandenes Abenteuer; einen Todfeind wie den chinesischen General Tschang vergleicht er in der Stunde der Abrechnung mit einem deutschen Romantiker: Der Todgeweihte überreicht dem Seemann eine Rose – für die Frau, die ihn ans Messer geliefert hat. Im Zufälligen, Unvorhersehbaren nimmt das Abenteuer seinen Ausgang (*En Sibérie*). Oft bleiben die wahren Beweggründe, die Corto Maltese in die jeweiligen Abenteuer treiben, dem Leser verborgen. Die Abenteuer fallen ihm zu, sie werden ihm Bestimmung; und wie dem Ritter der Tafelrunde bedeutet für ihn das Abenteuer „die Sinnerfüllung des Zufalls“ (Köhler: 1993, 29; cf. Kuhnle: 2003, 107). Zufällig betritt er die Bühne des europäischen *roman graphique* an Planken gefesselt auf dem Meer treibend. Und auf Escondida findet das Abenteuer noch einmal eine Bühne – bevor der Weltkrieg die Illusion von der Ritterlichkeit im Kampfe liquidiert.

Andere Abenteuer beginnen ebenso zufällig *in medias res* wie die *Südseeballade*: Mal steht er im Dienste mysteriöser Auftraggeber, mit denen ihn einzig das *pacta sunt servanda* verbindet, mal verdingt er sich als Begleiter von Expeditionen, mal steht er einfach Freunden bei. Selbst bei den bezahlten Aufträgen ist es jedoch keineswegs vorrangig das Geld, das ihn zum Aufbruch drängt: Auch in phantastischen Rätseln alter Dokumente kann das Abenteuer seinen Ausgang nehmen, so etwa in *Fable de Venise* oder *La Maison dorée de Samarkand*. Im letztgenannten Album steht die Suche nach einem Skript von Lord Byron am Anfang einer Geschichte, die schnell eine ganz andere, abenteuerliche Wendung nimmt.

Oft werden bei den Abenteuern in der Grauzone des organisierten Verbrechens und der Spionage, der irrwitzigen Wettläufe um Schätze und der Rachefeldzüge, die Grenzen von Gut und Böse verwischt. Auch wird die Vergangenheit Corto immer wieder einholen, und doch lehnt er sich gegen deren Macht auf, weshalb auch oft im Unklaren bleibt, auf welchem Weg er nun tatsächlich in das jeweilige Abenteuer geraten ist. Corto Maltese ist ein Herausforderer des Schicksals. Einst habe er, wie er in der *Südseeballade* bemerkt, sich selbst mit einem Rasiermesser die passende Lebenslinie (im Französischen wie Italienischen die „Glückslinie“) in die Hand geschnitten; in Irland wird er einem britischen Soldaten entgegnen, er habe noch nicht über den Zeitpunkt seines Todes entschieden, und auf die Frage der schönen IRA-Kämpferin Banshee nach der Seite, auf der er stehe, entgegnet er mit einer lakonischen Bemerkung: „Auf der Seite des Stärkeren“ (*Les Celtiques*). Filmfreunden dürfte diese Replik bekannt vorkommen. Wie die Figuren, in die Humphrey Bogart etwa in *Casablanca* oder *To Have or to Have Not* schlüpft, vermeidet Corto Maltese, sich einer politischen Sache zu verschreiben. Er urteilt über die Menschen ausschließlich aus der Situation heraus. Diese Situationsethik gründet auf dem Grundvertrauen in die eigene moralische Stärke – und zwar unabhängig jedweder weltanschaulicher Legitimation. Mit dieser Haltung findet er für manchen seiner Freunde letztlich ins richtige Lager.

Indessen gibt es durchaus Ausnahmen zu dieser politischen Neutralität: Gerade nach Irland ist er gekommen, um Sinn Fein und IRA mit Waffen zu beliefern; aus Liebe zu der schönen und geheimnisvollen Banshee verstrickt er sich in den irischen Freiheitskampf. Diese Liebe wird zwar erwidert, bleibt aber dennoch unerfüllt, da Banshee mit Leib und Seele der irische Sache dient, in der bereits zwei von ihr geliebte Männer den Tod gefunden haben (*Concert en O mineur pour harpe et nitroglycérine*, in: *Les Celtiques*). Corto Maltese ist ein Moralist, der zu kämpfen, ja zu töten weiß. Er hat keine Furcht, dem Gegner in die Augen zu sehen – doch er beherrscht auch die Techniken des *silent killing*, stößt einen italienischen Faschisten vom Dach (*Fable de Venise*), lässt einen argentinischen Killer im ungelöschten Kalk verschwinden (*Tango*) und gibt den irischen Freiheitskämpfern Tipps im Bombenwerfen; wenn es sein muss, gibt es auch einmal einen ganz unritterlichen Griff in die Weichteile eines – offensichtlich nicht satisfaktionsfähigen – Gegners (*Südseeballade*). Cortos Ethik beruht auf individueller Freiheit und der Überzeugung, das Böse wie das Gute nähmen im Individuum ihren Ausgang. Daraus resultiert zum einen der eigentümlich ambivalente Anarchismus, dem schon ein Joseph Conrad huldigte, zum anderen die Position eines Moralisten wie La Rochefoucauld, der in der Eigenliebe – dem *amour propre* – den Motor allen menschlichen Handelns erkannte und dies seinen Zeitgenossen unerbittlich in Erinnerung rief.

Aus Achtung für das Individuum erhebt Corto die Freundschaft zu einem hohen Gut – im Album *Tango* kehrt er nach Jahren der Abwesenheit nach Buenos Aires zurück, um einer jüdischen Freundin zu helfen, die von der polnischen Mafia zur Prostitution gezwungen wird. Als er von deren Ermordung erfährt, analysiert er gegenüber Butch Cassidy – der entgegen den Quellen den Hinterhalt überlebt habe – zunächst kühl die politische Macht zynischer Großgrundbesitzer. Auf die Frage, ob er ein „Moralist" – hier im Sinne von Moralapostel – sei, entgegnet Corto: „Nein, sie haben eine mir liebe Person getötet. Und die, die sie getötet haben, kennen weder Gesetz noch Glaube. Sie können sich denken, dass ich ohne Skrupel gegen sie kämpfen werde. Ob das gerecht oder ungerecht ist, rührt mich kaum. Ich hoffe nur, dass ich Erfolg habe" (*Tango*).

Der von der Peripherie der Geschichte aus agierende Corto Maltese reflektiert durchaus den Lauf der Dinge, doch die Ereignisse holen ihn schließlich wieder mit einer Geschwindigkeit ein, die ihn unerbittlich auf die hier skizzierte Situationsethik zurückwirft. So will es die Ironie des Schicksals, dass ihm vor seinem Abenteuer an den Rändern des neuen bolschewistischen Russlands nicht mehr die Zeit bleibt, *Utopia* von Thomas Morus zu Ende zu lesen (*En Sibérie*).

Corto Maltese ist durch und durch Romantiker: „Ich liebe die Legenden […] wenn es sie nicht gäbe, würde ich versuchen, welche zu erfinden." / „J'aime les légendes […] si elles n'existaient pas, j'essayerais d'en inventer". Doch am Ende setzt er doch auf die nüchterne Analyse von Fakten – „mais je ne peux m'empêcher de souscrire aux analyses d'une raison bien documentée." Wenn sich aber die Vernunft ohnmächtig erweise, auf Fragen zu antworten, dann müsse man sich ohne Zögern auf die Seite der Intuition schlagen (*Mû. La cité perdue*). Diese Reflexionen bilden übrigens den Auftakt zum letzten Album, zu Cortos letzter *aventure*. Vor dem Aufbruch zur imitatorischen Reise in die verlorene Stadt *Mû* höhnt der habgierige Männer-Freund Raspoutine, dass Corto ihm einen Ausflug ins Labyrinth vorschlage, „verborgen im Rebus, dessen Lösung ein Rätsel ist? Ja, das kann interessant sein, mit dem üblichen Schatz am Schlüssel.... Und selbst wenn es nichts gibt, ... es gibt die Arkana, die Mysterien, das Zweideutige, die Sphinx, die Allegorie, die Charade... Nur eines zählt... das Symbol, das Spiel, das Abenteuer". Allerdings lässt sich der wahnsinnige Abenteurer bitten: Dies ist er seinem Narzissmus schuldig.

Abb. 7

Die Welt des Abenteuers ist also die Welt der Rätsel; und diese Rätsel ohne abschließende Antwort führen in das Reich der Freiheit; der rationale Analytiker in Corto sorgt indessen für jene Bodenhaftung, die ihn in gefährlichen Situationen immer die richtige Entscheidung treffen lässt. Ihm können die Weggefährten blind trauen – wie ein Bergsteiger dem Kameraden am anderen Ende des Seils. In kritischen Situationen behauptet sich Corto als Macher – wie ein berühmter deutscher Politiker mit Zigarette und Seemannsmütze.

Das Abenteuer ist bei Corto Maltese nicht Teil einer narrativen Konstituierung von Identität, wodurch das Besondere, das Zufällige einen festen Sitz im Leben des Individuums erhält, sondern es meint – ganz im Sinne Hegels – das „Abenteuerliche", das „Märchenhafte", das sich in der bürgerlichen Welt letztlich als „Gesetz des Herzens" entgegenstelle (cf. Kuhnle: 2003). Es sind die Kennzeichen des Verrückt-Seins, des Wahnsinns. Das Individuum erweise sich hier nicht mehr als dialektisch mit dem Allgemeinen verschränkt, was immer ein Sich-Entäußern – Entfremdung – bedeute (Hegel: Werke 3, 365); vielmehr folge es seinen eigenen Gesetzen – dem „Wahnsinn des Eigendünkels" (Hegel: Werke 3, 273-283). Hierin liegt der tiefere Grund für die eigentümliche Männerfreundschaft, die den Abenteurer Corto mit dem wahnsinnigen Killer Raspoutine verbindet.

Und der Wahnsinn begegnet dem Leser der *Corto-Maltese*-Alben in den unterschiedlichsten Formen: zum einen in Gestalt ideologischer Verblendung oder undurchschaubarer Organisationen, zum anderen schlicht im unberechenbaren Verhalten der Individuen. Hugo Pratts Helden streiten – um es noch einmal mit Hegel zu wiederholen – „nur für die Anerkennung und die abstrakte Unverletzlichkeit des einzelnen Subjekts". Gerade das Ringen um diese Anerkennung – die letztinstanzlich auf dem Vertrauen oder mehr noch dem Mut gründet, das eigene Bild im Spiegel ertragen zu können – fordert den Moralisten in unserem Helden.

Corto und seine Gefährten sind Romantiker! Die Abenteuer erleben sie wie der mittelalterliche Ritter als *aventures*, als das ihnen Zu-Fallende; sie suchen den Zufall als die einzig ihnen gemäße Bestimmung. Diese Suche *(la quête)* nach Abenteuern führt Corto Maltese in die Grenzregionen von Traum und Wirklichkeit, in eine Konfrontation mit dem Magischen, das in die Realität drängt. In *Tango* etwa begleiten zwei Mondsicheln nächtliche Szenen von schicksalhafter Bedeutung – und so bleibt auch eine Hommage an Borges, den Meister des magischen Realismus in Lateinamerika nicht aus (*Tango*).

Abb. 8

In *Fable de Venise* löst ein Rätsel eine Kette von mörderischen Ereignissen aus, die Corto Maltese auf eine initiatorische Reise in die Geheimnisse der Lagunenstadt führen: Eine Freimaurerloge wird von faschistischen Schwarzhemden bedroht; der Dichter Gabriele D'Annunzio führt ihn in den Salon einer esoterischen Priesterin; im jüdischen Ghetto der Lagunenstadt kommt Corto der Lösung des Geheimnisses näher; arabische Schriftzeichen und Skulpturen bergen die Botschaft, die es zu entschlüsseln gilt; ein Panoptikum von geheimnisvollen Gestalten schürzt unablässig neue Knoten um die Suche nach dem verschollenen Schlüssel des Salomo, so der Name eines Smaragd. Das zunehmend dichter werdende Netz von Verstrickungen entlang der Grenzlinie von politischer Intrige und Obsession kennt schließlich nur noch einen Ausweg: den *deus ex machina*.

Als Corto mit der geheimnisvollen Stimme aus einer jüdischen Stele in Streit gerät, betreten die Figuren des Abenteuers durch eine Tür den venezianischen Innenhof – auch die getöteten. Und Corto verteilt Rosen an die Akteure seines ganz persönlichen *theatrum mundi*.

Abb. 9

Wie beiläufig findet er den Schlüssel des Geheimnisses in seiner Hosentasche. Am Ende klopft er an eine andere Tür des Innenhofes – und er begehrt Einlass in eine andere Geschichte, an einem anderen Ort.

Längst ist für Corto Maltese der Traum zu jener Sphäre geworden, in die sich das Abenteuer zurückgedrängt sieht, da die Realität ihm keinen Raum mehr bietet. Der Traum öffnet dem Abenteuer den Weg zu den Mythen und Legenden, den Weg ins „Abenteuerliche" (Hegel). In der Story *Songe d'un matin d'hiver* (in *Les Celtiques*) verbünden sich Oberon und Puck mit Merlin und Morgan, um den Angriff eines deutschen U-Bootes auf die Artus-Burg Tintagel zu vereiteln, um dem Vormarsch feindlicher Sagengestalten wie der Nibelungen und der Trolle Einhalt zu gebieten. Für diese Aufgabe haben sie sich Corto ausgesucht, der gegen die Steine von Stonehenge gelehnt seinen Rausch ausschläft. Kurz darauf wird er wieder in eine Episode an der Peripherie des Ersten Weltkriegs verstrickt. Es gelingt ihm tatsächlich mit einem auf den Namen Exkalibur getauften Schlepper das deutsche U-Boot zu rammen und damit den geplanten Anschlag auf einen britischen Posten zu verhindern – nur wenige Jahre bevor er an der Seite von Sinn Fein gegen die Briten agieren wird. Der Ausgang des Abenteuers hinterlässt bei unserem romantischen Helden indessen eine Katerstimmung.

Die Geschichten der Mythen und Legenden haben hier über die Welt-Geschichte triumphiert. Doch scheint dies die Ausnahme von der Regel zu sein. Es gibt Völker an der Peripherie der Weltgeschichte, denen eben diese für einen kurzen Augenblick Gestalt verliehen hat, um sie dann wieder von ihrer Bühne zu bannen. Es sind die vom Vergessen bedrohten Abenteuer der Geschichte. So verlieh die Geschichte den Völkern des Kaukasus und Zentralasiens die Aureole einer Legende, die sie nach 1989, spätestens aber nach 2001 wieder zerstören sollte – Corto Maltese hatte jedenfalls am Hindukusch noch die Welt der Abenteuer verteidigt. Der Kolonialismus vermochte den Zauber der Mythen und Legenden der nach Claude Lévi-Strauss *noch* geschichtslosen Völker nicht zu brechen. Doch die grausame Ironie der Geschichte sollte schließlich viele diese Traditionen mit dem Zusammenbruch der Kolonialreiche endgültig zum Verstummen bringen.

V. Epilog

Die Regionen an der Peripherie der Weltgeschichte bilden die Fixpunkte in der Topographie des Corto Maltese. Seine Fahrten in die von der Geschichte vergessenen Gefilde führen ihn auch in die Schweiz. Das großartige Album *Les Hélvétiques* ist übrigens eine Hommage an Pratts letzte Wohnstätte.

Auf einer Reise durch die Schweiz will Jeremiah Steiner Corto mit seinem alten Freund Hermann Hesse bekanntmachen. Doch da dieser gerade abwesend ist, wird Corto von einem Knaben namens Klingsor empfangen, mit dem er sich auf ein Streitgespräch einlässt: „Ich glaube an die reiche Einbildungskraft der Kelten, die reiche Phantasie der Tropen, an die des Voudou auch – doch was die Phantasie der Schweizer betriff, habe ich so meine Zweifel" (*Les Hévétiques*).

Abb. 10

Allerdings befällt ihn sogleich eine Vision: Auf der Mauer entfaltet sich ein magisches Theater mit Bildsequenzen aus dem Mittelalter. Die abgebildeten Personen verteidigen den *locus mythicus* Schweiz: eine *mise en abyme*, ein Comic im Comic.

Nachdem der Spuk vorüber ist, entlehnt sich Corto in der Bibliothek Hesses Wolfram von Eschenbachs *Parzival*, den er sich als Bettlektüre vornimmt – und der sich als Einfallstor zu einem initiatorischen Traum um die Gestalten Kundry und

Klingsor erweist. Corto wandert durch die Ikonographie des Mittelalters, weiß die Zeichen von Alchemie und Kabbala zu deuten, nimmt am Totentanz teil, und findet schließlich über die von einem Schwert geschlagene Brücke auf die Gralsburg. An einem Brunnen trifft er auf die Rose der Alchemisten, in deren Namen Hugo Pratts Landsmann Eco einen Weltbestseller schrieb, und an den irischen Dichter Yeats (cf. Pratt / Petitfaux: 2001, 200). Am nächsten Tag kommt es zur Begegnung mit Hermann Hesse. Doch Steiner drängte es nach Sion, wo ein geheimer Weltkongress Initiierter stattfinden soll. Auf Cortos Frage, was ihn dort erwarte, entgegnet ihm Steiner: womöglich eine banale Altherrenrunde. Wir wissen also nicht, ob Professor Steiner in Sion den Stein der Weisen finden wird. Corto Maltese jedenfalls zieht dieser vagen Aussicht den Charme der Malerin und Ikone des *Art déco* Tamara de Lampicka vor, mit der ihn Hermann Hesse bekannt macht.

Abb. 11

Tamara, die den mehr nach neuen Abenteuern statt nach dem Summum gelehrter Weisheit strebenden Corto Maltese in ihrem Wagen mit nach Zürich nimmt, will von ihrem Passagier wissen, was ihn ausgerechnet in diese Stadt führe. Darauf antwortet dieser, er suche einen Traum wiederzufinden – „ein verzaubertes, zuverlässiges, fabelhaftes und phantastisches Schwert". Dem Unverständnis seiner bezaubernden Chauffeurin entgegnet der *gentilhomme de fortune* mit der lapidaren Bemerkung: „Ich antwortete nur auf die Frage."

Aus dem Mund der rätselhaften karibischen Wahrsagerin Bouche dorée – die von sich behauptet Hunderte von Jahren alt zu sein und dereinst Dante in Venedig getroffen zu haben – musste sich Corto einige Jahre zuvor, der Erste Weltkrieg war gerade zu Ende gegangen, anhören: „Du lebst immerfort in einer Phantasiegeschichte und merkst es nicht mehr. Wenn ein Erwachsener die Welt der Phantasiegeschichten betritt, dann findet er nicht wieder hinaus" / „Tu vis continuellement dans une fable et tu t'en aperçois plus. Lorsqu'un adulte entre dans le monde des fables, il ne peut plus en sortir" (*En Sibérie*). Und Raspoutine sollte ihm kurz darauf die gute alte Zeit der *Südseeballade* in Erinnerung rufen: „Dies zumindest waren echte Abenteuer!" – um mit der Bemerkung fortzufahren: „[…] Gott allein weiß, wie öde es ist, in einer Welt ohne Abenteuer, ohne Phantasie, ohne Freude zu leben" (*En Sibérie*). In *Mû. La Cité perdue* wird der *gentilhomme de fortune* gar feststellen: „ich vermag nicht mehr zwischen Traum und Wirklichkeit zu unterscheiden" / „ je n'arrive plus à distinguer le songe de la réalité". Am Ende triumphiert der Traum und wird unwiderruflich zum letzten Residuum des Abenteuers – des „Abenteuerlichen", dem die bürgerliche Ordnung, so Hegel, ein Ende bereitet habe. Der Schluss von *Les Hélvétiques* kündigt diese Wende an: Nachdem er im Traum die eschatologische Bestimmung der Arthus-Ritter erfüllt hat, will Corto nicht aus dieser *aventure* in die Wirklichkeit hinaustreten, weshalb er sich auch weigert, seinen Traum zu erzählen. Er ist ein Romantiker; und als solcher sucht er den Weg der Freiheit im Erleben von immer neuen Geschichten, um der einen Welt-Geschichte zu entrinnen, die ihm diese Freiheit und damit seinem Leben die Einzigartigkeit raubt. Unsere Welt ist nichts mehr für einen Mann wie Corto Maltese, den edlen Glückritter, den Piraten, den Moralisten, den Kapitän ohne Schiff – kurz: den *Abenteurer*.

Literaturverzeichnis:

Primärliteratur:

Pratt, Hugo: *Corto Maltese* [Roman nach der *Ballade de la mer salée*], Paris: Gallimard (coll. folio), 2002.

Pratt, Hugo / Petitfaux, Dominique: *De l'autre côté de Corto* [entretiens]. Brüssel: Castermann, 1996.

Pratt, Hugo / Petitfaux, Dominique: *Le désir d'être inutile. Souvenirs et réflexions* [entretiens]. *Édition définitive*, Paris: Robert Laffont, 2011.

Forschungsliteratur:

Coma, Javier: "Hugo Pratt. La aventura de la revoloción, la revolución de la aventura [Interview mit Hugo Pratt, 1980]." *El Viejo Topo, treinta años después: cuando la participación es la fuerza.* Jordi Mir Garcia. Madrid, 2006. 272-276.

Cossi, Paolo: *Hugo Pratt, un gentilhomme de fortune 1. Visions africaines* [orig.: *Un gentiluomo di Fortuna. Biografia a fumetti di Hugo Pratt. 1. Visione africane*]. Paris: Vertige Graphic, 2010.

Ders.: *Hugo Pratt, un gentilhomme de fortune tome 2: Venise* [orig.: *Un gentiluomo di Fortuna. Biografia a fumetti di Hugo Pratt. 1. Venexia*]. Paris: Vertige Graphic, 2011.

Eco, Umberto: „Corto Maltese ou la géographie imparfaite." In: *La Ballade de la mer salée.* Hugo Pratt. Brüssel: Castermann, 1989. 6-9.

Eisner, Will: *Comics & Sequential Art.* Tamarac: Poorhouse, 1985.

Frescourt, Henri: *La foi et les montagnes, ou, Le septième art au passé.* Paris, 1980 [Erstv. Paris: P. Montel, 1959].

Gide, André: „Les Faux-Monnayeurs." In: *Romans, récits et soties. Œuvres lyriques* [1925]. Hg. Maurice Nadeau. Paris: Gallimard (Pléiade), 1958.

Gorgievski, Sandra: *Le Mythe d'Arthur: de l'imaginaire médiévale à la culture de masse. Paralittérature, bande dessinée, cinéma, beaux-arts.* Paris: Editions du CÉFAL (Littérature comparée), 2002.

Guerrera, Manfredi: *Corto Maltese: il romanzo disegnato.* Rom: Arcane, 2007.

Hegel, Georg Wilhelm Friedrich: *Phänomenologie des Geistes* (*Werke 3*). Hg. Eva Moldenhauer und Karl Markus Michel. Frankfurt am Main.: Suhrkamp, 1989.

Hegel, Georg Wilhelm Friedrich: *Vorlesungen über die Ästhetik II* (*Werke 14*). Hg. Eva Moldenhauer u. Karl Markus Michel. Frankfurt am Main: Suhrkamp, 1990.

Köhler, Erich: *Der literarische Zufall, das Mögliche und die Notwendigkeit.* Frankfurt am Main: Fischer, 1993.

Kuhnle, Till R.: „Utopie, Kitsch und Katastrophe. Perspektiven einer daseinsanalytischen Literaturwissenschaft." *Theorien der Literatur. Grundlagen und Perspektiven I.* Hgg. Hans Vilmar Geppert und Hubert Zapf. Tübingen: Francke, 2003. 105-140.

Ders.: *Das Fortschrittstrauma. Vier Studien zur Pathogenese literarischer Diskurse.* Tübingen: Stauffenburg (colloquium), 2005.

Lacassin, Francis: *Pour un 9e art – la bande dessinée.* Paris: U.G.E., 1971.

Marchese, Giovanni: *Legere Hugo Pratt: l'autore di Corto Maltese tra fumetto e letterature.* Latina: Tunué, 2006.

Requemora, Sylvie / Linon-Chinon, Sophie: *Les Tyans de mer. Pirates, corsaires et filibustiers. Textes.* Paris: PUF, 2002.

Rothschild, Aviva: *Graphic Novels. A Bibliographical Guide to Book-Length Comics.* Englewood: United Libraries,1995.

Sadoul, Jacques: *Panorama de la Bande dessinée.* Paris: J'ai lu, 1976.

Sartre, Jean-Paul: „M. François Mauriac et la liberté." *Situations I.* Paris: Gallimard (nrf), 1947. 36-57.

Schmitt, Carl: *Der Nomos der Erde im Völkerrecht des Jus Publicum Europaeum.* Berlin: Duncker & Humblot, 2e éd. 1974 [1ère éd. 1950].

Screech, Matthew: *Masters of the Ninth Art: bandes dessinées and Franco-Belgian Identity.* Liverpool: Liverpool University Press, 2005.

Steiner, Rudolf: *Kunst im Lichte der Mysterienweisheit* (*Gesamtausgabe 275*). Dornach 1980 [Texte von 1914].

Weber, Max: *Wirtschaft und Gesellschaft. Grundriß der verstehenden Soziologie.* Tübingen: Mohr / Siebeck, 1980.

Zanotti, Patrizia / Thomas, Thierry (Hg.): *Hugo Pratt. Périples imaginaires. Aquarelles (1965-1995).* Brüssel: Castermann, 2005.

Online-Wörterbuch zur Comicforschung

Patrimonium. Deutsche Comicforschung.
Wörterbuch Teil 1. Literaturwissenschaftliche Fachbegriffe [Englisch, Französisch, Holländisch, Deutsch, Dänisch, Spanisch, Italienisch, Portugiesisch]:
www.comicforschung.de/woerterbuch.html (Stand: 01.03.2012)

Wörterbuch Teil 2. Die wichtigsten Fachbegriffe aus Verlagsproduktion und Szene [Englisch, Französisch, Holländisch, Deutsch, Italienisch, Portugiesisch]: www.comicforschung.de/woerterbuch2.html (Stand: 01.03.2012)

Bildnachweise

Abb. 1: *Ballade*, 37 – Abb. 2: Pratt / Petitfaux: 1996, 10 – Abb.3 http://www.parfum.only-u.com.ua/images/stories/dior/advert-dior-eau-sauvage-corto-maltese.jpg – Abb. 4: Manara / Pratt: *Un été indien*, Brüssel: Castermann 2010, Umschlag – Abb. 5: *Ballade*, 116 – Abb. 6: *Ballade*, 165 – Abb. 7: Pratt: *Corto Maltese. Mû. La cité perdue*, Brüssel: Castermann 2009, S. 77 – Abb. 8: Pratt: *Corto Maltese, Tango*, Brüssel: Castermann 2009, 97 – Abb. 9: Pratt: *Corto Maltese. Fable de Venise*, Brüssel : Castermann 2009, 124 – Abb. 10: Pratt : Corto Maltese. Les Helvétiques, Brüssel : Castermann, 35 – Abb. 11: *op. cit.*, 93.

Ian McEwan

Atonement / Abbitte

Martin Middeke

I.

Ian McEwan gehört zu den profiliertesten und produktivsten Autoren britischer Gegenwartsliteratur. Geboren am 21. Juni 1948 in Aldershot als Sohn eines Berufssoldaten verbrachte McEwan einen Teil seiner Kindheit in Singapur und Libyen. McEwan ist kein Oxbridge-Absolvent, studierte englische und französische Philologie vielmehr an den Universitäten von Sussex in Brighton und East Anglia in Norwich, wo er wie seine SchriftstellerkollegInnen Kazuo Ishiguro oder Anne Enright unter Malcolm Bradbury kreatives Schreiben belegte und sein Studium mit einem Master of Arts in englischer Literatur abschloss. McEwan hat bis heute ein beachtliches Werk vorgelegt, das zehn Romane, zwei Short Story Bände, drei Drehbücher, zwei Libretti und ein Kinderbuch umfasst und für eine ungebrochene literarische Kreativität spricht. Namhafte Preise stehen zu Buche: der Somerset Maugham Award für McEwans Debutband, die Kurzgeschichtensammlung *First Love, Last Rites* (1975), den Whitbread Novel Award für *Child in Time* (1987), den Booker Prize für *Amsterdam* (1998). Sein vermutlich bis heute berühmtester Roman *Atonement*, der Gegenstand dieses Beitrages ist, trug ihm unter anderem den People's Booker (2001), den National Book Critics' Circle Fiction Award, den Los Angeles Times Prize for Fiction, und den Deutschen Bücherpreis 2003 ein. *Entertainment Weekly* führte den Roman auf Rang 82 der besten Romane der letzten 25 Jahre, und das *Time Magazine* schloss ihn in die 100 besten Romane aller Zeiten ein. 2011 erhielt McEwan für sein Gesamtwerk den Jerusalem Preis für die Freiheit des Individuums in der Gesellschaft.

McEwans Stil ist gekennzeichnet von der enormen Präzision seiner Beobachtung, welche gerade im Frühwerk mit oft grotesken, schockierenden und abstoßenden Inhalten einhergeht. Es ist nur schwer verdaulich, wenn etwa in der Titelgeschichte seines Erstlings *First Love, Last Rites* eine schwangere Ratte, die der Erzähler zuvor getötet hat, von dessen Freundin die ‚last rites', die letzte Ölung, genau in dem Zimmer erhält, in dem beide ihre ‚erste Liebe' vollzogen haben:

> I stood over the rat and prodded it gently with the poker. It rolled on its side, and from the mighty gash which ran its belly's length there obtruded and slid partially free from the lower abdomen a translucent purple bag, and inside five pale crouching shapes, their knees drawn up around their chins. As the bag touched the floor I saw a movement, the

> leg of one unborn rat quivered as if in hope, but the mother was hopelessly dead and there was no more for it.
>
> Sissel knelt by the rat, Adrian and I stood behind her like guards, it was as if she had some special right, kneeling there with her long red skirt spilling round her. She parted the gash in the mother rat with her forefinger and thumb, pushed the bag back inside and closed the blood-spiked fur over it. She remained kneeling a little while and we still stood behind her. Then she cleared some dishes from the sink to wash her hands. (*First Love, Last Rites*, 128)

Ebenso unvergesslich dürfte für viele Leser *The Cement Garden* (*Der Zementgarten*) gewesen sein, jene groteske Parodie des Klischees der ‚glücklichen Familie', deren Ich-Erzähler, der 14-jährige Jack, den Roman mit der lapidaren Bemerkung eröffnet: „I did not kill my father, but I sometimes felt I had helped him on his way" (*The Cement Garden*, 13), womit er die vielen Male meint, in denen er sich seinen Vater tot wünschte. Tatsächlich stirbt sein Vater, während sein Sohn in einer kleinen Pause vom mit seinem Vater gemeinsam erledigten Pflastern des hinteren Teils ihres Gartens masturbiert. Die Mutter stirbt wenig später, und die Kinder, welche die Toten im Keller einzementieren, spielen nun – Inzest miteingeschlossen – ernsthaft ‚Mama und Papa'.

Solches nun bewirkte, dass McEwan von der britischen Presse lange Zeit als ‚Ian Macabre' oder ‚The Clapham Shocker' betitelt wurde, dessen Geschichten in klinischem Detail die sexuellen und sozialen Irrungen von heranwachsenden, nicht selten schizophren/neurotisch wirkenden Psychen ausloteten und mit denen er, wie ein Rezensent in der *Frankfurter Allgemeinen Zeitung* erst unlängst über McEwans letzten Roman *Solar* schrieb, „in die feinsatirisch getönte Gesellschafts- und Bildungsromanwelt Englands hineingeplatzt war wie ein ausgehungerter Kannibale in einen wohlgenährten Renommierclub des britischen Unterhauses [...] und Giftlilien [...] in den Tintenschlossgarten des Literaturadels pflanzte."[1] In den darauffolgenden mehr als dreißig Jahren nun behalten McEwans Werke einerseits die Vorliebe für unvorhersehbare Handlungsentwicklungen, andererseits erscheinen die privaten, persönlichen Geschichten der Romane nun mehr und mehr in breitere Kontexte von Geschichte, Zeitgeschichte, Politik und Philosophie eingebettet, die den Romanen mehr und mehr eine reifere Auseinandersetzung mit den Problemen und zusehends auch mit der Ethik zeitgenössischen Lebens ermöglichen:[2] die Wirrungen und Aporien der Zeit etwa in *Child in Time* (1987), die Kontroversen des Kalten Krieges in *The Innocent* (1990) oder in *Black Dogs* (1992), die ironisch-groteske Verhandlung der Verantwortung von Massenmedien, Machtgier und Eitelkeiten in *Amsterdam*, der ambivalente Kommentar zum Irak-Krieg in *Saturday*, dessen Frage, ob der Krieg nicht doch gerechtfertigt sei, ihm die Kritik des Reaktionären eintrug; oder man

---

1 Markus Gasser, „Ian McEwan: *Solar*. Du musst Dein Klima ändern", *FAZ online*: http://www.faz.net/aktuell/feuilleton/2.1769/buecher/ian-mcewan-solar-du-musst-dein-klima-aendern-11043613.html

2 Siehe zur Thematik des Ethischen die Beiträge im folgenden Sammelband: Pascal Nicklas (ed.) *Ian McEwan: Art and Politics* (Heidelberg. Winter, 2009).

denke an die populäre Öko-Thematik des Klimawandels in McEwans letztem Roman *Solar* (2010), in dem der nobelpreisgekrönte Physiker-Protagonist des Textes, um Ausgleich seines eigenen Physio- und Psycho-(Öko)Systems bemüht, an einem funktionieren Sexleben ebenso interessiert ist wie am Universum.

II.

Vor dem Hintergrund des bisher Gesagten scheint McEwans siebter Roman *Atonement* aus dem Jahre 2001 auf den ersten Blick gar kein typischer ‚McEwan' zu sein. Dem Roman ist ein Paratext aus Jane Austens Roman *Northanger Abbey* vorangestellt, und tatsächlich ist dies kein Zufall, denn der Roman ist eine subtile Verbeugung vor Jane Austen – inhaltlich sichtbar im Aufgreifen zentraler Themenbereiche der Austen wie Manieren, Familie, Machtstrukturen, Geschlechterrollen, Liebe, Heirat und Ehe und, wie im Falle von *Northanger Abbey* insbesondere, der leitenden, bzw. bisweilen auch in die Irre leitenden Macht der Imagination. Formal erinnert *Atonement* durch beständig wechselnde, multiple Fokalisierungen, die in einer zunächst hetero-, später dann autodiegetischen Erzählsituation angesiedelt sind, an Jane Austens fulminanten Gebrauch der erlebten Rede und an das daraus sprechende Interesse an subtiler Psychologisierung und literarisch entworfener, moderner Subjektivität. McEwans *Atonement* führt den Leser zurück in das Jahr 1935 in eine auf den ersten Blick idyllische Szenerie auf den großzügigen Landsitz der Familie Tallis, einem 1880 erbauten Gebäude, das so erfährt der Leser, Anfang der 1930er nach einem Feuer auf, verglichen mit dem Original, eher prosaische Weise renoviert wurde. Der Zustand des Gebäudes, das ebenso wie der heruntergekommene, von Brennnesseln umgebene kleine Tempel auf dem Gelände deutliche Verfallsspuren trägt, zeitigt eine klar proleptische Funktion und lässt leitmotivisch weitere Zentralthemen des Romans wie Verletzung, Versehrtheit, Niedergang, Vergänglichkeit, die Irreversibilität von Zeit und den Tod bereits von Beginn an durchschimmern.

Im Zentrum des ersten von vier Teilen des Romans, der etwa die Hälfte des gesamten Textes ausmacht, steht zunächst Briony Tallis, die im Jahre 1935 dreizehnjährige jüngste Tochter der Tallis Familie, ein Nachzügler, ihre Schwester Cecilia und ihr Bruder Leon sind zehn bzw. zwölf Jahre älter als sie. Ein Bruch tut sich schon bei ihren Eltern auf, das Familienoberhaupt, Jack Tallis, arbeitet im Innenministerium in London und ist selten zuhause, lässt sich am Telefon verleugnen, weil er seinen Club seinem Familienleben merklich vorzieht, das er zudem, auch wenn er zuhause ist, vorzugsweise lesend in der Bibliothek verbringt. Wiederum funktional sichtbar proleptisch beschäftigt er sich im Ministerium mit Eventualitäten, etwa Schätzungen, wie viele Opfer pro Tonne Sprengstoff im Kriegsfall zu erwarten sind; Emily Tallis, seine Frau, hat sich, von ständigen Migräneattacken gequält, bereits seit Jahren in ein inneres Exil begeben. Die Familie wartet auf Leon, der sich sorglos als Banker in London verdingt und sich mit seinem reichen Industriellen-Freund Paul Marshall für einen Sommerurlaub auf dem Landsitz angekündigt hat. Zwei Cousins und eine Cousine von Briony sind ebenfalls dort, weil sich deren Eltern gerade scheiden lassen und die Kinder auf dem Tallis-Anwesen Ruhe finden können. Cecilia hat ihr Studium in Cambridge abgeschlossen und ist bereit für einen Neuanfang, sie fühlt sich jedoch verpflichtet, der Familie einen letzten Sommer zu schenken. Für den Abend ist ein Abendessen zu Leons Ehren geplant, zu dem auch der Sohn der Putzfrau, der seit der Kindheit mit den Tallis-Kindern befreundet ist, eingeladen wird – Robbie Turner, ein hochbegabter junger Mann, dessen Talent Jack Tallis sah und der ihm Studien in Cambridge ermöglichte, tatsächlich steht ein weiteres kurz bevor, denn Robbie wird nach dem Sommer Medizin studieren. Für die Abendunterhaltung soll Briony sorgen. Sie betätigt sich seit Jahren mit dem Schreiben literarischer Texte und hat für den Abend ein siebenseitiges Theaterstück verfasst – *The Trials of Arabella*, die Geschichte einer verbotenen Liebe, die zuletzt glücklich ausgeht.

Natürlich kommt alles ganz anders, tatsächlich bewegt sich der Roman schrittweise, jedoch mit eiskalter Präzision auf seine Katastrophe zu: auf die private Katastrophe einer zerstörten Liebesbeziehung und auf die historische Katastrophe des 2. Weltkriegs. Die Schlüsselstelle des gesamten Romans: Briony wird am Nachmittag Zeugin einer Begegnung zwischen Robbie, der sich, wie in den Ferien üblich, um den Park kümmert, und Cecilia, die eine wertvolle Vase aus Meißner Porzellan bemalt im Jahre 1726 vom deutschen Miniatur- und Emailmaler Johann Gregorius Höroldt – der scheinbar wirklich einzig wertvolle Gegenstand des Hauses – in den Garten zu einem Brunnen mitnimmt, um sie mit Wasser für Blumen zu füllen. Beide fühlen sich merklich unwohl in der Gegenwart des anderen, charakteristisch knisternd unwohl, als ob etwas zwischen ihnen steht, etwas, das nicht gesagt werden kann. Er will ihr helfen, die Vase zu füllen, sie lehnt ab, ein kurzer Moment des Ringens, er gibt nicht nach und bricht einen Teil des Vasenrandes ab, der in zwei Stücke zerbricht und auf den Boden des Brunnens sinkt.

> She had no time, and certainly no inclination, to explain that plunging vase and flowers into the water would help with the natural look she wanted in the arrangement. She tightened her hold and twisted her body away from him. He was not so easily shaken off. With a sound like a dry twig snapping, a section of the lip of the vase came away in his hand, and split into two triangular pieces which dropped into the water and tumbled to the bottom in a synchronous, seesawing motion, and lay there, several inches apart, writhing in the broken light. (28)

„You idiot! Look what you've done" (28) raunt sie ihm entgegen, ihr schießen die gesamte Vergangenheit und Familiengeschichte der Vase durch den Kopf, Grund genug für Robbie, sich sprachlos schuldig zu fühlen. Robbie knöpft sich das Hemd auf, doch Cecilia, die schon nur den Gedanken daran, was Robbie vorhat, peinlich unerträglich findet, ist schneller, streift sich postwendend die Sandalen ab, zieht die Bluse aus, lässt den Rock hinunter gleiten und stürzt sich selbst in den Brunnen: „Denying his help, any possibility of making amends, was his punishment. The unexpectedly freezing water that caused her to gasp was his punishment. She held her breath, and sank, leaving her hair fanned out across the surface. Drowning herself would be his punishment" (29). Auf diese wiederum proleptische Passage und das Motiv des Ertrinkens wird später noch einmal zurückzukommen sein.

Für Briony, die diese Szene aus dem Fenster des Hauses beobachtet, stellen sich die Dinge ganz anders dar.

> [...] Robbie imperiously raised his hand now, as though issuing a command which Cecelia dared not disobey. It was extraordinary that she was unable to resist him. At his insistence she was removing her clothes, and at such speed. She was out of her blouse, now she had let her skirt drop to the ground and was stepping out of it, while he looked on impatiently, hands on hips. What strange power did he have over her? Blackmail? Threats? Briony raised two hands to her face and stepped back a little way from the window. She should shut her eyes, she thought, and spare herself the sight of her sister's shame. (36)

Die Szene ist eine schockartige Initiation, Briony sieht Robbie als Bedrohung ihrer Schwester und reagiert charakteristisch dem Leben ausweichend, ästhetisch: Von nun an keine Märchenwelt-Dramen mehr, sondern Prosa will sie schreiben, die Prosa eines solchen Paares: „for her it could no longer be fairy-tale castles and princesses, but the strangeness of the here and now, of what passed between people, the ordinary people that she knew, and what power one could have over the other, and how easy it was to get everything wrong, completely wrong" (37). Dieser für das Romanganze beinahe tragisch-ironische Satz meint hier zunächst nur die Inkongruenz der Beziehung zwischen Cecilia und Robbie, jene Un-Ordnung, die diese Szene stiftet, nicht jedoch die Einsicht, dass sie die Szene missverstanden haben könnte.

Der Roman blendet weiter in die Perspektive Robbies, der zuhause sitzt an der Schreibmaschine, um eine Entschuldigung an Cecilia zu formulieren. Auf dem Schreibtisch liegt ein Exemplar der *Gray's Anatomy*, passend aufgeschlagen auf dem Eintrag ‚Vagina', denn das Geschehen des Nachmittags geht Robbie nicht aus dem Kopf – könnte es nicht sein, dass Cecilia sich nicht Freud'schen Unbewusstem folgend *absichtlich* vor ihm entblößt hat? *Sollte* er nicht ihren Körper sehen? Unzufrieden mit der Formulierung tippt er weiter, schnell, rückhaltlos, allein mit seinen Gedanken:

> In my dreams I kiss your cunt, your sweet wet cunt. In my thoughts I make love to you all day long. (80)

Sein eigenes Unbewusstes geht offensichtlich mit ihm durch, denn er verwechselt diese mit der nachträglich formulierten, handgeschrieben Entschuldigung an Cecilia, trifft im Wald auf dem Weg zur abendlichen Feier bei der Tallis Familie auf Briony, der er die Note anvertraut, um sie Cecilia auszuhändigen. Nur Momente später wird ihm der eigene Freud'sche Fehltritt bewusst, den er nun nicht mehr verhindern kann, Briony hat die verhängnisvolle Zeile längst gelesen, bevor sie den Brief an Cecilia aushändigt. Das Wort „cunt", das ihr in den Ohren klingt, ist für Briony das nächste Mosaiksteinchen einer sexuellen Initiation und für sie und ihre Cousine Lola, der sie Robbies Brief zeigt, ist die Diagnose klar: „The man's a maniac" (112) und „maniacs can attack anyone" (113). Ganz anders Cecilia: Als sie den Brief und die Schlusszeilen liest, fällt es ihr wie Schuppen von den Augen: „you knew before me. Something has happened, hasn't it? And you knew before me. It's like being close up to something so large you don't even see it. Even now I'm not sure I can. But I know it's there." (125) Wenig später haben Robbie und Cecilia Sex in der Bibliothek, aber Briony überrascht die beiden und beobachtet:

> The scene was so entirely a realization of her worst fears that she sensed that her overanxious imagination had projected the figures on the packed spines of books. This illustration, or hope of one, was dispelled as her eyes adjusted to the gloom. No one moved. Briony stared past Robbie's shoulder into the terrified eyes of her sister. He had turned to look back at the intruder, but he did not let Cecilia go. He had pushed his body against hers, pushing her dress right up above her knee and had trapped her where the shelves met at right angles. His left hand was behind her neck, gripping her hair, and with his right he held her forearm which was raised in protest, or self-defense. (116)

Wieder missversteht Briony die Szenerie, glaubt Cecilia sei ernsthaft in Gefahr. Diese Fehleinschätzung führt nun zu dem, was der heterodiegetische Erzähler unmissverständlich als asoziales Verhalten zurückweist: „Within the half hour she would commit her crime" (146). Die beiden Zwillinge büxen in der Nacht aus dem Haus aus, die ganze Familie sucht allein und in Gruppen. Briony sieht, als sie auf einen Busch zuläuft, eine Gestalt am Boden liegen, die ihren Namen ruft, eine größere Gestalt macht sich davon. Sie trifft auf Lola, die berichtet, man habe sie von ‚hinten gepackt und zu Boden gestoßen', ‚vergewaltigt' sagt sie nicht, das bleibt eine Leerstelle, sie habe aber nicht erkennen können, wer der Täter war. Für Briony hingegen ist der Fall klar:

> „It was Robbie, wasn't it?"
> The maniac. She wanted to say the word.
> Lola said nothing and did not move.
> Briony said it again, this time without the trace of a question. It was a statement of fact.
> „It was Robbie." (156)

Was folgt, geht Schlag auf Schlag: Zuhause klagt Briony Robbie direkt an und legt der Familie den Brief an Cecilia als Beweis vor. Die Polizei wird auf den Plan gerufen, und als Robbie nach Stunden mit den Zwillingen zurück kommt, sind die Würfel gefallen: Briony legt Zeugnis ab, dass sie Robbie gesehen hat, wie er sich an Lola zu schaffen machte, und sowohl Lola als auch Briony bleiben in den folgenden Wochen und Monaten bei ihrer Version. Robbie wird am Ende des ersten Teils des Romans von der Polizei abgeführt. Briony ist sich sicher, dass zwischen Robbie und Cecilia nun ein Keil getrieben ist, der nie wieder entfernt werden kann.

Teil II des Romans führt an die Westfront des 2. Weltkrieges nach Dünkirchen in den späten Mai des Jahres 1940. Robbie, so erfährt der Leser, wurde zu sieben Jahren Gefängnis verurteilt, dann nach dreieinhalb Jahren entlassen, weil er sich freiwillig für den Kriegsdienst gemeldet hat. Die Gefechte der Alliierten an der Westfront sind verloren, die Niederlande ist ebenso gefallen wie Belgien, Frankreichs Zusammenbruch geschieht wenig später am 17. Juni 1940, und die britische Armee befindet sich auf dem Rückzug nach Dünkirchen.

Kurz zum historischen Hintergrund: Die deutsche Wehrmacht hatte die britischen Kräfte um Dünkirchen eingekesselt, die Panzer General Guderians waren lediglich 18 km vor Dünkirchen entfernt, als Hitlers Haltebefehl – welchen man mit Fug und Recht als einen der größten taktischen Fehler des 2. Weltkriegs bezeichnen darf – die deutschen Truppen zum Stillstand brachte. In dieser Zeit sollten in der „Operation Dynamo“ (siehe Abb. 1 und 2) insgesamt 338.226 alliierte Soldaten über den Kanal nach England evakuiert werden, die meisten davon erfahrene Berufssoldaten, ohne die es England schwer, wenn nicht unmöglich gewesen wäre, den Krieg gegen Deutschland fortzusetzen. Bilanz der Schlacht von Dünkirchen vom

Abb. 1 Quelle: DVD & Blue-ray „Abbitte“ (Universal Pictures)

Abb. 2 Quelle: DVD & Blu-ray „Abbitte" (Universal Pictures)

26. Mai-5. Juni 1940: 30.000 Tote und 40.000 alliierte Kriegsgefangene. Der Leser begegnet Robbie, als er sich schwer verwundet von einem Granatsplitter eines Stuka-Angriffs mit zwei Gefreiten auf dem beschwerlichen Fußmarsch zurück zum Strand nach Dünkirchen zur Evakuation befindet. Seine Gedanken kreisen immer wieder um die dunkle Zeit des Gefängnisaufenthaltes, die verpassten Chancen, das nicht begonnene Medizinstudium – er hält durch, weil er immer wieder das einzige Treffen mit Cecilia sechs Tage nach seiner Haftentlassung und nur einen Tag vor seiner Meldung in den Kriegseinsatz erinnert, die in all den Jahren zu ihm gehalten, sich von ihrer gesamten Familie getrennt hat und die in einem Londoner Krankenhaus als Krankenschwester arbeitet. In einem Brief Mitte Mai schreibt sie ihm, dass Briony statt in Cambridge zu studieren, auch Krankenschwester geworden ist und sie sehen möchte, weil sie ihr falsches Zeugnis gegenüber Robbie quält und sie Abbitte dafür leisten will. Eine frühe Version eines Manuskriptes, in dem Briony das Erlebte verarbeitet – *Two Figures By A Fountain* – wird vom Horizon Magazin abgelehnt. Robbies Rückweg zum Strand wird begleitet von ständigen Bombardements der deutschen Luftwaffe, unzählige Tote und verwesende, entstellte Körper, Gestank und Schreie begleiten seinen Weg, während sich die eigene Verwundung entzündet. Cecilias Worte „come back" und „I'll wait for you" sind in seinem Kopf, als er einschläft, während am Strand die Organisation der Evakuierung beginnt.

Teil III des Romans wechselt die Fokalisierung auf die Perspektive Brionys und ihrer Arbeit im Hospital. Ganz London hat Angst vor einer Invasion der deutschen Wehrmacht, auch die Krankenhäuser bereiten sich auf Bombardierungen vor, was die Luftschlacht um England und den Blitzkrieg aus der Luft auch gegen London bereits vorzeichnet. Briony muss lernen, sich bedingungslos der Arbeit und den Anweisungen der älteren Schwestern und der Ärzte unterzuordnen. Die Vase der Familie ist unterdessen ganz zerbrochen, das Familienanwesen muss Evakuierte aufnehmen und wirkt durch Vandalismus, Beschlagnahme und Rüstungsabgaben – der metallene Zaun wird zum größten Teil für Kanonen eingeschmolzen – ebenso versehrt wie die Menschen und Kriegsopfer. Aus der Zeitung erfährt Briony vom Rückzug britischer Kräfte nach Dünkirchen. Sie hört von der bevorstehenden Hochzeit von Lola und Paul Marshall. Im Krankenhaus sieht sie das Meer verwundeter, evakuierter Soldaten vom Strand von Dünkirchen, ihr ermangelt es jedoch an Ausbildung, sie macht die meisten Dinge in der Krankenpflege falsch, und trotzdem arbeitet sie fast rund um die Uhr, um Verbände anzulegen, Wunden zu reinigen und zahllose Bettpfannen zu lehren, was es ihr oft schwer macht, gegen den eigenen Ekel und die Übelkeit zu arbeiten. Nachts gegen halb drei wird sie an das Bett eines französischen Soldaten aus Paris gerufen, der glaubt in Paris zu sein und meint, sich an eine gemeinsame Zeit mit Briony erinnern zu können. Der Soldat bittet sie, den Verband um seinen Kopf zu lockern, was sie tut, nur um festzustellen, dass sein halber Kopf fehlt und wie unprofessionell es von ihr war, den Verband zu lösen. Einen getauschten freien Tag nutzt sie, um in einer Kirche in Clapham der Hochzeit Lolas und Paul Marshalls beizuwohnen. Als der Priester fragt, ob jemand etwas gegen diese Eheschließung einzuwenden habe, überlegt sie kurz, ob sie nicht vor allen Anwesenden sagen solle, dass sie und Lola ihre Aussagen einst absprachen und damit einen Unschuldigen ins Gefängnis schickten. Aber sie schweigt. Nach der Hochzeit fährt Briony eine Haltestelle weiter und steht bald vor Cecilias Tür. Sie hat ihre Schwester fünf Jahre lang nicht gesehen. Cecilia lässt sie in ihre Wohnung, macht ihr aber unmissverständlich klar, dass sie ihr nicht verzeihen will. Beide werden unterbrochen, als Robbie aus dem Schlafzimmer kommt. Nach schwersten Vorwürfen verlangen Cecilia und Robbie von ihr Wiedergutmachung: den Gang zum Notar, den Widerruf ihrer Aussage, den Versuch vollständiger Rehabilitation, Wiederherstellung des zerbrochenen Rufs Robbies. Briony willigt ein, Cecilia und Robbie gehen ihrer Wege, er wird erneut an die Front geschickt werden, Briony verspricht einen langen Brief an die Eltern, aber der Brief soll kein Brief werden, sondern ein neues Manuskript – ihre (fiktionale) Abbitte.

Im erstaunlichen Teil IV des Romans schließlich schlägt McEwans Roman eine offen-metafiktionale Volte: Die Teile, die wir bis hierhin gelesen haben, stellen sich als evolutionäre Durchgangsstadien der verschiedenen fiktionalen Abbitten von Brionys Roman heraus, Produkte ihrer Erinnerung in verschiedenen Stadien ihres Lebens. Wir befinden uns zuletzt im London des Jahres 1999, Briony ist 77 Jahre alt, eine bekannte Romanautorin, und zum ersten Mal spricht sie direkt zum Leser, denn der Roman wechselt in diesen letzten Passagen vom heterogetischen in den autodiegetischen Erzählmodus. Die Abbitte, um die sie durch ihre Erzählung ersucht, gerät zum Kampf gegen die Zeit, denn bei ihr wurde vaskuläre Demenz festgestellt, kleine Mikro-Schlaganfälle schalten sukzessive, irreversibel das Gehirn und damit das Erinnerungsvermögen ab – was immer sie zu sagen hat, muss sie jetzt sagen, es bleibt kaum Zeit mehr. Eine Geburtstagsfeier zu ihren Ehren führt sie noch einmal auf den Landsitz der Tallis' zurück – mittlerweile ein Luxushotel mit einem Golfplatz. Alles hat die Zeit geändert: Die Eltern sind längst tot, ihr Bruder Leon hat einen Schlaganfall erlitten und sitzt im Rollstuhl, neue Kinder sind geboren, sie selbst hat vielleicht noch ein Jahr bis zur völligen Umnachtung und bis zum vollständigen Vergessen. Noch einmal geht der Blick zurück, und sie gibt zu: Es war nicht Robbie, der sich an Lola vergangen hat, sondern Paul Marshall, tatsächlich der spätere Mann Lolas. Die ‚Upper Class' hielt lediglich zusammen und war froh über den unterprivilegierten Sündenbock Robbie. In Wirklichkeit hat es Robbie nicht geschafft: Er starb an einer Sepsis am Strand von Dünkirchen, und Cecilia wurde Opfer des Blitzkrieges über London in einem Luftschutzbunker in Clapham Common. Briony reflektiert über die verschiedenen Versionen ihres letzten Romans, der eigentlich ihr erster hätte sein sollen: Den Realismus, den Bewusstseinsroman, und nun, in der letzten Evolutionsstufe, die postmoderne metafiktionale Brechung, die die ersten heterodiegetischen Stufen in eine Klammer des Autodiegetischen setzen und als Zitat praktisch als die Parodie, ja den Pastiche des Realismus und des Bewusstseinsromans dekuvrieren. Das Treffen zwischen Cecilia und Robbie hat nie stattgefunden, sie selbst hat zu Lebzeiten der beiden nie den Mut gefunden oder genug Rückgrat besessen, ihren Stolz zu überwinden und Cecilia tatsächlich aufzusuchen. Der Roman, wenn er denn posthum erscheinen wird – alle Verleger haben bezeichnenderweise abgewinkt, da man juristisch einwandfrei nur Tote und sich selbst diffamieren kann – stellt ihre Abbitte dar, ihre Ent-Schuldigung, ihre narzisstisch eitle Selbst-Absolution. Gelingt diese? Mehr noch, *kann* diese gelingen? In welchem Verhältnis stehen Kunst, Fiktion(alität) und das Leben?

III.

McEwans *Atonement* ist ein hoch-moralischer Roman, der über Brionys Verhalten recht unmissverständlich das Verdikt des Verbrechens und tief asozialen Verhaltens verhängt. *Atonement* ist zudem ein tief ethischer Roman, indem er Möglichkeiten und Grenzen, Bedingungen und Modi ethischen Handelns und ethischer Reflexion aufzeigt und durchspielt. Wie schon konstatiert reflektiert der Roman inhaltlich die Entwicklung einer persönlichen Lebensgeschichte und beleuchtet schlaglichtartig dabei auch den Verlauf der Zeitgeschichte Europas im 20. Jahrhundert. Als dessen ästhetisch-selbstreflexive Entsprechung durchwandert der Roman verschiedene Evolutionsstufen der Romangeschichte, von der romanzenhaften Kinder-Idylle der *Trials of Arabella*, einer Welt, in der ästhetisch betrachtet „reading a sentence and understanding it were the same thing; as with a crooking of a finger, nothing lay between them" (35), über die Ästhetik moderner Bewusstseinskunst, wie in dieser folgenden Passage –

> if only she could reproduce the clear light of a summer's morning, the sensations of a child standing at a window, the curve and dip of swallow's flight over a pool of water. The novel oft he future would be unlike anything in the past. She had read Virginia Woolf's *The Waves* three times and thought that a great transformation was being worked in the human nature itself, and that only fiction, a new kind of fiction, could capture the essence of the change. To enter a mind and show it at work, or being worked on, and to do this within a symmetrical design – this would be an artistic triumph. (265)

- hin zu postmoderner Metafiktionalität. Nun könnte man meinen, dass die ästhetisch-stilistischen Evolutionsstufen zu unterschiedlichen Einschätzungen seiner moralisch-ethischen Probleme führt, was zweifelsfrei für McEwans Roman zutrifft, der damit nur sich verändernden Praktiken, Denkweisen und Gewohnheiten zeitgenössischen Lebens Rechnung trägt. Wir leben längst nicht mehr in einer Welt, in der es einfach möglich ist, die Dinge so zu sehen wie sie ‚sind' oder gar an ‚die einzig wahre Liebe' zu glauben – eine Welt ohne Gott relativiert transzendentale Signifikate. Dennoch ist McEwan aber ganz unerwartet *auch* an universalen, offenbar zeitlosen moralisch-ethischen Fragen interessiert. Ich möchte das an drei solcher ethischen Fragen aufzeigen.

Sprechen wir zunächst über eine Gefühlsreaktion, die – wie Jürgen Habermas in einer wichtigen Studie zu Moralbewusstsein und kommunikativem Handeln dargelegt hat – „wegen ihrer Aufdringlichkeit geeignet ist, auch dem Hartgesottensten sozusagen den Realitätsgehalt moralischer Erfahrungen zu demonstrieren",[3] die Entrüstung nämlich, mit der Menschen unabhängig von Kulturräumen, historischen Perioden oder Zeitaltern und Situationen, auf *Kränkungen* reagieren. (55)

Wie Habermas zeigt, spielt sich bei solchen Kränkungen ein kommunikativer Automatismus ab, denn Kränkungen verfestigen sich, wenn die erfahrende oder zugefügte Verletzung nicht in irgendeiner Weise ‚wiedergutgemacht' wird. Was für ein interessantes Wort, ‚wieder-gut-machen'? Wieder-gut-Machung ist ein Leitmotiv in McEwans Roman, was ist ‚Abbitte leisten' anderes als Wiedergutmachen-Wollen? Was leisten die Ärzte und Krankenschwestern in *Atonement* anderes als das Wieder-gut-Machen von Wunden der zahllosen verwundeten, verletzten Soldaten? Selbst Cecelias Zusammenkleben der zwei Stückchen vom Vasenrand ist ein Wieder-gut-Machen fragmentierten, zersplitterten Porzellans – symbolisch betrachtet der unvermeidlichen Fragmentierung der Welt, der Wirklichkeit in der Zeit. Und klar wird schon hier, dass es keine Heilung gibt, geben kann, Narben bleiben zurück oder sichtbare Spuren unzureichenden Flickwerks am Vasenrand (der Welt). Linderung höchstens steht zu erwarten, keine Heilung. Wenn die zugefügte Verletzung nicht wiedergutgemacht wird, dann wird sie zum schwelenden Ressentiment. Habermas zeigt rekurrierend auf einen berühmten Aufsatz von Peter F. Strawson,[4] dass dieses anhaltende Gefühl des Ressentiments die moralische Dimension einer erlittenen Kränkung enthüllt, weil es auf das Unrecht antwortet, das ein Anderer an uns

3 Jürgen Habermas, *Moralbewußtsein und kommunikatives Handeln* (Frankfurt a. M.: Suhrkamp), 55.

4 Peter F. Strawson, *Freedom and Resentment* (London: Methuen, 1971).

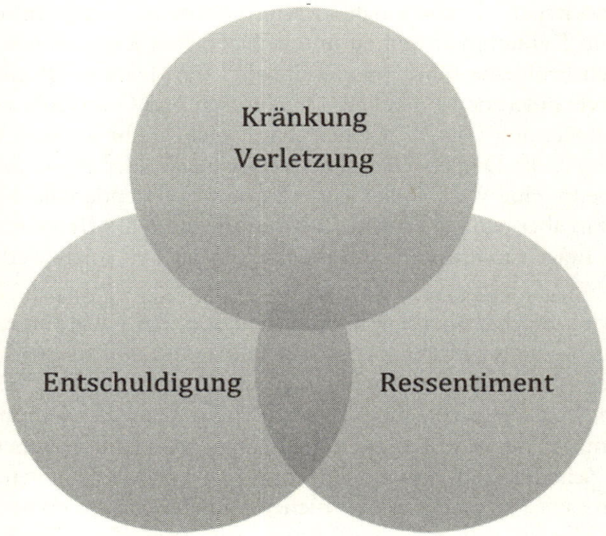

begeht. Das Ressentiment ist der „Ausdruck einer (eher ohnmächtigen) moralischen Verurteilung."[5] Tatsächlich kann der Täter hier gegebenenfalls Entschuldigungen vorbringen. Sobald der Betroffene eine Bitte um Entschuldigung akzeptiert, wird er sich nicht mehr auf die gleiche Weise verletzt oder herabgesetzt fühlen – seine anfängliche Entrüstung mag sich nicht zum Ressentiment verstetigen. Entschuldigungen, oder sollte ich sagen ‚Abbitten', sind folglich Reparaturen, die wir an gestörten Interaktionen vornehmen. Es gibt zwei Arten von Entschuldigungen: Man mag Umstände ins Feld führen, die es plausibel machen, dass es nicht recht angemessen wäre, die kränkende Handlung als Zufügung eines Unrechts zu begreifen – wir alle kennen Sätze wie „er hat es nicht so gemeint", „er konnte nicht anders" „er hatte keine Wahl" „er wusste nicht dass". In keiner dieser Entschuldigungen wird die Zurechnungsfähigkeit des anderen in Frage gestellt. Demgegenüber gibt es Entschuldigungen, die darauf hinweisen, dass es sich um die Tat eines Kindes, eines Verrückten, eines Betrunkenen etc. handelt, dass die Tat mithin von jemand begangen wurde, der außer sich war, der unter starkem Stress litt oder unter den Nachwirkungen einer schweren Krankheit litt. Dieser Typus lädt dazu ein, den Täter selbst in einem anderen Licht zu sehen, nämlich so, dass ihm die Eigenschaften eines zurechnungsfähigen Subjekts abgehen.

Für McEwans *Atonement* sind eine erlittene Kränkung oder die Schuld, die eine begangene Kränkung auf die Schultern des Täters lädt, auf die entweder tiefstes Ressentiment oder Entschuldigungen, Verzeihung, Vergebung, und Sühne folgen, essentiell strukturbildend, und dies sowohl inhaltlich als auch formal. Die intakte Vase, so könnte man symbolisch sagen, wird zerbrochen: Man kann sie zu flicken

5 Habermas, op. cit., 55.

versuchen, aber es bleibt eine Narbe zurück, so wie die kaum sichtbaren Spuren am Rand der Vase der Tallis, die davon zeugten, dass sie repariert wurde, in dem das Bruchstück wieder in sie geklebt wurde, die Stelle, die aber offenbar genau in dem Moment wieder aufbricht, als sie berührt wird, was dann dazu führt, dass die Vase der Hand entgleitet und wahrlich irreparabel in tausend Stücke zerspringt.

Kränkungen, Verletzungen, Versehrtheit sind omnipräsente Topoi in McEwans Roman. Emily Tallis ist gekränkt, zutiefst gekränkt, weil ihr Mann die Distanz zu ihr sucht, weil er Robbie, den nicht standesgemäßen Sohn der Putzfrau, fördert, weil Robbie talentierter als ihre eigenen Kinder ist, weil er bessere Leistungen hervorbringt, weil er genau den *First Class*-Abschluss in Cambridge erreicht hat, den sie für ihre Kinder wünscht, und – egal ob bewusst oder unbewusst – baut sich Ressentiment auf, das genau in dem Moment nachgerade in Feindseligkeit umschlägt, als Robbie verdächtigt wird und damit die breite Angriffsfläche des Gefühls der Illegitimität anbietet, das Emily und die gesamte Oberklassen-Attitüde ihres Freundeskreises wohl immer schon stillschweigend gegen ihn hegte. Briony ist zutiefst gekränkt: Zunächst von Lola, die ihr die Hauptrolle in ihrem eigenen – aus unserer Sicht fast belanglosen, trivialen – kleinen Theaterstück wegschnappt, das Theaterstück über die kryptisch verborgene, unmöglich illegitime Liebe zu Robbie, in der sie selbst tatsächlich, wie erst viel später zunächst in den Reminiszenzen Robbies im Krieg und dann zuletzt, als die 77-jährige dies offen zugibt, deutlich wird: Robbie gab Briony als Kind einst eine Unterrichtsstunde im Schwimmen und in einer naiven Imagination von Liebe stürzte sich Briony ins Wasser, DAMIT Robbie sie vor dem Ertrinken rettet. Robbie ist wütend, und Briony erklärt ihm:

> „Do you know why I wanted you to save me?“
> „No.“
> „Isn't it obvious?“
> „No, it isn't.“
> „Because I love you.“
> [...]
> „I want to thank you for saving my life. I'll be eternally grateful to you.“ (218)

Das liest sich in Kenntnis des Gesamtgeschehens beinahe schon sarkastisch, aber es zeigt, wie selbst Liebe nach Kränkung in schwelendes Ressentiment umschlägt: Als Briony Zeuge der ersten Begegnung zwischen Robbie und Cecilia wird, die sie ins Wasser tauchen sieht, muss sie die Szenerie wie die tatsächlich unheimliche Wiederholung des eigenen Erlebens wahrgenommen haben, als Zurückweisung, als Zurücksetzung, als Einschränkung ihrer Einzigartigkeit, nachgerade als Verrat, ein Gefühl, das – wiederum egal, ob bewusst oder unbewusst – erst Ressentiment gegen Robbie produziert und das alles, was darauf folgt, zwar sicher als die Handlung eines Kindes, aber doch als grausame, subtile Rache für die an ihr begangene Kränkung erscheinen lässt, die Robbie nicht auch nur den Hauch einer Chance lässt. Cecilias oben bereits zitierte erste, kokette Reaktion – „Drowning herself would be his punishment" – wird auf diese Weise zu einer schrecklichen Vorhersage. Und selbstverständlich sind Robbie und Cecilia gekränkt durch das an ihrer Liebe begangene Unrecht, Robbie plädiert anfangs noch auf die Unzurechnungsfähigkeit Brionys – „she was still a child" (121); später jedoch, verwundet im Krieg, stellt er sich Briony aufgespießt vom Bajonett seines Gewehres vor. Man könnte viele weitere Beispiele für diese Struktur finden, tatsächlich komponiert McEwan den Roman so außergewöhnlich dicht in dieser Hinsicht, dass selbst der taktische Fehler des Haltebefehls Hitlers, auf eine tiefe Kränkung und Ressentiment zurückgeht, da Hitler während des Westfeldzugs als militärischer Führer von seiner Generalität völlig außen vor gelassen wurde und er den taktisch irrsinnigen Haltebefehl dazu nutzte, seine eigene Autorität bar jeder Vernunft durchzusetzen.

Gegen die Verletzung, gegen die Versehrtheit, gegen die Kränkung ist der Roman durchsetzt von Bildern der Heilung, des Wieder-gut-Machens, des Versuches gleichsam, die zersplitterte Ganzheit der Vase wieder zusammenzusetzen, Stabilität im Chaos der Fragmente hervorzubringen. Bleiben wir dafür nur kurz bei Robbie. Als die beiden Cousins Brionys, aus Kränkung übrigens u.a. darüber, dass das ihnen versprochene Theaterstück Brionys, in dem sie auftreten sollten, nicht stattfindet, von zu Hause ausreißen, ist es Robbie, der wie die anderen nach ihnen sucht und sie findet und zurück nach Hause bringt, symbolisch kittet er damit den Riss in der Familienwelt. Das Motiv wird später wiederholt, als er sich nach Dünkirchen schleppt und in einem Baum verstört das abgetrennte Bein eines Jungen sieht – später, als er am Strand von Dünkirchen auf die Evakuierung wartet, will er im Fieberwahn zurück, um das Bein zu holen, um wieder-gut-zu-machen. Variiert findet sich dieser Vorgang in dem Moment, als die beiden Gefreiten, die nach einem Stuka-Angriff zerrissene Leiche eines 15-Jährigen wenigstens begraben, oder in dem Moment, als er sieht, während er bei einem Luftangriff auf einem Feld Deckung sucht und an dem aufgerissenen Augenpaar einer Mutter mit ihrem Kind vorbeistürzt, die stocksteif wie angewurzelt stehen bleiben, während die Granate einschlägt. Robbie geht auch hier zurück, findet in dem Bombenkrater von Mutter und Kind jedoch nicht einmal Fragmente ihrer Körper.

Eine der Wiedergutmachung verwandte ethische Kategorie ist die Kategorie der G a s t f r e u n d s c h a f t. Jacques Derrida hat die Aporien der Gastfreundschaft treffend aufgezeigt und deutlich gemacht, dass absolute Gastfreundschaft gegenüber einer Zahl bekannter oder unbekannter Individuen ein vielleicht wünschenswertes, mithin letztlich unmögliches Szenario darstellt.[6] Wenn wir uns nur vorstellen, alles für einen Moment für einen Gast aufzugeben oder mit ihm zu teilen, was wir mehr oder weniger mühsam zu besitzen gesucht haben, dann wird schnell klar, wie schwierig sich absolute Gastfreundschaft darstellen mag. Den erwähnten Ressentiments entsprechend ist Robbie in der Tallis-Familie nur ein geduldeter Gast, unterschwellig gibt es nicht auch nur den Hauch eines Zweifels daran, dass auf dem Tallis-Anwesen eine strikte Hierarchie darin herrscht, wer Gast und wer Gast*geber* ist, tatsächlich ist diese Hierarchie im Wort „Gastfreundschaft" mit eingeschrieben. Gastfreundlich sein, impliziert die Macht, Gäste haben zu können und die Regeln dieser Beziehung in dem eigenen Haus zu bestimmen. Dies wird immer dann in McEwans Roman deutlich, wenn Gäste ein Haus qua Zwang, Druck, Macht in Anspruch zu nehmen

---

6 Siehe Jacques Derrida, *Of Hospitality* (Stanford: Stanford University Press, 2000).

scheinen, etwa wenn Flüchtlinge im Krieg in dem Tallis-Anwesen unterkommen oder durch den ganzen Roman hindurch immer wieder auch in der professionalisierten Hospitalität im (symbolischen) Hospital. Die Gastfreundschaft der Krankenschwestern folgt einer professionalisierten, höchst hierarchisierten Ordnung, die jederzeit deutlich macht, dass der Gastgeber Kontrolle über den Gast hat.

McEwans Roman bzw. Brionys fiktionale Abbitte gehen nun aber an vier Stellen utopisch über die Dekonstruktion der Gastfreundschaft hinaus: Zunächst in dem utopischen Entwurf der tiefen Liebe zwischen Cecilia und Robbie, die tatsächlich, so scheint es, keine solchen Hierarchisierungen kennt; das zweite Beispiel sind die beiden Momente, in denen Robbie auf dem Rückweg nach Dünkirchen Unterschlupf für ein paar Momente des Rastens in französischen Familien findet. In der ersten stößt er zunächst auf Ressentiment, die alte Frau will die Soldaten nicht im Haus, was ihre Söhne später genauer erklären:

> „We were three brothers," Henri explained. „The eldest, Paul, her firstborn, died near Verdun in 1915. A direct hit from a shell. There was nothing to bury apart from his helmet. Us two, we were lucky. We came through without a scratch. Since then, she's always hated soldiers. But now she's eighty-three and losing mind, it's an obsession with her. French, English, Belgian, German. She makes no distinction. You're all the same to her. We worry that when the Germans come, she'll go at them with a pitchfork and they'll shoot her." (188)

Später im brennenden Dünkirchen fangen Robbie und seine beiden Begleiter ein entlaufendes Schwein von den Straßen ein und bekommen von einer Französin etwas Wein, Brot und Käse, das beste Mahl seines Lebens, wie Robbie daraufhin wahrnimmt. Und auch Briony hat ihren bewegenden, besten Moment im Roman, als sie am Bett des schwer verwundeten französischen Soldaten, der sie kurz vor dem Moment des Sterbens wach nach ihrem Namen fragt, für einen Moment die strenge Ordnung des Hospitals und damit auch jeden Selbstschutz aufgibt und nicht regelkonform mit „Nurse Tallis" antwortet, sondern mit „Briony". Und zuletzt ließe sich auf jenen altruistischen Zug verweisen, den Cecilia Briony gegenüber aufweist, als sie diese überhaupt in ihre Wohnung lässt.

Kränkung und Gastfreundlichkeit leiten direkt weiter zur dritten ethisch-moralischen Kategorie, die der Roman thematisiert: die Vergebung. Tatsächliche Vergebung weist ähnlich aporetische Strukturen auf: McEwan wählt, um dies deutlich zu machen, das entsprechend drastische Beispiel jenes Unrechts, das an Robbie begangen worden ist, für das es ganz realistisch kein Vergeben geben kann, so sehr man sich das vielleicht auch wünscht, so sehr man danach sehnt, so sehr man dafür betet, weil es das Unmögliche voraussetzt, das Verzeihen des Unverzeihlichen, das sich außerhalb von Rationalität bewegt. Selbst für den Fall, dass eine ernstgemeinte und akzeptierte Entschuldigung vorliegt, gliche das Ergebnis weniger rückhaltlosem Verzeihen als einer Amnestie, Versöhnung oder Schlichtung. Brionys Erzählung ist redlich genug, um in dem fiktivem Treffen von Cecilia, Robbie und ihr keine Vergebung zu entwerfen, weder Cecilia noch Robbie nehmen ihre Entschuldigung an, wiewohl die ganze fiktive Szenerie das Sehnen Brionys nach Vergebung reflektiert, nach Absolution, wobei der Versuch der Selbst-Absolution durch Erzählen scheitert.

Vergebung, so wird deutlich, kann niemals abgeschlossen werden, die zerbrochene Vase bleibt zerbrochen, die Fragmente, so scheint es, bleiben Chiffren eines permanenten Risses, einer Wunde, die die Heilung verweigert.

Der Leser des Romans befindet sich in dieser moralisch-ethischen Problematik in der Rolle des Dritten, wir müssen Brionys Abbitte beurteilen, angesichts der Thematik und der eigenen Lebenserfahrung gleichwohl kaum allein wertfrei und politischer oder juristischer Rationalität folgend. Für die intrafiktional thematisierten Leser, die schließlich erst posthum über Brionys Text urteilen müssen wie für uns selbst gilt es zu beurteilen, was, wenn sie lebensweltlich schon nicht stattgefunden hat, von der fiktionalen Abbitte Brionys qua des vorliegenden Romans zu halten ist.

IV.

Das Problem lässt sich noch pointierter formulieren: Kann man mittels eines literarischen Kunstwerks Abbitte leisten und Vergebung für getanes schweres Unrecht in der Wirklichkeit erlangen? In welchem Verhältnis stehen Kunst und Leben zueinander? McEwan und Briony stellen sich der Frage unter Zuhilfenahme eines dichten Netzwerks intertextueller Referenzen, das viel zu feinmaschig ist, um es hier erschöpfend darzustellen: Shakespeare, Jane Austen, D.H. Lawrences *Lady Chatterley's Lover*, Virginia Woolf, T.S. Eliot, Elizabeth Bowen, F.R. Leavis, J.P. Hartleys *The Go-Between*[7] – tatsächlich ist die Liste der im Text explizit erwähnten literarischen Intertexte lang, diejenige der implizit assoziativ-plausiblen Intertexte faktisch wohl ebenso aporetisch unabschließbar wie die moralisch-ethische/ästhetische Fragestellung, mit der sie korrespondiert.

Ich gehe hier nur auf einen einzigen Intertext ein, der mir assoziativ durch den Text durchzuschimmern scheint, welcher von der Literaturwissenschaft bislang nicht kommentiert worden ist. Ausgangspunkt ist dabei das, wie mir scheint, Zentralsymbol von McEwans Roman: die Vase der Tallis-Familie, die erst intakt und dann im Verlauf des Romans zerstört wird. Die Meißner Vase wurde in Deutschland hergestellt, kam quasi als Kriegsbeute im 1. Weltkrieg nach England, was motivlich den 2. Weltkrieg und die Auseinandersetzung zwischen England und Deutschland von Beginn an andeutet. Im Bild des beschädigten Vasenrandes, jene ‚lips of the vase', wird zugleich auch die Liebesthematik von Beginn an mitgesetzt. Ich halte dieses Bild der Vase und ihre metaphorische Aufladung in McEwans Roman nun gegen die Vase in John Keats' „Ode on a Grecian Urn."[8]

> Thou still unravish'd bride of quietness!
> Thou foster-child of silence and slow time

---

7 Für eine umfassende Analyse der Intertexte und deren Funktionen in McEwans Atonement siehe David R. Kerler, *Postmoderne Palimpseste: Anglistische und iberoromanistische Studien zur (meta-)hermeneutischen Tiefenstruktur intertextueller Erzählverfahren im Gegenwartsroman* (Univ.-Diss, Augsburg, 2011)

8 John Keats, „Ode on a Grecian Urn". *Poetical Works.* Ed. H. W. Garrod (Oxford/New York: OUP, 1990), 113.

Sylvan historian, who canst thus express
A flow'ry tale more sweetly than our rhyme:
What leaf-fring'd legend haunts about thy shape
Of deities or mortals, or of both,
In Tempe or the dales of Arcady?
What men or gods are these? What maidens loth?
What mad pursuit? What struggle to escape?
What pipes and timbrels? What wild ecstasy?

Heard melodies are sweet, but those unheard
Are sweeter; therefore, ye soft pipes, play on;
Not to the sensual ear, but, more endear'd,
Pipe to the spirit ditties of no tone:
Fair youth, beneath the trees, thou canst not leave
Thy sonf, nor ever can those trees be bare;
Bold Lover, never, never canst thou kiss,
Though winning near the goal – yet, do not grieve;
She cannot fade, though thou hast not thy bliss,
For ever wilt thou love, and she be fair!

Ah, happy, happy boughs! That cannot shed
Your leaves, nor ever bid the Spring adieu;
And, happy melodist, unwearied,
For ever piping songs for ever new;
More happy love! more happy, happy love!
For ever warm and still to be enjoy'd,
For ever panting, and for ever young;
All breathing human passion far above,
That leaves a heart high-sorrowful and cloyed,
A burning forehead, and a parching tongue.

Who are these coming to the sacrifice?
To what green altar, O mysterious priest,
Lead'st thou that heifer lowing at the skies,
And all her silken flanks with garlands drest?
What little town by river or sea shore,
Or mountain-built with peaceful citadel,
Is emptied of its folk, this pious morn?
And, little town, thy streets for evermore
Will silent be; and not a soul to tell
Why thou art desolate, can e'er return.

O Attic shape! Fair attitude! with brede
Of marble men and maidens overwrought,
With forest branches and the trodden weed;
Thou, silent form, dost tease us out of thought
As doth eternity: Cold pastoral!
When old age shall this generation waste,

Thou shalt remain, in midst of other woe
Than ours, a friend to man, to whom thou sayst,
"Beauty is truth, truth beauty," – that is all
Ye know on earth, and all ye need to know.

Sowohl McEwans Roman als auch Keats' Ode thematisieren nicht nur die Inkommensurabilität von Kunst und Leben als auch die Möglichkeit und die Unmöglichkeit des Ethischen in der Kunst. Beide Texte legen das zutiefst paradoxe Anliegen (Brionys) offen, mit der Kunst Wunden der Wirklichkeit heilen zu wollen.

Betrachten wir Keats' Vase und diskutieren einzelne Passagen mit Blick auf McEwans Roman. Schon der erste Vers der Ode – „Thou still unravish'd bride of quietness" – reflektiert die unvermeidliche Versehrtheit des Lebens und demgegenüber die potentiell ewige Unschuld der Kunst. Im Moment der Betrachtung durch Keats' lyrisches Ich ist die Vase „still unravish'd' – was aber signalisiert, das dieser Moment der Unschuld und Unversehrtheit jederzeit verloren gehen kann oder gar verloren gehen wird, so wie in dem Moment, als Robbie den intakten Vasenrand beschädigt oder später, als die Vase bei McEwan tatsächlich völlig zerstört wird. Die erste Strophe der "Ode on a Grecian Urn" legt den Grundstein des Settings der Ode, denn das lyrische Ich betrachtet auf einen ersten, Fragen stellenden Blick das, was auf die Urne gemalt ist. „Tempe" kann als motivlicher Prätext des Tallis-Anwesens aufgefasst werden, der Ort beschreibt zugleich einerseits den realen Ort Tempe, welcher ein Tal an der Grenze zu Mazedonien ist, das übrigens sowohl in der Antike als auch im 2. Weltkrieg als ein wichtiger strategischer Punkt diente, und andererseits ist ‚Arkadien' konnotiert, jenen mythischen Ort pastoraler Idylle, der auch das Tallis-Anwesen zu Beginn durchaus zu sein scheint.

Die Strophen II und III in Keats' Ode wenden sich wie der gesamte erste Teil von McEwans Roman der Thematik der (Vergänglichkeit von) Liebe zu. Auf die Vase ist ein Liebespaar gemalt, das im verdichteten symbolischen Moment kurz vor dem Vollzug ihres Kusses eingefroren ist – „Bold Lover, never, never canst thou kiss, / Though winning near the goal". So sehr der Jüngling bei Keats seine Geliebte nicht küssen kann, so sehr muss er aber auch nicht darum trauern, dass er sie je verlieren könnte. Ebenso können die Blätter auf dem Baum niemals fallen, weil in dem zeitlosen Moment der Kunst ein dargestellter Frühling niemals vergehen kann: „Ah, happy, happy boughs! / that cannot shed / Your leaves, nor ever bid the Spring adieu". Gegen diese Ewigkeit der Kunst setzt Keats in der dritten Strophe nun die Charakteristika der Leiden(schaft) des Lebens: „a heart high-sorrowful and cloy'd", „a burning forehead", „a parching tongue". Thema von Strophen II und III ist die Liebe oder die Liebenden, jedoch setzt Keats die Liebe in der Kunst von der Liebe im Leben ab: die eine ist ewig, aber bleibt ohne Vollzug, konsequenzlos, unbelebt; die andere ist menschliche Leidenschaft, die Schmerzen, Leiden und zuletzt nicht Ewigkeit, sondern Verletzung und Tod impliziert. Bei McEwan zeigt sich dieselbe Dialektik – so wie die Vase (der Unschuld) zerstört wird, so sehr vollzieht sich Robbies und Cecelias Liebe, freilich um den Preis ihres Todes.

Die motivlichen und strukturellen Parallelen zwischen Keats' Ode und McEwans Roman gehen jedoch noch weiter. In Strophe IV blendet die Ode (wie der 2. Teil des Romans) von der Liebes- über in eine eher politisch-soziale Thematik. Das lyrische Ich bei Keats beschreibt, wie auf der Vase ein Zug Menschen einem Opfer entgegenschreitet – „Who are these coming to the sacrifice? / To what green altar, O mysterious priest, / Lead'st thou that heifer lowing at the skies, / And all her silken flanks with garlands drest?" Dieser Zug Menschen folgt einem geheimnisvollen Priester, oder sollte ich sagen ‚Führer'? Die Parallele zum Dünkirchen-Kapitel in *Atonement* erscheint mehr als deutlich, bei Keats wie beim McEwan steht die kleine Stadt am Küstenstrand synekdochisch für die vielen kleinen Städte, die im Krieg einen großen Teil ihrer Bevölkerung an die Armeen, Opferbänke und Schlachtfelder der Kriege verloren haben: „What little town by river or sea shore, / Or mountain-built with peaceful citadel, / Is emptied of this folk, this pious morn? / And, little town, thy streets for evermore / Will silent be; and not a soul to tell / Why thou art desolate, can e'er return."

Die letzte Strophe transferiert das bislang Gesagte ebenso auf die poetologische Ebene wie McEwans letzter Teil seine bereits erwähnte metafiktionale Volte schlägt. Die intakte Vase bei Keats, jene ‚unravish'd bride of quietness', entspricht ihrer Natur nach Brionys Abbitte qua eines literarischen Kunstwerks: beides sind kalte, weil folgenlose, unbelebte Pastoralen, die niemanden wieder lebendig machen können, weil sie – als Kunst – immer schon auf ewig tot sind. Die Vase bleibt als *Kunstwerk* ewig ebenso wie Brionys fiktionale Abbitte, beides bleibt das kalte Idyll, wie im außerordentlichen Oxymoron „Cold Pastoral" und im metafiktionalen Modus der Dekonstruktion verschiedener literarhistorischer Durchgangsstadien der Geschichte Brionys erkennbar wird. Kunst ist kalt, konsequenzlos, unbelebt. Allenfalls, und das ist freilich nicht zu unterschätzen, bleibt sie ein Freund, ein Trost, die Idee eines Fluchtraums, wenn das Leben, die Leiden oder auch die Schuld zu unerträglich geworden sind. Dabei hat die Vase bzw. die Kunst gut reden, wenn sie uns bei Keats rät, dass Schönheit gleich Wahrheit sei, oder Wahrheit allein in der Schönheit liege – „Beauty is truth, truth beauty". Mehr braucht die Vase, die in Keats Schlussbild zum Betrachter spricht, tatsächlich nicht zu wissen, tatsächlich *kann* sie nicht mehr wissen.

Auf genau dieser Ebene ist Brionys eitle Selbst-Absolution zuletzt – „Robbie and Cecilia, still alive, still in love, sitting side by side in the library, smiling at the *Trials of Arabella*? It's not impossible" (351) – zu lesen. Sowohl Keats' Gedicht als auch McEwans Roman sind Texte der Differenz, Texte über den tiefen Riss zwischen Kunst und Leben, über deren niemals hintergehbare Inkommensurabilität und über die Möglichkeit wie Unmöglichkeit des Ethischen in der Kunst und durch die Kunst. Die autodiegetische Erzählung Brionys teilt diese Einschätzung letzthin, auch wenn sie, wie gezeigt, qua Fiktion nach Absolution für das in der Wirklichkeit begangene Unrecht sucht.

> I like to think that it isn't weakness or evasion, but a final act of kindness, a stand against oblivion and despair, to let my lovers live and to unite them at the end. I gave them happiness, but I was not so self-serving as to let them forgive me. Not quite, not yet. If I had the power to conjure them at my birthday celebration ... Robbie and Cecilia, still alive, still

> in love, sitting side by side in the library, smiling at the *Trials of Arabella*? It's not impossible.
> But now I must sleep. (351)

Das immer wieder revidierte Manuskript und sein Versuch, Abbitte zu erlangen, stellen wegen der Inkommensurabilität von Kunst und Leben ein wiewohl psychologisch verständliches, allein paradox-unmögliches Szenario dar. Tatsächlich macht diese Abbitte die Autorin (bzw. den Autor) unsterblich, vielleicht macht es auch das Schicksal von Robbie und Cecilia unsterblich gerade gegen den fortschreitenden Prozess vaskulärer Demenz und bewusstlosen Vergessens. Je mehr aber zuletzt die Differenz zwischen Brionys autodiegetischer Perspektive und derjenigen des impliziten Autors auseinanderklafft und Briony als unzuverlässige Erzählerin enttarnt, je mehr wird anschaulich, dass der Text die Zeit und die Wirklichkeit nicht zurück drehen kann: Cecilia und Robbie sind tot, die zerbrochene Vase wird im Leben nur unzureichend zusammengeflickt, das Leben, so wird deutlich, i s t vielmehr die zerbrochene Vase – deren Zersplitterung keine spurlose Heilung und deshalb auch keine gelungene Abbitte, absolute Vergebung, absolutes Verzeihen erfahren kann.

Literaturverzeichnis:

Primärliteratur:

McEwan, Ian: *Atonement.* New York: Random House, 2001.
McEwan, Ian: *Abbitte.* Zürich: Diogenes, 2002.
McEwan, Ian: *The Cement Garden.* New York: Random House, 1997/1978.

Forschungsliteratur:

Derrida, Jacques: *Of Hospitality.* Stanford: Stanford University Press, 2000.
Gasser, Markus: „Ian McEwan: *Solar.* Du musst Dein Klima ändern." *FAZ online* 02.Oktober.2010. 16.Dezember 2011 <http://www.faz.net/aktuell/feuilleton/2.1769/buecher/ian-mcewan-solar-du-musst-dein-klima-aendern-11043613.html>
Habermas, Jürgen: *Moralbewußtsein und kommunikatives Handeln.* Frankfurt/Main: Suhrkamp, 1983.
Keats, John: „Ode on a Grecian Urn." *Poetical Works.* Hg. H. W. Garrod. Oxford/New York: OUP, 1990.
Kerler, David R.: *Postmoderne Palimpseste: Anglistische und iberoromanistische Studien zur (meta-) hermeneutischen Tiefenstruktur intertextueller Erzählverfahren im Gegenwartsroman.* Univ.-Diss, Augsburg: 2011.
Nicklas, Pascal Hg.: *Ian McEwan: Art and Politics.* Heidelberg: Winter, 2009.
Strawson, Peter F.: *Freedom and Resentment.* London: Methuen, 1971.

Fernando Pessoa

Livro Do Desassossego / Das Buch der Unruhe

Manuela Nunes

Im Jahre 1935 zeichnete der Maler und Dichter Almada Negreiros (1893-1970) das Porträt seines Freundes Fernando Pessoa.[1] Ein flüchtiger Betrachter könnte ihn für James Joyce (1882-1941) halten. Dass sein Porträt verwechselbar ist, will nicht als Zufall erscheinen. *Nomen est omen.* Octavio Paz macht darauf aufmerksam: „Pessoa bedeutet im Portugiesischen Person und kommt von *persona*, die Maske der römischen Schauspieler. Maske, Scheinperson, Niemand: Pessoa."[2] „Ferdinand Personne" nannte ihn auch seine zeitweilige Verlobte im Scherz. „Niemand": eine schwer greifbare Persönlichkeit, die zahlreiche „Heteronyme" für sich erfand, übrigens ein Neologismus eigener Erfindung, auf den wir noch kommen werden.

Wer Alles versteckte sich hinter der verbindlichen, freundlichen Fassade dieses unscheinbaren Mannes, der ein ziemlich ereignisloses Leben führte?

Biographie ohne Fakten I - Das Leben als Literatur

> Se, depois de eu morrer, quiserem escrever a minha biografia,
> Não há nada mais simples.
> Tem só duas datas - a da minha nascença e a da minha morte.
> Entre uma e outra cousa todos os dias são meus.
>
> [Wenn Ihr nach meinem Tode meine Biographie schreiben wollt: Nichts leichter als das.
> Sie hat nur zwei Daten – das meiner Geburt und das meines Todes.

---

1 Almada soll die Zeichnung nach der Beerdigung Pessoas angefertigt haben. Sie wurde im Jahre darauf in einer dem Dichter gewidmeten Ausgabe der Zeitschrift *Presença* veröffentlicht.

2 Paz, Otavio: „Fernando Pessoa – Der sich selbst Unbekannte". In: *Portugiesische Literatur.* Hrsg. von Henry Thorau. Frankfurt a. M: Suhrkamp, 1997, S. 84-113, hier S. 84.

Dazwischen gehören alle Tage mir.][3]

schrieb Fernando Pessoa unter dem Heteronym Alberto Caeiro.

Fernando António Nogueira de Seabra Pessoa wurde am 13. Juni 1888 geboren, in einer großbürgerlichen Wohnung gegenüber der Lissabonner Oper. Der Vater, Beamter im Justizministerium und Musikkritiker, starb an Tuberkulose als Fernando fünf Jahre alt war. Die Mutter heiratete zwei Jahre später den portugiesischen Konsul in Durban, und zog mit ihrem Sohn nach Südafrika. Dort erhielt der junge Pessoa eine englische Erziehung. 1905 kehrte er als 17jähriger allein nach Lissabon zurück und wird die Stadt nie wieder verlassen, bis er mit 47 Jahren am 30. November 1935 im Hospital de São Luis stirbt.

Und dazwischen? Dazwischen mögen alle Tage ihm gehören, doch sein Werk gehört inzwischen seinen Lesern. Und obwohl wir Octavio Paz' einleitende Bemerkung zu seinem Essay über Fernando Pessoa beipflichten, dass „Dichter [...] keine Biographie haben. Ihr Werk ist ihre Biographie",[4] wollen wir kurz auf Pessoas Lebenslauf eingehen, um einen besseren Einblick in das Werk bzw. in seinen Schaffensprozess zu bekommen; wobei der Kontrast zwischen der Ereignislosigkeit seines äußeren Lebens und der Vielfalt seiner intellektuellen Betätigung nicht auffälliger hätte sein können.

Mit 17 Jahren ist Fernando Pessoa wieder in Lissabon. 1906 immatrikuliert er sich für ein Literaturstudium an der Philologischen Fakultät, verlässt aber nach einem Jahr enttäuscht die Universität. 1907 bekommt er eine kleine Erbschaft von seiner Großmutter und gründet eine Druckerei. Das Geschäftsvorhaben scheitert und Pessoa nützt seine ausgezeichneten Sprachkenntnisse um seinen Lebensunterhalt als Auslandskorrespondent für verschiedene Geschäftshäuser zu bestreiten. Diese Tätigkeit wird er bis zum Ende seines Lebens ausüben. In einer „Autobiographischen Notiz" vom 30. März 1935 schreibt Pessoa: „Profissão: A designação mais própria será ‚tradutor', a mais exacta a de ‚correspondente estrangeiro em casas comerciais'. O ser poeta e escritor não constitui profissão, mas vocação."[5] [Beruf: Die angebrachteste Bezeichnung würde „Übersetzer" sein, die genaueste „Auslandskorrespondent in Handelshäusern". Dichter und Schriftsteller sein stellt keinen Beruf dar, sondern eine Berufung.][6]

Gedichte geschrieben hatte Pessoa seit der frühesten Kindheit. Bereits 1895, als es darum ging, zu entscheiden, ob der kleine Fernando seine Mutter nach Südafrika begleiten sollte, schrieb er das erste überlieferte Gedicht, einen pathetisch-appellativen Vierzeiler:

---

3 Pessoa, Fernando: *Alberto Caeiro. Poesia – Poesie.* Hrsg. von Fernando Cabral Martins und Richard Zenith. Frankfurt a. M: Fischer Tb. Vlg., 2008, S. 116 bzw. 117.

4 Paz, Otavio: "Fernando Pessoa – Der sich selbst Unbekannte", S. 84.

5 Pessoa, Fernando: *Obra Poética e em Prosa. Vol. III: Prosa 2*, S. 1427.

6 Pessoa, Fernando: *Dokumente zur Person und ausgewählte Briefe.* Aus dem Portugiesischen übersetzt und mit einem Nachwort versehen von Georg Rudolf Lind. Frankfurt a. M.: Fischer Tb. Vlg., 1992, S. 14.

Ó terras de Portugal Ó terras onde eu nasci Por muito que goste delas Inda gosto mais de ti.[7]	[O portugiesisches Land, in dir kam ich zur Welt, und wie schön ich dich auch fand, Mutter mir am besten gefällt.][8]

Aus dieser Zeit stammt nach eigener Aussage auch die Erfindung fiktiver Gestalten, mit denen das Kind Briefe tauscht:

> Desde criança tive a tendência para criar em meu torno um mundo fictício, de me cercar de amigos e conhecidos que nunca existiram. [...] Lembro, assim, o que me parece ter sido o meu primeiro heterónimo, ou, antes, o meu primeiro conhecido inexistente – um certo Chevalier de Pas dos meus seis anos, por quem escrevia cartas dele a mim mesmo, e cuja figura, não inteiramente vaga, ainda conquista aquela parte da minha afeição que confina com a saudade.[9]
>
> [Schon als Kind neigte ich dazu, um mich her eine erfundene Welt zu erschaffen und mich mit Freunden und Bekannten zu umgeben, die nie existiert hatten. [...] So entsinne ich mich an denjenigen, der offenbar mein erstes Heteronym gewesen ist oder besser mein erster inexistenter Bekannter – an einen gewissen Chevalier de Pas aus meinem 6. Lebensjahr, in dessen Namen ich mir selber Briefe schrieb und dessen gar nicht völlig verschwommene Gestalt noch immer jenen Teil meiner Zuneigung erobert, welcher der Sehnsucht benachbart ist.][10]

Bereits während der Schulzeit in Südafrika war die literarische Begabung des jungen Portugiesen aufgefallen. Zeit seines Lebens war Pessoa stolz auf den *Queen Victoria Memorial Prize* für das englische Essay, das er 1903 bei der Zulassungsprüfung zur University of the Cape of Good Hope, der Vorläuferin der University of Cape Town, erhielt. Vor diesem Hintergrund wundert es nicht, dass seine ersten literarischen Werke in englischer Sprache unter den Namen Charles Robert Anon und Alexander Search verfasst wurden. 1918 wurden die Gedichtsammlungen *Antinous / 35 Sonnets* veröffentlicht und 1922 *Englisch Poems I-II* und *English Poems III*.

Ausgezeichnete Kenntnisse der englischen Literatur hatte Pessoa in Südafrika erwerben können. In Lissabon, auf der Suche nach der eigenen literarischen Stimme, liest er zahlreiche portugiesische Autoren;[11] und entdeckt die französischen Symbolisten, unter anderen Baudelaire und Mallarmé. Etwa ab 1908 fängt er an, in portugiesischer Sprache zu schreiben. 1912 erscheint in der neugegründeten Zeitschrift *A Águia* [Der Adler] seine erste Publikation: eine Serie von Aufsätzen zur portugiesi-

---

7 Pessoa, Fernando: *Obra Poética e em Prosa. Vol. III: Prosa 2*, S. 1422.

8 Pessoa, Fernando: *Dokumente zur Person und ausgewählte Briefe*, S. 9.

9 Brief an Adolfo Casais Monteiro, vom 13. Januar 1935, in: *Obra Poética e em Prosa. Vol. II: Prosa 1*, S. 339f.

10 Pessoa, Fernando: *Dokumente zur Person und ausgewählte Briefe*, S. 162f.

11 Unter anderen den Klassiker Padre António Vieira (1608-1697), den Romantiker Almeida Garrett (1799-1854), Antero de Quental (1842-1891), Guerra Junqueiro (1850-1923), Cesário Verde (1855-1886), Gomes Leal (1848-1921), aber auch Gegenwartsautoren wie António Nobre (1867-1900) und Camilo Pessanha (1867-1926), den Vertreter par excellence des portugiesischen Symbolismus.

schen Literatur der Gegenwart.[12] Das literarische Debüt des jungen Autors war so bemerkenswert, dass sie Anlass zu einer der folgenreichsten kulturellen bzw. literarischen Umfragen bot, die im 20. Jahrhundert in Portugal durchgeführt wurden: das *Inquérito Literário*, das der Journalist Boavida Portugal (1889-1931) in der Zeitung *República* zwischen September und Dezember 1912 organisierte.[13]

In den folgenden Jahren knüpft Fernando Pessoa Kontakte zu den wichtigsten portugiesischen Literaten. Obwohl er Zeit seines Lebens ein Einzelgänger blieb, war Pessoa keineswegs ein Unbekannter in intellektuellen Kreisen und genoss sehr bald hohes Ansehen unter seinesgleichen. Unter den wichtigsten Freundschaften, die Pessoa in dieser Zeit schloss, gehört die mit Mário de Sá-Carneiro (1890-1916), dem Vermittler des Modernismus und Mitherausgeber der Nr. 2 der Zeitschrift *Orpheu*. Von dieser Zeitschrift, die als Sprachrohr des portugiesischen Modernismus gilt, sind lediglich zwei Nummern im Jahr 1915 erschienen. Über die Entstehung der von den beiden Freunden herausgegebenen und von Carneiros Vater finanzierten zweiten Nummer gibt der Briefwechsel zwischen Pessoa und Sá-Carneiro,[14] der sich mit kurzer Unterbrechung nach dem Ausbruch des Ersten Weltkriegs in Paris aufhielt, wichtige Aufschlüsse, vor allem über die darin verfolgte Absicht der Annäherung an die europäische Moderne nach der Enttäuschung mit der Zeitschrift „Der Adler". Dieser rege Briefwechsel setzte sich bis zu Sá-Carneiros Freitod 1916 in Paris fort.

Aber kehren wir ins Jahr 1914 zurück: Es ist ein Schlüsseljahr für die literarische Produktion unseres Dichters. Die Heteronyme treten hervor. Heteronym bedeutet ein „anderer Name" und Pessoa legte Wert auf diesen Neologismus, den er vom üblichen Begriff des Pseudonyms, des Künstlernamens, sowie vom Orthonym, dem richtigen Namen, unterschieden wissen wollte. In einer 1928 in der Zeitschrift *Presença* erschienenen bibliographischen Notiz präzisiert er:

> O que Fernando Pessoa escreve pertence a duas categorias de obras, a que poderemos chamar ortónimas e heterónimas. Não se poderá dizer que são anónimas e pseudónimas, porque deveras o não são. A obra pseudónima é do autor em sua pessoa, salvo no nome que assina; a heterónima é do autor fora de sua pessoa, é de uma individualidade completa fabricada por ele, como seriam os dizeres de qualquer personagem de qualquer drama seu.[15]
>
> [Was Fernando Pessoa schreibt, gehört zwei Kategorien an, die wir orthonym und heteronym nennen können. Man kann nicht sagen, sie seien anonym und pseudonym, denn das sind sie in Wahrheit nicht. Das unter Pseudonym veröffentlichte Werk stammt vom Autor in Person, nur der Name, mit dem er unterschreibt, ist ein anderer; das heteronyme

---

12 Vgl. Pessoa, Fernando: „A nova Poesia Portuguesa", in: *Obra Poética e em Prosa. Vol. II: Prosa I*, S. 1145-1203.

13 Vgl. Crespo, Ángel: *Fernando Pessoa. Das vervielfältigte Leben. Eine Biographie*. Frankfurt a. M.: Fischer Tb. Vlg., 1998, S. 71-88.

14 Deutsche Übersetzung der Briefe Pessoas an Sá-Carneiro in: *Dokumente zur Person und ausgewählte Briefe*, passim. Für die deutsche Übersetzung der Briefe Sá-Carneiros an Pessoa siehe „Nur noch das Irrenhaus. Briefe an Fernando Pessoa 1912-1916", in: *Schreibheft. Zeitschrift für Literatur*, Nr. 64. Hrsg. von Norbert Wehr. Essen: Rigodon, 2005, S. 41-99.

15 Pessoa, Fernando: *Obra Poética e em Prosa. Vol. III: Prosa 2*, S. 1424.

stammt vom Autor außerhalb seiner Person, von einer vollständig von ihm hergestellten Individualität, wie es die Aussprüche irgendeiner Gestalt aus irgendeinem von ihm verfassten Drama sein würden.][16]

Es gibt in der portugiesischen Literatur Ansätze der Heteronymie.[17] So kann man den Dichter und Dandy Carlos Fradique Mendes – mit seinen satanischen Gedichten „*Poemas de Macadam*" im Stil Baudelaires und mit seinen Briefen – als ein kollektives Heteronym von Eça de Queirós (1845-1900), Antero de Quental (1842-1891) und Jaime Batalha Reis (1847-1935) betrachten. Auch Pessoas Freund, Armando Cortes-Rodrigues (1891-1971), veröffentlicht 1913 Sonette unter dem Namen Violante de Cysneiros, doch die Heteronymie ist bei ihm ein vorübergehendes, fast punktuelles Abenteuer, während im Werk Fernando Pessoas das heteronyme Spiel als konstitutives Element gilt, als Ausdruck seiner besonderen Poetik der Verstellung, die er in seinem berühmten Gedicht *Autopsicografia* [Autopsychographie] darlegt:

O poeta é um fingidor.
Finge tão completamente
Que chega a fingir que é dor
A dor que deveras sente.

E os que lêem o que escreve,
Na dor lida sentem bem,
Não as duas que ele teve,
Mas só a que eles não têm.

E assim nas calhas de roda
Gira, a entreter a razão,
Esse comboio de corda
Que se chama coração.

[Der Poet verstellt sich, täuscht
so vollkommen, so gewagt,
dass er selbst den Schmerz vortäuscht,
der ihn wirklich plagt.

Die nun seine Verse lesen,
spürn beim Lesen nicht die beiden
Schmerzen, die in ihm gewesen,
sondern den, den sie nicht leiden.

Und so fährt auf ihrem Gleise,
unterhaltsam dem Verstand,
eine Spielzeugbahn im Kreise,
unser Herz genannt.][18]

Im Falle Fernando Pessoas geht es nicht um das „Je est un autre" von Rimbaud, sondern es geht bei ihm um die grundlegende, immer wiederkehrende Frage nach dem nicht festlegbaren schreibenden Ich bzw. nach einer Ich-Pluralität, die seine Schriftsteller-Existenz, – und nur diese scheint ihm wichtig gewesen zu sein –, durchzieht und immer wieder zum Ausdruck kommt:

---

16 Pessoa, Fernando: *Dokumente zur Person und ausgewählte Briefe*, S. 11.

17 Hierzu siehe den Eintrag „Heteronímia – Poética", in: *Dicionário de Fernando Pessoa e do Modernismo Português*. Coordenção de Fernando Cabral Martins. Lisboa: Caminho, 2008, S. 327f.

18 Pessoa, Fernando: *Poesie*. Portugiesisch deutsch. Übertragung und Nachwort von Georg Rudolf Lind. Frankfurt a. M.: Suhrkamp, 1962, S. 126 und 127.

Não meu, não meu é quanto escrevo.
A quem o devo?
De quem sou o arauto nado?
Por que, enganado,
Julguei ser meu o que era meu?
Que outro mo deu?[19]

[Nicht mein, nicht mein ist, was ich schreibe.
Wem verdanke ich es?
Wes gebor'ner Herold bin ich?
Warum, getäuscht,
Dacht' ich, was mein, gehöre mir?
Welch' Andrer gab es mir?][20]

Einige Monate vor seinem Tode beschreibt Pessoa in dem oft zitierten Brief vom 13.1.1935 an den Schriftsteller und Kritiker Adolfo Casais Monteiro (1908-1972) die Entstehung der Heteronyme als eine Erfahrung zwischen Epiphanie und Furor poeticus. Selbst wenn man hierbei von einer Mythisierung *à posteriori* ausgehen darf, so ist die Art und Weise, in der Fernando Pessoa diese Entstehung geradezu inszeniert und versucht, die Rezeption seines Werkes zu steuern, nicht minder aufschlussreich:

> Lembrei-me um dia de fazer uma partida ao Sá-Carneiro – de inventar um poeta bucólico, de espécie complicada, e apresentar-lho, já não me lembro como, em qualquer espécie de realidade. [...] Foi em 8 de Março de 1914 – acerquei-me de uma cómoda alta, e, tomando um papel, comecei a escrever, de pé, como escrevo sempre que posso. E escrevi trinta e tantos poemas a fio, numa espécie de êxtase cuja natureza não conseguirei definir. Foi o dia triunfal da minha vida, e nunca poderei ter outro assim. Abri com o título, O Guardador de Rebanhos. E o que se seguiu foi o aparecimento de alguém dentro de mim, a quem dei desde logo o nome de Alberto Caeiro. Desculpe-me o absurdo da frase: aparecera em mim o meu mestre. Foi essa a sensação imediata que tive. E tanto assim que, escritos que foram esses trinta e tantos poemas, imediatamente peguei noutro papel e escrevi, a fio, também, os seis poemas que constituem a Chuva Oblíqua, de Fernando Pessoa. [...] Foi o regresso de Fernando Pessoa-Alberto Caeiro a Fernando Pessoa ele só. Ou, melhor, foi a reacção de Fernando Pessoa contra a sua inexistência como Alberto Caeiro.
>
> Aparecido Alberto Caeiro, tratei logo de lhe descobrir – instintiva e subconscientemente – uns discípulos. Arranquei do meu falso paganismo o Ricardo Reis latente, descobri-lhe o nome, e ajustei-o a si mesmo, porque nessa altura já o via. E, de repente, e em derivação oposta à de Ricardo Reis, surgiu-me impetuosamente um novo indivíduo. Num jacto, e à máquina de escrever, sem interrupção nem emenda, surgiu a Ode Triunfal de Álvaro de Campos – a Ode com esse nome e o homem com o nome que tem.[21]

> [(Ich) verfiel eines Tages auf den Gedanken, dem Sá-Carneiro einen Streich zu spielen – einen bukolischen Dichter komplizierter Natur zu erfinden und ihm, wie weiß ich nicht mehr, mit einem Anstrich von Wirklichkeit vorzustellen. [...] Es war der 8. März 1914 – [ich] stellte [...] mich an eine hohe Kommode, nahm ein Stück Papier und begann zu schreiben, stehend, wie ich immer wenn irgend möglich schreibe. Ich schrieb über dreißig Gedichte in einem Zuge in einer Art von Ekstase, deren Besonderheit ich nie werde definieren können. Es war der triumphale Tag meines Lebens; einen anderen dieser Art wer-

19 Pessoa, Fernando: *Obra Poética e em Prosa. Vol. I: Poesia*, S. 1114.

20 Eigene Übersetzung.

21 Pessoa, Fernando: *Obra Poética e em Prosa. Vol. II: Prosa 1*, S. 341.

de ich nicht erleben. Ich begann mit dem Titel: „Der Hüter der Herden". Und dann erschien jemand in mir, dem ich sogleich den Namen Alberto Caeiro gab. Entschuldigen Sie das Absurde des Satzes: in mir war mein Meister erschienen. Dies war meine unmittelbare Empfindung. Und sie war derart mächtig, dass ich, kaum waren die über dreißig Gedichte geschrieben, sofort zu einem anderen Bogen griff und gleichfalls in einem Zuge die sechs Gedichte niederschrieb, die den „Schrägen Regen" Fernando Pessoas bilden. Es war die Rückkehr von Fernando Pessoa Alberto Caeiro zu Fernando Pessoa allein. Oder besser: es war die Reaktion Fernando Pessoas auf seine Nicht-Existenz als Alberto Caeiro.
Als Alberto Caeiro erschienen war, versuchte ich alsbald – instinktiv und unbewusst – Schüler für ihn zu entdecken. Ich entriss den latenten Ricardo Reis seinem falschen Heidentum, entdeckte seinen Namen und passte ihn sich selber an – den in diesem Augenblick sah ich ihn schon. Und auf einmal stieg vor mir – entgegengesetzter Herkunft zu Ricardo Reis – ein neues Individuum auf. In einem Wurf kam an der Schreibmaschine, ohne Unterbrechung, die „Triumph-Ode" Álvaro de Campos' ans Licht – die Ode mit diesem Namen und der Mensch mit diesem Namen.][22]

So beschreibt Pessoa die „Geburt" der drei berühmten Heteronyme Alberto Caeiro, Ricardo Reis und Álvaro de Campos – der Hauptgestalten seines *drama em gente* [Drama in Leute],[23] – die er nicht nur mit einem eigenständigen Werk und einer eigenen Biographie ausstattete, sondern für die er sogar Horoskope erstellte, denn er war ein begeisterte Anhänger der Astrologie und des Okkultismus in seinen unterschiedlichsten Varianten. Das Universum Pessoas war jedoch von zahlreichen anderen Gestalten bevölkert; man will bis zu 72 Namen gezählt haben.[24] Darunter befinden sich Vicente Guedes und Bernardo Soares, die zwei geplanten Autoren des *Livro do Desassossego*, des *Buchs der Unruhe*.

Als Pessoa starb, hinterließ er eine inzwischen berühmt gewordene Truhe mit mehr als 25.000 Dokumenten, die heute in der Nationalbibliothek in Lissabon aufbewahrt werden: Manuskripte, getippte Seiten, gekritzelte Zettel. Darunter befanden sich in einem größeren Umschlag fünf weitere Umschläge mit der Aufschrift „Buch der Unruhe". Es handelt sich um mehr als 500, zwischen 1913 und 1934 entstandene Texte. Zu Lebzeiten Pessoas sind lediglich zwölf davon veröffentlicht worden. Die in den Umschlägen enthaltenen Notizen lassen keine endgültigen Schlussfolgerungen über die Editionspläne des Autors zu. Antonio Tabucchi nennt es zurecht „ein Buch-Projekt", „*work in progress*" und wir pflichten ihm bei, wenn er meint, es sei „ein

22 Pessoa, Fernando: *Dokumente zur Person und ausgewählte Briefe*, S. 164f.

23 Dieser Ausdruck wurde von Pessoa selbst in einer von ihm verfassten bibliographischen Notiz geprägt: *"Alberto Caeiro, Ricardo Reis Álvaro de Campos. Estas individualidades devem ser consideradas como distintas da do autor delas. Forma cada uma uma espécie de drama; e todas elas juntas formam outro drama. [...] É um drama em gente em vez de actos".* In: *Obra Poética e em Prosa, Vol. III: Prosa 2*, S. 1424f. [Alberto Caeiro, Ricardo Reis und Álvaro de Campos. Diese Individualitäten müssen als von der ihres Autors verschieden betrachtet werden. Jede bildet eine Art von Drama; und sie alle zusammen bilden ein weiteres Drama. [...] Es ist ein Drama in Leuten, statt in Akten.] In: *Dokumente zur Person und ausgewählte Briefe*, S. 11f.

24 Vgl. Lopes, Teresa Rita (Ed.): *Pessoa por Conhecer. I Roteiro para uma Expedição*. Lisboa: Ed. Estampa, 1990, S. 167-169.

Buch, das mehr als die anderen Bücher uns gehört, da es von der Nachwelt gemacht beziehungsweise ‚zusammengesetzt' worden ist."[25]

Nach dem Tod Pessoas verging fast ein halbes Jahrhundert bis zur *editio princeps* im Jahre 1982. Seitdem sind andere Ausgaben erschienen. Wir wollen auf die komplizierte, von zahlreichen Polemiken begleitete Geschichte der verschiedenen Ausgaben hier nicht näher eingehen. Es sei lediglich darauf hingewiesen, dass sie sich im Wesentlichen in Hinblick auf drei Gesichtspunkte unterscheiden: a) der Frage des für das Buch zuständigen Heteronyms bzw. der Heteronyme, b) der Zahl der dem Buch zugeschriebenen Texte und c) der Reihenfolge der Texte.

Inzwischen ist 2010 beim Verlag Imprensa Nacional-Casa da Moeda eine kritische Ausgabe in zwei Bänden erschienen, die eine wissenschaftlich begründete Auswahl der zugelassenen Texte vornimmt und sie streng chronologisch nach ihrer Entstehungszeit ordnet. An dieser Ausgabe des kolumbianischen Pessoaners Jerónimo Pizarro wird man in Zukunft nicht vorbei gehen dürfen.[26]

Die neueste in Deutschland erschienene Ausgabe basiert auf der 1998 von dem in Portugal lebenden amerikanischen Übersetzer und Schriftsteller Richard Zenith organisierten Edition. Inés Koebel hat die frühere Übersetzung aus dem Jahre 1985 des Lusitanisten Georg Rudolf Lind (1926-1990), – dem das Verdienst gebührt, als Erster das Werk Fernando Pessoas im deutschsprachigen Raum bekannt gemacht zu haben –, revidiert und stark erweitert.

Zenith ist erklärtermaßen davon ausgegangen, Bernardo Soares hätte dem ursprünglichen Autor Vicente Guedes von seiner Aufgabe verdrängt und sich nicht nur der Autorschaft des *Buchs*, sondern auch seiner Biographie bemächtigt.[27] Er vertritt den Standpunkt, die Absicht Pessoas, Vicente Guedes, das Heteronym der ersten Schreibphase, die von 1914 bis etwa 1920 reicht, durch Bernardo Soares zu ersetzten, sei hinreichend dokumentiert.[28] Der Herausgeber Egon Amann rechnet es Zenith als Verdienst an, die Fragmente „in eine thematisch und zeitlich nachvollziehbare Ordnung gebracht zu haben".[29] Die sogenannten „großen Texten", die Pessoa, ohne eine endgültig Entscheidung zu treffen, irgendwann einmal erwogen hatte, gesondert herauszugeben, werden ans Ende gestellt.

---

25 Tabucchi, Antonio: „Bernardo Soares, ein ruheloser und schlafloser Mensch", in: *Wer war Fernando Pessoa?* München, Wien: Hanser, 1992, S. 73-81, hier S. 74. Siehe auch Lourenço, Eduardo: „‚O livro do Desassossego' texto suicida?", in: E. L., *Fernando, Rei da nossa Baviera*, Lisboa: Imprensa Nacional-Casa da Moeda, 1986, S. 81-95, hier S. 84.

26 Pessoa, Fernando: *Livro do Desassossego. Tomo I. Tomo II.* Edição de Jerónimo Pizarro. Lisboa: Imprensa Nacional-Casa da Moeda, 2010. (= Edição crítica de Fernando Pessoa, Vol. XII).

27 Pessoa, Fernando: *Livro do Desassossego. Composto por Bernardo Soares, ajudante de guarda-livros na Cidade de Lisboa.* Edição Richard Zenith. 3.ª edição. Lisboa: Assírio & Alvim, 2008, S. 18.

28 Ebenda, S. 19.

29 Pessoa, Fernando: *Das Buch der Unruhe des Hilfsbuchhalters Bernardo Soares.* Hrsg. von Richard Zenith. Aus dem Portugiesischen übersetzt und revidiert von Inés Koebel. Frankfurt a. M.: Fischer, 2006, S. 573.

Anders verfährt Teresa Sobral Cunha,[30] die von zwei Büchern ausgeht: das Erste des Heteronyms Vicente Guedes verschwand nach der Schaffenskrise des Jahres 1916, die Pessoa als „esterilidade literária quase total" [fast vollständige literarische Sterilität] beschreibt, infolge einer Depression aufgrund einer Krankheit der Mutter, des Freitodes von Sá-Carneiro und des Wahnsinns eines weiteren Freundes.[31] Zwischen 1921 und 1927 gibt es keine Dokumente über das geplante Buch. Als das Projekt 1929 wieder in den Vordergrund rückt, übernimmt es das Halbheteronym Bernardo Soares, der Autor des zweiten Buchs in der Edition von Sobral Cunha.

Beide Herausgeber stellen das 1917 entstandene Vorwort des vermeintlichen Verlegers Fernando Pessoa voran, in dem er die Fiktion aufstellt, wie er Bekanntschaft mit dem Autor des Buchs geschlossen hat, sei er nun Vicente Guedes oder Bernardo Soares.[32]

Für die vorliegende Arbeit habe ich die Ausgabe von Richard Zenith aus rein pragmatischen Gründen verwendet: Die Übersetzung von Inés Koebel ist der Text, der dem deutschen Leser, der der portugiesischen Sprache nicht mächtig ist, zur Verfügung steht, deshalb werde ich auf ihn zurückgreifen. Ich will auch nicht verschweigen, dass ich den Standpunkt vertrete, jeder Leser hat das Recht, anhand der kritischen Ausgabe sein eigenes *Buch der Unruhe* bzw. sein „Buch der eigenen Unruhe" zusammenzustellen. Zenith hat dabei auf die Tatsache aufmerksam gemacht, dass der Titel *Buch der Unruhe* heißt, ohne den bestimmten Artikel. Für den amerikanischen Herausgeber ist dies „um feliz acaso ou pressentimento do seu autor" [ein glücklicher Zufall oder eine Vorahnung seines Autors]: „Dieses *Buch der Unruhe* ist immer viele möglichen Bücher und wird es immer sein, ohne dass es eine endgültige Ausgabe geben könnte."[33]

Biographie ohne Fakten II - *Buch der Unruhe*

> Invejo – mas não sei se invejo – aqueles de quem se pode escrever uma biografia, ou que podem escrever a própria. Nestas impressões sem nexo, nem desejo de nexo, narro indiferentemente a minha autobiografia sem factos, a minha história sem vida. São as minhas confissões, e, se nelas nada digo, é que nada tenho que dizer.[34]

Ich beneide – bin mir aber dessen nicht wirklich sicher – all jene, über die man eine Biographie schreiben kann oder die ihre eigene Biographie schreiben können. Vermittels dieser Eindrücke ohne Zusammenhang und ohne den Wunsch nach Zusammenhang erzähle

30 Pessoa, Fernando: *Livro do Desassossego. Vicente Guedes. Bernardo Soares.* Edição Teresa Sobral Cunha. Lisboa: Relógio d'Água, 2008.

31 Brief vom 04.09.1916 an Armando Cortes-Rodrigues, in: Pessoa, Fernando: *Obra Poética e em Prosa. Vol. 2: Prosa 1*, S. 188.

32 In der kritischen Ausgabe erscheint dieses Vorwort [*Prefácio*] erst als Fragment Nr. 136. Siehe Pessoa, Fernando: *Livro do Desassossego. Tomo I.* Edição de Jerónimo Pizarro, S. 136f.

33 Pessoa, Fernando: *Livro do Desassossego*, S. 21.

34 Ebenda, S. 48. Nachstehend werden die Zitate aus dieser Ausgabe mit dem Kürzel LD gefolgt von der Seitenzahl in Klammern im Text gekennzeichnet.

ich gleichmütig meine Autobiographie ohne Fakten, meine Geschichte ohne Leben. Es sind meine Bekenntnisse, und wenn ich in ihnen nichts aussage, so weil ich nichts zu sagen habe.][35]

Folglich hat das Buch keine richtige Handlung, oder sie ist so reduziert, dass man sie in wenigen Zeilen zusammenfassen kann: Bernardo Soares, ein unauffälliger Mann von etwa dreißig Jahren, den Fernando Pessoa vorgibt, in einem einfachen Lissabonner Restaurant kennengelernt zu haben, ist – wie Vicente Guedes auch war – Hilfsbuchhalter in einem Handelshaus in der *Baixa* [der Unterstadt bzw. der Stadtmitte], wo er auch wohnt. Wie der Versicherungsangestellte Franz Kafka[36] schreibt er abends in seinem Zimmer: „*Escrevo, triste, no meu quarto quieto, sozinho, como sempre tenho sido, sozinho como sempre serei.*" (LD 48) [Traurig schreibe ich in meinem stillen Zimmer, allein, wie ich immer gewesen bin, allein, wie ich immer sein werde. (BU 19)] Das Ergebnis dieses nächtlichen Schreibens des Außenseiters ist die Fiktion seiner selbst, ist das *Buch der Unruhe*, eine Sammlung „Eindrücke ohne Zusammenhang", eine „Autobiographie ohne Ereignisse", lauter fragmentarische, zum Teil repetitive Texte: Beobachtungen über die Stadt Lissabon und ihre Bewohner bzw. über die anderen Büroangestellten, vor allem aber Aphorismen, psychologische, philosophische und ästhetische Reflexionen.

Aus diesem Grunde werden wir uns hier darauf beschränken, einige rote Fäden bzw. thematische Stränge auszuarbeiten und sie anhand zum Teil längerer Zitate illustrieren. Dadurch wollen wir ein Gefühl vermitteln für die Diktion, den Sprachduktus und die Argumentationsstrategie bzw. für das, was Roman Jakobson die „dialektischen Oxymora"[37] des Fernando Pessoa – hier Bernardo Soares – nennt. Einen umfassenden Überblick kann nur bekommen, wer die gesamte Fragmentensammlung liest.

Bernardo Soares steht seinem Erfinder näher als Caeiro, Reis oder Campos, wie Pessoa in dem viel zitierten Brief vom 13. Januar 1935 an Casais Monteiro selbst behauptet:

---

35 Pessoa, Fernando: *Das Buch der Unruhe des Hilfsbuchhalters Bernardo Soares*, S. 25. Nachstehend werden die Zitate aus dieser Ausgabe mit dem Kürzel BU gefolgt von der Seitenzahl in Klammern im Text gekennzeichnet.

36 Im Wintersemester 2008/2009 hat die portugiesischsprachige Theatergruppe der Universität zu Köln Lusotaque eine zweisprachige Aufführung mit dem Titel „NasciMente-KopfGeburten" dargeboten, die aus einer Collage von Texten Fernando Pessoas und Franz Kafkas bestand und die Parallelen zwischen den existenziellen Erfahrungen beider Autoren eindrücklich in Szene setzte. Siehe http://www.lusotaque.de/Lusotaque/NasciMente.html. Aufgerufen am 16.06.2011. Auf den möglichen Einfluss des *Journal intime* von Henri-Frédéric Amiel (1821-1891), der im Buch ausdrücklich genannt wird (LD 129 und BU 127), hat Eduardo Prado Coelho aufmerksam gemacht: „Pessoa/Amiel" in: *A mecânica dos fluidos*. Lisboa: Imprensa Nacional-Casa da Moeda, 1984, S. 33-46.

37 Siehe Jakobson, Roman; Picchio, Luciana Stegagno: „Die dialektischen Oxymora von Fernando Pessoa". In: R. J., *Poesie der Grammatik und Grammatik der Poesie. Sämtliche Gedichtanalysen*. Band 2. Hrsg. von Sebastian Donat und Hendrik Birus. Berlin: de Gruyter, 2007, S. 631-668.

> O meu semi-heterónimo Bernardo Soares, que aliás em muitas coisas se parece com Álvaro de Campos, aparece sempre que estou cansado ou sonolento, de sorte que tenha um pouco suspensas as qualidades de raciocínio e de inibição; aquela prosa é um constante devaneio. É um semi-heterónimo porque, não sendo a personalidade minha, é, não diferente da minha, mas uma simples mutilação dela. Sou eu menos o raciocínio e a afectividade. A prosa, salvo o que o raciocínio dá de tenue à minha, é igual a esta, e o português perfeitamente igual.[38]
>
> [Mein Halbheteronym Bernardo Soares, das übrigens in vielerlei Hinsicht Álvaro de Campos ähnelt, erscheint immer, wenn ich müde und schläfrig bin und meine Hemmungen und mein Denkvermögen etwas nachgelassen haben; diese Prosa ist eine ständige Träumerei. Soares ist insofern ein Halbheteronym, als sich seine Persönlichkeit, auch wenn sie nicht die meine so doch nichts anderes ist als sie, wohl aber eine leichte Verstümmelung von ihr. Soares ist ich, allerdings ohne mein Denkvermögen und ohne meine Emotionalität. Seine Prosa ist wie die meine, bis auf gewisse formale Restriktionen, die der Verstand meinem Schreiben auferlegt, auch unser Portugiesisch unterscheidet sich in nichts.][39]

Wahrscheinlich weil es, nach Aussage Pessoas, in einem Prosatext schwieriger ist, „ein anderer zu sein bzw. zu werden": *outrar-se*,[40] eine eigene Wortbildung aus dem in ein reflexives Verb abgewandelten Pronomen *o outro* [der Andere], die Koebel mit der im Deutschen ebenso ungewöhnliche Neubildung „sich zu andern" übersetzt (BU 553). Im Buch heißt es dann: „*Viver é ser outro*" (LD 114) [Leben heißt ein Anderer sein (BU 107)]. Die Entsprechung des oben zitierten Gedichts „Não meu, não meu é quanto escrevo" [Nicht mein, nicht mein ist, was ich schreibe] nimmt im *Buch der Unruhe* eine fast gebetartige Form an: „*Meu Deus, meu Deus, a quem assisto? Quantos sou? Quem é eu? O que é este intervalo que há entre mim e mim?* " (LD 201) [Mein Gott, mein Gott, wem wohne ich bei? Wie viele bin ich? Wer ist ich? Was ist dieser Raum zwischen mir und mir? (BU 217)] Oder noch radikaler:

> Eu próprio não sei se este eu, que vos exponho, por estas coleantes páginas fora, realmente existe ou é apenas um conceito estético e falso que fiz de mim próprio. Sim, é assim. Vivo-me esteticamente em outro. Esculpi a minha vida como a uma estátua de matéria alheia a meu ser. [...] Quero ser uma obra de arte, da alma pelo menos, já que do corpo não posso ser. Por isso me esculpi em calma e alheamento e me pus em estufa, longe dos ares frescos e das luzes francas – onde a minha artificialidade, flor absurda, floresça em abastada beleza. (LD, 127)
>
> [Nicht einmal ich weiß, ob dieses Ich, das ich auf diesen mäandernden Seiten vor Ihnen ausbreite, wirklich existiert oder nur eine ästhetische und zudem falsche Vorstellung von mir selbst ist. Ja, dem ist so. Ich erlebe mich ästhetisch in einem Anderen. Ich habe mein Leben gestaltet wie eine Statue aus einem meinem Sein fremden Stoff. [...] Ich will ein Kunstwerk sein, zumindest in meiner Seele, wenn ich es schon nicht in meinem Körper sein kann. Daher habe ich mich in Stille und Entfremdung gestaltet und mich in ein

---

38 Pessoa, Fernando: *Obra Poética e em Prosa. Vol. II: Prosa 1*, S. 343.

39 Pessoa, Fernando: *Dokumente zur Person und ausgewählte Briefe*, S. 167.

40 Siehe „Os heterónimos ou „ficções do interlúdio" vistos pelo próprio Fernando Pessoa", in: *Obra Poética e em Prosa. Vol. I: Poesia*, S. 711.

Treibhaus gestellt, geschützt vor frischer Luft und direktem Licht – dort kann meine Künstlichkeit, wie eine absurde Blume, in ferner Schönheit erblühen. (BU 123)]

Die im diesem Fragment mit dem vielsagenden Titel *Estética do Artifício* [Ästhetik des Künstlichen] auftretenden Motive des Treibhauses, der Künstlichkeit, der „absurden Blume" und der „fernen Schönheit" illustrieren die Nähe vieler Fragmente – sowohl der früheren als auch der späteren Phase – zur Dekadenz. Georg Rudolf Lind nennt das *Buch der Unruhe* „ein Brevier der ‚décadence'-Literatur" und sieht Bernardo Sores als einen „Prototyp des ‚Décadent'".[41] Tatsächlich beschreibt sich Soares selbst als Dekadent, als er von seiner Generation spricht, die den Glauben an Gott verloren, und die Menschheit als Ersatz gewählt hat, eine Tendenz, die er selbst, Außenseiter, der er ist, nicht gänzlich teilen kann:

> Este culto da humanidade, com os seus ritos de Liberdade e Igualdade, pareceu-me sempre uma revivescência dos cultos antigos, em que animais eram como deuses, ou os deuses tinham cabeça de animais.
> Assim, não sabendo crer em Deus, e não podendo crer numa soma de animais, fiquei, com outros da orla das gentes, naquela distância de tudo a que comummente se chama a Decadência. A Decadência é a perda total da inconsciência; porque a inconsciência é o fundamento da vida. (LD 39)

> [Dieser Menschheitskult mit seinen Riten von Freiheit und Gleichheit erschien mir stets wie ein Wiederaufleben jener alten Kulte, in denen Tiere Götter waren oder die Götter Tierköpfe trugen.
> Da ich also weder an Gott noch an eine Summe von Lebewesen glauben konnte, verblieb ich wie andere Außenseiter in jener Distanz zu allem, die man gemeinhin Dekadenz nennt. Dekadenz bedeutet den vollständigen Verlust der Unbewusstheit; denn die Unbewusstheit ist das Fundament des Lebens. (BU 13)]

Auch das Fragment mit dem Titel *Estética do Desalento* [Ästhetik der Mutlosigkeit], das man ebenso als „Ästhetik der Ermattung" hätte übersetzen dürfen, kann ebenso gut als Ästhetik der Dekadenz gelesen werden, wenn es darin heißt:

> Já que não podemos extrair beleza da vida, busquemos ao menos extrair beleza de não extrair beleza da vida. Façamos da nossa falência uma vitória, uma coisa positiva e erguida, com colunas, majestade e aquiescência espiritual.
> Se a vida [não] nos deu mais nada do que uma cela de reclusão, façamos por ornamentá-la, ainda que mais não seja, com as sombras de nossos sonhos, desenhos a cores mistas esculpindo o nosso esquecimento sobre a parada exterioridade dos muros. (LD 263)

---

41 Lind, Georg Rudolf: „Fernando Pessoas *Livro do Desassossego* – ein Brevier der ‚décadence'-Literatur", in: *Aufstieg und Krise der Vernunft. Komparatische Studien zur Literatur der Aufklärung.* Hrsg. von Michael Rössner und Birgit Wagner. Wien et alii: Böhlau, 1984, S. 319-335, hier S. 319 und 324. Interessanterweise erwähnt Pessoa, die Lektüre von Max Nordaus *Dégénéresence* sei für ihn entscheidend gewesen, hätte einen Teil des Einflusses seiner bisherigen Lektüre aufgehoben, in: *Obra Poética e em Prosa. Vol. III: Prosa 2*, S. 1421, deutsch in: *Dokumente zur Person und ausgewählte Briefe*, S. 8. Vgl. auch: „Penso se tudo na vida não será a degeneração de tudo." (LD 105) [Ich frage mich, ob im Leben nicht alles auf Degeneration beruht. (BU 97)]

[Da wir dem Leben keine Schönheit abzuringen vermögen, sollten wir zumindest versuchen, unserem Unvermögen Schönheit abzuringen. Verwandeln wir unser Scheitern in einen Sieg, in etwas Positives, Erhabenes, mit Säulen, Würde und unserer geistigen Zustimmung.
Auch wenn das Leben uns [nicht] mehr gegeben hat als eine Gefängniszelle, sollten wir versuchen, diese auszuschmücken, und wenn es nur mit den Schatten unserer Träume ist, ihren bunten Zeichnungen, mit denen wir unser Vergessen eingraben in die stillstehende Äußerlichkeit der Mauern. (BU302)]

Wenn man den unauffälligen Bernardo Soares schon nicht als Dandy bezeichnen kann, so atmen seine zwei Zimmer, die er mit ihren tiefen und weichen Stühlen mit Armlehnen, den Vorhängen und Teppichen in „einem gewissen fast luxuriösen Stil" eingerichtet hat, „um die Würde des Überdrusses aufrechtzuerhalten" (BU 8), – [*um certo e aproximado luxo* [...] *para manter a dignidade do tédio* (LD 32)] – eine gewisse Atmosphäre des *Fin-de-siècle* nicht absprechen, und man darf ihn getrost einen Dilettanten nennen. Wie sonst sollte man sein Schreiben, das er nicht einmal veröffentlicht wissen will,[42] und sein Ideal der Lebensuntüchtigkeit, der Langweile und der Kunstsinnigkeit interpretieren?

É nobre ser tímido, ilustre não saber agir, grande não ter jeito para viver.
Só o Tédio, que é um afastamento, e a Arte, que é um desdém, douram de uma semelhança de contentamento a nossa. [...]
Só a infelicidade eleva – e o tédio, que da infelicidade curtimos, é heráldico como o são descendentes de heróis longínquos. (LD 86)

[Edel ist es, schüchtern zu sein, ruhmreich, nicht handeln zu können, majestätisch, kein Geschick zum Leben zu haben.
Nur Überdruss, der Distanzierung ist, und Kunst, die Verachtung ist, vergolden unserer [Existenz] mit einem Hauch Zufriedenheit. [...]
Nur das Unglück erhöht, und nur der Überdruss, der aus ihm entsteht, ist heraldisch wie die Nachkommen ferner Helden. (BU 72f.)]

Für den Mann, der sich in seiner Einbildung oft mit den Cesaren des römischen Reichs identifiziert hat (LD 120, BU 115), der seine Generation als „*Raça do Fim*" (LD 262) [eine Rasse des Endes (BU 301)] charakterisiert, der eine „Asthetik des Verzichts" – *estética da abdicação* – predigt, in der er behauptet, „*o melhor e o mais púrpura é abdicar. O império supremo é o do Imperador que abdica de toda a vida normal, dos outros homens, em quem o cuidado da supremacia não pesa como um fardo de jóias*" (LD 121) [das Beste und Purpurnste ist der Verzicht. Das Reich aller Reiche ist das des Herrschers, der auf ein normales Leben verzichtet, auf andere Menschen, und auf dem das Bewahren der Herrschaft nicht lastet wie schwere Juwelen" (BU 117)], bekommt König Ludwig II von Bayern symbolischen Charakter und er widmet ihm einen der soge-

42 Hierzu siehe die Behauptung: "*O único destino nobre de um escritor que se publica é não ter uma celebridade que mereça. Mas o verdadeiro destino nobre é o do escritor que não se publica.*" (LD S. 199) [Für einen Dichter, der veröffentlicht, gibt es kein würdigeres Schicksal als das Nicht-Erlangen des ihm vielleicht gebührenden Ruhms. Mit Ausnahme des wahrlich würdigen Schicksals des Nicht-Veröffentlichens. (BU 214)]

nannten „großen Texte" – wahrscheinlich 1916 entstanden – mit dem Titel *Marcha fúnebre para o Rei Luis Segundo da Baviera* [Trauermarsch für König Ludwig den Zeiten von Bayern]. Das sehr dramatische, fast pathetische Fragment endet in einer Apotheose des Verzichts und der Todessehnsucht:

> Senhor Rei do Desapego, da Renúncia, Imperador da Morte e do Naufrágio, sonho vivo errando, faustoso, entre as ruínas e as estradas do mundo!
> Senhor Rei da Desesperança entre pompas, dono doloroso dos palácios que não satisfazem, mestre dos cortejos e dos aparatos que não conseguem apagar a vida!... [...]
> Senhor Rei erguido dos túmulos, que viestes na noite e ao luar, contar a tua vida às vidas, pajem dos lírios desfolhados, arauto imperial da frieza dos marfins! [...]
> Senhor Rei que a Morte sagrou Seu, pálido e absurdo, esquecido e desconhecido, reinando entre pedras foscas e veludos velhos, no seu trono ao fim do Possível, com a sua corte irreal cercando-o, sombras, e a sua milícia fantástica, guardando-o, misteriosa e vazia. [...]
> E antes que o festim comece, passe pelas alamedas dos grandes parques o grande cortejo medieval de púrpuras mortas, o grande cerimonial silencioso em marcha, como a beleza num pesadelo.
> A Morte é o triunfo da Vida!
> [...] Ei-lo que vai chegar, com a morte que ninguém vê e a que não chega nunca.
> Arautos, tocai! Atendei!
> Teu amor pelas coisas sonhadas era o teu desprezo pelas coisas vividas.
> Rei-Virgem que desprezaste o amor,
> Rei-Sombra que desdenhaste a luz,
> Rei-Sonho que não quiseste a vida!
> Entre o estrépito surdo de címbales e atabales, a Sombra te reclama Imperador! (LD 411f.)
>
> [O König der Loslösung und des Verzichts, Herrscher des Todes und des Scheiterns, lebender Traum, strahlender Wanderer zwischen der Welt Ruinen und Straßen!
> O König der Verzweiflung inmitten aller Pracht, schmerzensreicher Herr von Palästen, die nicht genügen, Meister feierlicher Gefolge und glänzender Feste, die das Leben nicht auszulöschen vermögen!...
> O König, auferstanden aus Gräbern, der du kamst in Nacht und Mondlicht, dein Leben den Lebenden zu erzählen, Page entblätterter Lilien, kaiserlicher Herold beinerner Kälte! [...]
> Und ehe das Gastmahl beginnt, lasst durch die Alleen der weiten Gärten den langen mittelalterlichen Zug toten Purpurs ziehen, das große, stille Zeremoniell, wie Schönheit durch einen Alptraum.
> Der Tod ist der Triumph des Lebens! [...]
> Schon naht er, mit dem Tod, den keiner sieht, und mit [...], der nie eintrifft.
> Herolde, stoßt in eure Hörner! Habt acht!
> Deine Liebe zu geträumten Dingen war Verachtung für gelebte Dinge.
> Jungfräulicher König, der die Liebe verachtete,
> Schattenkönig, der das Licht verschmähte,
> Traumkönig, der das Leben nicht wollte!
> Unter dem ohrenbetäubenden Lärm der Zimbeln und Pauken ruft die Finsternis dich zum Herrscher auf! (BU 485f.)]

Konsequenterweise finden wir auf der Ebene der literarischen Vorbilder des Bernardo Soares den Autor des Sonetts „*Je suis l'Empire à la fin de la décadence*": „*Não tendo que fazer, nem que pensar em fazer, vou pôr neste papel a descrição do meu ideal – [...] A sensibilidade de Mallarmé dentro do estilo de Vieira; sonhar como Verlaine no corpo de Horácio; ser Homero ao luar.*" (LD 138) [Da ich nichts zu tun habe noch denken will, was ich tun könnte, vertraue ich diesem Papier die Beschreibung meines Ideals an – [...] Die Sensibilität Mallarmés im Stil Vieiras; wie Verlaine im Körper von Horaz träumen; Homer im Mondlicht sein. (BU 138)]

Dennoch vielmehr als ein Brevier der Dekadenz scheint mir das *Buch der Unruhe* ein Werk über Ästhetik – Ästhetik des Verzichts, des Künstlichen, der Mutlosigkeit, wie wir bereits gesehen haben – und vor allem über Poetik. Eine Poetik der unerreichbaren Vollendung, wie das obere Zitat ahnen lässt,[43] gilt es doch den Symbolismus Mallarmés und Verlaines mit dem Klassizismus eines Horaz zu verbinden, oder mit dem barocken, brillanten Stil des portugiesischen Jesuiten Padre António Vieira (1608-1697), dessen Predigten als Meisterwerke portugiesischer Prosa gelten. Auf das Urteil Vieiras greift Bernardo Soares zurück, wenn er über seinen Streben nach Klarheit und Objektivität aber auch über das Scheitern dieser Bemühungen reflektiert:

> Há momentos em que cada pormenor do vulgar me interessa na sua existência própria, e eu tenho por tudo a afeição de saber ler tudo claramente. Então vejo – como Vieira disse que Sousa[44] descrevia – o comum com singularidade, e sou poeta com aquela alma com que a crítica dos gregos formou a idade intelectual da poesia. Mas também há momentos, e um é este que me oprime agora, em que me sinto mais a mim que às coisas externas, e tudo se me converte numa noite de chuva e lama, perdido na solidão de um apeadeiro de desvio, entre dois comboios de terceira classe. (LD 63)
>
> [In manchen Momenten interessiert mich jedes einzelne Merkmal des Gewöhnlichen um seinetwillen, und ich verspüre allem gegenüber das zärtliche Verlangen, alles klar und deutlich lesen zu können. Dann sehe ich – wie Vieira sagt, dass Sousa es nennt – „das Gewöhnliche in seiner Einzigartigkeit" und besitze jene dichterische Seele, mit der die Kritik der Griechen das intellektuelle Zeitalter der Dichtung bestimmte. Doch es gibt auch Momente wie diesen, der mich gerade bedrückt, in denen ich mich selbst deutlicher wahrnehme als äußere Dinge und sich mir alles in eine Nacht aus Schlamm und Regen verwandelt und ich verloren in der Einsamkeit einer abgelegenen Eisenbahnstation auf den nächsten Zug dritter Klasse warte. (BU 44f.)]

Zwischen Objektivität und Subjektivität zerrissen, entwickelt Soares eine Poetik des Unerreichbaren, der Suche nach einer Art „Urtext", einem Architext göttlicher Provenienz. Diese Suche schwankt zwischen Verzweiflung – „*uma dolorosa certeza de nunca poder fazer nada de bom e útil para a beleza. Não há método de obter a Perfeição excepto ser*

43 Siehe hierzu auch das Fragment, in dem es heißt: "*Tudo quanto fazemos, na arte ou na vida, é a cópia imperfeita do que pensámos em fazer.*" (LD 167) [Alles, was wir tun, in der Kunst oder im Leben, ist nur die unvollkommene Kopie dessen, was wir vermeinten zu tun. (BU 174)]

44 Frei Luis de Sousa, alias Manuel de Sousa Coutinho (ca. 1555-1632), Chronist und Historiograph.

Deus" [der „schmerzlichen Gewissheit, nie etwas Gutes und zum Nutzen der Schönheit schaffen zu können. Es gibt keine Methode, um Vollkommenheit zu erreichen, es sei denn man ist Gott" – und dem Bewußtsein der Unzulänglichkeit des konkreten literarischen Werks: „*o esforço nunca chega a parte nenhuma [...], a realização é sempre inferior [...], a obra feita é sempre a sombra grotesca da obra sonhada.*" (LD 251f.) [Die Verwirklichung [bleibt] stets hinter der Absicht zurück [...] und das beendete Werk [ist] immer der groteske Schatten des erträumten Werkes (BU 286f.)].

So wird Shakespeares *König Lear* ausgerechnet aufgrund seiner Größe mit einer gebrochenen griechischen Statue verglichen (BU 250). Dagegen lässt Soares Heines Lyrik gelten, weil sie keinen weiteren Anspruch erhebt, als „den Augenblick eines Gefühls oder Traumes umsetzen zu wollen" (BU 287) [*a realização [...] de um momento de sentimento ou de sonho* (LD 251)].

Dem Traum kommt eine zentrale Rolle in der Poetik Bernardo Soares' zu: „*Escrever é objectivar sonhos, é criar um mundo exterior para prémio [?] evidente da nossa índole de criadores.*" (LD 199) [Schreiben heißt Träume in eine zugängliche Form bringen, heißt eine äußere Welt erschaffen als sichtbare Belohnung [?] unserer schöpferischen Wesensart (BU 214)].

Es ist aber nicht nur eine Poetik des Traums, sondern auch eine Poetik der Verstellung, die wir vom anfangs zitierten Gedicht *Autopsychographie* kennen und in der Ich-Zerplitterung des bereits genannten Fragments „Ästhetik des Künstlichen" mündet. Die „Poetik der Verstellung", die man auch „Poetik der Lüge" nennen kann, ergibt sich aus der Vorstellung, Literatur sei wirklicher als die Wirklichkeit; so behauptet Soares: „*Há metáforas que são mais reais do que a gente que anda na rua*" (LD 158) [manche Metaphern sind wirklicher als die Menschen in den Straßen (BU 162)]. So können auch die widersprüchlichsten Standpunkte und Empfindungen aus derselben Feder stammen, da im Traum keine Unterscheidung zwischen richtig und falsch, zwischen Wahrheit und Lüge existiert: „*Provavelmente, tanto me habituei a sentir o falso como o verdadeiro, o sonhado tão nitidamente como o visto, que perdi a distinção humana, falsa, creio, entre a verdade e a mentira.*" (LD 158) [Ich [habe] mich wahrscheinlich so sehr daran gewöhnt, das Falsche als das Wahre wahrzunehmen und das Geträumte so deutlich wie das Gesehene, dass ich die, wie ich meine, falsche menschliche Unterscheidungsfähigkeit zwischen Wahrheit und Lüge eingebüßt habe." (BU 163)] Nur die Literatur ist imstande durch einen Prozess der Metaphorisierung Empfindungen zu vermitteln. Zwar handelt es sich dabei eindeutig um ein intelektuelles Verfahren, dessen ungeachtet darf die spontane Sprache des Kindes dabei als Vorbild gelten:

> Toda a literatura consiste num esforço para tornar a vida real. Como todos sabem, ainda quando agem sem saber, a vida é absolutamente irreal, na sua realidade directa; os campos, as cidades, as ideias, são coisas absolutamente fictícias, filhas da nossa complexa sensação de nós mesmos. São intransmissíveis todas as impressões salvo se as tornarmos literárias. As crianças são muito literárias porque dizem como sentem e não como devem sentir quem sente segundo outra pessoa. Uma criança, que uma vez ouvi, disse, querendo dizer que estava à beira de chorar, não "Tenho vontade de chorar", que é como diria um adulto, isto é, um estúpido, senão isto: "Tenho vontade de lágrimas". E esta frase, absolutamente literária, a ponto de que seria afectada num poeta célebre, se ele a pudesse

dizer, refere resolutamente a presença quente das lágrimas a romper das pálpebras conscientes da amargura líquida. [...]
Dizer! Saber dizer! Saber existir pela voz escrita e a imagem intelectual! Tudo isto é quanto a vida vale: o mais é homens e mulheres, amores supostos e vaidades factícias, subterfúgios da digestão e do esquecimento, gentes remexendo-se, como bichos quando se levanta uma pedra, sob o grande pedregulho abstracto do céu azul sem sentido. (LD 128f.)

[Alle Literatur ist ein Versuch, das Leben wirklich werden zu lassen. Wie wir alle wissen, auch wenn wir unwissentlich handeln, ist das Leben in seiner unmittelbaren Wirklichkeit absolut unwirklich; Felder, Städte, Ideen sind gänzlich künstliche Dinge, Ausgeburten der komplexen Wahrnehmung unserer selbst. Alle Eindrücke sind unvermittelbar, es sei denn, wir lassen sie Literatur werden. Kinder sind überaus literarische Wesen, denn sie sprechen, wie sie fühlen, und nicht wie fühlen muss, wer wie ein anderer fühlt. Ich hörte einmal ein Kind, das sagen wollte, es sei den Tränen nahe, nicht sagen: „Ich möchte am liebsten weinen", wie ein Erwachsener, das heißt ein Dummkopf sagen würde, sondern: „Ich möchte am liebsten Tränen". Und dieser Satz, so literarisch, dass er bei einem berühmten Dichter affektiert wirkte, sofern er zu ihm in der Lage wäre, bezieht sich unmittelbar auf die warme Gegenwart der Tränen, die bitter den Lidern entströmen. [...]
Sagen! Sagen können! Durch die geschriebene Stimme und das geistige Bild existieren können! Das macht den Wert des Lebens aus; der Rest sind Männer und Frauen, vermeintliche Lieben und gekünstelte Eitelkeiten, Tücken der Verdauung und des Vergessens, Leute, die zappeln wie Geschmeiß – wenn man einen Stein aufhebt – unter dem großen abstrakten Fels des sinnlos blauen Himmels. (BU 125f.)]

Oscar Wildes Essay *The Decay of Lying* kommt uns in diesem Zusammenhang in den Sinn, zumal Soares sich an anderer Stelle auf ihn beruft.[45]

Die literarische Arbeit, die einzig wichtige Tätigkeit im Leben Soares' – und sicherlich auch Pessoas – setzt Kreativität voraus, einen eigenen Stil, Abweichung von der Norm:

Meditei hoje, num intervalo de sentir, na forma de prosa que uso. Em verdade, como escrevo? [...] Descubro que o meu sistema de estilo assenta em dois princípios, e imediatamente, e à boa maneira dos bons clássicos, erijo esses dois princípios em fundamentos gerais de todo estilo: dizer o que se sente exactamente como se [...]; compreender que a gramática é um instrumento, e não uma lei. (LD 13f.)

[Ich habe heute in einer Pause vom Fühlen über die Form meiner Prosa nachgedacht. Wie schreibe ich eigentlich? [...] Ich [stellte] fest, dass mein Stil auf zwei Grundsätzen beruht, und habe diese beiden Grundsätze sofort und nach bester Klassikermanier zu allgemeingültigen Fundamenten für die gesamte Schreibkunst erhoben, nämlich das, was man fühlt, exakt so sagen, wie man es fühlt [...]; und die Grammatik als Werkzeug verstehen und nicht als Gesetz. (BU 95f.)]

---

45 Hierzu siehe: "*A maioria dos homens vive com espontaneidade uma vida fictícia e alheia.* A maioria da gente é outra gente, *disse Oscar Wilde, e disse bem.*" (LD 243) [Die meisten Leute leben spontan ein fiktives, fremdes Leben. *Die meisten Leute sind andere Leute*, sagte Oscar Wilde, und er hat es gut getroffen. (BU 277)]

Trotz aller Zweifel sind das Schreiben und die Sprache selbst eine unerschöpfliche Quelle der Freude und der Empfindung, die Worte nehmen physisch fühlbare Formen an, ja Sprache wird als Heimat wahrgenommen und ihr Missbrauch mit Hass quittiert:

> Gosto de dizer. Direi melhor: gosto de palavar. As palavras são para mim corpos tocáveis, sereias visíveis, sensualidades incorporadas. [...] Não choro por nada que a vida traga ou leve. Há porém páginas de prosa que me têm feito chorar. [...] Não tenho sentimento nenhum político ou social. Tenho, porém, num sentido, um alto sentimento patriótico. Minha pátria é a língua portuguesa. Nada me pesaria que invadissem ou tomassem Portugal, desde que não me incomodassem pessoalmente. Mas odeio, com ódio verdadeiro, com o único ódio que sinto, não quem escreve mal português, não quem não sabe sintaxe, não quem escreve em ortografia simplificada, mas a página mal escrita, como pessoa própria, a sintaxe errada, como gente em quem se bata, a ortografia sem ípsilon, como o escarro directo que me enoja independentemente de quem o cuspisse. (LD 230ff.)
>
> [Ich formuliere gerne. Besser gesagt: Ich mag das Worten gern.[46] Worte sind für mich wunderbare Leiber, sichtbare Sirenen, verkörperte Sinnlichkeiten. [...] Nichts, was das Leben bringt oder nimmt, entlockt mir eine Träne. Die eine oder andere Prosaseite hingegen hat es vermocht. [...] Ich besitze weder politisches noch soziales Empfinden, doch in gewissem Sinne ein ausgeprägt patriotisches. Mein Vaterland ist die portugiesische Sprache. Es machte mir nichts aus, wenn Portugal angegriffen oder besetzt würde, solange man mich in Frieden ließe. Der einzige und abgrundtiefe Hass aber, zu dem ich fähig bin, gilt [...] einer schlecht geschriebenen Seite, als wäre sie ein Mensch, einer fehlerhaften Syntax, als wäre sie jemand, der Prügel verdient, einer Orthographie ohne Ypsilon, als wäre sie Spucke, die mich ekelt, gleich wer sie anspuckt. (BU 259f.)]

Das Schreiben rückt ebenso in die Nähe der Kindheit und des Spiels – man denke an die Spielzeugbahn der *Autopsychographie* – wie es zu der Frage nach der eigenen Persönlichkeit außerhalb der Kunst führt:

> Quando ponho de parte os meus artifícios e arrumo a um canto, com um cuidado cheio de carinho – com vontade de lhes dar beijos – os meus brinquedos, as palavras, as imagens, as frases – fico tão pequeno e inofensivo, tão só num quarto tão grande e tão triste, tão profundamente triste!...
> Afinal que sou eu, quando não brinco? Um pobre órfão abandonado nas ruas das Sensações, tiritando de frio às esquinas da Realidade, tendo que dormir nos degraus da Tristeza e comer o pão duro da Fantasia. (LD 107)
>
> [Wenn ich meine Kunstgriffe beiseite lasse und mein Spielzeug – Wörter, Bilder, Sätze – mit Sorgfalt, Zärtlichkeit und dem Wunsch, sie zu küssen, in einer Ecke verstaue, fühle ich mich so klein, so wehrlos, so allein in diesem großen Zimmer, so traurig, so abgrundtief traurig!...

[46] Der Neologismus *palavrar*, ein Verb aus dem Substantiv palavra [Wort], wird in der Originalübersetzung mit „ich mache gerne Worte" übertragen. Wir ziehen auch im Deutschen ein Neologismus vor: „das Worten".

> Wer eigentlich bin ich, wenn ich nicht spiele? Ein armes Waisenkind, ausgesetzt in den Straßen der Empfindung, fröstelnd an den Ecken der Wirklichkeit, gezwungen, auf den Stufen der Traurigkeit zu schlafen und sich vom Brot der Phantasie zu nähren. (BU 99)]

Die Frage hätte genauso gut lauten können: Wer bin ich, wenn ich nicht schreibe? Hier manifestiert sich die bereits erwähnte Verwandtschaft zwischen Bernardo Soares und dem Álvaro de Campos, der sein berühmtes, langes Gedichts *Tabacaria* [Tabakladen] aus dem Jahr 1928 mit den Zeilen beginnt:

> Não sou nada.
> Nunca serei nada.
> Não posso querer ser nada.
> À parte isso, tenho em mim todos os sonhos do mundo.
>
> [Ich bin nichts.
> Ich werde nie etwas sein.
> Ich kann auch nichts sein wollen.
> Abgesehen davon, trage ich in mir alle Träume der Welt.][47]

Man hat wiederholt darauf hingewiesen, die Zersplitterung der Persönlichkeit, wie sie sich im *Buch der Unruhe* manifestiert, mache den modernen Charakter dieses Werks aus, ja „die behauptete Auflösung von Subjektivität in die Differenz gespaltener fremder Selbste" sei Ausdruck einer *condition postmoderne avant la lettre*.[48] Manche Fragmente lesen sich in ihrer Doppelbödigkeit in der Tat wie Anweisungen zur Dekonstruktion seiner selbst:

> Tornei-me uma figura de livro, uma vida lida. O que sinto é (sem que eu queira) sentido para se escrever que se sentiu. O que penso está logo em palavras, misturado com imagens que se desfazem, aberto em ritmos que são outra coisa qualquer. De tanto recompor-me destruí-me. [...] E assim, em imagens sucessivas em que me descrevo – que não são verdade, mas com mentiras –, vou ficando mais nas imagens do que em mim, dizendo-me até não ser [...]. (LD 185)
>
> Ich bin eine Romangestalt geworden, ein gelesenes Leben. Was immer ich fühle, fühle ich unwillentlich, damit ich niederschreiben kann, dass ich es gefühlt habe. Was immer ich denke wird sogleich zu Worten, verbunden mit Bildern, die es auflösen, in Rhythmen aufgehen lassen, die etwas anderes bedeuten. Durch mein beständiges Mich-wieder-Zusammensetzen habe ich mich zerstört. [...] Und so, mich Bild um Bild beschreibend – einmal mehr, einmal weniger wahrheitsgetreu –, bin ich eher in den Bildern als in mir selbst, sage, wer ich bin, bis ich nicht mehr bin [...]. (BU 197)]

---

47 Pessoa, Fernando: *Álvaro de Campos. Poesias – Gedichte.* Portugiesisch und deutsch. Aus dem Portugiesischen übersetzt und mit einem Nachwort versehen von Georg Rudolf Lind. Frankfurt a. M.: Fischer Tb. Vlg., 1991, S. 148 bzw. 149.

48 Dünne, Jörg: „Vermessung der Distanz zu sich selbst und den Dingen: Selbstpraxis und Sensationismus in Fernando Pessoas *Livro do desassossego*". In: Maria Moog-Grünewald (Hg.): *Autobiographisches Schreiben und philosophische Selbstsorge.* Heidelberg: Winter 2004, S. 175-198, hier 178f.

Doch die Heteronymie könnte ebenso als „disziplinierende Maßnahme zur Kontrolle von Differenz" verstanden werden.[49] Eduardo Lourenço, einer der besten Kenner des Werks von Pessoa, zeigt sich in seinem Essay „‚O livro do Desassossego' texto suicida?" [‚Das Buch der Unruhe' ein suizidaler Text?] zurückhaltender hinsichtlich der Mythologisierung, die mit der Entstehung der Heteronyme einhergeht, insbesondere im Zusammenhang mit der Prosa des Bernardo Soares, die er als die am wenigsten maskierten, am wenigesten fiktionalen bezeichnet; daher Lourenços These, das *Buch der Unruhe* sei ein suizidaler Text, insofern als es der von Pessoa selbst autorisierten und geförderten Interpretation seiner Werke durch die Heteronymie einen tödlichen Stoß versetze, und es sämtliche Texte Pessoas in sich enthalte, von dem frühen Symbolismus bis zu den letzten Texten.[50] Tatsächlich heißt es im Fragment mit dem Titel „*Prefiro a prosa ao verso*" [Ich ziehe die Prosa als Kunstart dem Vers vor]: „*Na prosa se engloba toda a arte – em parte porque na palavra se contém todo o mundo, em parte porque na palavra livre se contém toda a possibilidade de o dizer e pensar.*" (LD 209) [Die Prosa [...] umfasst die gesamte Kunst – einesteils, weil im Wort die ganze Welt enthalten ist, andernteils, weil das freie Wort alle Möglichkeiten enthält, die Welt zu beschreiben und zu denken. (BU 229)] Aus dieser Perspektive wäre die Heteronymie laut Eduardo Lourenço nichts anderes als ein Versteckspiel und das *Buch* der Audruck einer „vollendeten, kosmischen, unheilbaren Einsamkeit, das „Tagebuch der vollkommenen *Inkommunikabilität*".[51]

Mit der Zersplitterung der Persönlichkeit geht eine Auflösung der Form einher. An Armando Cortes-Rodrigues schrieb Pessoa am 19. November 1914: „*O meu estado de espírito obriga-me agora a trabalhar bastante, sem querer, no* Livro do Desassossego. *Mas tudo fragmentos, fragmentos, fragmentos.*"[52] [Mein geistiger Zustand zwingt mich jetzt ziemlich häufig, ohne das zu wollen, am ‚Buch der Unruhe' zu arbeiten. Aber alles sind Fragmente, Fragmente, Fragmente.[53]] Im Buch selbst wird der Fragmentcharakter zum Ausdruck der eigenen Unfähigkeit ein vollendetes Werk zustande zu bringen, aber auch zum Programm erhoben, da sich in den Neid auf diejenigen, die ein abgeschlossenes Werk schreiben können,[54] Verachtung mischt:

> Reparando, às vezes, no trabalho literário abundante ou, pelo menos, feito de coisas extensas e completas de tantas criaturas que ou conheço ou de quem sei, sinto em mim uma inveja incerta, uma admiração desprezante, um misto incoerente de sentimentos mistos. (LD 105)
>
> [Wenn ich mir mitunter die überreiche literarische Produktion vor Augen halte oder zumindest die umfangreichen, vollständigen Schriften so vieler Menschen, die ich kenne

[49] Ebenda, S. 179.

[50] Lourenço, Eduardo: „‚O livro do Desassossego' texto suicida?", S. 88.

[51] Ebenda, S. 90: „*Este „Livro" é o da solidão perfeita, sideral, sem remédio, o diário da total incomunicação*".

[52] Pessoa, Fernando: *Obra Poética e em Prosa. Vol. II: Prosa 1*, S. 172.

[53] Pessoa, Fernando: *Dokumente zur Person und ausgewählte Briefe*, S. 57.

[54] Siehe LD 252: "*Como invejo os que escrevem romances, que os começam, e os fazem e os acabam!*" [Wie sehr beneide ich all jene, die Romane schreiben, sie beginnen, daran arbeiten und sie abschließen! (BU 289)]

oder von denen ich gehört habe, verspüre ich einen unbestimmten Neid in mir, eine verächtliche Bewunderung, ein wirres mixtum compositum der Gefühle. (BU 96f)]

Zersplitterung des Ich und Fragmentcharakter des Werks sind die zwei Merkmale, an die der Vergleich mit Robert Musils unvollendetem Roman *Der Mann ohne Eigenschaften* festgemacht wird, mit seinen essayistischen Exkursen und seiner Hauptgestalt, die sich ebenso weigert, sich von der Linearität einer Biographie gefangen nehmen zu lassen.[55] Wie Soares muss Ulrich erkennen, dass es unmöglich ist, dem eigenen Leben einen Sinn zu geben. Soares, der Mann ohne Eigenschaften bzw. der Mann aller potentieller Eigenschaften weigert sich, sich als Held seiner eigenen Erzählung zu stilisieren, für ihn gilt nur der Unterschied zwischen „Angepassten" (wie der Staatsrat Johann Wolfgang von Goethe, der Senator Victor Hugo, der Parteichef Lenin, der Duce Mussolini) und „Unangepassten", zu denen er sich zählt, neben dem hitzköpfigen Dramatiker William Shakespeare, dem Schulmeister John Milton, dem Vagabunden Dante Alighieri, ja sogar Jesus Christus. (BU 273f).[56]

Auch mit mit Rilkes *Malte Laurids Brigge* ist das *Buch der Unruhe* verglichen worden. Beide sind Pseudotagebücher und wie Malte in Paris lernt Bernardo Soares in Lissabon „das Sehen bzw. das Schauen", wie Tabucchi bemerkt.[57] Allerdings sind die Unterschiede nicht zu leugnen, sowohl hinsichtlich der sozialen Stellung als auch der Haltung. Soares wäre eher ein arbeitender Malte und Malte ein reisender Soares. Wenn man die Schlussparabel des Verlorenen Sohnes am Ende von Rilkes Roman als Möglichkeit einer, wenn auch bedingten Integration deuten will, so scheint die existenzielle Isolation des Bernardo Soares weit größer und aussichtsloser, da er sich sozusagen ewig im Kreise dreht. Doch in ihren Streifzügen durch die jeweilige Stadt finden beide Nahrung für ihr subjektives Empfinden und Inspiration für ihre literarischen Versuche.

Zu Recht bemerkt außerdem Tabucchi, dass mit dem *Buch der Unruhe* Lissabon die Bühne der Literatur des 20. Jahrhunderts „unter dem Sonderstatus aller symbolischen Städte, wie Kafkas Prag, Joyce' Dulbin und Borges' Buenos Aires", betritt.[58]

Ferner ist das *Passagen-Werk* von Walter Benjamin, das im gleichen Jahr 1982 und ebenso posthum wie das *Buch der Unruhe* veröffentlicht wurde, im diesem Zusammenhang erwähnt worden. Tatsächlich gibt es im *Buch* zahlreiche Fragmente über ziellose Spaziergänge durch die Stadt Lissabon, die Soares als „seine Heimstatt" (BU

55 *Apud* Alberti, Verena: "Um Drama em Gente: trajetórias e projetos de Pessoa e seus heterônimos", in: XXII Encontro Anual da ANPOCS – Caxambu (MG), de 27 a 31 de Outubro de 1998, Coordenação Dulce Pandolfi e Regina Reyes-Novaes, S. 1-32, hier S. 14ff. *www.bibliotecavirtual.clacso.org.ar/ar/libros/.../alberti.* Aufgerufen am 12.06.2011.

56 LD 241: „*A distinção é entre adaptados e inadaptados. [...] Tenho por irmãos [...] o dramaturgo atabalhoado William Shakespeare, o mestre-escola John Milton, o vadio Dante Alighieri [...] e Jesus Cristo [...]. Os outros são [...] o conselheiro de Estado Johann Wolfgang von Goethe, o senador Victor Hugo, o chefe Lenine, o chefe Mussolini*".

57 Tabucchi, Antonio: „Bernardo Soares, ein ruheloser und schlafloser Mensch", S. 75. In diesem Essay vergleicht Tabucchi Soares noch mit Jules Laforgue.

58 Ebenda, S. 80.

86) bezeichnet – „*Lisboa meu lar*“ [LD 96] –, von denen hier nur eine exemplarisch genannt sei:

> Amo, pelas tardes demoradas de Verão, o sossego da cidade baixa, e sobretudo aquele sossego que o contraste acentua na parte que o dia mergulha em mais bulício. A Rua do Arsenal, a Rua da Alfândega, o prolongamento das ruas tristes que se alastram para leste desde que a da Alfândega cessa, toda a linha separada dos cais quedos – tudo isso me conforta de tristeza, se me insiro, por essas tardes, na solidão do seu conjunto. (LD 41)
>
> [Ich liebe die Stille langer Sommerabende in der Unterstadt, und insbesondere dort, wo sie im größten Gegensatz zum lärmenden Tagesgewühl steht. Die Rua do Arsenal, die Rua da Alfândega und all die traurigen Straßen, die sich am Ende der Rua da Alfândega ostwärts ziehen, die lange, unterbrochene Linie des stillen Kais, sie alle trösten mich mit Schwermut, wenn ich mich an diesen Abenden in ihr Labyrinth der Einsamkeit begebe. (BU 16)]

Wie Jörg Dünne jedoch zu Recht bemerkt, unterscheidet sich der auf seine Arbeit angewiesene Hilfsbuchhalter Bernardo Soares vom Flaneur, der als „Müßiggänger jedoch [...] noch weitgehend außerhalb des wirtschaftlichen Kreislaufs“ steht.[59] Der Hilfsbuchhalter entwirft dennoch eine Art Apologie des Müßiggangs, als er so etwas wie eine „Ästhetik der Zeitvergeudung“ skizziert: „*Perder tempo comporta um estética. Há, para os subtis nas sensações, um formulário de inércia que inclui receitas para todas as formas de lucidez.*“ (LD 267) [Zeit vergeuden hat etwas Ästhetisches. Für all jene, die Empfindungen kultivieren, gibt es ein Handbuch der Trägheit mit Anleitungen zu Luziditäten aller Art. (BU 307)]

Dünne weist jedoch auf einen „weniger spektakulären und deswegen auch von der Literaturwissenschaft meist weniger berücksichtigten Beobachter der Warenwelt [...]: den Büroschreiber oder Buchhalter“ hin. Von Hermann Melvilles *Bartleby The Scrivener* (1853) bis hin zu Kafka kennzeichnet sich dieser Typus, dessen Suggestionskraft im 20. Jahrhundert zunimmt, tendenziell durch „die weitgehende Indifferenz gegenüber den Dingen“. Für Dünne ist „Bernardo Soares sicherlich einer der wichtigsten literarischen Exponenten dieses Wahrnehmungstypus.“[60]

„*Conversa inacabada*“ - Ein unendliches Gespräch

Die Beschäftigung mit Pessoa findet nicht nur auf literaturwissenschaftlicher Ebene statt.

Der Regisseur João Botelho, der bereits 1981 einen Film dem Titel *Conversa Acabada* [Beendetes Gespräch] über die Freundschaft zwischen Fernando Pessoa und Mário de Sá-Carneiro herausgebracht hatte, und 2010 einen Dokumentarfilm mit dem Titel *Oh, Lisboa meu lar* [Oh, Lissabon, mein Heim] präsentierte, einer zwanzig-minütigen Reise durch die Lissabonner Viertel, die Pessoa im *Buch der Unruhe*

59 Dünne, Jörg: „Vermessung der Distanz zu sich selbst und den Dingen: Selbstpraxis und Sensationismus in Fernando Pessoas *Livro do desassossego*“, S. 194.

60 Ebenda, S. 195.

erwähnt, drehte im selben Jahr einen neuen, von der Kritik hochgelobten Streifen mit dem Titel *Filme do Dessassossego* [Film der Unruhe].

1998 veröffentlichte der oben zitierte Kenner Pessoas und Schriftsteller Antonio Tabucchi die Erzählung *Die letzten drei Tage des Fernando Pessoa. Ein Delirium.* Der sterbende Pessoa bekommt darin Besuch von seinen Heteronymen. Auch die portugiesische Literatur lebt im Dialog mit dem Werk Pessoas, so erschien im Jahr 1984 der Roman von José Saramago (1922-2010) *O Ano da Morte de Ricardo Reis* [Das Jahr des Todes des Ricardo Reis], in dem diese Gestalt nach sechszehn Jahren Abwesenheit 1936 nach Lissabon zurückkehrt und sich mit der Atmosphäre der Diktatur konfrontiert sieht. 2008 erschien eine Erzählung von Mário Cláudio über den Protagonisten des *Buchs der Unruhe*, mit dem Titel *Boa Noite, Senhor Soares* [Gute Nacht, Herr Soares], in dem einen jungen Mann aus der Provinz, der im Büro mit Bernardo Soares arbeitet und von ihm fasziniert ist, mehr über den zurückhaltenden und mysteriösen Übersetzer in Erfahrung zu bringen versucht.

In der Bildenden Kunst gibt Pessoa bis heute Anlass zu zahlreichen Zeichnungen und Bildern. Er ist so populär, dass man ihn sogar auf Lissabons Straßen als Graffito antreffen kann. Neben der anfangs wiedergegebenen Zeichnung Pessoas, malte Almada Negreiros 1954 das berühmte Ölbild von Pessoa am Kaffeetisch mit dem Heft 2 der Zeitschrift *Orpheu*, das lange Zeit im berühmten Literatencafé *A Brasileira* hing und seit 1993 in der Casa Fernando Pessoa ausgestellt ist. Auf der Straße, vor dem genannten Café, steht seit den achtziger Jahren des vorigen Jahrhunderts eine Statue des an einem Tisch sitzenden Dichters des Bildhauers Lagoa Henriques (1923-2009). Pessoa gehört offensichtlich zum „Imaginarium" bedeutender bildender Künstler der Gegenwart, von denen hier nur einige exemplarisch genannt werden. Der Architekt, Graphiker und Maler João Abel Manta, zeichnete 1973 eine Karikatur von Fernando Pessoa und dem Kritiker João Gaspar Simões, 1975 erschien die bekannte Zeichnung „Fernando Pessoa e Hamlet" [Fernando Pessoa und Hamlet].[61] In seiner neuesten Ausstellung im Jahre 2009, zeigte er zwei Ölbilder, die Pessoa zum Thema haben.[62] Der Maler Costa Pinheiro widmete Pessoa drei Bilder: 1978 das sehr bekannte „Pessoa e os Heterónimos",[63] 1979 „O chapéu do poeta Fernando Pessoa" [Der Hut des Dichters Fernando Pessoa] und 1980 „Os óculos do poeta Álvaro de Campos" [Die Brille des Dichters Álvaro de Campos]. Júlio Pomar ist sicherlich der Maler, der die meisten Werke über den Autor des *Buchs der Unruhe* geschaffen hat: 1973 das Bild „Fernando Pessoa" (Acryl auf Leinen), 1982 zwei Collagen und Acryl auf Leinwand mit den Titeln "Charles Baudelaire, Edgar Poe, Stéphane Mallarmé, Fernando Pessoa" und "Triple Portrait de Fernando Pessoa au Corbeau" [Dreifaches Porträt von Fernando Pessoa mit Raabe]; 1985 das Bild "Edgar Poe, Fernando Pessoa e o Corvo" [Edgar Poe, Fernando Pessoa und der

---

61 *João Abel Manta. Caprichos e Desastres.* Ed. João Paulo Cotrim, Lisboa: Assírio e Alvim, 2008, S. 128 bzw. 140.

62 *João Abel Manta. Pintura 1991-2009.* Coord. e ed. José Brandão. Lisboa: Câmara Municipal, 2009, S. 29, 133 und 134.

63 Abgebildet zum Beispiel auf dem Umschlag der bereits zitierten Taschenbuchausgabe der Gedichte Álvaro de Campos' im Fischer Verlag.

Raabe],[64] ein Porträt von Fernando Pessoa und ein Acrylbild auf Leinen mit dem Titel „Fernando Pessoa encontra D. Sebastião' num caixão sobre um burro ajaezado à andaluza"[65] [Fernando Pessoa trifft Dom Sebastião in einem Sarg auf einem auf andalusische Art geschmückten Esel].[66] Zudem fertigte Pomar etliche Zeichnungen an, die als Illustrationen im Band *Oh Lissabon, du meine Heimstatt. Der Dichter als Flaneur*, der 2009 im Amann Verlag erschienen ist, abgebildet sind.

Wie diese Beispiele zeigen, bleibt die Auseinandersetzung mit Fernando Pessoa und seinem Werk sehr lebendig. An diesem offenen und endlosen Gespräch kann sich jeder beteiligen, der das Werk Pessoas, das *Buch der Unruhe,* liest. In diesem Sinne überlassen wir Bernardo Soares das letzte, für literaturwissenschaftliche Ohren sicherlich provokativ klingende Wort, das laut kritischer Ausgabe zu den zuletzt geschriebenen Fragmenten des *Buchs* gehört:[67] *„Ler é sonhar pela mão de outrém. Ler mal e por alto é libertarmo-nos da mão que nos conduz. A superficialidade na erudição é o único modo de ler bem e ser profundo"* [Lesen heißt durch fremde Hand träumen. Flüchtig lesen heißt uns befreien von der Hand, die uns führt. Oberflächliche Bildung ist die beste Voraussetzung für ein gutes Lesen und Tiefgang. (BU 516)]

Literaturverzeichnis

Primärliteratur:

Cláudio, Mário: *Boa noite, Senhor Soares.* Romance. Lisboa: Dom Quixote, 2008.

Pessoa, Fernando: „Os heterónimos ou ‚ficções do interlúdio' vistos pelo próprio Fernando Pessoa."*Obra Poética e em Prosa. Vol. I: Poesia.* 709-713.

- *Alberto Caeiro. Poesia – Poesie.* Übers. Inés Koebel und Georg Rudolf Lind. Hg. Fernando Cabral Martins und Richard Zenith. Revidierte und erweiterte Ausgabe. Mit einem Nachwort von Georg Kohler. Frankfurt a. M: Fischer Tb. Vlg, 2008.
- *Álvaro de Campos. Poesias – Gedichte.* Portugiesisch/Deutsch. Übers. und Nachwort Georg Rudolf Lind. Frankfurt a. M.: Fischer Tb. Vlg., 1991.
- *Das Buch der Unruhe des Hilfsbuchhalters Bernardo Soares.* Hg. Richard Zenith. Übers. und revidiert Inés Koebel. Frankfurt a. M.: Fischer, 2006.
- *Dokumente zur Person und ausgewählte Briefe.* Übers. und Nachwort Georg Rudolf Lind. Frankfurt a. M.: Fischer Tb. Vlg., 1992.
- *Livro do Desassossego. Composto por Bernardo Soares, ajudante de guarda-livros na Cidade de Lisboa.* Edição Richard Zenith. 3.ª edição. Lisboa: Assírio & Alvim, 2008.

---

64 Pessoa übersetzte das berühmte Gedichte „The Raven" ins Portugiesische. Siehe *Obra Poética e em Prosa. Vol. III, Prosa 2*, S. 1283-1286.

65 Der Titel spielt auf ein Gedicht von Mário de Sá Carneiro *„Fim"* [Das Ende], in: *Schreibhefte* Nr. 64, S. 32. Die eingehende Beschäftigung Pessoas mit dem zum Mythos gewordenen König Dom Sebastião ist in seinem Gedichtband *Mensagem* dokumentiert.

66 *Pomar/Mário Dionísio.* Ed. Francisco Lyon de Castro. Mem Martins: Europa-América, 1990, respektive auf S. 178; S. 250 und 251; 245, 261 und 260.

67 Pessoa, Fernando: *Livro do Desassossego. Tomo I.* S. 516. In der hier verwendeten Auflage von Richard Zenith ist dieses Fragment nicht mehr enthalten.

- *Livro do Desassossego.* Tomo I. Tomo II. Edição de Jerónimo Pizarro. Lisboa: Imprensa Nacional-Casa da Moeda, 2010. (= Edição crítica de Fernando Pessoa, Vol. XII).
- *Livro do Desassossego. Vicente Guedes. Bernardo Soares.* Edição Teresa Sobral Cunha. Lisboa: Relógio d'Água, 2008. (= Clássicos Portugueses. letra pessoana.)
- *O Lissabon, du meine Heimstatt. Der Dichter als Flaneur.* Mit Zeichnungen von Julio Pomar. Sammlung von Pessoas schönsten Texten über seine Stadt, ausgewählt von Marie-Luise Flammersfeld. Zürich: Ammann, 2009.
- *Obra Poética e em Prosa. Volume I: Poesia.* Introdução, organização e notas de António Quadros e Dalila Pereira da Costa. Porto: Lello & Irmão, 1986.
- *Obra Poética e em Prosa. Volume II: Prosa 1. Páginas íntimas. Cartas. Ficção. Textos de intervenção na vida cultural e literária portuguesa.* Organização, introduções e notas de António Quadros. Porto: Lello & Irmão, 1986.
- *Obra Poética e em Prosa. Volume III: Prosa 2. Estética. Teoria e História da Literatura. Páginas de reflexão filosófica. A realidade transcendente. Sobre Portugal e o homem português. Pensamento político (Páginas polémicas e doutrinárias). Teoria Económica. Poemas traduzidos do inglês. Bibliografia. Apêndice.* Introduções, organização, biobibliografia e notas de António Quadros. Porto: Lello & Irmão, 1986.
- *Poesie.* Portugiesisch/Deutsch. Übertr. und Nachwort Georg Rudolf Lind. Frankfurt a. M.: Suhrkamp, 1962.

Saramago, José: *O Ano da Morte de Ricardo Reis.* Romance. Lisboa: Caminho, 1984. [Deutsch: *Das Todesjahr des Ricardo Reis.* Übers. Rainer Bettermann: Reinbek: Rowohlt, 1998.]

Tabucchi, Antonio: *Gli ultimi tre giorni di Fernando Pessoa. Un delirio.* Palermo: Sellerio, 1994. [Deutsch: *Die letzten drei Tage des Fernando Pessoa. Ein Delirium.* Übers. Karin Fleischanderl. München: Hanser, 1998.

Forschungsliteratur

Alberti, Verena: „Um Drama em Gente: trajetórias e projetos de Pessoa e seus heterônimos". *XXII Encontro Anual da ANPOCS – Caxambu (MG)*, de 27 a 31 de Outubro de 1998, Coordenação Dulce Pandolfi e Regina Reyes-Novaes. 1-32. www.*bibliotecavirtual. clacso.org.ar/ar/libros/.../*alberti. Aufgerufen am 12.06.2011.

Brandão, José (Hg.): *João Abel Manta.* [Catálogo da exposição:] *Pintura 1991-2009.* Fotos Paulo Cintra, Laura Castro Caldas. Lisboa: Câmara Minicipal, 2009.

Cabral Martins, Fernando: *Dicionário de Fernando Pessoa e do Modernismo Português.* Lisboa: Caminho, 2008.

Castro, Francisco Lyon de (Hg.): *Pomar/Mário Dionísio.* Mem Martins: Europa-América, 1990.

Coelho, Eduardo do Prado: „Pessoa/Amiel". E. P. C., *A mecânica dos fluidos.* Lisboa: Imprensa Nacional-Casa da Moeda, 1984. 33-46.

Cotrim, João (Hg.): *João Abel Manta. Caprichos e Desastres.* Lisboa: Assírio e Alvim, 2008.

Crespo, Ángel: *Fernando Pessoa. Das vervielfältigte Leben. Eine Biographie.* Übers. Frank Henseleit-Lucke. Frankfurt a. M.: Fischer Tb. Vlg., 1998.

Dünne, Jörg: „Vermessung der Distanz zu sich selbst und den Dingen: Selbstpraxis und Sensationismus in Fernando Pessoas *Livro do desassossego*". *Autobiographisches Schreiben und philosophische Selbstsorge.* Hg. Maria Moog-Grünewald. Heidelberg: Winter 2004. 175-198.

Jakobson, Roman und Luciana Stegagno Picchio: „Die dialektischen Oxymora von Fernando Pessoa". *Poesie der Grammatik und Grammatik der Poesie. Sämtliche Gedichtanalysen.*

Band 2: Analysen zur Lyrik von der Romantik bis zur Moderne. Hgg. Sebastian Donat und Hendrik Buris. Berlin: de Gruyter, 2007. 631-668.

Lind, Georg Rudolf: „Fernando Pessoas *Livro do Desassossego* – ein Brevier der ‚décadence'-Literatur" *Aufstieg und Krise der Vernunft. Komparatische Studien zur Literatur der Aufklärung.* Hgg. Michael Rössner und Birgit Wagner. Wien u.a.: Böhlau, 1984. 319-335.

Lopes, Teresa Rita (Hg.).: *Pessoa por Conhecer. I Roteiro para uma Expedição.* Lisboa: Ed. Estampa, 1990.

Lourenço, Eduardo: „'O livro do Desassossego' texto suicida?". *Fernando Pessoa, Rei da nossa Baviera.* Hg. Ders. Lisboa: Imprensa Nacional/Casa de Moeda, 1986. 81-95.

Paz, Otavio: "Fernando Pessoa – Der sich selbst Unbekannte". *Portugiesische Literatur.* Hgg. Henry Thorau und Martina Spiru. Frankfurt a. M.: Suhrkam, 1997. 84-113.

Sá-Carneiro, Mário de: „Nur noch das Irrenhaus. Briefe na Pessoa 1912-1916." *Schreibhefte. Zeitschrift für Literatur,* Nr. 64. Hg. Norbert Wehr. Essen: Rigodon, 2005: 41-99.

Tabucchi, Antonio: „Bernardo Soares, ein ruheloser und schlafloser Mensch" *Wer war Fernando Pessoa?* Hg. Ders. München, Wien: Hanser, 1992. 73-81.

Uwe Timm

Am Beispiel meines Bruders

Eva Matthes

Am Beispiel meines Bruders ist 2003 im Verlag Kiepenheuer & Witsch erschienen. Timm selbst hat seinen Text charakterisiert als „autobiographische Literatur mit essayistischen Exkursen“(Pfäfflin 2005, 27). Er forscht darin dem Leben seines 16 Jahre älteren, also 1924 geborenen Bruders nach, genauer: dessen (im Dezember 1942 erfolgten) Eintritt in und seinen Kriegseinsatz bei der Totenkopfdivision der Waffen-SS im Jahr 1943 bis zu seiner schweren Verwundung im September und seinem Tod im Oktober 1943. Obwohl sich Uwe Timm nur an eine einzige Begegnung mit seinem Bruder während eines Fronturlaubs schemenhaft, anders formuliert: als von diesem hochgehoben Schwebender erinnern kann, war der ältere Bruder auch nach seinem Tod im Leben Uwe Timms präsent, da die Eltern ihn durch ihre Trauer, durch Erzählungen, Zuschreibungen, Vergleiche zum Anwesenden machten. Nach dem Tod der Eltern und seiner 18 Jahre älteren Schwester will er sich dem Bruder neu nähern, ohne Tabus und ohne sich auf die überkommenen Deutungen der Familie zu verlassen, um herauszufinden und zu verstehen, warum einer wie sein Bruder, der ja der individuelle, besondere Fall ist, in dem Timm auch nach dem Allgemeinen fragt, sich freiwillig zur Waffen-SS gemeldet hat und was er in dieser während seines Kriegseinsatzes tat.

Das Buch, das zu einer Zeit erschien, als Familiengeschichten in der NS-Zeit und Nachkriegszeit auf großes Interesse stießen, erregte große Aufmerksamkeit in der Öffentlichkeit und wurde vielfach – durchaus auch kontrovers – im Feuilleton besprochen. Es erfuhr mehrere Auflagen, dient als Lektüre im Schulunterricht und wurde in acht Sprachen übersetzt, ins Niederländische, Bulgarische, Dänische, Französische, Hebräische, Italienische und Polnische sowie 2006 mit dem veränderten Titel *In my brother's shadow* ins Englische.

Dieser Titel legt m.E. eine andere Leseweise nahe als *Am Beispiel meines Bruders.* Das Buch umfasst zwar nur 159 Seiten, aber es ist sehr dicht und vielseitig. Es bietet Raum für mehrere Leseweisen bzw. Fokussierungen; drei will ich im Folgenden anbieten, wobei diese allerdings nur zu heuristischen Zwecken voneinander getrennt werden dürfen, nur in ihrer Zusammenschau können sie der Komplexität des Textes *annähernd* gerecht werden.

Meine *erste Leseweise* geht von dem genannten englischen Titel aus und analysiert den Text gezielt auf das Verhältnis zwischen den beiden Brüdern hin. Dieses wird gleich zu Beginn des Textes thematisiert: „Erhoben werden – Lachen, Jubel, eine unbändige Freude – diese Empfindung begleitet die Erinnerung an ein Erlebnis, ein Bild, das erste, das sich mir eingeprägt hat, mit ihm beginnt für mich das Wissen von mir selbst, das Gedächtnis“ (9). Der Bruder ist auf Heimaturlaub, er hebt den Dreijährigen hoch, dieser ist darüber glücklich – das erste Erlebnis verbunden mit dieser angenehmen Empfindung, an das sich der autobiographische Erzähler bewusst erinnern kann; sein Identitätsprozess wird initiiert durch das überraschende Erscheinen des Bruders und ihre Interaktion. Es soll die einzige konkrete Erinnerung an seinen Bruder bleiben. Schon auf der zweiten Textseite finden sich folgende Schlüsselsätze:

> Abwesend und doch anwesend hat er mich durch meine Kindheit begleitet, in der Trauer der Mutter, den Zweifeln des Vaters, den Andeutungen zwischen den Eltern. Von ihm wurde erzählt, das waren kleine, immer ähnliche Situationen, die ihn als mutig und anständig auswiesen. Auch wenn nicht von ihm die Rede war, war er doch gegenwärtig, gegenwärtiger als andere Tote, durch Erzählungen, Fotos und in den Vergleichen des Vaters, die mich, den *Nachkömmling*, einbezogen (10).

Der *Nachkömmling* im Schatten des älteren Bruders, der ihm vom Vater als Vorbild hingestellt wurde: „Er log nicht. Er war anständig. Und vor allem, er war tapfer, sagte der Vater, schon als Kind. *Der tapfere Junge*. So wurde er beschrieben, auch von entfernten Verwandten“ (16f.). Der Bruder war nach Aussagen des Vaters so, wie ein richtiger Junge sein sollte; er orientierte sich an ihm, auf Bildern sieht man ihn mit dem Vater im Auto und auf dem Motorrad (vgl. 20). Hingegen: „Von mir, dem Nachkömmling, glaubte der Vater, ich sei zu viel unter Frauen.“ Seinem älteren Sohn schrieb er aus seinem Kriegseinsatz nach Russland: „Uwe ist ein ganz netter kleiner Pimpf, aber etwas verzogen, na, wenn wir erst wieder im Hause sind, dann wird es schon wieder –“ (20). Im Blick auf die Einstellung des Vaters nach dem Tod des Bruders schreibt der Erzähler sehr drastisch und wohl nicht ohne Bitternis: „Der Karl-Heinz, der große Junge, warum ausgerechnet der. Und dann schwieg er, und man sah ihm das an, den Verlust und die Überlegung, wen er wohl lieber an dessen Stelle vermißt hätte“ (20). Und im nächsten Absatz: „Der Bruder, das war der Junge, der nicht log, der immer aufrecht war, der nicht weinte, der tapfer war, der gehorchte. Das Vorbild“ (21). Vor seinem Kriegseinsatz hatte Karl-Heinz den Beruf des Kürschners gelernt, an dem er großen Gefallen fand. Diesen Beruf wählte der Vater nach dem Krieg nicht aus Neigung, sondern so, als wollte er sich auf diese Weise mit seinem im Krieg umgekommenen Sohn identifizieren, ihn durch sich weiterleben lassen. Uwe – mit vollem Namen Uwe Hans Heinz, Vater und Bruder sollten also in ihm präsent sein! (vgl. 21) –, der diesen Beruf ebenfalls lernte, mochte ihn – anders als sein Bruder – nicht, er langweilte ihn. Wie sehr der Erzähler davon ausgeht, dass der Vater mit ihm nicht zufrieden war, an ihm keinen Gefallen fand, zeigt sich auch daran, dass er in einem Absatz davon berichtet, dass die Mutter als „Spätgebärende“ (sie war 38 Jahre alt) sich zwar etwas wegen ihrer Schwangerschaft schämte, aber für sie „nie... in Zweifel (stand), das Kind zu bekommen. Auch nicht für den Vater“ – und nun der bezeichnende Nachschub: „behauptete sie“ (50) – der Erzähler ist sich dessen nicht sicher, ja, er hat daran große Zweifel. An mehreren Beispielen beschreibt er, wie sehr er von der Erwartungshaltung des Vaters, dass er genauso tapfer sein solle wie der ältere Bruder, geprägt ist – bis in die Gegenwart, anders formuliert:

wie sehr er das Gefühl hat, sich die Zuneigung des Vaters erarbeiten zu müssen. Auf der vorletzten Textseite formuliert er hierzu: „Noch immer arbeite ich – ja, arbeite – an seinen Wünschen" (158). Der lange Schatten des Vaters und – vermittelt über den Vater – des Bruders! Uwe Hans Heinz.

Sehr eindrucksvoll sind auch die Erinnerungen an die Sonntagnachmittage in der Lüneburger Heide, im „Totengrund". Die Erinnerung daran lähmt den Erzähler, sie nimmt ihm Luft zum Atmen. „... oft wurde an diesen Sonntagsausflügen von *ihm* [also dem älteren Bruder; E.M.] geredet, oder ist dieses *oft* eine starke Übertreibung dessen, was wirklich war, weil es immer auch ein Reden, zumal wenn es sich an mich richtete, war, das mich in Frage stellte?" (58)

Als das zunächst in der Nachkriegszeit florierende Kürschnergeschäft des Vaters immer schlechter lief, da er mit der Konkurrenz der großen Firmen nicht mithalten konnte, fiel immer wieder der Satz „*Wenn der Karl-Heinz da wäre*" (89). Die Aussage impliziert die Fortsetzung: „dann wäre alles gut, dann würde das Geschäft blühen, dann wäre die Konkurrenz nicht zu fürchten, dann wäre der Wohlstand gesichert" usw. Doch:

> Er fehlte nicht nur als Fachmann, der ja der Vater nicht war, sondern als Stütze, der Junge, der nicht nur Sohn war, sondern auch Freund und Kamerad [Vater und Sohn waren ja beide im Zweiten Weltkrieg im militärischen Einsatz und der Sohn unterschrieb die Feldpostbriefe an den Vater mit „Dein Kamerad Karl-Heinz"; E.M.], jemand, der die eigenen Wünsche verwirklichte und doch voller Achtung, ja Liebe an einem hing – so blieb er, der große Junge, für immer in der Erinnerung des Vaters aufgehoben. (108)

– und somit uneinholbar, unerreichbar in der Interaktion des Jüngeren mit dem Vater. Der Jüngere musste sich somit vom Vater anhören: „Du hast keine Ahnung. Du hast das nicht mitgemacht" (109), also der ältere Bruder wäre ein adäquater, ernstzunehmender Gesprächspartner gewesen, er jedoch nicht.

Ganz selten gab es „wunschlose Nähe" (137) zwischen dem Sohn und dem Vater; eine Nähe, die der Erzähler als mit dem älteren Sohn vorhanden immer wieder betont:

> Fotos, auf denen wir beide zu sehen sind, zeigen ihn in Uniform oder mit Hut und Anzug, ganz anders die Fotos, die ihn mit dem Bruder zeigen, er hat den Jungen vor sich auf dem Motorrad, neben sich im Auto, im Wohnzimmer auf dem Schoß. Damals war der Vater Ende Zwanzig gewesen. Ich kann mich nicht entsinnen, mit ihm je Fußball gespielt zu haben, überhaupt jemals mit ihm und Freunden zusammen etwas gespielt zu haben. Er war schon an die Fünfzig und hatte wenig Zeit. (136)

Vergebens ersehnte väterliche Zuwendung!

Mit einer Aussage von Eva-Maria Schertler möchte ich somit diese Leseweise abschließen: „Die Identität des Kindes wird vom Vater nicht bestätigt, sondern steht im Schatten des abwesenden und unbekannten Bruders" (Schertler 2011, 80) Von diesem möchte sich Uwe Timm ein eigenes Bild machen, dessen Idealisierung durch die Eltern und ihre Tabuisierung von Schuld – Haltungen, die er als exemplarisch für deutsche Nachkriegseltern ansieht – er schreibend überwinden möchte.

Meine *zweite Leseweise* rückt die Art und Weise des Erinnerns in *Am Beispiel meines Bruders* in den Fokus. Der Erzähler macht seine Erinnerung zum Thema. Zum einen, indem er deutlich macht, wie schwierig, anstrengend, mit wie viel Ängsten und Ungewissheiten verbunden es ist, sich der Erinnerung zu stellen, ohne dabei verdrängen, sich schonen zu wollen. Die Erzählung beginnt mit zwei Zeilen aus einem Gedicht von William Carlos Williams: „above the battle's fury – clouds and trees and grass". Wir kennen die Formulierung: „Gras über eine Sache wachsen lassen", an etwas nicht mehr zu rühren; man kann hier auch den Begriff der „Friedhofsruhe" assoziieren. Uwe Timm traut sich nur zögerlich an die Erinnerungsstücke seines toten Bruders heran, die seine Mutter 50 Jahre in ihrem Frisierschrank aufbewahrte, unter anderem sein Kriegstagebuch.

> Mehrmals habe ich den Versuch gemacht, über den Bruder zu schreiben. Aber es blieb jedesmal bei dem Versuch. Ich las in seinen Feldpostbriefen und in dem Tagebuch, das er während seines Einsatzes in Rußland geführt hat [...] Ich wollte die Eintragungen des Bruders mit dem Kriegstagebuch seiner Division, der *SS-Totenkopfdivision*, vergleichen, um so Genaueres und über seine Stichworte Hinausgehendes zu erfahren. Aber jedesmal, wenn ich in das Tagebuch oder in die Briefe hineinlas, brach ich die Lektüre schon bald wieder ab. (11)

Der Erzähler spricht von seinem „ängstliche(n) Zurückweichen", wie er es von sich als Kind bei dem Vorlesen des Grimmschen Märchens „Blaubart" kannte. Er bat die Mutter an der Stelle, an der Blaubarts Frau nach dessen Abreise das Zimmer aufzuschließen gewillt ist, dessen Zugang er ihr ausdrücklich verboten hat, das Vorlesen zu beenden (vgl. 11) – wohl ahnend, dass sich dahinter Grausiges verbergen würde. Parallel zur Bedeutung des Märchens „Blaubart" lässt sich wohl auch folgender Traum Uwe Timms deuten:

> Jemand will in die Wohnung eindringen. Eine Gestalt steht draußen, dunkel, verdreckt, verschlammt. Ich will die Tür zudrücken. Die Gestalt, die kein Gesicht hat, versucht, sich hereinzuzwängen. Mit aller Kraft stemme ich mich gegen die Tür, dränge diesen gesichtslosen Mann, von dem ich aber bestimmt weiß, daß es der Bruder ist, zurück. Endlich kann ich die Tür ins Schloß drücken und verriegeln. Halte aber zu meinem Entsetzen eine rauhe, zerfetzte Jacke in den Händen. (12)

Wie als Kind auf das Märchen vom Ritter Blaubart, so reagiert der Erzähler als Jugendlicher und Erwachsener auf die Angst auslösende Erinnerung an den Bruder mit Abwehr und Verdrängung. Die Jacke des abgewehrten Bruders, die der Erzähler am Ende des Traums in Händen hält, kann für das Scheitern des Verdrängungsversuchs stehen. Neben der eigenen Ängstlichkeit und Abwehrhaltung führt Timm noch seine Mutter an, die das Schreiben über den Bruder verzögerte: „Ein anderer Grund war die Mutter. Solange sie lebte, war es mir nicht möglich, über den Bruder zu schreiben. Ich hätte im voraus gewußt, was sie auf meine Fragen geantwortet hätte. Tote soll man ruhen lassen" (11f.). Interessanter Weise akzentuiert Timm diesen Punkt im Interview mit Gerrit Bartels über sein Buch in der „Tageszeitung" 2003 etwas anders: „Ich wollte ihre Gefühle [die seiner Mutter; E.M.] nicht verletzen [...], denn das Buch handelt schließlich viel von meinem Vater, der von ihr merkwürdigerweise nie in Frage gestellt wurde“ (Kammler 2006, 107). Es ist vor allem eine Stelle im Tagebuch des Bruders, die Uwe Timm immer wieder umtreibt und ihn abhält, im Tagebuch weiter zu lesen, lässt sie doch Abgründe erahnen – auch hier die Parallele zum Ritter Blaubart. Die Stelle lautet: „*März 21. Donez. Brückenknopf über den Donez. 75 m raucht Iwan Zigaretten, ein Fressen für mein MG*“ (19). Doch als er sich zum Schreiben entschlossen hat, will er sich der Erinnerung ohne Beschönigung stellen (vgl. ebd.). Aber das Erinnern fügt ihm sogar körperliche Schmerzen zu: Er hat „Augenschmerzen, erst am rechten Auge, ein Abriß der *Hornhaut*, einige Wochen später am linken, was sich wiederholte, jetzt zum fünften Mal, ein brennender, unerträglicher Schmerz“ (147). Seine beiden Augen tränen, er weine, so schreibt er, „als müßte ich all die unterdrückten Tränen nachweinen auch über das Nichtwissen, das Nichtwissenwollen, der Mutter, des Vaters, des Bruders, was sie hätten wissen können, wissen müssen“ (ebd.).

Zum zweiten macht er seine Erinnerung zum Thema, indem er sie befragt, sie problematisiert, sich darum bemüht, sie aus dem rein subjektiven Blick hinauszuführen in die Multiperspektivität. Eine Schlüsselaussage im Text hierzu lautet: „Die Gefahr, glättend zu erzählen. *Erinnerung, sprich.* Nur von heute aus gesehen sind es Kausalketten, die alles einordnen und faßlich machen“ (38). „Erinnerung, sprich“ ist übernommene fremde Rede; sie ist die Übersetzung des Titels der 1951 erschienenen Erinnerungen von Vladimir Nabokov, „Speak, Memory“. Mit diesem Zitat soll deutlich werden, dass sich der Erzähler auf sein subjektives Sich-Erinnern bzw. generell auf subjektives Erinnern, nicht zuletzt der Eltern, nicht verlassen, dass er vielmehr eine Vielzahl von Stimmen heranziehen will, darunter nicht zuletzt auch objektive(re) Quellen und Dokumente, um eine Verabsolutierung der subjektiven Erinnerung zu verunmöglichen. Deshalb zitiert er nicht nur aus den Briefen und dem Tagebuch des toten Bruders, sondern auch aus Armeebefehlen und Veröffentlichungen von überlebenden NS-Opfern über die NS-Zeit, und immer wieder aus dem Buch von Christopher R. Browning: „Ganz normale Männer. Das Reserve-Polizeibataillon 101 und die ‚Endlösung' in Polen“ (vgl. 103). Quasi, um zu wissen, worauf er sich einlässt, was ihn bei der Lektüre des Tagebuches erwarten könnte, hat Uwe Timm, „als ich mit dieser Arbeit begann, mit diesem Versuch, über den Bruder zu schreiben“ (9), das Buch von Browning gelesen. Uwe Timm hat auch andere Tagebücher und Briefe von Soldaten gelesen, sich intensiv mit der Geschichte der Waffen-SS beschäftigt und an das militärhistorische Archiv in Freiburg geschrieben, um Einsicht in das Kriegstagebuch der Totenkopfdivision von 1943 nehmen zu können; die Akte war jedoch nicht auffindbar. Den anekdotischen Erinnerungen an die Kriegs- und Nachkriegszeit, den phrasenhaften Festschreibungen in diesen Erinnerungen, will Timm Brechungen zufügen. Friedhelm Marx formuliert: „Einem derartigen Unterhaltungswert der Erinnerung verweigert sich das Buch Uwe Timms, indem es keine kohärente Lebensgeschichte erzählt, sondern statt dessen fragmentierte Erinnerungssplitter bietet und zunehmend die Form eines Tagebuchs annimmt“ (Marx 2007, 32).

Alle seine Bemühungen, seinen Bruder und sein Handeln in der Erinnerung zu fassen – immerhin der erklärte Anlass seines Buches –, bleiben fragmentarisch, da die Erinnerungen der Eltern an den Bruder abgeschliffen und verklärend sind und – vor allem – die Briefe und Tagebucheintragungen des Bruders sehr wenig über seine Gefühle, Stimmungen, Wünsche, Einstellungen, Erfahrungen aussagen und viele, ja, entscheidende Fragen offenlassen. Besonders deutlich wird dies auch mit der Aussage, mit der Karl-Heinz sein Tagebuch beschließt: „*Hiermit schließe ich mein Tagebuch, da ich für unsinnig halte, über so grausame Dinge wie sie manchmal geschehen, Buch zu führen*" (159). Mit dieser Aussage beschließt auch Uwe Timm sein „Erinnerungstagebuch" (Marx 2007, 34). Bei Andrea Albrecht lesen wir hierzu: „Die nicht gelingende dichte Beschreibung des brüderlichen Verhaltens wird zum Gegenstand einer gelingenden dichten Beschreibung des Erinnerns"(Albrecht 2007, 84f) Sie verweist in diesem Kontext auf die herangezogene Mehrstimmigkeit und die Thematisierung der Erfahrungen, die der Erzähler mit dieser Multiperspektivität macht. Mit Albrecht lässt sich der Inhalt der Erinnerungsweise mit der Form des Textes in Verbindung setzen:

> Die fragmentarische, episodenhafte Form, zu der die variierende und retardierende Wiederholung und Wiederaufnahme von bereits erzählten Sequenzen ebenso gehören wie die in der historischen Zeit vorwärts- und rückwärtsschreitenden Anachronismen, imitiert [...] den diskontinuierlichen, disruptiven Prozess individuellen Erinnerns. (85)

Das Fragmentarische zeigt sich auch daran, dass der Text in viele, teilweise nur aus einem Satz bestehende und durch Leerzeichen voneinander abgesetzte Abschnitte gegliedert ist, die jeden zusammenhängenden Lesefluss verunmöglichen, die auch den Leser/die Leserin immer wieder zum Stocken bringen; hervorzuheben ist auch, wie die fremden Stimmen kursiv gesetzt sind, man könnte sie sich auch mehrfarbig denken, was ein sehr buntes, schillerndes Bild ergeben würde. Nicht unerwähnt soll bleiben, dass der Text auch sehr aufschlussreiche Sprachstudien enthält, festgefahrene Begriffe, Floskeln, nicht selten apologetische Standardformulierungen des Erinnerungsdiskurses vor allem innerhalb der Familie, aber auch darüber hinaus, werden ebenfalls kursiv gesetzt und springen somit ins Auge. Sie werden durch den sie umgebenden Text in die kritische Reflexion gestellt – etwa, um nur ein Beispiel zu nennen – der so häufig gebrauchte Begriff der „Anständigkeit". „Die anständige Luftwaffe. Die anständige Marine. Die anständige Wehrmacht. Die anständige Waffen-SS" (102). Dass seine SS bei all ihren Verbrechen immer „anständig" geblieben sei, war auch die zynische Auffassung des SS-Führers Heinrich Himmler, eine der entsprechenden Ansprachen wird auch von Uwe Timm zitiert (vgl. 36).

Diese Leseweise abschließend ist die Frage zu stellen, ob Uwe Timm bei aller Offenheit etwas nicht wissen will, etwas wegdrängt, wenn er auf die von ihm aufgeworfene Frage „War seine [des Bruders; E. M.] Einheit, das IV. Panzerpionierbataillon der Totenkopfdivision, bei sogenannten Säuberungen eingesetzt worden? Gegen Partisanen, Zivilisten, gegen Juden?" (36) folgende Antwort gibt: „Meine die Recherchen begleitende Furcht war, daß seine Einheit, das SS-Panzerpionier-Btl. 3, und damit auch der Bruder, an der Erschießung von Zivilisten, von Juden, von Geiseln beteiligt war. Aber das war, soweit ich herausfinden konnte, nicht der Fall" (102, vgl. auch 27). Er fügt allerdings sofort hinzu, um deutlich zu machen, dass er damit nicht seinen Bruder von Schuld freisprechen will: „Es war nur der *normale* Kriegsalltag" und erneut den ihn besonders verstörenden Tagebucheintrag zitiert: „*75m raucht Iwan Zigaretten, ein Fressen für mein MG*“ und dann noch hinzufügt: „Die Waffen-SS trug dieselbe Uniform wie die SS-Wachen der KZ“ (ebd.). Zumindest seinem Freund Robert Cohen mit jüdischem Hintergrund, der ihm aus New York einen – insgesamt durchaus anerkennenden – Brief zu seinem Buch schreibt, gehen die gerade angeführten Aussagen nicht weit genug. Er schreibt:

> [...] du recherchierst über die Aktivitäten seiner [des Bruders; E. M.] SS-Einheit – und du findest nichts, was seine unmittelbare Beteiligung am Holocaust belegt. Hier sagt mir mein eigenes Wissen über den Holocaust: Dieser Bruder war beteiligt, der hat Juden, Russen usw. umgebracht, nicht nur im Kampf, sondern als Massenmörder. Wer, wenn nicht ein Mitglied der SS, sollen denn die Täter gewesen sein? (Kammler 2006, 113)

Meine *dritte Leseweise* richtet ihren Fokus auf *Am Beispiel meines Bruders* als exemplarische Familienerzählung, in der einerseits die Geschichte einer individuellen Familie, andererseits diese Geschichte immer in Bezug auf kollektive Mentalitäten und Generationslagerungen erzählt wird. In dieser Leseweise nimmt der Vater eine Schlüsselrolle ein, repräsentiert er doch sehr eindrücklich aus der Historiographie vertraute Einstellungen, Werthaltungen und Handlungsweisen in Weimarer Republik, NS-Zeit und Nachkriegszeit. Was erfahren wir vom Erzähler über den Vater? Hans Timm wurde 1899 geboren; vor dem Hintergrund, dass sein eigener Vater die Familie verlassen hatte, wuchs er ab 1910/11 bei Onkel und Tante in Coburg auf; wie sehr viele junge Männer seiner Generation meldete er sich kriegsbegeistert freiwillig zum Kriegsdienst im Ersten Weltkrieg und rückte zur Feldartillerie ein (vgl. 22). Fotos aus dem Krieg zeigen ihn fröhlich mit Kameraden. Der Erzähler schiebt in die Darstellung folgende Zeile ein: „Lustig ist das Soldatenleben, valleri, vallera“ (23); der Refrain entstammt dem Soldatenlied „Kein besser Leben ist auf dieser Welt zu denken“, das im Ersten Weltkrieg gesungen wurde; hiermit unterstreicht er die vorherrschende Kriegsbegeisterung. Auf die generationentypische Haltung Hans Timms weist der Erzähler auch noch durch folgende Aussage hin: „Es war ein Leben, das wohl viele der Achtzehn-, Neunzehnjährigen führen wollten: Abenteuer, Kameradschaft, frische Luft, Schnaps und Frauen, vor allem keine geregelte Arbeit – das spricht aus den Fotos“ (ebd.). Der Vater wollte Offizier werden, aber das war nach dem verlorenen Krieg nicht mehr möglich. Die nachfolgenden Aktivitäten beschreibt der Erzähler wieder als exemplarisch: Der Vater habe sich „wie tausend andere aus dem demobilisierten Weltkriegsheer einem Freikorps angeschlossen und im Baltikum gegen die *Bolschewisten* gekämpft“ (22). Nach Aussagen seiner Schwester Grete, die der Erzähler wiedergibt, „stand (er) der Organisation Consul nah oder (war) sogar deren Mitglied“ (44). Der Erzähler erläutert: „Organisation Consul war die Femegruppe der Freikorps. Sie war verantwortlich für die Morde an den sogenannten Vaterlandsverrätern Rathenau und Erzberger“ (ebd.). Der Besuch eines ehemaligen Kameraden aus dem Ersten Weltkrieg, mit dem der Vater geheimnisvoll tat und den er den „Rittmeister“ nannte, den der Erzähler erinnert und nach der eben genannten Information anführt (vgl. ebd.), soll wohl in Richtung Bestätigung der Behauptung der Schwester Grete gehen. Nach eigenen Aussagen hatte der Vater nach dem Ersten Weltkrieg – ohne Abitur – einige Semester Zoologie studiert. Als nächste gesicherte Information wird angeführt, dass der Vater 1921 gemeinsam mit einem emigrierten zaristischen Offizier eine Spielwarenfabrik aufzubauen versuchte (vgl. ebd.). In dieser Zeit lernte Hans Timm seine spätere Frau kennen, 1902 geboren, Tochter eines Hutmachers mit einer gut gehenden Hutfabrikation und einem Ladengeschäft, Besitzer einer kleinen Villa in Hamburg-Eimsbüttel. Die Tochter verliebte sich in den feschen jungen Mann mit Uniformjacke und guten Manieren. Der Erzähler formuliert das so: „Er war ein Habenichts mit guten Manieren" (45). Der Schwiegervater gab schweren Herzens die Einwilligung zur Vermählung und musste kurz darauf seinen Schwiegersohn entschulden, dessen Spielwarenfabrik Konkurs gegangen war. Wie so viele seiner Generation, die, fast Kinder noch, in den Ersten Weltkrieg gezogen waren, stand er nach dem verlorenen Krieg wurzellos ohne Ausbildung da. Er fand schließlich eine Anstellung bei einem bekannten Hamburger Präparator – sein Onkel, bei dem er in Coburg aufwuchs, war Tierpräparator gewesen – und eröffnete Anfang 1929 ein Geschäft für Tierpräparationen. Er arbeitete für Sammlungen, Museen und für private Kunden und war sehr erfolgreich in diesem Beruf. Anfang der dreißiger Jahre bekam er ein Angebot, als Präparator an das naturkundliche Museum in Chicago zu gehen, was er schließlich ablehnte (vgl. 64f.). Der Erzähler sieht den entscheidenden Grund für die Ablehnung in der Verwurzelung des Vaters in Deutschland.

> Deutschland war nicht nur ein Land, sondern es war *das* Land, erfüllt mit Geschichte, in die er gehörte, von der er durchdrungen war, auf die er stolz war. Deutsch war nicht nur der Reisepaß, es war *die Heimat*, *die Sprache*, *das Volk* [...] Auswandern, das konnte er sich nur im äußersten Notfall vorstellen, emigrieren hatte für ihn immer etwas von Verrat (66)

– Haltungen, die in seiner Generation wiederum weitgehend selbstverständlich waren. Über die Einstellung des Vaters zum Nationalsozialismus erfährt der Leser/die Leserin nur – es bleiben eben immer auch „Leerstellen der Geschichte" (Braun 2007, 53) –, dass er nach 1945 betont habe, „er sein kein Nazi gewesen" (134). Im Zweiten Weltkrieg war er bei der Luftwaffe im Einsatz; während seines Heimaturlaubs in Hamburg wurde das Haus der Familie im Juli 1943 vollständig ausgebombt – einige wenige Dinge wurden von Vater und Schwester aus dem Haus gerettet (vgl. 38). Im Oktober starb nach einer schweren Verwundung sein ältester Sohn in einem Kriegslazarett.

Hans Timm kam in englische Gefangenschaft, und musste danach nochmals ganz von vorne anfangen. Nach seiner Rückkehr nach Hamburg hatte er in den Trümmern eine Pelznähmaschine gefunden und eröffnete zunächst in einem Keller, in dem dann auch die Familie wohnte, ein Kürschnergeschäft (vgl. 72). Mit dem Kürschnergeschäft begann der soziale Aufstieg der Familie; nach einigen Jahren lebten sie in einer Wohnung, die über einem Laden mit Werkstatt lag. Der Vater hatte Angestellte, einen teuren Wagen und sogar einen Chauffeur (dieser hatte ihn bereits während des Krieges, als er im Luftwaffenkommando Königsberg Dienst tat, hin und wieder gefahren). Er gehörte für einige Jahre zur Generation des deutschen Wirtschaftswunders und versuchte auf diese Weise seine vielfältigen Verluste zu kompensieren. „Er war wieder wer" – aber die Niederlagen des deutschen Volkes empfand er, wie viele andere seiner Generation, nach wie vor als Schmach; eine Distanzierung von einem Wertesystem, das nach Auffassung des Erzählers den Nationalsozialismus und den Angriffskrieg ermöglichte, fand nicht statt:

> Für den Vater war der Krieg, die Nazizeit, die mit der bedingungslosen Kapitulation endete, nicht Anlaß zur Trauer, Trauer über die Zerstörung dessen, was er mit einer besonderen, die erste Silbe hervorhebenden Betonung aussprach: Das Deutsche Reich, sondern er reagierte mit einem mißmutigen Beleidigtsein und einem besserwisserischen Rechthaben. Er, der jedesmal betonte, er sei kein Nazi gewesen, brachte Argumente für die Mitschuld der Alliierten ins Feld [...]. (134; vgl. auch 78)

Der Erzähler kommentiert hierzu: „Dieser Versuch [wie es an anderer Stelle heißt: der „Tätergeneration" (102); E. M.], die Schuld zu relativieren, das eigene Schuldigsein auf die Sieger zu übertragen, sie zu Mitschuldigen zu machen" (ebd.), und er weist darauf hin, dass diese Reden des Vaters ihn als Jungen dazu gebracht hätten, zunehmend am Vater zu zweifeln, ihn empfinden hätten lassen, dass der Vater „*kniff*" (134f.), dass er seine eigenen Werte wie „*Durchhalten, Geradestehen*" (ebd.) nicht auf sich selbst anwandte. Besonders offensichtlich wurde dies, als das Kürschnergeschäft ab 1954/55 durch die Konkurrenz größerer Firmen immer schlechter lief und auch der Charme des Vaters gegenüber den Kundinnen den finanziellen Niedergang nicht mehr aufhalten konnte – der Chauffeur und andere Angestellte mussten entlassen werden. Der Vater verkraftete das nicht (vgl. 82 ff.), er ließ sich gehen und gab sich immer mehr dem Alkohol hin (vgl. 110f; 153). Um 1956 erlitt er einen ersten Herzinfarkt, am 1. September 1958 starb er.

Der Erzähler macht den Vater zumindest mitverantwortlich für den Lebensweg des älteren Bruders. Jener habe Tapferkeit und Mut propagiert und alles Militärische verklärt. Die Tapferkeit des älteren Bruders wird vom Vater auch im Rückblick immer betont (vgl. 16) – er sei auf dieses Bild festgeschrieben worden: „Es waren wörtliche Festlegungen, und sie werden es auch für ihn [den älteren Bruder; E. M.] gewesen sein." Der Bruder ist 1924 geboren, er hat den Vater erfolgreich erlebt und ihn – die Fotografien zeigen es deutlich – sehr geliebt und bewundert (vgl. 20). Er war erst Pimpf, dann bei der Hitlerjugend. Er lernte das Kürschnerhandwerk. Im Dezember 1942 meldete er sich freiwillig bei einer Spezialeinheit der Waffen-SS und wurde Panzerpionier der SS-Totenkopfdivision. Der Erzähler sieht dahinter den Vater als treibende Kraft. Er zitiert seine Mutter: „Ich war dagegen, sagte sie [die Mutter; E. M.], daß sich der Karl-Heinz zur SS meldet" (22). Und er fügt die Frage an: „Und der Vater?" (ebd.). Auf den nächsten beiden Seiten spricht er von der Kriegsbegeisterung des Vaters im Ersten Weltkrieg – und legt somit dem Leser/der Leserin und sich selbst eine bejahende Antwort nahe. Er greift dieses Thema später nochmals auf:

> Wobei die Mutter dem Vater nie einen Vorwurf machte. Es hieß, er [der Bruder; E. M.] habe sich tatsächlich *freiwillig* gemeldet, der Vater hätte nicht zugeredet. Aber dessen bedurfte es auch nicht. Es war nur die wortlose Ausführung von dem, was der Vater im Einklang mit der Gesellschaft wünschte. (59)

Karl-Heinz führt – unerlaubt – ein Tagebuch über den Einsatz seiner Division in der Ukraine. Die Tagebucheintragungen beginnen am 14. Februar 1943 und enden am 6. August 1943, sechs Wochen vor seiner Verwundung, zehn Wochen vor seinem Tod. Es bleibt eine Leerstelle, was danach passiert ist. Es gibt dann nur noch die bereits zitierte undatierte Eintragung: „*Hiermit schließe ich mein Tagebuch, da ich für unsinnig halte, über so grausame Dinge wie sie manchmal geschehen, Buch zu führen*“ (124, 151, 159).

Uwe Timm zitiert eine Vielzahl von Briefen seines älteren Bruders an den Vater und an die Mutter, einen Brief an ihn sowie nahezu alle Tagebucheintragungen des Bruders. Die Briefe an die Eltern, vor allem an die Mutter und Uwe sind einfühlsam geschrieben; die Mutter solle sich keine Sorgen machen, auch noch nach seiner schweren Verwundung versucht er sie zu trösten, er unterschreibt mit seinem Kinderkosenamen, den er sich selbst gegeben hat, „Dein Kurdelbumbum“ (31f.), er schreibt an die „liebe Mutsch“ (ebd.), im herzlichen Brief an seinen jüngeren Bruder spricht er von der „Goldmutsch“ (57). Die Briefe an den Vater, den er im Brief mit „lieber Papi“ (27) anspricht, unterschreibt er – wie bereits erwähnt – mit „Dein Kamerad Karl-Heinz“. Er berichtet ihm von den militärischen Herausforderungen, er will ihm offensichtlich imponieren. Aber er schreibt ihm auch: „*Außerdem mache ich keine Jagd auf große Orden, denn ich habe mir schon immer gesagt, daß das großer Unsinn ist, ich führe nur Befehle aus und alles andere geht mich nichts an – was nützt es mir, wenn ich das EK habe und mir fehlt eine Hand, dann ist mein ganzes Leben und Beruf verpfuscht*“ (77). In einem Brief an den Vater, nach dem ihn dieser per Brief über die Zerstörung Hamburgs und ihrer Wohnung informiert hatte, schreibt er: „*Heute morgen kam nun der Brief und ich kann es gar nicht fassen, daß 80% von Hamburg hin sein sollen, mir standen trotzdem man sehr hart geworden ist* [auffällig hier das unpersönliche „man“!; E. M.], *die Tränen in den Augen. War doch das Heim, zu Hause, das woran man halt Freude und Erinnerung hatte und dieser unersetzliche Schatz soll hin, soll weg, vernichtet sein*“ (40). Über die englische Bombardierung Hamburgs heißt es in einem anderen Brief an den Vater: „Wenn der Sachs bloß den Mißt nachlassen würde. Das ist doch kein Krieg, das ist ja Mord an Frauen und Kinder – und das ist nicht human“ (27). Der Kommentar des Erzählers hierzu lautet:

> Selbst wenn man unterstellt, daß er an dem Mord an Zivilisten, Frauen und Kindern durch die SS nicht beteiligt war, weil er bei einer Panzereinheit diente, so muß er doch mit den Opfern der Zivilbevölkerung konfrontiert worden sein, den Hungernden, Obdachlosen, den durch Kampfhandlungen Vertriebenen, Erfrorenen, Getöteten. Von ihnen ist nicht die Rede, vermutlich erschien ihm dieses Leid, diese Zerstörungen und Todesopfer normal, also *human* (27f.)

– eine Einstellung, die man bei vielen Soldaten finden kann; das Leid der „Gegner“/“Feinde“ wird relativiert und ideologisch gerechtfertigt.

Die Tagebucheintragungen des Bruders sind sehr kurze, gefühlskalt bzw. abgestumpft wirkende Eintragungen des Kampfverlaufs. Herausragen der bereits zitierte Eintrag „*75 m raucht Iwan Zigaretten, ein Fressen für mein MG*“ (19) und die undatierte Beendigung des Tagebuches mit dem Hinweis auf die geschehenden grausamen Dinge, die aber nicht beim Namen genannt werden. Was wirklich in dem Bruder vorging, was er dachte, fühlte, hoffte, was er sich erträumte, geht aus den Tagebucheintragungen nicht hervor – wir haben schon davon gehört. So bleibt der ältere Bruder für Uwe Timm sehr im Dunkeln – für die Eltern ist klar, dass er zum Opfer wurde: „*Ausgebombt und kurz darauf der Junge gefallen.* Das war der Schicksalsschlag der Familie, und das war der Krieg. *Alles vernichtet*" (37). Und später nochmals geht der Erzähler darauf ein:

> *Den Jungen verloren und das Heim*, das war einer der Sätze, mit denen man sich aus dem Nachdenken über die Gründe entzog. Man glaubte mit diesem Leid seinen Teil an der allgemeinen Sühne geleistet zu haben. *Fürchterlich* war eben alles, schon weil man selbst *Opfer* geworden war, Opfer eines unerklärlichen kollektiven Schicksals (91)

– interessant ist, dass der Erzähler hier selbst zum unpersönlichen „man" greift, wohl um die Generalisierbarkeit dieser Aussagen für große Teile der deutschen Nachkriegsgeneration zu unterstreichen.

Kommen wir nun zur Darstellung der Mutter, die von 1902 bis 1991 lebte; vorauszuschicken ist, dass jene Darstellung, anders als die des Vaters, durch den autobiographischen Erzähler mit Liebe geschieht. Zu seiner Mutter verspürte er, anders als zu seinem Vater, eine tiefe Nähe (bewegend geschildert: sein Umgang mit ihr und seine Gefühle während ihrer Krankheit und ihr Tod (113ff.)); durch sie fühlte er sich, wie an vielen Stellen des Textes offensichtlich wird – anders als von seinem Vater – so wie er war akzeptiert (vgl. 115, 119). Seinem Vater konnte er oder glaubte er nicht genügen zu können – hier ist nochmals an die erste Leseweise zu erinnern. In dem bereits erwähnten Interview mit Gerrit Bartels sagt Uwe Timm: „Ich hatte ein sehr gutes Verhältnis zu meiner Mutter, die eine ganz große Frau war, das muss man mal so sagen" (Kammler 2006, 107).

Der Erzähler schildert sie einerseits als typisch für ihre Frauengeneration – sie schaute zu dem „Charmeur" auf, ließ sich von seinem Auftreten, nicht zuletzt seiner Uniform, beeindrucken (vgl. 45), hielt immer zu ihrem Mann – Kommentar des Erzählers: „Verheiratet zu sein war etwas Endgültiges, etwas Verläßliches, eine einmal eingegangene Bindung, die unauflöslich war" (46) – nahm sich zurück, ertrug tapfer ihr Schicksal (vgl. 47), fügte sich in die Entscheidungen ihres Mannes (vgl. ebd.), stieg in das Geschäft des Mannes ein, als es für die Existenzsicherung der Familie unabdingbar wurde (vgl. 111), war unpolitisch (vgl. 48), mischte sich in die entsprechenden Männergespräche nicht ein (vgl. 78), sah aber nach dem Zweiten Weltkrieg wie ihr Mann ihre Familie und ihren Sohn als Opfer an (vgl. 91). Die Emanzipationsbestrebungen von Frauen Ende der 60er Jahre befremdeten sie:

> Das Wort Emanzipation ergab für sie keinen Sinn. Wovon soll ich mich befreien? sagte sie zu einer Frau, die 1969 einen Frauenrat mitgegründet hatte und sich den Pelzmantel umarbeiten lassen wollte. Der Mantel, so etwas von dreckig, erzählte mir die Mutter später, und dann wollte die noch den Reparaturpreis runterhandeln. Von schönen Worten kann ich nicht leben, habe sie da gesagt, und: Ich arbeite, und dafür will ich bezahlt werden. (47f.)

Andererseits stellt er seine Mutter als ganz besondere, herausragende Frau dar, als in jeder Hinsicht liebenswürdige, gütige, bescheidene Person (vgl. 115, 117, 48f.) und es gibt Passagen, wo ich als Leserin das Gefühl hatte, dass ihm die erinnernde Beschreibung zur Verklärung, trotz aller Reflexion – siehe Leseweise 2 – zur glättenden Erzählung (vgl. 38) gerät, schärfer formuliert: manche befremdlichen Abschnitte/Aussagen der Erzählung daraus resultieren. Etwa, wenn der Erzähler folgenden Brief seines Bruders „*Lieber Uwe! Wie die Goldmutsch mir schrieb willst Du alle Russen totschießen und dann mit mir türmen. Also Bub, daß geht nicht, wenn das alle machen würden? aber ich hoffe, daß ich bald nach Hause komme, dann spiele ich mit Uwe* [...]“ (57f.) folgendermaßen kommentiert: „Wie kommt ein dreijähriges Kind dazu, alle Russen totschießen zu wollen? Es war die selbstverständliche Rede. Es könnte aber auch eine höchst indirekte mütterliche Aufforderung gewesen sein, zu desertieren, die, wegen der Briefzensur, einem Kind in den Mund gelegt worden war“ (ebd.). Wie kommt, so frage ich als Leserin, der Erzähler dazu, das von seiner Mutter zu vermuten. Da ist wohl der Wunsch Vater des Gedankens! Ein anderes Beispiel: Der Erzähler berichtet, dass Anfang der 50er Jahre eine Schwester des Vaters kam, als die Wiederbewaffnung von der Bundesregierung beschlossen wurde und anfragte, ob die Mutter mit zur Gegendemonstration auf den Rathausmarkt komme. Sehr unwahrscheinlich demzufolge, wie der Erzähler insgesamt seine Mutter schildert. Aber er schreibt: „Ist meine Mutter damals mitgegangen? Ich habe es versäumt – wie so vieles andere auch – noch einmal nachzufragen“ (133f.).

Kommen wir nun noch auf die 1922 geborene Schwester, Hanne Lore, zu sprechen, das erste Kind, von dem der Vater enttäuscht war, dass es kein Junge war. Der Erzähler formuliert: „Die Schwester stand in seinem [des zwei Jahre später geborenen Bruders; E. M.] Schatten. Kaum, daß ihre Wünsche bemerkt wurden, auch von der Mutter nicht“ (51) – um allerdings sofort hinzuzufügen, „der sonst so zugeneigten, gerechten“ – zu Uwe Timm scheint sie „zugeneigt und gerecht“ gewesen zu sein – und kein falsches Licht darf auf die Mutter fallen, das wird in dem Text immer wieder deutlich! Interessant wäre es, die Stimme der Schwester zur Mutter zu hören.

Hanne Lores Frauenleben hatte sicher auch einige typische Züge, angefangen damit, dass der Vater sich Söhne wünschte und die Tochter missachtete (er ist auf den Fotografien immer mit dem Sohn zu sehen!), was wohl auch auf die Mutter (vgl. 50f.), aber auch auf den Bruder abfärbte, der ihr aus dem Krieg nicht schrieb, sie meistens nicht einmal grüßte, obwohl sie als Kinder zusammen gespielt hatten (vgl. 76f.). Ein Einschub: Warum der Erzähler dies folgendermaßen kommentiert: „Eigentümlich ist, daß in seinen Briefen von der Schwester kaum die Rede ist“ (77), ist mir rätselhaft: Warum hätte just diese Einstellung des Vaters nicht auf den Sohn abfärben sollen? – Nach der Schule machte Hanne Lore eine Hauswirtschaftslehre, anschließend kam sie zum Arbeitsdienst, ihr erster Verlobter fiel als Infanterist in Russland, ihr zweiter Verlobter geriet 1944 in russische Kriegsgefangenschaft; 1951 erhielt sie die Nachricht, dass er in einem russischen Lager gestorben sei. Anfang der 50er Jahre verliebte sie sich in einen Besitzer eines Juweliergeschäftes, der neben ihr noch zwei weitere Verlobte hatte. Darüber zerstritt sie sich mit ihrem Vater, der ihr den Umgang mit dem Mann verbot, und ging deshalb mit 32 Jahren aus dem Haus und arbeitete bei einer Arztfamilie als Kinderfrau und Hausgehilfin. Nach zwei Jahren kam sie zurück, der Juwelier hatte inzwischen eine andere Frau geheiratet, und wurde nun als Pelznäherin im Geschäft des Vaters angelernt (vgl. 52f.). Nach dem

Tod des Vaters führte sie das Geschäft zusammen mit der Mutter weiter. Nach dem Schlaganfall der Mutter pflegte sie sie, unterstützt von einer ambulanten Pflegerin (vgl. 118). Als der jüngere Bruder zu Besuch kam, bügelte sie ihm ein Hemd (vgl. 119). Die Schwester war zu dieser Zeit selbst schon krank; sie hatte einen künstlichen Darmausgang bekommen. Nach dem zweiten Schlaganfall kam die Mutter erneut ins Krankenhaus, die Schwester war bei ihr, als sie starb: „Auf dem Krankenhausgang kam mir die Schwester entgegen und sagte, die Mutter sei vor zwei Stunden gestorben" (120) – Uwe Timm war nach Benachrichtigung, dass es seiner Mutter sehr schlecht gehe, von München nach Hamburg geflogen, aber nicht mehr rechtzeitig angekommen (vgl. ebd.). Einige Jahre nach dem Tod der Mutter, mit 72 Jahren, fand sie noch ihre große Liebe in dem verwitweten Hausarzt der Familie. 1997 starb sie. Abschließend ein Erzählerkommentar zu ihrem späten Liebesglück:

> Sie kaufte sich neue Sachen, Schuhe mit mittelhohen Hacken und schwarze Lackschuhe, Hosen, Pullover in hellen Farben, beige, rot. Rote Handschuhe. Sie hatte nie rote Handschuhe getragen. Sie fuhren gemeinsam nach Sylt. Und wenn ich das Foto sehe, wie sie dasteht, die Haare im Wind, mit einem kühnen Lächeln, ist sie nicht vergleichbar mit der Schwester, die ich bis dahin gekannt *und mit den Augen des Vaters gesehen hatte* (144; Hervorh. E. M.)

– an anderen Stellen des Buches lässt sich durchaus zeigen, dass er das teilweise noch immer tut (vgl. etwa 49):

Abschließend ist nun noch kurz (erneut) auf den jüngeren Bruder einzugehen, der ja in der Erzählung quasi zweimal vorkommt; einmal als sich erinnernder Erzähler mit seinen Reflexionen und Rechercheergebnissen und ein zweites Mal als Kind und Jugendlicher, tituliert als „das Kind", „der Junge", „Ich". Nachdem er zunächst seinem Vater genügen, gefallen wollte und sich nach seiner Zuwendung und Nähe sehnte, sah er ihn und sein Wertesystem zunehmend kritischer. Der Erzähler beschreibt, wie der Junge sich zur 68er-Generation hin entwickelte. Er berichtet über die immer schärfer werdenden Auseinandersetzungen zwischen Vater und Sohn.

> Als ich sechzehn war, begann ein hartnäckiger, immer gehässiger werdender Kampf zwischen uns. Eine enge rechthaberische Strenge von seiner Seite, ein verstocktes Schweigen von meiner Seite, ausgelöst durch die hassenswerten Regularien des Alltags: keine Jeans, kein Jazz [Antiamerikanismus des Vaters; E. M.], abends um 10 Uhr zu Hause sein. Was alles verboten, was verlangt, was geregelt war. Ein Regelsystem, das mir nicht einleuchtete und dessen Widersprüchlichkeit zu offensichtlich war. (24; vgl. auch 69, 89)

Der Erzähler berichtet, wie sich der Junge einerseits immer mehr vom Wertesystem des Vaters entfernte, entfernen konnte – bis hin zum Eintritt in die DKP, kommentiert aber auch sehr selbstkritisch:

> Meine Bewunderung für die Genossen, die im KZ gewesen waren und dort Widerstandsgruppen gebildet hatten, ungebrochen weiterkämpften, nach dem Krieg in der Bundesrepublik unter der Adenauer-Regierung abermals verboten wurden, in den Untergrund gingen, hartnäckig weiterkämpften, an der auf Gleichheit und Gerechtigkeit zielenden Idee festhielten, diese Bewunderung hatte ihren Beweggrund auch in den von dem Vater eingeforderten *alten* Tugenden: Stetigkeit, Pflichterfüllung, Mut, die bei diesen Kämpfern verbindlich waren. Und so schloß ich mich ihnen an. Als die Differenzen zunahmen und

> ich die Partei verließ, peinigte mich am meisten der Gedanke, die Genossen im Stich zu lassen. Obwohl mein Entschluß – aus Einsicht und Überzeugung resultierend – feststand, blieb dennoch das quälende Gefühl, einen Verrat zu begehen. (150f.)

„Der Mut, allein auf sich gestellt nein zu sagen" (ebd.) – das ist für den Erzähler ein *neuer Wert*, den es zu vermitteln gilt (vgl. auch 147).

Wir müssen hier abbrechen; mindestens eine Leseweise wäre aber dringend noch vonnöten, auf die wir hier nur noch verweisen können. Im *Spiegel* wurde das Buch nach seinem Erscheinen in der Bestsellerliste als Sachbuch geführt. Und in der Tat wäre das Buch nun auch noch fokussiert auf die vielfältigen Details hin zu lesen, die es etwa über die Waffen-SS und über militärische Einsätze im Zweiten Weltkrieg, speziell im Krieg gegen die Sowjetunion, und die Interpretationen jener von Tätern, Mitläufern und Opfern – auch nach 1945 – oder über die Nachkriegszeit und ihre Mentalitätsgeschichte enthält.

Schließen möchte ich mit folgenden Sätzen aus dem Buch: „Auf einem Foto sind zwei deutsche Soldaten zu sehen, die am Boden liegende Kleiderbündel untersuchen, nicht nach Wertsachen, sondern nach den Kleinkindern, die Mütter vor ihrer Erschießung unter den Kleidungsstücken zu verstecken suchten. / Deutlich zeigen die Fotos – die Sonne scheint" (141).

Literaturverzeichnis:

Primärliteratur:

Timm, Uwe: Am Beispiel meines Bruders. 4. Auflage. Köln: Kiepenheuer & Witsch, 2003.

Forschungsliteratur:

Albrecht, Andrea: „Thick descriptions. Zur literarischen Reflexion historiographischen Erinnerns am Beispiel Uwe Timms." *Erinnern, Vergessen, Erzählen. Beiträge zum Werk Uwe Timms.* Hg. Friedhelm Marx. Göttingen: Wallstein Verlag, 2007. 69-89.

Braun, Michael: „Die Leerstellen der Geschichte. Uwe Timms *Am Beispiel meines Bruders.*" *Erinnern, Vergessen, Erzählen. Beiträge zum Werk Uwe Timms.* Hg. Friedhelm Marx. Göttingen: Wallstein Verlag, 2007. 53-67.

Galli, Matteo: „Vom Denkmal zum Mahnmal. Kommunikatives Gedächtnis bei Uwe Timm." *„(Un-) erfüllte Wirklichkeit." Neue Studien zu Uwe Timms Werk.* Hgg. Frank Finlay und Ingo Cornils. Würzburg: Königshausen & Neumann, 2006. 162-172.

Ders.: „Schuhkartons und Pappschachteln. Uwe Timms mediale >Gedächtniskisten<." *Erinnern, Vergessen, Erzählen. Beiträge zum Werk Uwe Timms.* Hg. Friedhelm Marx. Göttingen: Wallstein Verlag, 2007. 103-116.

Hielscher, Martin: „NS-Geschichte als Familiengeschichte. *Am Beispiel meines Bruders* von Uwe Timm." *Erinnern, Vergessen, Erzählen. Beiträge zum Werk Uwe Timms.* Hg. Friedhelm Marx. Göttingen: Wallstein, 2007. 91-102.

Ders.: *Uwe Timm.* München: Deutscher Taschenbuch Verlag, 2007.

Kammler, Clemens: *Uwe Timm. Am Beispiel meines Bruders.* München u.a.: Oldenbourg (Oldenbourg Interpretationen Bd. 107), 2006.

Marx, Friedhelm: „>>Erinnerung, sprich<<. Autobiographie und Erinnerung in Uwe Timms *Am Beispiel meines Bruders.*“ *Erinnern, Vergessen, Erzählen. Beiträge zum Werk Uwe Timms.* Hg. Friedhelm Marx. Göttingen: Wallstein, 2007. 27-35.

Niefanger, Dirk: „Grenzen der Fiktionalisierung. Zum Verhältnis von Literatur und Geschichte in Uwe Timms *Am Beispiel meines Bruders.*“ *Erinnern, Vergessen, Erzählen. Beiträge zum Werk Uwe Timms.* Hg. Friedhelm Marx. Göttingen: Wallstein, 2007. 37-52.

Pfäfflin, Sabine B.: „Einem Schatten auf der Spur“. *Deutschunterricht* 58, H. 4, 2005: 24-29.

Pietsch, Yvonne: „Auf der Suche nach der verlorenen Familie. Uwe Timms *Am Beispiel meines Bruders.*“ *Familie und Identität in der deutschen Literatur.* Hg. Thomas Martinec und Claudia Nitschke. Frankfurt a. M.: Peter Lang, 2009. 259-273.

Schertler, Eva-Maria: *Tod und Trauer in der deutschsprachigen Gegenwartsliteratur.* Innsbruck: Studienverlag, 2011.

Wilczek, Reinhard: „Das Motiv des „Verlorenen Bruders“ bei Hans-Ulrich Treichel und Uwe Timm. Literarische Bewältigungsdiskurse und ihre neue Erzählperspektive.“ *„(Un-) erfüllte Wirklichkeit“. Neue Studien zu Uwe Timms Werk.* Hgg. Frank Finlay und Ingo Cornils. Würzburg: Königshausen & Neumann, 2006. 185-197.

Williams, Rhys: „‘Eine ganz gewöhnliche Kindheit‘. *Am Beispiel meines Bruders.*“ *„(Un-) erfüllte Wirklichkeit“. Neue Studien zu Uwe Timms Werk.* Hgg. Frank Finlay und Ingo Cornils. Würzburg: Königshausen & Neumann, 2006. 173-184.

Gunter Butzer
Hubert Zapf (Hrsg.)

Grosse Werke der Literatur

Band XI

Eine Ringvorlesung
an der Universität Augsburg

2010, 277 Seiten
€[D] 39,90/SFr 67,00
ISBN 978-3-7720-8329-7

Thomas M. Scheerer: Joanot Martorell ››Tirant lo Blanc‹‹ (1490) – Andreas Höfele: Shakespeares ››Macbeth‹‹: Menschentheater und Bärenhatz – Bernadette Malinowski: Christoph Martin Wieland ››Geschichte des Agathon‹‹ – Martin Middeke: Mary Shelley ››Frankenstein or, the Modern Prometheus‹‹ – Helmut Koopmann: Joseph von Eichendorff ››Aus dem Leben eines Taugenichts‹‹ – Sabine Doering-Manteuffel: Annette von Droste-Hülshoff ››Die Judenbuche‹‹: Ein Sittengemälde aus dem gebirgichten Westphalen (1842) – Markus May: Jens Peter Jacobsen ››Niels Lyhne‹‹ – Till R. Kuhnle: F.T. Marinetti ››Mafarka le futuriste. Roman africain‹‹ – Severin Müller: Kafkas ››Das Schloß‹‹, philosophisch gelesen. Oder: Macht und Wirklichkeit des Imaginären – Georg Langenhorst: Heinrich Böll ››Ansichten eines Clowns‹‹ (1963) – Günter Butzer: Peter Weiss ››Die Ästhetik des Widerstands‹‹ – Hans Vilmar Geppert: Uwe Timm ››ROT‹‹ – Hubert Zapf: Richard Powers ››The Time of Our Singing‹‹.

francke VERLAG

Narr Francke Attempto Verlag GmbH + Co. KG
Postfach 2560 · D-72015 Tübingen · Fax (07071) 9797-11
Internet: www.francke.de · E-Mail: info@francke.de